Die Rechenkünstlerin

Das Buch

Heidelberg im Jahr 1389: In den Mauern des provinzlerischen Heidelberg haben sich die fähigsten Köpfe des Prager Studium generale zusammengefunden, um die erste deutsche Universität zu gründen. Carlotta Buttweiler, geschlagen mit roten Haaren und eher kläglichen Kochkünsten, ist die Tochter des Pedells der neuen Universität. Carlotta versorgt – wie es ihre Pflicht ist – die Scholaren, jedoch gilt die Leidenschaft der jungen klugen Frau der Mathematik. Doch dann gerät plötzlich alles in Bewegung: Carlottas Freundin Zölestine, dumm, hübsch und verheiratet, nimmt sich das Leben. Carlotta wird mißtrauisch: Sollte sich ihre Freundin wirklich umgebracht haben? Was treiben die Scholaren Bertram und Benedikt, wenn sie sich aus der Stadt stehlen? Warum hat Benedikt Alpträume, und was ist das für ein Buch, das Bertram unter seiner Strohmatratze verbirgt? Carlotta macht sich auf die Suche nach Zölestines Mörder und findet dabei unverhofft einen scharfsinnigen Helfer: Jovan Palač, Magister der Jurisprudenz, der bei Nacht und Nebel anreist und zunächst gar nicht so respektabel wirkt, wie man erwarten sollte. Und was anfangs wie ein simples Verbrechen aussieht, entpuppt sich als handfester Skandal um Hexerei und Schwarze Kunst. Die Spur führt in die Universität, und diese beginnt zu reagieren ...

Die Autorin

Helga Glaesener, 1955 geboren, hat Mathematik studiert, ist Mutter von fünf Kindern und lebt heute in Aurich, Ostfriesland. Sie avancierte mit ihrem Roman *Die Safranhändlerin* zur deutschen Bestsellerautorin.
In unserem Hause sind von Helga Glaesener bereits erschienen:

Du süße sanfte Mörderin · *Der falsche Schwur* · *Im Kreis des Mael Duin* · *Der indische Baum* · *Die Safranhändlerin* · *Safran für Venedig* · *Der singende Stein* · *Der schwarze Skarabäus* · *Der Stein des Luzifer* · *Der Weihnachtswolf* · *Wer Asche hütet* · *Wespensommer*

Helga Glaesener

Die Rechenkünstlerin

Roman

List Taschenbuch

Besuchen Sie uns im Internet:
www.list-taschenbuch.de

Dieses Taschenbuch wurde auf FSC-zertifiziertem Papier gedruckt.
FSC (Forest Stewardship Council) ist eine nichtstaatliche, gemeinnützige
Organisation, die sich für eine ökologische und sozialverantwortliche
Nutzung der Wälder unserer Erde einsetzt.

Ungekürzte Ausgabe im List Taschenbuch
List ist ein Verlag der Ullstein Buchverlage GmbH.
8. Auflage 2007
© für die deutsche Ausgabe Ullstein Buchverlage GmbH, Berlin 2004
© 2000 für die deutsche Ausgabe by
Econ Ullstein List Verlag GmbH & Co. KG, München
© 1998 für die deutsche Ausgabe by
Paul List Verlag in der Verlagshaus Goethestraße, München
Umschlaggestaltung und Konzeption: RME Roland Eschlbeck und Kornelia
Rumberg (nach einer Vorlage von HildenDesign, München – Stefan Hilden)
Titelabbildung: Scala, Firenze; Colantonio, S., Gerolamo et il leone,
Museo Capo di Monte, Neapel
Papier: Munken Print von Arctic Paper Munkedals AB, Schweden
Druck und Bindearbeiten: Clausen & Bosse, Leck
Printed in Germany
ISBN 978-3-548-60100-7

Besonderer Dank gilt Uwe, der das Kochen gelernt und das Buch dadurch möglich gemacht hat.

Und den Kindern, die klaglos gegessen haben.

*Wir sind auf den Schultern von Riesen hockende
Zwerge. Wir sehen so mehr und weiter als sie,
nicht weil unsere Sicht schärfer oder unser Wuchs
höher ist, sondern weil sie uns in die Lüfte
heben und um ihre ganze gigantische Größe
erheben.*

(BERNARD VON CHARTRES)

I. KAPITEL

Circulus vitiosus – der Kreis ist falsch«, murmelte Carlotta und betrachtete das Ding, das einem Kreis ähnlich sah, aber doch keiner war, denn der Zeichner hatte ohne Zirkel gearbeitet und etwas wie ein Ei mit einer eingedellten Spitze geschaffen. Da der Kreis fehlerhaft war, stimmte die ganze Konstruktion nicht, und also konnte auch die Lösung der quadratischen Gleichung nicht gefunden werden, um die es ging. Der Zeichner hatte sie dennoch daneben geschrieben. Die Lösung. Kopiert aus dem Buch, aus dem er selbst abgeschrieben hatte. Und das …

»… ist falsch«, sagte Carlotta.

Die Flamme der Tranlampe flackerte über ihre rostfarbenen, im Nacken zusammengebundenen Locken und warf Schatten auf das aufmerksame Gesicht mit der weichen, runden Nase, auf der sich zahllose Sommersprossen tummelten. In der Wohnstube war es dunkel. Carlotta hatte die drei Fensterchen zur Gasse durch Holzläden verschlossen, weil draußen ein Unwetter tobte, aber auch, weil es Nacht war und man nie wissen konnte, wer im Schutz der Dunkelheit sein Unwesen trieb. Regen prasselte gegen die Läden, und die schweren, schwarzgefärbten Deckenbalken drückten auf das Zimmer, so daß Carlotta das Gefühl hatte, in einer Höhle zu sitzen, in der nur sie und das von der Lampe beschienene Buch mit dem mißratenen Kreis existierten.

Es war kalt geworden. Das Feuer in dem von der Küche aus betriebenen Hinterladeofen hatte seine Kraft verloren. Fröstelnd rieb Carlotta die Füße an den Waden.

Die Sache mit dem Kreis war unwichtig. Die Heidelberger Universität legte mehr Wert auf Aristoteles als auf die Mathematiker, und kaum einer der Heidelberger Scholaren hatte die *Elemente* bis zu dieser Stelle gelesen. Der Baccalar, von dem sie den Auftrag hatte, ihm den kompletten Euklid zu kopieren, wollte damit seinen künftigen Auftraggebern imponieren, und wenn sie ihm ebenfalls ein eingedelltes Ei hinschluderte, wie auf der Vorlage, würde er es wahrscheinlich nicht einmal bemerken.

»Trotzdem«, sagte Carlotta. »Es geht ums Prinzip.«

Sie spürte eine Bewegung. Die Katze, die auf der Holzbank vor dem Ofen gedöst hatte, wandte ihr bei den lauten Worten die grünschimmernden Augen zu. Carlotta war allein mit dem Tier, denn ihrem Vater, der ihr normalerweise Gesellschaft leistete, machte wieder der Magen zu schaffen. Und die jungen Scholaren, die bei ihnen zu Kost, Logis und Unterricht wohnten, hatten strenge Schlafenszeiten und waren längst in den Kammern.

»Wahr ist wahr und falsch ist falsch«, setzte Carlotta der Katze auseinander. »So etwas darf man nicht durcheinanderbringen. Immerzu werden aus Kreisen Eier gemacht und Eier in Kreise umgeschwindelt. Und hinterher wissen die Leute selbst nicht mehr, was richtig ist, und es gibt ein großes Geschrei.«

Die Katze maunzte – es klang eher wie das Zischeln einer Schlange – und sprang von der Bank. Ihr Körper, fett von den Ratten, die sie schlug, krümmte sich. Sie kam näher. Der Lampenschein fiel auf ihr struppiges, schwefelgelbes Fell. Stirnrunzelnd betrachtete Carlotta das häßliche Tier.

»Du bist auch eine von denen, die sich durch die Welt lügen, Katze. Nein, laß meine Beine. Wir wissen beide, daß du mich viel lieber kratzen würdest. Ich hätte auf Josepha hören und dich im Fluß ersäufen sollen, als du das erste Mal an meine Küchentür geschlichen bist. Hör auf damit! Denkst du, irgendwo auf der Welt bekommt eine Katze Milch verfüttert?«

Das Tier fauchte, und Carlotta schwieg.

Es hatte keinen Sinn weiterzuarbeiten. Ihre Augen brannten, die Buchstaben verschwammen, so daß sie kaum noch zu entziffern waren. Sie nahm die Lampe mit dem Talglicht und ging zur Küche, die den hinteren Teil des Hauses einnahm. Der Wind klapperte an den Fensterläden und riß an der Hoftür, als wäre er ein Dieb, der sich Einlaß verschaffen wollte. Regen platschte auf das Dach des Hühnerstalls im Innenhof, nicht nur ein paar Tropfen, sondern als würde jemand Wasser aus Eimern herabschütten.

Die Küche war klein. Zur rechten Hand ein gemauerter Herd, auf dem unter einem bauchigen, mit Schlitzen versehenen Gluthalter das Kochfeuer glomm und über dem an einem Schwenkhaken der Topf mit den Resten der mittäglichen Suppe baumelte. Daneben eine Tür, die in den Innenhof führte, gegenüber ein Regal, in dem das Geschirr verstaut war. Der hintere Teil des Raumes wurde von einem mit Bänken gesäumten Tisch ausgefüllt, an dem die Scholaren zu essen pflegten. Mehr paßte in die Küche nicht hinein, und mehr war auch nicht nötig. Carlotta trat zur Kochstelle, wo in einer Ecke die verbeulte Zinnschüssel mit der Schmalzmilch stand. Sie schüttelte sie vorsichtig, um zu sehen, ob die Masse schon fest zu werden begann. »Du kriegst keine Milch«, sagte sie zur Katze.

Mit Sehnsucht dachte sie an ihr Bett in der kleinen Kammer unter dem Dach. Hoffentlich hatte es nicht wieder hineingeregnet. Und hoffentlich schlug der Sturm keine Schindeln herab. Ihr Vater würde darauf bestehen, den Schaden selbst zu beheben, und dazu hatte er kein Talent, denn so klug und gewissenhaft er als Pedell die Urkunden der Universität führte, so ungeschickt war er bei allem, wozu man zwei Hände brauchte.

Sorgen, Sorgen.

Carlotta nahm das Schüsselchen mit den Pinienkernen vom Regal, dazu ein Holzbrett und ein Hackmesser, und begann im trüben Licht der Lampe die Kerne zu zerkleinern.

Etwas strich um ihre Beine. Die Katze. Aber nicht die gelbe, denn das Fell war weich und die Bewegung so geschmeidig, daß Carlotta der Versuchung nachgab und sich bückte.

»Du willst auch an die Milch, was?«

Es war die graue Katze, die seidige, die nicht für die Rattenjagd taugte, aber dafür fleißig Mäuse anschleppte. Eine mußte sie gerade gefangen haben, denn die Gelbe, die auf der Schwelle zwischen Stube und Küche lag, hielt zwischen den Pfoten ein pelziges Etwas.

»Du hast es fortgegeben, ja?« Carlotta hob die Katze an den Vorderbeinen an und schaute ihr in die sanften Augen. »Das ist dumm!« sagte sie. »Die Gelbe ist fett wie die Sünde. Und die Maus gehörte dir. Du solltest dich darauf besinnen, daß deine Krallen so scharf sind wie ihre.«

Die Katze schnurrte, und Carlotta ließ sie ungeduldig zu Boden. Ihre Schmalzmilch geriet gut, die Kerne waren gehackt, sie wollte zu Bett. »Raus!« scheuchte sie die Katzen und versperrte die Tür.

Der Sturm hatte zugenommen. Etwas klapperte draußen auf der Gasse, vielleicht ein Fensterladen, den es aus der Angel gerissen hatte. Carlotta hob die Lampe und begann, die Stiege ins Obergeschoß hinaufzuklettern. Wenn Schindeln vom Dach geweht wurden, würde sie einen der Scholaren bitten, den Schaden zu reparieren. Vielleicht Bertram. Der schuldete ihr noch etwas, denn sie hatte ihm das Schildkrötenproblem des Archimedes auseinandergesetzt, was immerhin zwei Stunden in Anspruch genommen hatte, und wahrscheinlich würde es ihm sogar Spaß machen, auf dem Dach herumzuturnen.

Mit einem Mal stockte sie.

In das Prasseln und Pfeifen des Sturms hatte sich ein fremder Laut gemischt. Ein Klopfen, das anders klang, als die Geräusche zuvor. Jemand pochte an die Haustür.

Carlotta zögerte. Sie stand bereits am Ende der Stiege. Einen Schritt den Flur entlang befand sich die Kammertür ihres Vaters. Flüchtig erwog sie, ihn zu wecken. Aber morgen war der Tag des heiligen Dionysius, und ihm zu Ehren würde die Universität eine Prozession und einen Gottesdienst veranstalten, und während der Prozession würde ihr Vater das silberne Zepter der Universität tragen müssen – was ihm schwer genug fallen würde, auch ohne daß er übermüdet war.

Unschlüssig stieg sie die Stufen hinab. Wer trieb sich in der Nacht herum? Wäre das Wetter besser gewesen, hätte sie vermutet, daß die Scharwache einen Scholaren zurückbrachte, der sich heimlich über die Galerie und den Innenhof ins Freie geschlichen und in der Stadt Dummheiten angestellt hatte. Obst aus den Gärten gestohlen, das kam öfter vor. Aber nicht bei diesem Sturm.

Aus dem Klopfen wurde ein ungeduldiges Hämmern. Sie stellte sich hinter die Tür. »Wer ist da?«

Die Antwort ging im Rauschen des Unwetters unter.

Unentschlossen nagte Carlotta an ihrem Fingernagel. Dann schob sie den Riegel zurück, öffnete die Tür und spähte in die Nacht hinaus.

Nicht nur eine einzelne Person stand dort, auf der Gasse herrschte ein regelrechtes Gedränge. Männer auf Pferden, vielleicht ein halbes Dutzend, duckten sich im Regen, der

sie wie Nebel umsprühte. Sie umringten einen kleinen Reisewagen, von dessen Plane das Wasser rann und dessen Räder
im aufgeweichten Gassendreck steckten. Die Männer trugen
einheitliche Kleidung, aber nicht die gestreiften Schecken der
Stadtwache und auch nicht die taubenblauen der pfalzgräf-
lichen Burgmannen. Sie waren purpurrot gewandet, in Wämsern, die sich unter langen, bis zum Knie geschlitzten Rei-
semänteln verbargen und teuer und unendlich vornehm
wirkten.

Der Mann, der geklopft hatte, schob sein Gesicht in den
Schein von Carlottas Lampe. Er war der einzige, der kein
rotes Wams trug, sondern das Gewand der Scharwache, und
sie erkannte ihn an seiner gebrochenen Nase. Er gehörte zur
Mannschaft, die den Wachdienst oben am Keltertor versah.
Grimmig stemmte er sich gegen Wind und Regen. Seine
Kleidung troff, der kurze Umhang flatterte, die Strümpfe
klebten ihm an den Beinen, wo sie Falten zogen.

»Wohnt hier der Pedell?« bellte er.

Natürlich. Und das wußte er so gut wie jeder andere, denn
Heidelberg war eine kleine Stadt und der Pedell der Universität ein wichtiger Mann. Angeber.

»Was...« Carlotta zog hastig den Kopf zurück. Ein Windstoß blies Regen durch den Türspalt. »Was wollt Ihr von meinem Vater?«

Sie versuchte, an dem Wächter vorbeizuspähen, um mehr
von dem Wagen zu erkennen. Es schien ein kostbares Gefährt
zu sein. Die Plane, die den Wagenkasten überspannte, war aus
hellem, mit Mustern bedrucktem Leder, und das Holz, an
dem ein erloschenes Windlicht hing, mit metallenen Ranken
geschmückt.

Der Wächter grunzte, ohne Carlotta zu antworten. Er nickte einem der Reiter zu und sprang rasch herbei, um ihm
beim Absitzen behilflich zu sein. Der Fremde, ein wahrer Riese an Gestalt, schob ihn beiseite und trat ans rückwärtige

Ende des Wagens. Er hob die Plane an. Carlotta hörte ihn
etwas sagen, aber die Worte klangen fremd und wurden durch
das Prasseln des Regens verstümmelt.

»Es ist der Magister aus Prag. Der neue, der an der Universität lehren soll«, schrie der Wächter, weil ihn sonst niemand beachtete, Carlotta zu.

»Was?«

»Er soll hier wohnen. Heiliger Pankratius! Hat euch das
niemand gesagt? Meine Order heißt: Bring ihn zum Pedell.
Kommt von meinem Hauptmann, und der hat es vom Kurfürsten persönlich. Wenn ihr davon nichts wißt, ist das eure
Sache. Jedenfalls muß er hier bleiben.«

Blinzelnd, vom Regen angesprüht, sah Carlotta zu, wie der
Riese die hintere Wagenwand herunterklappte. Er brüllte
etwas ins Wageninnere, was sie wieder nicht verstand. Nach
einer Pause, während der sich nichts rührte, beugte er sich
vor. Im Innern des Gefährts befand sich tatsächlich ein Magister. Mit der Hilfe des Riesen begann er, über den Wagen-
rand zu klettern. Sein schwarzer Talar wurde vom Wind auf-
geblasen wie ein Segel und wickelte sich um seine Beine. Er
wankte, und wenn der Uniformierte ihn nicht am Arm gehalten hätte, wäre er mit dem Gesicht voran in den Gassendreck
gestürzt.

Die Kapuze fiel dem fremden Gelehrten bis über die Nase,
man konnte kaum die Umrisse seines Kinns erkennen. Tau-
melnd griff er nach der Planenstrebe und hielt sich fest. Der
Wind zerrte an seinen Kleidern. Der Regen durchnäßte ihn
innerhalb weniger Sekunden, daß er aussah wie eine ertränk-
te Katze. Er bewegte sich nicht. Warum kam er nicht zur Tür?
Er stand am Wagen, als hätte er vergessen, wie man die Füße
voreinander setzt.

Der Riese zischte etwas Grobes. Ohne den geringsten
Respekt packte er den Gelehrten, zerrte ihn an seinem Talar
zur Tür und schob ihn, als Carlotta Platz gemacht hatte, ins

Haus hinein, so wie man ein lästiges Bündel von sich stößt. Der Magister wäre ihr fast in die Arme gestolpert.

Ein Befehl wurde gebrüllt. Der Riese schwang sich in den Sattel. Er hob den Arm, der Wagen rumpelte an, und Augenblicke später waren Reiter, Wächter und Gefährt im Sturm verschwunden.

Carlotta schloß die Tür und rückte umständlich, weil sie ja noch die Lampe trug, den Riegel an seinen Platz zurück. Da stand er also in der Stube, der Prager Magister.

Vielleicht war alles ein Irrtum, vielleicht sollte der gelehrte Herr bei Marsilius wohnen, dem Rektor der Universität, wie alle neuankommenden Lehrer. Vielleicht war dort aber auch im Moment kein Platz, und ihr Vater hatte über seinem Magenweh schlicht vergessen, Carlotta Bescheid zu geben. Jedenfalls würde sie mit dem Herrn lateinisch sprechen müssen, denn es war zweifelhaft, ob er sich in der deutschen Sprache auskannte, und das würde sie in Verlegenheit bringen, weil sie zwar fließend lateinisch lesen konnte, aber beim Sprechen leicht ins Holpern geriet. Und überhaupt – wollte er etwas essen? Mußte sie den Vater wecken? Vielleicht erst den Vater und dann das Essen?

Der Magister streifte mit einer fahrigen Bewegung die Kapuze vom Kopf. Er lehnte sich, oder vielmehr, er sackte gegen die Tür, als wären seine Knie aus Brei. Carlotta kam der unangenehme Gedanke, daß er etwas von der gelben Katze hatte. Die war damals genauso an ihrer Küchentür gelandet. Abgekämpft und tropfnaß, so daß man gar nicht anders konnte, als sie hereinzulassen. Sie hob die Lampe, und ihre Lippen spitzten sich zu einem stummen Pfiff. Die Frage nach dem Essen erübrigte sich. Der Magister war kreidebleich im Gesicht und seine Muskeln so angespannt, daß sich die Wangenknochen herausschoben. Anscheinend litt er Schmerzen. Schmerzen, die so derb waren, daß er sich auf die Lippe biß, um sie auszuhalten.

Ratlos stand Carlotta da. Der Mann brauchte ein Bett, das war zunächst einmal klar. Das einzige Bett in diesem Haus, in dem im Augenblick niemand schlief, war ihr eigenes. Also hinauf mit ihm unters Dach? Oder mußte man erst den Vater fragen? Aber der konnte auch nur einen der Scholaren aus seinem Bett vertreiben, und wenn die Jungen wach würden, würden sie mit ihrer Neugierde Unruhe verbreiten ...

»Ihr schlaft oben in der Dachkammer«, entschied Carlotta.

Der Magister hatte den Kopf in den Nacken gelegt. Er atmete mit schwach geöffnetem Mund. Es ging ihm schlimmer als der gelben Katze. Nicht auszuschließen, daß er einfach umfiel.

»Es sind nur zwei Stiegen hinauf«, sagte Carlotta. »Ihr könnt Euch auf mich stützen, wenn Ihr wollt. Im Ernst. Ich bin stärker, als ich aussehe ...«

Oder war es sinnvoller, ihn erst einmal auf die Ofenbank zu betten? Kissen unter den Kopf. Decke obenauf. Und doch den Vater wecken? Oder Bertram mit seinen Riesenkräften?

»Děkuji«, murmelte der Magister.

Carlotta nickte erfreut. Der Fremde sprach, also war er bei Sinnen. Kurz entschlossen stemmte sie ihre Schulter unter seinen Arm. »Das Dach ist nicht schlecht. Man hat seine Ruhe. Ist was wert. Es wohnen hier nämlich eine ganze Menge Scholar ...« Sie umfaßte hastig seine Taille, als sie ihn schwanken spürte. »Herrje, Ihr sagt Bescheid, wenn Euch schwindlig wird? Achtung bei den Stufen! Die sind ziemlich abgetreten ...«

Carlotta war kräftig, aber der Magister schwerer, als sie gedacht hatte. Er hing an ihr wie ein Sack. Sie hätte gewünscht, daß er sich wenigstens mit der freien Hand am Geländer stützte, aber der Arm baumelte nutzlos vor seinem Bauch herum, oder vielmehr, er hielt ihn so, als müsse er ihn schützen.

Am Ende der Stufen war Carlotta in Schweiß gebadet. Der Magister murmelte wieder etwas Tschechisches. *Děkuji mockrát*... Irgend etwas, dann sagte er: Danke. Auf deutsch. Mit einem Zungenschlag, wie betrunken. Aber Carlotta nutzte das Zeichen von Klarheit, indem sie ihm darlegte, daß es möglicherweise besser für ihn wäre, in der Kammer ihres Vaters zu übernachten, wo sie ihm einen Strohsack hinlegen konnte, was sicher nicht komfortabel war, aber besser, als die Treppe hinabzustürzen, und das würde er gewiß, denn die Stiege zum Dach war noch steiler als die andere, und man konnte sie nicht nebeneinander erklettern.

Sie machte sich von ihm los und öffnete die Kammertür. Auffordernd deutete sie mit der Lampe in den schwarzen Eingang. Aber der Magister, bisher so folgsam, schüttelte den Kopf und drehte sich beiseite.

»Es ist nur für diese Nacht«, flüsterte Carlotta hastig. »Ich werde Euch eine Decke auf das Stroh legen, und ein Federbett, so daß Ihr's weich habt, und zwei Steppdecken für obenauf...«

»Dunkel...« kam es undeutlich aus des Magisters Mund.

Ja – wie sollte es denn mitten in der Nacht anders als dunkel sein? Ratlos hielt Carlotta ihre Lampe.

Der Magister hatte die Stiege am anderen Ende des Flurs erspäht und machte sich mit dem Eigensinn eines Fiebernden auf den Weg. Sorgenvoll beobachtete Carlotta, wie er begann, die Sprossen zu erklimmen. Er benutzte dazu die linke Hand und sein Körpergewicht, was ihren Verdacht bestärkte, daß mit der rechten Hand etwas nicht in Ordnung sein konnte. Sie hielt ihm das Licht, damit er wenigstens erkennen konnte, wo er hinfaßte, und folgte ihm, als er oben angekommen war, erleichtert nach.

Im Dachgeschoß gab es nur einen einzigen Raum. Den von Carlotta. Ihr Bett mit dem Baldachin aus Holz und den hohen Seitenwangen nahm das halbe Zimmer ein. In der anderen Hälfte stand eine vom Holzwurm zernagte Truhe, in der sie ihre Kleidung aufbewahrte, und ein bequem gepolsterter Stuhl mit einem Rosenmuster, der von ihrer Mutter stammte. Carlotta leuchtete, damit der kranke Magister den Weg ins Bett fand. Dort wollte er aber gar nicht hin. Statt dessen schleppte er sich zu den beiden ins Fachwerk eingebauten Fensterchen. Auch hier waren die Holzläden geschlossen, nur paßten sie nicht genau aneinander, und dort, wo sie zusammenstießen, sah man einen Streifen Helligkeit. Der Magister tastete nach den Riegeln und schob sie aus der Verankerung.

»Wenn die Fenster nicht verschlossen sind«, sagte Carlotta, »bläst der Wind den Regen herein, und morgen früh steht hier eine Pfütze.«

Der Magister stieß die Läden zurück. Schwer atmend hielt er sich am Sims fest. Carlotta sah, wie sich die Schultern unter dem Talar hoben und senkten.

»Wie Ihr wollt.« Sie stellte die Lampe auf die Truhe, faßte den Kranken unter und half ihm zum Bett. Er ließ sich ohne ein Geräusch auf die Decken fallen.

Im selben Moment quiekte es.

Wie ein Dämon fuhr die gelbe Katze aus den Kissen auf, und wahrscheinlich hätte sie dem Magister das Gesicht zerkratzt, wenn Carlotta sie nicht blitzschnell von ihm gerissen hätte. Sie raffte die Katze an die Brust und wollte sich entschuldigen, aber ...

»Er ... er schläft schon «, sagte sie verblüfft.

Tatsächlich rührte ihr Gast sich nicht mehr, und er tat es auch nicht, als Carlotta die Steppdecke unter ihm hervorzerrte, um sie über ihn zu breiten. Er lag auf dem Bauch, seine rechte Hand hing über den Bettrand hinaus. Carlotta hob das Licht von der Truhe. Sie stieß einen leisen Pfiff aus.

»Siehst du, Katze?« flüsterte sie. »Ich wußte, daß er da was hat. Verbrannt, hm?« Sie hob den Ärmel des Talars an. »Bis übers Handgelenk. Kein Wunder, daß es ihm übel geht, und eine Schinderei und wirklich merkwürdig, ihn so auf die Reise zu schicken. Nicht mal verbunden ...« Der Stoff krümelte zwischen ihren Fingern. Er war angesengt. Und über der Brandstelle eingerissen. Carlottas Lampe beleuchtete die schlafende Gestalt bis zu den Füßen. Der Talar war an vielen Stellen zerrissen. Und so dreckig, als hätte der Magister in einem Schweinekoben gehaust.

Sie nahm mit spitzen Fingern den lädierten Ärmel, hob den verbrannten Arm damit an und bettete ihn neben dem Kopf aufs Kissen. Gedankenvoll bückte sie sich zur Katze und kraulte ihre struppige Kehle.

»Da schicken sie uns einen Magister in einem Wagen, der eines Königs würdig wäre, schützen ihn durch eine fürstliche Eskorte, aber sie verbinden ihm nicht die Wunden und lassen ihn zerrissene Kleider tragen und behandeln ihn ... na, wie eine räudige Katze, will ich mal sagen, wenn es dich nicht kränkt. Was soll das bedeuten?«

Die Katze, die es haßte, gekrault zu werden, entwand sich ihr mit einem Zischen. Grämlich starrte sie zum Schlafplatz, von dem man sie vertrieben hatte.

»Es paßt nicht, Katze«, sagte Carlotta nachdenklich. »Gar nichts paßt. *Circulus vitiosus* – noch so ein fehlerhafter Kreis.«

2. KAPITEL

Und seitdem schläft er?« fragte Josepha.

Carlotta nickte. Sie hatte es sich mit ihrer Nachbarin auf der Küchenbank bequem gemacht und war froh, daß es endlich einen Menschen gab, der Zeit hatte, sich ihre Sorgen über den Magister anzuhören. Daß der merkwürdige Gast zu Recht vor ihrer Haustür abgeladen worden war, hatte ihr Vater am Morgen noch hastig bestätigt. Auch seinen Namen und seine Profession hatte er ihr mitgeteilt. Der Mann hieß Jovan Palač und sollte den Lehrstuhl für Römisches Recht übernehmen. Zu weiteren Erklärungen oder gar zum Zuhören war keine Zeit geblieben. Die Feierlichkeiten zu Ehren des heiligen Dionysius begannen nämlich mit einem Gottesdienst, der so früh stattfand, daß der Gesang der Frommen die Vögel aus dem Schlaf weckte, und ihr Vater brauchte Zeit, um sich anzukleiden, und mußte außerdem noch das Universitätszepter holen, das in der Truhe in der Heiliggeistkirche aufbewahrt wurde ... Man hätte ihn doch schon in der Nacht wecken sollen.

Carlotta massierte der grauen Katze das Fell. Nach dem Sturm war es noch einmal erstaunlich mild geworden. Durch die offenstehende Küchentür fiel ein breiter Streifen Sonnenschein, der sommerliche Wärme ins Zimmer trug, obwohl es doch schon Oktober war und drüben in den Wäldern am Jettenbühl die Blätter glühten. Josephas Hühner gackerten im Hof. Ihr Mann, der Pergamentmacher, sang mit seiner kräftigen, tiefen Stimme von der Wankelmütigkeit der Frauen, wofür er allerdings keinen Grund hatte, denn Josepha hing mit Zärtlichkeit an ihm, und sie waren das glücklichste Ehepaar, das Carlotta kannte.

»Verbrennungen sind schlimm, da sterben die Leute weg«, sinnierte Josepha. »Aber wenn er aus Prag gekommen ist … Wie lang mag er gereist sein? Eine Woche? Oder zwei? Da sollte sich schon entschieden haben, ob er es übersteht. Er kann sich natürlich auch auf dem Weg hierher verbrannt haben. Hast du Blasen gesehen?«

Das hatte Carlotta nicht. Sie war mehrere Male hinauf in die Dachkammer gegangen und hatte auch immer wieder nach der Wunde geschaut, aber keine Blasen und auch sonst nichts akut Bedrohliches entdeckt, sondern nur rot-weiß verfärbtes, scheußlich anzuschauendes Gewebe über einer Hand, die wie eine Kralle gebogen war.

»Es gibt viel Elend«, seufzte Josepha aus der Tiefe ihrer mageren Brust. Sie stützte das Kinn in die Hände und verlor sich in Gedanken, die kaum noch etwas mit dem Magister zu tun hatten. Die Stirn unter dem eleganten wollenen Turban warf Falten. Ihre Lippen hingen bedrückt herab. Die knochigen Schultern, die sie sonst immer gerade hielt, weil sie stolz auf ihre schlanke Figur war, beugten sich vornüber, als wolle sie sich dazwischen verstecken.

»Sorgen?« Carlotta langte hinter sich nach dem Krug, der auf dem Herd stand, und goß ihrer Nachbarin Honigmet nach.

Jawohl, Josepha hatte Sorgen. Sie druckste ein wenig herum. Man war befreundet. Man kannte sich seit vier Jahren, seit Carlotta mit ihrem Vater nach Heidelberg und in das Haus an der anderen Ecke des Hofes eingezogen war. Man half sich aus und besuchte einander. Es mußte um etwas Ernstes gehen, wenn sie so schweigsam war.

Carlotta scheuchte nachlässig eine Fliege vom Met. Cord war fröhlich. Es konnte sich also um keinen Ehekrach handeln. Nachwuchs, um den man sich sorgen mußte, hatten die beiden auch nicht. Finanziell ging es ihnen gut. Damit blieb nicht mehr viel.

Josepha starrte in den Becher mit der schillernden Flüssigkeit. »Behältst du's für dich?«

Carlotta nickte.

»Nicht, daß es ein Geheimnis wär' oder was, wofür man sich schämen müßte, aber ... Kennst du die Wallensteinerin? Drüben, wo's zur Burg raufgeht? Das erste Haus an der Straße? Die zu Mariä Geburt entbunden hat, als das schreckliche Unwetter war?«

Carlotta nickte wieder.

»Ihr Kindlein wird sterben.«

Das war traurig. Andererseits durfte man nicht vergessen, daß die Wallensteinerin bereits fünf Kinder hatte, von denen sie kaum wußte, wie sie sie durchfüttern sollte, und dann – selbst einer vortrefflichen Hebamme, wie Josepha es war, starb ein Teil der Neugeborenen. Man konnte nicht ewig weinen, und Josepha neigte auch nicht dazu.

»War ein richtiger Schreihals«, flüsterte ihre Freundin, »ein Mädchen. Hat gekräht, sobald es den Kopf aus dem Schoß hatte. Und nach der Brust geschnappt, als gelt's das Leben. Eine, von denen man denkt, die beißen sich durch.« Sie nippte an dem Met, als wäre es saurer Wein.

Ihr Gatte hatte aufgehört zu singen. Statt dessen hörte man, wie sein Messer über das Schaffell schabte. Jemand grüßte ihn und stieg die Hoftreppe hinauf zur Galerie, vielleicht das Weib des Fischers, das mit seiner Familie in der Wohnung über dem Pergamenter wohnte und jedem Mannsbild schöne Augen machte.

»Das Kleine ist ganz plötzlich gelb geworden«, sagte Josepha. »Man sieht, wie es sich quält. Und seine Mutter hat's lieb und ist verzweifelt. Und will wissen, warum ihr das eine Kindlein stirbt, wo sie die anderen alle hat durchbringen können.«

»Macht sie dir einen Vorwurf?« tastete Carlotta.

»Sie nicht, nein – aber eine von denen, die ihr haben Glück wünschen wollen. Kennst du die? Die Dürre, die immer in dem bunten, zerschlissenen Rock herumläuft und sich auf dem Markt mit den Händlern zankt? Die aus Sinsheim zugezogen ist? – Ach, verdammich!« Josepha setzte den Becher mit einem Knall auf den Tisch. »Weiß von nichts und redet einem das Unglück an den Hals! Daß sie schon ein Neugeborenes so hat sterben sehen. Da, von wo sie herkommt. Und nicht nur eines, sondern viele. Und wie man nachgeforscht hat, hat man unter den Schwellen der Totenhäuser Schadensamulette gefunden. Kleine, schwarze Tiere in Stofftücher eingewickelt. Mäuse wahrscheinlich. Die Übeltäterin soll ein Weib gewesen sein, dem es keiner zugetraut hatte, weil es immer nur gekommen war, um Hilfe zu bringen. O nein, sie hat nicht gesagt, die *Hebamme* – dazu war sie zu vorsichtig. Aber man mußte blöd sein, um es nicht zu kapieren. Miststück!« Josepha leerte den Rest ihres Bechers in einem Zug und klopfte ungeduldig, um ihn neu gefüllt zu bekommen. »Und dann hättest du sie sehen sollen. Ich mein' die Wallensteinerin und ihre Schwiegermutter. Sie hatten keinen Spaten zur Hand, weil der Vater damit auf dem Feld war, dafür haben sie mit Löffeln gegraben. War aber nichts. Nicht unter der Schwelle und nicht unter der Wiege. Madonna! Und immer dieses Weib. Die Hexe bei ihr daheim hätte Segenssprüche über den Kindlein ausgesprochen, die in Wahrheit verstellte Flüche waren, was man daran merken konnte, daß sie unbekannte Namen benutzte. Ich segne die Kinder, Carlotta. Aber mit dem Namen der Heiligen Jungfrau, und wenn's vielleicht auch keinem geholfen hat, geschadet hat es auch nicht!«

»Amen«, sagte Carlotta.

»Am Ende hat die Wallensteinerin dem Weib die Tür gewiesen. Und sich wohl auch geschämt, denn sie weiß, bei welchem Wetter ich zu ihr gekommen bin, und daß ich ihr meinen Lohn gestundet habe, der armen Würmer wegen, für die sie nichts zu beißen hat. Aber ... es macht mir angst, Carlotta. Eine ganz gemeine Angst. Drüben in Walldorf haben sie einer Hebamme den Prozeß gemacht.«

»Hast du es deinem Mann erzählt?«

»Cord?« Josepha lachte bitter. «Damit er mir sagen kann, ich soll daheim bleiben und die Kinder anderen überlassen? Er denkt, ich tu's, weil ich mir gern Hauben und Gürtel kaufe. Aber in Wahrheit ... Carlotta, es ist etwas Großes daran, so einem Würmchen ins Leben zu helfen. Manche kommen mit den Füßen zuerst oder haben das Gesicht nach oben. Und ich hab' das Geschick, sie zu drehen. Ich weiß, auf welche Stelle des Leibes ich pressen muß, wenn die Geburt nicht vorangeht. Ich kenne die Kräuter, die Blut stillen oder die Wehen stärken. Soll ich das alles fortwerfen? Ist das nicht, wie eine Gabe des Herrgotts mit Füßen treten?« Ihr hageres Gesicht bekam einen trotzigen Zug. »Sollen sie doch zur Hölle fahren. Die Sinsheimerin und all die anderen mit ihren verdammten Klatschmäulern!«

»Jawohl. Und dort braten, bis sie schwarz sind. So wie der Fisch, den ich am letzten Freitag gebacken habe. Oder die Briestorte vom Sonntag. Oder der Heidenkuchen oder dieses heimtückische Quittenmus ...«

Josepha begann zu lachen, hörte aber gleich wieder auf. »Es ist kein Spaß, Carlotta.«

»Ist es auch nicht, denn es würde doppelt so viele kleine Gräber auf dem Friedhof geben, wenn du dich nicht um die Geburten kümmertest. Aber denk doch mal nach. Was kann das Weib mit seinem Gerede tun? Dein Cord ist doch Pergamenter. Er gehört zur Universität.«

»Und?« In Josephas Gesicht sproß ein Funke Hoffnung.

»Als Mitglied der Universität steht er mit seiner Familie unter der Gerichtsbarkeit des Rektors. Deshalb sind sie hier doch immer so aufgebracht, wenn die Scholaren etwas anstellen. Weil der Stadtrat sie nicht belangen kann. Selbst wenn die Wallensteinerin dich also verklagte, Josepha – das Stadtgericht hat keine Macht über dich. Und glaubst du, Magister Marsilius würde auch nur einen Pfifferling auf solches Geschwätz geben?«

Josepha sann nach, ihre Miene hellte sich auf. Sie erhob sich, kam hinter dem Tisch hervor und drückte einen Kuß auf Carlottas Haar. Ihre Hände waren fest, ihr Kleid weich, sie duftete nach Rosmarin und all den anderen Kräutern, mit denen sie den Frauen das Gebären erleichterte. Und es war schändlich, ihr Böses unterstellen zu wollen. Carlotta glaubte auch nicht, daß jemand in Heidelberg auf die Sticheleien der Sinsheimerin hören würde. Josepha lebte seit ihrer Geburt unter ihnen. Sie war fröhlich, offen, hilfsbereit …

»Komm, laß uns hochgehen in die Dachkammer, deinen Magister anschauen.« Josepha nahm Carlottas Arm. »Wie heißt er gleich? Jovan Palač? Was für ein merkwürdiger, heidnischer Name. Sieht er wenigstens gut aus? He! – Hör auf zu kneifen! Ich frag' doch bloß. Kannst du einem Weib, dessen Kundschaft aus lauter runzligen, schleimigen Schreihälsen besteht, nicht einmal eine Freude gönnen?«

Der Magister lag so auf dem Bett, wie er sich in der Nacht zuvor hatte darauffallen lassen. Sein Gesicht war im Kissen versunken. Auf seinen Beinen schlief die gelbe Katze. Carlotta legte den Finger auf die Lippen, hob die Katze fort und machte Josepha Platz. Ihre Freundin hockte sich auf das Bänkchen, das vor dem Bett stand. Sie besah die unglückselige Hand und prüfte, ob die Wunde trocken war. Dann schob sie die Locken fort, die schwarz und wirr wie Schlingengewächs das Gesicht des Kranken bedeckten. Sie legte ihre Hand auf seine Wange und die Stirn, horchte auf seinen Atem und begutachtete die blasse Haut. Alles so sanft, daß er nicht einmal mit den Augenlidern zuckte.

Er war jung, der Herr Magister. Erstaunlich jung, wenn man bedachte, daß er das Studium der Freien Künste und das anschließende Rechtsstudium hinter sich gebracht hatte. Carlotta schätzte ihn auf wenig über fünfundzwanzig.

»Soll ich Magister Jacobus bitten, nach ihm zu sehen? Den Medicus von der Universität?« flüsterte sie.

Josepha schüttelte den Kopf. »Er hat Fieber, aber nicht so heiß, daß man sich sorgen müßte. Und die Wunde heilt. Da ist nichts mehr zu tun. Der schläft sich gesund und hat es überstanden.« Sie begann zu grinsen. »Madonna, was für ein zuckriges Mannsbild! Kein Wunder, daß du um ihn schleichst. Den haben sie nach Apollon geformt. Hieß er nicht so? Dieser Griechengott?« Sie erstickte ihr Kichern in der Faust und ließ sich von Carlotta in den Flur hinaus schleppen. »Was lehrt er? Jurisprudenz? Nicht im Ernst. Hast du seine Haare gesehen, Carlotta? Warum wird solch eine Lockenpracht an einen Mann verschwendet? Zu schade, daß er sie kurz trägt. Du solltest dir deine übrigens aufstecken. Die Haare, mein' ich. Welcher Wicht hat dir ins Ohr geflüstert, sie mit diesen häßlichen Schnüren zu binden? Außerdem solltest du dir endlich hübsche Kleider kaufen. Grau, grau, als gäbe es keine Farben. Blödsinn, praktisch. Man könnte dich für einen Mönch halten … Ja. Ja doch. Ist ja schon gut …«

Sie schwieg, bis sie die Treppe hinab und unten in der Stube waren. »Ich denk', er wird bald wieder auf den Beinen sein. Aber seine Hand wird verkrüppelt bleiben. Er muß in offenes Feuer gekommen sein. Da ist zuviel Fleisch zerstört. Ein Jammer, wo es doch seine Rechte ist. Sicher muß er viel schreiben. Verträge aufsetzen und so. Armes Magisterchen. Kommst du noch zu mir rüber, Carlotta?«

Nein, Carlotta hatte keine Zeit. Es ging auf den Abend zu, bald würde ihr Vater von dem Festmahl zurückkehren, das der Pfalzgraf oben auf der Burg für die Honoratioren der Universität hatte ausrichten lassen. Vorher würden die Scholaren heimkommen ...

Hoffentlich auch Bertram und Benedikt, dachte Carlotta. *Besonders* die beiden. Bertram hatte nämlich angedeutet, daß sie im »Glücklichen Hühnchen« hängenbleiben könnten. Das konnte eine Prahlerei gewesen sein – mit dem Zweck, sie aufzubringen –, aber vielleicht wollte er auch ausprobieren, wieviel man ihnen in Anselm Buttweilers Burse durchgehen ließ. Carlottas Vater war ein gutmütiger Mann, der nicht gern stritt, das hatten die Scholaren schnell begriffen. Aber wenn die Brüder wirklich die Frechheit besaßen, wenn sie sich wirklich im »Glücklichen Hühnchen« betranken ...

Dann werde ich darauf bestehen, daß sie das Wochenende im Karzer verbringen, dachte Carlotta. Diesmal ja!

Ach – und sie mußte auch noch für die Morgenmahlzeit vorkochen. »Du hast nicht zufällig einen Streifen Speck liegen?« rief sie ihrer scheidenden Freundin nach.

Die Scholaren kehrten in kleinen Grüppchen zur Burse zurück. Vom Augustinerkloster wehte das Abendläuten herüber, das Zeichen für den Tagesausklang. Bertram und Benedikt blieben aus.

Carlotta würfelte ihren Speck – wahrscheinlich würden alle jammern, weil sie schon den dritten Tag Schmalzmilch kochte – und ärgerte sich. Bertram rechnete mit der Nachsicht ihres Vaters, das wußte sie. Er war einer, der mit allem durchkam. Zu seinem eigenen Schaden. Und zu dem seines jüngeren Bruders, der ihm ergeben wie ein Hündchen in jede Lauserei nachtrottete, obwohl er einen klugen Kopf hat-

te und mit etwas Ehrgeiz ein passables Examen zustande bringen könnte. Zumindest den Abschluß als Baccalar, und damit
fand man sein Auskommen.

Draußen dämmerte die Nacht herbei. Am Himmel zogen
Regenwolken auf, und Cord holte seine Gestelle mit den
Schaffellen ins Haus. Die Frau des Fischers schöpfte Wasser
aus dem Brunnen im Hof, oben in der Wohnung hörte man
den Fischer mit den Kindern brüllen. Aus Josephas Küche
kroch der Duft von Gebratenem – sie kochte mit Vergnügen
und Talent –, aber der Geruch wurde durchtränkt vom bis-
sigen Gestank aus der Abortgrube neben dem Hühnerstall.
Es war Zeit, den Heimlichkeitsfeger zu rufen. Die Kosten für
das Entleeren der Grube würden sich auf die drei Haushal-
te aufteilen, die den Hof benutzten, und zwar anteilsmäßig
nach Personen. Das hieß – Carlotta überschlug es in Gedanken –, daß sie wahrscheinlich um die drei Gulden würde aufbringen müssen. Den Lohn, den sie für die Abschrift des
Euklid bekam.

Sie setzte das Dreibein auf das Feuer und schlug hastig
ein paar Eier in die Milch. Gerade als sie sie unterrührte,
schwoll Lärm auf. Er kam von draußen, von der Gasse her.
Sie hörte Lachen und wütende Rufe, die sich mit groben
Befehlen mischten. Ahnungsvoll hob Carlotta den Topf vom
Feuer. Als sie durch die Stube zur Haustür ging, stürmte
Moses Nürnberger die Treppe hinab, der jüngste ihrer Haus-
gäste, gefolgt von den drei Scholaren, die mit ihm die Kammer teilten.

Carlotta trat in die Tür.

Sie sah eine Menschenmenge, die sich wie ein bunter
Wurm die Gasse hinaufwälzte, vorbei an Kellerhälsen, Lau-
bengängen und Ziegenställen. Gegenüber und in den Fenstern der Nachbarhäuser erschienen neugierige Gesichter,
und die ersten Blicke wanderten zu Anselm Buttweilers Burse.

Na schön. Na wunderbar!

Carlotta kreuzte die Arme über der Brust. Den Kern des Menschenauflaufs bildeten Männer der Scharwache. Sie führten zwei kuttenbekleidete Jungen in ihrer Mitte, die gestoßen und von der begleitenden Menge beschimpft wurden. Ab und zu wurde immer noch gelacht, aber das Gelächter hatte deutlich einen unguten Klang. Carlotta wartete. Bertram war ein großer Kerl. Sein heller Schopf mit der sauber rasierten Tonsur in der Mitte tauchte aus der Menge auf. Er blutete aus Nase und Mund, grinste dabei und sagte irgend etwas zweifellos Freches, denn es wurde ihm mit wütendem Gebrüll gelohnt.

»Sie haben ihn verprügelt«, flüsterte Moses. Das spitze Gesicht unter dem verwuselten Haar zeigte sich verklärt. Der kleine Moses hatte innerhalb der Burse am meisten unter den Brüdern zu leiden. Vielleicht, weil er Jude war – obwohl getauft, so doch immer noch Jude von Geburt. Bertram mochte keine Juden. Die ganze Stadt mochte sie nicht. Sie wohnten in einer der besten Gassen zum Fluß hinab, und einige waren so reich, daß sie sich Häuser aus Stein leisten konnten. Moses war nicht reich. Sein Vater hatte bei der Taufe alles Gut als Sühne hergeben müssen, und er konnte nur studieren, weil Magister Hermenicus ein Exempel der Vergebung statuieren wollte. Bertram mochte ihn trotzdem nicht.

»Sie haben ihnen die Fresse eingeschlagen«, wisperte Moses erfreut und bekam vom langen Friedemann einen Rippenstoß.

Die Menge teilte sich. Sie hatte Carlottas Haus fast erreicht und gab nun den Blick auf die Sünder in ihrer Mitte frei. Bertram grinste immer noch. Benedikt versuchte es ihm gleichzutun, aber seine Augen – bänglich wie bei einem Karnickel – verrieten ihn.

»Die Kerle wohnen hier?« fragte einer der Scharwächter.

Vielmehr, er stellte es fest. Der Mann hatte Blut an den Fingerknöcheln. Zweifellos gehörte er zu den Schlägern.

»Sie wohnen hier, aber Ihr könnt sie gleich weiter hinauf zur Burg schaffen. Magister Marsilius feiert mit dem Kurfürsten, und er wird begierig sein zu erfahren, warum zwei seiner Scholaren mit zerschlagenen Gesichtern herumlaufen.«

»Das werden wir ihm sagen! Gern! Sehr gern sogar! Seht Ihr das, Weib?« Der Mann, der außer sich vor Zorn die Worte rief, trug derbe, graue, sandbeschmutzte Kleidung und darüber eine Lederschürze. Carlotta nahm an, daß er zu den Bauleuten gehörte, die seit Jahresbeginn an der neuen Spitalskirche bauten. Er hielt ihr eine Maurerkelle hin, auf der schlammiger Mörtel klebte.

Das Gemurmel schwoll wieder an. Die Leute begannen durcheinander zu brüllen und zu erklären. Bertram und Benedikt hatten etwas mit dem Mörtel angestellt. Was? Hineingepinkelt? In eine Wanne mit angerührtem Mörtel?

»Wie letzte Woche«, verkündete der Baumann so empört, daß er die Worte kaum herausbrachte. »Fünf Ellen Mauer sind uns unter den Händen zusammengebrochen. Und ein Stück vom Fensterbogen. Das geht doch nicht mit rechten Dingen zu. So was gibt's gar nicht! Drei Wannen Mörtel in drei Tagen verdorben. Davor mußten wir schon einen Bottich weggießen, weil der gestunken hat wie Sau. Aber das hätt' ein Straßenköter gewesen sein können, obwohl ich nicht weiß, wie der die Bretter vom Bottich hat runterkriegen und hinterher wieder rauflegen können, weil wir abends abdecken. Kann ich mir im Ernst nicht vorstellen. Aber diesmal ...« Er sah aus, als hätte er Bertram den Kellenmatsch am liebsten ins Gesicht geschleudert. »Wir haben gelauert und die beiden auf frischer Tat ertappt, wie sie's abgeschlagen haben. Und jetzt wollen wir den Schaden ersetzt kriegen. Material und Arbeit. Und ob das nun die Universität oder der Kurfürst oder sonst jemand tut, ist uns egal!«

Das allgemeine Kreischen bedeutete Zustimmung.

Ach ja, dachte Carlotta resigniert. Sie *haben* den beiden die Fresse eingeschlagen, und Moses soll sich ruhig daran freuen. Nicht einmal für den verängstigten Benedikt hatte sie mehr Mitleid.

Sie zog das Schlüsselbund vom Gürtel. Man mußte die Menge beruhigen, und vielleicht ging das am besten, wenn sie ihnen demonstrierte, daß die Übeltäter nicht ungeschoren davonkommen würden. Sie stieg die Stufen hinab, die zum Keller führten, während die Menge zurückwich. Schweigend sah man zu, wie sie die Tür aufschloß. Daß sich unter dem Haus des Pedells der Universitätskarzer befand, war allgemein bekannt.

Der Mann, der Bertram hielt, grunzte unschlüssig. Sollte er sich zufriedengeben? Die Scholaren genossen Immunität. Die hatte der Papst ihnen in seiner Stiftungsurkunde zugesichert, und jedes Jahr zu Weihnachten wurde das Privileg vom Marktschreier in deutscher Übersetzung verlesen. Unter Umständen stand ihnen also Ärger ins Haus, wenn herauskam, daß sie den Jungen das Fell gegerbt hatten. Was scherte die hohen Herrn schon eine Wanne mit verdorbenem Mörtel.

Er lenkte ein. Mit derben Stößen drängte er Bertram und seinen Bruder die Kellertreppe hinab. Zuvorkommend hielt er die Tür auf, damit Carlotta genügend Licht hatte, den Vorratsraum zu durchqueren und das zweite Schloß zu öffnen, das den hinteren Kellerraum versperrte.

»Nein, der Karzer!« stöhnte Bertram und verdrehte in gespielter Verzweiflung die Augen. Benedikt war froh, der Menge entronnen zu sein. Flink bückte er sich und schlüpfte in das dumpfe Loch.

»Wann läßt du uns raus, Lotta?« fragte Benedikt.

»Wenn ihr anfangt zu stinken.« Sie stupste ihn und schloß ab.

Es war Schaden entstanden. Jemand würde ihn begleichen müssen, und Bertram und Benedikt lebten von winzigen Zuwendungen, die ihnen ihre Schwester monatlich durch einen Boten überbringen ließ. Außerdem würde Magister Marsilius dem Kurfürsten erklären müssen, warum das Ansehen der Universität wieder einmal in den Schmutz gezogen worden war. Und vielleicht würden sie dann darüber nachzusinnen beginnen, ob ein butterherziger Pedell der rechte Mann war, in einer Burse übermütiger Tunichtgute für Ordnung zu sorgen.

»Lotta, Kindchen...«

Carlotta hörte die wispernde Stimme und wußte erst gar nicht, woher sie kam und was sie bedeutete, denn sie war über dem Euklid eingeschlafen, und als sie den Kopf hob, schmerzten ihre Glieder so sehr, daß sie sich kaum auf das Flüstern konzentrieren konnte.

»Lotta, ich fürchte, wir werden es ihnen erklären müssen.«

»Was?«

Sie blinzelte hoch und sah ihren Vater, der gebeugt neben ihr stand und auf sie herabsah. Sein Haar, vorzeitig ergraut, aber noch immer voll, hing ihm in sanften Wellen auf die Schultern herab. Sorgen standen in seinem freundlichen Gesicht. Sie hatte ihn nicht kommen hören, und das bedeutete, daß er selbst die Tür mit seinem Schlüssel geöffnet haben mußte, was wiederum nur möglich war, wenn sie vergessen hatte, den Riegel vorzulegen. Das war aber eine gewaltige Unvorsichtigkeit, denn wenn Heidelberg auch klein und seine Einwohnerschar friedlich war, gab es doch Fremde, die auf ihrem Weg über den Rhein und die Fernstraßen in den Heidelberger Gasthöfen Station machten.

Ihr Vater sprach noch immer, die Stimme kummervoll gesenkt und drängender, als es seine Art war.

»... Zölestine«, flüsterte er. »Du weißt schon. Bertrams und

Benedikts Schwester. Das Mädchen, das zur Dilsburg hin geheiratet hat. Mit den blonden Haaren. Die früher gegenüber wohnte. Ich meine, ihre Mutter ist auch erst im vergangenen Sommer verstorben.«

»Sie hat nach Landschaden geheiratet«, sagte Carlotta.

»Was?«

»Zölestine Rode. Sie hat Christof Landschad geheiratet. Und sie ist nicht nach Dilsburg, sondern zur Burg Landschaden gezogen.« Langsam wurde sie wach. »Was ist mit ihr?« Ihre Hand stieß an die Lampe, und heißer, flüssiger Talg spritzte auf den Daumen. Hastig wischte sie ihn fort und blickte fragend zu ihrem Vater hoch.

Seine traurigen Augen versenkten sich in ihre. »Na, sie ist tot, Kindchen. Die arme Zölestine ist tot.«

3. KAPITEL

Wie kann sie tot sein?« fragte Bertram. Sein hübsches Jungengesicht blickte ratlos. Nein, verängstigt. Wütend. Wohl von allem etwas.

Carlotta wusch den blutigen Lappen in der Schüssel aus und tupfte erneut über Benedikts Nase. Der Junge heulte leise vor sich hin. Ob über den Tod seiner Schwester oder weil ihn die Reinigungsprozedur schmerzte, war nicht auszumachen. Das Blut hatte sein Gesicht bis zum Hals hinab verschmiert. Unten hatte sie ihn schon sauber bekommen, aber an der Nase mochte er sich kaum berühren lassen. Möglicherweise war sie gebrochen. Die Bauleute hatten bestimmt hübsch hingelangt.

»Was ...« stotterte Bertram. »Ich mein' – was war mit ihr? Sie hatte doch diesen ... Hasenkeks von Ritter. Der hat doch für sie gesorgt. Und sie war jung. Und immer gesund ...«

Ihn aus der Fassung zu sehen, war ein seltenes Ereignis. Carlotta hätte es genossen, wenn die Ursache nicht so traurig gewesen wäre. Sie faßte Benedikt am Kinn, tupfte vorsichtig über die Nasenlöcher und wiederholte, was ihr Vater am Abend zuvor berichtet hatte: Zölestine war gestürzt. Sie war in ihrer Kemenate auf einen Schemel gestiegen, als sie etwas aufhängen oder herunterholen oder was auch immer

35

wollte, und dabei ausgerutscht und so unglücklich auf die Steinstufe zur Fensternische gefallen, daß sie sich das Genick gebrochen hatte.

»Wieso klettert sie ...«

»Hör auf, Carlotta«, wimmerte Benedikt.

Bertram warf seinem Bruder einen gereizten Blick zu. Das Morgendämmern war vorüber. In der Küche war es hell geworden. Der Pergamenter draußen im Hof schrappte Kreide, um sie auf seine Häute zu streuen. Die anderen Scholaren waren längst zum Augustinerkloster und in die Heiliggeistkirche zu ihren Vorlesungen gegangen, und Carlottas Vater hatte sich mit dem Immatrikulationsverzeichnis auf den Weg zu Marsilius gemacht. Der ewig gleiche Ärger – die Scholaren reisten von fremden Universitäten an und vergaßen, sich einzutragen.

»Benedikt, nun hör schon mit der Heulerei auf. Nutzt doch nichts!« Bertram stieß seinen Bruder ungeduldig in die Seite. »So eine Kuh aber auch! Zu blöd, um am Leben zu bleiben. Zu blöd ...«

»Gib acht, wie du redest, Bertram Rode«, mahnte Carlotta.

»Und? Sie hatte doch nichts zu tun, als sich den Bauch vollzuschlagen und ihrem Kerl ...« Er benutzte einen gräßlich vulgären Ausdruck. »Carlotta – kapierst du, was das für uns bedeutet?«

»Kapierst du, daß mir das völlig egal sein könnte?«

»Ich hab' noch fast nichts für die Prüfung. Nur die Scheine für die *Kategorien*. Ich brauch' den *Boethius* und die *Analytiken* und die *Topik*. Wenigstens. Das sind drei mal zwei Gulden. Und noch mal zwei für die *Physica*. Und wenn Konrad von Soltau die liest, dann drei. Der denkt, alle Scholaren haben Dukatenscheißer hinter der Tür ...«

»Ihr habt nur von dem gelebt, was Zölestine euch geschickt hat?«

36

»Sag ich ja – blöde Kuh.«

»Sag's noch einmal, und du fliegst hier raus.«

Eine Zeitlang herrschte betretenes Schweigen. Selbst Benedikt stellte das Wimmern ein. Sein zartes, hübsches Gesicht war so verschwollen, daß die Augen fast im Fleisch verschwanden. Er war vierzehn – nur ein Jahr jünger, als sein Bruder, aber anders als Bertram zierlich gebaut, so daß er immer noch wie ein Kind wirkte. Carlotta widerstand der Versuchung, ihm übers Haar zu streichen.

»Vielleicht hilft Christof Landschad euch ja aus – er hat an Zölestine gehangen und mag sich ihr verpflichtet fühlen«, versuchte sie zu trösten.

Bertram schnaubte durch die Nase. Wahrscheinlich hatte er recht. Den Rittern von Landschaden war schon Christofs Heirat mit Zölestine gegen den Strich gegangen, munkelte man in der Stadt. Angeblich waren sie nur darauf eingegangen, weil sie gerade finanziell in der Klemme saßen und selbst eine so magere Partie wie Zölestine nicht ausschlagen konnten. Tatsache war jedenfalls, daß Zölestine ihre Familie nach der Heirat kein einziges Mal mehr besucht hatte und daß sie trotz ihres Familiensinnes weder die Brüder noch ihre Mutter zu sich auf die Burg eingeladen hatte. Das war schon merkwürdig. Die Landschadenburg war in vier Stunden Fußmarsch zu erreichen.

»Eure Schwester soll übermorgen begraben werden«, sagte Carlotta. »Da, wo sie gewohnt hat. Bei der Burg.«

Bertram starrte mürrisch zur Tür hinaus, wo der Pergamenter Kreide auf die abgeschabten Häute streute.

»Hin und zurück – das könnt ihr in einem Tag schaffen.«

»Die können sie auch allein verscharren.«

»Bertram – du schaffst es, daß ich ärgerlich werde!«

»Aber er hat recht«, meldete sich unvermutet der verheulte Benedikt zu Wort. »Die wollen uns sowieso nicht dabeihaben. Schon damals bei der Hochzeit wollten die das nicht.

Der eine, der Bruder von dem, den Zölestine geheiratet hat, Bligger, der hat gesagt ...«

»Halt's Maul«, schnaubte Bertram.

»... daß sie für Langmäntel und Plattenträger einen extra Baum hinterm Schweinekoben haben«, fuhr Benedikt unbeirrt fort. »Aber er kann das gar nicht so gemeint haben, denn er und sein Bruder sind ja selbst in der Universität eingeschrieben. Das hat unsere Mutter erzählt. Auch wenn sie nie die Vorlesungen besuchen. Und deshalb glauben wir, daß er sich gar nicht darüber geärgert hat, daß wir zur Universität gehören, sondern weil ihm unsere Familie ...«

»Halt's Maul.« Bertram trat mit dem Fuß gegen die Bank. »Zölestine hat einen hochnäsigen, blaublütigen Furz geheiratet, damit Schluß. Das geht uns alles nichts mehr an.«

»Außer daß sie eure Schwester ist und in zwei Tagen beerdigt wird.«

»Was mir so schnurz ...«

»Ihr geht da hin, Bertram.«

»Ach nee ...« Er grinste erbittert.

»Und zwar gerade weil sie euch nicht dabeihaben wollen. Denn«, erklärte Carlotta ungeduldig, »es ist schlimm genug für Zölestine, wenn man ihr zu Lebzeiten die Familie verboten hat. Da soll sie euch wenigstens am Grab sehen. Das seid ihr ihr schuldig.«

»Bertram hat mit Bligger Landschad Streit gehabt«, meinte Benedikt vorsichtig.

»Schlimm?«

Bertram nickte mürrisch. »Alle haben's mitgekriegt. Darum geht's. Bligger ist stark, aber blöd. Dem fällt keine Antwort ein, wenn man ihm was sagt. Der schlägt nur drein. Und weil er das bei der Hochzeit nicht konnte ...«

»Er war so wütend, daß er seinem Knecht eins in die Fresse gegeben hat, daß er durch den halben Raum gekugelt ist«, grinste Benedikt.

»Gut, dann also nicht zur Beerdigung. Aber wenigstens ...«
Carlotta hob die Stimme, weil Bertram schon wieder protestieren wollte. »... wenigstens *privatim* müßt ihr Abschied nehmen. Sie wird doch irgendwo aufgebahrt sein. Ihr fragt am Tor nach Christof. Der war vernarrt in Zölestine. Er wird euch sicher zu ihr lassen. Und sein Bruder braucht es gar nicht zu erfahren. Und außerdem ...« Sie ließ es nicht zu, daß Bertram unterbrach. »... werde ich euch begleiten. Dann wird es schon gutgehen.«

Einwände? Keine, die so schnell vorgebracht werden konnten, wie Carlotta weitersprach.

»Jetzt geht ihr zu Magister Marsilius und macht gut Wetter wegen der Sache mit dem Mörtel. Ich bin sicher, er hätte euch rausgeworfen, wenn die Sache mit Zölestine nicht passiert wäre. Entschuldigt euch mit Anstand. Vielleicht ist es ganz gut, daß ihr so zugerichtet seid. Sagt ihm jedenfalls, daß ihr den Mörtel bezahlen werdet. Und richtet euch darauf ein, daß ihr dafür arbeiten müßt. Und ... nun verschwindet schon! Beeilt euch aber − dann können wir vielleicht noch heute zu Zölestine und haben es hinter uns.«

Sie goß die Schüssel mit dem blutigen Waschwasser in die Abortgrube und erinnerte sich, daß sie mit dem Fischer und Josepha über den Heimlichkeitsfeger sprechen mußte. Dann knetete sie einen Teig für ein paar Roggenbrote, die abends die Mahlzeit ersetzen mußten, falls sie nicht rechtzeitig zurück war. Am besten war es, Josepha zu bitten, die Brote abzubacken. Man konnte dann ja morgen griechische Hühner backen, was möglicherweise mißlang, wenn das Fleisch nämlich zäh wurde, was fast immer geschah − aber zumindest würden ihre Kostgänger ein Höchstmaß an gutem Willen erkennen. Dazu mußte sie allerdings einkaufen. Hühnchen, Speck, Eier, Zimt, Ingwer... Brauchte man Ingwer? Ingwer war teuer.

Blödsinnige Kocherei! Carlotta warf den Brotteig in einem Anflug von Ungeduld auf den Tisch und grub die Finger hinein. Auf dem Schreibpult ihres Vaters lag der Euklid, der zumindest die Freude des Abschreibens bot, und oben in ihrem Zimmer die Abschrift eines Traktates von Bradwardine, die sie bei dem Universitätsbuchhändler für den Spottpreis von zwei Pfennigen hatte erstehen können, weil sie schon am Verblassen und voller Korrekturen war. Bradwardine hatte mit Hilfe verwirrend neuer mathematischer Techniken versucht, die von Aristoteles behandelte Geschwindigkeit sich bewegender Körper zu bestimmen. Und zwar als proportional zur bewegenden Kraft und umgekehrt...

»Ach, verdammich. Verdammt!« sagte Carlotta und tat sich leid, bis der letzte Getreidekrümel im Teig verschwunden war.

Josepha war bereit, ihr das Backen abzunehmen. Sie fragte nach dem Befinden des Magisters.

Ja, den gab es auch noch. Am Abend zuvor hatte Carlotta ihm frischen Apfelmost und ein Stück Schmalzmilch auf die Betttruhe gestellt, aber über Zölestine und all der Aufregung hatte sie keine Zeit mehr gefunden, nach ihm zu sehen.

Wenn er noch immer nicht bei Bewußtsein ist, beschloß sie, während sie über den Hof in die Küche eilte, dann werde ich doch den Medicus bitten, nach ihm zu sehen. Auch wenn Josepha eine hervorragende Hebamme und Heilkundige war und Carlotta sich ihr jederzeit bei Krankheit anvertrauen würde, war es doch sicherer, die Verantwortung für den kranken Gelehrten an die Universität abzugeben.

Die Sorge erübrigte sich.

Als Carlotta in die Dachkammer trat, war der Magister nicht nur wach, sondern stand – welche Erleichterung – auf eigenen Beinen vor den beiden kleinen Fensterchen und sah hinaus. Er kehrte ihr den Rücken und rührte sich nicht. So hatte sie Muße, ihn anzuschauen. Seine Kehrseite. Die bot

ein Jammerbild, schlimmer als im gnädigen Zwielicht unter
dem Betthimmel. Jovan Palač war mittelgroß, aber dabei so
mager, daß die Schulterknochen sich in den Talar bohrten.
Und der Talar selbst – ein Lumpen! Der Saum hing in Fetzen, rote Seidenfäden lugten darunter hervor. Jedes Fleckchen
schrie nach einer Wäsche.

Carlotta erinnerte sich, daß er ohne Gepäck angereist war.
Noch so eine Merkwürdigkeit. Aber nutzlos, darüber zu grübeln. Sie mußte ihm einen neuen Talar besorgen. Vielleicht
einen, den ihr Vater früher getragen hatte. Und Unterzeug
und Strümpfe und ... alles eben. Seine Locken, die Josepha
so gerühmt hatte, waren klitschnaß. Er schien den Kopf in
die Waschschüssel getaucht zu haben, die in der Wandnische
neben dem Fenster stand und die Carlotta umsichtig aufgefüllt hatte. Sauber war er auf diese Weise nicht geworden. Er
hatte nicht einmal das Tuch benutzt, das gefaltet neben der
Schüssel lag. *Schlimmer* als die Katze, befand Carlotta.

»Es ist Heidelberg.«

Der Magister sprach. Er hatte eine weiche, melodiöse Stimme, keineswegs kehlig wie die des Mannes, der ihn gebracht
hatte. Von dunkler Färbung, aber mit nur geringem Akzent.
Und er sprach deutsch!

Carlotta kam durch das Zimmer und blickte ebenfalls
durch die Fenster, was eigentlich nicht not tat, denn sie kannte die Aussicht. Wenn man den Hals verrenkte, sah man einen
Teil des Hofes – den, wo der Pergamenter seine Häute trock-
nete –, und wenn man gerade hinausblickte, die Bäume auf
dem Jettenbühl und die kurfürstliche Burg. Die linke Ecke
davon. Die mit dem fetten, runden Turm.

»Heidelberg ...« wiederholte der Magister. Es klang, als
spräche er über den Abort, dessen Düfte aus dem Hof hinaufstiegen. Es klang verzweifelt.

»Sicher ist es Heidelberg«, versetzte Carlotta ein wenig
gekränkt. »Und das bedeutet: zwei herrschaftliche Burgen,

eine Stadt mit Mauer und Graben und dreitausend Einwoh-
nern darinnen, die durch einen eigenen Rat regiert werden,
dazu zwei Kirchen, einen Hafen, ein Tanzhaus, zwei Märkte,
drei Klöster, ein neues Spital ...« Die Mühle und die Ziegelei unterschlug sie. Das klang zu provinziell. Ach ja. »... und
die Universität. Die erste in Deutschland. Mit sämtlichen
Fakultäten. Jedenfalls jetzt, wo Ihr hier seid«, fügte sie hinzu,
denn es hatte wohl von Anfang an einen Lehrstuhl für Kirchenrecht gegeben, aber Jovan Palač war der erste, der Zivil-
recht lehren würde.

Der Magister schwieg.

»Es wird Euch gefallen, wenn Ihr Euch erst einmal einge-
wöhnt habt«, meinte Carlotta.

Der herbstliche Jettenbühl bot sich in majestätischer
Pracht. In der Burg, die den Hang schmückte, residierte der
erste Kurfürst des deutschen Reiches. Es bestand kein Anlaß,
sich wie eine ausgesetzte Katze zu fühlen.

»Heidelberg ist nicht Prag«, sagte Carlotta, »aber die Luft
ist frisch ...« Welch ein Jammer, daß der Abort gerade so stank.
»... und das Wasser sauber und die Menschen freundlich.
Und ... ich empfehle Euch das Bad in der Mittelbadgasse,
zwei Straßen weiter, wenn Ihr von hier in Richtung Markt
geht – das ist rechts runter. Sie haben dort einen Barbier. Der
soll akkurat arbeiten. Ich meine, Bart scheren und so ...«

Der Mann neben ihr verharrte wie ein Standbild. Dachte
er, es sei ein Vergnügen, sich mit einem Standbild zu unterhalten?

»Ich bin heute unterwegs«, sagte Carlotta. »Auf dem Tisch
in der Küche stehen Äpfel, Birnen, Nüsse und Käse, und heute abend gibt es frisches Brot ...« Keine Regung.

Auf dem Holzbaldachin des Bettes fauchte leise die gelbe
Katze. Sie schien die Dachkammer als ihr Reich in Besitz
genommen zu haben, aber noch nicht zu wissen, ob sie den
Magister als Mitbewohner oder Rivalen zu betrachten hat-

te. Na schön, dachte Carlotta. Die beiden werden sich schon miteinander amüsieren.

Die Jungen kehrten weit vor dem Mittagsläuten zurück. Das erste, was sie erzählten, war, daß Rektor Marsilius ihnen den weiteren Aufenthalt an der Universität gestattet hatte, nach tausendundeiner Ermahnung, dem *studium generale* keine weitere Schande zu bereiten. Und dann kam das Erstaunliche, Wunderbare, Sensationelle, das Geschenk des Himmels, von dem sogar Bertram zuzugeben bereit war, daß sie es nicht verdienten. Man würde ihnen die Studienkosten bis zum Erreichen des Baccalariats bezahlen. Und wie?

«Vetter Albrecht. Albrecht Hasse. Du mußt ihn doch kennen. Der mit dem Eulengesicht. Der für die Anfänger im Tanzhaus den *Priscian* liest.»

Carlotta kannte ihn tatsächlich. Albrecht, der Baccalar. Er hatte als erster an der jungen Universität seine Prüfung abgelegt – was mit entsprechendem Aufsehen verbunden gewesen war – und strebte den Magister der Freien Künste an und danach zweifellos das theologische Examen. Sie hatte sich eine Weile mit ihm unterhalten, als ihr Vater seine Scheine für die Prüfung kontrollierte. Und das war mühsam gewesen, da Albrecht dazu neigte, sich über jedes ihrer Worte in ärgste Verlegenheit zu stürzen. Dieser Albrecht war also mit den Jungen verwandt?

»Klar«, sagte Bertram. Er war ihr Cousin, ein Neffe ihrer Mutter. Nur hatte man kaum Verkehr miteinander gehabt, weil Albrecht ein Langweiler war und sie mit seiner Streberhaftigkeit angeödet hatte. Und man hatte ja nicht wissen können, daß in Wahrheit so ein feiner Kerl in ihm steckte. Jedenfalls übernahm er die weiteren Kosten für ihre Unterkunft und bezahlte für ihren Vorlesungs- und Übungsbesuch und jedem von ihnen die Gebühren für das Baccalariatsexamen – vorausgesetzt, sie wurden innerhalb von zwei Jahren fertig, was aber gar keine Schwierigkeit war, wenn sie es sich wirklich vornahmen. Nur die Prüfungsgeschenke für die Magister und den Festschmaus würden sie selbst zahlen müssen. »Aber das kriegen wir hin«, erklärte Bertram optimistisch.

In unpassend guter Laune machten sie sich auf den Weg zur Schadenburg.

Das schöne Wetter hatte sich wieder eingestellt. Sie verließen die Stadt über die bedachte Holzbrücke und wanderten flußaufwärts den Neckar entlang. Beidseitig des Flusses ging es in die Berge des Odenwaldes. Der Weg war staubig, aber das Laub an den Hängen brannte rot und golden, als wolle es der Welt ein Abschiedsfeuerwerk geben, und die Luft war schwer vom Harz und dem Geruch der feuchten Erde. Bertram kam mit dem Lenker eines Ochsenkarrens ins Gespräch, der ihnen erlaubte, hinten auf seinem Wagen Platz zu nehmen, zumindest bis Neuburg, wo er Tuche abliefern und leere Weinfässer als Rückladung mitnehmen sollte. Da konnten einem schon die Augen rausfallen, wenn man mal rechnete, was sich die frommen Damen durch die Kehle gossen …

Carlotta ließ die Beine baumeln. Im Neckar zogen Humpler und Nachen über das Wasser, dazwischen immer wieder Flößer, die auf aneinandergebundenen Baumstämmen flußabwärts trieben. Einmal sahen sie sogar das Heidelberger Marktschiff, das von acht Pferden an einem langen Seil gegen die Strömung gezogen wurde.

»Albrecht hätte das nicht tun müssen«, wiederholte Bertram staunend, was er schon tausendmal gesagt hatte. Er trauerte nicht um seine Schwester und gab auch gar nicht vor, das zu tun. Sie hatten ja Albrecht, der sie jetzt versorgte. Ach, Zölestine, dachte Carlotta bekümmert und ein bißchen wütend.

Während sie mit dem Karren Richtung Neuburg rumpelten, versuchte sie, sich das verstorbene Mädchen ins Gedächtnis zurückzurufen. Mehr als achtzehn, neunzehn konnte Zölestine nicht geworden sein, denn Carlotta war zwanzig und ihr im Alter etwas voraus. Verschwommen erinnerte sie sich eines blicklosen Gesichtchens, um das ein Meer dottergelber Locken schwamm. Auf zwei Dinge war Zölestine stolz gewesen − auf ihre Locken und auf die blasse, reine Haut. Damals, als sie mit ihrer Mutter noch im Haus gegenüber gewohnt hatte, war sie täglich in Carlottas Küche gekommen, anhänglich wie ein Hündchen. Stunde um Stunde hatte sie bei ihr gesessen und Fleisch von den Hühnerknochen gepult und Karotten geschrappt und all die Dinge getan, die Carlotta nicht ausstehen konnte. Und was hatte sie dafür haben wollen? Nichts als ein offenes Ohr, dem sie von ihren Träumen berichten konnte.

Aber was für Träume! Von einem Ritter, der kommen und sie auf seine Burg heimführen sollte, wie in den alten Liedern. Er mußte auf einem Schimmel mit Zaddeldecke reiten − warum dieses Detail so wichtig war, hatte Carlotta nie herausfinden können − und sie so innig lieben, wie Tristan seine Isolde. Goldlockige Söhne und Töchterchen tanzten durch den Traum. Und das merkwürdigste daran war, daß sich ihr Traum am Ende erfüllt hatte. Durch Christof Landschad, der − tatsächlich auf einem Schimmel reitend − Zölestine unten am Tränktor versehentlich den Eierkorb aus der Hand gestoßen und sich daraufhin augenblicks in sie verliebt hatte. Ein Täubchen zum anderen.

Und nun war das Mädchen tot.

»Was ist? Warum guckst du so?« wollte Bertram wissen.

Er war wirklich ein blöder Hammel.

Vor ihnen wichen die Bäume zurück. Auf einem sanften Hügel liegend tauchte das Nonnenkloster auf. Sie hatten eine Stunde Weg hinter und noch mindestens drei vor sich, die sie zu Fuß bewältigen mußten. Zurück mußten sie dann

sehen, daß sie Platz auf einem der Schiffe fanden, denn nach
Einbruch der Dämmerung empfahl es sich nicht, sich außerhalb der Stadtmauern aufzuhalten.

Der Weg machte eine Biegung, und vor ihnen, nicht auf der
Bergkuppe, wie Carlotta erwartet hatte, sondern inmitten des
bewaldeten Hanges – oder war es doch eine Bergkuppe mit
einem zweiten höheren Hang dahinter? – tauchten die vier
Burgen der Landschadener Ritter auf.

»Ihnen gehört nur die letzte«, erklärte Bertram genüßlich.
»Die ersten drei sind nach Worms und Speyer verpfändet.
Und ihre eigene, die hintere, die da über der Stadt hängt,
besitzen sie auch nur noch zur Hälfte.«

Benedikts schmales Gesicht war blaß. Möglich, daß die
Landschadenritter nicht mehr im Glanz ihrer Macht standen,
aber die Burg mit dem trutzigen Wehrtum und den Mauern, die sich bis hinab zum Städtchen zogen, reichte, um einen
armseligen Wanderer einzuschüchtern.

»Es sieht großartig aus, aber wenn du drinnen bist – ich
meine in der Burg –, dann ist es ein Loch«, beharrte Bertram. »Bligger dient dem Kurfürsten. Bei der Leibwache oder
so. Deshalb hat er die Stadt befestigen können. Er selbst hätte nicht das Geld, auch nur einen Stein zu kaufen.«

Die Pforten des Stadttores standen offen. Der Wächter hat-
te sein Turmzimmer verlassen und schwätzte mit ein paar
Mädchen, die mit Pilzkörben aus dem Wald gekommen
waren. Er warf Carlotta und den Jungen einen nachlässigen
Blick zu und winkte sie vorbei, als er weder Karren noch
Tiere entdeckt hatte, für die er Zoll hätte kassieren können.

Sie folgten dem Hauptweg, der nicht mehr als eine Fort-
setzung des Trampelpfades vor den Toren war. Die Häuser
klebten wie Schächtelchen aneinander – schief, schmutzig,
aus Lehm und Spalthölzern zusammengefügt, Zeugnisse der
Armut ihrer Bewohner. Fischernetze trockneten an Holzlat-

ten vor den Türen. In den Gossen seitlich des Weges schwammen grünlich schimmelnde Abfälle. Man sah kaum Menschen. Die Leute mußten in ihren Häusern oder bei der Arbeit sein. Nur ein paar kleine Kinder rannten an ihnen vorbei, verfolgt von dem Gekeife einer Greisin, die auf einer Treppe saß und in einem Eimer Gedärme auswusch. Die Gasse führte zum Marktplatz, der kaum mehr als eine Wegkreuzung war und hauptsächlich als Standort für den Pranger diente.

»Das hat Zölestine sich eingehandelt für ihre Mitgift«, brummte Bertram. »Und dabei gehörte es ihr nicht einmal, denn Bligger ist der Erbe, nicht Christof. Wenn sie den Münzschläger genommen hätte – den hätt' sie nämlich haben können, der war wie verrückt nach ihr –, dann würd' sie heut' in einem Steinhaus an der Kanzlei wohnen.« Sie hatten die Hauptstraße verlassen und stiegen an einem Brunnen und einer kleinen Steinkirche vorbei zur Burg hinauf.

»Nicht über den Friedhof.« Bertram führte sie im Bogen um die Kirche herum. Erneut tauchte eine Mauer auf, dieses Mal zum Schutz der herrschaftlichen Burg und als Abgrenzung zur Stadt, und wieder gab es ein Tor. Sie wurden schärfer beäugt. Der Wächter, mißtrauisch und gelangweilt, fragte sie nach Namen und Begehren und gewährte ihnen den Durchgang wie eine persönliche Gunst. Sie standen in einer Art verwildertem Garten und mußten einen steilen, steinigen Pfad erklimmen. Die Burg, ein Gebäudekomplex aus graurotem Sandstein, lag vor ihnen. Noch ein Tor – diesmal ohne Bewachung –, dann standen sie im Zwinger.

Die Jungen wurden stumm. Man hatte den Zwinger tief ins Erdreich gegraben, und die Mauern stiegen an drei Seiten über ihnen empor. Der Zugang zur Kernburg lag im hintersten Winkel des Zwingers und war mit einem Turmstübchen überbaut, aus dem eine Pechnase ragte. Beklommen erstiegen sie die mit Steinplatten ausgelegte Pferdetreppe.

Hier, am letzten Tor, gab es wieder einen Wächter. Zweifellos hatte er ihre Kletterei von seiner Wachstube aus beobachtet. Breitbeinig, die Daumen in dem mit Nieten beschlagenen Ledergürtel, musterte er sie, besonders Bertram, zu dem seine Blicke immer wieder zurückkehrten.

»Dich kenn' ich!« stellte er fest.

Der Mann versuchte sich zu erinnern. Seine linke Wange bewegte sich, als wenn er etwas kaute. Er dachte ausgiebig nach. Die Kaubewegung wurde langsamer.

»Du gehörst zu der Kleinen, zum Weib von Christof, he? Warste nich hier auf der Hochzeit?« Unvermittelt begann er zu grinsen. Auf eine Art, die Carlotta überhaupt nicht gefiel.

»Das stimmt, wir sind Verwandte deiner verstorbenen Herrin«, erklärte sie entschieden. »Melde uns Herrn Christof.«

»Geht nich.«

»Warum?«

»Weil der beschäftigt is.« Die Kaubewegung war auf ein Minimum herabgesunken. Die Äuglein, versunken in feisten, rotgeäderten Wangen, glitzerten.

»Dann rufe jemanden, vielleicht die Zofe deiner Herrin, die uns zu … in die Kapelle führen kann.« Sie hatten sie doch sicher in der Kapelle aufgebahrt?

Nach einer Pause nickte der Wächter. Wieder dieses Grinsen, jetzt offensichtlich erheitert. Es gefiel Carlotta weniger denn je. Aber nun gab es kein Zurück mehr. Der Wächter brüllte einen Namen über die Schulter und lud sie mit einer übertriebenen Geste zum Betreten der Kernburg ein.

Im Burghof war es schattig und erstaunlich gemütlich. Eine alte Kastanie breitete ihre Zweige fast über den ganzen freien Platz. Carlotta erkannte ein Wohnhaus mit vorgesetztem Arkadengang und einige an die Mauer gebaute Wirtschaftsgebäude, die den Burghof ringsum säumten. Die Pracht der ersten Jahre war dahin. Von den Häusern blätterte der Putz, die Dächer waren notgeflickt. Moos wuchs an den Arkadensäulen, und in den Winkeln zwischen den Gebäuden wucherte kniehoch Unkraut. Dann wurde ihre Aufmerksamkeit vom Bergfried gefangen. Der Turm schien von der Zeit unberührt. Machtvoll überragte er Häuser und Mauerzinnen, als wären sie Spielzeug, das man um ihn errichtet hatte, um es im nächsten Moment beiseite zu fegen und durch neues zu ersetzen.

Zu seinen Füßen saß ein Mädchen, vielleicht vierzehn Jahre alt, mit einem dicken, schwarzen Zopf im Nacken, auf einem umgedrehten Eimer und rupfte einen Schwan. Tränen rollten über ihr mageres Gesicht und mit jedem Federbüschel, das sie vor sich in die Wanne fallen ließ, schniefte sie in den Ärmel.

Sie war das einzige lebende Wesen auf dem Hof, jedenfalls im ersten Moment. Dann hinkte ein Mann unter dem niedrigen Dach eines Stalles hervor. In seinen Strümpfen staken Strohhalme, die Stiefel waren feucht von Mist. Offensichtlich der Kerl, dessen Namen der Torwächter gerufen hatte.

»Führ die Herrschaften zu unserer toten Herrin«, befahl der Wächter. Die beiden tauschten Blicke. Was war los? Sie hatten etwas vor – davon war Carlotta überzeugt. Bertram schien dasselbe zu denken. Er sah aus wie ein Fuchs, der die Hunde wittert. Das Mädchen auf dem Eimer hatte zu schniefen aufgehört und starrte zu ihnen herüber.

Sie folgten dem Mann mit den Miststiefeln. Wo war die Burgkapelle? Jedenfalls nicht in seinem Stall, aus dessen Tür das Stroh quoll. Nein, dort wollte er auch nicht hin. Er ging weiter zum nächsten Gebäude, das allerdings sauber und aus festem Stein gemauert war. Aber gewiß handelte es sich nicht um die Kapelle. Wer würde eine Kapelle neben dem Schweinestall errichten? Außerdem hatte die Tür eine Querteilung.

Carlotta blieb stehen. »Wo ist Christof Landschad?«

»Kommst du geradewegs hin, Mädchen …« Der Mann zog die beiden Eisenriegel heraus, die die Tür versperrten und stieß sie auf.

Das Haus war ein Pferdestall. Der komfortabelste, den Carlotta je gesehen hatte. Sie dachte an Christofs prächtigen Schimmel und die Armut auf der Burg. Möglicherweise waren die Landschadener Pferde die am besten versorgten Kreaturen der Burg.

Unsicher trat sie in den dämmrigen Gang zwischen den Boxen. Sie hörte das Schnauben von Pferden, das Scharren ihrer Hufe, Strohgeraschel, und außerdem … was war das? Etwas wie ein Stöhnen?

Im hinteren Teil des Stalles lag, aufgebahrt auf zwei Schemeln, eine Bretterkiste; ein billiges Ding aus Tannenholz, zusammengezimmert, als hätte man einem Kind Hammer und Nägel gegeben. Vor dem Sarg stand ein umgestülpter Tränkeimer, auf dem eine gelbe Kerze flackerte, mit einem rotgefärbten tanzenden Harlekin darauf, der sich in einer obszönen Bewegung bog, während sein grinsendes Gesicht in der Hitze schmolz. So war das also gemeint gewesen. Deshalb das Feixen der Männer. Carlottas Zorn war wie ein kleiner, harter Ball im Magen.

»Laß!« Sie griff nach Bertrams Arm.

Es hatte keinen Sinn … nein, es war gefährlich, zornig zu sein in einer Burg, in der man nicht die geringste Anstrengung unternahm, Verachtung und Feindseligkeit zu verbergen.

Sie beugte sich über die Kiste – und stopfte die Faust vor den Mund. Ein haariges, langschwänziges Vieh wieselte über den toten Körper und sprang ihr entgegen. Pfeilschnell fegte es an ihr vorbei und flüchtete sich ins Stroh. Fassungslos starrte Carlotta in den Sarg.

Zölestine lag auf einer dünnen, grauen Wolldecke, das Haar wirr, die Augen hinter kalkigen Lidern geschlossen, in einem

Totenkleid, das kaum bis zu den Knien reichte. Ihre Haut war so weiß wie das Hemd. Um so grausiger schimmerte der rote Fleck in ihren gefalteten Händen. Die Ratten hatten sich über den Leichnam hergemacht und ihn angefressen.

Carlotta hörte Bertram keuchen. Der Junge fuhr herum. Aber wenn er sich auf die Burgknechte stürzte, würde er das nächste Verhängnis in Gang setzen, und vielleicht war genau das die Absicht der Männer gewesen. Carlotta schnappte seinen Arm. Undeutlich sah sie Benedikts tränennasses Gesicht.

Irgendwo in ihrem Rücken wiederholte sich das Geräusch, das sie zuvor schon einmal gehört hatte. Etwas Ersticktes wie ein Keuchen oder Weinen. Sie hatte keine Zeit, darauf zu achten. Bertram riß sich los. Er war groß gewachsen und stark und wütend genug, um mit dem Schweineknecht fertig zu werden. Vielleicht sogar mit dem Torwächter, aber niemals mit beiden Männern gleichzeitig. Es dauerte wenige Sekunden, bis sie ihn zu Boden geworfen hatten. Die Vorfreude über das Prügeln stand in ihren Gesichtern.

Da geschah zweierlei auf einmal.

Ein Mann trat vom Burghof in die Tür und rief etwas. Und aus dem Heu in dem Winkel neben den Boxen rollte eine Gestalt.

Der Mann in der Tür ließ die Burgknechte innehalten, aber sofort wurde ihre Aufmerksamkeit von dem anderen Wesen gebannt, einem nur dürftig bekleideten Kerl, der aus einem Winkel hinter der letzten Pferdebox auf den Sarg zukroch, als wäre er ein kranker Hund, und sich mit einem jämmerlichen Wimmern an ihm aufrichtete. Carlotta sah, wie sich sein blonder Lockenschopf, zerzaust und voller Strohhalme, über die Leiche beugte. Das Heulen wurde heftiger. Die Hände fuhren in den Sarg. Angeekelt hörte sie ein schmatzendes Geräusch.

Noch eine zweite Person wühlte sich aus dem Heu. Ein dralles, nicht mehr junges Weib, das sich ungeniert die Röcke über die Schenkel zog und ihren Gürtel zurechtband, als gäbe es weder die Tote noch das davor kniende Geschöpf.

Der Mann in der Tür trat vor. Es wurde wieder heller. Er war so blond wie die Gestalt am Sarg, nur älter. Ringe schmückten seine Hände, auf dem Kopf trug er einen kostbaren Hut mit einer Sendelbinde, die er nachlässig über die Schulter geworfen hatte. Seine zweifarbige Schecke reichte knapp über das Gesäß und gab den Blick auf kraftvolle Schenkel frei – ein seltsamer Gegensatz zu dem fetten, über den Gürtel wabernden Bauch. Vielleicht hatte er einmal gut ausgesehen. Aber die Jahre hatten seine Züge erschlaffen lassen, die Wangen waren aufgedunsen. Ungläubig wieselten seine Augen über das Geschehen. Sie bekamen etwas Bösartiges.

Carlotta wich gegen den Sarg zurück.

Aber erst einmal beschäftigte der Mann sich mit den beiden Knechten. Erstaunlich kraftvoll riß er den Torwächter vom Boden auf und hieb ihn gegen den Türbalken, daß er mit einem Schmerzenslaut zu Boden sackte. Der Viehknecht entging demselben Schicksal nur, weil er sich unter einer Boxentür hindurch zu den Pferden flüchtete.

Benedikt verkroch sich hinter Carlotta.

Die räusperte den Hals frei. »Wenn Ihr Bligger Landschad sein solltet«, sagte sie laut und in dem Gefühl, sich wie in einem Schmierenstück zu benehmen, »dann muß ich sagen, mein Herr – dies ist der seltsamste Kondolenzbesuch meines Lebens. Die Universität wird erstaunt sein.«

Universität. Sie hoffte auf die Magie des Wortes. Und auf die Drohung, die es barg. Einen Scholaren anzugreifen hieß, sich mit dem Rektor und über ihm mit dem Kurfürsten anzulegen. Wenn es stimmte, daß Bligger sich in die Listen der Universität hatte eintragen lassen, dann sicher, weil ihn genau diese Privilegien interessierten.

Der Mann kam näher.

»Ich bin Carlotta Buttweiler, die Tochter des Pedells. Die

Universität hat mich gebeten, die Jungen zu begleiten, um ihrer Schwester die letzte Ehre zu erweisen und ihrem Witwer das Beileid des *studium generale* auszusprechen«, sprudelte sie heraus.

Bligger konnte wirklich nicht gut denken. Sein verschlagener Blick wanderte wie blöd zwischen ihr und Bertram hin und her. Es juckte ihn sichtlich in den Fingern. Unschlüssig versetzte er dem bewußtlosen Wächter einen Tritt. »Hör auf, ihr das Gesicht vollzurotzen«, raunzte er in Richtung des Sarges.

Carlotta drehte den Kopf.

Der junge Mann – Christof Landschad, zweifellos – hatte sich erhoben. Er stank so erbärmlich nach Wein, daß Carlotta es über den Sarg hinweg roch. Weinerlich ließ er es geschehen, daß die Frauensperson, die mit ihm aus dem Heu gekrochen war, ihn an sich zog. Er war spärlich bekleidet. Das Leinenhemd, sein einziges Kleidungsstück, bedeckte kaum die Scham. Verlegen starrte Carlotta auf die Tote. Jemand hatte Zölestine einen mit Sonnenblumen bestickten Schal über den Hals gelegt, ein Kuriosum an der vernachlässigten Leiche. Carlotta nahm ihn, um das angefressene Fleisch der Hände zu bedecken.

Im selben Moment spürte sie einen Griff ums Handgelenk.

Bligger.

Er roch sauer nach Schweiß und Gewalt, und einen Moment lang war ihr übel vor Angst. Starr blickte sie auf die Tote. Zwei bräunlich-blaue Streifen, so breit wie ihr kleiner Finger, liefen um Zölestines Hals. Einer parallel zu den Schulterknochen und der andere schräg hinauf zum Haaransatz der Toten. Bligger riß Carlotta den Sonnenblumenschal aus der Hand und warf ihn zurück auf Zölestines Hals. Aber sie hatte die Striemen gesehen. Würgestriemen. Entsetzt wandte sie sich um.

Bliggers Geist arbeitete. Er kaute wild an seiner Lippe. »Das Mädchen hat sich umgebracht«, brachte er heraus. »Hat sich aufgehängt. Am Gestänge von ihrem Bett. War nicht unsre Schuld.« Mit Verspätung ließ er Carlotta los.

»Warum ...« Sie schluckte und trat einen Schritt zurück.

»Ich hab' das nur aus Gutmütigkeit verschwiegen. Wenn rauskommt, daß sie sich was angetan hat, kriegt sie nämlich keinen Platz in geweihter Erde. Dann wird sie wie ein Hund verscharrt.«

Aus Gutmütigkeit? Bligger? Vielleicht wollte er keinen Skandal in der Familie. Oder er gedachte, Christof erneut zu verheiraten und nahm an, daß eine Ehefrau, die sich aufgehängt hatte, zukünftige Schwiegereltern abschrecken könnte.

Carlottas Gedanken gerieten durcheinander. Neben ihr stand Bligger, der sie nervös beobachtete. Zölestine mit ihren zernagten Händen lag im Brettersarg. Auf der anderen Seite grapschte Christof nach dem Busen seiner Dirne, um Halt zu finden. Sie spürte den Drang davonzulaufen. Eigentlich gab es auch keinen Grund, das nicht zu tun.

Sie nahm Bertram und Benedikt bei den Ellbogen und schob sie zum Stallausgang, wobei sie fast über den noch immer bewußtlosen Torwächter gestolpert wäre.

Bligger ließ sie gehen. Als sie den Hof überquerten, hallte Christofs irres Kichern hinter ihnen her. Es war am besten, möglichst schnell möglichst viel Land zwischen sich und Burg Landschaden zu bringen.

4. KAPITEL

Albrecht Hasse wohnte in der Neckarstraße im Haus einer
Witwe. Das Haus bestand aus zwei Kammern, die jeweils ein
Stockwerk einnahmen. In der unteren lebte die Witwe. Ihr
Zimmer war mit einer verrußten Kochstelle ausgestattet, ein
Strohlager ersetzte das Bett, ein Schemel und ein runder Tisch
mit einem Berg Stopfwäsche, die ihr den Lebensunterhalt
sicherte, vervollständigten die spärliche Einrichtung. Das
wenige Geschirr hing in einem Wandbord.

Wenn man sich am Tisch vorbeischlängelte, gelangte man
auf einer leiterartigen Treppe zur oberen Kammer, die ihr in
besseren Zeiten wahrscheinlich zum Schlafen gedient hatte.
Jetzt lebte dort Albrecht. Seine Bedürfnisse waren ähnlich
anspruchslos wie die der Witwe. Nur daß er über ein Spannbett mit einer warmen Steppdecke verfügte und an einem
Schreibpult arbeitete, das, eingebaut in den Giebel, mit einem
darüberliegenden Regal für Hefte, Bücher und Manuskripte, sein Zimmer beherrschte.

»Ihr beschäftigt Euch mit Archimedes«, sagte Carlotta. Sie
hatte ihn begrüßt und stand nun ein wenig verloren in der
fremden Wohnung. Albrecht hatte gearbeitet, als sie gekommen war. Die Feder hing im Tintenhorn. Auf seinem Pult
lag ein Pergamentbogen, auf den er einen Kreis mit einem

daraufliegenden Dreieck gezeichnet hatte. In seiner akkuraten Schrift stand darüber: *De circuli quadratura*.

»Glaubt Ihr, daß es möglich ist?« fragte sie. »Ich meine, die Quadratur des Kreises zu lösen?«

Albrecht griff nach zwei in ein Metallgestell gefaßten Gläsern, wie manche Menschen sie zum Lesen benutzten. Er klemmte sie auf der Nase fest – jetzt sah er tatsächlich wie die Eule aus, als die ihn Bertram bezeichnet hatte – und beugte sich über das Pergament. Oder vielmehr, er hatte vor, das zu tun, aber er streifte dabei Carlottas Arm und nahm hastig wieder Abstand.

»Es kommt darauf an, wie man den Begriff der Gleichheit faßt«, meinte er, ungeschickt an den Gläsern rückend. »Das heißt, ob man ihn absolut nimmt und ohne rationale Bruchteile zuzulassen, oder ob man sich darauf einigt ...«

Es überraschte Carlotta angenehm, auf ihre Frage eine vernünftige Antwort zu erhalten, auch wenn sie mit dem, was er sagte, nicht übereinstimmte. Sie sah an der Zeichnung, daß Albrecht, genau wie Archimedes, eine Näherungskonstruktion benutzt hatte. Und das hieß, daß er den Begriff *gleich* auszudehnen bereit war. Aber *gleich* und *ziemlich gleich* waren zwei Paar Schuhe, und daran änderten alle geschraubten Begründungen nichts.

Sie war jedoch nicht gekommen, um die Quadratur des Kreises zu debattieren, sondern um ihm wegen Bertram und Benedikt zu danken.

Albrechts blasses Gesicht lief an, bis es das Leuchten einer Kirsche hatte. Stotternd unterbrach er sie, indem er von Selbstverständlichkeiten murmelte, die zu erwähnen sie bitte Abstand nehmen solle. Sie mußte lächeln. In seinem Regal befand sich nicht nur die übliche Studienlektüre, sondern eine Abschrift des Ptolemäischen *Almagest*, und daneben lag ein bronzenes Astrolab. Das Astrolab war zerkratzt und ein wenig verbogen, aber es mußte trotzdem ein Vermögen gekostet haben, für das er zweifellos lange gespart hatte, denn der Rest des Zimmers war so ärmlich wie seine geflickte Kutte und die abgetretenen Schuhe. Carlotta hoffte, daß Bertram und Benedikt sich seiner Unterstützung würdig erwiesen.

Sie zögerte. Ihnen war der Gesprächsstoff ausgegangen. Albrecht hatte zugesichert, ihr jeden Monatsanfang für die Unterbringung der Jungen zwei Silberpfennige zu zahlen, und eigentlich konnte sie jetzt gehen. Aber mußte sie nicht Zölestine erwähnen?

»Eure verstorbene Cousine ... Oh!« Sie brach ab. »Mein Beileid. Ich habe Euch noch gar nicht mein Beileid ausgesprochen. Vergebung. Ihr ... wißt Ihr, wie sie umgekommen ist?«

Die Augen hinter den Gläsern standen plötzlich still.

»Ich bin gestern mit Bertram und Benedikt auf der Schadenburg gewesen, um ihr die letzte Ehre zu erweisen«, sagte Carlotta. »Wir haben Bligger getroffen.«

»Ein unangenehmer Mann.«

»Ja«, stimmte sie zu, erleichtert, daß er ihr zuhörte. »Hat man Euch auch die Geschichte von dem Sturz erzählt? Daß sie von einem Schemel gefallen sein soll?«

Er nickte.

»Das stimmt nicht. Bligger behauptet, sie hat sich aufgehängt.«

Albrecht nahm die Gläser von der Nase. Er stand auf, trat vor das Fenster und bedachte vernünftig ihre Worte. Es war richtig gewesen, ihn anzusprechen.

»Wie kommt der Mann darauf?«

Carlotta erzählte von den Striemen an Zölestines Hals, wie sie sie entdeckt und wie Bligger sich zu einer Erklärung genötigt gesehen hatte.

»Dann muß es wohl so sein«, entschied Albrecht. Seine Augen – sie waren blaugrau wie Taubengefieder – blickten ernst. »Wenn Zölestine diese Streifen am Hals hatte, und wenn

Bligger sagt, sie habe sich aufgehängt, dann paßt das zusammen. Es ist schrecklich. Aber es paßt.«

»Ja. Allerdings«, schränkte Carlotta vorsichtig ein, »sagen die Male nur aus, daß sie durch einen Strick gestorben ist. Nicht aber, wie sie den Strick um ihren Hals bekommen hat.«

Albrechts Stirn kräuselte sich. Ein sachter Wellenschlag, der Zustimmung, aber auch Vorsicht bekundete.

»Zölestine...« Carlotta hielt inne, fuhr dann aber entschieden fort. »Sie war ein frommes Mädchen – so fromm, daß sie morgens und abends zur Messe ging und jeden Dienstag im Spital bei der Essensausgabe half, als sie noch in Heidelberg wohnte. Und das war mit einer Menge Gestank verbunden, wie ich Euch versichern kann. Ungeziefer holt man sich auch. Seht Ihr, und deshalb wundere ich mich, daß sie sich umgebracht haben soll. Sie wird in geweihter Erde begraben, weil Bliggers Familie ihren Tod als Unfall darstellt. Aber das konnte sie nicht vorhersehen, und den Himmel kann sie sowieso nicht betrügen. Wenn sie Selbstmord begangen hat, wird sie ihr Seelenheil verlieren.«

Albrecht nickte. Mit steifen Schritten wanderte er durch die Stube. Carlotta ließ den Blick aus dem Fenster schweifen, von wo aus man in den Garten des Frauenhauses gegenüber blicken konnte. Zwei Hübschlerinnen waren dabei, Laken auf dem Rasen auszubreiten. Sie sahen aus wie jede andere Hausfrau. Die Kleider, mit denen sie die Lust der Männer reizten und über die man sich an den Marktständen aufregte, weil sie die Brüste unbedeckt ließen, trugen sie wahrscheinlich nur, wenn sie ihrer Arbeit nachgingen. Ob Albrecht abends an seinem Fenster stand und dem Treiben im Garten zusah? Er hatte an zwei Nägeln über dem Fensterrahmen einen Pergamentbogen befestigt, mit dem er die Aussicht versperren konnte. Albrecht beschwerte seinen Geist nicht mit sündigem Treiben.

»Zölestine war unglücklich.«

»Was?« Carlotta drehte sich zu dem eulengesichtigen Baccalaren um.

»Ihr werdet darüber schweigen?«

»Daß sie unglücklich war?«

Albrecht drehte die Gläser zwischen den Fingern. »Ihr müßt wissen, ich habe meine arme Cousine vor kurzem besucht, weil ... sie brauchte etwas.«

»Euren Rat?«

»Meine ... unsere Bibel. Die Familienbibel. Sie wollte sie ausborgen, um etwas einzutragen.«

»War sie schwanger?« fragte Carlotta hellsichtig.

Schwangerschaft gehörte für Männer wie Albrecht in den Bereich des Unschicklichen. Ihm stieg erneut das Blut ins Gesicht. Er nickte stumm.

»Aber das wäre für Zölestine ein weiterer Grund gewesen, am Leben zu bleiben. So hat sie auch noch das ungeborene Leben in ihrem Leib getötet.«

»Ja. Nur scheint es mir möglich ... Frauen, heißt es, leben mehr in ihren Gefühlen als Männer. Es mag ja sein, daß der Zustand, in dem sie sich befand ... Ihre Ehe scheint nicht ihren Hoffnungen entsprochen zu haben. Wobei ich nichts Schlechtes über ihren Gatten sagen will. Und es billigt natürlich auch nichts. Aber heißt es nicht von Frauen, die guter Hoffnung sind ... also daß sie bisweilen völlig verwirrt handeln?«

Ja, das sagte man. »Trug also ihre Ehe Schuld an ihrem Kummer?« fragte Carlotta.

Nun, so genau mochte Albrecht sich nicht festlegen. Zölestine hatte kaum gesprochen. Nur viel geweint.

»Und sie hat Eure Bibel haben wollen?«

Er nickte.

»Wie sonderbar«, sagte Carlotta.

Sie nahm den Rückweg über die Semmelgasse und den Markt.

Es war Freitag, und auf dem Platz um die Heiliggeistkirche drängten sich Menschen und Vieh. Die Händler aus Heidelberg hatten feste, durch Holzdächer geschützte Stände zwischen den Außenstreben der Kirche. Alle anderen mußten sich mit Schragentischen, Zelten, Buden oder gar nur mit den Karren begnügen, auf denen sie die Waren in die Stadt gefahren hatten. Der Heidelberger Markt war klein, und die meisten Händler verkauften Käse, Fisch, Hühner und Gemüse, Töpfe oder Tuche. Ein Beutler bot nach Ambra duftende Täschchen an. Ein Schneider von auswärts die neuen Schlitzkleider, die ein Weib nach den Worten des Dompropstes auf direktem Weg in die Hölle führten, was die Frauen nicht davon abhielt, sie ausgiebigst zu betrachten. Ein Sarwüker hatte einen Stand mit Kettenhemden errichtet, vor denen die Soldaten des Kurfürsten lungerten ...

Carlotta versuchte, sich auf das Rezept mit den griechischen Hühnchen zu besinnen. Es wäre besser gewesen, sie hätte die Zutaten auf eine Wachstafel geschrieben. Ein Gassenköter lief vor ihre Füße und hätte sie fast zu Fall gebracht. Hastig rettete sie sich zwischen zwei Stände.

Sie wußte, daß sie Hühnchen brauchte. Klar. Und Eier und Milch für den Teig. Eier hatte sie noch. Honig. Und weißes Brot und Ingwer. Falls es den überhaupt gab. Und falls er nicht zu teuer war. Irgend etwas fehlte.

Der Fischhändler neben ihr pries seine Karpfen an. Frisch aus dem Neckar. Garantiert. Aber er wurde übertönt vom Gekreische einer Frau. Das Weib stand angekettet am Prangerpfahl auf der Schandbühne gegenüber der Kirchentür. Es war eine verschrumpelte Person mit scharfen Kiebitzaugen, und sie trug eine Schnur mit gelochten Gänseschnäbeln um den Hals, was wohl heißen sollte, daß sie sich der Sünde des Tratschens hingegeben hatte. In der Hand hielt sie eine Rute, die sie gern von sich geworfen hätte. Aber der Schandpfahl war von einer Bande Gassenjungen umkreist, die das Reisig an sich rissen, sobald es zu Boden fiel, und ihr damit grölend auf die Schenkel schlugen, um es ihr dann erneut in die Hand zu drücken.

»Geschieht dir recht, du ... du Mistkrähe du!« Vor der Schandbühne hatte sich eine hochgewachsene Frau mit einer eleganten, honiggelben Haube eingefunden. Sie zwängte den Korb unter den linken Arm und hob drohend die Faust. Das war doch ...

Carlotta stellte sich auf die Zehenspitzen, um besser sehen zu können. Ja, das schadenfrohe Weib war tatsächlich Josepha.

Die Büßerin am Schandpfahl hatte sie ebenfalls erkannt. Wutentbrannt kreischte sie deren Namen. Und nicht nur das. Carlotta hörte, bejohlt von den Bengeln, die Worte *Teufelsbuhle* und *Hexe* und einiges, was schlimmer war. Rasch drängte sie sich durch die Menge. Josepha hatte die Hände in die Hüften gestützt und gab empört zurück, womit man sie beschimpfte. Aber was brachte ihr das? Es hatte sich schon ein Pulk äußerst neugieriger Zuschauer gebildet. Carlotta zwängte sich an einem Händler vorbei und faßte nach Josephas Ärmel. Sie mußte fast den Stoff zerreißen, um ihre Aufmerksamkeit zu erregen.

»Nun komm ...« schimpfte sie leise. Gewaltsam, von den Leuten begafft, schleppte sie die Freundin vom Pranger fort.

»Es ist die aus Sinsheim. Du weißt, die mich bei der Wallensteinerin verleumdet hat!« keuchte Josepha. Man rief hinter ihnen her. Ein Junge in einem ausgefransten Kittel jagte vor ihre Füße und imitierte einen Besenritt. Das Gekeife der Büßerin schrillte über dem Marktlärm.

Carlotta hielt Josepha eisern fest. Sie redete nicht, sondern zerrte sie hinter sich her wie einen Bock und hielt nicht inne, bis sie den Markt hinter sich gelassen und in die Kramergasse eingebogen waren, wo es ruhig wurde.

»Das Aas hat's verdient«, schnaubte Josepha.

»Daß du dich um Kopf und Kragen redest?«

»Sie stand am Pranger, nicht ich.«

»Und allen war es ein Vergnügen, euch zuzuhören, und daheim werden sie darüber sprechen, und die Teufelsbuhle wird sich in ihren Köpfen einnisten wie die Laus im Lumpen. Verlaß dich drauf!«

Josepha biß auf ihre Lippe. »Es war dumm von mir?«

»So dumm, daß deine Hühner Bauchschmerzen kriegen würden, wenn sie es verstünden.«

Schweigend gingen sie nebeneinander her.

Vor ihnen tauchte ihr Heim mit dem Kellerhals und dem Gewölbegang zum Innenhof auf.

Josepha reichte Carlotta die Hand. »Ich konnt' nicht anders. Als ich sie sah mit ihrem Gockelhals und den Knochenfingern und dem Sabbermund ... Ich hätt' brüllen mögen vor Freude, daß sie endlich dort stand, wo sie mit ihrem Schandmaul hingehört. War wohl auch meine eigene Angst, die ich rausgeschrien hab'. Aber du hast recht. Danke.«

Carlotta seufzte. »Ein Stückchen Speck könntest du mir nicht zufällig borgen?«

Speck hatte Josepha keinen, dafür einen Krug Mandelmilch. Carlotta kochte die Milch mit Reismehl auf, mischte gedünstete Äpfel darunter und bereitete einen Pudding. Das würde die Scholaren zufriedenstellen. Bis zur nächsten Mahlzeit, bei der es dann endlich die griechischen Hühner geben würde.

Aber erst einmal hatte sie anderes zu tun.

Sie räumte das Geschirr vom Regal auf den Tisch und hievte das Wandgestell von den Haken, wobei es schwer auf den Kachelboden plumpste und in einer der Kacheln einen Riß hinterließ. Egal. In ihrem Flickkorb fand sie eine Kordel. Sie holte den Schemel aus der Stube und band das Ende der Kordel am Haken fest. Aus dem anderen Ende wand sie eine Schlinge.

Sie horchte. Die Tür zum Hof stand offen, aber außer dem Gegacker der Hühner war kein Laut zu hören. Sicher waren Josepha und die Fischersfrau mit Kochen beschäftigt.

Sie versuchte, die Schlinge um ihren Hals zu legen, aber die Kordel war eine Handbreit zu kurz. Also mußte der Schemel unter den Haken. Carlotta stieg hinauf.

Ihre Locken verfingen sich in der Öse und ziepten. Sich aufzuhängen war schwieriger, als man dachte. Umständlich machte sie sich frei, band die Haare zu einem Schwanz und legte die Schlinge erneut um den Hals. Sie mußte die Knie einknicken, um die Kordel zu spannen, und es war ein gräßliches Gefühl am Hals, obwohl sie beim ersten Druck innehielt.

»Ihr macht das falsch.«

Die Stimme kam von der Stubentür und erschreckte Carlotta dermaßen, daß sie fast vom Schemel gefallen wäre. Zwar konnte sie sich halten, aber sie geriet aus dem Gleichgewicht und griff nach der Wand – und da zog die Schlinge sich wirklich zu. Panisch vor Angst riß sie am Strick. Ekelhaft, so zu sterben. Unvorstellbar, daß jemand sich das freiwillig antat! Mit zitternden Händen weitete sie die Schlaufe.

»Ich mach' das falsch, ja?«

Magister Jovan Palač lehnte am Türrahmen, die Arme über der Brust gekreuzt, mit Augen, die so schwarz waren, als hätte man sie mit Tinte ausgemalt, und die sie beobachteten, wie die Spinne die Fliege. »Unbedingt. Entscheidend ist die Höhe, meine Dame. Ihr habt eine Sprungweite – na, vielleicht zwei Fuß hinab. Das ist gar nichts. Ihr würdet am Strick baumeln und hübsch langsam ersticken. Hinterher sähet Ihr aus wie diese Teufelchen auf den Wasserspeiern. Glubschaugen und Schaum am Kinn. Nicht zu vergessen die geschwollene Zunge, die einem aus dem Mund quillt.«

»Ich merke, Ihr fühlt Euch besser, Magister Jovan. Da macht Ihr zum ersten Mal den Mund auf und seid beredt wie Pater Cosmas, wenn er gegen die Schnabelschuhe predigt. Wer hätte das gedacht. Könntet Ihr mir die Schlinge abnehmen?« Sie kletterte mit immer noch weichen Knien auf den Boden zurück. »Und nun«, sagte sie, »tut mir einen weiteren Gefallen und legt sie mir noch einmal um den Hals.«

»Alles, aber das nicht. Wir Juristen sind ein ungeliebtes Volk. Wir können es uns nicht leisten, uns auf so absonderliche Art in der Nachbarschaft einzuführen, mögen Eure Gründe auch noch so begreiflich sein.«

Carlotta streifte sich die Kordel selbst über den Kopf.

»Eigentlich ...« wandte der Magister ein, »bin ich der Meinung, das Recht auf einen schnellen Tod stünde in diesem Haus eher den Essern als der Köchin zu. Wißt Ihr, daß Ihr grauenhaft kocht?«

»Was habt Ihr außer Äpfeln und Brot bekommen? Und beides war in Ordnung.« Das stimmte, denn da Josepha das Brot gebacken hatte, war es gerade richtig aus dem Ofen gekommen und nicht im geringsten verbrannt gewesen.

»Im Brot fehlte das Salz.«

»Dann war es nicht grauenhaft, sondern geschmacklos. Grauenhaft ist, wenn man *zuviel* Salz hineintut. Stellt Euch vor, Ihr würdet jetzt am Strick ziehen ... Nein, ich sage nicht, daß Ihr es tun sollt. Ich sage nur: Stellt es Euch vor. Was denkt Ihr, wie die Schlinge sich zuzöge? Gerade oder nach oben hinweg?«

»Gerade, Verehrteste. Ihr habt seltsame Interessen.«

»Und wenn das Ende des Strickes ein Stück weit über mir ... Moment. Vielleicht solltet *Ihr* auf den Schemel steigen. Nein, natürlich mit der Schnur. Ein Jammer, daß Ihr nicht größer seid. Würde es Euch etwas ausmachen, auf den Tisch zu klettern?«

»Wenn es dem Haus die Köchin erhält«, erwiderte der

Magister höflich und kletterte unbeholfen, da er die verbrannte Hand nicht nutzen konnte, vom Schemel auf die Tischplatte.

Carlotta reichte ihm das Ende des Strickes. »Könntet Ihr etwas strammer ziehen? Vorsicht. *Vorsicht*, sag' ich! Ist das auch wirklich von oben? Ich komme näher, Moment. Das Seil muß straff senkrecht sein. So ist es doch, wenn man sich erhängt, oder?«

Carlotta prüfte mit den Fingern den Verlauf der Kordel. Die Strieme würde, wenn Palač richtig zuzöge, vom Kinn nach oben zum Haaransatz laufen. Vielleicht nicht ganz so steil, wenn sie auf etwas Hohem stünde und mit einem Ruck hinabfiel, so daß das Seil sich augenblicks straffte. Aber ... »es würde sich niemals horizontal zusammenziehen, nicht wahr?« fragte Carlotta laut.

Der Magister kletterte vom Tisch.

»Wartet.« Er streifte ihren Zopf beiseite und besah sich den Verlauf des Strickes in ihrem Nacken. »Eindeutig, meine Liebe. Euer Körpergewicht würde Euch hinab und das Seil in die Schräge ziehen.«

»Und wenn Ihr an meinem Hals zwei Striemen fändet? Eine horizontale und eine schräge. Was würdet Ihr dann vermuten?«

Jovan Palač löste umständlich den Strick, hob ihn über ihren Kopf und legte ihn auf den Tisch. Dann lehnte er sich gegen die Tischkante und verschränkte die Arme. «Ihr fragt aus hypothetischem Interesse?«

»Ich frage ...« Carlotta verstummte. Der Magister war ein fremder Mann. Er hatte den Bader aufgesucht und sich rasieren und die Haare schneiden lassen. Der Talar ihres Vaters paßte ihm, als hätte er nie etwas anderes getragen. Sogar die mysteriöse verbrannte Hand hatte unter einem weißen Verband einen Anstrich von Ehrbarkeit bekommen. Vor ihr stand der neue Magister der Jurisprudenz, der neben Marsilius eines der höchsten Gehälter der Universität beziehen würde, und genau so sah er auch aus. Keine Ähnlichkeit mehr mit der gelben Katze.

»Nun? Was denn?« Sein Gesicht verzog sich zu einem Lächeln. Die Würde schmolz. Wenn er lächelte, sah er wieder genauso jung aus wie oben auf dem Bett.

»Ich frage, weil ich denke, daß jemand die Unwahrheit gesagt hat.«

»Worüber?«

»Wenn eine Tote mit zwei Striemen gefunden wird, und eine davon läuft den Nacken hinauf, die andere aber gerade um den Hals, und dann wird gesagt, sie habe sich selbst erhängt – das nenne ich eine Unwahrheit.«

Der Magister sah ihr zu, wie sie die Kordel zusammenrollte und in den Korb zurücklegte, und dann, wie sie das Heftchen mit den Rezepten, die Josepha ihr diktiert hatte, hervorholte und auf der Wachstafel die Zutaten für die griechischen Hühner eintrug.

»Wer war das – die Frau, die möglicherweise erdrosselt wurde?« fragte er.

»Eine ... Freundin.«

»Tatsächlich?«

»Bitte, was?« fragte Carlotta.

»Sie war eine *wunderbare Mutter, die beste Ehefrau, die man sich vorstellen kann.* Ich habe ein Gehör für den falschen Ton. Ihr wart Eurer Leiche nicht besonders zugetan. Was kümmert Euch dann, ob sie erdrosselt wurde oder nicht?«

Carlotta legte die Wachstafel beiseite und stützte das Kinn in die Hand. Es stimmte. Die arme Zölestine war so dumm gewesen wie ein Mückenstich und so brav, daß es einen ständig in den Fingern kribbelte, sie zu schütteln. Aber sie hatte versucht, ihr Bestes zu tun – immer, auch auf der Landschadenburg, davon war Carlotta überzeugt. Und zum Dank hatte man sie erdrosselt. Der Mann, von dem sie überzeugt gewesen war, daß er sie liebte, verlustierte sich an ihrem Sarg mit einer Hure, ihr Schwager log der Welt einen Selbstmord vor, ihre Brüder hatten sie wahrscheinlich schon vergessen. Vielleicht bedauerte Albrecht ihren Tod. Aber sicher nicht halb so sehr wie einen logischen Fehler in einer seiner Disputationen. Es war zutiefst ungerecht. Zölestine war durch ihre Welt gehoppelt wie ein Kaninchen, und man hatte sie erhängt. Lohnte ein Kaninchentod nicht die Mühe, gesühnt zu werden?

»Sie war meine Freundin«, sagte Carlotta stur.

5. Kapitel

In der folgenden Nacht träumte Carlotta von Zölestines Tod. Zölestine stand in einem Stall, und es mußte Nacht sein. Sie versuchte, einem Schimmel die Decke glattzustreichen. Der Stall war finster wie ein Grab. Das einzige Licht ging von Zölestines weiß leuchtendem Gesicht und dem Fell des Schimmels aus. Die Decke hatte Zaddeln, die bis zum Boden reichten. Zölestine versuchte, daran zu zupfen, aber sie hatte einen dicken, aufgetriebenen Bauch und konnte nur mit Mühe daran vorbeigreifen. Trotzdem gab sie nicht auf. Was sie nicht merkte, war, daß die Zaddeln ein Eigenleben führten. Es begann mit einem Zittern, dann bewegten sie sich plötzlich und züngelten lautlos wie Schlangen den Leib des Schimmels hinauf. Oben angekommen, streckte sich ihnen der geschwollene Bauch des Mädchens entgegen. Zielstrebig, als wäre er eine Brücke, waberten sie darüber hinweg. Zölestine merkte es nicht. Sie redete mit zwitschernder Stimme auf den Schimmel ein und mühte sich unbeirrt um das Unmögliche: die lebende Decke akkurat zu richten.

Die erste Zaddel erreichte Zölestines Brust und kroch über den Ausschnitt ihres Kleides den Hals hinauf. Schlängelnd schloß sie sich um das weiß leuchtende Fleisch.

Carlotta sah den Anschlag auf Zölestine und wünschte ihn

zu verhindern, aber es war, als wäre sie aus Stein und mit dem Boden verwachsen. Mit zunehmender Furcht beobachtete sie, wie sich weitere Zaddeln um Zölestines Hals legten. Das Mädchen plapperte, als gäbe es keine Gefahr. Ihr wurde die Luft knapp, und sie verdrehte die Augen. Trotzdem redete sie weiter.

Die Zaddeln vereinten sich zu einem einzigen Strick. Zölestine konnte nicht mehr atmen. Ihr Mund wurde weit. Schwarz quoll die Zunge über die Lippen. Es war unbegreiflich, daß man damit trotzdem noch Laute formen konnte. Zölestine tat es mit unverdrossener Freundlichkeit.

Carlotta merkte, wie die Starre sie verließ. Sie hämmerte gegen die Stalltür, die sich plötzlich hinter ihr befand, im vollen Bewußtsein, daß die Zaddeln sich nicht mit Zölestine begnügen würden. Die Tür war wie eine Wand aus Eisen. Nichts, woran man Halt fand. Keine Möglichkeit zu entkommen. Dann kroch ihr etwas in den Nacken, und sie begann zu schreien ...

Die Luftnot, der Druck auf ihren Hals waren real. Carlotta wußte, daß sie aufgewacht war. Sie wußte, daß sie bei sich zu Hause im Bett lag, und sie spürte, wie etwas unerbittlich ihren Kehlkopf zusammenpreßte. Halb irr vor Angst griff sie danach.

Ein schrilles Miauen.

Dann ein erschrecktes Plumpsen, ein Fauchen – sie war befreit.

»Katze! Verdammtes ...« fluchte Carlotta. Sie versuchte es leise zu tun, immer noch halb im Alptraum und auf der Hut. Die graue Katze kam mit kläglichem Gemaunz zu ihr ins Bett zurück.

Carlotta barg die Nase in dem weichen Fell. In der Stube, in der sie schlief, seit der Magister ihr Zimmer in Beschlag genommen hatte, war es völlig still. Ihr Bett, ein uraltes Spannbett mit durchgelegener Matratze, das ihr als Lager diente, bis sich eine bessere Lösung fand, stand unter der Treppenstiege. Sie wußte, daß sich irgendwo gegenüber die Fenster zur Gasse befanden, aber die Läden schlossen so dicht, daß kein Streifen Licht hineindrang, selbst wenn es dämmerte. Niemand konnte sagen, wie spät es war. Carlotta streichelte mit den Fingerspitzen die Katze, die sich versöhnt in ihre Armbeuge kuschelte.

»Sie war ... so ein Kaninchen«, flüsterte Carlotta in das Katzenohr.

Der Traum ließ sie auch am Morgen nicht los und verfolgte sie während des ganzen Tages. Die Scholaren gingen mit dem Läuten der Augustinerglocke zu ihrer ersten Vorlesung, und Carlotta machte sich an die Hausarbeit. Ihr Vater war daheim geblieben. Er saß an seinem Pult, den Kopf über ein Papier gebeugt, in der Hand eine von seinen sorgfältig gespitzten Gänsefedern. Carlotta sah ihm über die Schulter. Er hatte einen Text vor sich, den wohl Marsilius in aller Eile hingeworfen hatte, denn er war in Minuskelschrift gekritzelt und von zahlreichen Kürzeln durchsetzt.

»Eine Verlautbarung für die Bürger«, erklärte ihr Vater. »Am kommenden Sonntag sollen noch einmal auf dem Marktplatz die Privilegien der Universitätsmitglieder verlesen werden. Wegen der Sache mit Bertram und Benedikt.« Er seufzte. »Es gibt zuviel Streit, Carlottchen, wohin man auch sieht – Streit.«

Zärtlich zauste sie ihm das Haar. Es war ein Jammer, ihn Privilegien abschreiben zu sehen. Unten am Boden der Truhe, die in seiner Schlafkammer stand, hatte sie einen Kommentar über die *Trugschlüsse der Sophisten* gefunden, den er in der Zeit vor seiner Heirat verfaßt haben mußte, als er selbst noch lehren durfte. Es war ein so kluges Werk gewesen, daß sie kaum die Hälfte verstanden hatte. So viel vergeudetes Talent ...

Sie wollte weiter, aber er hielt ihre Hand fest. »Lotta, weißt du, daß ich gestern abend Albrecht Hasse getroffen habe? Er hat mir gesagt, daß du ihn besucht hast.«

»Ich wollte mit ihm über Bertram und Benedikt sprechen.«

»Schon. Aber ...« Er lächelte sie an, und es war ein so mildes Lächeln, daß es ihr durchs Herz ging, wie das Messer durch die Butter. »Du kannst nicht ohne Begleitung zu fremden Männer gehen, Mädchen.«

»Er ist doch nicht fremd. Ich kenne ihn von damals, als er dir seine Scheine brachte. Hat er sich beschwert?«

»Im Gegenteil. Alles, was er sagte, war − überaus freundlich. Er wundert sich, daß du noch nicht verheiratet bist.«

»Das liegt an meinen Haaren. Wer möchte ständig ein Feuer vor der Nase haben. Hat er etwas über Zölestine gesagt?«

»Nichts. Kaum etwas.« Ihr Vater sann nach. Sie hatte ihm von ihrem Besuch bei Bligger erzählt. Von dem, was sie gesehen hatte und von ihren Schlußfolgerungen. Es hatte ihn bekümmert. Zölestines Ende, aber vor allem die Gefahr, in die seine Tochter sich begeben hatte. Er hatte geseufzt und gemurmelt, daß sie ihrer Mutter glich − und dieses Mal war es nicht als Kompliment gemeint. Nun seufzte er wieder. Es bedrückte ihn, wenn er sich mit menschlichen Unzulänglichkeiten befassen mußte. Wenn die Welt aus lauter Anselm Buttweilers bestünde, dachte Carlotta, dann wäre ihr Lauf gerade wie eine gespannte Schnur.

»Es ist höchste Zeit, daß ich mich darum kümmere«, hörte sie ihn sagen.

»Um Zölestine?«

»Um deine Hochzeit, Liebes.«

»Aber Zölestine wurde ermordet. Und ich glaube, daß es einer der beiden Landschadenbrüder war.«

Ihr Vater streichelte ihre Hand. »Ich muß dir etwas erklären, mein Mädchen. Über Zölestines Gatten. Du weißt nicht viel von Menschen − und damit meine ich, von Männern und

Frauen und den Gefühlen zwischen ihnen. Vielleicht war das mein Fehler. Ich hätte früher darauf achten sollen ...«

»Vater!«

»Dieser Ritter ...« Er sann nach. »Der, den sie geheiratet hat – Christof hieß er, ja? Jedenfalls hat der Mann Zölestine nicht wegen ihres Geldes genommen. Ich habe hier am Fenster gesessen – das war vor ihrer Hochzeit, kurz nachdem sie einander versprochen waren. Ich habe Manuskripte durchgesehen, und da standen die beiden vor der Haustür von Zölestines Mutter. Ich hatte Muße, sie haben lange dort verweilt. Und ich habe gesehen, wie sie einander in die Augen geschaut haben. Und damit meine ich: auf eine ganz besondere Art. Ich wünschte, daß du es erlebt hättest, dann wüßtest du, wovon ich spreche. Es ist ... etwas wie ein Zauber.«

Der Zauber hatte ein Spiegelbild in seinen eigenen Augen. Carlotta fühlte einen Stich.

»Christof Landschad hat seiner Zölestine gewiß nichts angetan«, erklärte ihr Vater lächelnd. »Und wenn sein Bruder sich an ihr vergriffen haben sollte – dann wird Christof dafür sorgen, daß er seine Strafe bekommt. Er würde es nicht hinnehmen. Nie im Leben.«

Carlotta wandte sich brüsk zur Seite. Ihr Vater hatte sein Studium aufgegeben – Aristoteles, Bacon, Petrus Hispanus, Peckham –, einschließlich des Rechtes, an der Universität lehren zu dürfen, um ihre Mutter heiraten zu können, und zwei Jahre danach hatte sie ihn im Stich gelassen.

Und Christof Landschad hatte es an Zölestines Sarg mit einer Hure getrieben.

So war das mit der Liebe.

Zwei Tage vergingen, in denen Carlotta sich mit ihren Gedanken herumquälte. Der Sonntag kam, und sie spürte, daß die Zeit knapp wurde. Der einzige Beweis, den sie hatte, verging mit Zölestine im Grabe. Sie wußte, daß ihr Vater sich für den nächsten Tag mit Marsilius verabredet hatte, um die leidigen Immatrikulationslisten durchzugehen. Er war bei dem Rektor zum Essen eingeladen und würde erst spät am Abend heimkommen. Wenn sie etwas unternehmen wollte – und sie mußte etwas unternehmen, es war doch nicht möglich, daß jemand ermordet wurde und sich niemand darum scherte –, dann mußte es am Montag sein.

»Ihr geht aus?« fragte Jovan Palač, als sie am nächsten Morgen den alten, blauen Mantel umwarf. Der Magister hatte die letzten Tage außer Haus verbracht, in irgendwelchen Geschäften oder Besuchen. Heute war er spät aufgestanden und gerade erst die Treppe herabgekommen. Offensichtlich hatte er Langeweile. Er lehnte in der Tür und beobachtete mit seinen pechfarbenen Augen, wie sie die Mantelschnüre band und die Schuhe überzog.

»Laßt es bleiben«, sagte er.

»Was?«

»Eure Leiche. Sie ist tot. Und selbst wenn sie Eure Freundin gewesen wäre, könntet Ihr nichts mehr für sie tun.«

Carlotta nahm ein Tuch und wischte damit die Äpfel blank, die sie als Proviant mitnehmen wollte.

»Außerdem ist es gefährlich«, meinte der Magister.

»Außerdem könnt Ihr gar nicht wissen, was ich vorhabe. Vielleicht will ich zum Markt.«

»Das wollt Ihr keineswegs, denn Ihr habt massenweise Brot und Käse auf den Tisch gestellt, was bedeutet, daß Ihr den ganzen Tag fort sein werdet. Außerdem habt Ihr Eurem Vater eine Nachricht geschrieben ...«

Carlotta legte die Hand auf die Wachstafel, die noch auf dem Küchentisch lag.

»Dabei wußtet Ihr schon gestern, daß Ihr fortwollt«, fuhr der Magister unbeirrt fort. »Sonst hättet Ihr nämlich die Brote nicht gebacken. Wenn Ihr es vorzieht, Eurem Vater zu

73

schreiben, statt ihm persönlich Bescheid zu geben, dann vermutlich deshalb, weil er Euch die Reise verbieten würde. Ich schließe daraus, daß sie gefährlich ist. Außerdem tragt Ihr ein Amulett.«

Carlotta faßte an ihren Hals. »Jeder tut das. Die meisten Leute. Meine Nachbarin hat eines am Hals und eins am Gürtel und eins unter ihrem …«

»Ihr aber nicht. Zumindest nicht dieses. Ich würde mich daran erinnern – es ist von außerordentlicher Scheußlichkeit. Wenn Ihr also gegen Eure Gewohnheit ein Amulett tragt, vermute ich, daß Ihr Euch bei dem, was Ihr vorhabt, über das normale Maß hinaus bedroht fühlt.«

»Und Ihr habt recht – in allem, wie immer«, stellte Carlotta fest. Sie ließ das Amulett unter ihrem Mantel verschwinden. Es war ein ausgehöhltes Holzstück, in dem sich ein Himmelsbrief befand: Davids Bitte aus dem siebten Psalm, daß alles, was man ihm Böses zudachte, sich gegen den Unheilstifter selbst wenden möge. Nach Josephas Aussage war es von immenser Wirksamkeit, besonders, wenn man es geschenkt bekam oder stahl – und zumindest würde es nicht schaden.

Der Magister trat zögernd zur Seite. Er ließ sie in die Stube treten und sah ihr zu, wie sie die Wachstafel auf dem Pult ihres Vaters deponierte. Auf der Verlautbarung der Universität, damit er sie nicht übersah.

»Wo hat Eure Leiche gelebt?«

»Auf einer Burg flußaufwärts. Der Landschadenburg.« Sie angelte den Truhenschlüssel vom Regal des Pultes.

»Und welche Stellung hatte sie dort?«

»Sie war mit dem Bruder des Grafen verheiratet.«

»Eine mächtige Familie?«

»Einigermaßen.«

»Dann mischt Euch nicht ein.«

Carlotta schloß die Stubentruhe auf und holte aus der Lade

im Seitenfach ein paar Münzen. Damit konnte sie die ganze Strecke auf einem der Kähne zurücklegen, die von Heidelberg den Neckar hinauf getreidelt wurden. Das würde ihr Zeit ersparen, und sicherer war es auch.

»Ihr geht also hin, klopft ans Burgtor und sagt: Entschuldigung, hier hat jemand meine Freundin umgebracht, und ich will wissen, wer das war.«

Carlotta versenkte die Münzen neben den Äpfeln in ihrem Beutel.

»Nein«, korrigierte der Magister sich selbst. »Ihr werdet im Gegenteil harmlos wie die Wespe im Apfelmost tun und herumgehen und anfangen, die Leute auszufragen. Laßt es sein! Wer gemordet hat − in der Art, wie Eure Freundin ermordet wurde −, kriegt eine dünne Haut. Die Leute, mit denen Ihr sprecht, werden schwatzen. Irgendwann fällt ein Wort zur falschen Zeit, und schwupps ...«

Er trat zum Schreibpult, nahm die Wachstafel auf und las, was darauf stand, daß sie nämlich nach Landschaden wollte, um sich mit einem Mädchen zu unterhalten, und daß sie mit dem Marktschiff zurückkäme, also vor dem Abendessen wieder zu Hause wäre.

»Ihr heißt Carlotta? Mit hartem *K* − schön. Der Mörder Eurer Freundin, Carlotta, falls sie tatsächlich ermordet wurde, was noch nicht erwiesen ist ...«

»Sie *wurde* ermordet, denn sie hatte eine horizontale Strieme am Hals.«

»Jedenfalls wird er nicht zusehen, wie man hinter ihm herschnüffelt. Ihr müßt damit rechnen, daß er versuchen wird, seiner Leiche Gesellschaft zu verschaffen. Dabei geht er kein großes Risiko ein.«

Carlotta wollte die Tür entriegeln. Der Magister legte seine Hand auf ihre. Einen Moment lang dachte sie, er würde sie mit Gewalt zurückhalten. Er wollte es auch, da war sie sicher.

Dann schüttelte er plötzlich den Kopf. »Nun ja, *expertus metuit*«, sagte er, lächelte knapp, nahm ihr den Beutel mit den Äpfeln ab und warf ihn sich über seine Schulter.

Wieder tauchten die vier Landschadenburgen auf, eingepackt in das Gelb des Waldes, das matt zu werden begann. Über den Bergkuppen, die sie einschlossen, hingen schwere Regenwolken. Es nieselte. Gelegentlich wirbelte eine Bö die Tropfen durcheinander und blies sie ihnen in die Gesichter. Fröstelnd zog Carlotta die Kapuze tiefer.

»Ihr hättet nicht mitkommen sollen«, sagte sie zu Palač. Und war mit einem Male dankbar, daß er es doch getan hatte und daß jetzt nichts mehr daran zu ändern war. Sie waren mit dem Marktschiff gereist, was bedeutete, daß sie ihren Weg zwischen Geflügelkisten und angebundenen Ochsen zurückgelegt hatten. Magister Jovan blies sorgsam eine Flaumfeder von seinem Ärmel.

Der Schiffsführer zog das Boot mit einem Haken an den Steg heran, versicherte ihnen noch einmal, daß er, wenn sie nicht pünktlich zur Nona am Wasser stünden, ohne sie heimfahren würde, und brüllte seinen Gesellen auf der anderen Neckarseite zu, daß sie die Treidelpferde antreiben sollten.

Carlotta trat über die knarrenden Bretter in den Sand. Das Ufer war flach und mit dünnen Grasbüscheln bewachsen. Etwa hundert Schritt vor ihnen wuchs die Stadtmauer in die Höhe. Klobig und so abweisend wie das Wetter. Flußaufwärts, wo die Mauer einen Winkel schlug und sich zur Burg hinaufzog, befand sich ein zweites Stadttor, der Zugang zum Neckar, und genau daneben, schief, als wäre es im Vorbeigehen darangeklatscht worden, ein aus Brettern gezimmertes Zollhäuschen. Aber der Zöllner hatte sich vor dem Wetter verkrochen, und auch von Torwächtern war nichts zu sehen.

»Und nun?« fragte Palač. Regentropfen glitzerten wie Tau in seinen Locken. Mit einem deutlichen Mangel an Begei-

sterung blickte er sich um. Das gesamte Ufer bis hinauf zur
Flußbiegung war leer bis auf ein paar Kinder, die mit geflochtenen Keschern im Schilf des Ufers standen.

Es widerstrebte Carlotta, die Stadt zu betreten. Stadt oder
Burg – das machte, was die Herrschaftsverhältnisse anging,
keinen Unterschied. Der Zöllner schaute nun doch zu seinem Fenster hinaus. Verdrießlich, als hielte er es für eine Bosheit ihrerseits, daß sie keine Waren mit sich führten, schob er
die Kappe aus der Stirn. Seinen Blick im Nacken, machte
Carlotta sich auf den Weg zu den Kindern.

Sie waren zu dritt und sahen einander ähnlich wie Eier.
Zweifellos Geschwister. Zwei Mädchen mit geflickten Schürzen über hochgebundenen Röcken stakten im Schilf herum.
Am Ufer saß ein kleiner, in Windeln gepackter Junge mit
einem aufgedunsenen, fast kürbisgroßen Kopf, der ihnen vertrauensvoll entgegenlächelte, während er an der Masse seiner
Finger lutschte. Carlotta sah über die Schulter. Der Zöllner
war verschwunden.

»Wir suchen jemanden. Ein Mädchen, ungefähr so alt wie
du«, sagte sie zu dem ältesten der Kinder. Die Kleine hob das
Gesicht vom Wasser. Ihre mageren Finger schlossen sich um
den Kescherstiel. Stumm starrte sie Carlotta an. Die Lippen
waren eine furchtsame gerade Linie.

»Das Mädchen hat schwarze Haare, die sie zu einem dicken
Zopf geflochten trägt, etwa so lang.« Carlotta deutete auf ihre
Hüfte. »Soviel ich weiß, arbeitet sie oben auf der Burg.«

Nichts, nur Mißtrauen und Angst.

Der Junge kam auf Carlotta zugekrochen, den riesigen
Kopf mühsam balancierend und grapschte nach dem Saum
ihres Mantels, vielleicht, um ihn ebenfalls in den gefräßigen
Mund zu stopfen. Magister Jovan fischte einen Apfel aus dem
Beutel. Er ging in die Hocke. Während er den Apfel am Rock
rieb, sprach er leise auf tschechisch, und vielleicht war das die
Sprache der Kinder, denn der Junge wurde aufmerksam und

77

lauschte. Palač grinste. Er lockte mit dem Apfel und blinzelte dem Kleinen zu. Gute Kameraden, ja? Der Junge krabbelte heran und stemmte seine schmutzigen Hände auf Palač' Knie. Er nahm den Apfel, sabberte ein wenig, nagte mit seinen kleinen Zähnchen und stopfte ihn dem Magister – unverhohlene Zuneigung – gegen den Mund. Die beiden Mädchen begannen zu kichern.

Palač befreite sich vom Apfel, wischte einen Apfelrest vom Kinn und fragte, auf den leeren Kescher deutend: »Keine gute Stelle für Fische?«

»Sie mögen nich gern ins Schilf kommen. Aber woanders dürfen wir nich«, informierte ihn das jüngere Mädchen. Es hatte neugierige Augen über einer kleinen Knollennase und tat, als bemerke es die Püffe der Älteren nicht.

»Und wenn der Hund den Knochen holt, die Köchin ihm das Fell versohlt«, bemerkte Palač leichthin. Er kramte einen zweiten Apfel aus dem Beutel und bot ihn ihr an.

»Manchmal kommen kleine Fische, aber die erwischt man nicht so schnell, und wenn, dann sind sie fast nur Gräte«, sagte das Mädchen sehnsüchtig, die Hand der Schwester im Nacken.

Palač legte den Apfel ins Gras. Der Junge hatte beschlossen, seinen Schoß zu besteigen. Es war schwierig, ihn zu stützen, wenn man nur eine gesunde Hand hatte. Es war unmöglich. Er rollte ihm über den Ellbogen ins Gras. Das größere Mädchen kam aus dem Wasser, nahm das plärrende Kind hoch und verstaute es auf seiner Hüfte. Tröstend reichte Palač den Apfelrest nach.

Einen Moment lang war es still.

»Wenn jemand was über Martha wissen will«, sagte die Älteste, »dann muß er besser Frede fragen.«

»Und wo finden wir Frede?«

Der war droben im Wald, weil er beim Holzschlagen für die Herrschaft helfen mußte. Aber zwischendurch schickten sie Frede immer mit dem Karren um Bier, und dann kam er von *da* oben – sie zeigte einen Bogen, der irgendwo vom Berg hinter der Stadt in Richtung Burg führte – hinabgestiegen.

Sie hielten sich an die Außenmauer, stießen bald auf ein sprudelndes Flüßchen mit steinigem Flußbett, fanden eine Brücke, auf der sie es überqueren konnten, und gingen an seinem Ufer weiter. Die Stadtmauer stieg bergan, das Flüßchen blieb im Tal. Sie wanderten an seinem Ufer um den Ort herum, sahen, wie die Mauer sich wieder neigte und stießen schließlich auf einen breiteren Weg, der aus der Stadt kam und ihren eigenen kreuzte. Hier fand sich – in dem Dreieck zwischen den beiden Wegen – das Instrument des Landschadener Hochgerichts: Ein Doppelgalgen, an dem gemächlich ein von Vögeln angefressener Arm schaukelte.

Palač nahm Carlottas Ellbogen. »Seht Ihr? Dort drüben ist noch ein Tor. Ich wette, an der Innenseite geht's hinauf zur Burg. Könnt Ihr das Burgfenster erkennen? Der Herr des Galgens kann dem Fortschreiten der Gerechtigkeit gemütlich vom Turm aus zusehen. Praktisch bei schlechtem Wetter und unpopulären Urteilen. Was? Ja, schon möglich, daß dort ein Friedhof ist.«

Carlotta überquerte das Flüßchen ein zweites Mal und strebte auf einen spitz zulaufenden, von einer Hecke umgebenen Platz am anderen Ufer zu.

»Sieht aus, als wäre es der Dorffriedhof. Ich glaube nicht, daß sie die Herrschaft Seite an Seite mit dem Pack begraben«, meinte Palač.

Vielleicht nicht die Herrschaft. Aber Zölestine? Der sie nichts als einen Brettersarg und eine zerschlissene Decke gegönnt hatten?

Carlotta öffnete das aus Eisenstäben zusammengeschweißte Tor. Wenn die Sonne schien, mußte der Friedhof mit seinem Fluß ein idyllischer Ort sein. An Tagen wie diesem verlor sich das Sonnenlicht im Laub der Bäume, und es war, als beträten sie ein Reich der Düsternis.

»Was hofft Ihr eigentlich von dieser Martha zu erfahren?« wollte Palač wissen.

»Keine Ahnung. Sie hat im Burghof gesessen, als ich den Totenbesuch machte, und geweint.«

Carlotta suchte nach einem Weg zwischen den Gräbern, nach irgendeiner Ordnung. Aber die Steinacher hatten ihre Toten begraben, wie es ihnen gerade in den Sinn kam. Es gab auch kaum Leichensteine. Nur Kreuze aus Holz. Die auf den Kindergräbern waren blau gestrichen.

»Und in welcher Verbindung stand Martha zu Eurer Leich ...«

»Zu Zölestine. Sie hieß Zölestine.«

»Und diese Martha ...«

»Wenn sie auf der Burg arbeitet, dann muß sie die Verhältnisse dort kennen.«

»Und hat sie geweint«, fügte er ironisch hinzu. Vielleicht war es doch ein Fehler gewesen, ihn mitzunehmen.

Eine Weile gingen sie suchend zwischen den Gräbern. Ihre Füße sanken in die feuchte Erde und hinterließen Spuren. Die von Magister Palač bezeugten einen Mangel an Respekt. Er schritt über die Gräber hinweg, als wüßte er nicht, daß er damit die Toten beleidigte, oder als sei es ihm egal. Einmal blieb er stehen, als er ein Kindergrab erreichte, aus dem ein Stock ragte.

»Wißt Ihr, was das bedeutet?«

Carlotta schüttelte den Kopf. Sie hatte keine Toten, die sie auf dem Friedhof besuchen konnte. Sie wußte von einigen merkwürdigen Bräuchen, die der Pfarrer nicht guthieß, aber nichts von in Gräbern steckenden Stäben.

»Das war jemand mit einem kranken Kind. Wenn Kinder krank werden, besonders, wenn sie Ausschlag haben, gehen manchmal die Großmütter mit ihnen zum zuletzt angelegten Kindergrab, stecken einen Stab in die Erde und klopfen gegen den Sarg.«

»Und dann?«

»Antwortet der Tote, so sagen sie, und das Kind wird gesund. Manchmal lassen sie auch die Sache mit dem Stab und wälzen das Kind statt dessen in der Graberde. Könnt Ihr Euch vorstellen, wie hysterisch so ein Würmchen wird, wenn man es aus dem Bettchen zerrt und in seinem Fieber im Friedhofsmatsch wälzt?«

»Ihr haltet nichts davon.«

Palač zuckte die Achseln. Er zog den Stock aus dem Grab und wischte die feuchte Erde ab. »In Choltice, das ist bei mir zu Hause, gab es einen, den sie für einen Wiedergänger hielten. Einen wüsten Kerl, der zu Lebzeiten die Mädchen des Dorfes belästigt hatte. – Seht mal, dort ist die Kapelle.« Er deutete auf ein winziges, schmuckloses Holzhäuschen mit einem Kreuz auf dem Dach und ging ihr voran. Sie öffneten die Tür, fanden aber nichts als einen blanken Tisch und in der Ecke einen Spaten.

»Was war mit dem Wiedergänger?«

»Die Männer aus Choltice haben sein Grab geöffnet und ihn mitternächtlichst mit einem angespitzten Pflock an das Sargholz genagelt. Damit er ihnen keine Scherereien mehr machen kann, Ihr versteht.«

»Hat's geholfen?«

»Anschließend haben sie den Pfarrer aus dem Bett geholt, um den Sarg – sicher ist sicher – mit Weihwasser besprengen zu lassen. Aber der Arme konnte sich dafür nicht erwärmen. Hat von Gotteslästerung und Grabfrevel gesprochen. Daraufhin haben sie ihn gepackt und ebenfalls ins Grab geworfen. Erde drauf. Fertig. Zu ihrem Unglück kam die Sache heraus, und am Ende hat das halbe Dorf am bischöflichen Galgenrondell gehangen.«

»Woraus was gefolgert werden kann?«

»Daß Wiedergänger gewitzt genug sind, auch mit einem Pflock im Herzen zu töten? Daß einen leichtsinnigen Pfaffen der Teufel holt? Daß bischöfliche Weisheit auf alle Tollheit ein gutes Ende setzt? Mein Hirn krümmt sich im Versuch, die Moral zu entdecken. Ich kriege Kopfjucken davon.«

Carlotta war ein Stück weitergegangen, zur hinteren Hecke, zu einem Grab, dessen Erde dem Sarg nachgesackt war und das sicher erst frisch zugeschüttet war. Man konnte es nur zur Hälfte sehen, der obere Teil lag eingequetscht zwischen der Mauer und der hölzernen Rückwand der Kapelle. Carlotta betrachtete es kritisch. »Es gab genügend Platz, das Grab ordentlich anzulegen. Ich glaube, daß man es hier versteckt hat«, sagte sie.

Magister Jovan ging vor dem eingesunkenen Rechteck in die Knie. Der Kopfteil des Grabes verschwand unter den efeubewachsenen Stützbalken, die schräg zwischen Kirchlein und Hecke staken. Von jenseits der Hecke wucherte Unkraut herüber, Giersch, Brennessel, Knoblauchsrauke. Ein oder zwei Jahre, und das ganze Grab würde darunter verschwunden sein. Mit geschürztem Talar trat der Magister auf die feste Erde rechts und links des Grabes und hob den Efeu an. Der Anblick wurde noch seltsamer. Jemand hatte faustgroße, mit Moos und Dreck verschmierte Steine zwischen die Stützbalken auf das Grab geworfen. Außerdem steckten halbvertrocknete Astern in der Erde. Und die größte Merkwürdigkeit: ein Kreuz aus Zweigen, mit Bast zusammengebunden, an dem ein halbes Dutzend Hühnereier hingen.

Magister Jovan bückte sich, und Carlotta stellte sich auf die Zehenspitzen, um über ihn hinwegsehen zu können. Palač hielt eines der Eier schräg. Klare Flüssigkeit tropfte heraus. Hastig griff Carlotta nach ihrem Amulett, konnte es so schnell nicht unter dem Mantel hervorzerren und bekreuzigte sich statt dessen.

»Weihwasser.« Palač sah zu ihr auf und lächelte. »Ihr kennt das nicht?« Er ließ die Flüssigkeit auf seine Handfläche tröpfeln. »Meinen Kopf gegen dieses Ei – was hier rausfließt, ist gestohlenes Weihwasser. Um die Sünden der Toten zu sühnen. Die Glut des Fegefeuers zu löschen. Und gleich ein ganzer Hühnerstall geplündert. Jemand muß eine mächtig schlechte Meinung von Eurer Toten haben, wenn sie wirklich hier liegt. Aber wer, zum Teufel…« Er ließ das Ei und wog einen der Steine in der Hand.

»Es kommt jemand«, flüsterte Carlotta. Sie hatte ein gutes Gehör. Jenseits der Hecke, auf der anderen Seite der Stadtmauer, wurden Stimmen laut. Sie horchte.

Der Magister hatte den Stein wieder fallen lassen. Er hielt jetzt etwas anderes in der Hand, ein völlig verdrecktes Tuch, das er aus der Erde gewühlt hatte. Sie stieß ihn an.

»Es kommt jemand!«

»Ja.« Nun richtete auch er das Gesicht zum Tor. »Reiter. Das sind Leute von der Burg.« Hastig schob er den Schmutzlappen in den Ärmel seiner Kutte. »Carlotta – betet, daß sie keine Hunde haben. Škoda! – Sie *haben* Hunde. Hört Ihr? Nein…« Er hielt sie fest. »Wenn wir zum Weg gehen, haben sie uns. Hier über die Hecke!«

Er packte sie unter ihrem Arm, half ihr mit erstaunlicher Kraft über das Gesträuch und kletterte hinterher. Sie standen bis zur Hüfte im Unkraut. Carlotta lauschte. Die Reiter hatten das Tor erreicht. Es gab einen Wortwechsel, also wachte auch an diesem Tor jemand. Hatte der Mann sie vorhin gesehen? Scharniere kreischten. Carlotta hörte einen der Hunde bellen.

»Hier, nehmt!« Palač stieß sie an und drückte Blätter in ihre Hand. Verständnislos starrte sie ihn an. »Wegen der Hunde!« Er rieb die Blätter in ihr Gesicht. »Auch über Arme und Hände!«

»Es stinkt.«

»Dankt dafür dem heiligen Rochus mit einer Kerze! Schneller ...«

Er scheuerte das Zeug nicht nur auf seine Haut, sondern auch über die Kleider, und sie tat es ihm nach. Ein umwerfender Geruch nach Knoblauch stieg auf.

»Psst!« Die Reiter hatten das Tor verlassen und trappelten über die Brücke. Derb zog Palač Carlotta zu sich auf die Erde.

Die Männer kamen in ihre Richtung, aber sie hielten noch vor dem Friedhofstor. Ein Ruf erscholl. Offenbar hatten sie jemanden gesichtet. Aber nicht die beiden Versteckten, sondern eine Person am Flüßchen. Vorsichtig bog Palač das Unkraut auseinander. Ja, da kamen zwei Männer flußabwärts geschwommen. Wahrscheinlich auf einem Floß, das konnte man nicht so genau erkennen. Ihre Köpfe trieben in Höhe des Weges vorbei. Einer der Reiter rief einen Befehl.

»Das ist Bligger. Er hat so eine sonderbar heisere Stimme«, hauchte Carlotta.

Bligger war schlecht gelaunt. Er empfing die Männer, als sie die Böschung hochstiegen, mit einer Frage, die sich wie ein Fluch anhörte, und ließ dabei seine Peitsche knallen.

Carlotta hatte angenommen, daß er in die Luft schlug. Das war ein Irrtum. Ein Schmerzensschrei gellte, gefolgt von kläglich unterdrücktem Wimmern.

»Sie müssen hier vorbeigekommen sein!« hörten sie Bligger brüllen.

Die Stimme, die antwortete, klang alt und bedächtig. Sie fragte etwas.

Carlotta schob ihr Gesicht neben das von Palač. Sie sah drei Reiter in prachtvollen, bunten Mänteln – der in der Mitte war Bligger. Vor den Reitern standen zwei Frondienstler in Flickenschuhen und zerfransten Wämsern, von denen sich der jüngere die Hände gegen den Hals preßte.

»Es sind zwei«, fauchte Bligger. »Eine Frau! Rote Haare! Und ein Kerl mit einer Kutte wie ein Pfaffe!«

Der Alte schüttelte den Kopf. Wieder zischte die Peitsche. Diesmal auf seinen Buckel. Aber er weinte nicht. Demütig stand er da und wartete, was sein Herr befahl.

»Wenn ihr sie seht oder was hört – schnappt sie mir, und rauf auf die Burg!« knurrte Bligger unzufrieden. Er stieß den Alten mit dem Stiefel beiseite, drehte den Peitschenkauf und bog dem Jüngeren damit das Kinn hoch.

»Bist du nicht der, den sie Frede rufen? – Hab' gehört, Martha ist deine Hure, he? Was denn? Kannste nicht reden?«

Der Peitschenknall ging diesmal ins Leere. Frede hatte sich gebückt. »Nein, Herr ...« Sein Gestottere verlor sich. Der Strenge eines Bligger Landschad wich man nicht aus. Der Junge wurde vom Pferd an die Seite gedrängt und fing sich mehrere Hiebe, bis er brüllend vor Schmerz in die Knie ging.

»Die Martha – ich will, daß die bei mir anmarschiert. Verstanden? Heut' abend will ich die Schlampe in meiner Burg!« brüllte Bligger.

Jemand mischte sich ein – eine fremde Stimme, einer von den Reitern, die den Grafen begleiteten. »Wenn die beiden hier die Frau nicht gesehen haben – dann ist sie auch nicht zum Wald rauf. Dann muß sie am Fluß sein.«

Bligger grunzte. »Sieh auf dem Friedhof nach. Und, verflucht – halt die Hunde still!«

Der Lärm ebbte ab. Frede hatte sich gegen die Hecke gequetscht, die Hunde folgten dem Reiter.

»Keiner hier«, hörten sie Bliggers Begleiter rufen. Er ritt zwischen den Gräbern entlang. War er blind, daß er ihre Fußspuren nicht sah? Sie hörten, wie er sich ihnen von der anderen Seite der Hecke her näherte. Eine Tür klappte. »Auch nicht in der Kapelle!«

Bligger verlor die Geduld. »Sie sind am Fluß lang«, entschied er. Und zu Frede gewandt: »Denk an Martha. Wenn du drauf spitz bist, kannst *du* ihre Prügel kriegen – aber ich tät's dir nicht wünschen.«

Das Pferd ging auf die Hinterbeine, als es scharf herumgerissen wurde. Der alte Mann duckte sich – dann stoben die Reiter den Weg zurück.

Palač legte Carlotta die Hand auf die Lippen. Nein, Frede jetzt anzusprechen – das war zu gefährlich. Man mußte abwarten.

»Das Schiff ist längst vorbei«, sagte Carlotta.

Magister Jovan schwieg.

Sie saßen irgendwo zwischen Steinach und Heidelberg auf einem Waldhang, und unter ihnen floß der Neckar. Es kamen kaum noch Flöße oder Boote vorbei. Palač glaubte auch nicht, daß es Sinn hätte, sie anzurufen. Nur ein Idiot würde an dieser einsamen Stelle anlegen, behauptete er.

Er saß müde und ziemlich blaß neben ihr und ließ einen Grashalm durch die Finger gleiten

»Wir hätten versuchen müssen, mit Frede zu sprechen«, sagte Carlotta.

»Wir hätten uns auch einen Stein ans Bein binden und in den Neckar springen können. Ihr habt entzückende Locken, Carlotta. Die Sonne hat sich vor Neid hinter die Wolken verzogen. Nur sind sie leider von ausgefallener Färbung. *Sucht das rothaarigste aller rothaarigen Mädchen* – eine simple Botschaft, die selbst dem blödesten Baumschlächter ins Ohr geht.«

Wahrscheinlich. Carlotta dachte flüchtig an ihren Vater und ob sie rechtzeitig nach Hause kommen würde, und wenn nicht, ob es ihn beruhigen würde, wenn er sie in der Begleitung des Magisters wüßte. Oder eher das Gegenteil?

»Jedenfalls müssen wir vom Wald weg«, stellte sie fest. Nicht nur wegen des Raubgesindels – und das war gefährlich genug –, sondern weil es Hexengerüchte gegeben hatte. In Walldorf war ein Weib aufgegriffen worden, das sich vor einem Bauern gebrüstet hatte, den schlimmen Hagel im Frühsommer gezaubert zu haben. Damals, als halbe Weinberge zum Fluß hinabgespült worden waren. Sie hatte das nicht allein getan, wie sie später beim Verhör zugab, sondern im Verein mit wenigstens einem Dutzend anderer Hexen. Frauen aus umliegenden Dörfern, die sich nachts auf der Suche nach Giftkräutern, Kröten, Schlangen und Alraunen in den Wäldern herumtrieben. Vorwiegend in Richtung Handschuhsheim, beim alten Stephanskloster, aber auch weiter östlich nach Schönau hinauf.

»Eigentlich müßten wir ganz in der Nähe von Neuburg sein«, sagte sie. »Dort ist ein Kloster. Wo Zisterzienserinnen leben ...«

Der Regen hatte aufgehört. Die Wolkendecke riß auf, und die Sonne schob einen breiten Streifen schillernden Lichts über den Neckar. Abendlicht. Weinrot-rosa-violett. Zum Seufzen schön. Carlotta wollte sich erheben. Aber nicht nur der Magister war müde. Ihre eigenen Knie fühlten sich an wie aus Quark. Nachdem Frede mit seinem Begleiter von dannen gezogen war, hatten sie sich westlich der Landschadenburgen in den Wald geschlagen und gehofft, in einem Bogen an den Fluß zu gelangen, aber es war bergauf gegangen und immer weiter bergauf, und am Ende waren sie mehrere Stunden unterwegs gewesen.

Der Magister schob den Ärmel hoch und holte das schmutzige Stück Tuch hervor, das er aus der Graberde gewühlt hatte. Er breitete es über den Knien aus und versuchte, es in Form zu zupfen.

»Das ist eine Haube. Eine Hörnerhaube«, sagte Carlotta überrascht. Sie nahm die schmale, goldbestickte Borte zwischen die Finger, die von der Haubenspitze herabhing.

Palač rieb mit dem Fingernagel den Schmutz vom Stoff. »Könnte sie Eurer Freundin gehört haben?«

Sicherlich. Zölestine hatte es − unter ständigem Beichten und Bereuen − geliebt, sich aufzuputzen. Und das zarte Blau der Blumen, das unter Palač' Fingernagel zum Vorschein kam, hätte ihrem Geschmack entsprochen.

Palač nahm Carlotta die Goldborte ab. Sorgsam hielt er die Goldfäden, die in den Stoff eingewirkt waren, gegen das schwindende Licht.

»Seht! Nein, hier. Genau unter dem Fleck.«

Gehorsam stierte sie auf die Borte.

»Die Haube ist billiger Kram. Trödel. Die Goldfäden in der Mitte sind hauchdünn, und der Weber hat gelbes Garn benutzt, um den Effekt zu verstärken. Aber hier – nehmt es vor die Augen, sonst seht Ihr nichts! –, hier ist das Gold gerissen. Möglich, daß Zölestine ihre Finger hineingekrallt hat, als sie versuchte, sich die Borte vom Hals zu reißen. Erdrosselt zu werden braucht Zeit. Habt Ihr gesehen, ob ihre Nägel abgebrochen waren?«

Nein, das hatte Carlotta nicht. Sie hatte angesichts der Ratte auch nicht darauf geachtet. »Vielleicht ist sie mit der Borte an etwas hängengeblieben«, meinte sie. »Schon vorher. Oder sie hatte eine Katze ...«

»Eine wie Eure gelbe?«

»Oder sie war unvorsichtig beim Waschen.«

»Kann sein. Ist alles möglich. Ich unterhalte mich gern mit Euch. Aber warum steckte das Ding dann in ihrem Grab?«

Carlotta wußte es nicht. Sie dachte an Zölestines schöne, weiße Hände. Es war ein abscheuliches Bild, sie sich an der Borte zerrend vorzustellen. Und später dann im Sarg. Die Sonne tanzte rot wie Klatschmohn auf den Wellen. Ihr war mit einem Male elend und wehmütig.

»Es gibt den Glauben«, meinte Palač versunken, »nicht nur in Böhmen, weit verbreitet, fast überall, daß man einem Toten die Dinge ins Grab mitgeben muß, die er im Sterben berührt oder getragen hat. Weil er sonst zurückkehrt und sie holt.«

»Ihr meint ...«

»Die Haube lag nicht im Sarg. Es wäre einfach gewesen,

sie dort hineinzulegen. Aber anscheinend bestand dafür kein Anlaß. Zölestine war ohne Haube aufgefunden worden. Sie wurde ohne Haube begraben. Erst später ist jemand zurückgekommen und hat sie über dem Sarg verscharrt. Warum?«

»Der Sarg stand einen ganzen Tag im Stall. Man hätte die Haube jederzeit hineinlegen können.«

»Wenn sie zur Hand gewesen wäre. Aber stellt Euch vor: Zölestine wird mit dem Band ihrer Haube erwürgt. Der Täter läuft davon, die Haube noch immer bei sich, wirft sie vielleicht später in Panik fort oder versteckt sie. Und bei der Beerdigung fällt ihm ein, daß er vergessen hat, sie dem Grab beizugeben.«

»Und warum sollte er diese Steine ...«

»Das ist wieder etwas anderes. Oder vielleicht doch nicht? Warum wirft jemand Steine auf ein Grab? Um es zu beschweren. Lacht nicht! Das ist zumindest *eine* Funktion des Leichensteines. Etwas Schweres soll auf dem Sarg liegen, damit der Tote nicht aus der Erde kann. Einen Leichenstein hat die arme Zölestine nicht bekommen. Ich wüßte keine andere Bedeutung für diesen Steinhaufen.«

»Warum sollte sie aus dem Grab kommen?«

»Weil sie ermordet wurde. Oder weil man glaubte, daß sie sich selbst ermordet hat. Und vielleicht gab es jemanden, mit dem sie noch eine Rechnung offen hatte.«

»Ihr tut, als hätten alle sie gehaßt.«

»Nein – jemand hat ihr Astern geschenkt. Ich würde auch langsam an ihr irre werden, wenn nicht wenigstens eine Seele etwas Gutes für sie hätte tun wollen.«

»Das war Martha.«

»Vielleicht. Und Martha ist verschwunden.«

»Weil sie Angst vor Bligger hat.«

»Wenigstens ein Punkt, der mehr ist als Spekulation. – Carlotta, wir wissen nicht einmal, ob dieser ganze Kram tatsächlich zu Zölestines Grab gehörte.«

Carlotta starrte auf die blauen Blümchen der Haube. Das Dorf war arm. Niemand würde sich so ein Schmuckstück leisten können – auch wenn nur wenige Fäden aus Gold waren. Und das Grab war erst kürzlich angelegt. Nein, dort, lag Zölestine …

Palač stand auf. Der Wind blies den Hang hinauf in ihre feuchten Kleider. Mit der Sonne verschwand die Wärme. Sie würden sich den Tod holen, wenn sie noch lange herumsaßen. Carlotta schlug die Kapuze über den Kopf, und gemeinsam machten sie sich auf den Weg.

Eine Weile stapften sie stumm am Fluß entlang. Es war möglich, daß Bligger die Straße nach ihnen absuchte, aber sie waren zu müde, um sich einen umständlichen Weg oben zwischen den Bäumen zu suchen. Palač schritt rascher aus und vergaß wie alle Männer, daß kürzere Beine häufigere Schritte erforderten. Carlotta unterließ es zu klagen. Wenigstens hielt das Laufen warm.

In überraschend kurzer Zeit tauchten Schuppen vor ihnen auf. Gleich dahinter, auf der Anhöhe, mußte das Kloster liegen.

»Ihr wißt eine Menge über Magie und solche Dinge«, meinte Carlotta, während sie den Weg zum Kloster hinaufstiegen.

Palač antwortete nicht. Sie sah von der Seite, daß sich auf seiner Stirn Schweißtropfen gesammelt hatten. Sein Schritt hügelaufwärts hatte etwas Angestrengtes.

»Was sagt Ihr?« fragte er mit Verspätung.

»Daß Ihr viel über Magie wißt.«

»Juristenprivileg.« Er lächelte schief. Doch, das letzte Stück Weg hatte ihn über die Maßen angestrengt. Mühselig atmete er ein und aus.

»Ihr würdet staunen, Carlotta, wenn Ihr die Kuriositätensammlung in meinem Kopf bewundern könntet«, sagte er, noch immer lächelnd. »Ich könnte Euch, falls Ihr Bedarf hättet, in die Kunst einweihen, wie man mit Hilfe einer getrockneten Hechtblase im Spiel gewinnt. Und welches Zauberwort gegen Maulsperre hilft. Ich könnte Euch sogar mit Hilfe eines Knaben – oder vielmehr seines blanken Fingernagels – den Mörder Eurer armen Zölestine herausfinden. *Diabolo diaboliczo ...*«

»Laßt das. Zölestine war ein braves Mädchen. Sie hatte keine schwarze Seele. Sie ist an den falschen Mann geraten ...«

»Und wohl an mehr als einen. Da war ihre Haube, und da waren die Steine. Wer die Steine zusammengehäuft hat, hätte auch Muße gehabt, die Haube anständig zu vergraben. Aber sie war nur eben so unter die Erde gescharrt. Ich habe sie gefunden, weil ein Zipfel herausgeschaut hat. Also könnte man annehmen, daß es *zwei* Leute gegeben hat, die sich nicht für ein Wiedersehen mit Zölestine erwärmen konnten. Den Haubenmann, der sie umgebracht hat, und den Mann mit den Steinen.«

Carlotta schüttelte unschlüssig den Kopf.

»Und vielleicht noch einen dritten – jemanden, der sie liebte, aber ihr allerhand Schlechtes zutraute und es für nötig fand, sie mit Weihwasser zu besprengen«, ergänzte Magister Jovan.

»Es ist nicht alles, wie es aussieht.«

»Manches ist noch viel häßlicher, wenn man sich traut, unter die Decke zu schauen.«

»Davor hab' ich keine Angst.«

»Das glaube ich.« Er lächelte sie an.

»*Circulus vitiosus*«, sagte Carlotta.

6. Kapitel

Die Nonnen, die von Müßiggang nichts hielten, weckten ihre Gäste zur Prim, so daß sie noch im Dunkeln von den Strohsäcken mußten. Carlotta hätte auch früher aufstehen können. Das Stroh war voller Ungeziefer gewesen; außerdem hatte eine der Frauen, mit denen sie den Raum geteilt hatte, die halbe Nacht geredet, und wenn sie nicht geredet hatte, war sie aufgestanden, um sich in einer Ecke zu erleichtern.

Draußen stand ein blasses Morgenglimmen am Himmel. Mägde in Holzschuhen streuten im aufgeweichten Boden des Klostergartens Futter unters Federvieh. Ein Knecht schleppte Holz über den Hof, ein anderer ein Joch mit zwei Wassereimern. Carlotta ging und wusch sich das Gesicht in einem Waschbottich, der vor dem Gästehaus auf einem Holzblock stand. Die Nonnen hatten ein Stück Seife dazugelegt, und sie war − den Heiligen sei Dank − die erste am Trog.

Es gab für Gäste und Gesinde eine Andacht in der Pfortenkapelle, in der der Lobpreis der Jungfrau Maria angestimmt wurde, und dann − im vorderen Teil des Gästehauses − ein Frühstück aus Brot und Haferbrei. Carlotta schaute nach Magister Palač aus. Sie wunderte sich, daß er dem Gottesdienst nicht beigewohnt hatte. Seit einer der Klosterknechte ihn am Abend zuvor zum abseits gelegenen Männerhaus geführt hatte, hatte sie ihn nicht mehr gesehen.

Zwei Pilger, kenntlich an den Muscheln, die sie auf den Hüten trugen, traten ein, dann schleppte sich ein verwachsenes Männlein durch die niedrige Speisesaalpforte. Der Tisch war beinahe besetzt. Eine Nonne reichte Brot nach und überprüfte die Schüssel mit dem Brei. Einen Moment später kam er: Magister Palač und mit ihm ein Junge, der sich scheu hinter ihm hielt.

Frede.

Deutlich erkennbar an dem verschwollenen Gesicht mit einer aufgeplatzten Strieme über Stirn, Nase und Wange.

Die Nonne wies den beiden Plätze am anderen Ende des Brettertisches, gab ihnen, was vom Brot übriggeblieben war, und schob die Breischüssel zu ihnen hinüber. Mißbilligend beobachtete sie, wie Palač Brei und Brot an Frede weiterreichte, ohne etwas zu nehmen.

Der Magister befand sich in ungeselliger Stimmung. Er ließ nicht nur das Essen stehen, sondern gab auch den Krug mit dem dünnen Bier, den die Speisenden sich teilten, ohne zu trinken, weiter. Schweigend starrte er auf die Tischplatte, während Frede aß und sich das Maul stopfte, als wäre es das letzte, was er im Leben bekam. Vielleicht dachte der Magister darüber nach, wie Carlottas Vater es aufnehmen würde, wenn er ihm nach einer erklärungsbedürftigen Nacht die Tochter zurückbrachte? Bei diesem Gedanken fiel Carlotta ein, daß es vielleicht das beste wäre, sich vor der Stadtbrücke zu trennen. Dann konnte sie allein heimkehren und den Zorn ihres Vaters über sich ergehen lassen. Und der würde vermutlich gar nicht so schrecklich ausfallen, denn sie hatte ihm geschrieben, wo sie hinwollte und immerhin bei den frommen Schwestern übernachtet, und außerdem war ihr Vater vernarrt in sie und ... Carlotta fragte sich, warum für Frauen immer alles so kompliziert sein mußte.

Palač und Frede folgten ihr vor die Klostermauern.

»Unsinn. Ihr geht natürlich *nicht* allein«, erwiderte Palač, als sie ihm ihr Vorhaben erklärt hatte.

Das Land lag im Morgennebel; die Sonne, gerade eben erst zu einem radieschenfarbenen Kreis geworden, schwamm darin wie ein Farbtupfer in einem Wasserklecks.

»Gemeinsam bis zur Brücke«, schlug Carlotta vor.

»Gemeinsam bis zur Haustür.«

Frede gab sich einen Gesichtsausdruck, als wäre er taub, und hielt ein paar Schritte Abstand, während sie debattierten. Carlotta rief ihn heran.

»Wo ist Martha?«

Das wußte er nicht. Leider. Hatte er dem Magister auch schon erklärt. Bei Martha konnte man nie was voraussagen. Er schaute Carlotta aus so blanken Jungenaugen an, daß sie beinahe sicher war, daß er log.

»Warum bist du dann davongelaufen?«

»Weil ich keine Lust auf Prügel hatte.«

»Und wenn du gewußt hättest, wo Martha steckt?«

Ein Grinsen schlich sich auf Fredes Gesicht. »Dann wäre ich auch fort, weil ich es dem Sack nämlich nicht verraten hätte.« Der Sack war Bligger. Frede entschuldigte sich für den Ausdruck.

Und was hatte Bligger gegen Martha?

»Keine Ahnung.« Diesmal schien Frede wirklich ratlos. »Die Martha is was Besonderes, Herrin. Wie ich schon dem Herrn sagte. Die tut, was sie will, und sagt, was sie will.«

»Und was hat sie über den Tod ihrer Herrin gesagt?«

»Nichts.« Das Visier ging wieder herab. Frede log erbärmlich.

»Überhaupt nichts? Komm schon. Ich bin nicht Bligger. Ich weiß, Martha hätte mit mir gesprochen, wenn ich sie erreicht hätte. Sie hatte Zölestine doch gern. Und ich hatte sie auch gern. Ich war ihre Freundin.«

Frede wand sich. Na *schön*. Die Martha also, die hatte geheult an dem Tag, wie die Herrin gestorben war. Aber da hatten viele geheult, denn die Herrin – nur die vom Christof, nicht die andere von Bligger – hatte immer eine offene Hand für die Armen gehabt, und deshalb war sie in Steinach auch beliebt gewesen. Jedenfalls, am nächsten Tag war Martha wieder rauf zur Burg für ihren Dienst. Aber nachts war sie *nicht* heimgekommen und auch am nächsten Tag nicht. Erst spätabends. Da hatte sie nicht mehr geheult. Aber sie war wütend gewesen. So richtig stinkig...

Frede hätte sich gerne wortgewaltiger erklärt. Die Sache ging ihm zu Herzen. »Sie hat mit der Käseseihe nach mir geworfen«, sagte er.

Carlotta nickte.

»Und gewollt, daß ich nich so dämliche Fragen stell'. Die war'n aber gar nich dämlich. Martha hat nur nich mit mir reden wollen. Sie is mit mir raus – es gibt da so 'ne Stelle in der Mauer, in der Nähe, wo die Kirche is, da wo ich gestern auch abgehauen bin – da sind wir jedenfalls raus, und sie hat Blumen gepflückt und auf das Grab von ihrer Herrin gelegt, und dann hat sie zu mir gesagt: Ich hau' ab!«

»Weswegen?«

»Wegen dem Sack. Ehrlich. Mehr hab' ich auch nich rausgekriegt.«

»Hat sie gesagt, wo sie hinwollte?«

»N ... nein.«

»Wie schade«, meinte Carlotta. »Ich würde sie nämlich wirklich gern sprechen. Und sie hätte mir ihre Antwort sicher nicht umsonst geben müssen.«

Der Nebel begann sich zu lösen. Das erste Ochsengespann kam ihnen entgegen, und sie drückten sich an den Wegrand, um es vorbeizulassen. Frede zitterte heftig in seinem dünnen Wams. Ob Martha genauso dürftig bekleidet davongelaufen war?

»Es gibt nich viel, wo Martha hinkann«, offenbarte er zaudernd, als sie die letzte Wegkurve vor Heidelberg nahmen und die Stadt mitsamt ihrer Holzbrücke und den Verkaufsbuden darauf vor ihnen auftauchte. »Sie hat außer ihrem Vater, der immer besoffen is und den sie liebt, als wär's 'ne Eiterbeule, nur noch eine Tante. Die hat nach Speyer hin geheiratet. Jemand Besseren, hat Martha gesagt. Einen mit 'ner Schenke.«

In Speyer also. Und wie hieß sie?

Zum Mohren. Nein, *nicht* die Tante – die Schenke natürlich. Den Namen von der Tante hatte Frede vergessen.

Carlotta nahm Palač den Apfelsack ab und schenkte Frede den letzten Halbpfennig, der sich zwischen den Falten verkrochen hatte. Man hatte ja auch das Boot gespart.

Vor der Brücke nahm er Abschied. Zweifellos würde er warten, bis sie in der Stadt verschwunden waren, und dann ebenfalls hinüberkommen, um sich am Judenfriedhof vorbei auf den Weg nach Speyer zu machen.

»Und wir sollten uns nun auch trennen«, sagte Carlotta zu Palač.

»Sehe keinen Grund«, knurrte er zurück.

Anselm Buttweiler saß hinter seinem Pult, die Schultern verkrümmt, das Gesicht in den Händen. Er drehte sich um, als er die Tür gehen hörte. Carlotta wartete, aber er sagte gar nichts – und dann rollten ihm plötzlich Tränen die Wangen herab. Ihr blieben die Erklärungen im Halse stecken. Väter sollten nicht weinen. Und Töchter ihre Väter nicht zum Weinen bringen.

Palač verschwand die Stiege hinauf und überließ sie einander.

»Ich habe dir Kummer gemacht«, sagte Carlotta und wollte ihrem Vater von Bligger erzählen. Er hörte nicht zu. Ihr Vater faßte ihre Hände und strich wieder und wieder über ihre Arme und das Haar, als müsse er sich überzeugen, daß sie tatsächlich vor ihm stand.

»Carlotta«, sagte er. »Ich will, daß du heiratest – du brauchst jemanden, der dich beschützt. Ach Kind. Wie klar ist mir das heute nacht geworden. Ich bin ein alter Mann. Wäre ich jung, hätte ich dir nachreiten können ...«

»Du hättest mich nicht gefunden. Ich habe bei den Nonnen übernachtet.«

»Aber ich bin nicht jung. Ich *kann* nicht einmal reiten«, fuhr ihr Vater unbeirrt fort. »Was, wenn du in Not geraten wärest?«

»Mir ist nichts geschehen.«

Er schüttelte den Kopf. »Du brauchst jemanden, der besser für dich sorgt, als ich es kann. Marsilius sagt das auch ...«

»Du hast mit Marsilius gesprochen?«

»Wo hätte ich mit meinen Sorgen hinsollen? Aber es war zu spät, um jemanden loszuschicken. Wobei mir einfällt ...« Ihm fiel ein, daß Marsilius versprochen hatte, gleich mit dem Morgengrauen einen Boten nach Steinach zu senden. Das mußte natürlich verhindert werden.

Carlotta ließ ihren Vater ziehen. Er hatte nicht nach Jovan Palač gefragt. Vielleicht war ihm gar nicht aufgefallen, daß der Magister die Nacht ebenfalls außer Haus verbracht hatte.

Es pochte an der Küchentür. Carlotta legte das Ei, das sie gerade aufschlagen wollte, auf den Tisch zurück und wischte die Hand am Küchentuch sauber. Sie wunderte sich, warum Josepha nicht einfach hereinkam. Denn außer Josepha und den Scholaren benutzte niemand die Tür zum Hof, und die Jungen saßen alle noch in ihren Vorlesungen.

Als sie öffnete, stand Cord, der Pergamenter, im Rahmen. Er war ein Mann wie ein Ochse und mußte seinen kahlen Schädel tief beugen, um hereinzukommen. Sein Gesicht blickte zu Tode erschrocken. »Josepha geht's schlecht.«

Es war nicht seine Art zu stottern. Gewöhnlich klopfte er auch nicht an anderer Leute Türen. Carlotta legte das Tuch beiseite und beeilte sich.

Die Tür zur Wohnung des Pergamenters lag auf der anderen Seite des Hofes unter der hölzernen Galerie. Cord hatte die Tür offenstehen lassen. Der kleine Raum dahinter lag trotzdem fast völlig im Finstern. Carlotta öffnete die Fensterläden.

Josepha lag auf dem Ehebett im hintersten Teil der Stube unter einer dicken, grünen Wolldecke. Ihre Wohnung war klein. Sie und Cord besaßen nur den einen Raum, von dem sie mit Brettern eine Küche abgetrennt hatten. Den größten Platz nahm ein breiter, rechteckiger Tisch ein, der Cord zum Arbeiten diente und über dem an Haken sichelförmige Klingen und verschiedene Maßraster hingen. Unter dem Tisch befand sich ein Korb mit Kreidestücken. Josepha hatte ihre Habseligkeiten auf Borden über dem Bett untergebracht: Behälter mit Medikamenten, braune und grüne Fläschchen, Tiegel zum Salbenanrühren, Holzstäbchen in einem Becher. Am untersten Wandbord hingen Kräuterbüschel an Fäden zum Trocknen.

Carlotta suchte nach einem Schemel, fand keinen, räumte die Kleider von der Betttruhe und setzte sich zu ihrer Freundin.

»Was ist los?«

Cord hatte eine Kerze entzündet. Er reichte sie ihr, und das Licht flackerte über Josephas tränenverquollenes Gesicht. Carlotta sah, daß ihr Haar feucht war und der vordere Teil der Stirn, den sie rasiert hatte, verfärbt, als wäre eine dunkle Flüssigkeit hineingeronnen. Sie hielt das Licht näher. Blut.

»Verdammt«, murmelte sie, und Josepha brach in hemmungsloses Schluchzen aus.

»Zuerst einmal brauchen wir Wasser.«

Als Cord das Gewünschte aus der Küche geholt und Carlotta mit der Reinigung der Wunde begonnen hatte, bat Josepha ihn, beim Apotheker noch ein Töpfchen Ringelblumensalbe zu besorgen. Dann erst, als er fort und Carlotta mit dem Waschen fertig war, brachte sie die Geschichte heraus.

Sie war über Nacht in Kirchheim gewesen, wo eine Bäuerin mit Zwillingen niederkam. Die Bäuerin hatte leicht geboren, den Zwillingen ging es gut, der Bauer hatte sie mit einem Silberpfennig entlohnt, und Josepha hatte sich im Morgengrauen auf den Heimweg gemacht. Sie hatte den Wald gemieden und sich an die Landstraße gehalten, weil sie ebenfalls von den Hexengerüchten gehört hatte. In Höhe der Ochsenweide, dort wo die Straße einen Bogen machte und eine Weile schwer einzusehen war, hatte man sie überfallen.

»Wer?« fragte Carlotta.

Josepha begann erneut zu schluchzen. Es war nicht ihre Art, aber sie konnte es einfach nicht unterdrücken. Carlotta ging in die Küche, fand einen Krug Bier und nötigte ihre Freundin zu trinken.

»Kuhhirten«, nuschelte Josepha. »Noch ganz jung. Weiß nicht, woher. Einer, schwarzhaarig, mit Stehohren und jeder Menge Pickel – der hat die anderen aufgehetzt ...«

»Wie viele waren es?«

»Drei oder vier. Die hätten wohl auch aufgehört, aber der mit den Ohren ...«

»Schon gut«, tröstete Carlotta und langte nach dem Krug. Die drei hatten aufhören wollen, als sie das Blut sahen, aber der mit den Pickeln hatte sie immer wieder angetrieben – das hatte sie verstanden. »Glaubst du ... nun, komm, Josepha, man kann dein Kissen ja schon auswringen. Glaubst du, daß sie dir mit Vorbedacht aufgelauert haben?«

Josepha trank und weinte. »*Teufelshur* haben sie gebrüllt. Ich glaub', anfangs wollten sie mich sowieso nur beschimpfen. Aber dann hatte der mit den Ohren plötzlich den Knüppel in der Hand.«

»Denkst du, daß sie dich kannten?«

»Jeder kennt die Hebammen.«

»Und kanntest du sie?«

Josepha bewegte sich und setzte sich auf. Die Decke rutschte von ihrer Schulter. Der Rücken und die rechte Seite waren von blutunterlaufenen Wunden bedeckt.

»Kanntest du sie?« wiederholte Carlotta ihre Frage.

Die Freundin schüttelte den Kopf.

Sie log.

»Du mußt sie anzeigen«, sagte Carlotta.

»Damit auch der letzte mitkriegt, was geflüstert wird – daß Josepha, Cords Frau, eine Hexe ist?«

Josepha langte hinter sich und zog die Decke wieder über die frierenden Schultern. Sie hatte langes, braunes, wunderschönes Haar. Ein Jammer, daß sie verheiratet war und es unter der Haube verbergen mußte.

»Wehr dich«, sagte Carlotta.

Josepha lachte krächzend. »So, wehren, ja? Und die Fliege frißt die Spinne, und das Schaf erwürgt den Wolf. Du Träumerchen. Die Hebamme in Walldorf haben sie brennen lassen. Am Freitag vor Allerseelen. Sie soll ihre Unschuld beschrien haben, bis das Feuer ihr den Atem nahm.« Josephas schlanke Finger kneteten die Fransen der Wolldecke. Ihr Lachen klang wie das Ächzen des Hahnes, dem die gelbe Katze die Beine ausgebissen hatte. Carlotta hätte selbst gern eine Decke gehabt, um sich darunter zu verkriechen.

Plötzlich hielt die Hebamme inne. Ein Schatten huschte über ihr Gesicht. »Carlotta – in der Küche hängt ein Sieb. Über dem Herd. Holst du mir das?«

»Ein Sieb?«

»Ja doch. Zwischen den Pfannen.« Sie war mit einemmal ganz ruhig.

»Wozu brauchst du ein Sieb?‹

Josepha schwieg und wartete.

»Wozu du ein...«

»Ich soll mich doch wehren, ja?« Sie rutschte aus dem Bett und ging, die Decke um den Leib gerafft, zur Küche. Im nächsten Moment kehrte sie mit einem drahtgeflochtenen Gemüsesieb zurück, das sie auf Cords Arbeitstisch absetzte. Sie murmelte etwas und suchte mit den Augen die Werkzeugleiste über dem Tisch ab. Zögernd streckte sie die Hand nach einer Schere aus, schüttelte aber den Kopf und ließ sie hängen. »Kommst du, Carlotta? Was ist? Willst du es nicht ansehen?«

Nein. Carlotta wollte keineswegs sehen, was ihre Freundin mit einem Gemüsesieb auf dem Arbeitstisch ihres Mannes anstellte, wo es doch weit und breit kein Gemüse zu putzen gab. Außerdem war Josepha die Decke halb von der Schulter gerutscht, und... wenn jemand sie so gesehen hätte, halbnackt und im Begriff... na ja, was auch immer zu tun...

»Das Sieb ist ein Abbild des Himmelslaufes. Da ist nichts Schlimmes dran. Lotta! Die Frau von der ich's hab', hat es selbst benutzt, und der Pfarrer, dem sie es gebeichtet hat, hat gesagt, es sei nichts Unrechtes daran.«

»Und der Papst hat seinen Palast mit Huren gestopft...«

»Und das ist mir alles egal. Brennen tut weh. Darauf läuft es nämlich raus. Sie wollen wieder eine brennen sehen. Da kann ich doch nicht tun, als wär' nichts.«

Josepha spreizte die Hand und setzte das Sieb auf Daumen und Zeigefinger. Sie hüstelte scheu. »*Im Namen Lucae, Marci, Matthiae und Johannis...*«

»Josepha!« Carlotta erhob sich. »Laß das!«

Die Hebamme schüttelte den Kopf. »*Ich gebiete dir kraft der vier Evangelien und bei dem Evangelium des heiligen Johannes...*«

»Blödsinn ist das – und gotteslästerlich dazu!«

»*Ich gebiete...*« Die Stimme geriet ins Weinerliche. »*So wahr dies alles wahrhaftig ist, daß du mir erzeigen willst die Wahrheit von* dem ... Nein, Carlotta, nicht gehen ... *von dem, was gewesen, vom Künftigen, von dem, was gut und was teuflisch* ...« Josepha sprach schneller. Das Sieb auf ihren Fingern geriet in Bewegung. Die Worte waren nur noch ein Murmeln, das kam wie aus einem fremden Mund. »... *et agios, agios* ...«

Das Sieb drehte sich auf ihren Fingerspitzen. Josepha stierte hinein. Als gäbe es *tatsächlich* etwas zu sehen. Etwas, das ihr Entsetzen einflößte. Abgestoßen und fasziniert zugleich blieb Carlotta in der Türe stehen.

»... *nettor gedede in munda ... in munda, Casi ... Casisa ... Casi* ... ach, Mist, verdammter ...«

Das Sieb war Josephas Fingern entglitten. Mit einem dumpfen Klapp fiel es auf den Boden, rollte ein paar Schritte und blieb wie eine schwarze Kröte unter dem Tisch liegen. Josepha starrte es an, und es war nicht zu übersehen, daß sie am ganzen Leibe zitterte.

Die Stube war kalt und finsterer geworden. Carlotta hätte einen Eid darauf abgegeben. Sie merkte, daß ihr Herz mit doppelter Schnelligkeit schlug. Hastig schlug sie ein Kreuz.

Josepha hatte zu weinen begonnen.

Beide schwiegen sie. Dann, nach einer langgedehnten Pause, fragte Carlotta. »Hast du was gesehen?«

Josepha bewegte den Kopf. Ob sie nickte oder abwehrte, war nicht auszumachen. Carlotta entschied sich, es für ein *Nein* zu nehmen.

»Wirklich, Josepha. Großartig stellst du das an. Willst beweisen, daß du keine Hexe bist, und treibst solchen Unfug.«

Josepha drehte sich herum. Sie lächelte – versuchte zu lächeln –, aber ihr Lächeln war so falsch wie das Schnurren der gelben Katze. Mit schmalen Augen starrte sie Carlotta an. Dann entspannte sie sich plötzlich.

»Ich weiß ja selbst, daß es Mist war, Lotta. Ich hab's auch zum ersten Mal gemacht, das schwör' ich dir. Man wird nur ganz verrückt von all dem Verleumden.« Sie schob das Sieb mit dem Fuß ein Stück weiter unter den Tisch. Erst jetzt fiel ihr auf, wie mangelhaft die Decke ihre Blöße schützte. Hastig wickelte sie sich ein. »Das war eine seltsame Frau, die mir das erklärt hat. Hat ständig mit sich selbst geredet. Ich glaube, die war nicht ganz richtig im Kopf. Ich hab' ihr auch kaum zugehört ...«

Und trotzdem hatte sie den komplizierten Spruch auswendig hersagen können?

»Außerdem war's kein Schadenzauber. Man gebraucht es, um in die Zukunft zu sehen. Was passiert. Oder wenn Sachen verlorengegangen sind, oder so. Da müßte man eigentlich eine Schere ins Sieb stechen. Aber es funktioniert nicht. Ich weiß gar nicht mehr, was ich tu.« Sie kroch zitternd in ihr Bett zurück. »Du mußt mich für ganz schön verrückt halten.«

»Das trifft's.«

»Jedenfalls war es lieb, daß du mir zugehört hast. Und – ich werd' das einfach aufgeben mit der Hebammenhilfe. Ich bleib' in Zukunft zu Haus'. Dann ist's vorbei. Wenn du willst, kann ich dir beim Kochen helfen. Deine Jungen ...« Sie lächelte mühsam. »... sind arme Kröten. Hat sich der Magister noch nicht beschwert?«

Carlotta kam zu ihr ans Bett und küßte sie auf die Stirn.

»Lotta ...« Josepha schwieg verlegen, wollte sie aber trotzdem nicht gehen lassen. »Du bist der Mensch, Lotta, den ich – nach Cord – von allen am liebsten hab'.«

»Weiß ich. Ich hab' dich ja auch gern.«

»Und ... man muß eben vorsichtig sein. Jetzt mein' ich nicht nur mich. Versprich mir ... auch du selbst. Versprich, daß du auf dich aufpaßt.«

7. Kapitel

Der Kreis schneidet die Verlängerung«, wiederholte Bertram wie ein Idiot zum fünften Mal. Vor ihm lag ein Exemplar des Euklid, das er sich von Albrecht ausgeliehen hatte. Er wurde dadurch nicht klüger als die gelbe Katze, die auf der Bank lag und mißgünstig zu ihm hinüberschielte.

Carlotta wendete die Apfelringe. Am Herdrand, wo es kaum noch Hitze gab, lagen die mit Speck umwickelten Hühner. Carlotta hätte gern gewußt, ob sie ausreichend durchgebraten waren, aber um das herauszufinden, hätte sie den Speck abwickeln müssen, und das konnte sie nicht, weil sie auf die Apfelscheiben achtgeben mußte. Eigentlich hätte sie sich auch um die Apfelringe nicht kümmern können, denn sie mußte den Teig für die Eierpfannkuchen anrühren, in den Apfelringe und Hühnchen am Ende eingepackt wurden, damit sie sie backen konnte, solange das Fett noch heiß war ...

»Der Kreis schneidet die Verlängerung der Seite a«, murmelte Bertram.

Carlotta angelte nach einem Holzbrett und kratzte die Apfelringe aus der Pfanne. Waren sie zu matschig? Sicher. Sie hätte den Pfannkuchenteig anrühren müssen, *bevor* sie die Apfelringe briet.

»Verlängert man die Seite …«

»Verschwinde, Bertram«, sagte sie. Sie sah sich nach der Schüssel mit den Eiern um. Und wo zur Hölle war der Honig?

Bertram kratzte beleidigt auf seiner Wachstafel. Er tat ihr leid. Aber er hatte nichts zu tun, als ein Rechteck in ein Quadrat umzuwandeln. Und das war ein Kinderspiel, verglichen mit der Kunst, griechische Hühner zu backen. Die Schale mit dem Honig war wie weggehext. Jetzt begann auch noch das Fett zu qualmen. Carlotta hievte die schwere Eisenpfanne zum Tisch. Hilfsbereit sprang Bertram auf und schob ein Holzbrett darunter. »Ich kapier's eben nicht«, sagte er.

»Weil du nur draufstarrst. Setz deinen Kopf in Bewegung.«

»Meinen Kopf gibt's nicht mehr. Der ist zerplatzt vom vielen Nachdenken.«

»Frag Benedikt.«

»Der hat es auch nicht kapiert. Braucht er auch noch nicht. Aber *ich* hab' Weihnachten Prüfung. Und ich hab' gehört, daß dieses Jahr Konrad von Soltau die Artisten prüft. Der ist ein derart mieses …«

»Mist!« brüllte Carlotta. Sie hatte den Honig gefunden. Er tropfte in langen Fäden von der Bank auf den Fußboden. Dort unten hockte die Katze und grämte sich, weil sie in ihrer Gier nicht gleichzeitig das heruntergestoßene Schälchen auslecken und nach den Honigfäden schnappen konnte. Carlotta bewarf sie mit dem Kochlöffel.

»Die Hühnchen sehen doch prima aus, Lotta. Ehrlich. Fast nichts schwarz. Was brauchst du den Honig und den ganzen Kram?« tröstete Bertram. Er kam mit einem Lappen zu ihr unter den Tisch gekrochen und versuchte, die klebrige Masse aufzuwischen.

Blitzschnell ratschte die Gelbe ihm die Krallen über den Handrücken. Genauso blitzschnell war sie zwischen ihnen hindurch und zur Tür hinaus, das kleine Biest.

Carlotta mußte lachen.

Sie sah zu, wie Bertram mit säuerlicher Miene seine Säuberungsaktion fortsetzte. Er mußte tatsächlich in der Klemme sitzen. Gnädig kam sie ihm mit einer Schüssel Wasser zu Hilfe, und sie schrubbten gemeinsam den Fuß der Bank.

»Weißt du überhaupt, wozu du die Verlängerung und den Kreisbogen brauchst? Was du damit berechnen kannst?« fragte sie, als sie wieder aufrecht standen.

Bertram grinste erleichtert.

Zum Mittagsmahl – denn es war Sonntag, und die Scholaren hatten zwischen der Messe und dem vorgeschriebenen Besuch des nachmittäglichen Disputes drei Stunden frei, und so blieb Zeit für ein anständiges Mahl – gab es die kalten Hühnchen und danach Omeletts mit Quittenmus.

Anschließend nahm Anselm Buttweiler seine Scholaren und ging mit ihnen hinüber zum Franziskanerkloster. An diesem Nachmittag war Magister Konrad als Respondent eingeteilt, und er wollte über diverse Möglichkeiten referieren, die Macht der bösen Geister zu bannen. Konrad von Soltau war ein brillanter Redner, das Thema zudem angenehm gruselig – die Scholaren begleiteten den Pedell ohne Murren.

»Und Ihr wollt nicht hingehen?« fragte Carlotta Magister Jovan.

Das war ein Jammer. Der Sonntagnachmittag war eine köstliche Zeit. Keine Vorbereitungen für die Küche, denn abends gab es nichts als Brot und Käse. Drei Stunden faulenzen oder in den Weingärten bei der alten Burg spazierengehen oder auch – wenn einem der Sinn danach stand – Bradwardines Geschwindigkeitsberechnungen mit denen des Archimedes vergleichen. Man konnte auch bei Josepha Nonnenfürzle futtern ...

Carlotta seufzte. Sie bemerkte es, hatte augenblicks ein schlechtes Gewissen und sagte hastig: »Natürlich bleibt Ihr hier. Ihr seht wirklich etwas elend aus. Meine Güte – Ihr hättet Euch nicht herumtreiben sollen.«

Tatsächlich war dem Magister die Nacht im Kloster schlecht bekommen. Er hatte sich erkältet, und seitdem – zwei Tage war das nun her – stand in seinem Gesicht wieder diese ungesund bleiche Farbe.

»Ich bin nicht krank«, klärte der blasse Magister sie auf, »außer am Überdruß. *Quaestiones, suppositiones, conclusiones, affendreckiones*... Habt Ihr Äpfel im Haus?« Er hatte schon den Korb in der Ecke erspäht. »Ich darf? Danke. Ich kenne Konrad von Soltau aus Prag. Seine Ansichten über Exorzismen sind eine Auflistung sämtlichen Mülls, der zu diesem Thema verfaßt wurde. Alles, was effektvoll genug ist, um Staunen zu machen. Nein, Carlotta, ich bin keineswegs ungerecht. Ihr würdet mir zustimmen, wenn Ihr seinen Kommentar zu Gertrudes Häschenzauber gehört hättet. Gertrude war ein kleines Mädchen mit spindeldürren Beinen, das behauptete, aus seiner Schürze Häschen zaubern zu können. Er hat einen Prozeß angestrengt, im Ernst.«

»Konnte sie's?«

Der Magister warf ihr unter hochgezogenen Brauen einen übelgelaunten Blick zu. »Sie konnte es nicht. Als sie es vormachen sollte, hat sie angefangen zu heulen und ist zu ihrer Mutter auf den Schoß gekrabbelt. – War dies hier mal ein Huhn?«

»Dies hier ist das Überbleibsel eines *winzigen* Teiles eines Hühnchens, das zu dicht ans Feuer geraten ist und deshalb nicht aufgegessen wurde. Der Rest war tadellos.«

»Sicher. Und Ihr habt recht, über mich die Nase zu rümpfen. Ich bin, wenn ich bin, wie ich wirklich bin, kein Nörgler, könntet Ihr mir das gegen allen Augenschein glauben? Nein, danke, ich brauche kein Messer. Ich esse Äpfel mit Stumpf und Stiel. Wie seid Ihr nach Heidelberg gekommen?«

Der Sonntagnachmittag war verloren. Magister Palač hatte Langeweile. Jeder, der in dieser Burse Langeweile hatte, hielt sich an Carlotta.

»Durch Marsilius von Inghen«, antwortete sie resigniert. »Er hat uns hierhergeholt, als die Universität gegründet wurde.« Sie ging zur Stube, um eine Kerze und den Euklid zu holen.

»Und vorher?«

»Wohnten wir in Wien. Und davor, wenn das Eure nächste Frage sein sollte, in Paris.«

»Ein Jammer, daß Ihr kein Mann seid. Noch ein bißchen Italien dazu, und Ihr hättet eine tadellose Biographie für den *doctor in utroque iure.* Habt Ihr das Lateinische von Eurem Vater gelernt?«

»Es kam von selbst. Wenn ich mal dürfte?« Sie rückte den Apfelkorb beiseite, um Platz für den Euklid, ihren Pergamentbogen und die Schreibutensilien zu schaffen.

»Wie ist Euer Vater an das Amt des Pedells gekommen? Soweit ich sehe, hilft er nicht nur, Ordnung zu halten, sondern verwaltet auch die Bücher und Urkunden. Hat er selbst einen akademischen Grad erworben?«

»Magister artium. Er hat in Paris bei den Artisten Philosophie unterrichtet. Bis er wegen seiner Heirat ausscheiden mußte. Man war so freundlich, ihm die Stelle eines Pedells anzubieten. *Marsilius* war so freundlich. Er hat früher mit meinem Vater zusammen studiert.«

»Und Eure Mutter?«

Ihre Mutter. Tja. Die schöne, die engelsgleiche Isabeau. Sie hatte Carlottas Vater geheiratet – gegen den Willen von jedermann, der ihr oder ihm wohlwollte –, hatte die Tochter geboren und dann, kurze Zeit später, an sich eine mystische Veranlagung zu entdecken geglaubt. Unter Umständen, von denen nur hinter vorgehaltener Hand gemunkelt wurde, war sie mit einem Trupp fahrender Mönche durchgebrannt, hatte sich einige Monate später in aufgelöstem Zustand – was auch immer das bedeuten mochte – an den Pforten des Klosters von Argenteuil eingefunden und war dort aufgenommen worden, nachdem Anselm Buttweiler schriftlich eine stattliche Mitgift zugesichert hatte. Mittlerweile hatte sie es dort zur Äbtissin gebracht, und jedes Jahr pünktlich zum Osterfest schickte sie aus dem Kloster einen Lammschinken und ein in der Klosterwerkstatt angefertigtes Devotionalbild, wobei Anselm das letztere sorgfältig in ein elfenbeinverziertes Holzkistchen packte und aufbewahrte.

»Schon wieder mit den Füßen im Fettnäpfchen?« fragte der Magister.

»Jeder nach seiner Begabung.«

Palač nickte zerknirscht. »Ihr dürft mir nicht erlauben, so daherzuschwätzen. Soll ich die Feder spitzen? Laßt mich. Als Zeichen Eurer Vergebung. Warum kopiert Ihr Euklid? Die Philosophen machen viel weniger Mühe. Keine Zeichnungen und so. Schreibt Ihr eigentlich nur, oder könnt Ihr auch lesen?«

Es klopfte an der Haustür.

»Ich schreibe, lese und begreife es«, sagte Carlotta.

Wieder klopfte es. Sie stand auf.

»Ihr erwartet jemanden?« fragte Palač.

»Nein«, sagte sie.

Marsilius von Inghen war keiner, der einfach in die Stube kam. Er *betrat* den Raum. Es war wie bei den Mysterienspielen, die auf dem Marktplatz stattfanden. Das Geld war eingesammelt, das Stück angekündigt – und dann betrat der Hauptdarsteller die Bühne. Man konnte allerdings nicht behaupten, daß irgend etwas an Marsilius' Auftritt gekünstelt war. Er schritt über die Schwelle, das dunkle Haar gewellt, mit dem prächtigen, kurz geschnittenen Bart, der sein Gesicht umrahmte, die Augen flink, das Lächeln breit und herzlich, und nahm den Raum in Besitz, wie es einem mächtigen

Mann gebührte. Der schwarze Rektorenmantel mit dem breiten Kragen aus Grauwerk floß ihm lässig die Schultern herab, das Magisterbarett saß schief über seinen Ohren. Er lächelte, und als er den Prager Magister durch die offene Küchentür erspähte, wurde sein Lächeln noch breiter. Es bekam – in Carlottas Augen – etwas Entschiedenes.

Sie wurde begrüßt und umarmt mit der Herzlichkeit, wie es in befreundeten Familien üblich war. Marsilius nannte sie sein liebes Kind, wobei ihr nicht verborgen blieb, daß seine Augen ständig zum Magister schweiften.

Zögernd folgte sie ihm in die Küche.

Draußen war die Dämmerung heraufgezogen. Der Raum lag im Zwielicht, und Magister Jovan entzündete umständlich eine zweite Kerze an der ersten.

»Ich freue mich, dich zu sehen, Jovan«, sagte Marsilius.

Palač nickte, ohne hochzuschauen. »Ich mich auch.«

Man freute sich also. Und außerdem schien man sich zu kennen. Carlotta überlegte, ob es ratsam sei, die Herren in die Stube zu bitten. Auch wenn die Küche aufgeräumt war, war es immer noch eine Küche, in der Pfannen an Nägeln hingen und über dem Herdfeuer der Rauch dümpelte …

Marsilius schaute sich um. »Du bist eine richtige Hausfrau geworden, Mädchen«, stellte er fest.

Carlotta nickte und fragte sich, wen das interessierte.

»Der Magister und ich …« fuhr Marsilius leutselig fort, »sind so etwas wie alte Bekannte. Auch Paris. Aber da wart ihr schon in Wien gewesen. Herrje, wie die Zeit vergeht.« Er widmete der vergehenden Zeit einen Gedenkmoment, zog den Bauch ein und quetschte sich hinter die Bank an den Tisch. »Ich habe übrigens deine Abhandlung über Gewaltenabhängige im italienischen Recht gelesen. Ein hübsches Stück Juristerei. Nicht, daß ich etwas davon verstanden hätte. Aber man hat's kräftig gelobt … Komm ich dir mit den Füßen ins Gehege?«

Nein, kam er nicht.

Carlotta nahm ihren Euklid auf. Wenn die Herren die Küche bevorzugten, ging sie eben selbst in die Stube. Sie sah mit einem Seitenblick, daß Jovan Palač die verkrüppelte Hand auf den Tisch gelegt hatte und seine vernarbten Finger betrachtete. Marsilius seufzte und lächelte.

»Ich war überrascht, als mir der Kurfürst den Brief des Kaisers gezeigt hat«, sagte er.

»Und ich bin überrascht, daß es überhaupt einen Brief gibt. Wenzel haßt es, Dinge zu tun, die mehr Verstand erfordern, als einer Sau den Speer in die Eingeweide zu placieren.«

Marsilius' Lächeln verlor sich. »Du kannst dir denken, was in dem Brief steht?«

»Mit keiner Silbe.«

»Willst du es wissen?«

»Nein.«

Carlotta nahm Pergament, Tintenhorn und Feder. Es roch nach Streit. Sie hatte keine Lust auf Streit an einem Sonntagnachmittag. Sie zwängte sich durch den Türspalt, setzte ihre Last auf dem Schreibpult ihres Vaters ab und zog die Küchentür zu.

Wie dumm, daß es kein brennendes Licht in der Stube gab. Aber zurück in die Küche, um die Pultlampe am Herdfeuer zu entzünden, mochte sie auch nicht. So saß sie im Dunkeln.

»Gehen wir es vernünftig an«, hörte sie Marsilius sagen.

»Tun wir das«, stimmte ironisch der Magister zu.

»Ich will nicht wissen, womit du den Kaiser verärgert hast ...«

»Natürlich willst du das.«

»... weil es mich nichts angeht«, fuhr Marsilius unbeirrt fort. »Factum ist: Kaiser Wenzel wünscht, daß du in Heidelberg bleibst und hier unterrichtest. Teufel – er *wünscht* es nicht, er *befiehlt* es mit allem Nachdruck. Und der Kurfürst soll dich an deinem Hintern hier festnageln, wenn du dich weigerst. Habe ich das deutlich gesagt?«

»Klarheit ist deine Stärke«, bestätigte Palač höflich.

»Was hast du angestellt, Jovan?«

»Die Neugierde über die guten Sitten?«

»Also?«

Es gab eine kurze Pause. »Nicht gesoffen, als es an der Zeit zu saufen war. Das muß es gewesen sein. Wirf's mir vor, Marsilius. Ich habe eine Tragödie aufgeführt, die im Lächerlichen endete. Kein Mensch mit Geschmack kann das ertragen. Wie gütig vom Kaiser, sich einen Kommentar dazu abzuringen. Was will er?«

Carlotta hörte das Schaben der Tischbeine. Marsilius schien aufgestanden zu sein. Sie hörte seine Schritte.

»Junge! Ich versteh's nicht. Du warst Dekan bei den Prager Juristen. Ein Mann mit Einfluß. Wenzel hat dich protegiert. Du hast von ihm die Gleichstellung der tschechischen Nation im *studium* erschmeichelt. Alles konntest du von ihm haben. Der Kaiser hat dich behandelt wie einen Bruder...«

»Das war schon bei Kain und Abel fatal.«

»Zugegeben, sein Brief klang übel...«

»Nicht Kain. Saul und David, das trifft's eher. Mein Ungeschick, die Harfe zu verstimmen.«

Marsilius seufzte. Carlotta seufzte auch. Dieses Gespräch war nicht für ihre Ohren bestimmt. Eigentlich wollte sie davon auch gar nichts wissen...

Etwas krachte. Marsilius hatte sich wieder am Tisch niedergelassen.

»Weihnachten sind Prüfungen«, hörte sie ihn sagen. »Wir werden etwa drei Dutzend Magistri artium bekommen. Von vier Anwärtern weiß ich, daß sie Römisches Recht studieren wollen. Die kannst du ab Januar unterrichten. Das wird nicht wie Prag. Aber ein intimer Kreis hat auch seine Vor-

teile. Außerdem kannst du Gutachten erstellen. Ich spreche
jetzt vor allem von den städtischen Gerichten. Speyer und
Worms, Frankfurt, Mainz und so fort. Sie legen Wert auf
Rechtshilfe ...«

»Nein.«

Carlotta legte das Gesicht in die Hände. In der Küche war
es still. Das Schweigen klang unheilschwanger.

»Nein«, sagte Marsilius dumpf. »Also nein. Einfach nein.«

»Ich kann nicht.«

»Du kannst es nicht? Jovan Palač ist in seinen Gefühlen
irritiert. Sein Kaiser befiehlt ihm zu lehren – wofür andere
Bettelbriefe schreiben und Bestechungsgelder geben –, aber
Magister Palač kann es nicht. In einen Raum gehen und vor
einem halben Dutzend eifriger Äffchen die Digesten diktieren. Er kann es nicht.«

»Ja, das ist so.«

»Mein Freund, du hast es nicht verstanden. Auf die Gutachten kannst du meinetwegen verzichten. Du kannst auf
alles verzichten, was nicht exakt zu deiner Lectio gehört.
Aber ... sag mal, war ich doch nicht deutlich genug? Der Kaiser hat dem Kurfürsten geschrieben, daß du lehren sollst. Und
der Kurfürst wartet auf meine Bestätigung, daß du in irgendeinem vermufften Raum deine Vorträge hältst. Vor der kahlen Wand, wenn es sein muß ...«

Jetzt war Marsilius doch noch laut geworden.

»Ich kann nicht«, wiederholte Palač. Es klang nicht trotzig. Er warb um Verständnis.

»Und bitte, warum?«

»Weil ... weil Bligger mir zum Kotzen ist.«

Das konnte Marsilius nicht verstehen.

»Bligger Landschad. Ein Graf, irgendwo flußaufwärts mit
einer Burg. Er hat seine Schwägerin umgebracht. Er oder
sein Bruder. Ich verwette mein Hemd darauf. Und ebenso,
daß er ungeschoren davonkommen wird.«

113

»Bligger, der Mann, der oben bei Ruprecht seinen Dienst in der Wache leistet?«

»Wahrscheinlich. Er ist Mitglied der Universität. Würdest du ihn verurteilen?«

»Meine Güte ... Man bräuchte Beweise.«

»Es gibt keine Zeugen. Er hat sie nicht einfach vor aller Welt zu Tode geprügelt. Würdest du ihn auf Indizien hin verurteilen?«

»Jovan ...« Der Tisch bewegte sich wieder. »Das ist doch ... Ich versteh' überhaupt nicht ...«

»Würdest du?«

»Man müßte einiges bedenken. Wenn die Sache eindeutig wäre. Wenn es Gerüftzeugen gäbe ...«

»Ich sage doch, er war allein. Man müßte zuerst einmal ermitteln.«

»Gegen Bligger Landschad? Ha!« Marsilius wanderte durchs Zimmer. »Er dient nicht nur in der Wache, er ist der Mann, der sie befehligt. Den Posten hat er nicht aus Versehen bekommen. Der Kurfürst baut auf ihn. Man braucht Fingerspitzengefühl ...«

»Würdest du ein Verfahren in Gang setzen?«

»Man müßte Rücksprache mit dem Kurfürsten nehmen.«

»Der wird es ablehnen?«

»Was soll ich sagen ... Bligger ist sein Vertrauter. Das wird er nicht einfach mit Füßen treten.«

»Er wird es also ablehnen.«

Marsilius' Schweigen war beredter als jede Antwort. Die beiden Magister mußten wirklich gute Bekannte sein. Sie leisteten sich eine lange Pause. Marsilius brach die Stille.

»Für einen Bligger Landschad würdest du dich also mit einem Eisen um den Hals in Ruprechts Keller anschmieden lassen? Genau das ist nämlich die Alternative, Junge. Der Kaiser hat befohlen, und der Kurfürst wird gehorchen. Nur eine Lesung pro Woche. Ein klein bißchen *Justinian* ...«

»Ich kann nicht«, sagte Palač.

Carlotta, das Kinn auf die Hände gestützt, die Augen geschlossen – Carlotta glaubte ihm. Er konnte es nicht. Sie hatte nur keine Ahnung, warum.

8. Kapitel

Ihr wollt schon wieder fort«, sagte Jovan Palač.

Man könnte verheiratet sein, dachte Carlotta mit einem Stich Ungeduld. Es war vormittags. Sie hatte die Zimmer gelüftet, in der Schüssel mit dem abgesprungenen Rand quollen die Weizenkörner. Nun zog sie ihren blauen Mantel über und wollte möglichst schnell los.

»Jawohl«, sagte sie. »Ich gehe fort, aber Eure Begleitung ist diesmal nicht vonnöten. Josepha kommt mit mir, und außerdem will ich nur zum Markt.«

»Einkaufen?«

»Einkaufen.«

»Und das Buch tragt Ihr mit Euch, weil Ihr nicht gern ohne Lasten lauft?«

Nein, nicht wie verheiratet. Es war die Heilige Inquisition. Carlotta schaute auf den Euklid in ihrer Hand. »Das Buch …« Warum gab sie eigentlich Auskunft? »… gehört Bertrams Vetter. Bertram hat es ausgeliehen und keine Zeit gefunden, es zurückzubringen. Ich tue ihm einen Gefallen. Seht Ihr – mit mir ist es wie mit Euch. Ich bin ein umgänglicher Mensch – entgegen allem Augenschein.«

Die Inquisition blieb neugierig. »Und daß Ihr ausgerechnet Bertrams Vetter einen Gefallen tut, ist Zufall? Dieser Albrecht Hasse – nein, keine Hexerei, sein Name steht hier in der Buchecke –, ist er der einzige Verwandte, den Zölestine außer ihren Brüdern hat?«

Carlotta nickte. Josepha kam in den Hof. Sie sah durchs Fenster, daß ihre Freundin die Haare in einen reichen Spitzenschleier gehüllt hatte und über ihrem Kleid einen pelzbesetzten Mantel trug. Das war gut. Die Leute in der Stadt wußten, daß Josepha keine Hebammendienste mehr leistete. Sicher reimten sie sich zusammen, warum. Es war wichtig, daß Cords Frau sich keinesfalls wie eine gebrochene Sünderin benahm. »Ich komme!« rief Carlotta.

»Moment ...« Palač hielt ihren Arm. »Nur für einen Augenblick. Ich weiß, daß ich Euch lästig falle. Albrecht, dieser Vetter – er ist Mitglied der Universität? Als was?«

»Lizentiat. Er unterrichtet Grammatik bei den Artisten.«

Josepha hatte sich zu ihren Hühnern gebückt. Sie ist nicht eigentlich schön, dachte Carlotta. Aber sie kleidete sich hübsch. Sie wußte, wie man sich anziehen mußte. Das war vielleicht tatsächlich ein bißchen Zauberei ...

»Ihr hört mir nicht zu«, beklagte sich Palač.

»Gewiß. Ihr sagt, es sei falsch, Albrecht mit Zölestines Tod zu behelligen.«

»Nein – das werde ich *gleich* sagen. Was ich *jetzt* gesagt habe ...«

Josepha rief Carlottas Namen.

»Vetter Albrecht studiert also noch und hat offenbar vor, nach dem Magister artium mit der Theologie weiterzumachen. Es gibt aber niemanden, der ihn finanziell unterstützt. Was? Nein, ich spioniere keineswegs. In diesem Haus ist es unmöglich, *nicht* über alles informiert zu sein. Der kleine Benedikt schnattert wie ein ganzer Hühnerhof. Darf ich weitersprechen?«

»Bitte.«

»Die Universität ist im Moment dabei, einen Rotulus an

den Papst aufzusetzen. Nein, diesmal weiß ich es von Eurem Vater. Marsilius wird eine Liste erstellen, in welcher Reihenfolge die Magister und Baccalare mit kirchlichen Pfründen bedacht werden sollen. Nur – wir haben das Schisma. Der Papst in Rom muß halb Europa bestechen, um an der Macht zu bleiben. Seine Schatulle ist leer. Er wird – auch wenn er auf die Unterstützung der Universität Wert legt – nicht allen, die ihm empfohlen werden, Pfründe verleihen können. Wenn Vetter Albrecht sich aber jetzt mit der Universität anlegt ...«

Dann würde er auf dem Rotulus das Schlußlicht bilden. Und bei den Pfründen übergangen werden. Ja, das leuchtete ein.

»Nur noch einen Moment!« rief Carlotta durch den Türspalt. »Ich will ...« sagte sie zu Palač, »ihn ja zu nichts drängen.«

Der Magister schaute skeptisch.

»Ich werde ihm einfach alles darlegen – immerhin war sie seine Cousine und fast seine ganze Familie. Außerdem ist er ein vernünftiger Mann und durchaus imstande, auf sich selbst zu achten und ...« Sie ärgerte sich. »Was ist? – Soll ich ihm *Eure* Besonnenheit zum Vorbild zu setzen?«

Josepha steckte den Kopf zur Tür herein. Wäre sie ein Gassenjunge gewesen, dann hätte sie gepfiffen. Fröhlich zwinkernd verschwand sie wieder ins Freie.

»Carlotta, Marsilius ist ein besonderer Mann. Ich schätze ihn – nein, mehr noch: ich verehre ihn. Er hat die Pariser Universität verlassen, als sie sich dem französischen König beugte und Clemens als Papst anerkannte. Er besitzt Integrität. Er würde Bligger oder Christof vor sein Gericht zitieren, wenn es einen eindeutigen Beweis ihrer Schuld gäbe. Nicht einmal dem Kurfürsten zuliebe würde er einen Mord decken.«

»Aber was ich auf der Burg gesehen habe ...«

»Weist darauf hin, daß es *wahrscheinlich* einen Mord gab. Aber nicht, wer ihn begangen hat oder warum er begangen wurde. Jeder der beiden Landschadenbrüder könnte ein Dutzend Eidhelfer aufbieten, die ihren guten Leumund bezeugen. Und was Ihr – oder Albrecht, denn ich glaube nicht, daß sie Euch das Recht einer Klage zugeständen – an Beweisen vorzubringen habt, wäre dagegen so dürftig, daß kein Richter die peinliche Befragung eines der Grafen anordnen würde. Und auf ein freiwilliges Geständnis ist nicht zu hoffen.«

»So seht Ihr das also?« fragte Carlotta betroffen.

»Betrachtet es«, sagte Jovan Palač, »als ein juristisches Gutachten.«

Das Kaufhaus lag kaum hundert Schritt vom Markt entfernt in einer Seitengasse zum Neckar. Ursprünglich war es als Verkaufsort für ausländische Händler gedacht gewesen, aber Heidelberg hatte sich als zu klein erwiesen, um Fernkaufleute anzuziehen. So war es zu einem Tanzhaus umgestaltet worden. Der Rat traf sich dort zu seinen Sitzungen, die Stadt zu Geselligkeiten, und vormittags durfte die Universität in den unteren Räumen ihre Vorlesungen abhalten.

Carlotta stand unschlüssig vor dem hohen Steingebäude. Josepha wäre gern heimgegangen. Der Umgang mit den gelehrten Herren lag ihr nicht. Auch wenn es sich in diesem Fall um einen jungen Mann und einen Haufen vorlauter Bengel handelte. Aus den Fenstern hörte man ein Murmeln. Carlotta wechselte den Korb in die andere Hand. In den Vorlesungsraum mochte sie nicht gehen. Aber das Kaufhaus hatte eine Diele, von der aus eine Treppe in den oberen Saal führte, und dort konnte man sich wahrscheinlich aufhalten, ohne zu stören. Zögernd betrat sie den zugigen Flur und setzte sich auf die Treppe.

Die Wand zum ehemaligen Verkaufsraum war durch kleine Bogenfenster durchbrochen. Carlotta konnte Albrecht erkennen, oder vielmehr das Profil seines Kopfes, wie er auf der Cathedra saß – was in diesem Fall nichts als ein Holzstuhl auf einem Podium war – und Lateinisches vorlas. Leises, unregelmäßiges Klacken, begleitet von unterdrücktem Gekichere verriet, daß er nicht die Aufmerksamkeit sämtlicher Scholaren besaß: Offenbar vertrieb man sich die Zeit mit dem Werfen von Steinchen. Die Jungen saßen in zwei Reihen hintereinander auf Bänken, die an den Wänden des Raumes standen, und schienen das Steinchenwerfen als eine Art gemeinsamen Sport zu betrachten.

»Man möge das substantivum als Ausdruck eines Inhalts oder einer Eigenschaft begreifen«, rezitierte Albrecht mit gleichförmiger Stimme. Er vermied es, von seinem Lehrbuch aufzuschauen, und Carlotta fand, daß er recht daran tat. Egal wie sie sich verrenkte – es war unmöglich, ein aufmerksames Gesicht zu erspähen. Eines der Steinchen mußte etwas Metallenes getroffen haben. Man hörte ein Klirren, dem eine Welle der Erheiterung folgte.

»... während man das verbum als Bezeichnung einer ausgeübten oder erlittenen Tätigkeit aufzufassen hat«, dozierte Albrecht.

Carlotta seufzte. Der Baccalar machte eine kümmerliche Figur. Bestimmt wäre es ihm nicht recht, wenn er wüßte, daß sie ihn beobachtete. Aber sie *mußte* ihn sprechen. Die arme Zölestine lag in einer Bretterkiste und befand sich in einem schrecklichen Zustand der Auflösung. Sie hätte mit goldlockigen Kindern unter dem Kastanienbaum im Burghof tanzen sollen – statt dessen fraßen Würmer Gänge in ihren Leib.

Und schließlich ist sie seine Cousine, und das muß ihm doch etwas bedeuten, sagte Carlotta zu sich selbst.

Das Warten dauerte gerade so lang, daß sie auf der Steintreppe einen ordentlich kalten Hintern bekamen. Die Scholaren – die meisten von ihnen nicht älter als Benedikt – stürmten durch die Tür, als wären sie dem Fegefeuer entflohen. Albrecht folgte langsamer, aber ebenfalls mit deutlich erleichterter Miene. Er hatte vergessen, das Gestell mit den Augengläsern von der Nase zu nehmen, es klebte in seinem Gesicht wie ein bizarrer Schmetterling.

Carlotta stand auf. »Ich komme wegen Zölestine«, sagte sie. Sie hatte es behutsam formulieren wollen, aber das Augengestell irritierte sie maßlos.

»Ja?«

Carlotta nahm den Euklid aus ihrem Beutel – gut, daß kein Ei zerbrochen war – und reichte ihn dem Baccalar. »Marsilius war bei uns. Er sagt, er wünscht keine Untersuchung des Todesfalls. Oder vielmehr – er meint, daß der Kurfürst sie nicht wünschen würde. Und Marsilius schließt sich ihm an.«

Albrecht nickte. Seine Augengläser gerieten aus dem Gleichgewicht.

»Ich halte das für ein Unrecht«, sagte Carlotta.

Geistesabwesend griff der Baccalar nach den Gläsern und verstaute sie im Ärmel seines Talars. Sie fand ihn mager und übermüdet. Ein halbverhungerter Rabe im Schnee. Ging es ihm schlecht, weil er seine Habe mit den Vettern teilte? War sein Leben ruiniert, wenn sie ihn im Rotulus hintenan setzten?

»Ich war vorgestern beim Rat der Stadt«, erklärte er überraschend.

»Ihr wart beim Rat?«

»Wegen Zölestine.« Seine kurzsichtigen Augen zwinkerten. »Bligger Landschad besitzt einen Hof in der Stadt. Damit ist er Heidelberger Bürger. Ich wollte aber nicht Klage erheben, sondern erst einmal wissen, wie die Aussichten sind.«

»Das war klug von Euch«, lobte Carlotta.

»Ich habe mich nach der Ratssitzung an einen der Ratsherren gewandt – jemanden, den ich aus der Universität kenne – und ihm den Fall geschildert.«

»Und?«

»Er war sehr freundlich zu mir.«

Carlotta nickte. Sie hätte sich gewünscht, daß Albrecht ein klein wenig stürmischer berichtete.

»Aber der Mann meint, es steht schlecht.«

»Warum?«

»Weil der Rat das Ungeld für den Wein gesenkt haben will. Aber man weiß, daß Bligger bei Ruprecht in hohem Ansehen steht, und sie wollen das gute Einvernehmen mit dem Kurfürsten nicht trüben.«

»Keiner kratzt, wo's einen andern juckt«, bemerkte Carlotta grimmig.

»Sie schienen außerdem gerade etwas anderes zu haben, das ihre Aufmerksamkeit erforderte«, sagte Albrecht. »Drüben auf der anderen Seite des Neckars ist eine Grotte mit heidnischen Götzenbildern entdeckt worden. Mit einem Götzenaltar darinnen. Und vor dem Altar, der zweifellos irgendwelchen Dämonen geweiht war, sollen Spuren von Blut gefunden worden sein. Von frischem Blut.« Er schwieg einen Moment ob dieser Ungeheuerlichkeit und fuhr dann fort: »Der Rat hat Kenntnis von Hexen und Zauberern. Es sind Stimmen aufgekommen, die behaupten, daß der Brunnen oben auf dem Heiligenberg mittels eines Tunnels eine direkte Verbindung zum Angelplatz hat, wo die Hexen ihre Tänze abhalten, und daß sich dort nachts ebenfalls unheimliche Dinge abspielen. Natürlich befaßt sich der Rat zuerst mit diesen Gefahren. Es heißt, das Blut könnte von einem Kinde stammen. In Bergstat wird ein Gänsehirt vermißt. Ich ... habe natürlich trotzdem versucht, dem Ratsherrn eindringlich die Umstände von Zölestines Tod nahezubringen.«

Aber man hatte nicht auf ihn gehört. Carlotta betrachtete den jungen Mann voller Sympathie. Sie fand, daß er Ähnlichkeit mit ihrem Vater hatte. Er würde den Rat noch einmal aufsuchen und um die Untersuchung von Zölestines Tod bitten, wenn sie ihn drängte. Aber Jovan Palač hatte recht: Die Albrechts dieser Welt mußten vor sich selbst geschützt werden.

»Ich dachte«, sagte der Baccalar, während er mit dem Finger die Nase rieb, als vermisse er den Nasenreiter, »vielleicht wäre es günstig, wenn Bertram und Benedikt – besonders Bertram – gelegentlich zu mir kämen. Ich könnte ihnen Privatunterricht geben. Bertram scheint ungenügend auf das Examen vorbereitet zu sein. Und es sind ja nur noch ein paar Wochen bis Weihnachten...«

»Ich werd's ihm ausrichten«, versprach Carlotta.

Als sie nach Hause gingen, wählten sie den Umweg über den Heumarkt.

Sie kamen an den Judenhäusern vorbei. An der Synagoge mit der kleinen Apsis, die aussah, als wäre sie eine Kirche, und an dem merkwürdigen Frauenbad, über dessen Nutzung die sonderbarsten Gerüchte im Gange waren. Angeblich führte es tief in die Erde, und angeblich war sein unterster Keller mit Wasser gefüllt, in dem während der schlimmen Pestilenz Christenkinder ersäuft worden waren.

»Uns Frauen bekommt es nicht, wenn wir die Nase zu weit vorwagen«, sagte Josepha. »Mir tut es auch leid, das arme Lämmchen Zölestine. Obwohl sie einen Menschen totreden konnte mit ihrem Rittergeschwätz und all dem. Und am Ende sieht man ja, wohin es geführt hat.«

»Jaja«, sagte Carlotta.

Eine Jüdin kam mit ihrem Kind an der Hand vorbei. Sie trug einen Schal über dem gelben Judenkreis am Mantel, aber der Wind zerrte daran und gab das Schandmal preis. Hastig schlüpfte sie in den Garten der Synagoge.

»Laß Ruhe sein«, sagte Josepha.

Wie die Juden? Die Juden ließen Ruhe sein. Man bemerkte sie kaum. Ängstliche Häschen, die sich verkrochen und hofften, daß man sie übersah. Oder sich, wie Moses' Vater, taufen ließen.

»Ich helfe dir heute beim Kochen.« Josepha hakte sich bei Carlotta unter. »Cord fühlt sich nicht gut und hat sich hingelegt. Manche Leute reden, wenn es ihnen schlechtgeht, Cord verstummt. Was soll ich tun? Ich habe ihm einen Kräuteraufguß gemacht und einen warmen Ziegelstein ins Bett gelegt. Es geht ihm nur auf die Nerven, wenn ich ständig nach seinem Befinden frage.«

Sie erreichten das Stadttor und bogen wieder in die Hauptstraße ein. Es ging auf Mittag zu, aber die Sonne schaffte den Weg durch die Wolken nicht. Die kurfürstliche Burg lag grau wie ein Klotz auf dem Jettenbühl. Der Wind blies die Bäume kahl und wirbelte die Blätter in das Städtchen hinab.

»Wir backen Käsekrapfen, das geht wie der Blitz und kostet nicht mehr als den Käse und Speck für die Füllung und etwas Teig. Schmalz wirst du doch haben?«

Die Frauen erreichten die Kramergasse und suchten sich ihren Weg durch den Unrat. Der Boden war feucht und schimmerte trübe. Man mußte achten, wohin man trat. Die meisten Fensterläden in dem Gäßchen waren vorgelegt, wegen des Windes, und die Frauen hatten die Luken der Schweine- und Entenställe mit Strohmatten verhängt. Man begann, sich in die Häuser zu verkriechen. Carlotta wunderte sich, als sie trotzdem einige Frauen zusammenstehen sah. Ein Stückchen die Gasse aufwärts, vielleicht zehn Schritt hinter ihrem Hofeingang.

Josepha ging langsamer.

Die Frauen schienen miteinander zu streiten. Eine von ihnen, das Weib des Butterkrämers, erregte sich lautstark. Sie lief einige Schritte fort, kehrte um und fügte ihren Worten noch etwas Heftiges hinzu. Durch sie war Unruhe in dem

Pulk entstanden. Der Kreis – es waren vielleicht acht oder zehn Frauen – geriet in Bewegung. Und gab den Blick auf etwas Dürres, Lebhaftes in seiner Mitte preis. Da stand ein Weiblein in einem bunten, tausendfach geflickten Rock, der unter einer grauen Decke hervorlugte. Die Sinsheimerin.

Josepha blieb stehen.

Sie waren zu weit entfernt, um Worte unterscheiden zu können. Aber sie wurden bemerkt, und das Streiten flaute ab. Die Frauen warfen ihnen Blicke zu. Eine, die Butterkrämerin, löste sich aus der Gruppe und verschwand in ihrer Haustür. Zögernd folgten die anderen ihrem Beispiel. Am Ende stand nur noch das Weiblein in der grauen Decke auf der Gasse.

Carlotta sah, wie sie zu ihnen die Gasse herabblickte und hastig ein Kreuz schlug. Dann raffte sie den Rock und floh in die andere Richtung davon.

9. Kapitel

Es wurde die Nacht der Alpträume. Eigentlich schon der Nachmittag der Alpträume, oder hätte man es nicht als Alptraum bezeichnen sollen, wie Josepha in der Küche stand und einen Teig zusammenmischte, der jedesmal, wenn sie ihn auf den Tisch warf, in tausend Krümel zerfiel? Und die Eierfüllung versalzte? Und sich das Gesicht verschmierte, weil sie ständig mit den klebrigen Händen über die Augen fuhr.

»Die Nachbarn haben es nicht geglaubt – was auch immer die Sinsheimerin herumgelogen hat«, sagte Carlotta.

»Die *Butterkrämerin* hat es nicht geglaubt. Von den andern weiß man's nicht«, erwiderte Josepha. Und damit hatte sie recht.

Die Hebamme aus Walldorf hatte brennen müssen, weil drei Kinder, die sie besucht hatte, an Leibkrämpfen gestorben waren. Solche Dinge geschahen. Das Weib vom Weinhäuser war lebendig begraben worden, weil ihr Mann und ihre Schwester sie mit einem Fremden im Bett ertappt hatten. Der Fremde, gaben sie an, war unerkannt entflohen. Wenige Wochen nach der Hinrichtung vermählten die beiden sich. Man munkelte und wechselte die Straßenseite, wenn man ihnen begegnete. Aber die Weinhäuserin war tot. Solche Dinge geschahen.

Carlotta schlug einige zusätzliche Eier in die Füllung, um das Salz zu strecken. Josepha setzte sich auf die Küchenbank und barg das Gesicht in den Händen, und wenn sie nicht weinte, so war sie doch nahe daran. Seit der neue Rat mit dem Tuchgewänder als erstem Bürgermeister regierte, hatte man die peinliche Befragung als Instrument der Wahrheitsfindung eingeführt. Es war gefährlich geworden, ins Gerede zu kommen. Gerade als Hebamme. Hebamme und Hexe – das hatte für viele Leute denselben Klang.

Carlotta rollte den Teig aus, so gut es ging, schnitt ihn in Quadrate und füllte jedes mit dem Eierspeck. »Ich könnte Magister Jovan fragen, was am besten zu tun ist«, schlug sie vor. »Er ist Jurist, er kennt sich in so was aus ...«

»Nein! Kein Aufheben machen. Das ist das Wichtigste. Um keinen Preis auffallen!«

Carlotta ließ die Hände sinken. Kein Aufheben. Wie die Juden. Die drückten sich an die Hauswände, wenn man ihnen begegnete. Trotzdem hatte man sie in Basel auf einer Flußinsel verbrannt und in Greifswald lebendig begraben, in Speyer hatte man sie in leere Weinfässer gesteckt und den Rhein hinuntertreiben lassen. Dagegen hatte sogar der Heilige Vater protestiert. Und trotzdem war es geschehen.

»Kein Aufheben«, sagte Josepha fest.

In der Nacht begann es zu regnen und zu winden. Kein heftiger Sturm. Die Ziegel würden auf den Dächern bleiben. Aber man spürte den Winter im Anzug. Carlotta lag mit offenen Augen in ihrem Spannbett unter der Treppe und zerbrach sich den Kopf über die Sinsheimerin. Kein Aufheben, hatte Josepha befohlen. Aber das Aufheben wurde von der Dürren in dem bunten Rock gemacht, und zwar mit einer Leidenschaft, als würde ihr Leben davon abhängen, Josepha ins Unglück zu reißen. Woher dieser Haß? Warum diese zwanghafte Verfolgung? Mit solchen Fragen war sie beschäftigt, als es irgendwo über ihr zu klappern begann. Ein Fensterladen mußte sich gelöst haben und schlug gegen die Hauswand. Und würde todsicher das ganze Haus wecken, wenn sie ihn nicht festmachte.

Carlotta tastete nach ihrem Kleid, das sie sich über den nackten Leib streifte. Die Hand an der Treppe suchte sie den Weg durch den stockfinsteren Raum. Die Dunkelheit war voller Geräusche. Draußen rauschte der Regen, in einem der Scholarenzimmer meinte sie Schritte zu vernehmen. Schloß etwa jemand den Fensterladen? Nein, das unregelmäßige Klack-Klack setzte sich fort. Seufzend suchte sie mit den Zehen die Höhe der Stufen zu ergründen.

Im Flur der Scholaren horchte sie. Sie öffnete das vordere Zimmer, in dem Bertram, Benedikt, Moses und der kleine Heinrich schliefen. Nichts. Nur regelmäßige Atemzüge aus den Betten. Wieder knallte der Fensterladen. Aha, und zwar noch immer von oben. Leise schloß Carlotta die Tür. Das Dachbodenzimmer war von dem unteren Stockwerk nur durch den Bretterfußboden getrennt. Man hörte jedes Hüsteln. Ein Wunder, daß die Jungen noch nicht aufgewacht waren. Sie zögerte.

Klack-klack ... rums! Verfluchter Fensterladen.

Ihr Füße waren inzwischen eisig kalt und würden nicht wärmer werden, wenn sie weiter wartete. Sie raffte entschlossen den Rock und tastete sich die Stiege hoch. So leise, wie es eben ging, öffnete sie die Tür zu ihrer alten Kammer.

Gelbe Augen starrten ihr entgegen. Die Katze. Bucklig, zaudernd zwischen Flucht und Angriff hockte sie am Fußende des Bettes und gebärdete sich, als hätte man sie bei etwas ertappt. Bevor sie zu des Magisters Füßen gesprungen war, mußte sie in seinem Arm gelegen haben, denn er saß im Bett und hielt noch immer den Ellbogen gebeugt. So war das also. Man biederte sich an.

Es gab einen heftigen Knall, als ein Windstoß den Fensterladen erneut gegen den Rahmen rammte.

»Ihr seid ein unruhiger Geist, Carlotta.« Die Stimme des Magisters klang belegt. Er hatte die Lampe auf der Truhe neben seinem Bett entzündet, die Carlotta gewöhnlich zum nächtlichen Lesen benutzte, und mußte schauderhaft frieren, denn die Decke bedeckte ihm gerade den Bauchnabel.

»Ein ruhebedürftiger.« Carlotta spähte nach dem Fenster. Auf dem Fußboden schimmerte es feucht vom Regen. Läden dicht, Riegel vor und dann wieder hinab ins Bett.

»Laßt es auf. Bitte.«

Die Katze zwängte den Hintern unter die Decke des Magisters, wahrscheinlich an seine Füße, die sicherlich kälter als ihr eigenes Fell waren. Nicht nur boshaft war das Vieh, sondern auch noch dumm.

»Ich stell' es fest, aber so, daß es einen Spalt weit offenbleibt«, sagte Carlotta. »Dann könnt Ihr weiterfrieren, bis Ihr genug davon habt.« Sie spürte seine Augen im Rücken, als sie die Haken in die Ösen legte und war froh, daß die Lampe nur spärliches Licht verbreitete, denn ihre Wangen wurden warm und heiß und wahrscheinlich rot wie Erdbeersaft. »Wie ist es nun?« fragte sie, als sie sich umdrehte. »Hat Marsilius Euch überzeugt? Werdet Ihr unterrichten?«

»Ich glaub's nicht. Wände aus Papier.« Er lachte leise.

Unten im Hof wurde es legendig. Josephas Federvieh begann zu gackern. Eine streunende Katze? Kaum. Das Tor zum Hof war geschlossen und ihr Käfig zudem auf jeder Seite mit einem engen Gitter aus Holzstangen geschützt. Carlotta lugte zwischen den Fensterläden hindurch. Sie konnte nichts erkennen. »Was sagtet Ihr?« fragte sie.

»Ich werde es nicht. Unterrichten. Nein.«

»Warum nicht?«

»Weil es nicht geht.«

Tja. Das hatte er schon Marsilius gesagt.

»Ist auch nicht meine Sache. Ich frage nur…« Carlotta nagte an ihrer Lippe. »…wegen des Verlieses. In Ruprechts Burg. Es liegt im Keller, und Keller sind normalerweise nicht mit Fenstern ausgestattet. Tür zu, Licht weg. Alles dunkel. Mauern überall. Oder hat Marsilius übertrieben? Ist der Kaiser gar nicht so erzürnt?«

Sie war zu weit gegangen. Der Magister tat keine Bewegung, und trotzdem konnte man förmlich sehen, wie er sich in sich selbst verkroch. Die gelbe Katze fauchte grimmig. Was erlaubte sich das kecke Ding – die Tochter des Pedells.

Carlotta machte einen großen Schritt über die Pfütze – morgen früh würde sie als erstes aufwischen müssen – und rieb die nassen Füße am Kleidersaum trocken.

»Hat Albrecht sich von Euch bereden lassen?« fragte Palač.

»Er hatte schon zuvor mit einem aus dem Rat gesprochen. Der Rat hat keine Lust, sich mit Zölestine zu befassen. Ende. Erledigt. Ich weiß, daß es Euch freut. Und… werft die Katze aus dem Bett, bevor Ihr einschlaft. Sie kratzt aus Gewohnheit. Noch im Traum.«

Carlotta wollte durch die Tür schlüpfen.

»Wartet…«

»Was?«

»Habt Ihr von Hippasos gehört? Dem Pythagoreer?«

Carlotta schwieg überrascht.

»Sagt Euch das nichts: *Die ganze Welt ist Harmonie und Zahl?*«

»Ich verstehe nichts von Philosophie.«

»Und ich nichts von Mathematik. Stümper, wohin man schaut.« Er lächelte sie an. »Jedenfalls – die Leute um Pythagoras haben geglaubt, daß die Bahnen der Sterne, die Gesetze der musikalischen Harmonie, eben alle Natur, sogar die Schönheit gewisser Bauwerke, wie unser Auge sie als vollkommen erkennt, bestimmt sind durch einfache Verhältnisse von ganzen Zahlen.«

»Von natürlichen Zahlen und ihren Negativa?«

»Ich glaube, das meinten sie.«

»Dann hatten sie unrecht. Architektonische Schönheit beispielsweise besteht aus Kreisen, Ellipsen, Quadraten, Dreiecken ...«

»Zweifellos.«

»Aber wenn man ein Quadrat nimmt und eine seiner Seitenlängen mit der Länge seiner Diagonale in ein Verhältnis setzen will ...« Sie hätte gern eine Wachstafel und einen Griffel gehabt, um es besser zu erklären. »Die Strecken sind inkommensurabel. Es geht nicht. Keine ganzen Zahlen, die das Verhältnis beschreiben könnten«, sagte Carlotta.

»Aber der Gedanke war wundervoll: *Alles ist Zahl.* Das ist nicht Mathematik, Carlotta, das ist nicht einmal Philosophie, das ist Theologie. *Alles ist Zahl, alles ist Harmonie.* Man muß sich nur gründlich die Augen wischen, um dahinter den Schöpfer zu erkennen.«

»Aber wenn es nicht stimmt ...«

»Hippasos hatte den Beweis angetreten, daß es nicht stimmt.«

»Und?«

»Diesen Beweis öffentlich gemacht. Er wurde daraufhin aus dem Kreis der Pythagoreer ausgestoßen. Aber nicht nur das. Der arme Kerl hat ein Schiff bestiegen, das Schiff ist mit Mann und Maus gesunken und er selbst jämmerlich ertrunken. Nachzulesen bei Jamblichos aus Chalkis, der sich den mahnenden Zeigefinger nicht verkneifen konnte: Die Schöpfung war beleidigt worden, die Schöpfung hatte sich gerächt.«

»Das ist aber nicht die Moral, die Ihr mir zu Gemüte führen wolltet.«

»Ich würde mich nicht trauen, Euch mit *irgendeiner* Moral lästig zu fallen, nur ...« Er schwieg kurz.

»Ja?«

»Mit der Wahrheit, Carlotta ... ist es wie mit dem Dreck

in der Grube unten in Eurem Hof. Ein Zuviel davon stinkt den Leuten. Sie rufen den Heimlichkeitsfeger und werfen es in den Fluß, bis es sich auf ein erträgliches Maß verdünnt hat. Nein, keine Moral. Nur eine Warnung: Laßt die Finger von Zölestine. Laßt es einfach ruhen.«

Die schlechten Träume dieser Nacht hatten noch kein Ende. Als Carlotta die Stiege hinabkletterte, durchfroren, verstimmt, so müde, daß ihr der Kopf summte, hörte sie ein leises Wimmern aus einem der Scholarenzimmer. Einen Moment überlegte sie ernsthaft, einfach die Ohren zu verschließen und unter ihre Decke zu schlüpfen. Normalerweise gab es in den Bursen keine Frauen. Die Jungen hatten sich ungetröstet in den Schlaf zu heulen, wenn sie irgendwelche Nöte plagten.

Resignierend zuckte sie die Achseln.

Das Weinen kam aus dem Zimmer nahe der Stiege. Moses? Oder der blonde Heinrich aus Mainz, der erst seit vier Wochen hier war und noch unter Heimweh litt? Sie öffnete die Tür. Und wurde im selben Moment angerempelt.

»Ich wollte mir was zu trinken holen«, flüsterte zu Tode erschrocken Benedikts Stimme.

Sie nahm ihn mit hinunter in die Küche – wie peinlich, wenn die anderen Jungen sein Geheule mitbekämen – und entzündete die Kerze auf dem Tisch. Und weil er inzwischen wieder zu schluchzen begonnen hatte, stellte sie den Gluthalter beiseite und wärmte etwas Milch.

»Und was ...« fragte sie, als das Schlucken und Nasehochziehen ein Ende genommen hatte, »ist nun los?«

»Ich flieg' von der Universität.«

»Warum?«

»Weil ich das mit dem doppelten Quadrat nicht verstehe.« Verstörte Kinderaugen unter ungekämmtem Haar. Man müßte es verbieten – so ein Aussehen. Das brach einem ja das Herz.

»Niemand fliegt von der Universität, weil er etwas mit einem Quadrat nicht versteht«, sagte Carlotta.

»Ich schon. Magister Konrad hat heute die Disputierstunde gemacht. Die, die sonst Laurentius unterrichtet. Laurentius ist nett, aber der Magister hat uns jede Menge abgefragt, und auch mit dem Quadrat. Ich hab' das nicht verstanden, besonders weil er nur Latein gesprochen hat, und das auch noch ganz schnell. Er hat gesagt, irgend jemand hat es seinem Sklaven erklärt, und der hat es verstanden, und wenn ich morgen nicht kann, was jeder Sklave fertigbringt ...«

Carlotta fuhr ihm ins Haar und raufte es zärtlich. »Und was hat es auf sich mit diesem Quadrat?«

»Er will wissen, wie lang eines sein muß – an den Seiten –, wenn es doppelt soviel Inhalt haben soll wie das Quadrat, das man zuerst genommen hat.«

»Und?«

»Nicht doppelt so lang – das hab' ich nämlich gesagt.«

Carlotta vermißte zum zweiten Mal in dieser Nacht eine Wachstafel. In Ermangelung eines Besseren schnitt sie einen Apfel entzwei und schnitzte daraus zwei gleich große Quadrate, die sie wiederum in Dreiecke teilte.

»Leg sie zusammen«, sagte sie. »In ein einziges Quadrat.«

Ernsthaft verschob Benedikt die Apfelstückchen. Gar nicht schwer. Nicht einmal mitten in der Nacht mit rotgeheulten Augen.

»Wie lang sind die Seiten des neuen Quadrats?«

»Wie die ... alten Diagonalen?«

»Frag nicht. Du siehst es vor dir.«

»Wie die Diagonalen«, bestätigte Benedikt.

»Dann ab ins Bett.«

Er steckte die Apfelstückchen in den Mund. Vor der Tür drehte er sich um. »Eigentlich war es ganz klar, Carlotta.«

»Alles ist klar, wenn man es einmal begriffen hat.«

Er nickte.

Carlotta nahm die Kerze, stellte den Gluthalter auf das Herd-feuer zurück und leuchtete Benedikt die Treppe hinauf. Dann tappte sie zu ihrem Bett.

Es war Zufall, daß ihr Kerzenschein das Laken erfaßte. Es war Zufall, daß ihr auffiel, wie unordentlich das Laken über dem Federbett festgesteckt war. Sie hatte den ganzen Nach-mittag im Haus zugebracht – wenn auch meistens in der Küche –, und es war ihr nichts aufgefallen. Aber jetzt fiel der Licht-flecken genau auf das obere Ende ihres Bettes, und da sah sie, daß der Lakenzipfel fast bis auf den Fußboden baumelte.

Carlotta stand vor ihrem Bett.

Sie war müde und hatte nicht die geringste Lust, sich den Kopf zu zerbrechen. Aber sie wußte, daß sie das Laken fest-gesteckt hatte. Ihr Bett stand in der Stube. Hierher kam jeder Besucher zuerst. Natürlich hatte sie das Laken festgesteckt. Es war ein altes Laken vom Bett ihres Vaters gewesen und daher so breit gewebt, daß man es fast hätte doppelt legen können. Kein Anlaß für irgendeinen Zipfel, sich aus der Form zu stehlen.

Carlotta fror inzwischen so sehr, daß sie Mühe hatte, die Zähne ruhig zu halten.

Circulus vitiosus.

Schon wieder ein fehlerhafter Kreis. Das Bett hatte plötz-lich etwas von der gelben Katze.

Zitternd stellte sie ihr Licht ab und bückte sich. Sie hob das Laken an und danach den Zipfel des Federbettes, um zu schauen, ob etwas darunter lag. Nichts.

Aber jemand war an ihrem Bett gewesen. Und nicht eine der Katzen, sonst hätte man Spuren der Krallen gefunden.

Carlotta hob das Federbett fast zur Hälfte hoch. Und dann noch die Strohmatratze, die darunter lag. Zwischen den Rie-men des Spannbettes hatte jemand etwas festgesteckt. Ein Säckchen. Sie stemmte sich mit der Schulter gegen Matrat-ze und Federbett und zog das Säckchen hervor.

Es entpuppte sich im Licht der Kerze als ein Stück mürben Leders, durch das jemand mit groben Stichen einen Faden gezogen hatte, um es zuzubinden.

Als sie es öffnete, rieselte ihr etwas entgegen. Holzspäne. Sie rannen durch ihre Finger. Plötzlich ließ Carlotta Säckchen und Inhalt fallen und rieb sich mit einem Ausdruck größten Ekels die Hände am Kleid sauber. Rasch holte sie den Besen und kehrte das Häuflein vom Boden zur Tür hinaus in die Finsternis des Hofes.

»O Mist, verdammter!« murmelte sie, als sie sich zitternd ins Bett verkroch.

»Was willst du?« Josepha war so entsetzt, daß sie fast die Schale mit dem Hühnerfutter hätte fallen lassen.

»Ich stelle sie zur Rede.« Die Sinsheimerin. Denn wer sonst sollte das obskure Säckchen unter ihrem Bett versteckt haben? Niemand, der hier wohnte, wollte Carlotta etwas Übles. Aber die Sinsheimerin war gestern vor ihrem Haus gewesen. Vielleicht hatte sie gar nicht Carlotta gemeint. Vielleicht war sie in den Hof gegangen, hatte die Tür angelehnt gefunden, vermutet, daß Josepha dort wohnte, und ihren bösen Zauber flink unter den Strohsack geschoben.

Der Wind fuhr in die Hofecken und ließ die beiden Frauen frösteln. Sie starrten auf das Säckchen und die Holzspäne zu ihren Füßen, die immer noch da lagen, wo Carlotta sie in der Nacht hingefegt hatte. Manche der Späne waren fast zu Staub gemahlen, andere spitz wie kleine Nadeln.

»Man kann nicht wissen, ob es ein Schadenzauber ist«, sagte Josepha.

»Was denn sonst? Ein Beitrag für den Ofen?« Zornig schüttelte Carlotta den Kopf.

Oben auf der Holzgalerie öffnete sich die Tür, und die Fischersfrau trat an die Brüstung. Es tat nicht gut, vor ihren Augen um das Säckchen herumzustehen. Carlotta schob es mit den Füßen in die Ecke des Hühnerstalles. Rasch gab sie Josepha einen Kuß auf die Wange.

»Soll ich mitkommen?« fragte Josepha.

»Bewahre. Back du für meine Leute Brot. Da tun wir beide was Nützliches.«

Draußen beeilten sich die Hausfrauen mit dem Einkaufen und Wasserholen. Es sah nach fettem, schwerem Regen aus. Ein Junge trieb mit einem Stecken Schweine zum Neckarufer hinunter. Er war viel zu dünn bekleidet und freute sich wahrscheinlich über das Wetter, gab es ihm doch einen Grund, schnell wieder heimzukehren. Carlotta hielt sich einige Schritt hinter den Schweinen, um ein besseres Durchkommen zu haben. Wenn es tatsächlich so heftig regnen würde, wie der schwarze Horizont ankündigte, dann würde aller Unrat, der sich in den Häuserschlupfen gesammelt hatte, auf die Straße gespült werden. Anschließend konnte man sich nicht hinaustrauen, bis der Heimlichkeitsfeger mit seinen Knechten Mist, Abfälle und Kadaver auf seine Karren geladen und in den Neckar befördert hatte.

Der Heimlichkeitsfeger. Sie blieb stehen. Drunten am Straßeneck lungerte in einem Toreingang ein Mann mit der schwarzen, platten Mütze, die die Stadt den Abdeckern, Heimlichkeitsfegern und Totengräbern vorgeschrieben hatte. Sie dachte an ihre Grube. Cord hatte seine Zustimmung zur Entleerung gegeben. Der Fischer hatte noch gemurrt. Aber sie konnte wenigstens fragen oder ihn beauftragen, seinen Herrn zu fragen, wann er Zeit hätte . . .

»Carlotta Buttweiler?«

Carlotta fuhr zusammen, als sie so plötzlich angesprochen wurde. Die Butterkrämerin stand hinter ihr, in der Rechten eine Kanne Met, in der Linken zwei an den Beinen zusammengeknotete Schlachthühnchen, mit einem verlegenen Lächeln im Gesicht.

»Ich habe Euch gestern mit Josepha zusammen die Gasse heraufkommen sehen«, sagte die Frau. Sie war zart gebaut mit einem weichen, hübschen Gesicht, in dem lebhafte Augen funkelten.

»Als die Sinsheimerin vor unserem Hof stand.«

Die Krämerin nickte. »Ein boshaftes Weib. Früher, als sie hierhergezogen war, tat sie mir leid, weil sie in einem Hungerwinter ihren Mann und alle drei Kinder verloren hat. Da mußte man ihr manches nachsehen. Aber inzwischen ... sie spuckt Gift wie eine Natter.«

»Sie hetzt gegen Josepha.«

»Gegen viele. Aber gegen Josepha besonders. Ich möchte nur sagen – und vielleicht könnt Ihr's Josepha weitergeben –, daß wir ihre Lügereien nicht glauben. Josepha hat mir beigestanden bei meinem Kind, und ich weiß, daß sie ihr Bestes gegeben hat, und niemand hat mehr geweint als sie, als das Kleine tot geboren wurde.«

Carlotta ging einem Scholaren aus dem Weg, der in Richtung Kirche eilte. Sie nickte befangen. Wann war die Butterkrämerin schwanger gewesen? Josepha hatte recht, ihr vorzuwerfen, daß sie sich nicht genügend um die Nachbarschaft kümmerte.

»Wißt Ihr, ob die Sinsheimerin bei uns im Hof gewesen ist?« fragte sie.

Die Butterkrämerin schüttelte den Kopf. »Doch – halt«, erklärte sie nach einem Moment des Überlegens. »Wir hatten schon zusammengestanden und uns unterhalten, ja, richtig – und da kam sie hinzu. Mit der Fischersfrau. Es ist also möglich, daß die beiden aus der Hofeinfahrt getreten sind.«

Es war nicht nur möglich, sondern wahrscheinlich. Carlotta dankte der Butterkrämerin. Sie hätte sich gern noch einen Moment mit ihr unterhalten, aber worüber? Kaum anzunehmen, daß die Krämerin sich für Bradwardines Beschleunigungsberechnung interessierte. Und was wußte sie selber über Fehlgeburten? Sie konnte nicht einmal anständig kochen ...

»Ich heiße Amelie«, sagte die Krämerin und streckte Carlotta die Hand entgegen.

Die Sinsheimerin wohnte in der Jacober Vorstadt, ein Stück hinter der Ziegelei, in einer ehemaligen Leprosenkate. Allzuweit war der Weg nicht, nur zum Jacobstor hinaus und an der Mühle, der Kirche und dann an der Ziegelei vorbei.

Ein Jammer, dachte Carlotta, daß ich den Knecht des Heimlichkeitsfegers verpaßt habe. Wenn es wirklich so gießen würde, wie zu befürchten stand, würden die Männer wenigstens eine Woche mit der Reinigung der Gassen beschäftigt sein. Womöglich gab es danach noch ein Verbot, privaten Unrat in den Neckar zu schütten, damit der Fluß Zeit hatte, den Dreck abzutransportieren.

Die beiden Flügel des Stadttores standen offen. Der Wächter in seiner gestreiften Schecke lehnte an der Turmtür und kratzte sich den Kopf, während er den Himmel beobachtete. Vielleicht hielt er nach Blitzen Ausschau, hatte es doch beim letzten Gewitter in seinen Wachturm eingeschlagen. Aber heute würde es kein Gewitter geben. Nur massenhaft Regen. Und die ersten Tropfen fielen schon.

Carlotta lief, so rasch es sich gerade noch schickte, durch das Tor und über die dahinterliegende Brücke aus der Stadt. St. Jacob, die Vorstadt, war kaum mehr als ein Dorf. Links, am Fluß, die befestigte Herrenmühle, rechts die Stiftskirche mit den dazugehörigen Gebäuden, dann einige wenige Wohnhäuser, am Ende die Ziegelei und hinter all dem, wie die Wand eines Gefängnisses, die steilen Granitwände, auf denen die Burg thronte.

Ungelenk stapfte Carlotta durch den matschigen Boden. Die Schachtöfen und Trockenscheunen der Ziegelei ragten häßlich über die Dächer.

Zum ersten Mal begannen Zweifel an ihr zu nagen, ob sie sich nicht doch etwas Dummes vorgenommen hatte. Was sollte sie der Sinsheimerin sagen? Konnte sie beweisen, daß die Frau im Hof gewesen war? Ihr fiel ein, wie unruhig das Federvieh im Stall rumort hatte, als sie nachts zu Palač hinaufgestiegen war. War da vielleicht jemand über den Hof geschlichen und hatte sich an ihrem Bett zu schaffen gemacht? Kaum. Die Tür war ja abgeschlossen gewesen.

Carlotta rutschte auf dem Matsch aus, fing sich und ging langsamer.

Ihr wurde bewußt, wie einsam ihr Weg war. Es tröpfelte nicht mehr, der Regen ergoß sich beharrlich aus den Wolken. Es war, als hätte er die Menschen von den Straßen gespült. Das Tor zur Herrenmühle war geschlossen, das Wasserrad stand still. Gegenüber im St. Jacobsstift hatte man die Fensterläden vorgelegt. Sie war völlig allein. Obwohl sie einmal, als sie sich umdrehte, weil ihr Mantel an etwas festhakte, eine Gestalt an der Mauer der Stiftskirche vorbeihuschen zu sehen meinte. Aber über der Mauer hingen die Äste uralter Bäume und verbreiteten Schatten, so daß sich die Konturen verwischten. Wahrscheinlich streunte dort ein Hund.

Sie erreichte die Ziegelei. Zuerst die Trockenscheune mit den aufeinandergestapelten Rohlingen, dann die Gruben, in denen der Ton gewässert wurde. Der Boden war hier zusätzlich von einer Lehmschicht bedeckt, die der Regen in eine schmierige Rutschfläche verwandelt hatte. Wenn sie wollte, konnte sie um die Ziegelei herumgehen. Die Kate der Sinsheimerin stand am Talausgang. Man hatte sie in den Schutz des Felsens gebaut. Aber das würde einen Umweg bedeuten, und der Regen drang bereits durch ihren Mantel. Sie drückte sich vorsichtig an der Trockenscheune vorbei.

Die Knetmühle tauchte auf, aber die Tiere waren aus dem Joch gespannt. Nur aus den Schachtöfen drang gelber, fetter

Rauch. Die Arbeiter waren so hastig vor dem Wolkenbruch geflohen, daß sie sogar die Schubkarren hatten stehenlassen. Wohin eigentlich? Zur Herrenmühle? Oder hatten sie irgendwo eine Hütte?

Carlotta folgte dem Weg durch das Ziegeleigelände. Sie erreichte den letzten Ofen, den größten. Ein quadratisches Untier aus Granitstein, fünfmal so hoch wie sie selbst, mit einem riesigen Deckenloch, aus dem sich der Rauch wälzte, und einem weiteren Loch vorn zum Beschicken des Ofens, das mit einer Eisentür versperrt war. Vor der Tür hielt sie inne. Das Ziegeleigelände war hier zu Ende, hinter einer Wiese konnte sie die Kate der Sinsheimerin erkennen.

Auch dort kräuselte sich Rauch aus dem Abzug. Die Frau war also zu Hause.

Wenn sie es wirklich gewesen war, die den Schadenzauber in Carlottas Bett befördert hatte – mußte sie dann nicht allerlei vom Bösen wissen? Dieser Gedanke kam Carlotta zum ersten Mal. Unangenehme Visionen drängten sich ihr auf. Von einer Witwe, die im Hinterhof des Heidelberger Bades wohnte. Sie war von einer als Hexe verschrienen angerempelt worden und litt seitdem an Fallsucht. Oder die kleine Elisabeth Stückhäuser. Der hatte eine Fahrende ein Ei geschenkt, und als sie es nach einer Woche geöffnet hatte, um es zu essen, waren Würmer und Maden herausgekrochen. Das Ei samt Würmern war über ihre Hände gekleckert. Nun hatte sie dort lauter Pusteln und litt an Angstträumen ...

Carlotta blieb stehen.

Die Kate der Sinsheimerin hing baufällig am Fels. Oben im Strohdach klaffte ein Loch – vielleicht vom Steinschlag. Die beiden Fensteröffnungen waren mit Brettern vernagelt, um die Wärme im Haus zu halten. In einem ungeschickt zusammengehämmerten Verschlag neben dem Haus grunzte ein Schwein.

Erschreckt duckte sie sich. Die Katentür wurde geöffnet.

Eine Katze huschte aus dem Spalt heraus. *Katze Katz so flink ... hinein läuft ein Kätzchen ... heraus kommt ein Ding ...*

Carlotta rief sich beschämt zur Ordnung. Jeder, der nicht von Ratten aufgefressen werden wollte, hielt Katzen. In ihrer eigenen Burse lebten außer der Gelben und der sanften Grauen manchmal noch drei aus der Nachbarschaft.

Sie spähte um die Ofenmauer.

Die Katze wieselte am Schweinestall vorbei und verschwand im Unkraut. Keine Verwandlung in einen bocksfüßigen Mann mit Ziegenschweif. Eben eine Katze.

Der Regen prasselte auf die Dächer der Schachtöfen, das war die Musik dieses gräßlichen Vormittags. Die Katentür stand immer noch offen. Carlotta meinte, ein schmatzendes Geräusch in ihrem Rücken zu hören und wollte sich umdrehen, aber da wurde die Tür weit aufgestoßen. Die Sinsheimerin trat ans Licht. Neben ihr ein Mann. Kein grüner Jäger von höllisch gutem Aussehen. Ein untersetzter, lumpig gekleideter Kerl mit einem Bauchansatz, der die Sinsheimerin zärtlich um die Taille faßte. Die Sinsheimerin hatte einen Liebhaber, und er war ihr so zugetan, daß er sie auf den häßlichen, mageren Hals küßte.

Wieder dieses Schmatzen, dieses merkwürdige Geräusch. Carlotta wollte sich umdrehen. Ein Tier? Die Katze?

Nein, nicht die Katze.

Hinter ihr, halb über sie gebeugt, stand ein schwarzer Mann. Und während der Wind das Lachen der Sinsheimerin zu Carlotta trug, legte er seine Hände um ihre Kehle.

Der Mann war nicht schwarz. Nur sein Kopf. Er hatte eine Art schwarzen Sack übergestülpt, in den er Löcher für die Augen hineingeschnitten hatte. Keine Katze, die ihre Dämonengestalt wiedergewonnen hatte. Ein Mensch. Seine Hände lagen locker um ihren Hals, gerade so fest, daß er sie damit gegen die Ofenwand drücken konnte, ohne daß sie sich zu wehren vermochte.

Schreien, dachte Carlotta vage. Irgendwo mußten die Arbeiter der Ziegelei stecken. Sie blieb still. Sie hatte nicht einmal den Mut zu atmen. Ihre Augen waren so weit aufgerissen, daß es schmerzte. Und sie spürte, daß dem Mann mit der Kapuze das gefiel.

Der Druck um ihren Hals wurde stärker. Die Daumen begannen, ihren Kehlkopf zu massieren. Es war ein sachter, kreisender Druck, nicht ausreichend, ihr die Luft zu nehmen, aber sie hatte das gräßliche Gefühl zu ersticken. Entsetzt hob sie die Arme.

Der Mann trat ihr mit dem Fuß die Beine weg, so daß sie stürzte. Für diesen Augenblick ließ er sie los, war aber sofort wieder über ihr. Er wollte sie nicht erwürgen. Er führte nur wieder – mit der Ausdauer eines Schwachsinnigen – die Daumen über ihren Kehlkopf. Sie wußte, daß er grinste, obwohl sie nur die Augen sehen konnte, und selbst die waren starr wie Murmeln.

Schreien! dachte Carlotta verschwommen. Sie brachte einen krächzenden Ton heraus, der aber sogleich verging, als sich die Hände in ihren Hals gruben.

Der Mann wollte sie noch immer nicht umbringen. Er ließ los, gerade als sein Kapuzenkopf ihr vor den Augen zu verschwimmen begann. Lauernd wie eine Raubkatze hockte er über ihr und beobachtete sie, als wolle er den Grad ihrer Angst prüfen. Natürlich fürchtete sie sich. So sehr, daß ihr die Tränen in die Augen traten.

»Miststück, dreckiges«, murmelte er. Seine Stimme drang dumpf durch das Tuch. Er bewegte sich. Seine Knie steckten im Schlamm, der Regen strömte auf seine Kapuze. Es war kalt. Für ihn und für sie. Der Funke, der in den Murmelaugen geglüht hatte, solange er die Daumen an ihrem Hals hatte, erlosch. Er schlug ihr mit der Hand ins Gesicht.

»Du bis zu frech, Miststück!«

Sie lag still. Der Schwarze hatte eine Mütze in seinem Gürtel stecken. Die Mütze der Heimlichkeitsfeger. War er der Mann, den sie vorhin im Toreingang hatte lungern sehen? Kein Zufall? Hatte er ihr aufgelauert, und war er ihr gefolgt? Aber warum?

Der Mann schlug ein zweites Mal zu. So stark, daß ihr Gesicht zur Seite flog. »Weiber mischen sich nich in Männersachen. Und die sich reinmischen, kriegen Prügel. Dresche, bis se wissen, wo se hingehör'n. Haste mich gehört, Schlampe?«

Carlotta konnte nicht antworten.

Sie sah, wie die Glut unter der schwarzen Kapuze wieder aufglomm. »Ob du mich gehört hast, frag' ich!«

Die Augen gierten nach einer Antwort. Glitzerten. Aber ihre Zunge war wie am Gaumen festgeklebt.

Die Hände – die Hände, die sonst den Mist aus den Gruben holten und sich in Kot und Schleim und faule Abfälle gruben –, die Hände zerrten ihren Mantel auseinander, packten den Kragen ihres Kleides, rissen es vom Hals bis zur Taille auf und stützten sich auf ihre nackte Brust.

»Ihr Weiber seid'n Mistdreck – vom Teufel ausgeschissen«, keuchte der Mann. »Parieren sollt ihr! Oder ihr kriegt's eingeprügelt. Kapierste das jetzt?« Er kniff in ihr Fleisch und grunzte, als sie aufschrie. »Na also! Ja, heul, das gefällt mir! Und nu hör zu. Der Graf is 'n edler Mann. Der will, daste kapierst, daß er so 'n Kram nich duldet – diese Schwatzerei über ihn. Die Frau is im Loch, und damit is vorbei. Keine Schnüffelei mehr. Für ein' wie unsern Graf is eine wie du nich mehr, als was man in die Ecke pißt. Klar? Ich frag', ob das klar is …«

Carlotta versuchte, sich zu bewegen. Sie lag auf etwas Spitzem, das sich unerträglich in ihren Oberschenkel drückte. Ihre Hand tastete danach. Das glatte, harte Stück von einem zerbrochenen Ziegel. Sie hob, so gut es ging, das Bein und langte danach. Es war einfach, das Ziegelstück in die Hand zu bekommen. Es war schwer, damit zuzuschlagen. Der Mann spürte ihre Bewegung. Die Hände fingen ihren Arm ab.

Ungläubig starrte er sie an.

Nun würde er sie vielleicht wirklich umbringen. Das Drecksstück wehrte sich. Das nahm er persönlich. Der Überfall galt jetzt nicht mehr länger nur für den Grafen.

Sie sah seinen Kopf näher kommen … und dann fiel er plötzlich zur Seite.

Carlotta war blind vom Regen und von ihren Tränen. Sie hievte sich selbst auf die Füße und hielt sich an der steinernen Wand des Ofens – wunderte sich, wie kalt er war, trotz der Flammen, die aus dem Deckenloch schlugen, und fand sich selber sonderbar, über solche Sachen nachzudenken. Vor ihr, keine fünf Schritt entfernt, stand die Sinsheimerin mit einem aufgeklaubten Ziegel in den Händen. Ihr Gesicht war zu einer bösartigen Fratze verzogen, aber der Zorn galt nicht Carlotta, sondern dem Mann mit dem schwarzen Sack, der schwankend rückwärts taumelte und sich den Schädel hielt. Er würde sich von einem Weiblein wie der Sinsheimerin nicht abhalten lassen. Oder doch? War vielleicht ihr Liebhaber in der Nähe?

Der Vermummte drehte sich um. Seine Schuhe schmatzten im Schlamm, als er fortlief. Die Sinsheimerin warf ihm mit einem triumphierenden Lachen den Ziegel hinterher. Sie hatte erstaunliche Kraft. Und ein großartiges Lachen.

Das Lachen erstarb, als sie sich Carlotta zuwandte. »Dir ist nichts passiert«, stellte sie mürrisch fest.

Carlotta zog hastig den Mantel über die entblößte Brust. Sie schwiegen. Die Augen der Frau waren hart. Wie sollte man sich bei solch harten Augen bedanken?

»Ich kenn' dich. Du bist aus der Stadt. Dich hat die Hexe geschickt!«

Aber Josepha war keine Hexe. Carlotta hielt mit verkrampften Händen den Mantel fest. »Josepha ist keine Hexe«, sagte sie. »Und ... ich bin von mir aus gekommen.«

»Ach!« Die Frau lachte knapp. »Von selbst, ja? Ein Rotschopf bist du. Ein Donarskind. Zauberei schon in der Wiege. Und *natürlich nicht* geschickt. Was ist? Warum fängst du schon wieder an zu heulen? Na komm ...« Die mürrische Stimme wurde weicher. »Komm schon.«

Das Weib nahm Carlottas Arm und führte sie um den Ofen herum und über die Wiese zu ihrem Haus. Die Katze hockte vor der Tür und maunzte. Sie wurde mit einem Tritt fortgescheucht.

In der Hütte war es dunkel, es stank erbärmlich nach Dung und Fisch. Ein Huhn flatterte Carlotta entgegen. Sie blieb stehen.

»Nicht wie bei dir?« fragte die Sinsheimerin höhnisch.

Ein zweites Huhn flog gackernd um Carlottas Beine.

Carlotta räusperte sich. »Warst du es, die den Schadenzauber in mein Bett gelegt hat?«

»Schadenzauber!«

»Unter meinem Bettzeug lag ein Säckchen mit ...«

»Ich mach' keinen Schadenzauber. Überhaupt keine Zauberei.«

»So«, sagte Carlotta vage. Sie gab sich Mühe, den Zweifel aus der Stimme zu halten. Die Frau hatte ihr das Leben gerettet.

»Vielleicht würde ich ein Abwehrmittel benutzen. Das schon. Man muß sich schließlich schützen.«

»Mit gesplittertem Holz?«

»Mit Splittern von *geweihtem* Holz. Das hilft gegen böse Magie. Wenn man es für nötig hielte, dann könnte man es schon benutzen.« Die Stimme der Sinsheimerin kam plötzlich vom Boden. Carlotta erkannte undeutlich ein Lager auf der Erde. Sie war nicht eingeladen, sich zu setzen. Sie hätte es auch nicht über sich gebracht.

»Ich bin allein. Ich hab' keinen, der mir beisteht«, sagte die Frau. »Aber ich weiß, die Hexe plant was gegen mich. Ich hab' ihre Geheimnisse aufgedeckt, darum will sie mich erledigen. Muß sie, wenn sie nicht brennen will.« Sie hielt kurz inne. »Ich glaube, daß *sie* dich hierhergeschickt hat.« Ihre Stimme klang plötzlich wieder tückisch.

»Niemand hat mich geschickt. Ich komme, weil unter meinem Bett ein Säckchen mit Holzsplittern steckte.«

Die Frau sann nach. »Kann auch sein, daß du die Wahrheit sagst. Wenn *sie* dich geschickt hätte, dann hätte sie dich auch geschützt. Dann hätte der Kerl sich nicht an dich rangetraut. Wer war das?«

»Ich ... weiß nicht.«

»Ein Dreckskerl jedenfalls. Sind wie Flöhe auf dem Hund, die triffst du überall, kannst du nichts gegen machen. Darfst dich eben nicht allein vor die Stadt wagen. Hat dir das nie jemand gesagt? Darfst auch nicht nachts allein aus dem Haus. Nicht, solange du jung und hübsch bist.«

Sie schwieg und lachte knapp, als sie merkte, daß ihr letzter Satz Carlotta verlegen gemacht hatte.

Carlotta nahm hastig die Hand aus dem Haar. »Warum glaubst du, daß Josepha eine Hexe ist?«

Die Sinsheimerin kicherte. »Lämmchen, süßes. Ich hab' das auch nicht unterscheiden können, als meine Wangen noch rosig waren wie deine. Und das ist kaum ein paar Jährchen her. Alt werden geht schnell.« Mit heiserer Stimme fuhr sie fort: »Hab' auch in einem Haus gewohnt. Nicht so schön wie deins, aber sauber und mit einem eigenen Zimmer zum Schlafen. Bis die Hexe kam.«

»Josepha?«

»Nein! Aber eine, die genauso war. Sie gleichen sich, die Teufelshuren. Wenn du dich auskennst, kannst du es sogar *riechen*. Du glaubst mir das nicht?«

Carlotta schwieg. Ihr war kalt. Vom Regen. Von den Händen, die sie noch immer auf ihrer Haut spürte. Von dem dreckigen Haus mit dem Ungeziefer und den spöttischen Fragen. Sie zitterte und legte die Arme um die Brust, um nicht an allen Gliedern zu schlottern.

»Niemand glaubt es«, sagte die Frau. Umständlich, mit leisem Gestöhn, erhob sie sich auf die Füße. »Es gibt Männer – Doctores, Studierte, Benediktiner –, die kennen sich damit aus. *Denen* könnte man es erklären. Aber wie sollte ein zerrupftes Weib in ihre Häuser gelangen? Und die anderen wollen's nicht wahrhaben.« Urplötzlich stand sie vor Carlotta, die erschrocken zurückfuhr. Das Weib legte die Hände auf ihre Schultern und hielt sie fest. »Nein, du bist keine von denen«, sagte sie nach einer Weile ruhig. Und dann, plötzlich und so barsch, als hätte man sie beleidigt: »Verschwinde! Hau jetzt ab. Ja, hau ab von hier! Ich ... hasse euch. Die Einfältigen, die Blöden. Ich könnte schreien über euch. Raus hier ...«

Carlotta floh. Der Himmel draußen war schwarz, aber wie ein Lichtermeer gegen das Loch, aus dem sie kam. Sie rannte durch den Regen, die Fäuste um den Riß in ihrem Kleid geballt. Plötzlich fühlte sie sich sterbenskrank. Sie hätte angehalten und versucht, sich zu übergeben, wenn sie nicht gefürchtet hätte, daß der schwarze Mann wiederkäme.

Das Tor! Ihr fiel mit einemmal das Stadttor ein. Hatte der Wächter es womöglich abgesperrt? Um sich in seiner Wohnung verkriechen zu können? Alle Türen, wohin sie sah, Mühle, Kirche, Häuser, waren verschlossen.

Carlotta begann zu rennen.

Das Tor war tatsächlich zu. Eine Wand aus Holz, die sie von der Stadt und ihren Menschen trennte. Sie schluchzte trocken. Durch das Fenster des Wachstübchens über dem Torbogen fiel nicht das geringste Licht. Carlotta rannte über die Brücke und hämmerte mit den Fäusten gegen das Tor.

Der Himmel stand ihr bei. Ihr Lärmen wurde gehört. Sogar schneller, als sie gedacht hatte. Jemand ruckte am Riegel, und Carlotta trat zurück. Ihr Mantel war überall mit Lehm verschmiert und ihr Kleid bis zum Bauch hinab aufgerissen. Krampfhaft hielt sie den Stoff zusammen, mit der freien Hand fuhr sie durch die Haare.

Es war nicht der Wächter, der ihr aus dem Torspalt entgegenblickte. Wahrscheinlich hatte er ihr Trommeln gar nicht wahrgenommen. Ein dunkler Umhang zwängte sich durch die Ritze. Ein weißes Gesicht drehte sich ihr zu. Schwarze Kringellocken, aus denen das Wasser troff. Palač.

Er blieb wie angewurzelt stehen, als er sie sah. Bestürzt starrte er an ihr herab. Wie konnte er so – allwissend schauen? Als gäbe es weder den Regen noch die Dunkelheit, die sie umhüllten? Und Carlotta wünschte, umhüllt zu sein. Mit einemmal schien es das Notwendigste der Welt zu sein. Tiefe Röte stieg in ihr Gesicht.

»Liebes bißchen«, sagte Palač.

Sie haßte ihn. Für den Mantel, den er abnahm, um ihn ihr umzulegen. Für die Unmöglichkeit, die Gabe abzulehnen. Für das krasse, unverhüllte Mitgefühl. Für die Beiläufigkeit, mit der er zu erzählen begann, daß Josepha ihn geschickt hatte ...

Ruppig stieß sie ihn von sich. Sie brachte den Mantel selbst über ihre Schultern – trotz der verfluchten Zitterei. Er hatte eine Kapuze. Gute Scholarentradition. Sie zog sie über den Kopf und lief – mit so schnellen Schritten, daß er hinter ihr bleiben mußte – die Hauptstraße hinauf.

Das Haus war dunkel und vom Rauschen des Regens erfüllt. Carlotta stand in der Küche, und zum ersten Mal fand sie es schlimm, daß sie keine Kammer mehr für sich besaß. Zu ihren Füßen bildete sich eine Pfütze.

»Geht!« Sie drückte sich an die Wand und wartete, daß der

Magister den Raum verließ. Er wollte wissen, ob sie etwas brauchte. Ja, ein eigenes Zimmer. Aber ihres hatte er leider in Beschlag genommen. Hastig schob sie hinter ihm die Tür zu. Sie kramte die große Zinnschüssel unter der Bank hervor und lief zurück in den Regen, um sie im Hofbrunnen mit Wasser zu füllen. Oben im Dachkämmerchen flackerte Licht auf. Der Magister war also hinaufgegangen.

Carlotta schleppte die Schüssel in die Küche zurück und warf die Kleider ab. Es tat gut, sich in dem eiskalten Wasser zu waschen, auch wenn sie fror, daß die Kiefer vom Klappern weh taten. Sie holte frische Wäsche aus der Stube, zog reine Strümpfe an und hüllte sich in das wärmste Kleid, das sie besaß. Der Magister hatte sich Licht gemacht, Carlotta war froh, im Dunkeln sitzen zu können.

Sie wickelte sich in ihr Federbett und nahm vor dem Pult ihres Vaters Platz. Dort saß sie und hörte zu, wie Josepha klopfte und, als es keine Antwort gab, die Brote auf dem Küchentisch ablegte. Irgendwann entzündete sie die kleine Tischlampe und begann zu schreiben. Euklid. Der Kreis schneidet den Kreis. Der Kreis schneidet die Gerade. Die Gerade teilt den Winkel. Die Trisektion des Winkels ist nicht lösbar ...

»Geht es besser?« fragte Palač, als er irgendwann später auf der Treppe stand, einen Kerzenleuchter in der Hand. Sein Leuchter warf einen Lichtkreis, und ein Lichtkreis kam von Carlottas Lampe. Aber nichts schnitt sich, keine gemeinsame Fläche.

»Ich habe zu tun«, sagte Carlotta.

Die Jungen kamen später als sonst. Sie hatten einen besonders schlimmen Guß abgewartet und stürzten nun im Haufen in die Küche. Anselm folgte ihnen, nachsichtig und besonders gut gelaunt. Carlotta brachte die Federdecke ins Bett zurück. Es mußte Essen geben.

In der Küche war es warm. Niemanden zog es in die kalten Kammern. Die Jungen setzten sich um den Tisch und begannen, Tarock zu spielen – was ihnen der Pedell eigentlich hätte untersagen müssen. Deutsch sprachen sie außerdem, und auch das war verboten, und auch das scherte keinen.

Kurz darauf kam Josepha. Erleichtert, Carlotta am Herd stehen und Brotscheiben braten zu sehen, aber zu ängstlich, um zu fragen, setzte sie sich zu den Jungen. Störte sie?

»Nein«, sagte Carlotta. Sie wendete die Scheiben.

Auch den Magister zog es in die Küche. Er bat Josepha, ein Stückchen beiseite zu rücken und versetzte sie in tödliche Verlegenheit, indem er neben ihr Platz nahm, als gäbe es keine Unterschiede zwischen einem *doctor decretorum* und einer Hebamme. Bertram ließ die Karten neben sich auf der Bank verschwinden. Alles schwieg.

»Wärme, Wärme …« sagte Carlottas Vater, als es gar zu still wurde. »Sonst hilft nichts bei diesem Wetter.« Er stand auf und holte den Zinnkrug mit dem Met vom Bord. »Lottachen – mach uns das doch heiß.«

Carlotta goß den Met in den Kessel und schwenkte den Kochhaken über das Feuer.

Palač ließ sich die Karten reichen. Die Jungen schauten bang, aber das erwartete Strafgericht blieb aus. Im Gegenteil – er zeigte ihnen ein neues Kartenspiel, das er aus Bologna kannte, und dann, nachdem sie es gespielt hatten, auf welche Art man beim Mischen manipulieren und wie man sonst noch betrügen konnte. Wie praktisch. Da brauchten sie nicht mehr in die Schänke zu gehen.

»Marsilius hat mich aufgesucht, um das Katharinenfest zu besprechen«, sagte Anselm. Er war zu Carlotta getreten und prüfte mit der Hand, wie heiß der Kessel war. Sein Atem roch nach Wein. Wahrscheinlich hatte er bei einem der Magister bereits getrunken. Sicher würde er davon wieder Magenweh bekommen, aber erst einmal machte es ihn heiter. Entspannt lehnte er an der Tischkante. »Der Kurfürst hat beschlossen, daß nach der Messe eine Feier stattfinden soll«, erzählte er. »Oben auf der Burg. Zu Ehren der Universität. Für alle Lehrenden und Pfründenspender.«

»Ist Albrecht auch eingeladen?« wollte Bertram wissen. Sein Wohl hing an dem des Vetters. Anselm nickte.

»Und nicht nur der.« Carlottas Vater machte eine verheißungsvolle Pause. Er wollte, daß jeder ihm zuhörte, und klopfte mit einem Löffel gegen den Kessel. »Der Kurfürst war so gnädig...« Ein Strahlen füllte plötzlich das ganze faltige Gesicht. »Er war so gnädig – Carlotta einzuladen. Carlotta! Unsere Carlotta!«

Es war die Verkündigung eines spektakulären Ereignisses. Ein Jubelanlaß. Die Tochter des Pedells wurde auf die Burg geladen. Eine sensationelle Unterbrechung ihres grauen Alltages. Komm, Carlotta, etwas Glanz in die Augen.

»Marsilius' Schwester ist aus Nymwegen angereist. Das hat den Gedanken aufgebracht, diesmal mit Frauen zu feiern«, erklärte ihr Vater aufgeregt. »Du kennst doch noch Sophie? Die Schwester von Marsilius? Die hat dir gezuckerte Datteln mitgebracht, als wir noch in Paris lebten...«

»Ich weiß«, sagte Carlotta. Kein Glanz im Auge, kein Glanz in der Stimme. Bei aller Müh' nicht. »Ich weiß«, wiederholte sie. »Ich freu' mich.«

Sie schmolz neues Fett in der Pfanne und verteilte es mit dem Löffel über den Pfannenboden.

»Na also!« platzte Josepha heraus. »Es wird aber auch Zeit, daß du mal rauskommst!« Sie wandte sich an Anselm. »Ihr hättet nicht zulassen sollen, daß sie sich im Haus verkriecht. Mit Respekt, Anselm Buttweiler. Ein Mädchen braucht junges Volk um sich...«

»Jungenvolk«, gickste Bertram und stieß seinem Bruder den Ellbogen in die Seite.

151

Jovan Palač ließ sachte die Karten durch seine Hände gleiten.

»Das Fest wird oben in der Burg im blauen Saal stattfinden«, erklärte ihr Vater. »Der Fürst ist krank. Aber wenn es ihm bis dahin nicht bessergeht, wird sein Neffe ihn vertreten, hat Marsilius gesagt. Außerdem wird der Kanzler aus Ladenburg kommen und die beiden Bürgermeister als Vertreter der Stadt. Die werden natürlich auch ihre Weiber mitbringen und der Kanzler seine drei Nichten...«

Carlotta goß die Eierpampe über die Brotscheiben und schnitt ein weiteres Stück Schmalz in die Pfanne. Das Feuer war zu heiß, sie hob die Pfanne vom Dreibein.

»Ihr habt recht. Das Kind braucht wirklich Zerstreuung«, sagte ihr Vater zu Josepha. Er war enttäuscht. Die schöne Isabeau hatte Feste doch immer geliebt. Irgend etwas lief schief.

Josepha merkte es auch. »Sie muß es einfach einmal erlebt haben. Einmal im Reigen tanzen, bis einem die Puste ausgeht...«

»Wenn ich zur Burg hoch soll«, sagte Carlotta und drehte sich um, »dann brauche ich ein neues Kleid.«

Was war sie? Ein Mohr, daß alle sie anstarrten? Warum sollte Carlotta Buttweiler sich keine Kleider wünschen? Dachten sie, die Kutte wäre ihr auf die Haut genäht?

»Nicht irgendeines«, sagte sie. »Eines nach der französischen Mode. Mit... fenêtres d'enfer.«

Palač legte den Kartenstapel beiseite.

»Die gibt es hier nicht«, sagte Carlotta. »Jedenfalls nicht, wie ich es haben möchte. Ich fürchte, es wird nötig, daß ich nach Speyer reise.«

»Nein, keinesfalls«, sagte Palač.

»Für zwei oder drei Tage.«

Palač schüttelte den Kopf. Wie überflüssig von ihm, sich einzumischen. Wie töricht, zu glauben, er könne damit Erfolg haben.

»Frauen sind in diesen Sachen eigen«, sagte Anselm und legte zärtlich den Arm um seine Tochter. »Wenn Carlotta sich neue Kleider wünscht, dann soll sie neue Kleider bekommen. Und wenn es welche aus Speyer sein müssen, dann soll sie sie aus Speyer haben. *Varium et mutabile semper femina.* Ihr würdet verstehen, wovon ich rede, wenn Ihr selbst verheiratet wäret ...«

Er war wieder glücklich. Isabeau lächelte auf sie herab.

10. Kapitel

Du brauchst eine Decke«, sagte Josepha und drückte Carlotta die von ihrem Bett in die Arme. Sie konnte nicht mit nach Speyer reisen, weil Cord noch immer krank war. Carlotta verstand das hoffentlich?

Carlotta verstand das. Es war ihr auch lieber so. Sie küßte die Hebamme, versicherte ihr, daß sie immer eine Hand auf der Börse an ihrem Gürtel haben würde, und sah sich nach dem Tor um, denn man hörte das Rumpeln von Rädern.

Ihr Vater und die Scholaren waren schon fort – die einen bei der Vorlesung, der andere bei Marsilius für die Festvorbereitungen. So gab es keinen großen Abschied. Auch das war ihr recht. Sie nahm ihren Beutel, in dem sie hölzerne Überschuhe und Wäsche zum Wechseln verstaut hatte, und den anderen, der Proviant enthielt, und ging, begleitet von Josepha, durch das Tor.

Magister Palač wartete schon. Carlotta hatte ihn noch nie zu Pferde gesehen und fand, daß er sich nicht schlecht hielt, auch wenn er ungeschickt für die bandagierte Rechte nach einem Platz suchte. Er mußte zu Geld gekommen sein, denn er hatte reichlich Mietzins bei ihrem Vater entrichtet, und das Reittier, das er gekauft hatte, sah auch nicht aus, als hätte er es sich für ein Nichts erbettelt.

»Es ist für uns alle eine Beruhigung, Euch an Carlottas Seite zu wissen. In fremden Städten kennt man die Gefahren nicht. Und Speyer soll viel größer sein als Heidelberg.« Josepha bedachte den Magister mit einem warmen Lächeln, das sowohl ihre Dankbarkeit als auch ihren Respekt vor dem Gelehrten ausdrücken sollte. Sie war keine, die ihren Stand vergaß, bloß weil ein hoher Herr einen Nachmittag mit ihr an einem Tisch verbracht hatte.

»Er reitet, um nicht an Langeweile zu sterben«, brummte Carlotta.

»*Explicite*«, stimmte Palač zu.

Die dicke Gürtlerin, in deren Wagen Carlotta mitreisen sollte, steckte ihren Kopf unter der Plane hervor mit der Information, daß es günstiger wäre, wenn Carlotta den Wagen vorn bei den Pferden bestiege, weil er nämlich hinten, wo sie selbst saß, eine böse Neigung hatte. Carlotta umarmte Josepha ein letztes Mal. Sie kletterte auf die Deichsel und von dort in den Wagenkasten, wo sie aufs wärmste empfangen wurde.

Die Gürtlerin wollte in Speyer ihre Tochter besuchen, die zu Mariä Geburt mit einem Knaben niedergekommen war – Haare, blond wie ein Engelchen, allerliebstes Kerlchen –, und obwohl sie ihre drei Jungen bei sich hatte – der vorn mit der seidenen Sendelbinde, der Schlanke, hieß Frodemund wie ihr Mann –, war sie doch glücklich, eine Weibsperson zur Gesellschaft zu haben.

»Die Kerls sehen aus wie die Götter, aber sie reden, als wäre ihnen das Maul mit Pech ausgegossen, nämlich gar nicht«, vertraute sie Carlotta an.

Das Wägelchen holperte die Hauptstraße entlang und in die Vorstadt hinaus. Es gab kaum Verkehr, dafür war es noch zu früh am Tag. Auf den Äckern lag dichter Nebel. Wenn man der Gürtlerin über die Schulter blickte, konnte man hinten, bei der Burg, in warmen Blau- und Rosatönen die Sonne aufgehen sehen. Carlotta hüllte sich in Josephas Decke. Sie saß der Gürtlerin gegenüber auf einem mit Kissen ausgelegten Holzbrett und war froh, sich wärmen zu können. Der Morgen war erbärmlich kalt.

»Kleider wollt Ihr kaufen?« fragte die Reisegefährtin, während ihr Doppelkinn bei jedem Hindernis, über das sie fuhren, wackelte.

Carlotta nickte.

»Dann wart Ihr dumm beraten, denn die besseren Schneider gibt es in Heidelberg – wegen des kurfürstlichen Hofes. Die wirklich was von Kleidern verstehen, haben ihr Geschäft bei uns zu Hause.«

»Ach.«

Carlotta hielt sich am Planengestänge. Zwei der Gürtlersöhne ritten hinter dem Wagen. Ihre Schwerter blitzten auf, wenn sie von einem Sonnenstrahl getroffen wurden, und das war ein prächtiger Anblick. Träge hörte Carlotta zu, was die Gürtlerin von den Heidelberger Schneidern erzählte.

Später am Tag machten sie Rast und aßen im Schutz eines Dorfes zu Mittag. Der Nebel war gewichen, die Sonne schien auf Lehmhäuschen, Ställe, die umgepflügten Äcker und den Dorfanger und ließ die gefallenen Blätter auf der Wiese noch einmal bunt aufleuchten. Palač reichte Carlotta die Lederflasche mit dem Wein.

»Wie wollt Ihr das Mädchen finden?« fragte er.

»Welches Mädchen?«

Carlotta nagte an einem Hühnerschenkel, den die Gürtlerin ihr gereicht hatte. Der Korb der Frau war unerschöpflich. Sie hatte vorgesorgt, als müsse es bis zum Jüngsten Gericht reichen und gab freigebig davon ab. Palač setzte sich neben sie auf den Baumstamm.

»Ihr erinnert mich an Gideon«, sagte er.

»Was?«

»An den Hahn meiner Schwester. Gefiederter Satansbraten. Irgendwas hat ihn auf die Idee gebracht, er wäre ein Hund. Seit er aus dem Ei geschlüpft ist, hockt er bei unserem alten Köter und hackt jeden weg, der in seine Nähe kommt. Ich schwör's – er hat sogar versucht zu bellen.«

»Und ist trotzdem nicht im Kochtopf gelandet?«

»Wir haben ihn für zu zäh gehalten.«

»Ständig erzählt Ihr Geschichten ohne Lehre.« Carlotta nickte zu einem Pastetchen der Gürtlerin. Ihr war bereits schlecht. Aber wie konnte man ablehnen, was so lecker schmeckte?

Sie aß fertig, sammelte die Abfälle in einer der leergegessenen Schüsseln und trug sie zum Gebüsch hinter dem Dorfzaun.

»Es ist gegen den Verstand«, sagte Palač, der ihr die Schüssel abnahm. »Bligger kann Euch an jedem Zipfel Eures Lebens erwischen. Ihr seid wie der letzte Bauer auf dem Schachbrett, der niemanden im Rücken hat als den lahmen König Gerechtigkeit. Für Bligger streitet der Kurfürst, die Universität, die Stadt – und jeder einzelne seiner Spitzbuben aus der Burg. Er hat Euch Schach geboten. Und wenn Ihr ihm weiter in die Quere kommt, dann wird er Euch matt setzen.«

»Jovan Palač! Es gibt da etwas, das Ihr nicht begreift ...«

»Möchtet Ihr noch eine Kleinigkeit für die Fahrt, Carlotta?« Die Gürtlerin winkte und hielt einen fetten, grünen Apfel hoch. Bedauernd klopfte Carlotta auf ihren Magen.

Was Palač nicht begriff: Zölestine war mehr als nur gestorben. Es hatte eine Zeit *vor* ihrem Tod gegeben. In dieser Zeit hatten Bligger und der miese, kleine Christof ihr Leben regiert. Und wenn man die Art in Betracht zog, wie sie gestorben war und wie man sie aufgebahrt hatte, dann bestand einige Wahrscheinlichkeit, daß es eine Zeit der ... zerrissenen Kleider gewesen war. Daß sie vielleicht zwei elendig lange Jahre gelitten hatte, wie nur eine Frau leiden konnte.

Carlotta begannen die Augen naß zu werden. Was war

Zölestine schon gewesen? Eine Träumerin, die Fische aus-
nahm und dabei von Rittern und der Minne plauderte, als
wäre das Leben ein zuckerbestäubtes Märchen. Die kleinste
Freundlichkeit hatte sie glücklich gemacht. Aber der Magister hatte sie nicht gekannt ...

»Was begreife ich nicht?« fragte Palač, während er ihr auf
die Deichsel half.

»Nichts«, sagte Carlotta.

Die Tochter der Gürtlerin wohnte am Hasenpfuhl neben dem
Magdalenenkloster. Redselig, rund und rosig wie ein frisch-
gepflückter Pfirsich ähnelte sie ihrer Mutter, nur daß ihre
Haut noch ohne Falten war. Auf ihrem Arm plärrte ein Säugling. Sie schwatzte mit ihrer Mutter, dirigierte den Knecht,
der das Gepäck ins Haus schleppte, und versuchte gleichzeitig, Carlotta zum Bleiben zu überreden. »Denn«, sagte sie,
»egal, welche Herberge Ihr wählt: Es wimmelt von Kakerlaken. Ich will gar nicht davon reden, daß die Betten überbe-
legt sind − im Haus zum Hahnen müssen sich fünf Gäste
eines teilen −, aber die Kakerlaken! Sicher seid Ihr weit gereist,
Herr Magister. Sagt Carlotta, daß sie von Kakerlaken aufgefressen wird, wenn sie in eine Herberge geht.«

Palač bestätigte das mit Wärme. Und fügte hinzu, daß
Anselm Buttweiler zweifellos ausgesprochen glücklich wäre,
seine Tochter in ihrer Obhut aufgehoben zu wissen. »Nicht
wahr, Carlotta?«

Rosalind − so war der Name der Gürtlerstochter − fand,
daß damit die Sache abgemacht sei. Sie führte die Gesellschaft durch die Werkstatt ihres Gatten, in der es nach Leder
und Gerbstoff roch, und über einen Flur in die Wohnstube.
Die Luft dort war stickig, aber warm und von Zwiebelge-
ruch erfüllt. Eine Magd rührte in einem Topf, der an einer
Kette in der Esse hing. Unter dem Fenster planschten zwei
kleine Mädchen in einem Badekübel.

»Platz ist bei uns immer«, erklärte die gastfreundliche Rosalind. »Wir haben eine Kammer zum Garten. Wenn der Herr Magister sich herablassen würde, mit solch armseliger Behausung vorliebzunehmen …«

Aber bitte. Er widersprach der ärmlichen Behausung, als hätte er den Kaiserhof betreten. Nichts war hier armselig. Im Gegenteil – was für eine hübsche Idee, die Fensterläden mit Fasanen zu bemalen. Sah ja fast wie echt aus. Seine Schwester hatte so was Ähnliches im Treppenaufgang, nur war das irgendwo draufgestickt …

Rosalind lachte fröhlich zu den Worten des Magisters. Ihr war es jedenfalls eine Freude, ihn unter ihrem Dach wohnen zu haben. In der Kammer hatte man seine Ruh und – er verstand? – es gab dort keine Kakerlaken.

Jedermann lachte, und der Magister nahm dankend an. Vorher mußte er allerdings noch einmal in die Stadt hinaus. Stimmte es, daß Speyer einen böhmischen Medicus hatte? Hieronymus von Jenstejn? Weil er nämlich mit ebendiesem Hieronymus etwas Geschäftliches zu erledigen hatte.

Fürsorglich beschrieb Rosalind den Weg ins St.-Marx-Viertel.

»Vielleicht haben die beiden Damen sogar Lust, Carlotta morgen zum Schneider zu begleiten?« schlug der unermüdliche Magister vor.

Rosalind war begeistert. Sie hielt zwar persönlich nichts von diesen neuen, enggeschnittenen Kleidern – Ärmellöcher hatten die, bis zum Hintern –, aber sie wußte, was man anzog, und die liebe Carlotta besaß zweifellos ein Gefühl für Schicklichkeit.

»Dann ist ja alles geregelt«, erklärte Palač zufrieden.

Er beeilte sich fortzukommen, denn es war gerade so hell, daß man noch auf ein knappes Stündchen Tageslicht hoffen durfte. Rosalind wollte ihrer Mutter die Wickel zeigen, die sie für das Kleine bestickt hatte, und Carlotta wartete, bis die beiden in der ehelichen Schlafkammer verschwunden waren.

»Wie komme ich zum ›Mohren‹? Zu dem Gasthaus?« fragte sie die Magd, die stumpfsinnig in der Zwiebelsuppe rührte.

»Das is bei der Kuhpforte.«

»Wo?«

»Is der Turm. Hinten wo der Bach rausfließt. Wo der rausgeht aus der Stadt.«

»Danke.« Carlotta zog eilig ihren Mantel an und die Holztreter über das Schuhwerk.

»Aber da geht 'ne anständige Frau nich hin«, meldete sich überraschend noch einmal die Magd, als sie schon zur Tür hinauswollte.

»Warum?«

»Is so«, beschied ihr die Magd.

Draußen war es kalt. Die Sonne sandte letzte kraftlose Strahlen, und einen Moment zweifelte Carlotta an der Klugheit ihres Unternehmens. Wie schon die Sinsheimerin bemerkt hatte: Bei Dunkelheit blieben Frauen besser im Haus.

Aber die Kuhpforte konnte nicht weit sein. Sie hatten bei ihrer Ankunft die Brücke des Speyerbachs kurz vor dem Haus der Gürtlerin überquert. Und wenn man den Hals reckte, konnte man die roten Dächer der Stadttürme sehen. Carlotta wollte sich zumindest überzeugen, ob Martha tatsächlich im »Mohren« untergeschlüpft war. Und mit ihr einen Treffpunkt verabreden.

Hastig eilte sie den Weg hinab, bog in eine Seitengasse ein, und ihre Zuversicht wuchs, als sie kurz darauf, indem sie erneut in eine Gasse einbog, auf das kleine Flüßchen traf. Hier war ärmlicher gebaut worden. Hütten mit Fischernetzen säumten den schmalen Uferweg. Kleine Schiffe tanzten an Bootsstegen oder eingerammten Holzpflöcken. Fischer,

die Feierabend machten, schleppten in Körben den Nach-
mittagsfang das Ufer hinauf. Der Weg trennte sich vom
Flüßchen und wurde zu einer engen Gasse zwischen hohen
Häusern. Hier wohnten keine Fischer mehr. Vielleicht Gerber, denn es stank entsetzlich. Oder Höker. Die Menschen
beeilten sich, ihre Geschäfte fertigzubekommen. Carlotta
mußte mehrfach an den Gassenrand ausweichen, um Karren
und Männern und Frauen mit Körben Platz zu machen.
Jemand in ihrem Rücken stieß einen Pfiff aus. Sie drehte sich
nicht um, voller Sorge, das Pfeifen könnte ihr gegolten haben
und sie würde den Mann ermutigen. Es wurde schneller dunkel, als sie erwartet hatte. Sie bog um eine weitere Ecke.
Neben einem Kellerhals stand eine Frau und schüttete
Küchenabfälle in die Gosse. Die fragte sie nach dem Weg.
Nach der Kuhpforte, nicht nach dem Gasthaus. Sie war näher
am Ziel, als sie vermutet hatte.

Wenig später stand sie vor einem massiven, quadratischen
Turm mit einem eisernen Fallgatter und einer Wachstube
über dem Tordurchlaß. Sie blickte die Mauergasse hinauf.
Kein Gasthaus in Sicht. Unschlüssig wanderte sie weiter. Hier
wohnten die Ärmsten der Armen in Lehmhütten, die sich
altersschwach an die Mauer kauerten. Ein Mann, der vor seiner Tür auf einem Schemel saß und soff, rief ihr etwas zu,
das sie nicht verstand. Sein Gelächter folgte ihr.

Carlotta hätte am liebsten kehrtgemacht, Die Warnung
der Hexe klang in ihren Ohren. Bei Nacht gehörte die Welt
den Männern. Es war dumm gewesen, allein in die Dämmerung zu gehen.

Und dann sah sie plötzlich den Mohren.

Eine aus Holz geschnitzte Figur, die das Vordach eines der
Häuser gegenüber der Mauer stützte. Die Haut des Männ-
leins war pechschwarz angemalt, wie es sich für einen Mohren gehörte, und er trug ein breites Grinsen auf den Lippen,
dessen Rot sich im Turban auf seinem Kopf wiederholte.

Skeptisch musterte Carlotta das Haus.

Auf der Treppe unter dem Dach stand eine Frau in einem grünen Kleid mit einem so unnatürlich großen Busen, daß Carlotta sich fragte, ob sie ihn womöglich ausgepolstert hatte. Ihre Lippen leuchteten wie die der Holzfigur. Gelangweilt spuckte sie in den Dreck, als einer der Wächter ihr etwas zurief. Carlotta begann es zu dämmern. Der »Mohr« mußte etwas wie das Frauenhaus in Heidelberg sein. Nur ging es hier nicht so sauber zu. Um die Hausmauern stand der Dreck, als wäre seit Jahren nicht gekehrt worden, und die Hauswand mit ihrem bröckelnden Lehmbewurf bot ein Bild der Verwahrlosung. Nur die Tür war aus starkem, solidem Holz.

Was nun? Einfach nach Martha fragen?

Ein Mann schlenderte an Carlotta vorbei auf die Grüngekleidete zu. Offenbar ein Geistlicher, auch wenn er bunte Kleider trug, denn sein Haar war zur Tonsur geschnitten. Er drehte sich nach Carlotta um, hielt einen Moment inne, als wolle er sie etwas fragen, und fing sich einen eiskalten Blick ein. Achselzuckend ging er weiter. Die Frau an der Tür winkte ihn das Treppchen hinauf und rief etwas über die Schulter ins Hausinnere. So funktionierte das also. Eine schmeichelnde Stimme begrüßte den Mann, dann war es wieder still im Mohrenhaus.

Carlotta entschloß sich. Sie überquerte die Straße. »Ich suche Martha. Ein Mädchen aus Neckarsteinach«, sagte sie zu der Türsteherin.

Es entstand eine langgedehnte Pause, während der sie ausgiebig begutachtet wurde. »Eine Martha kenn' ich nicht.«

Aber das war gelogen. Spannung lag plötzlich in den gelangweilten Augen der Dirne.

»Ich will Martha die Möglichkeit geben, etwas Geld zu verdienen. Es wird sie nicht viel Mühe kosten.«

Die Frau nagte mit schwarzen Zähnen an der leuchtenden Lippe. »Wenn ich sie aber nicht kenne?«

»Dann könntet Ihr vielleicht herausfinden, wo sie sich auf-
hält. Sie soll mit der Herrin dieses Hauses verwandt sein. Eure
Mühe wäre nicht umsonst«, fügte Carlotta in der prosaischen
Annahme hinzu, daß sich damit die Hilfsbereitschaft der Dirne vervielfältigen würde.

Jemand kam die Straße herab, ein schwankender Mann,
der unsicher auf den »Mohren« zuhielt. Er setzte zum Sprechen an, brachte aber nur lallende Worte heraus. Und auch
die wurden ihm gleich abgeschnitten.

»Scher dich weg!« brüllte die Grüne.

Der Mann konnte nicht reagieren oder wollte nicht. Als
er sich weiter näherte, hielt die Frau plötzlich wie durch Zau-
berhand einen Knüppel in den Fäusten. Der Betrunkene
stutzte. Fluchend sackte er gegen die Hauswand. Im nächsten Moment übergab er sich und sank in den eigenen
Schmutz.

Die Frau sah aus, als wolle sie die Treppe hinab und nach
ihm treten. Der falsche Busen, die bemalten Lippen, die
schwarzen Zähne, der saure Gestank − das alles ist wie der
Teil eines abscheulichen Traumes, dachte Carlotta benommen.

Achselzuckend wandte die Dirne sich von dem Betrunkenen ab.

»Wir nehmen auch besoffene Schweine«, sagte sie zu Carlotta. »Aber nicht solche, wo man schon sieht, daß sie kurz
vor dem Kotzen sind.«

»Man sieht's?« fragte Carlotta.

»Wenn man sich auskennt.« Die Frau grinste schwach.
»Außerdem hat er die Löwenkrankheit. Merkt man nur, wenn
man ihn bei Tage trifft − 'ne Haut wie Blut und die Augenbrauen, als hätten Milben drin gehaust. Ich wett' mein Aller-
heiligstes drauf − der ist aussätzig. Und irgendwann schnappt
ihn die Scharwache, und dann hat er Glück, wenn er mit
einem Stadtverweis davonkommt.« Sie war ins Reden

gekommen. Achtlos ließ sie einen Mann ins Haus, der drinnen mit Gelächter und Hallo begrüßt wurde. »Es springt was raus, sagst du?«

»Für Martha und für jeden, der mir sagt, wo ich sie finden kann.«

Die Dirne streckte die Hand aus. Carlotta suchte einen Halbpfennig aus der Gürtelbörse – verflucht unvorsichtig, das Geld mit hierherzunehmen, dachte sie – und gab ihn der Frau.

»Wo?«

»Oben.« Der Kopf nickte vage zum Dach des »Mohren«. »Sie ist im Geschäft. Oder bald, jedenfalls.«

Carlotta blickte die Hauswand hinauf. Da gab es kein einziges Fenster. Vielleicht gingen sie alle zum Garten oder Hof hinaus, oder was auch immer hinter dem Haus liegen mochte.

»Kann ich sie sprechen?«

Wieder das Zögern. Carlotta griff nach ihrer Börse.

»Geht nicht«, sagte die Frau.

Der Aussätzige begann sich zu rühren. Er griff in das Erbrochene und wurde sich dessen wohl bewußt, denn er begann leise vor sich hin zu schimpfen. Die Dirne schien über die Ablenkung froh zu sein. Sie fiel mit bösen Schmähungen über den Kranken her und wandte sich dann so abrupt ins Haus, daß Carlotta sicher war, von ihr nichts mehr zu erfahren.

Inzwischen war es beinahe dunkel.

Und jetzt zurück zur Gürtlerin?

Es mußte sein. Schon wieder kamen Männer die Gasse herab. Die Gegend war gefährlich. Jede Gegend war um diese Tageszeit für eine Frau gefährlich.

Die Sinsheimerin hatte völlig recht.

Rosalind hatte den Tisch in der Stube mit einem zartblauen Tuch bedeckt. Die Zwiebelsuppe dampfte über dem Feuer, wo man sie – zweifellos wegen Carlotta – warm gehalten hatte. Nur die beiden Kinder hatten schon gegessen.

Die Vorwürfe hielten sich in Grenzen. Man hätte die liebe Carlotta warnen müssen, was das Ausgehen betraf. Und wie töricht von der Magd, sie einfach ziehen zu lassen. Aber die Arme – nicht die Magd, Carlotta – hatte ja, wie die Gürtlerin mit gedämpfter Stimme erzählte, leider viel zu früh ihre Mutter verloren. Wie sollte ein Mädchen sich in der Welt zurechtfinden, wenn ihr die leitende Hand einer Erzieherin fehlte? War sie denn nur unter Männern aufgewachsen?

»Ja«, sagte Carlotta und enthielt sich verstockt jeden weiteren Kommentars.

Rosalind füllte ihren Teller nach.

»Und bei mir war es genau umgekehrt«, begann Palač umgänglich zu berichten. »Eine Mutter und fünf Schwestern. Fünf *ältere* Schwestern. Ich will nicht klagen. Aber ich konnte nicht auf den Hintern fallen, ohne *punctum contra punctum* über die Gefahren der Unbesonnenheit belehrt zu werden.«

»Wie drollig. Und wie verständlich«, befand die Gürtlerin. »Ich weiß, wovon ich rede, Ihr habt ja selbst meine Jungen gesehen. Ständig mit dummem Zeug im Kopf unterwegs. Früher, meine ich. Kannst du dich besinnen, Rosalind, wie Frodemund in den Käfig dieses Tanzbären geklettert ist?«

Ihre Tochter nickte schaudernd.

»Daß mir nicht die Hand abgefallen ist, vor lauter Schlägen! Aber es wächst sich aus, habe ich immer zu ihrem Vater gesagt. Habe ich das gesagt, Rosalind? Und nun sieht man es ja. Darf ich fragen, in welchem Land Eure Wiege stand, Herr Magister?«

»Böhmen. Ich bin Tscheche. Wir haben einen Gutshof in der Nähe von Prag.«

Geschmeichelt von so viel Vertraulichkeit fand Rosalind den Mut, nach Palač' Arbeit zu fragen. »Stimmt es …« sie dämpfte die Stimme und beugte sich ein wenig vor, »daß die

Herren Doctores an den Universitäten geheimes Wissen über das Wesen der Hexerei und Zauberei besitzen?«

Palač' Gesicht verschloß sich. Die Antwort kam widerwillig. »Mehr unheimlich als geheim, würde ich sagen. Und vieles einfach lächerlich.« Schluß. Der Herr Magister widmete sich seinem Teller. Keine Abhandlung über Hexerei zur Zwiebelsuppe.

Rosalind begann von schwebenden Teufeln zu berichten, die im Sumpfgebiet der Froschau vor dem St.-Marx-Viertel ihr Unwesen trieben. Bisweilen – in letzter Zeit wieder häufiger – sah man sie als zischende Lichter über den Morast huschen, und von dem Kartenmaler, der die Unvorsichtigkeit begangen hatte, die Nacht vor dem Heidentörchen zuzubringen, hatte man kein Härchen wiedergefunden.

»Ich bitt' dich, Liebes«, widersprach die Gürtlerin. »Diese Lichter, von denen du sprichst – das sind die Seelen ungetaufter Kinder. Deine selige Großmutter Friederike hat mir das erzählt, und die hatte es direkt vom damaligen Dompropst, der in Heidelberg – das war kurz nach meiner Geburt – ein Sendgericht abhielt und die Situation nutzte, diese Dinge zu erklären. Unglückliche Würmerchen. Mit Eltern verflucht, die die Nottaufe verabsäumten, oder – schlimmer noch – von den eigenen Müttern erwürgt, ohne daß ihnen vorher das Sakrament gespendet wurde. Der Weg zum Himmel ist ihnen verschlossen, und so sind sie verdammt, umherzuirren. Mag ja sein, daß sie den einen oder anderen Unglücklichen in den Tod gelockt haben.«

Ihre Tochter mußte zugeben, daß die Zahl der Irrlichter gewachsen war, als die speyerischen Juden zur Mitte des Jahrhunderts ungetaufte Kindlein ermordet hatten. Das sagten jedenfalls die alten Leute, die es noch miterlebt hatten. Und was meinte die Universität?

Palač rührte in der Suppe. Vielleicht hätte er sich jetzt doch die Kakerlaken des Hauses »Zum Hahnen« als Gesellschaft gewünscht. Da alles wartete, bequemte er sich zu einer Antwort. »In manchen Gegenden hält man die Lichter für die Seelen ertrunkener Menschen. Oder meint, daß sie Grenzfrevelern gehören ...«

»Und was denkt *Ihr*?« fragte Carlotta.

Er zog die Brauen hoch. »Ich bin bemüht, der Unart, auf alles eine Antwort zu wissen, entgegenzuwirken, meine Liebe.«

»Seid Ihr nicht. Ihr *gebt* ja tausend Antworten. Nur lauter verschiedene. Was hat es Eurer Meinung nach auf sich mit den Sumpflichtern?«

»Möchte jemand noch etwas Zwiebelsuppe?« fragte Rosalind und hielt die Kelle hoch.

»Ihr glaubt nicht an Wiedergänger und nicht an verlorene Seelen«, behauptete Carlotta.

»Ich glaube – daß ich zu dumm bin, um es zu beurteilen.«

»Oder zu klug?«

»Was auch immer Euch gnädiger stimmt.« Er lächelte gequält.

»Ja, bitte.« Carlotta hielt Rosalind ihren Teller hin. Geistesabwesend sah sie zu, wie die Zwiebelringe über den Kellenrand schwappten. Sie versenkte ihren Löffel in der Suppe. »Ich habe letztens unter dem Strohsack in meinem Bett einen Beutel mit geraspelten Holzspänen darin gefunden. Habt Ihr *dazu* eine Meinung?«

»Mit Holzspänen?«

»Ja. Denkt Ihr ... Kann nach Eurem Wissen so etwas als Abwehrzauber gegen böse Magie verwendet werden?«

»Äh! Abwehrzauber.« Die Gürtlerin bekreuzigte sich und blickte zum Magister, um zu sehen, ob er etwas sagen wollte. Als er schwieg, wandte sie sich wieder an Carlotta. »Ihr habt also Holzspäne gefunden, Kind! Ich möchte Euch keineswegs in Furcht versetzen. Aber wenn Ihr zum Rabenstein gehen würdet, Ihr wißt schon, Liebes, draußen auf dem Weg nach Bergheim, und das Holz des Galgens genauer betrachtet – was ich Euch aber nicht empfehlen kann, weil der Ort verflucht ist –, dann würdet Ihr sicher finden, daß dort eine frische Stelle ist, wo vom Stamme etwas abgeschabt wurde. Das ist *meine* Meinung zu Holzspänen, die in einem gottesfürchtigen Haushalt versteckt werden. Ist Euch seitdem ein Unglück geschehen?«

»Dazu war keine Zeit. Ich habe es ziemlich bald gefunden und gleich fortgeworfen.«

»Dann laßt noch jemanden kommen, der das Zimmer mit Weihrauch reinigt«, empfahl die Gürtlerin. Wieder blickte sie zum Magister, aber Palač war so endgültig stumm wie die Fasanen auf den Fensterläden.

Er schien froh zu sein, als der Hausherr, der während des gesamten Abends nicht mehr als den Speisesegen gesprochen hatte, das Essen für beendet erklärte.

Carlotta hielt ihn zurück, als die anderen fort waren und Rosalind nach einem zusätzlichen Nachtlicht für ihn suchte.

»Ich denke, das Säckchen war gar nicht für mich bestimmt, sondern für Josepha. Die ... Frau, die es versteckt hat, wird sich in der Wohnung geirrt haben. Sie kann Josepha nicht ausstehen.«

Rosalind fragte von der Treppe, ob der Magister eine empfindliche Nase habe. Weil sich in dem Regal nämlich nur noch Unschlittkerzen fanden, die ja leider ein bißchen rochen.

»Hätte mir der Zauber schaden können?« fragte Carlotta.

Palač war Magister der Jurisprudenz. Und die Frage simpel. Darauf mußte es doch eine Antwort geben.

»Hätte er?« drängte sie.

Rosalind kam polternd die Treppe herab. Carlotta dachte schon, er würde sie einfach stehenlassen. Aber dann wandte er sich, die Kerze in der Hand, doch noch einmal zu ihr um.

»Jemand wie Ihr, Carlotta Buttweiler, braucht keine Holzspäne, um ins Unglück zu geraten. Ihr braucht einfach nur morgens aufzustehen und zu überlegen, was Ihr mit dem Tag anfangt. *Das* ist meine Ansicht.«

11. Kapitel

Ihr seht aus wie ein Grashüpfer«, sagte Palač.

Rosalind protestierte, aber Carlotta, den Blick auf den Bleispiegel geheftet, den der Schneider für seine Kunden an die Wand genagelt hatte, fühlte sich geneigt, ihm zuzustimmen.

Meister Hugbert war ein geduldiger Mann. Kräftig gebaut, als hätte die Natur ihn vorgesehen, den Hammer in einer Schmiede zu führen, verfügte er über erstaunlich flinke Finger und zierliche Bewegungen. Rasch flog der grüne Seidenstoff über eine Stuhllehne.

»Richtig, richtig.« Seine Blicke hasteten über die unendliche Menge der Tuche, die in Regalen und Truhen aufgestapelt lagen. Mit Kiebitzen bestickte, purpurfarbene Seide, rotglänzender Sammet, über dem Borten und Spitzen hingen, um eine Vorstellung zu geben, welche Möglichkeiten der modebewußten Dame offenstanden, hauchfein gesponnene Wolle ...

»Dies hier. Unbedingt dies!« Rosalind griff hingerissen nach einem zitronenfarbenen Stoff, der bereits in Form einer Schleppe gerafft über einer Stange hing. Eine der Näherinnen, die in den Winkeln saßen und so selbstverständlich, als geschähe es von selbst, die Nadeln durch die Stoffe gleiten ließen, nickte zustimmend.

170

Ergeben ließ Carlotta sich das Tuch vor den Leib halten. Niemals hätte sie von sich behauptet, etwas von Kleidern zu verstehen, aber sie hatte zwei Augen im Kopf, und die sagten ihr, daß jeder Stoff, der nicht gerade schwarz oder grau war, ihre Haare zu einem schreienden Makel entstellte. *Häßlich* heulte der Bleispiegel. Und es waren nicht nur die Haare, die in diesem unmöglichen Rot um ihren Kopf tanzten, als wären sie ein Miniaturfegefeuer. Es waren auch die Sommersprossen und die spinatgrünen Augen ...

»Es ist eine sehr kleidsame Farbe«, sagte Rosalind.

»Für einen Pfau«, sagte Palač.

Niemand hatte ihn gebeten, mit in die Schneiderei zu kommen. Niemand erwartete, daß er sich an der Entscheidung beteiligte. Es gab eine Schenke, schräg gegenüber, am Marktplatz. Ein Junge mit einer Glocke in der Hand brüllte, daß dort das beste Bier Speyers ausgeschenkt würde ...

»Vielleicht ein etwas blasseres Gelb«, schlug der Schneider vor.

»Vielleicht eine Haube«, meinte Rosalind.

Dann wären die schrecklichen Haare verschwunden. Der Schneider raffte Carlottas Locken zu einem Zopf, den er mit ein paar Nadeln hochsteckte. Er setzte ein turbanartiges Etwas mit einem Stein, hinter dem eine Fasanenfeder steckte, auf ihren Kopf. Die Locken, die sich sofort wieder aus der Kopfbedeckung stahlen, wurden unerbittlich zurückgeschoben.

»Nein«, sagte Palač. »Ich mag die Haare.«

»Ihr mögt sie. Bitte, wir können tauschen.« Carlotta wippte ungeduldig mit den Zehen. Die Feder wippte mit. Der Turban ließ sie aussehen wie den Mohren, nur daß ihr die schöne schwarze Haut fehlte. Der Schneider griff zu einem Hennin, einem kniehohen Kegel, von dem jede Menge Spitze herabwallte. Schwach schüttelte sie den Kopf.

Palač begann, selbst die Truhen zu inspizieren. Wie ungerecht das Leben war, das den Männern zugestand, in schwarzen Kutten herumzulaufen, während es die Frauen zu Paradiesvögeln verdammte. Meister Hugbert drapierte ein Pelzband um den gelben Stoff an ihrem Hals, vielleicht um eine Schranke zu schaffen zwischen dem Tuch und ihrem widerwärtig roten Haar.

»Dies!« sagte Palač.

Er hielt einen weichen, taubenblauen Wollstoff in der Hand.

»Nicht für ein Fest. Es soll doch etwas hermachen. Ein bißchen Fröhlichkeit«, protestierte Rosalind.

Carlotta ließ sich den Ballen vor den Bauch halten. Wenigstens leuchtete er nicht.

»Vielleicht, wenn man Spitzen anbrächte. Und Silberglöckchen am Saum«, schlug Rosalind vor.

Palač hatte sich hinter Carlotta gestellt und schaute stirnrunzelnd über ihre Schulter hinweg ebenfalls in den Spiegel. Meister Hugbert legte den Zeigefinger ans Kinn. Die Näherinnen starrten.

»Weiche Falten«, entschied Hugbert. »Und eng anliegende Ärmel.«

»Das ist unbequem«, widersprach Carlotta.

»Aber Herzchen!« Rosalind hatte einen breiten, mit Steinen besetzten Gürtel entdeckt. Sie nahm ihn und wand ihn Carlotta um die Hüften.

»Kein Gürtel«, bestimmte Palač.

Rosalind seufzte.

Man konnte nicht wissen, was die Näherinnen am Ende aus dem Stoff machen würden. Aber Carlotta fand, daß er in der Art dem ihrer Kutte ähnelte, und vor allem dämpfte er das Feuer in ihrem Haar. Er machte sogar, daß es ein klein wenig hübsch aussah. Wie Kupfer an einem frisch gehämmerten Topf. Sie sah im Spiegel, daß Palač lächelte.

Es war gar nicht so einfach, Rosalind zu überzeugen, daß es keines weiteren Bummels über den Markt bedurfte. Carlotta versöhnte sie, indem sie versprach, daß Rosalind, wenn das Kleid fertig war, ihr Haar zu Schnecken flechten durfte. Die von der neuen französischen Königin waren angeblich so groß, daß sie sich quer stellen mußte, wenn sie durch eine Tür wollte. »Ich muß nämlich noch etwas erledigen. Einen Besuch.«

»Aber … ich kann Euch doch begleiten!«

»Das würde Euch langweilen.«

»Im Leben nicht!« Wahrscheinlich hatte Rosalind von ihrer Mutter Anweisung erhalten, den Gast mit dem bedauerlichen Erziehungsmanko nicht aus den Augen zu lassen.

Palač lächelte sie an. »Mich rufen keine Pflichten wie Euch, liebe Rosalind. Ich werde bei ihr bleiben, und ich verspreche, ein Auge auf sie haben.«

»Aber …«

»Und bringe sie vor dem Dämmern nach Hause. Zuverlässig«, sagte Palač.

Sie trennten sich von der zögernden Rosalind an einer Ecke.

»Und nun …« sagte Palač. »Wo in drei Teufels Namen wohnt das Mädchen?«

Das Haus mit dem Mohren stand verlassen im Nachmittagslicht. Hier war es stiller als in der Gasse am Speyerbach. Die Sonne schien, aber es war ein Licht ohne Wärme. Heute lümmelte niemand vor der Tür herum.

»Wenn es möglich ist, werde ich Martha herausbringen«, sagte Palač. »Und wenn sie das nicht zulassen, dann werde ich versuchen, drinnen mit ihr zu sprechen.«

»Aber wenn sie nicht dasein sollte …«

»Dann werden wir …«

»… warten?«

»Dann werde *ich* heute abend wiederkommen.«

Es sah so aus, als würde das tatsächlich nötig werden. Palač mußte etliche Male mit dem Eisenring gegen die Tür pochen, bis sich etwas regte. Die grüngewandete Frau vom Vorabend trug am Tage einen Wollkittel und öffnete so schroff, daß Carlotta unwillkürlich nach dem Knüppel Ausschau hielt. Sie hörte nicht, was Palač zu dem Weib sagte, weil sie sich auf der anderen Seite der Gasse postiert hatte, aber sie sah, wie das Lächeln auf die – diesmal blassen – Lippen zurückkehrte. Die beiden verschwanden im Haus.

Und die Stille der Straße wurde gestört.

Vom Tor her – nicht von der Kuhpforte, sondern von einem zweiten Tor, das sich ein Stück weiter die Gasse aufwärts befand – erschien ein kleiner Trupp von Wächtern. Zielstrebig hielt er auf den »Mohren« zu. Nein, doch nicht auf den »Mohren«. Sie wollten zu dem Haus nebenan. Ein Fachwerkgebäude, das sicher einmal bessere Tage gesehen hatte, denn man konnte auf den Balken noch die Reste kunstvoller Bemalung erkennen, und oben an einem der Fensterchen schaukelte ein einsamer Fensterladen, der früher einmal mit viel Aufwand geschnitzt worden sein mußte.

Die Männer hielten sich nicht damit auf zu pochen. Rüde traten sie gegen die Tür, die sofort nachgab. Carlotta stand mindestens zwanzig Schritt von ihnen entfernt, aber der Gestank, der aus dem Haus quoll, war so aufdringlich, daß er bis zu ihr geweht wurde. Eine zänkische Stimme wurde laut. Eine zweite, im Tonfall tiefere Stimme fiel in das Konzert mit ein. Die Wächter fluchten. Wächter fluchen immer, dachte Carlotta. Wenn sie nicht dreinschlagen können, dann fluchen sie. Aber sie dachte an den Gestank und fand, daß man ihnen die Grobheit nachsehen müsse.

Der kleine Trupp drängte wieder ins Freie. Sie trieben einen Mann vor sich her. Der Aussätzige, dachte Carlotta überrascht. Jedenfalls nahm sie an, daß es der Mann vom Vorabend sein mußte. An der Kleidung konnte man das nicht sehen, denn er trug weder eine Lazarusklapper noch die Joppe oder den weißen Siechenmantel. Aber sie erkannte die rote Hautfarbe, von der die Dirne gesprochen hatte. Und auch mit den Brauen hatte sie recht: Die sahen so zerrupft aus, als hätten Milben darin gehaust. Seine Nase war von einem Geschwür aufgetrieben.

Hinter den Wächtern erschien eine hochgewachsene alte Frau mit langen, schneeweißen Haaren auf der Schwelle. »*Ich war krank, und Ihr habt mich nicht gepflegt*, spricht der Herr!« Die hohe Greisenstimme überschlug sich vor Wut, wie auch ihre ganze Gestalt bebte. »Otterngezücht!« schrie sie. »Vipern! Nattern! Braten sollt ihr bis zum Jüngsten Gericht. Die Dämonen sollen euch die Augen aus den Höhlen reißen und sie mit glühenden Kohlen stopfen...« Flink wich sie einem Hieb aus, den einer der Wächter gegen sie führte. »*Und sie schlagen die Witwen und bedrängen die Waisen und schaffen dem Armen kein Recht!*« klagte sie und lehnte sich erschöpft gegen den Türrahmen.

Die Scharwächter prügelten den Aussätzigen vor sich her die Straße hinab. Kraftlos fuchtelte die Greisin ihnen mit der Faust hinterher. Sie stand nicht mehr allein. Hühner, ein fettes Schwein auf Beinen, die wie gebrochen und falsch zusammengewachsen aussahen, eine humpelnde Katze und mehrere flügellahme Tauben strichen um ihren Rock.

»*Und haben sie die Liebe nicht, so sind sie wie tönernes Erz und wie eine klingende Schelle*«, krächzte das Weib, nicht mehr fähig zu schreien.

Carlotta ging, den Gestank ignorierend, zu ihr hinüber.

Sie dachte, es hätte sich sämtliches Vieh des Hauses um die alte Frau geschart, aber als sie ihr über die Schulter blickte, sah sie, wie sich etwas im Dämmerlicht der Stube bewegte. Genau war nicht auszumachen, was da herumkreuchte, aber es mußten Katzen dabei sein und wenigstens ein Pfau, denn der Lichtstrahl, der durch die offene Tür fiel, brachte buntes Gefieder zum Leuchten.

»Alles meine Kinderchen«, flüsterte die Frau. »Den sie fortgeschleppt haben, auch. *In den letzten Tagen werden sie lieblos sein, spricht der Herr, von außen schön anzusehen, aber innen voller Knochen, Schmutz und Verwesung.* Kommt rein, Herzchen. Gebt nur acht, wo Ihr hintretet. Es sind die Blinden und die Lahmen, die des guten Hirten bedürfen. Die Henne ist blind. Vorsicht. Ihr müßt das Kleid heben. Ich habe keine Zeit zu fegen.«

Carlotta verspürte nicht den allergeringsten Wunsch, die Kloake – denn anders konnte man die Stube nicht bezeichnen – zu betreten. Aber das Haus der Greisin stand neben dem der Hübschlerinnen, und wenn sie ein Auge auf die Armen und Geschundenen hatte, dann wußte sie vielleicht auch über ihre Nachbarn Bescheid?

»Ich suche eine Bekannte«, sagte sie, während sie vorsichtig die Füße zwischen die Tiere setzte und die Tür hinter ihr ins Schloß fiel. Himmel, welch ein Gestank. Sie atmete so flach wie möglich.

»*Wer suchet, der wird auch finden*«, beschied ihr die Frau. Die Fenster hatten weder geölte Leinwand noch Schweinsblase oder Pergament vor den Öffnungen. So konnte man einigermaßen sehen. Das Weib scheuchte eine Katze von einer steilen Treppe und wies einladend hinauf.

Die Stiege führte in ein Obergemach, in dem ein Bett stand, auf dem ein unglaublich fetter, unglaublich riesenhafter, völlig weißer Hund lag. »Das ist Petrus«, erklärte das Weib. »Ich würde Euch gern einen Platz neben ihm auf der Decke anbieten, aber er beißt, wenn man ihn stört. Kommt. Kommt hierher.«

An einer Seite des Zimmerchens befand sich ein Erker, in dem ein dreibeiniger Schemel stand. Ächzend ließ das Weiblein sich darauf nieder.

»Schuld ist der Heilige Vater«, sagte sie.

»Was?«

»Weil er die Weiber von Schesena schänden und ihre Kindlein morden ließ.«

Ratlos stand Carlotta vor dem Erkerchen.

»Ihr wißt nichts davon. Ach, arme Unschuld. Der Heilige Vater hat seine Söldner in die Stadt Schesena geschickt und die Tore schließen und alles hinmeucheln lassen. Sechs Tage lang. Und sein Hauptmann, der ein verfluchter Engländer war, dessen Namen man sich nicht merken kann, hat eine Nonne, um die seine Leute stritten, mit dem Schwert geteilt. Der Böse verbirgt die Untaten der Seinen. Aber es kommt der Tag, da das Verdeckte von den Dächern gerufen wird ...«

»Ihr habt hier einen schönen Platz zum Sitzen«, sagte Carlotta.

»Mit dem Blick auf die Huren zur Rechten und auf die Diebe zur Linken.«

Die Frau hatte recht. Von ihrem Schemel aus konnte man bequem in den kleinen Hof blicken, der zum Haus der Hüschlerinnen gehörte. Dort standen Holzbänke, die ehemals weiß gestrichen waren, um einen klapprigen Tisch. In der Ecke, neben einem Kräuterbeetlein, geschützt durch ein Dach, hatte man Brennholz angehäuft.

»Und da sitzen die Diebe«, sagte das Weib und zeigte auf einen mit Bäumen bepflanzten Friedhof, der hinter ihrer eigenen Hofmauer begann und ein enormes Stück Land einnahm, wenn man bedachte, wie eng in der Stadt gebaut wurde. »Ihr seht sie nicht«, sagte das Weib, »weil sie sich bei der Kälte verkriechen. In die Kapelle. Dort saufen sie und spielen mit Würfeln, und manchmal, wenn sie zuviel gesoffen haben, wühlen sie in den Gräbern.«

»Wieso dürfen sie das?«

»Der Böse schützt die Seinen«, erklärte die Frau lakonisch. Sie schaute aus dem Fenster hinaus und versank in Nachdenken. Dabei schien ihr die Besucherin aus dem Gedächtnis zu geraten, denn ihre Augen wurden kleiner, und sie gähnte, und es sah so aus, als wolle sie einschlafen. Aber das wäre gar nicht günstig, denn hinter ihnen im Zimmer lag der bissige Petrus, und man konnte nicht wissen, was er davon hielt, wenn Carlotta allein an ihm vorbeischlich.

Vorsichtig rüttelte sie die Frau an der Schulter. »Ihr wart sehr freundlich zu dem aussätzigen Mann.«

»Äh?« Der Schlaf wich, die Augen wurden wieder hell.

»Zu dem Aussätzigen. Es war freundlich von Euch, ihn zu beherbergen.«

»Nein, Kindchen. Hier gibt es keine Aussätzigen. Zehn waren es, aber neun gingen fort und kamen nicht wieder. Der Heilige Vater, heißt es, füttert seine Pferde mit Goldkörnern. Er hat sich einen Palast so groß wie unsere ganze Stadt gebaut, mit einem Abort, durch den ein Fluß fließt, und mit Zimmern, deren Wände mit Bildern von Ungläubigen ausgestattet sind. Dort haust er mit seinen Dirnen und hurt mit ihnen auf seinem heiligen Mantel.«

»Das ist Clemens von Avignon. Der Ketzer. Wir glauben an den anderen, Papst Urban, der in Rom regiert, oder vielmehr an Bonifatius, weil Urban ...«

»Dummes Ding, wie kann es mehr als einen Heiligen Vater geben? Das ist es ja. Der Böse streut seine Lügen über das Land.«

Carlotta nickte abwesend. Das Haus der Hübschlerinnen schien mit dem der alten Frau verbunden zu sein. Jedenfalls sah es von oben so aus. Die Mauer des Dirnenhauses war mit Efeu und anderen Gewächsen überwuchert. Aber auf dieser Seite, wo das Katzenweib lebte, konnte man deutlich die Umrisse einer Pforte sehen. Sie schien jahrelang nicht benutzt worden zu sein, denn das Unkraut hatte ungestört den Weg dorthin überwuchert.

Die alte Frau begann zu schnarchen. Es war kaum zu glauben, daß sie schlief, denn sie saß völlig senkrecht, aber sie schnarchte.

Carlotta ging mit sich zu Rate.

Vielleicht hatte Palač mit Martha sprechen dürfen. Er trug einen Talar, was manche Frauen – und scheinbar auch die Dirne – beeindruckte. Und er hatte Geld. Also hatte er *vielleicht* zu ihr gehen dürfen. Aber es schien etwas Merkwürdiges um Martha und dieses Mohrenhaus zu sein. Denn Carlotta hatte der Dirne zwar nur einen Pfennig bieten können, aber den hatte sie haben wollen – und dann hatte sie trotzdem abgelehnt. Was hatte sie zögern lassen? Bligger?

»Würde es Euch etwas ausmachen, wenn ich kurz Euren Garten benützte?« fragte Carlotta.

Ein Schnarchton rieselte sanft durch den dürren Körper. Sie nahm das als Zustimmung.

Der fette Hund lag auf seiner Decke und starrte sie an. Carlotta lächelte nicht, denn wenn sie lächelte, würde der Hund wissen, daß sie Angst hatte. Verfolgt von den runden Augen ging sie durch das Zimmer, dessen Bretter plötzlich knarrten, als wollten sie das ganze Haus zusammenrufen. Irgendwann, kurz bevor sie die Tür erreichte, gab es ein kräftiges *Wuff*. Carlotta machte einen Satz und warf die Tür hinter sich zu. Keine tappenden Schritte, kein Körper, der sich wütend gegen das Holz warf. Kein Gebell.

Blödes, fettes Vieh, dachte sie und schlich die schmierigen Stufen herab.

Die Tür in den Garten ließ sich kaum öffnen, so hoch war das Unkraut von draußen dagegengewuchert. Eine neugierige humpelnde, krächzende, quiekende Schar folgte Carlotta ins Freie.

Vor ihr stand die Friedhofsmauer. Nicht sehr hoch. Ein gelenkiger Mann konnte sich hinaufschwingen und sie überwinden. Vielleicht war das der Grund, warum die Tür verriegelt war und der Garten nicht mehr benutzt wurde. Die

Alte liebte die Kranken, hatte aber keinerlei Passion für Diebsgesindel.

Carlotta scheuchte das Vieh ins Haus zurück und lehnte die Tür, die nur von innen einen Riegel hatte, an.

Wenn das Pförtlein zum Garten der Hübschlerinnen verschlossen war, würde sie umkehren und auf Palač warten. Aber wenn nicht ...

Nein, es ließ sich öffnen. Die Angeln knirschten, man mußte den Efeu beiseite drücken und sich quetschen und bücken, um hindurchzugelangen, aber einen Moment später stand Carlotta vor den weißen Bänken. Nun sah sie auch die Fenster des Hübschlerinnenhauses. Fünf kleine, schießschartenartige im Erdgeschoß und in dem Stockwerk darüber vier größere. Natürlich gab es auch hier eine Tür – und die war ebenfalls unverschlossen.

Die Dirne war gestern gar nicht so unfreundlich zu mir, dachte Carlotta. Und ob Bligger hier gewesen war oder gar Anweisungen zurückgelassen hatte, konnte niemand wissen. Eigentlich war es eher unwahrscheinlich.

Sie schlich durch einen Flur, der sein einziges Licht durch die Schießschartenfenster bezog und an dessen Ende eine Treppe hinaufführte. Hinter den Türen des Flures ertönten Stimmen, die aber zu leise waren, um sie unterscheiden zu können.

Vorsichtig stieg Carlotta die Treppe hinauf.

Ein weiterer Flur mit weiteren Türen. Wieder knarrten die Bodenbretter. Man hätte schweben müssen, um keine Geräusche zu machen. Carlotta wog ab. Es gab vier Türen. Hinter einer der Türen wohnte – wenn die Dirne nicht gelogen hatte – Martha. Das Licht war schlecht, aber ihr fiel auf, daß sich die hinterste Tür von den anderen unterschied. Sie hatte von außen einen Riegel aus hellem, frischem Holz. Dort bist du, Marthachen, dachte Carlotta. Du hast nämlich um Zölestine geweint, und das heißt, daß du ein weiches, liebes Herz hast, und das heißt, daß es dir bestimmt nicht gefällt, *im Geschäft* zu sein.

Carlotta ratschte – Himmel, wie laut – mit dem Riegel über das Metall. Sie öffnete die Tür. Und blickte direkt auf eine glänzende Metallspitze.

Martha entschuldigte sich. Nicht sofort. Erst einmal holte sie aus, um Kraft zum Zustoßen zu haben, und Carlotta war dankbar für das dumme Gesicht, das sie selbst zu machen schien, denn das brachte den Sauspieß zum Stocken.

»Ich bin Zölestines Freundin«, krächzte sie erschrocken.

Der Spieß schwankte. Er war wenigstens zwei Ellen lang und aus solidem Eisen. Wie konnte eine so schmächtige Person ein so schweres Ding handhaben? Vielleicht konnte sie es gar nicht. Carlotta packte zu und schob die Waffe zur Seite.

»Ich kenn' Euch. Ihr seid zu ihrem Sarg gekommen, als sie im Stall lag«, sagte Martha. Und dann, spürbar erleichtert: »So ein Mistdreck. Fast hätte ich Euch abgestochen.« Das war die Entschuldigung.

Carlotta schloß hinter sich die Tür, was nur eine ungenügende Vorsichtsmaßnahme war, denn jeder konnte sehen, daß der Riegel zurückgeschoben worden war.

»Ich stech' jeden ab, der reinkommt. Ich hab' denen gesagt, daß ich so was nicht tu. Mit den Männern. Ich bin nicht so eine«, sagte Martha. Sie sank aufs Bett und hielt den Spieß quer über den Schoß. Wenn man von einer Waschschüssel auf dem Boden absah, war das Bett das einzige Möbel des Raumes. Eine abscheulich schmuddelige, gelbe Decke war darüber gebreitet, und es sah aus, als säße das Mädchen auf einem Eidotter.

»Ich würd' auch jeden abstechen«, sagte Carlotta.

Sympathie blitzte in Marthas Kohlenaugen auf.

»Und ich bin hierher gekommen, weil ich wissen will, wie und warum Zölestine sterben mußte.«

Martha nickte. Sie schielte zur Tür. »Man könnte jetzt da raus, ja?«

»Natürlich, sicher.« Und wahrscheinlich sollte man das schleunigst tun, denn wer wußte, ob nicht jemand zum Kontrollieren auftauchte. Und dann? dachte Carlotta. Was mache ich dann mit Martha? »Es gibt ein Türchen im Garten. Von dort können wir fort ins Nachbarhaus.«

»An Wilhelm vorbei?«

»Wer ist das?«

»Das besoffene Schwein, das meine Tante geheiratet hat und dem dieser... Kram hier gehört. Er sitzt unten in der Gaststube, wo sie die Kerls saufen lassen, ehe sie sie raufschicken.«

»Vielleicht ist er fort.«

»Er ist nie fort. Er ist so fett, daß er sich nicht vom Fleck bewegt, außer um hier raufzukommen.«

Wie der Hund, dachte Carlotta zusammenhanglos.

»Aber er ist nicht schwach. Ich hab' versucht, wegzurennen. Der hat soviel Kraft in den Armen wie ein Bulle. Und wenn ich ihn nicht...« Drastisch sagte Martha, wohin sie ihn getreten hatte. Ihr schmales Gesicht sah plötzlich alt aus. »Wilhelm weiß, daß ich ihn absteche, wenn er versucht reinzukommen. Er wartet, daß ich einschlafe. Aber ich hab' einen leichten Schlaf. Ich hör', wenn die Bretter knarren.«

Und sie wußte, daß sie es nicht mehr lange hören würde. Ihr Gesicht war grau vor Müdigkeit. Die schwarzen Augen blickten so bang wie die eines Schäfchens, das zwischen den Beinen des Schlächters klemmt. Auf der gelben Decke lag ein gierig in kleinen Häppchen abgenagtes Stück Brot. In der Waschschüssel befand sich nur noch eine winzige Wasserlache.

»Also dann los«, sagte Carlotta. Möglich, daß Palač mit Wilhelm sprach. Vielleicht würde er versuchen, Martha freizukaufen. Vielleicht hatte Wilhelm auch gar kein Recht auf

Martha, und man konnte sie durch die Scharwache befreien lassen. Aber es war unmöglich, das Mädchen jetzt in diesem Zimmer zurückzulassen. Sie würde es nicht ertragen. Sie zitterte vor Unruhe, die Fluchtmöglichkeit zu verpassen, und schaute so nervös wie ein gefangenes Kätzchen.

Der Flur war leer.

Martha balancierte ihren Sauspieß um die Treppenecke. Carlotta packte die Spitze. Sie kamen die Stufen hinab und vom Flur in den Hof. Dort war ihre Flucht zu Ende. Wilhelm stand, einen Stoß Holz im Arm, vor den weißen Bänken. Nein, nicht Wilhelm. Jedenfalls war der Mann dort nicht fett, eher mickrig gebaut, mit einem vorstehenden Kinn in einem hungrigen Frettchengesicht.

»Ich stech' dich ab«, sagte Martha. Ihre Stimme fiepte. Sie hielt den Spieß umklammert, daß die Knöchel weiß hervortraten. Man müßte um Hilfe rufen, dachte Carlotta vage. Aber was, wenn dann nur Wilhelm kam? Die Situation hatte etwas Unwirkliches. Carlotta blinzelte gegen die tiefstehende Sonne und dachte, daß das alles nicht wirklich geschah.

Plötzlich polterte es. Der Mann hatte das Holz fallen lassen. Eines der Scheite hob er wieder auf und wog es in der Hand.

Er lachte rauh, als sie beide zurückwichen. Nun war er es, der zu rufen begann. Wilhelm sollte kommen, weil er das blöde Gör aus der Kammer gelockt hatte, und nun konnte man's ihr endlich zeigen, der Zicke. Vielleicht hätte er das mit dem *zeigen können* nicht sagen sollen. Marthas Augen wurden zu Schlitzen, und im selben Augenblick, den Sauspieß fest unter den Arm geklemmt, warf sie sich nach vorn. Sie stach mit überwältigender, verzweifelter Kraft zu.

Der Mann brüllte auf. Erst mit einem gurgelnden Schrei, dann kletterte sein Heulen in die Höhe, bis er winselte wie ein Kind. Er fiel und riß den Spieß mit sich und brüllte noch durchdringender, weil Martha die Spitze aus seinem Unterleib zu ziehen versuchte. Blutiges Gedärm quoll mit dem Eisen aus der Wunde.

Carlotta bedeckte den Mund mit der Hand. Ihr war sterbensschlecht, und ihre Beine zuckten, um fortzulaufen. Aber ins Haus konnte sie nicht, denn da war Wilhelm, und sie brachte es nicht fertig, sich an dem sterbenden Mann vorbei zum Törchen zu drängen. Martha, halb von Sinnen und fast so laut kreischend wie ihr Opfer, wäre ihr sowieso nicht gefolgt.

Und dann stand Wilhelm in der Tür.

Sein Anblick ließ Martha verstummen. Noch immer hielten ihre Fäuste den Sauspieß, und wieder hob sie ihn an. Wilhelm starrte schockiert auf seinen Knecht, dann auf das Mädchen mit dem schwarzen Zopf. Den Blick auf die Eisenspitze des Spießes gerichtet, tänzelte er in den Flur zurück.

Martha folgte ihm, Schritt für Schritt, mit dem Mut der Verzweiflung oder dem leeren Geist einer Irren. Wilhelm wich weiter zurück und wagte noch immer keinen Angriff. Und wenn sie jetzt in die Stube gelangten? Carlotta meinte, durch die offene Tür Leute zu sehen. Mädchen, die zum *Geschäft* gehörten. Männer, möglicherweise Kunden. Vielleicht sogar Palač?

Sie erreichten die Stube und traten in den Raum, und es half ihnen gar nichts. Niemand rührte sich, um ihnen beizustehen. Ein Mann, der neben dem Kamin lehnte, wo er mit einem Mädchen geschäkert hatte, schlich zur Haustür, die anderen verharrten totenstill auf ihren Plätzen.

Wilhelm hatte die Mitte der Stube erreicht und blieb stehen. Die Angst wich aus seinem unrasierten Stoppelgesicht. Hier, unter seinen Leuten, wurde er wieder stark. Und Martha schleppte den Spieß schon eine lange, qualvolle Zeit. Das Feuer warf ihre Gestalt als zitternden Schatten an die Wand und machte das Schwanken der Eisenspitze deutlich.

Das Feuer.

Carlotta blickte in die Flammen.

Die Hübschlerinnen hatten den Boden mit Stroh belegt. Nicht vor der Esse, aber auf der anderen Seite des Zimmers, wo die Tische standen, an denen ihre Kunden aßen und soffen und mit den Dirnen scherzten.

Wilhelm, der Mann mit der Kraft des Bullen in den Armen und der Tücke des Bullen im Gesicht, Wilhelm spannte die Muskeln. Und da alle seinen Ausbruch erwarteten und ihn und die kalkweiße Martha anstarrten, brachte Carlotta es fertig, sich unbemerkt zum Kamin zu schieben. Sie bückte sich und warf ein glimmendes Scheit hinüber ins Stroh.

Im selben Moment stürzte Wilhelm los. Er mußte dem Spieß ausweichen, den Martha großartig noch einmal hochriß, und dann brannte das halbe Zimmer, und von dem Moment an gab es keine Martha und keine Rache mehr.

Alle trampelten auf dem flammenden Stroh oder liefen nach Wasser und schrien durcheinander, und es war keine Schwierigkeit mehr, sich ins Freie zu retten. Dort, mit einem Fuß auf der Treppe, die Hand am Mohrenbein, stand Palač und starrte entsetzt auf den hellen Schein, der hinter ihnen im Zimmer tanzte.

»Sie hat einen Mann getötet«, brachte Carlotta heraus. Ihr zitterten die Knie, und Martha, endlich ohne Spieß, klammerte sich an sie wie eine Ertrinkende, so daß sie fast gefallen wären.

»Woher kommt das Feuer? *Zatrac...*«

Palač griff nach den Frauen und verhinderte, daß sie alle zusammen die Treppe hinabstürzten. Sein Blick hing an der Tür.

In der Gasse flogen die Türen auf. Das Wort Feuer pflanzte sich wie ein Wirbelsturm fort. Es roch nach verbranntem Holz, und Martha schluchzte zum Steinerweichen.

»Weg hier. Kommt! Zur Seite!« Palač holte sie von der Treppe.

»Wilhelm wollte ihr etwas antun«, versuchte Carlotta zu erklären.

»Und da habt ihr Feuer...«

»Es gab keine andere Möglichkeit.«

Woher kamen plötzlich die vielen Menschen? Eimer tauchten auf, es wurden Ketten gebildet. Man hörte Wilhelms kräftige Stimme.

»*Ihr* wart das?« wiederholte Palač wie ein Schwachsinniger.

»Ich sage doch, es war eine Notlage.«

Er zog sie mit sich, fort vom »Mohren« und von den Leuten. Nicht alle eilten zum Löschen. Es drangen Rufe aus dem Haus. Das Feuer schien eingedämmt zu werden. Einige begannen, sich in Grüppchen zusammenzustellen und ihrer Erleichterung in Flüchen und Fragen Raum zu schaffen. Wie war es zu dem Brand gekommen? Wer hatte die Ungeheuerlichkeit besessen...

Carlotta begann zu dämmern, daß ihre Not noch keinesfalls zu Ende war. Ein Haus hatte gebrannt, und neben dem Haus gab es zwei Nachbarhäuser, und alle standen eng zusammen, und keines der Häuser war aus Stein gebaut, und auf allen Dächern lag Stroh...

»Nein.« Sie hielt Palač auf. »Nicht die Straße...« Das dauerte viel zu lang. Jeden Moment konnte Wilhelm erscheinen und sie als Brandstifterin ausweisen. »Hier!« Die Tür der Aussätzigenfreundin war nur wenige Schritt entfernt und leicht zu öffnen. Carlotta zerrte Martha und Palač mit sich, hinein in den Gestank und zwischen die Tiere. Von der Frau war nichts zu sehen. Um so besser. Auf der anderen Seite des Zimmers ging es wieder hinaus in den verwilderten Garten.

»Ihr habt Feuer gelegt«, sagte Palač, als könne er es noch immer nicht glauben. Immerhin war er so vernünftig, die Tür hinter sich zuzuziehen. Nur das lahme Schwein war mit ihnen hinausgeschlüpft und wackelte grunzend durch das Unkraut.

Von der anderen Seite der Gartenmauer, aus dem Hof der Hübschlerinnen, drang kein Laut. Wahrscheinlich war der Knecht wirklich tot. Dann waren sie Brandstifter *und* Mörder.

»Niemals«, sagte Palač, »niemals darf man Feuer legen. Sie verzeihen Dieben, Huren, Mördern und sogar Hexen, wenn man sie genug beschwatzt. Aber sie verzeihen *niemals* einem Brandstifter. Das ist die eine Sünde, die schon auf Erden mit dem Fegefeuer bestraft wird ...«

»Aber ...«

»Niemals!« sagte er.

Martha hörte auf zu heulen und schniefte nur noch, was sie aber auf einen scharfen Blick Palač' auch einstellte.

»Möglicherweise hat uns jemand hier hereingehen sehen«, meinte Carlotta.

Ihr schien, als würde das Viehzeug im Haus unruhig. Sie versuchte, durch ein Fensterchen zu blicken. Es war nichts zu erkennen. Dann hörte sie ein lautes Pochen und im nächsten Moment die Stimme der weißhaarigen Frau, die von oben, wo sie eingeschlafen war, wütend etwas herunterrief.

»Was liegt hinter der Mauer?« fragte Palač.

Da war das Diebsgesindel, das sich in einer Kapelle betrank und nachts die Gräber öffnete. Sicher keine Leute, mit denen zu spaßen war. Aber an der Tür pochten die aufgebrachten Leute.

»Ein Friedhof.«

Palač sah sich um. Im Gärtchen befand sich nichts als welkendes Unkraut. Kein Schemel, keine Leiter.

»Ich komm' ja schon«, brüllte die Frau, die die Treppe hinabpolterte. »*Bittet, so wird euch gegeben, klopfet an, so wird euch aufgetan* ... Ruhe doch!« Wütendes Gebell begleitete ihre Worte. Petrus schien sich von seiner Decke bequemt zu haben.

Palač zog den Ärmel seines Talars zurück. Er starrte auf

seine Hand. Sie war zusammengeschrumpft oder sah so aus, weil sie zu einer Kralle gebogen war. Streifige Narben bedeckten das Fleisch. Carlotta nahm an, daß er versuchte, sie zu bewegen. Aber das ging nicht. Nicht einmal, wenn man dringend über eine Mauer mußte.

»Ich verschränke die Hände, und ihr steigt nacheinander hinein und auf die Mauer und zieht mich nach«, schlug Carlotta vor.

»Es ist heiliger Boden, Asyl«, murmelte Palač.

Martha stierte zum Haus, sämtliche Finger ihrer Hand im Mund, bereit, jeden Moment wieder in Kreischen auszubrechen. Drinnen entriegelte die alte Frau unter Verwünschungen ihr Haus.

Carlotta legte ihre Hände zusammen.

Palač mußte ein gelenkiger Mann mit kräftigen Muskeln gewesen sein, sonst hätte er den Schwung auf die Mauer mit der einen Hand gar nicht geschafft. Auch so gelang es nur mit Mühe und mehreren Anläufen. Zornig half er Martha. Zornig zog er Carlotta auf die Mauerkrone.

Es hätte ihr leid getan, das mit seiner Hand, wenn sie nicht so gräßliche Angst gehabt hätte.

12.KAPITEL

Sie standen zwischen moosbesetzten Leichensteinen; Eicheln, Kastanien und mürbes Laub bedeckten knöcheltief den Boden. Und es gab keine menschliche Seele außer ihnen selbst diesseits der Mauer.

Die Sonne stand tief. Ihr Rot überflutete das Dach der kleinen Friedhofskirche und ließ den Messinghahn auf der Turmspitze leuchten. Ein wilder Hund streunte über die Gräber und schnüffelte im Laub.

»Hinter die Kapelle«, befahl Palač.

»*In* die Kapelle«, widersprach Carlotta. Martha trug nur ihr dünnes Kleid, und sogar ihr selbst in dem warmen Mantel brachte jeder Windstoß eine Gänsehaut. Obwohl – in der Kapelle sollten die Grabschänder sitzen. »Doch lieber *hinter* die Kapelle«, sagte sie. »Wegen der Männer ... der Diebe.«

Warum verließen sie nicht einfach den Friedhof und gingen heim zu Rosalind? Weil die Querstraße hinter dem Tor dem Brandhaus zu nahe war? Palač bildete mit seiner Kutte eine auffallende Erscheinung. Sie selber mit ihrem großartigen roten Haar ebenfalls. Vielleicht sollte man Martha in Sicherheit schicken. Das Mädchen sah aus wie jede Dienstmagd, die eilig noch Wasser aus dem Stadtbrunnen heimtrug. Aber Martha hatte ja niemanden, zu dem sie konnte. Außerdem war sie vor Angst zu einem zitternden Unglückshäuflein zusammengeschmolzen. Konnte man ihr auch nicht verdenken. Halb verhungert, übermüdet, verfroren. Außerdem, nicht zu vergessen, hatte sie einem Mann einen Sauspieß in den Unterleib gerammt. Wahrscheinlich würde sie sich irgendwo in die Gosse setzen und heulen, bis jemand sie fand, wenn man sie fortschickte.

Palač ging los.

Carlotta legte einen Teil ihres Mantels um das schwarzbezopfte Mädchen, flüsterte ihr etwas Ermutigendes zu und folgte ihm. Sie gingen *hinter* die Kapelle. Dort wanderten sie an der Steinmauer entlang und fanden schließlich, nahe der Apsis, eine kleine Seitentür, die unverschlossen war.

»Es ist zu früh, um den Friedhof zu verlassen«, meinte Palač. »Falls sie noch immer nach uns suchen, sind wir hier sicher, denn dies ist Kirchenboden, auf dem es keine Verhaftungen geben darf. Sie könnten natürlich die Tore belagern, falls sie uns hier vermuten, aber das glaube ich nicht – dafür ist zu wenig Schaden entstanden.«

»Und die Diebe?«

Palač lugte durch den Türschlitz und schlich, als sich nichts rührte, in die kleine Kirche hinein. Vorn stand ein mit Kerzen und einem Holzkreuz geschmückter Altar unter einem gemalten Christusbild. An der Seite brannte das ewige Licht, zwei weitere Lichter in einer Nische. Carlottas Augen brauchten Zeit, sich an die Dunkelheit zu gewöhnen, denn durch die schmalen, hohen Fenster drang kaum noch Tageslicht. Da war der Altar, ein Aufsatz mit dem Tabernakel, eine Madonnenstatue in der Nische, wo die Lichter brannten – nichts war beschädigt oder umgestürzt. Nirgends lag Unrat, so weit der Kerzenschein reichte. Die Alte hatte dummes Zeug geredet. In dieser Kapelle gab es kein Gesindel, das Saufgelage abhielt.

Carlotta schlug ein Kreuz und verkroch sich mit Martha

in der Nische mit den Kerzen, wo Wand und Boden zwar höllisch kalt waren, aber wenigstens pfiff einem der Wind nicht mehr durch die Kleider. Palač gesellte sich zu ihnen. Wenn er eine Tonsur getragen hätte, hätte er einen passablen Priester abgegeben. Nur daß ihm die Abgeklärtheit fehlte.

»Ich konnt' nicht anders, als ihn abstechen«, flüsterte Martha unglücklich.

Carlotta drückte sie an sich.

»Ich wär' auch niemals in den »Mohren« gegangen, wenn ich gewußt hätte, daß Elisabeth einen Hurenwirt geheiratet hat.«

»Natürlich nicht...«

»Aber als ich's gemerkt hab', war es schon zu spät.« Wieder setzte das Schniefen ein. »Ich hab' fünf Tage da gelebt und gedacht, es wär eine ganz normale Schenke. Ich hab' nie kapiert, was die Mädchen oben gemacht haben. Ich hab' bei Elisabeth geschlafen, und manchmal, wenn Wilhelm es wollte – aber das war nur einmal –, unten beim Feuer. Ich war so blöd wie 'n Hundefurz. Und dabei dacht' ich, Zölestine war blöd gewesen. Nein, nicht blöd«, korrigierte sie sich. »Die Herrin war nämlich nett zu mir, und ich hab' sie so gern gehabt, wie man nur kann. Aber sie wußte über nichts Bescheid.«

»Über Bligger?«

»Der ist das stinkigste, gemeinste Dreckstück, das ich kenne«, sagte Martha aus vollem Herzen.

»Hat er sie umgebracht?«

Martha bewegte sich unruhig, der Mantel rutschte von ihrer Schulter herab, und sie rückte näher an Carlotta heran. Palač, der vor ihnen auf und ab gewandert war, blieb stehen.

»Hat er sie also umgebracht?« wiederholte er Carlottas Frage. Etwas machte ihn unruhig. Er hatte die Hände in den Ärmeln des Talars verborgen, als wollte er sich selbst festhalten. Und war dabei so ruhelos...

Das Licht, dachte Carlotta.

Seine Augen glitten immer wieder zwanghaft zu den kleinen Kerzen zu Füßen der Jungfrau Maria. Es wurde rasch dunkel. Der Magister fürchtete die Finsternis.

»War Zölestine denn wenigstens mit ihrem Christof glücklich?« flüsterte Carlotta in Marthas schwarzen Zopf.

Das Mädchen kauerte ganz still unter ihrem Teil des Mantels. Sie zauderte. »Christof war jähzornig. Er hat sie manchmal geschlagen. Aber ich glaube, das hat ihr nichts ausgemacht. Er hat's auch nur getan, wenn er eifersüchtig war. Und weil er sie liebhatte. Und sie hatte ihn auch lieb. Sie war immer ganz traurig, wenn er fortmußte. Und hat sich wie dumm gefreut, wenn er wieder heimkam. Aber vielleicht war das auch wegen Bligger.«

»Was war mit Bligger?« fragte Palač ungeduldig. Er meinte es nicht böse. Es war eben die Dunkelheit. Aber wie er so vor ihnen aufragte, mit seiner scharfen Stimme und dem schwarzen Mantel und darunter dem Talar ... natürlich hatte Martha Angst. Carlotta streichelte ihren Arm.

»Bligger ist manchmal in die Kemenate der Herrin gegangen. Wenn sein Bruder fort war«, hauchte das Mädchen.

Ja, das konnte Carlotta sich vorstellen. Sie dachte an den Mann bei der Ziegelei und fühlte Wut wie einen schwarzen Klumpen im Magen.

»Hat er ihr Gewalt angetan?«

»Das weiß ich nicht.« Martha duckte sich vor dem Schatten der Jurisprudenz, der in der Gestalt des Magisters auf sie herabblickte. Aber sie war die mutige Martha, die mit einem Sauspieß ihre Unschuld verteidigt hatte. »Doch, hat er«, flüsterte sie trotzig. »Denn in den Monaten, als Christof dem Kurfürsten in Mainz dienen mußte, hat meine Herrin aufgehört, ihre Tücher zu benutzen. Ihre ... ihre ...«

»Sie war schwanger geworden?« half Carlotta aus.

Martha nickte. »Ich hab' die Tücher immer waschen müssen. Was kann es sonst für einen Grund geben, sie nicht mehr zu gebrauchen?«

»Vielleicht hat Christof sie vorher...«

Eigensinnig schüttelte Martha den Kopf.

»Dann hat sie sich möglicherweise doch selbst umgebracht«, sagte Palač. Das wäre ihm das liebste. Ein Unglück, aber keines, das zu ahnden war. Er hatte keine Lust, der letzte Bauer auf dem Brett zu sein. Er war... eine Enttäuschung.

»Hat sie nicht«, widersprach Martha vorsichtig. »Weil...« Sie bedachte sich sorgfältig. »Weil sie zu fromm war, einmal das. Denn Selbstmörder werden in ungesegneter Erde verscharrt und müssen ins Höllenfeuer. Und dann hab' ich was gehört. An dem Morgen, wo sie starb.«

Palač ging vor Martha in die Hocke. Er legte seine Hand auf ihre Fäuste. »*Was* hast du gehört?«

Martha war an dem Morgen zu Zölestine gegangen, um ihre Haare zu kämmen und ihr beim Ankleiden zu helfen. Zölestine war traurig gewesen. Hatte geweint. Aber das hatte sie viel getan, seit sie... na eben die Tücher nicht mehr benutzte. Martha hatte ihren Dienst verrichtet, und dann hatte Zölestine sie fortgeschickt mit der Bitte, sie bis zum Mittag allein zu lassen.

»Sie hat dabei geheult, daß einem schier das Herz brach«, sagte Martha, und ihre eigene Stimme schwankte vor Mitgefühl. »Deshalb bin ich nicht weit fortgegangen. Nur bis zur Milchküche. Das war eine Treppe hinunter, und man konnte dort hören, wenn jemand rief. Ich wäre gekommen, wenn sie gerufen hätte, das ist mal sicher.«

»Braves Mädchen«, sagte Palač.

»Sie hat aber nicht gerufen. Ich hab' gehört, daß sie mit jemandem gesprochen hat. Mit jemandem, der vorher über die breite Treppe vorn ins Haus gekommen war.«

»Das muß aber nicht Bligger gewesen sein.«

»Meine Herrin«, sagte Martha bestimmt, »war so gottesfürchtig wie die heilige Klara. Sie hätte niemanden in ihre Kemenate gelassen als nur ihren Mann, der ja Christof war. Und Christof war an dem Morgen noch fort. Er ist erst später gekommen, gegen Mittag – das hab' ich mit eigenen Augen gesehen, weil ich in der Kemenate gewesen war, um meiner armen toten Herrin die Haare zu kämmen, als er heimkehrte. Ich weiß noch, wie er mir den Kamm fortnahm, um sie selbst zu kämmen. Bleich wie der Tod war er. Ich hab' nur noch heulen können.«

Carlotta tätschelte ihre Schulter.

»Und außer Christof hat sie keinen Mann in ihr Zimmer gelassen. Nur Bligger...«

»Du hast ihn aber nicht *gesehen*?« forschte Palač.

»Nein...«

»Oder seine Stimme erkannt?«

»Ich sag' ja, ich war in der Milchküche, und draußen plärrte eine Katze. Für kurze Zeit mußte ich auch mal raus, rüber in den Stall und nach der Milchkanne sehen. Aber als ich zurückkam, habe ich gehört, wie Bligger...«

»Bligger oder irgend jemand?«

»...wie irgend jemand sie anschrie, wie sie heulte und wie der Bligg... wie jemand über die Treppe fort ist. Und da bin ich schnell hinaufgestiegen. Und da hab' ich sie gefunden.« Martha begann zu weinen. Erstaunlich, welch einen Vorrat an Tränen sie hatte.

Irgendwo in Speyer wurde eine Glocke geläutet. Es mußte Abend sein. Dann konnten sie bald gehen.

»*Wie* ist sie gestorben? *Wie* hast du sie gefunden?« wollte Palač wissen.

»Sie hing an der Troddel oben am Himmel von ihrem Bett. Der war mit blauem Sammet bespannt und hatte an den vier Ecken Kordeln mit Troddeln dran.«

»Ja, etwa so hat Bligger das auch gesagt«, bestätigte Carlotta.

Palač erhob sich mit schmerzendem Rücken. Er ging zur Jungfrau Maria und raubte ihr eine der Kerzen. Bis auf den Kerzenschein war es inzwischen völlig dunkel in der Friedhofskirche. Man konnte sich vorstellen, in einem riesigen Sarg zu stehen. Vielleicht fühlte Palač sich so. Er schützte die Flamme sorgfältig mit seinem Körper.

»Man kann es nicht beweisen«, sagte er. »Zölestine hatte Gründe, sich umzubringen. Sie war – möglicherweise von ihrem Schwager – schwanger geworden. Ihr Ehemann galt als Bündel an Eifersucht. Du hast gesagt, er ist an ihrem Todestag zurückgekehrt. Wahrscheinlich hatte sie Angst. Und sich geschämt ...«

»Wahrscheinlich hat sie sich geschämt«, sagte Carlotta grimmig. »Ja, kann man sich vorstellen.«

Palač lächelte ihr um Vergebung bittend zu. »Niemand bricht den Stab über sie. Ich sage nur, daß die Möglichkeit besteht, daß Zölestine sich selbst erhängt hat.«

»Und der zweite Streifen am Hals?«

»Vielleicht von einem ersten aussichtslosen Versuch, sich selbst zu erwürgen.«

»Das kann man nicht.«

»Das kann man doch. Verzeihung, ich habe es gesehen.«

»Und warum«, unterbrach Martha ihn wild. »... hat Bligger dann gesagt, er wäre jagen gewesen. Obwohl das gar nicht stimmte? Warum hatte er allen in der Burg vorgelogen, daß er an dem Tag, wo meine Herrin starb, zur Jagd gewesen war?«

Palač schaute sie verdutzt an.

»Zu mir ist er auch gekommen«, schrie Martha. »Er ist zu jeder ins Bett. Zu jeder auf der Burg, die noch auf zwei Beinen gehen konnte. Sogar zu der Kuhmagd. Die ist so alt, daß sie keine Haare mehr hat. Er ist ein solches Schwein ...«

Carlotta sah, wie sich in Palač' Rücken ein graues Rechteck in der Kirchenwand auftat. Die Kapellentür öffnete sich.

»Er prügelt und nimmt sich, was er will!« schrie Martha.

Der Magister konnte das Öffnen der Tür nicht bemerken. Auch Martha nicht, die vor ihm saß. Aber Carlotta hatte sie genau im Blickfeld. Sie sah einen Mann unter den Türbogen treten. Einen einzelnen Mann mit engen Hosen und langen lockigen Haaren, die ihm fast bis zur Taille fielen.

»Und Christof hätt' ihn umgebracht, wenn er es rausgekriegt hätte!« schrie Martha.

Der Mann neigte den Kopf. Er war überrascht. Und plötzlich bekam er Gesellschaft. Von irgendwo – nicht durch die Außentür, denn die konnte Carlotta beobachten – tauchten Schatten auf. Aus dem hinteren, finsteren Teil des Kirchleins.

Nun endlich merkte auch Palač etwas. Sie sah, wie er steif wurde.

»Bligger ist ein Mörder, und er hat Zölestine umgebracht!« schrie Martha außer sich.

»Und dafür soll er in der Hölle braten, der Lotterbube!« Der Fremde ließ mit einem Knall die Tür ins Schloß fallen. Er lachte herzlich über die Verwirrung. Im nächsten Moment flammte eine Fackel auf, sie wurde von einem der Schatten zu ihm hinübergetragen.

Weitere Fackeln erhellten den Raum. Es mußte dort, wo das Seitenschiff endete, eine Treppe geben, denn die Fackeln entstiegen der Finsternis, als kämen sie aus der Unterwelt. Nur daß der Mann, den die Schatten jetzt umringten, nicht wie ein Höllenfürst aussah. Eher umgänglich, freundlich. Und – schön war er. Je heller das Licht wurde, um so deutlicher erkannte Carlotta das. Goldblond schimmerndes Lockenhaar, ein ebenmäßiges Gesicht und ein so strahlendes Lächeln, daß man darin ertrinken konnte.

Jemand drängte sich an ihn, ein Weib, nicht blond wie er, sondern brünett, aber von ebenso stolzem, wohlgeformtem Aussehen, in einem Kleid, das von aufgenähten Steinen funkelte.

Das Weib konnte Carlotta nicht leiden – sie wußte es von dem Moment an, als sich ihre Blicke trafen. Aber es gab keine Zeit, darauf zu achten.

Der Mann klatschte in die Hände. »Wir haben Gäste. Keine, die wir geladen hätten – aber was soll uns das scheren. Robert! Wein. Vom besten. Es ist ein Priesterlein dabei. Und Damen.« Er hatte das Kirchenschiff durchschritten und stand vor ihnen. »Nein, Kleine, keine Angst...« Nachlässig tätschelte er Marthas Kopf. »Ihr seid im Paradies gelandet. Ihr wißt es nur noch nicht. Seid Ihr die Brandstifter? Nun heult das Kindchen ja schon wieder. Macht doch nichts, Häschen. Ich werde nicht gern geröstet, aber ich erkenne an, daß es Zwangslagen gibt. Bitte, folgt mir. Kommt hier hinab. Die Treppe. Wir sind fromme Leute. Was heilig ist, soll heilig bleiben. Das Paradies liegt für unsereins in der Unterwelt. Stimmt's, Angèle?«

Angèle legte den Arm um seine Hüften, was er mit einem breiten Lachen quittierte. Die beiden mußten sich quetschen, um nebeneinander das enge Treppchen hinabzukommen, aber Angèle war nicht gewillt, ihn von sich zu lassen. Carlotta fügte sich hinter die beiden, dann kam Martha, dann Palač. Den Schluß bildeten die fremden Männer, und Carlotta sah, als sie sich kurz umdrehte, daß die meisten Messer in den Gürteln stecken hatten.

Die Treppe machte eine Kurve. Sie führte in eine Krypta. Einen länglichen Raum mit niedriger, weißgekalkter, gewölbter Decke. Ohne den geringsten Zustrom von Luft, außer über die Treppe. Palač würde ihn hassen. Die Türe zu, und sie waren tatsächlich im Grab.

Einer der Männer mit den Fackeln drängelte an ihnen vorbei, und Martha kreischte auf. Totenschädel grinsten ihnen entgegen. Ganze Regale mit skelettierten Köpfen, und darunter am Boden, säuberlich kreuzweise aufeinandergestapelt, lagen die dazugehörigen Gebeine. Der Mann mit der Fackel entzündete feixend Unschlittlichter, die zwischen den Schädeln aufgestellt waren. Nun konnte man auch Näheres erkennen. Auf die Knochen waren fromme Sprüche und Gebete gemalt, sogar kunstvolle Bilder in bunten Farben. Carlotta drehte sich zu Martha um.

»Es ist das Beinhaus«, flüsterte sie. »Die Toten haben nicht alle Platz in den Gräbern. Irgendwann muß man sie ausgraben, und … da bewahrt man sie in solchen Räumen auf.« Wie sollte Martha das wissen. Platz für die Toten hatte man in Neckarsteinach reichlich.

Der schöne Fremde lachte und lud sie mit einer breiten Geste in den hinteren Teil der Krypta ein. Dort war aus Decken und Unmengen von Kissen eine Art Lagerstatt gebaut worden. In die Wände, soweit sie nicht von den Gebeinen der Toten in Anspruch genommen wurden, waren Nägel geschlagen worden, und daran hing Schmuck, Nadeln, Puppen, Messinggeschirr – alles Dinge, so argwöhnte Carlotta, die heimlich aus Gräbern geraubt worden sein mußten. Die Alte im Katzenhaus hatte doch recht beobachtet.

»Was schaust du, Schätzchen.« Der Lockige legte seinen Arm um Carlottas Schulter. »Wir beleihen die Toten. Wenn ein Judenhund einem armen Christenmenschen das Kissen unter dem Hintern wegpfänden darf, dürfen wir dann nicht bei unseren eigenen Leuten borgen? Wir fragen sogar um Erlaubnis. Wurde uns aber noch nie verweigert.«

Ein brummiges Lachen quittierte den seichten Scherz. Die Stimmung der Männer, die sich ihren Platz auf den Kissen suchten, war schlecht. Wie lange mochten sie schon hier leben? Und gab es etwa nur die eine Frau? Angèle kringelte sich wie ein Efeu um ihren Goldschopf. Angèle gehörte allein dem Anführer.

Einige der Männer fluchten. Sie wollten sich nicht irgendwohin setzen. Sie suchten die Nähe der beiden Frauen. Marthas entsetzter Instinkt ließ sie dicht neben Palač rücken. Carlotta setzte sich auf ihre andere Seite. Das mit dem Grab stimmte. Sie waren von allen Seiten eingeschlossen. Und den Weg die Treppenstufen hinauf versperrten die Grabschänder.

»Wein!« Der Blonde winkte, und einer seiner Männer brachte einen Krug. »Wir saufen nicht, wir genießen. Angèle, mein Herz, massier mir den Nacken. Ich hoffe, Ihr stört Euch nicht an unseren Trinkgefäßen? Polierte Knochen sind ein feines Geschirr. Und so gesellig. Man fühlt sich gleich in doppelter Runde. Nein, Francesco, nimm welche mit Inschrift für unsere Gäste. Ihr müßt verzeihen, Priester. Ich mühe mich, ihnen Elegance beizubringen, aber sie sind wie die Ferkel aufgewachsen, und davon mögen sie nicht lassen.«

Mit einem Lächeln reichte er drei beinerne Hirnschalen an Palač, Martha und Carlotta und ließ sie von Francesco füllen.

»Ihr seid kein Priester, Freund!« Der Lockige hatte getrunken und nahm sich nun die Zeit, Palač genauer zu betrachten, besonders seinen dichten, schwarzen, tonsurlosen Schopf. »Nein ... nein. Medicus? Jurist? Jurist! Ich hasse Juristen. Tut mir leid. *Quid iuris ...* Was ist rechtens? Es war einer von euch, der meinen Handel mit der heiligen Gertrud als Diebstahl schmähte. Dabei waren wir so glücklich übereingekommen. Die Klunker auf ihrem Reliquienkästchen haben die heilige Frau gedrückt. Befrei mich davon, hat sie mich angefleht. Besonders von dem Fetten in der Mitte. Er blendet mich, wenn die Sonne darauf fällt. War das den Galgen wert?«

»Am Ende scheint sie Euch – bei allem Mißverständnis – beigestanden zu haben. Ihr lebt.«

»Das war nicht Gertrud. Das war ein lebendiger Engel.« Der Lockige zog sein Mädchen in die Arme, wo sie sich wohlig rekelte. »Angèle ist am Richtplatz erschienen. Schön wie eine Göttin, gut wie die heilige Beata. Sie sah mein reines Herz und beschloß augenblicks, dessen Verfütterung an die

Raben zu verhindern. Sie hat mich geehelicht. Vom Galgen herab. *Aut amat aut odit mulier.* Entweder liebt oder haßt eine Frau. Das Ganze hat mein Engelchen ein Vermögen gekostet und außerdem das Stadtrecht. Laß deine Hand küssen, Schätzchen. Wie hättet Ihr meinen Fall entschieden, doctor decretorum?«

»Über die Liebe?«

»Über Gertrud.«

»Es sieht so aus, als hätte sie einen Narren an Euch gefressen. Erst bittet sie um Euren Beistand, dann sendet sie Euch einen Engel. *Deo volente.* Wer bin ich, mit einer Heiligen zu streiten.« Er nahm seine Hirnschale auf, hob sie in Richtung des Lockigen, dann zu seiner Freundin und trank daraus. »Denkt Ihr, Angèle mit dem weichen Herzen, Ihr könntet Euren Kameraden überreden, seine Hand vom Arm meines Weibes zu nehmen?«

Carlotta hatte gedacht, es wäre Martha gewesen, deren Finger den Weg durch ihren Ärmel suchten. Jetzt merkte sie, daß sie von einem Mann, der hinter ihr saß, begrapscht wurde. Angeekelt fuhr sie zusammen.

»Nimm die Flosse weg!« fauchte Angèle. Sie richtete sich auf.

Ein Murmeln ging durch die Krypta. Der Lockige betrachtete konzentriert seinen Trinkschädel, als müsse er überdenken, ob sich jetzt etwa eine Rebellion anbahnte, und wenn ja, wie weit es in seinem Sinne wäre, sie zu dulden.

»Ich sag': Nimm die Flosse weg!« Angèle sprang auf die Füße und schleuderte den Krug. Ein Regen von Wein übergoß die Sitzenden. Scheppernd landete der Krug zwischen den Schädeln.

Die Hand ließ von Carlotta ab. Alles wartete. Noch immer inspizierte der Lockige die Hirnschale. Sachte hob wieder das Murmeln an. Der Lockige brachte es mit einer Handbewegung zum Schweigen.

»Die Frau ist Euer Weib?«

Palač nickte ausdruckslos.

»Und die andere?«

»Meine Tochter.«

Nein, das würde ihm niemand glauben. Carlotta war kaum ein halbes Dutzend Jahre älter als Martha. Andererseits war Martha zierlich, und ihre Furcht hatte ihr das Aussehen eines erschrockenen Kindes verliehen. Außerdem herrschte Zwielicht.

Der Lockige nickte. »Trinkt!« Der Befehl ging an alle. »Und Angèle wird singen. Komm, mein Kätzchen!«

Das Kätzchen fügte sich mit lauernden Blicken. Es hatte keine schöne Stimme, aber auch keine Konkurrenz. Töne ohne Glanz füllten die Krypta. Neue Krüge mit Wein wurden aus einem Winkel getragen. Dann auch kaltes Fleisch und Brot.

»Doctor decretorum!«

Angèle schwieg still, sobald der Lockige wieder das Wort ergriff.

»Kennt Ihr das Gesetz über die Streuner, Huren und Seelenschwestern?«

»Hundert Städte, hundert Gesetze. Nein.«

»Es besagt, daß sich keine Hure mit ihren Freiern auf den Gräbern wälzen darf und daß die Streuner nicht zwischen den Leichensteinen kegeln und würfeln dürfen und die Seelenschwestern – das ist von den drei Plagen der Friedhöfe die schlimmste – nicht länger als sieben Tage am Grabe beten. Wir haben die Huren und die Seelenschwestern zu uns geladen und ihnen den Sinn der Gesetze dargelegt. Seitdem wird auf unserem Friedhof weder gehurt noch gebetet – die Toten haben ihre Ruh.«

»Und die Streuner?« fragte Palač.

»Sind in unserer Mitte oder fort oder haben ebenfalls zur Ruh gefunden. Ihr wißt, warum ich das sage?«

»Nein.«

»Damit Ihr erkennt, wie eifrig wir dem Recht Geltung verschaffen. Recht ist die Grundlage jeder Gemeinschaft. Ich bin ein Freund der alten Philosophen. Vertraut ihr meinem Wort?«

Ein schnell gelogenes Ja oder ein selbstmörderisches Nein waren einander gleich. Der blonde Kirchenschänder lauerte auf die Blöße seines Gegners, wie die gelbe Katze auf den Rattenschwanz. Palač runzelte die Stirn. Er dachte nach, obwohl sich Carlotta um nichts in der Welt vorstellen konnte, was nachdenken helfen sollte. Die Katze würde zuschlagen.

»Ja, ich denke schon.« Der Magister sprach langsam. Er hob den Kopf und lächelte. Die Worte waren nicht einfach dahingesagt. Er und der Blonde schauten einander an. Sie versenkten ihre Blicke ineinander, als wüßten sie um ein gemeinsames Geheimnis. Martha tastete nach Carlottas Hand.

»Ich werde mit dir um dein Weib und deine … Tochter spielen«, sagte der Blonde.

Carlotta schüttelte den Kopf. Aber es war gleichgültig, was sie dachte. Nicht einmal Angèles Wünsche spielten eine Rolle. Irgendwie würde die Nacht ein Ende nehmen. Und dann würden sie leben oder tot sein, und was davon besser wäre, war noch nicht abzusehen.

Der Lockige winkte einen grinsenden Zittergreis heran und murmelte etwas in sein Ohr. Der Greis kniete sich vor die Totengebeine. Er suchte etwas heraus. Knöchelchen. Mit einer Handvoll davon kehrte er in ihre Runde zurück.

Der Blonde schuf zwischen sich und Palač einen freien Kreis. Sorgsam legte er die Knöchelchen auf den Boden der Krypta. Sie glitten durch seine Finger, als wenn er sie zählte, und bei dem letzten zögerte er. Er ließ es neben sich verschwinden. Warum gerade dieses eine?

Carlotta preßte die Hand an die Schläfe. Es war schwer, in diesem verrauchten, nach Wein stinkenden Grab zu denken.

Angèles Mann würde Palač betrügen. Wie er den Besitzer der Gertrudenreliquie betrügen wollte. Warum hatte er die Knöchelchen gezählt?

»Jeder nimmt ein oder zwei oder drei Knochen vom Haufen. Nicht mehr, nicht weniger«, sagte der Lockige, während sein Lächeln breit und sonnig wurde. »Wer den letzten Knochen nehmen muß, hat verloren.«

Ein Haufen weißer und grauer Knöchelchen. Palač stützte die Hand auf das Knie. Er dachte nach – aber er hatte schon verloren. Jemand wie der Reliquienräuber gab keine echte Chance. Carlotta fühlte, wie jemand an ihren Haaren drehte.

»Ihr dürft anfangen«, bot der Lockige an.

Palač nahm ein Stäbchen. Der Lockige drei.

Palač nahm zwei Stäbchen, und der Lockenmann ebenfalls. Zwei und zwei. Palač wieder eines, die Locke drei. Drei plus eins ergab vier. Zwei plus zwei: Summe vier. Es wurden jedesmal vier Knochen entfernt. Carlotta versuchte die Hand in ihren Haaren zu ignorieren und die Stäbchen zu zählen. Das war schwer, weil die Männer immer neu in den Haufen griffen und alles durcheinanderwischten. Irgendwann war sie bei neunundzwanzig. Palač mußte nehmen. Und der Dieb und Grabschänder ergänzte wieder auf vier. Palač hatte verloren. Er hatte bereits verloren, als er das erste Stäbchen aufgenommen hatte. Es war zwangsläufig. Simpel. Lächerlich. Sie sollten aufhören!

Ruppig schob Carlotta die Hand aus ihrem Nacken. Angèle stand spröde hinter ihrem Mann. Sie kannte das Spiel, wie vermutlich jeder hier es kannte. Nur die kleine Martha starrte voller Hoffnung in den Kreis.

Der Lockige griff. Palač griff. Der Lockige. Noch elf Knöchelchen übrig. Palač sammelte sorgfältig zwei Knöchelchen in seine Hand und ließ sie auf das Häuflein neben sich fallen.

Carlotta starrte in den Kreis.

Das war unmöglich.

Neun Knöchelchen. Und der Lockige war am Nehmen. Palač hatte gewonnen. Aber das konnte nicht sein.

Die Männer im Raum begriffen es nach und nach. Wahrscheinlich wurde das Spiel mit jedem Dummkopf gespielt, der sich in ihre Krypta verirrte. Man konnte nicht verlieren, wenn man das Schema verstanden hatte.

Trotzdem hatte der Lockige verloren.

Palač mußte betrogen haben.

Angèle griff über die Schulter ihres Mannes und schob die Knöchelchen mit langen Fingernägeln auseinander. »Wenn du einen nimmst, nimmt der Mann auch einen, und dann ist es beim nächsten Mal egal, ob du einen oder zwei oder ...«

»Halt's Maul.« Der Betrüger war betrogen worden. Er beugte sich vor, faßte Palač' Hände und bog sie auseinander. Sinnend starrte er sie an, besonders die eine mit den unbeweglichen Fingern und dem streifigen Narbengewebe. Dann tastete er die Ärmel des Talars ab.

Fast gegen seinen Willen glitt ein Lächeln über die schönen Züge. Die strahlenden Augen richteten sich auf Palač' Gesicht.

»*Ad pias causas* — ja?« Er begann zu lachen, ein einsames Lachen, in das niemand einstimmte und das er abrupt beendete. »Eine schwarze Taube. Der Kuckuck im Nest. Und Ihr sagt, Ihr vertraut mir? Ausgerechnet Ihr?«

Diesmal blieb die Antwort aus.

Der Lockige stand auf. So höflich, daß es grotesk erschien, beugte er sich zu Carlotta und bot ihr seinen Arm. »Ihr seid in schlechter Gesellschaft, Gnädigste. Ich würde Euch hierbehalten, allein um Euch zu retten, wenn Ihr dem Herrn Anwalt nicht verehelicht wärt. Er betrügt schneller, als ich schauen kann. Nehmt ihn, bevor er meine Männer verdirbt. — Nicht doch, das Schwarzzöpfchen richtet ja schon wieder eine Sintflut an. Ich sage doch, daß ihr gehen könnt. Und ich werde noch mehr für euch tun. Raimund von Speyer läßt sich nicht lumpen. Ihr wollt aus der Stadt? Gut, ich werde Euch das Loch zeigen, durch das die Ratten entkommen.«

Es wurde eine gespenstische Prozession.

Martha, ihrer Beschützerin beraubt, klammerte sich an Palač, und die beiden schritten durch die dunkle Kirche hinter Carlotta und dem Lockenkopf, der noch immer ihren Arm hielt, her. Als sie aus der Tür traten, waren sie allein. Niemand vom Gesindel folgte ihnen.

Der Friedhof war doch nicht das Gefängnis, für das Carlotta ihn gehalten hatte. Raimund brachte sie zu einem Mauerstück, an das er eine im Gebüsch verborgene Leiter lehnte, und hieß sie hinübersteigen. Er kannte sich aus. Ohne zu achten, ob sie ihm folgten, führte er sie durch ärmliche Gassen, deren Bewohner sich vor der Nacht und ihren Gefahren hinter Türen und Fensterläden verschanzt hatten. Am Ende gelangten sie an ein Flüßchen. Den Speyerbach, vermutete Carlotta, denn sie waren nicht weit gegangen.

Der Dieb legte den Zeigefinger auf den Mund. »Ins Wasser und unter dem Holztor hindurch. Da geht es nach draußen. Es ist nicht tief. Das Gatter hat am rechten Rand von hier aus gesehen ein Loch. Dort kommt man hindurch, wenn man vorher tief Luft holt. Und dann *in salvo*, Herr Magister.«

Er war verschwunden, bevor er die Worte zu Ende gehaucht hatte.

Palač starrte auf das schimmernde Wasser. »Nein, nicht *in Sicherheit*. Keineswegs«, murmelte er.

»Ich habe das Wasser bei Tag gesehen«, flüsterte Carlotta. »Es ist eine ekelhafte, ungesunde Brühe ...«

»Und dahinter liegen die Sümpfe, von denen Rosalind gesprochen hat. Darauf verwette ich mein Hemd. Das Schicksal des Kartenmalers. Die zweite Variante des Knöchelspiels ...«

»Rosalind muß hier in der Nähe wohnen.«

»In einer der feinen Straßen. Da patrouilliert die Scharwache die ganze Nacht. Carlotta ...« Er wandte ihr und Martha das Gesicht zu. »Was haltet Ihr von einer Nacht unter dieser Brücke? Eine Million Sterne, die uns zublinzeln. Keine Mauern. Dafür das Murmeln des Flusses. Und morgen früh, wenn das Gewimmel wieder eingesetzt hat, werde ich Euch meinen Freud Hieronymus vorstellen. Wir werden Martha aus der Stadt zaubern – bis dahin fällt mir sicher auch ein, wohin – und Euch mit Euren bezaubernden roten Locken ebenfalls ...«

»Aber ohne mein Kleid.«

»Aber *mit* dem Kleid, denn dafür sind wir schließlich gekommen«, flüsterte er mit einem Grinsen, das so überwältigend müde war, als wolle es mit den Sternen davonwehen.

Martha zupfte Carlotta am Ärmel.

»Ich weiß, daß es stinkt«, sagte Carlotta. »Aber die Brücke ist die beste Möglichkeit. Auch wenn wir uns zweifellos einen Schnupfen holen werden.«

13. Kapitel

Es war wirklich nicht recht von Euch, Herzchen«, wiederholte die Gürtlerin.

Wer konnte ihr widersprechen.

Wenn Carlotta Gäste gehabt hätte, und die Gäste wären die ganze Nacht nicht heimgekommen, und dann wäre erst am nächsten Morgen der eine, nämlich der männliche Gast, aufgetaucht, um mitzuteilen, daß man woanders geschlafen hatte, weil es so spät geworden war...

»Schließlich trägt man Verantwortung«, sagte die Gürtlerin. »Und glaubt mir, ich bin froh, daß es Herr von Jenstejn war, bei dem ihr übernachtet habt. Rosalind kennt ihn nicht persönlich – ein Arzt ist nichts für Leute wie uns, wir behelfen uns mit Hausmitteln oder dem, was der Apotheker empfiehlt –, aber er hat doch einen Ruf, so daß man nicht zu denken braucht...«

»Sehr vernünftig«, sagte Palač, der neben Carlotta auf dem Sitzbrett saß und sich in Anfällen die Seele aus dem Leib hustete.

»Wie bitte?« fragte die Gürtlerin ungnädig. Die Sorgen der durchwachten Nacht hatten den Magister einiges an Gunst gekostet.

»Daß ihr zum Apotheker geht. Das Studium verdirbt die

Ärzte. Sie sind so in ihre Bücher vertieft, daß sie vergessen, wie man lebendige Leute behandelt.«

Der Wagen schaukelte in Richtung Heidelberg. Regentropfen plätscherten auf das Dach, der jüngste Sohn der Gürtlerin schimpfte lauthals über das Wetter. Mit dem taubenblauen Kleid auf dem Schoß saß Carlotta neben Palač und hoffte, daß ihr nicht schlecht würde, bevor sie in Heidelberg ankamen.

Hieronymus von Jenstejn war eine Seele von Mensch gewesen. Er hatte sie morgens, als sie blaugefroren vor Kälte an seiner Tür klopften, eingelassen und nach einem Wortschwall auf tschechisch die Stube für sie geöffnet und nach heißem Wein geschrien.

Erst einmal ging es um Martha. Natürlich wußte er ein Plätzchen für das Mädchen. In der Nähe von Worms wohnte eine Nichte von ihm. Die führte ein großes Haus, es wimmelte von Frauen, die putzten, kochten und all den Weiberkram erledigten. Wo hundert Frauen lebten, würde eine weitere nicht auffallen. Carlotta wollte wissen, welcher Art das Haus sei, dem Herr von Jenstejns Nichte vorstand. Der Arzt war ein bißchen beleidigt gewesen, und Palač hatte unter Hustenanfällen gelacht und erklärt, daß Hieronymus' Nichte tatsächlich seine Nichte war …

Alles ging ziemlich durcheinander.

Martha war in einen Reisewagen nach Worms verfrachtet worden. Und Palač hatte sich zum Hasenpfuhl begeben, um Rosalind über ihr Fortbleiben zu beruhigen. Carlotta hatte sich in das Bett gelegt, das Jenstejn ihr angeboten hatte, und bis zum hellen Mittag geschlafen.

»Daß Herr von Jenstejn eine Schwester hat, davon wußte Rosalind auch nichts«, bemerkte die Gürtlerin spitz. Diese Schwester war eine Erfindung Palač' gewesen, der gemeint hatte, sie für Carlottas guten Ruf im Haus seines Freundes einquartieren zu müssen. »Ist die Dame ebenfalls auf Besuch?

Weil Rosalind sich nämlich auskennt, und sie kann sich nicht erinnern, gehört zu haben, daß der Herr Medicus ...«

»Die Schwester ist zu Besuch«, sagte Carlotta.

Lügen, Lügen. Sie versuchte sich zu erinnern, wann sie das letztemal gelogen hatte. Es fiel ihr nicht ein. Lügen hatten damit zu tun, daß man Dinge verbog. Etwa ein Ei als Kreis ausgab und damit die Lösung einer quadratischen Gleichung vortäuschte. Alles wurde komplizierter. Schaler. Es gefiel ihr nicht.

Magister Palač kannte solche Skrupel nicht. Munter erzählte er von Hieronymus' Schwester, deren Tochter – ja, sie hatte ein kleines Mädchen – an Schwindsucht litt, und deshalb war sie nach Speyer gekommen, um ihren Bruder über eine geeignete Behandlung zu konsultieren.

Er griff nach einem dieser sonderbaren Leinentücher, in die er seine Nase zu versenken pflegte, wenn er sich schneuzen mußte. Die Gürtlerin schaute interessiert zu. Aus England kam die Sitte? Wie vernünftig. Weil man sonst bei einer Erkältung ständig dabei war, die Kleiderärmel auszuwaschen. Erstaunlich, was die Engländer sich ausdachten.

Es war, als hätten die Nasentücher ihre letzten Bedenken zerstreut. Sie plauderte wieder warm von ihren Enkelchen.

Und Carlotta hoffte, daß die Reise bald zu Ende war.

Der zehnte November galt für die Studenten als *non legitur*. Alle Scholaren saßen im Hause, als sie und Palač heimkehrten.

»Du mußt mehr heizen«, begrüßte sie ihren Vater und gab ihm einen Kuß. Selbst in der Küche, Zuflucht vor dem Winter, war es nur wenig wärmer als draußen. Sie schickte Moses und den kleinen Heinrich in den Hof, damit sie Holz für den Ofen holten. Essen hatte es auch noch nicht gegeben.

»Josepha hatte wohl keine Zeit zu kochen«, sagte ihr Vater. Das war sonderbar, denn sie hatte es versprochen, und normalerweise konnte man sich auf die Nachbarin verlassen. Carlotta schlug Eier in die Pfanne.

Nach dem Kochen legten die Jungen Ziegelsteine auf das Dreibein, und als sie gegessen hatten – satt war keiner geworden, aber wenigstens ein bißchen warm im Bauch –, gingen sie mit ihren Ziegelsteinen zu Bett.

»Du hast dir etwas Schönes ausgesucht«, sagte ihr Vater, als sie allein waren und er das taubenblaue Kleid auseinandergewickelt und auf den Tisch gelegt hatte. Er meinte es nicht so. Wenn man den blauen Stoff allein sah, wirkte er langweilig. Die zitronengelbe, spitzenbesetzte Fröhlichkeit von Rosalind hätte ihm besser gefallen. Carlotta trat hinter seinen Stuhl und legte die Arme um seinen Hals.

»Ich bin nicht Isabeau, Papa. Es gibt Goldhähnchen, und es gibt Amseln.«

»Und du bist auch ein Goldhähnchen«, widersprach ihr Vater fürsorglich. Aber auch das meinte er nicht so. Nach Isabeau war niemand schön. In Gedanken hatte er seine Tochter bereits verlassen und schwelgte in der Erinnerung an ... rauschende Feierlichkeiten? In denen seine Frau als Sonne glänzte, die alles überstrahlte?

Carlotta klopfte sacht seine Schulter. Es gab Zeiten, da war sie beinahe froh, daß ihre Mutter sie verlassen hatte. Zwischen den Perlenhauben der Tanzsäle und den Kutten der Gelehrsamkeit gab es keinerlei Verbindung. Ihre Eltern hatten das übersehen und sich unglücklich gemacht. Es wäre besser gewesen, sie hätten sich nie kennengelernt.

Als ihr Vater zu Bett gegangen war, setzte Carlotta sich an das Schreibpult. Sie hatte ihre Abschriften vernachlässigt. Andächtig nahm sie den Euklid aus dem Regal und schlug die verblichenen Seiten auf, dort, wo ein Lederband mit einer Rolle daran als Lesezeichen steckte. Quadratwurzeln, ja? Zwei gegebene Strecken, für die man die mittlere Proportionale konstruierte. Sie nahm ihr Federmesserchen, schnitzte die Kielfeder spitz und tauchte sie in das Tintenhörnchen. Nichts mehr mit Lügerei.

Ihre Strecken wurden mit dem Lineal gezogen, die Kreise mit dem Zirkel. Und ihre Ergebnisse waren so klar wie die Luft an einem frostigen Wintertag. Ein Pergamentblatt nach dem anderen füllte sich. Sie arbeitete konzentriert. Kein einziges Mal mußte sie Worte oder Linien mit dem Federmesserchen wegschaben.

Irgendwann weit nach Mitternacht, als die Glocke vom Augustinerkloster bereits die Matutin ausrief, kam Palač in die Stube hinab. Er war auf der Suche nach etwas Trinkbarem, weil ihn sein Husten plagte und er nicht schlafen konnte.

Carlotta wies zur Küche. »Auf dem Herd steht ein Krug Met.«

Sie fürchtete, daß er zu ihr zurückkehren würde, wenn er fertig wäre, und das tat er auch. Mit dem Becher in der Hand stellte er sich in ihren Rücken und las, was sie schrieb. Die Proportionale verlor an Glanz.

»Ihr stört«, sagte sie.

Es störte ihn nicht, daß er störte. Er nahm die Bögen auf, die sie bereits beschrieben hatte, und begann, darin zu blättern. »Ihr könnt es also auch lesen?«

»Ich sagte doch – ich schreibe, ich lese und ich begreife es«, erwiderte sie gereizt.

»Dann seid Ihr klüger als ich. Bei mir geht's übers Lesen nicht hinaus.«

Das glaubte Carlotta ihm nicht. Wie konnte man das Studium der Jurisprudenz bewältigen, wenn man nicht einmal die einfachen Regeln Euklids verstand. Sie fragte ihn danach.

»Ich habe es gelernt, aber gleich nach der Prüfung vergessen. Es hat mich nicht interessiert.«

»Euklid?«

»Nicht Euklid, und auch nicht Oresme oder Bradwardine. Doch – Nicolas Oresme hat mich interessiert. Aber nur, was er über Astrologie und Hexerei gesagt hat. Das Klügste, was ich zu dem Thema gehört habe. Aber Ihr, Carlotta, Ihr lest Euklid – und wenn ich es richtig sehe, korrigiert Ihr sogar die Fehler Eurer Vorlage.«

Also verstand er doch etwas davon. Sie nahm ihm die Blätter aus der Hand und sortierte sie ins Regal zurück. Dann hängte sie Messer und Schreibfeder in das Lederband an der Wand.

»Ich habe Euch tatsächlich gestört?«

»Ja.«

Carlottas Lampe begann zu flackern, und der Magister warf einen Blick auf seine Kerze bei der Treppe, um sich zu überzeugen, daß sie zuverlässig brannte. Die Stunden in der Gruft hatten nichts besser gemacht. Vielleicht hatte ihn auch gar nicht der Husten in die Stube getrieben, sondern die Abneigung gegen die einsame, dunkle Dachkammer.

»Was denkt Ihr, wird mit Bligger?« fragte Carlotta.

Palač traute ihrer Flackerlampe nicht. Er ging und holte den Ständer mit der fetten Wachskerze. Es schien, daß er sich eigene Kerzen besorgt hatte. Teure, die lange brannten und gut rochen.

»Ziehen wir also Resümee«, sagte er. »Zölestine war schwanger, weil Bligger ihr Gewalt angetan hat. – Hat er das wirklich? Stimmt das ohne Zweifel?«

»Martha war Zölestines Magd. Wenn sie sagt, daß ihre Herrin ein frommes Leben führte und niemanden in ihr Zimmer ließ ...«

»Kann das heißen, daß Zölestine gewitzter war, als Martha glaubt. Warum sollte sie keinen Liebhaber gehabt haben? Ihr Christof war eine Enttäuschung.«

»Ja. Das heißt, man weiß es nicht.« Carlotta entsann sich eines merkwürdigen Details. »Der Riegel an dem Stall, in dem man Zölestine aufgebahrt hatte – Ihr wißt, als ich ihr

die letzte Ehre erweisen wollte –, er war von *außen* vorgeschoben. Aber doch nicht wegen Zölestine. Und auch nicht
wegen der fremden Hure, denn die war durchaus einverstanden mit dem, was sie tun sollte. Damit bleibt nur, daß
man Christof einsperren wollte. Er war, als ich kam, völlig
betrunken. Vielleicht war die Sache mit dem Stall und der
Hure und der Bretterkiste Bliggers Idee, und er hat Christof
genötigt ...«

»Ich kann ihn nicht ausstehen.«

»Bligger?«

»Christof. Egal, wie Ihr es darstellt: Er ist ein Wicht.«

»Das tut nichts zur Sache. Jedenfalls war Zölestine keine
Ehebrecherin. Sie hatte einen eifersüchtigen Gatten, und ihr
Schwager ist ein Kerl, der sie lebendig hätte begraben lassen,
wenn sie die Familienehre mit einem Ehebruch beschmutzt
hätte. Nein, Zölestine hatte keinen Liebhaber.«

»Gut. Dann war sie also von Bligger schwanger. Grund
genug für ihn, sie zu töten?«

»Vielleicht, weil sie es Christof weitersagen wollte? Blig-
ger hat gelogen. Er hat gesagt, er wäre zur Jagd gewesen, als
Zölestine starb. Warum hätte er das tun sollen, wenn sein
Gewissen rein war?«

Palač kaute nachdenklich auf der Unterlippe.

»Martha hat das Leben auf der Burg besser gekannt als
irgend jemand von uns. Und Martha sagt, Bligger hat Zölestine umgebracht.«

»Ja. Für uns ist das überzeugend, weil wir Martha und
Zölestine und die Umstände kennen. Aber Bligger kann sich
vor jedem Gericht, das ihm wohlgesonnen ist, mit einem
Reinigungseid befreien. Es gibt nichts Konkretes, das ihn
belastet, nur Vermutungen.«

»Dann wollt Ihr ihn laufenlassen?«

»Nein.« Der Magister seufzte aus tiefem, widerstrebendem
Herzen.

»Was kann man unternehmen?«

»Darüber müßte ich nachdenken.«

»Könntet Ihr nicht...«

»Carlotta. Habe ich gesagt, daß ich darüber nachdenken muß? Habe ich das gerade gesagt? Aber nicht jetzt. Mein Kopf platzt...«

»Ihr habt eine zarte Gesundheit.«

»Keineswegs. Meine Gesundheit ist durchaus in Ordnung...«

»Das mit der Brücke war auch nicht meine Idee.«

»Mit der...? Natürlich. Ich werde auch mit keinem Wort erwähnen, daß Ihr mich genötigt habt, einer Mörderin zur Flucht zu verhelfen, eine Brandstiftung zu decken, einen Kirchendieb beim Spiel zu betrügen...«

»Ihr seid ein Mann mit einem großen Herzen, Magister Jovan. Ja, das weiß ich wohl.« Carlotta stand auf und öffnete die Truhe, die hinter ihrem Spannbett stand. »Da, nehmt den Schal. Wickelt ihn um den Hals und stopft ihn mit einem Knoten fest. Und zwar an der Seite, sonst drückt es. Ihr bringt es fertig und weckt mit Eurer Husterei noch das ganze Haus.«

Carlotta schrieb am nächsten Tag und auch die drei Tage danach am Euklid. Sie schrieb wie eine Besessene. Irgendwann zwischendurch besuchte sie Josepha. Ihre Freundin war in den Hof getreten, um Wasser zu schöpfen, und Carlotta eilte durch die Küchentür zu ihr hinüber.

Leider ging es Cord noch immer nicht gut. Das Fieber war vorüber, doch es hatte ihn geschwächt. Deshalb hatte sie darauf bestanden, daß er noch ein paar Tage im Bett blieb. In dieser Zeit hatte sie sich selbst um das Pergament gekümmert, weil das Geschäft ja weiterlaufen mußte. Ging auch ganz gut, denn Cord hatte ihr Anweisungen gegeben, und es war gar nicht schwer. Aber sie hatte eben keine Zeit gehabt. Und deshalb war das mit der Kocherei...«

»Macht doch nichts. Wer sagt, daß Scholaren fett werden müssen«, sagte Carlotta. Sie half Josepha, den Schöpfeimer über den Brunnenrand zu hieven. Es war schade, daß ihre Freundin gleich wieder ging. Sie überlegte, ob sie sie auf einen Augenblick in ihre Küche laden sollte, aber ... Josepha schien es eilig zu haben. Wie schade.

Carlotta dachte, während sie weiter ihre Pergamentbögen mit lateinischen Erläuterungen füllte, über das schlimme Los der Frauen nach, die allein standen, wenn ihre Männer starben. Zweifelhaft, ob man Josepha erlauben würde, selbst Pergament herzustellen, wenn Cord nicht mehr wäre. Vor allem, weil die Universität immer mehr zu dem billigeren Papier wechselte.

Jedenfalls, dachte Carlotta, während ihre Augen dreimal über dieselbe Zeile glitten, haben Frauen, die allein leben, es schwer. Und vielleicht sollte ich darüber nachdenken, ob es sich lohnt, den Buchhändler aufzusuchen. Der suchte doch immer Schreiber. Und sie schrieb sauberer als die meisten Schmierfinken, von denen sie ihre Vorlagen bekam. Und schneller. Und machte nicht so viele Fehler, weil sie eben nicht nur abschrieb, sondern auch den Sinn begriff. Das war eine Idee, die man verfolgen sollte.

Sie tat es schon am nächsten Tag.

Der Buchhändler besaß einen Laden in der Augustinergasse, dem er sinnigerweise eine Schreiberwerkstatt angeschlossen hatte. Beides war durch einen Durchgang verbunden, und Carlotta konnte, als sie in die warme, trockene Stube trat, die Schreibergehilfen bei der Arbeit sehen. Einer zog mit der Bleifeder Linien auf Pergamentbögen, ein anderer, ein Lehrjunge, dem gerade der erste Bartflaum wuchs, zermahlte Farben auf einem Reibstein. Neben ihm stand eine Schüssel mit Eiern, deren Weiß und Gelb er den Farben zusetzen wollte. Zwei ältere Männer waren mit Schreiben beschäftigt, einer davon, den sie für den Meister hielt, malte kunstvolle Anfangsbuchstaben in einen Text.

Vielleicht wäre es besser gewesen, dachte Carlotta, wenn ich gekommen wäre, wenn die Schreibwerkstatt geschlossen war. Sie legte ihren Euklid auf den Ladentisch. Der Buchhändler, ein frühzeitig kahl gewordener Mann, verhandelte mit einem Kunden über einen Psalter. Die Initialen der Psalmen sollten in Farbe illuminiert werden und die Verse in gutem Blau geschrieben. Sie besprachen die Höhe der Initialen. Der Herr besah noch einmal ein Muster – ja, sieben Linien. Oder doch lieber fünf? Endlich entschloß er sich und ging. Der Buchhändler hatte Zeit für Carlotta.

Aufmerksam betrachtete er ihre Abschrift. »Ihr habt das selbst geschrieben?«

»Ja.« Nur nicht zuviel sagen. Die beiden Schreiber hoben die Köpfe von den Bögen. Sicher hatten sie keine Freude an Konkurrenz.

Der Buchhändler rieb zweifelnd das Pergament zwischen den Fingern. »Es fühlt sich trocken an.«

»Die Bögen sind aus Schafshaut. Die vertragen ein bißchen Trockenheit. Seht Ihr, die Buchstaben sind glatt geraten. Außerdem lagere ich sie vor dem Beschreiben in der Küche.« Das verstand der Buchhändler nicht. Sie erklärte es ihm. »In der Küche ist es immer ein bißchen feucht. Wegen der Kochdämpfe. So bleibt das Pergament geschmeidig.«

Carlotta schielte auf das aufgeschlagene Exemplar, das dem vorherigen Kunden als Muster gedient hatte. Nein, schlechter hatte sie keinesfalls gearbeitet. Sie hatte nicht illuminiert und keine kunstvollen Buchstabenbilder eingefügt, aber was sie schrieb, sollte ja auch nur für Studienzwecke an der Universität sein.

Der Buchhändler holte ein eigenes Exemplar der *Elemente* aus seinem Regal und verglich sorgsam den Beginn mit dem, was Carlotta geschrieben hatte.

Er grunzte. »Es könnte ausreichen.« Der Ton hörte sich an wie: Ich bin Besseres gewohnt, aber ich sehe, daß ich mit einem Weib verhandle. »Selbstverständlich würde ich Euch keine grundsätzlichen Werke zum Übertragen geben. Aber ihr könntet die Lektionen der Magister kopieren. Marsilius' Schrift über *obligatoria* und *insolubilia*. Das erfordert kaum Kunstfertigkeit. Nur schnell müßt Ihr arbeiten, wegen der Prüfungstermine.«

»Was zahlt Ihr?«

Er nannte den Preis für ein *pecia*, was vier Seiten bedeutete, und Carlotta rechnete um, daß sie pro Woche gerade einen Pfennig verdienen würde, wenn sie jeden Abend schrieb und sich sehr eilte. Das war wenig.

»Einverstanden«, sagte sie. Wenig war mehr als nichts. Wenn der Händler einsah, wie nützlich sie ihm war, und wenn seine Kunden sich an ihre Arbeiten gewöhnt hatten, konnte man weitersehen.

Sie gab ihren Euklid beim Auftraggeber ab. Als sie die Münzen in Empfang nahm und im Gürtelbeutel verstaute, stieß sie auf das Knöchelchen, mit dem Palač betrogen und das er ihr später unter der Brücke geschenkt hatte. Das schlechte Gewissen packte sie. Immerhin war es Teil eines toten Menschen, was sie da mit sich herumtrug. Und statt in ihre Gasse abzubiegen, ging sie weiter geradeaus über den Markt am Bad vorbei zum Spitalsfriedhof.

Der Baumeister und seine Handwerker arbeiteten an der neuen Spitalskirche. Carlotta meinte den Mann wiederzuerkennen, der mit Bertram und Benedikt Streit gehabt hatte. Sie hielt Abstand von ihnen und steuerte auf ein stilles Plätzchen in einem abgelegenen Eck zwischen der Spital- und der Straßenmauer zu, wo Unkraut wuchs und die Gräber nicht mehr so dicht standen. Der richtige Ort, das Knöchelchen zu begraben? Aber sie blieb auch hier nicht ungestört.

Sie stand noch unschlüssig, als ein älterer, in Lumpen gekleideter Mann über den Friedhofsacker schlurfte, unter dem
Arm ein in Binden eingewickeltes Bündel, unter dem anderen einen Spaten. Der Totengräber.

Carlotta wäre ihm gern ausgewichen, aber sie stand genau
zwischen den Mauern. So blieb sie und sah zu, wie der Totengräber näher kam.

Die Bauleute schienen Mittag zu machen, denn die meisten von ihnen entfernten sich in Richtung Straße. Vielleicht
hatte der Totengräber deshalb diese Zeit gewählt? Ohne den
Kopf zu heben, kam er auf Carlotta zu. Er hatte sie schon
fast erreicht, als er auf sie aufmerksam wurde. Scheu blieb er
stehen.

»Du mußt ein Grab ausheben?« fragte Carlotta. Es schickte sich nicht, den Mann anzusprechen. Aber nun war er einmal da, und ihr Blick wurde von dem kleinen Bündel, das
er bei sich trug, magisch angezogen.

»Ein Mägdelein«, erklärte der Totengräber, sorgsam
bedacht, Abstand von ihr zu halten, um sie nicht durch eine
unabsichtliche Berührung in Schande zu bringen. Er sprach
nicht einmal direkt zu ihr, sondern als wäre es an die Mauer gerichtet.

Carlotta sah zu, wie er eine kleine Kuhle aushob. »Ist es
aus dem Spital?«

Der alte Mann nickte. »Man darf nicht zu tief graben«, sagte er, »denn sonst verletzt man die Toten darunter. Hier liegt
viel vergraben. Nicht so viel wie direkt neben der Kirche,
wo die Reliquien sind, aber man muß achtgeben.«

Tatsächlich maß das Loch, das er grub, kaum eine Elle in
der Tiefe. Ob hier manchmal Hunde wühlten?

»Woran ist es gestorben?« fragte Carlotta.

»Bei der Geburt dahingegangen. Armes Kindelchen. Nicht
einmal Zeit für das heilige Sakrament.«

»Und trotzdem begräbst du es in geweihter Erde?«

Über das runzlige Gesicht zog ein Lächeln. »Nur hier in diesem Eckchen. Das ist nicht mehr ganz so heilig. Unser Vorsteher hat ein mildes Herz und duldet es. Oft sind's Huren und verführte Mädchen, die im Spital niederkommen. Aber obwohl sie keine Ehre haben und auch nicht wüßten, wie sie die Kleinen durchfüttern sollen, dauert es manche heftig um ihr Kind. Dann sind sie froh, wenn es ein Plätzchen gibt, wo sie darum trauern können.«

Ein letzter Mann verließ die Kirchenbaustelle. Carlotta sah, wie er zu ihnen herüberblickte.

»Ich hab' Ratsherren kennengelernt«, sagte der Totengräber, der redete, als wäre es lang entbehrte Kost, »die haben hundert Seelenmessen lesen und dreißig Tage lang am Grab beten lassen, hatten aber keine Träne für ihre Toten übrig, und dann gab es Dirnen, die sich vor Kummer mit ins Loch stürzen wollten.«

Carlotta mußte an Zölestine denken, deren Grab von ihren Angehörigen mit zauberischen Dingen bestückt worden war, als wäre sie ein Dämon. »Hast du eigentlich auch die alte Frau Rode begraben?« fragte sie. Nein, das wußte der alte Mann bestimmt nicht mehr, bei den vielen Toten, denen er das Loch geschaufelt hatte.

Er stand auf seine Schaufel gestützt und machte eine Pause. »Die Mutter von dem Mädchen, das zur Burg hin geheiratet hat?«

Carlotta nickte.

»Die kann man nicht vergessen. Armes Weib.« Der Totengräber bückte sich nach dem Bündel, das er im Unkraut abgelegt hatte, und Carlotta sah scheu auf die fleckigen Binden, die um etwas Hartes gewickelt waren, als läge das Neugeborene in einem runden Sarg. Sie fragte danach.

»Sind nur zwei Ziegelsteine«, erläuterte der Totengräber. »Ist mir zuwider, die Erde auf die armen Körperchen zu schaufeln. Sind noch so zart. Ich packe sie zwischen die Wölbung…« Plötzlich wurde er ängstlich. »Natürlich nehm' ich nur die gesplitterten Steine. Drüben von der alten Kirche. Was aussortiert ist.«

»Und wickelst dann die Binden darum?«

»Zerfetztes Tuch, das niemand mehr brauchen kann, weil es bei der Wäsche auseinanderfällt.«

»Aber die Steine hält es zusammen, und damit dient es einem guten Zweck.«

Der Totengräber nickte dankbar. Vorsichtig legte er den Säugling in die Grube. Wieder mußte er sich auf dem Spaten ausruhen. Und als er sich umsah, mißtrauisch, als könne sein Tun doch von jemandem mit scheelem Blick beobachtet werden, ließ Carlotta das Knöchelchen neben den Sarg gleiten.

»Die Frau Rode bekam auch nicht mehr als ein Leinentuch, in das man sie genäht hatte«, meinte der Alte.

»Was?« O ja, Zölestines Mutter. Damals hatte Zölestine schon bei Christof gelebt. Das mußte wenige Monate nach der Hochzeit gewesen sein. Und die Leute hatten sich den Mund zerrissen, weil sie der Totenfeier ferngeblieben war.

»Bei der hat auch niemand geweint«, seufzte der Totengräber, während er begann, das Grab wieder zuzuschaufeln. »Die Tochter einem Grafen vermählt, aber am Ende hat der Rat ein Weib bezahlen müssen, damit sich jemand fand, sie ins Leichentuch einzunähen.«

»Haben denn die Nachbarn nicht geholfen?«

Er schüttelte den Kopf. »Weil sie doch Typhus hatte. Daran ist sie nämlich gestorben. Nägel und Haare ausgefallen. Der Leib stinkend wie Aas. Gottes Ratschluß. Der Tochter den Grafen, der Mutter den Typhus.«

Und dann der Tochter den Strick, dachte Carlotta.

Die Bauleute kehrten zur Baustelle zurück. Sie blickten zu ihnen herüber. Und zerrissen sich zweifellos das Maul, daß die Tochter des Pedells mit einem von den unehrlichen Leuten redete. Es war ihr egal. Sie hatte ein Plätzchen für ihr Knöchelchen gefunden, somit war alles gut.

Die Tage waren zu kurz. Und immerzu kochen. Ein Los, wie Sisyphus. Morgen war das Fest in der Burg. Und davor die feierliche Messe in der Heiliggeistkirche. Waren eigentlich die Festtagstalare der Jungen sauber? Es gehörte nicht zu ihren Aufgaben, sich darum zu kümmern, aber einige der Bengel liefen herum wie Schmutzfinken, wenn man kein Auge auf sie hatte, und am Ende fiel es doch auf die Burse zurück.

Sie kramte in der hinteren Kammer die Truhen durch. Drei zerknitterte Talare zog sie ans Licht. Nur Friedemann hatte seinen ordentlich zusammengelegt. Das würde einen hübschen Anblick geben. Carlotta hängte die Talare an die Wandhaken. Einer hatte einen dicken, hellen Fleck am Hintern, den sie herausreiben mußte. Gegenüber, in der Schlafkammer der anderen Scholaren sah es nicht besser aus. Bertram, eitel und besorgt um sein Aussehen, hatte den Talar ordentlich aufgehängt. Die anderen hatten sie in ihre Truhen gestopft, Benedikt unter seinem gar geschlafen. Carlotta stopfte, da sie einmal hier oben war, gleich die Laken fest und schüttelte die Federbetten auf. Als sie nach Bertrams Decke griff, flatterte ihr etwas entgegen. Mehrere Bögen beschriebenes Papier. Schlief Bertram auf seinen Mitschriften? Sie bückte sich und hob die Bögen auf. Es war dunkel. Licht kam fast nur noch von der Kerze, die sie mit heraufgebracht hatte. Sie konnte nicht entziffern, was auf dem Papier stand. Eigentlich ging es sie auch nichts an.

Unschlüssig trat sie zu dem kleinen, wackligen Tisch, auf dem sie ihre Kerze abgestellt hatte, und schob die Blätter in den Lichtkreis. Da war ein sonderbares Bild auf dem obersten. Eine Zeichnung, aber gewiß nicht von der Art Euklids. Sie sah einen Reif, der ein Dreieck umspannte. In der Mitte des Dreiecks waren verschiedene Gegenstände abgebildet:

ein Schwert, ein Ring, eine Kanne, etwas wie ein Zepter, außerdem ein Quadrat, auf dem Buchstaben und vier Kreuze standen. Im Reif und im inneren Kreis waren verschiedene Worte und Buchstaben abgebildet. AGLA stand an einer Stelle, und an einer anderen entzifferte sie die Worte: *Salue crux digna.*

Sie nahm das nächste Blatt. Darauf standen lateinische Psalmen, aber nicht in der ihr aus dem Gottesdienst vertrauten Form, sondern ... irgendwie verändert. Weiter unten: fremde Namen. *Uriel, Raguel, Adin, Sabaoth ...*

Beunruhigt las sie auf der dritten Seite weiter: ... *eine Fledermaus. Opfere sie mit der rechten Hand, mit der linken Hand drücke Blut aus ihrem Kopf ...*

Was sollte das?

... *oder einen Wiedehopf, der große Kraft verleiht. Wenn die Dämonen um Herausgabe des Vogels bitten, mußt du sie schwören lassen, dem Nigromanten gehorsam zu sein ... Kohle, Brot, Käse, drei Schusternägel, Gerste und Salz den Dämonen zum Geschenk ...*

Sie schlug mit der Hand auf den Text, als könne sie damit das Gelesene verbannen.

Hexerei.

In Bertrams Sachen.

Aber das war unmöglich. Bertram trieb jeden Unfug. Davon abgesehen war er nichts als ein netter, ziemlich fauler Junge. Carlotta spürte ihr Herz hämmern. Sie nahm an, daß die Jungen bald nach Hause kamen. Was nun? Die Blätter einfach zurücklegen? Das ging nicht an. Bertram zur Rede stellen? Und wenn es nun gar nicht Bertram gewesen war, der die Blätter verborgen hatte? Unter ihrem Bett hatte sich auch Schadenzauber gefunden.

Hexerei, dachte Carlotta benommen. Die Inquisitoren wurden zu Unrecht ausgelacht. Das Gift der bösen Magie sickerte in die Städte und Häuser und Wohnungen.

Aber was, wenn es nun doch Bertram gewesen war, der das Hexenzeug versteckt hatte? Vielleicht, weil er sich einen Jux machte wollte.

Carlotta raffte die Blätter an sich. Entschlossen stieg sie die steile Stiege zum Dach hinauf.

Magister Jovan lag auf seinem Bett, die Fenster offen, Decken um und über sich gehäuft, die gelbe Katze zu seinen Füßen. Die schwefelgelbe Katze mit den boshaften Augen. Sie schrie bei Carlottas Anblick auf wie eine gequälte Seele. Unmengen von Kerzen standen im Zimmer herum. Ihr Wachs tropfte zu Kreisen, ihr Licht warf bleiche Schatten an die Wände. Inmitten von all dem saß im schwarzen Talar der Magister.

»Wie kann ich Euer Mißfallen erregen, ohne ein einziges Wort gesagt zu haben?« fragte er.

»Habt Ihr nicht.« Carlotta reichte ihm die Blätter. »Was ist das?«

Magister Jovan mußte erst seinen eigenen Lesestoff beiseite legen, ehe er sich mit dem magischen Papier befassen konnte. Was las ein Doctor der Jurisprudenz, wenn er sich langweilte? Carlotta entzifferte die über Kopf stehende Schrift: *Châtelain de Coucy*. Liebesromanzen – wie erstaunlich. Aber zumindest nichts Magisches. Ihr Blick kehrte zwanghaft zur Katze zurück. Das Tier starrte sie aus gelben Augen an, mit Pupillen, die sich zu einem schwarzen, senkrechten Spalt verengt hatten. Josepha hatte Carlotta geraten, es fortzuscheuchen. Es gab unbestreitbar etwas Unheimliches um das Vieh. Außerdem war es ihr in einer Gewitternacht zugelaufen.

Schöne Zeiten, als man darüber noch lachen konnte.

Die Gelbe begann zu fauchen und kroch, mit geschmeidigen Muskeln wie eine Schlange, in einen dunklen Winkel beim Bett, den das Licht der Kerzen nicht erreichte.

»Was lest Ihr nur?« murmelte Palač. Er hielt den Kopf schräg wie ein Vogel, als er zu ihr aufblickte.

»Ich habe es unter Bertrams Federbett gefunden.«

»Ihr wühlt in den Sachen der Jungen?«

War das wichtig? »Ich habe versucht, Ordnung in ihre Talare zu bringen«, sagte sie ärgerlich. »Was ist das für ein Text?«

»Tja ...« Er las wieder und drehte die Zeichnung auf dem Blatt. »Ich müßte mich sehr irren, aber ... doch, ich denke, es ist ein Auszug aus dem *Münchener Handbuch*. Allerdings schlampig kopiert. *Sabaok* heißt der Dämon, der gerufen werden soll. Nichts mit Sabaoth.«

»Ist es Zauberei?«

»Nigromantie, Carlotta. Dämonenbeschwörung. O nun ...« Er schüttelte ungeduldig den Kopf. »Kein Grund, so ein Gesicht zu ziehen. Das Zeug kursiert an den Universitäten, seit in Bologna die erste Rechtsschule ihre Pforten öffnete. Teils ist es eingeschlossen, teils chiffriert, und teilweise liegt es irgendwo herum, wo Scholaren ihre Nasen hineinstecken können. Seht Ihr den Kreis? Hier oben, links neben dem Dreieck, wird geraten, diese *Figur der Freundschaft* zur Stunde der Venus anzufertigen – dann dient sie dem Liebeszauber, verstanden? Hier unten dagegen – könnt Ihr das lesen? Wo steht, daß man mit der Figur Brücken bauen und Schätze entdecken könne? Ja, da geht es ums Geld. Jeder nach seiner Passion. Sozusagen ein Vielzweckkreis. *AGLA*. Das steht für *Ata Gibor Leolam Adonai*. Hebräisch. Deine Macht währt ewig, Herr. Frommer Wunsch, wenn man bedenkt, wo er geschrieben steht. Hier im Quadrat – das sind die Buchstaben des Tetragrammaton ...«

»Was will Bertram damit?«

Palač pfiff durch die Lippen, ohne ihr zuzuhören. »Von links nach rechts soll das Ganze kopiert werden, in hebräischer Manier. Mühsam. Auf Löwenhaut, mit – pfui Teufel – mit Fledermausblut.«

»Was will er damit?« Carlotta nahm ihm die Blätter fort. »Ich finde es keineswegs zum Lachen. Ist Bertram ein Hexer?«

Palač wurde still. Das ganze Zimmer wurde so still, daß die Katze aus ihrem Winkel kroch und um die Ecke des Bettes spähte.

»Bitte Carlotta, sagt so etwas nicht.« Der Magister sprach plötzlich schleppend. »Euer Scholar, Bertram ist ... ein riesendummes Kalb, das sich aus Neugierde mit Dingen befaßt, die zu begreifen er zu dämlich ist. Streicht ihm das Abendbrot oder sperrt ihm für eine Woche den Ausgang oder sorgt dafür, daß ihm das Fell versohlt wird – aber sprecht nicht von Zauberei.«

»Und wenn nicht?«

»Wenn was nicht?«

»Wenn er nicht *zu dämlich* ist?«

Palač lehnte sich zurück. Das schwarze Haar fiel aus seiner Stirn, das Licht der Kerze kroch über die Augen und brachte sie zum Glänzen. »Ihr fragt, wie die Inquisitoren fragen, Carlotta. Gewöhnlich endet so etwas in einem Keller mit abstoßenden Gerätschaften. Mit Schmerzen. Und manchmal auf einem Holzstoß.«

»Nnn ... ein! Das will ich nicht. Natürlich nicht. Ich mach' mir aber ... Sorgen.« Carlotta fühlte Tränen aufsteigen. »Merkt Ihr es nicht? Plötzlich geschieht so viel Schlimmes. Der Schadenzauber ...« Sie verschluckte die Tränen. »Seine Mutter – die von Bertram – ist an Typhus gestorben. Das habe ich auf dem Friedhof erfahren. Obwohl es, seit ich hier bin, keine Typhusepidemie gegeben hat. Und seine Schwester wurde erdrosselt.«

»Genau das ist aber der Grund, warum der Bengel das erstemal in seinem Leben arbeiten muß. Warum sollte Bertram – vorausgesetzt, er könnte wirklich Dämonen zu solchen Untaten anstiften – gerade die Leute beseitigen, die ihm sein bequemes Leben ermöglichen? Euklid würde weinen, wenn er Eure Argumentation hörte.«

»Aber dieser ... Kram war unter seinen Sachen versteckt.«

»Und vor zehn Jahren hättet Ihr ihn unter meinen gefunden. Ich sage es ja – dieses Zeug schwirrt überall herum. Wer, wenn nicht die Scholaren, wäre neugierig genug, seine Nase hineinzustecken.«

»Ihr haltet es für einen dummen Streich? Ganz im Ernst? Ihr sagt das nicht nur so?« Nun traten Carlotta doch noch die Tränen ins Auge. Sie war unglaublich erleichtert. Man verstand ja nichts von diesen Sachen. Aber Palač war Jurist. Hatte vielleicht selbst für die Inquisition gearbeitet...

»Verbrennt es«, empfahl der Magister.

»Ja.«

»Es lohnt wirklich nicht, darüber zu heulen.«

»Tu ich gar nicht.«

Sie nahm die Blätter und ging. Unten im Ofen brannte ein hungriges Feuer.

14. Kapitel

In der Kirche war es feierlich, düster und kalt. Magister Reginaldus hatte die Messe gelesen, und nun gab Marsilius von Inghen einen Überblick über die Situation der neuen Universität. Seine Stimme hallte durch die Kirche, während die Scholaren fröstelnd und aneinandergedrängt wie eine Herde schwarzvermummter Schafe lauschten. Die Zahl der Inskribierten war nach der entsetzlichen Epidemie vom vergangenen Jahr auf einhundertsiebenundsiebzig geschrumpft, weshalb für die Woche vor Weihnachten eine Bittmesse um den Bestand der Universität abgehalten werden sollte. Diese Zahl war allerdings nicht ganz korrekt, denn es gab noch immer Scholaren, die es nicht für nötig hielten, sich in die Immatrikulationslisten einzutragen. Das war ein Mißstand, und die entsprechenden Herren sollten sich darauf gefaßt machen, möglicherweise nicht zu den weihnachtlichen Prüfungen zugelassen zu werden.

Carlotta gähnte. Sie fror in ihrem neuen Kleid, obwohl es aus festem Stoff war und sie ihren Mantel darübertrug. Die schweren, steinernen Mauern und Rippengewölbe der Heiliggeistkirche schienen Kälte auszuatmen wie ein lebendiges Wesen. Jona im Walfisch. Sie waren gefangen im Bauch einer monströsen Eiskreatur. Besorgt blickte sie zu ihrem Vater, der

mit dem silbernen Zepter der Universität vor einer Marien-
statue stand, aber er schien andächtig zu lauschen und kaum
angestrengt zu sein. Vielleicht wärmte ihn das Glück der
Zeremonie.

Es gab zur Zeit zwölf Magister mit der *licentia docendi*, dem
Recht zu lehren, erläuterte Marsilius. Sieben Magister der
Freien Künste, zwei Theologen, einen Mediziner, einen Kir-
chenrechtler und — endlich — einen Magister für Römisches
Recht. Die Männer hatten neben dem Kurfürsten und seinem Neffen vorn in einer Stuhlreihe Platz genommen, wo
sie von allen gesehen werden konnten. Der Magister für
Römisches Recht saß am äußersten Rand der Reihe. Er trug
seinen mit Seide gefütterten Talar und das seidene Magisterbarett, das für offizielle Anlässe vorgeschrieben war, und
unterschied sich im Aussehen kaum von den anderen. Seine
Beine waren übereinandergeschlagen, das Kinn auf die Hand
gestützt — entspannt hätte er wirken müssen, aber Carlotta
kam er vor wie ...

Wie ein Vogel auf der Leimrute, dachte sie. Patsch — gefan-
gengenommen, und nun die Kette am Bein und das Gefieder zerzaust. Stellte seine Anwesenheit eine Kapitulation dar
oder nur den Wunsch, der Eskalation vorzubeugen? Würde
er im neuen Jahr zu lesen beginnen? Und warum, zum
Kuckuck, hatte er sich überhaupt geweigert?

Rektor Marsilius sprach von dem Dank, den man seiner
Heiligkeit, dem Papst, schuldete, und dann — ausführlicher,
weil es mehr Nutzen brachte — dem Dank an den Kurfürsten. Ruprecht hatte die Magister seiner Universität mit
großzügigen Pfründen bedacht, aus denen sie den größten
Teil ihres Lebensunterhalts bestreiten konnten, und wenn
man dem Papst den in Arbeit befindlichen *Rotulus* übergab,
was im kommenden Frühling geschehen sollte, würde man
angemessen für alle Fakultäten sorgen können. Marsilius
bedankte sich auch für die ehemalige Abtei beim Ziegelei-

gelände, die den Theologen als Burse zur Verfügung gestellt worden war und deren Umbau nun so weit vorangeschritten war, daß man von einer angemessenen Unterkunft sprechen konnte. Auch das Tanzhaus erfüllte seinen Zweck.

Und trotzdem – lauter Provisorien, dachte Carlotta und war gleichzeitig gerührt über den Eifer des berühmten Magisters. Der Papst hatte Marsilius einen Lehrstuhl in Bologna angeboten, wo der Universität ein ganzes Stadtviertel zur Verfügung stand. Paris, die Mutter der Universitäten, hätte ihren gelehrten Sohn sicherlich auch wieder aufgenommen. Und Oxford, Prag, Wien … Aber Marsilius von Inghen beschied sich mit der winzigen deutschen Universität, die ihren Unterricht in Klöstern und dem städtischen Tanzhaus abhalten mußte.

Sie spürte, wie jemand an ihrem Mantel zupfte. Neben Carlotta, in dem kleinen Grüppchen der Frauen, saß auf einem hochlehnigen Stuhl die Schwester des Rektors, Sophie von Inghen. Die alte Dame war von großer Statur, Carlotta mußte sich nur wenig hinabbeugen, um ihr zuzuhören.

»Was tut er den ganzen Tag?« wisperte die Greisin.

Wer? Oh, Palač. Sophies knöcherne Buckelnase wies energisch in seine Richtung.

»Ich glaube, er liest.«

»Was?«

»Keine Ahnung.«

»Wenn er liest, kann er das auch vor den Scholaren tun. Marsilius ist verärgert!« Die alte Frau pochte ungeduldig mit dem Knöchel auf die Stuhllehne. Sie fror. Vielleicht drückte auch der Stuhl. Jedenfalls hatte sie keine Lust, anzuhören, welche Baccalaren die Magisterprüfung ablegen wollten. Wieder zog sie an Carlottas Ärmel.

»Dein Vater hat sich jung gehalten.«

»Wirklich?« Anselms Gesicht war in der dunklen Kirche schwer zu erkennen. Aber er stand gerade, seine Hand mit dem Zepter war ruhig. Und er hatte auch nicht zugenommen. Wobei letzteres vielleicht mit ihrer Kocherei zusammenhing. Welch ein Segen, daß heute die Küche des Kurfürsten für das Essen sorgte.

Sophie begann unversehens zu kichern. »War ein hübscher Kerl«, flüsterte sie. »Sanft wie ein Lämmchen, schön wie der Morgen. Ist 'ne Mischung, die Frauen kribblig macht. Besonders solche, die das *chanson de geste* lieben.« Sie stieß Carlotta munter in die Seite.

Ihr Bruder kam auf die Spannungen zwischen der Heidelberger Bürgerschaft und den Angehörigen der Universität zu sprechen. Er wies noch einmal auf das Immunitätsprivileg des Papstes hin – dieser Wink ging an die anwesenden Bürgermeister und Ratsmitglieder – und kündete dann eine Anzahl drakonischer Strafen für das Übertreten der Universitätsregeln an. Scholaren waren beim Stehlen von Obst erwischt worden, andere hatten sich ohne die vorgeschriebene Kutte in der Stadt herumgetrieben und mit den Handwerkern gebalgt. Zwei Baccalaren hatten nachts die Mauer überstiegen, um im Neckar zu baden, und sich damit der Spionage verdächtig gemacht, was die Universität in eine äußerst unangenehme Situation gebracht hatte. Die Tochter eines Stadtrats war mit einem unzüchtigen Ständchen belästigt worden ...

»Dabei ist er vonnöten. Sie brauchen ihn. Dringend sogar. Hörst du mir zu, Mädchen? Nein ...« Sophie wies mit ihrem knotigen Finger auf Palač. »Den Tschechen. Er ist Jurist. Hast du nicht von der Leiche gehört, die gestohlen wurde?« Ihr Gesicht verzog sich in Abscheu. »Eine Kindsleiche. Beim Spital. Nachts aus der Erde gegraben. Hexenwerk, Carlotta Buttweiler! Diese Stadt braucht einen Inquisitor!«

Merkte sie nicht, wie laut sie wurde? Die ganze Umgebung horchte auf. Sogar ihr Bruder fühlte sich gestört. Er warf ihr einen Blick zu, der sie aber nicht im geringsten beeindruckte. Sie verschränkte die Arme und begutachtete Jovan Palač.

Marsilius kam knapp und trocken zum Ende. Der Pedell besaß einen Karzer. Man möge sich daran erinnern, wenn man zukünftig Lust auf Torheiten verspürte. Dergleichen würde von nun an auf einem Lager aus Stein kuriert.

Als er zurücktrat, um sich zu setzen, ging ein Aufatmen der Erleichterung durch die Kirche.

Der Pedell leitete das Ende der Versammlung ein, indem er das Zepter anhob und in den Raum vor den Altar trat.

»Soll ein brillanter Inquisitor sein«, murmelte Sophie, während sie sich erhob und sich auf Carlotta stützte. Sie sah zu, wie Jovan Palač sich in der Schlange der Magister einreihte. »Ein Verstand, so sauber wie das Henkersschwert, dabei ein Mundwerk wie Petrarca. Das ist es, was die Stadt braucht, Mädchen. Hexen sind schlau. Man muß selber listig wie eine Schlange sein, um sie zu fassen. Aber wenn er nicht anfängt zu lesen«, fügte sie unheilvoll hinzu, »erwischt es ihn kalt am Hintern.«

Fackeln und duftende Kerzen auf gußeisernen Radleuchtern überschwemmten den blauen Saal der Kurfürstenburg mit einem Überfluß an Licht. Kerzen standen auf den Tischen. Kerzen standen auf Truhen, die am Rande des Saals aufgestellt waren. Pfundschwere Kerzen aus Bienenwachs brannten in eigens dafür hergestellten Bronzeständern. Der Raum war taghell erleuchtet. Ein Vermögen mußte das kosten. Die Wände, verschwenderisch bemalt mit Jagdszenen in Blau- und Grüntönen, leuchteten, als würden sie von der Sonne beschienen.

Über dem Bild einer Reiterin auf weißem Pferd befand sich eine Galerie, auf der Fiedler und Bläser zum Tanz aufspielten. Ein Junge schlug mit Gekreisch und Vergnügen das Tamburin.

Carlotta seufzte. Sie hatte Kopfweh von dem vielen Lärm. Der Tisch, an dem sie saß, stand dicht bei der Galerie. Das Tamburin dröhnte, als würde direkt in ihr Ohr gescheppert. Dazu kamen das Lachen der Leute, Gesprächsfetzen, Rufe nach der Dienerschaft und – am schlimmsten – das endlose Geschwätz des jungen Mannes an ihrer Seite. Es war, als säße sie im Zentrum eines Bienenstocks. Die Scholaren waren nach einer knappen Begrüßung und Ermahnung zu gesittetem Verhalten in die Küche und dann nach Hause entlassen worden. Aber der Rest der Gästeschaft feierte um so lauter.

»... muß es nach der Bleiche zweiundfünfzig Ellen lang und mindestens eine Kölner Elle breit sein, und zwar vom Beschaumeister gemessen. Auf den Zoll«, schrie ihr der Tischnachbar ins Ohr. Sie nahm an, daß er Tuchhändler war. Oder der Sohn eines Tuchhändlers. Zweifarbig gewürfelte Hosenbeine schmückten seine mageren Schenkel und ein violettes Wams mit ausladenden Schulterpolstern seinen Oberkörper. Er hatte den Hut – ein prächtiges Stück aus ebenfalls violettem Samt – aufbehalten, und die Sendelbinde, die daran hing, machte ein weiteres Mal Bekanntschaft mit der Soße, als er sich zu Carlotta beugte. »Anders kriegt er nicht das Siegel. Versteht Ihr?« brüllte er.

Carlotta hätte gern aus dem Becher getrunken, der ihnen gemeinsam zur Verfügung stand, aber der Tuchhändlersohn hatte rabenschwarze Fingernägel und schneuzte sich ins Tischtuch und ließ alle Augenblicke unbeschwert Winde fahren, so daß sie es nicht über sich brachte.

»Für drei Siegelkronen muß der Ballen acht Pfund Baumwolle haben«, dröhnte es in ihr Ohr. »Für zwei braucht er nur siebeneinhalb. Was weniger ist ...«

Verstohlen blickte Carlotta zum Kopfende des Saales. Man hatte dort einen roten Baldachin gespannt, unter dem der Kurfürst, sein Neffe, die beiden Bürgermeister und natürlich die Herren der Fakultäten speisten. Palač saß zwischen Marsilius und dem Bischof von Worms. Er hatte den Kopf auf die gesunde Hand gestützt und langweilte sich. Oder ... nein. Dafür wirkte er zu konzentriert. Wie die gelbe Katze. Immer auf der Hut. Sorgte er sich, weil er seinen Unterricht nicht angetreten hatte?

»... einen Pfennig«, schrie der Tuchhändler. Sein übler Atem wehte in Carlottas Nase, und sie rutschte hastig zur Seite.

»Was, bitte?«

»Einen Pfennig. Die Bleiplombe. Die das Tuch versiegelt. Kostet einen Pfennig.« Er lächelte, und Carlotta dachte, daß er wahrscheinlich bald keine Zähne mehr im Mund haben würde, denn was sie sah, war schwarz und verfault. Hatte man ihn mit Absicht als ihren Tischnachbarn ausgesucht? Vielleicht Sophie? War sie für ihren Vater auf die Suche nach einem Heiratskandidaten gegangen?

Carlotta spürte, wie jemand sie an der Schulter berührte. Dankbar wandte sie sich um.

Der junge Albrecht Hasse stand hinter ihrer Bank und flüsterte etwas, das im Lärm unterging. Eine Bitte, mit ihm zu kommen? Auf dem Fliesenboden im hinteren Teil des Raumes stellten sich Tänzer zu einem Reigen zusammen. Sie schüttelte den Kopf. Nein, tanzen konnte sie nicht. Aber gute, kalte Luft wäre großartig. Sie stand auf, und Albrecht folgte ihr, treu wie ein Hund, zu den Fenstern.

Erleichtert ließ Carlotta sich in einem Erker nieder, und es schadete nicht, daß Albrecht, der sich gegenübersetzte, mit seinen Knien an ihre stieß, denn zumindest verursachte das keinen schlechten Geruch. Carlotta atmete die feuchte Nachtluft, die schon nach Winter roch, und spähte aus dem Steinbogen hinaus zu den Sternen, die wie gesprenkeltes Gold den schwarzblauen Himmel schmückten.

»Schön, die Nacht«, sagte Albrecht, und sie nickte. Ein verlegenes Schweigen entstand.

»Ihr, äh ... Ihr haltet nichts von der Näherung, nein?« Der
Baccalar blinzelte sie kurzsichtig an. »Bei der Kreisquadratur.
Ihr ... findet es nicht akzeptabel?«

Carlotta begann sich zu entspannen. Sie lächelte. »Wenn
etwas nur annähernd gleich ist, dann ist es nicht gleich, sondern eben nur ähnlich. Egal, wie man es wendet.«

Albrecht gab ihr mit einem Nicken recht. »Aber es wäre
schön gewesen. Eine gute Theorie«, sagte er.

Beide schauten zum Fenster hinaus, und Carlotta fragte
sich, ob er der Pracht des Novemberhimmels tatsächlich etwas
abzugewinnen vermochte oder ob er nur nicht wußte, wie
er sie unterhalten sollte.

»Mögt Ihr etwas trinken?«

Seine Fingernägel waren rein. Carlotta nickte und trank
in großen Zügen, was Albrecht ihr in seinem Becher ans Fenster brachte. Der Tuchhändlersohn hatte Gesellschaft bekommen. Er knabberte an einem Knöchelchen und nickte zu
etwas, das ihm ein reich dekolletiertes Mädchen ins Ohr flüsterte, obwohl er es wahrscheinlich gar nicht verstand, weil
die Fiedler über ihm sich vor Temperament überschlugen.
Das Mädchen zupfte keck an seiner Sendelbinde, und er
begann zu lachen.

Wie konnte meine Mutter dergleichen nur schön finden?
dachte Carlotta. Aber die schöne Isabeau hatte wahrscheinlich
nie unter der Galerie der Musikanten gesessen und auch nicht
an einem kalten Fenster, sondern den Mittelpunkt im Reigen
der Tänzer gebildet, die so elegant über die Fliesen schritten.
Und wahrscheinlich war ihre Tochter für den Vater, der alles
so schön organisiert hatte, wiederum eine Enttäuschung.

»Er ist hier«, sagte Albrecht.

»Was?«

»Bligger.« Albrecht griff nach ihrer Hand, als sie hochfuhr.
»Nicht beim Fest, aber ich habe ihn hinten bei den Wachen
gesehen.«

»Warum? Ich meine, warum feiert er nicht mit? Ich denke, er ist auch in der Universität inskribiert.«

Der Baccalar zuckte die Achseln, merkte, daß er noch immer ihre Hand hielt, und ließ sie errötend los. »Vielleicht hat er ein schlechtes Gewissen. Oder die Gesellschaft ist ihm nicht fein genug. Er ist doch ein Graf.« Sein Gesicht trug einen Anflug von Zorn, der aber gleich wieder in Hilflosigkeit verfloß. Carlotta zögerte – und begann von Martha zu erzählen. Nicht alles, aber was das Mädchen über Bligger und Zölestine berichtet hatte. Albrecht hatte ein Recht darauf. Die Tote war seine Cousine gewesen. Er nickte dumpf, als sie fertig war. Er zweifelte nicht. Albrecht hatte Zölestine gekannt.

»Wann wart Ihr bei ihr gewesen?« fragte Carlotta.

»Kurz vor ihrem Tod.«

»Und sie hat nichts gesagt? Keine Andeutung gemacht?«

»Ich hätte besser zuhören müssen. Aber sie war schweigsam. Die meisten Leute sagen mir nichts. Ich wecke keine Zutraulichkeit.«

Carlotta schaute mitleidig in das Eulengesicht. Sie glaubte ihm aufs Wort. Niemand würde vermuten, daß sich hinter den unsicheren Augen genügend Klugheit verbarg, das Näherungsproblem der Kreisquadratur zu beurteilen. Und in seinem Herzen genügend Sanftmut, sich um den Tod eines Mädchens zu grämen.

»Denkt Ihr, daß man noch etwas tun kann?« fragte Albrecht.

Nicht er. Aber vielleicht Palač. Als Carlotta durch den Saal blickte, sah sie, daß der Magister sie beobachtete. »*Irgend etwas* muß jedenfalls unternommen werden. Wir sind ihr das schuldig«, meinte sie.

»Aber nicht von Euch!« Des Baccalaren Hand landete ein zweites Mal auf ihrer eigenen, und diesmal überraschend heftig. Erstaunt blickte sie ihn an. »Es ist zu gefährlich«, stotterte er. »Ihr seid ein Mädchen, Carlotta. Und Bligger ... ein Mörder. Nicht nur wegen Zölestine. Es wird Schreckliches von ihm erzählt. Er hat eine Menge verbrochen. Aber ...« Fiebrig überlegte der junge Mann. »... es gibt doch die Gerichtstage des Kurfürsten.«

»Das nutzt nichts. Der Kurfürst hält seine Hand über Bligger.«

»Oder ich wende mich an einen Ratsherrn.«

»Das habt Ihr doch schon erfolglos versucht.«

»An Eckard von Worms!« stieß Albrecht hervor. »Ja, das werde ich machen. Ich gehe zum Bischof von Worms.«

»Was hat der damit zu tun?«

»Er ist der vom Papst bestellte Richter über die *universitas*.«

»Das ist Marsilius.«

»Nur für geringe Vergehen. Die wichtigen Dinge ...«

»Entscheidet in diesem Fall nicht Eckard, sondern der kurfürstliche Vogt«, sagte eine Stimme.

Palač hatte seinen Tisch verlassen und offenbar unfein gelauscht. Und was er hörte, hatte ihm nicht gefallen. Carlotta stellte die Herren einander vor. Albrecht wollte sich erheben, trat aber auf ihren Kleidersaum und fiel auf seinen Platz zurück, wobei er sich tausendfach entschuldigte.

»Der Vogt ...« nahm Carlotta das Wort auf.

»Ist Richter über den Adel. Das zählt mehr als die Zugehörigkeit zur Universität«, sagte Palač.

»Aber vielleicht würde der Vogt ...«

»Seinem Herrn eine lange Nase machen?«

»Nein, das kann er nicht.« Albrecht nickte und stimmte dem *doctor decretorum* zu. Das war's also? Einigkeit unter den Herren?

Carlotta stand auf. Ihr taubenblaues Kleid bestand aus Unmengen von Stoff, die sie an Albrecht vorbeibugsieren mußte.

236

»Jetzt seid Ihr zornig«, sagte der Baccalar.

Palač sagte gar nichts. Er stand ihr im Weg und blieb dort stehen, so daß sie nicht aus der Nische kam.

»Es ist erbärmlich. Nichts zu versuchen, als gäbe es von vornherein nur Scheitern«, sagte Carlotta. »Euer Hypesos hat auf seinem Nachweis der Unmeßbarkeit beharrt. Und es hat ihm nichts ausgemacht, daß alle Welt *pfui* darüber schrie.«

»Er hieß Hippasos, und ob es ihm etwas ausmachte, wurde nirgends notiert. Aber ich ehre ihn für seine Standhaftigkeit.«

»Und dann ...?«

Albrecht stieß gegen Carlottas Beine. Sie mußte sich setzen, um ihn wieder auf die Füße kommen zu lassen. Palač nutzte die Gelegenheit, zu seinem Tisch zurückzukehren. Carlotta ärgerte sich darüber, und auch dafür fühlte Albrecht sich schuldig. Stotternd bekundete er sein Bedauern.

Der Kurfürst erlöste ihn aus seinen Entschuldigungen. Er hatte dem Truchseß einen Befehl gegeben, der zu umgehenden Aktivitäten führte. Die Gesellschaft sollte sich in einem Nachbarraum zusammenfinden. Eine Motette der *Ars Nova* würde zu Gehör kommen. Als Abschluß der Feierlichkeit.

»Carlotta«, sagte Albrecht.

»Ja?«

»Ich finde, ähh, Ihr seht sehr hübsch aus in dem Kleid.«

Die Motette wurde doch nicht der Abschluß der Feier. Die meisten Gäste zogen sich zurück, als die schönen Stimmen der Sänger verklungen waren. Auch der Kurfürst. Aber der jüngere Ruprecht, die Magister und ihr Pedell blieben. Man hatte es sich in dem kleineren Raum gemütlich gemacht, in dem die Sänger ihr Konzert gegeben hatten. Dort war es nämlich warm, weil ein riesiger Kamin heizte und die Fenster mit buntem Glas verschlossen waren, wie in einer Kirche. Carlotta saß auf einem Lehnstuhl dicht beim Kamin und war so müde, als hätte sie hundert Jahre nicht geschlafen. Vielleicht war ihr auch der Wein zu Kopf gestiegen. Undeutlich klangen die Stimmen an ihr Ohr. Ihr Vater freute sich, daß man ihn gebeten hatte, zu bleiben. Das war nicht selbstverständlich. Die Stellung der Pedelle unterschied sich von einer Universität zur anderen, und sogar an derselben Institution besaßen sie nicht den gleichen Rang. An den eines Fakultätsmitglieds kamen sie nie heran. Aber Anselm war *magister in artibus* gewesen, bevor er sich zu der unglücklichen Ehe entschlossen hatte, die seinem Lehramt ein Ende bereitete. Und Marsilius war zu großherzig, um das zu vergessen.

Carlotta gähnte hinter ihrer Hand. Sie war die einzige Frau unter den Männern, abgesehen von Sophie, die vor Lebhaftigkeit sprühte, als hätte sie den ganzen Tag im Bett verbracht. Ihr Lachen, das voll und tief war und gar nicht zu dem mageren Körper paßte, unterstrich ihre sprudelnden Worte. Sie sprachen ... über Theologie? Nein, über Kirchenrecht. Konrad von Soltau führte das Wort. Carlotta mochte den Magister mit dem schütteren Haar und dem blanken, dicklichen Kinn mit dem Grübchen darin nicht. Ständig unterbrach er die anderen. Als wäre ein Wort nicht vollständig, bevor er es kommentiert hatte. Man sprach deutsch, mit Rücksicht auf den Kurfürsten, aber Konrad würzte seine Sätze fortwährend mit lateinischen Zitaten. Es hörte sich an, als liefe seine Zunge auf Stelzen. Und nie fand er ein Ende.

Marsilius' Schwester interessierte sich nicht für Kirchenrecht. Sie erzählte witzig von einer Pastete am Hof des französischen Königs, in der achtundzwanzig! Musiker verborgen gewesen waren. *Hemelse goedheid*, die Franzosen! Sie hatten bei diesem Fest in der Mitte des Saales – konnte Marsilius sich erinnern? – einen Walfisch von sechzig Fuß Länge aufgestellt, der aus seinem Maul Meeresgötter und Sirenen spie, die einen Tanz aufführten ...

»Wann beginnt Ihr eigentlich mit Eurem Unterricht, Magister Jovan?« fragte Konrad. Er hatte schon wieder unterbrochen – an völlig unpassender Stelle. Sophie hob indigniert die Augenbrauen.

»Jovan Palač!« Konrad klopfte auf seine Stuhllehne.

»Bitte, was?«

»Ich fragte, wann Ihr Euren Lehrstuhl einnehmt.«

»Ihr vermißt mich, ja?« Palač lächelte mit dem Mißtrauen der gelben Katze.

Carlotta spürte, wie ihre Müdigkeit verflog. Spannung lag in der Luft. Vielleicht sogar Streit, denn Konrad setzte sich aufrecht, als ginge es zum Gefecht.

»Ich kann gar nicht anders als Euch vermissen, Jovan. Wir hatten eine unvergeßliche Zeit«, sagte er, und Carlotta erinnerte sich, daß auch Konrad von Soltau aus Prag gekommen war. Aber schon vor zwei Jahren. War er nicht sogar *Rektor* der Karlsuniversität gewesen? Jedenfalls etwas Bedeutendes. Und sein Fortgang hatte mit den Rivalitäten zwischen den Deutschen und der tschechischen Nation zu tun gehabt.

»Auf die unvergeßliche Zeit.« Palač prostete ihm zu. Er senkte den Kopf. Er wollte keinen Streit.

Ruprecht, der die ganze Zeit nur mühsam seine Langeweile verborgen hatte, begann an den Spitzen seines Bartes zu zupfen. »Was ist doch gleich Euer Fachgebiet?« wollte er wissen.

»Jurisprudenz.« Palač' Wimpern verschleierten die schwarzen Augen.

»Römisches Recht oder Kirchenrecht?«

»Römisches.«

»Dann seid Ihr hier mehr als willkommen. Stimmt doch, Marsilius? Die Universität ist ganz versessen darauf, ihre letzte Fakultät zu besetzen.«

Marsilius murmelte etwas.

Aber einem Ruprecht murmelte man nichts. Ihr Gastgeber war plötzlich hellwach. »Aus Prag, sagtet Ihr? Natürlich. Hat der Kurfürst nicht Euretwegen einen Brief bekommen? Vom Kaiser? Sicher – Ihr seid der tschechische Magister, der hier lesen soll.«

»Nicht nur Magister. Ehemals *Dekan* der Juristenfakultät. Und Freund des Kaisers«, ergänzte Konrad eilig.

Die Luft wurde schwül. Ruprecht versuchte, die Stimmungen einzuordnen. Aufmerksam betrachtete er die beiden Männer.

»Aber bis zum Rektor habt Ihr es nicht geschafft, Jovan!« sprudelte Konrad mit unverhüllter Häme. »Ein Jammer. Nur – *ultra posse nemo obligatur,* wie ich immer sage. Wie wundersam, daß Wenzel Euch entbehren kann. Er hing so gläubig an Eurem Mund. Keine Entscheidung ohne den Rat seines lieben Palač. Ihr wart ihm …« Nein, Konrad fühlte, daß er zu weit ging. Nichts mehr über den Kaiser. Er hüstelte und schaute vorsichtig, ob Ruprecht vielleicht die Miene verzog.

Der Neffe des Kurfürsten grinste amüsiert. Ihm waren die Einzelheiten des Briefes offenbar wieder ins Gedächtnis gekommen. »Magister … *Jovan,* ja? Jovan Palač? Unser verehrter Kaiser wünscht, Euch hier lehren zu sehen. Doch, so oder etwas drastischer hat er sich ausgedrückt.«

»Palač war krank. Ich wollte ihn erst wieder bei guter Gesundheit haben«, warf Marsilius ein.

»Der Kaiser sagte – unverzüglich. Ja, ich meine, das hätte ich gelesen.«

»Ich kann nicht lehren«, sagte Palač dumpf.

Konrads Grübchen hüpfte. Er verkniff sich die Bemerkung, die ihm zweifellos auf der spitzen Zunge lag. Was konnte besser den Unmut des mächtigen Ruprecht hervorrufen als solch plumpe Weigerung?

»Ihr *könnt* nicht lehren!« Ruprechts Lächeln wurde breit. »Und sicher gibt es dafür einen Grund?«

»Ja.«

240

»Den Ihr uns nennen wollt?«

Die Katze hatte nicht aufgepaßt. Sie saß in der Falle.

»Ich ... bin dafür nicht geeignet«, sagte Palač langsam.

Konrad frohlockte, ohne zu begreifen, wie der Sieg zustande kam. »Jovan! Macht Euch nicht kleiner als Ihr seid. Ihr wart Dekan. Ihr habt in Bologna und Siena gelehrt. Ihr habt diese exquisite Glosse über *ius in personis filiorum* geschrieben. Man nimmt sie in Siena als Grundlage für die Generalexerzitien ...«

Sein Ausbruch wurde vom Kurfürsten mißbilligt. Das war zu plump. Es trat eine peinliche Pause ein.

»Ihr seid also nicht geeignet«, sagte Ruprecht schließlich gedehnt. »Was muß ich daraus schließen? Daß Wenzel seine unfähigen Magister an die Rupertina abschiebt?«

Die arme Katze. Es lohnte nicht einmal mehr zu fauchen.

»Und in Eurer Bescheidenheit glaubt Ihr deshalb, ablehnen zu müssen?«

Schweigen. Palač' Aufmerksamkeit galt den Narben auf der verkrümmten Hand.

Ruprecht schüttelte die köstlichen, gedrehten Locken. Seine Stimme wurde so kalt wie die Nachtluft. »Marsilius!«

»Ja, Herr?«

»Zu Beginn der nächsten Woche wird Euer tschechischer Magister seinen Unterricht aufnehmen. Der Kaiser wünscht es. Ich wünsche es. Ihr werdet mir darüber umgehend einen Bericht abgeben.«

15. Kapitel

Der Vormittag verging. Marsilius kam nicht. Magister Jovan verbrachte die Zeit in der Küche, wobei er abwechselnd aus dem Châtelain de Coucy las und Carlotta beim Kochen behilflich war.

»Es ist eine erbärmliche Art zu krepieren«, bemerkte er, nachdem er die Sache mit dem vergifteten Pfeil rezitiert hatte, durch den der Liebhaber der bedauernswerten Dame de Fayel während des Kreuzzuges zu Tode gekommen war.

Carlotta hackte ihre Hühnerbrüstchen. Am Herdrand wartete der Topf mit der Ziegenmilch und dem zerstoßenen Reis. Auf einem vergilbten Stück Pergament, das sie an einen Nagel im Türrahmen gespießt hatte, stand, wie das Blamensir zubereitet werden sollte. Nicht so schwierig. Josepha hatte beim Diktieren extra betont: Gar nicht schwer. Die Jungen hatten etwas Gutes verdient.

»An den meisten Giften stirbt es sich übel«, sagte der Magister. »Ich habe jemanden gesehen, dem sie Quecksilbersalz gegeben hatten. Es ist ihm aus Augen und Nase gequollen, und sein Leib war übersät von schwarzen und weißen Flecken. Zwei Tage brauchte er zum Sterben. Aber er war nicht in der Stimmung, ein Lied zu verfassen, wie unser Liebhaber.«

»Vielleicht war Renaults Gift von fröhlicherer Art«, sagte Carlotta und schüttete mit klebrigen Fingern das Hühnerklein in die Ziegenmilch. Sie fand, Magister Jovan sollte sich lieber mit der Frage seines Unterrichtens auseinandersetzen. Er befand sich in der Patsche, so sicher wie die Hühnchen in der Milch.

»Unser Freund Renault muß hartnäckig gewesen sein. Es hat achttausendzweihundertsechsundsechzig Verszeilen gebraucht, ihn in den Kreuzzug zu locken. Vertrauen, Carlotta. Die Einfältigen werden vorzugsweise durch ihr Vertrauen um den Kopf gebracht. Denkt Ihr nicht, das Schmalz riecht sonderbar?«

Carlotta hatte eine schlechte Nase. Aber sie sah, daß auf dem Boden der Pfanne schwarze Krümel schwammen. Wahrscheinlich hätte sie das Fett auf einen höheren Dreifuß stellen sollen. Andererseits war es noch nicht wirklich schwarz. Sie goß die Reismilch dazu und rührte heftig.

»Der arme Renault will der Dame de Fayel sein einbalsamiertes Herz schicken. Samt einer Locke. Soll ich Euch das vorlesen?«

»Lest nur.« Die Pampe sah sonderbar aus. Klumpig, schwärzlich.

»Würdet *Ihr* Wert auf das einbalsamierte Herz Eures Liebsten legen, so Ihr einen hättet?« erkundigte sich der Magister.

»Keine Ahnung.«

»Ich fürchte, es wäre eins von diesen Dingern, die einem ständig im Wege liegen. *Wo sind meine grünen Strümpfe, Mama? In der Truhe neben dem einbalsamierten Herzen. Komm nicht dagegen, es staubt so.* Soll ich wirklich weiterlesen?«

Es ging auf Mittag zu. Marsilius würde kommen. Und Jovan Palač würde ihm sagen müssen, ob er an der *universitas* lesen würde. Manchmal konnte er einen verrückt machen mit seinen einbalsamierten Herzen.

243

Das Essen schmeckte sonderbar, aber nicht schlecht, wenn man vom Beigeschmack der Soße absah. Die Scholaren fraßen wie die Sarazenen und eilten dann fort zu ihren Exerzitien. Carlotta legte Holz in die Feuersglut, schob einen Teil davon durch die Feuerluke, so daß der Ofen in der Stube mitgeheizt wurde, und machte sich daran zu backen. Die Tage waren kurz geworden.

Jovan Palač holte eine Lampe aus der Stube. Er stellte sie vor sich auf den Tisch und widmete sich wieder dem Herzen des armen Renault. Wahrscheinlich war es in seiner Kammer so kalt, daß die Mäuse Schlange standen, um Aufnahme in sein Bett zu erbitten.

Marsilius von Inghen kam dann doch noch – kurz vor Einbruch der Dämmerung, als sie im Augustinerkloster zur Vesper läuteten. Er pochte mit dem schweren Eisenring an die Stubentür, schritt aber, als er Palač in der Küche sitzen sah, gleich zu ihm durch. Sein Mantel wehte wie eine Fahne.

»Nun?« fragte er.

Carlotta schleppte den gepolsterten Stuhl in die Küche, damit der Rektor sich bequem setzen konnte. Sie bot ihm einen Becher Würzwein. Es tat ihr weh, Palač anzuschauen, wie er mit winzigen, bitteren Fältchen auf die Tischplatte starrte.

»Sei vernünftig, Junge. Du hast überhaupt keine Wahl«, sagte Marsilius.

»Ein häßliches *Ja* und ein häßliches *Nein*.«

»Das ist – dickschädelig!«

Ein Stückchen Holz glühte auf, krachte und stob über den Herdrand. Carlotta zertrat es mit dem Fuß und hob den eisernen Feuerstülper über die Glut.

»Morgen ist der Tag des heiligen Andreas«, sagte Marsilius. »*Non legitur* für die gesamte Universität. Aber in drei Tagen steht dir der Saal im Tanzhaus zur Verfügung. Der untere. Du wirst für den Beginn mit etwa vierzehn Scholaren rechnen können. Es ist nicht schlecht hier, Jovan. Man hat sein Auskommen.«

Palač zog mit dem Nagel des steifen Daumens Rillen in die Blätter des *Châtelain*.

»Ruprecht erwartet mich am Sonntag in einer Woche zu einem Gespräch. Er ist auf dich aufmerksam geworden. Und er wird nach dir fragen. Mach's mir und dir nicht so schwer.«

Marsilius trank einen Schluck vom Würzwein. Carlotta holte den Brotlaib aus dem Rohr, und die beiden Magister sahen ihr zu, wie sie ihn auf einem Rost auf den Tisch legte, während das Tageslicht hinter den Ritzen des Fensterladens verglomm. Es war ein prächtiges Brot geworden.

Marsilius seufzte. Er stand auf.

»Bis später also«, sagte er. Es freute ihn, daß der Magister ihm die Hand reichte, und als Carlotta ihn hinausbegleitete, strich er ihr übers Haar.

Als sie abschloß, stand Palač in der Küchentür.

»Ihr werdet lesen?« fragte Carlotta. Sie schüttelte selber den Kopf. »Nein, werdet Ihr nicht.« Unbeholfen trat sie auf ihn zu. »Warum?«

»Weil es ... es wäre etwas wie ein Verrat.«

»Die Digesten zu lesen?« Das ging über ihren Verstand.

Die Tür zur Küche stand offen. Nur von dort, vom Feuer auf der Herdplatte, kam noch Licht, und von der Lampe, die Palač hielt. Carlotta schloß die Tür. Dann blies sie mit einem kurzen, kräftigen Hauch die Flamme in der Hand des Magisters aus.

Sie standen im Finstern, und es war totenstill.

Palač ertrug es nicht einmal fünf Herzschläge lang. Er suchte den Weg zur Haustür und stieß sie auf.

»Ist es das wert?« fragte Carlotta. Sie bemühte sich zu lächeln, weil ihr selber unheimlich wurde. Ein Mann, dem man die Luft zum Atmen genommen hat, ist kein schöner Anblick. »So wird es sein«, beharrte sie. »Die Zellen, in denen

245

Ruprecht seine Feinde hält, liegen in einem Kellergewölbe, das sie unterhalb des Metzelhauses gegraben haben. Keine Fenster, kein Licht.«

Sie wünschte, er würde auch lächeln.

»Holt meinen Mantel«, sagte er statt dessen rauh. »Und Euren auch. Ist er das am Haken? Geht hoch. Meiner liegt auf dem Bett.«

Carlotta stieg die Treppe hinauf. Der Mantel lag tatsächlich auf dem Bett. Seidig weich fühlte sie den Stoff in der Hand. Und nun?

Palač half ihr in den eigenen blauen Kapuzenumhang und wies durch die Tür.

»Wohin?« fragte Carlotta.

Er nahm sie beim Arm. Nein, das war keineswegs freundlich gemeint. Sie wurde über den Markt gezerrt, an einigen verwunderten Fußgängern vorbei, die ihnen nachstarrten, dann zum Tanzhaus und weiter hinunter die Haspelgasse entlang zum Haspeltor. Natürlich war das Törchen längst geschlossen. Palač trat zu dem Häuschen neben dem Tor. Er pochte und flüsterte mit einer Gestalt.

Der Mann verschwand in seinem Haus und erschien im nächsten Moment mit einem Schlüssel. Carlotta glaubte zu sehen, wie eine Münze den Besitzer wechselte. Dann gingen sie zum Tor. Der Wächter öffnete die Riegel und schloß die diversen Eisenschlösser auf, die es schützten.

Palač und Carlotta mußten sich durch das Haspelkreuz winden, das im Tor stak, um das Schlachtvieh am Davonlaufen zu hindern. Sie standen am Neckarufer und hörten zu, wie das Tor ins Schloß zurückfiel und wie die Riegel ratschten. Danach herrschte Stille.

Es war kalt. Nebel trieb über dem Fluß und verhüllte das jenseitige Ufer. Holzkähne schaukelten wie dickbäuchige Ungeheuer auf dem glitzernden Wasser. Die Welt war hier einsam.

»Angst?« fragte Palač.

»Wovor?«

»Ihr schuldet mir ein bißchen davon. Wißt Ihr, wie es ist, wenn einem das Herz die Rippen durchschlägt?«

»Ruprechts Zellen haben Wände aus Fels. Das hat mir Josepha erzählt. Wo kein Fels ist, stehen fünf Fuß dicke Mauern. Und zum Licht führt nichts als ein Eisentor, und davor ist ein Gang, durch den man kriechen muß, weil er so niedrig ist.«

»Macht Euch das Freude?«

»*Sunt facta facta.*«

»*Fakta . . . merda!*« schnaubte Palač, und das hörte sich auch aus akademischem Mund nicht hübsch an.

Er setzte sich auf die Ufermauer und wies auf den Platz neben sich. Lange Zeit schwiegen sie, während sie dem Nebel zusahen, der in flusigen Schwaden auf den Wellen tanzte. Das Licht des Mondes brach sich darin. Wie Feenschleier, dachte Carlotta. Man hätte es schön finden können.

»Warum also?« fragte sie schließlich.

Er nahm sich Zeit mit der Antwort. »Kennt Ihr Prag?«

»Nein.«

»Dann stellt Euch einen Fluß vor, breit wie die Seine, in blauen und türkisgrünen Farben, der zwischen Weingärten fließt. Stellt Euch Bäume vor, die sich im Wasser spiegeln. Hügel. Stellt Euch eine Brücke aus weißem Sandstein vor, die auf sechzehn Bögen ruht und so lang ist, daß man die Ewigkeit begreift, wenn man darüberschreitet. Eine Burg, in der die Fenster mit buntem Glas und die Räume mit Sandelholz ausgeschlagen sind und wo die Kapellen goldene Decken tragen. Eine Bibliothek, die das Wissen des Universums birgt. Stellt Euch breite, gepflasterte Straßen vor, an den Seiten Häuser mit Blumen und Vogelkästen in den Fenstern, Märkte, auf denen Wasserspeier sprudeln, Händler, Gaukler, Marionettenspieler . . .«

Er hatte also Heimweh?

»Stellt Euch weiter ein düsteres, schiefes Gewinkel vor, in dem es nach Abwasser und feuchtem Mauerwerk riecht und in dem die Häuser sich aneinanderducken, als witterten sie Gefahr. Ein Eckchen Stadt, in das die Sonne nicht einmal an guten Tagen ihren Weg findet. Stellt Euch einen Jungen vor, der durch diese Gassen streift. Zerlumpt, hungrig, mit dem Verstand eines Huhns und dem Zorn eines zu oft getretenen Hundes. Einen kleinen Christusmörder, Carlotta. Er sieht eine Prozession, die ein Priester durch das jüdische Viertel führt. Und weil er den Verstand eines Hühnchens hat, hebt er einen Stein auf und wirft ihn nach dem Gottesmann.«

»Und ... sie haben ihn umgebracht?« fragte Carlotta. Was sonst würde einem unbekannten Judenkind Aufmerksamkeit verschaffen.

»Sie haben die Glocken von Týský chram geläutet und sind in die Häuser der Juden eingedrungen. Ganz Prag kam auf die Füße. An einem einzigen Nachmittag wurden dreitausend Menschen niedergemetzelt.«

»Drei ...?« Nein.

»Den Kopf des Jungen haben sie auf eine Stange gespießt und auf dem Turm des Rathauses ausgestellt.«

Plötzlich war nichts mehr schön an dem Seidengespinst des Nebels. Carlotta schlang die Arme um die Brust. »Aber ... sie hatten ... Ich meine, sie hatten kein Recht dazu.«

»Der Junge, dessen Kopf das Rathaus zierte, besaß ein Duplum – einen zweiten Hühnerverstand, der im kaiserlichen Hradschin lebte und genau diese Ansicht vertrat. Er hat die überlebenden Juden aufgesucht und ihnen erklärt, daß sie Kammerknechte des Kaisers seien, Eigentum der Krone, mehr zu seinem Nutzen als zu ihrem Frommen, aber immerhin. Die Prager hatten, als sie das jüdische Blut vergossen, Eigentum des Kaisers geschädigt und damit das Gesetz gebrochen. Und deshalb, hat er ihnen erklärt, müßten sie vor den Kaiser treten und

ihr Recht fordern. Sie *waren* im Recht, Carlotta. Sie waren so
eindeutig und unbegrenzt im Recht, daß man überhaupt nicht
hätte studieren müssen, um es zu begreifen.«

»Aber der Kaiser hat sie abgewiesen?«

»Der Kaiser...« Palač lachte spröde. »Soll ich Euch etwas
verraten, Carlotta? Ein *Recht* gibt es überhaupt nicht. Es gibt
das *Corpus iuris civilis*, es gibt Irnerius' Glossen zum Corpus,
es gibt Postglossatoren, die sich über Irnerius lustig machen...
Es gibt wichtigtuerische Hampelmänner, die sich um einen
Fliegenschiß die Köpfe heiß reden und dafür von Päpsten und
Königen mit Pfründen zugeschüttet werden. Aber in Wahrheit gibt es nichts, Carlotta, nichts außer einer Menge bekrit-
zeltem Papier, mit dem man sich den Hintern wischen kann.«

»Der Kaiser hat es nicht begründet?«

»Als die Delegation eintraf, war der Kaiser so besoffen, daß
er sich über seinem eigenen Rock erbrach. Der Hanswurst,
dem die Juden vertrauten...« Jedes Wort war jetzt Bitterkeit.
»Er hatte nicht daran gedacht, überhaupt nicht in Erwägung
gezogen, daß das heilige Recht sich an den Innereien eines
Betrunkenen orientieren könnte. Dem Kaiser war die Soße
in den Halskragen gelaufen, und darüber entschied er, daß
die Juden ihre Bestrafung verdient hätten und mit einem
Bußgeld zu belegen seien.«

So war das also gewesen.

Und der Hanswurst?

Nichts. Die Geschichte war zu Ende erzählt. Der Wind
biß eine Lücke in den Nebel, so daß die Bäume am anderen Ufer sichtbar wurden, bis es aussah, als stünde dort ein
Heer erstarrter Druden. Die Feen wichen den Druden. Das
eine Unglück dem anderen.

Palač räusperte sich. »Warum sagt Ihr nicht, daß das Recht
auch dann gelehrt werden muß, wenn es vom Kaiser gebrochen wurde?«

»Ich dachte, Ihr könntet selbst drauf gekommen sein.«

Er nickte und schüttelte gleichzeitig den Kopf. »Seht Ihr, Carlotta, unser Recht hat sich als Spielzeug entpuppt, als eine Waffe für die Hand der Mächtigen. Der Heilige Vater in Rom ließ mit Bezug auf das *decretum* seine widerspenstigen Kardinäle foltern. Der französische König ließ Männer ertränken, denen er öffentlich Amnestie versprochen hatte, bestärkt durch seine Anwälte. In der Lombardei war Bernabós erster Erlaß ein Katalog von Folterungen, die jedem angedroht wurden, der sich nicht seinem Willen beugte. Recht zu lehren, Carlotta, bedeutet nichts anderes, als Männer heranzuziehen, die sich auf die Kunst verstehen, um jedes Verbrechen das passende Mäntelchen zu weben. *Doctor decretorum!*« Er lachte scharf. »Das Schwein, das im Schlamm nach Rüben wühlt, handelt ethischer.«

Das stimmte nicht. Es *konnte* nicht stimmen. Aber an welcher Stelle?

»Und Ihr meint immer noch, ich sollte lehren?« fragte Palač.

»Ihr sollt!«

»Ich *würde* es gern. Ich habe eine so verfluchte Angst, daß meine Fingernägel schwitzen. Aber wenn ich mich entschlösse, es zu tun... Hier, fühlt meine Haut, spürt Ihr, wie ich mich in einen Wurm verwandele?«

Carlotta übersah die ausgestreckte Hand. Sie stand auf.

»Bleibt«, sagte er. »Stopft Euch die Ohren zu, wenn Euch mein Geschwätz anödet – aber laßt mir noch einen Augenblick. Ich kann in den Mauern nicht atmen.«

»Und hier draußen friert Ihr Euch zu Tode.«

»*Mea culpa*... Wie nachlässig von mir. Kommt, nehmt, wickelt Euch in meinen Mantel. Nein, mir ist nicht kalt. Ich brauche nichts als noch zwölf Glockenschläge Luft. Einmal für jede Stunde Nacht, die ich in der verfluchten Gruft hinter der Mauer...«

»Zwölf? Das ist in Ordnung«, sagte Carlotta.

Spät am Abend, als die Jungen alle gegessen hatten und mit ihren angewärmten Ziegelsteinen unter ihren Decken verschwunden waren und als Carlottas Vater noch einmal im Licht seiner Lampe und der Wärme des Stubenofens die Immatrikulationsliste prüfte, stieg Carlotta ins Dachgeschoß hinauf.

Sie klopfte und fühlte sich unbehaglich.

Jovan Palač saß auf dem Polsterstuhl mit den Rosen und streichelte die gelbe Katze, die an seiner Schulter lag. Er schien nachzudenken, und er schien davon sehr müde zu sein.

»Wegen Eurer Frage ...« sagte Carlotta.

Er erinnerte sich nicht mehr.

»Ihr habt mich gefragt, ob das Recht weiter gelehrt werden muß.«

»Und darauf habt Ihr eine Antwort gefunden?« Palač drehte ihr den Kopf zu, die Katze sprang von seiner Brust.

»Ja«, sagte sie. »Es ist wegen ... Zölestine. Damit jemand wie Bligger nicht sorglos sein kann. Daß ihm, auch wenn er mächtig ist, ein Rest Angst bleibt. Vor Strafe. Damit er weiß, daß er Unrecht tut.« Es war nicht ihre Begabung, solche Dinge zu erklären. Sie war weder Anwalt noch Kleriker. Aber es stimmte − und darauf kam es an.

16. Kapitel

Der Tag des heiligen Andreas dämmerte heran. Es war trüb, aber nicht mehr so kalt wie in den vergangenen Tagen. Carlotta schürte Feuer, legte Holz auf und schob es durch die Wandöffnung, bis der Ofen in der Stube glühte. Dann fegte sie und schüttete den Unrat in die Abortgrube neben dem Hühnerstall. Sie hatte noch immer nicht den Heimlichkeitsfeger gerufen. Aber gleich nach dem Sonntag würde sie das tun, und sie hielt es für unwahrscheinlich, daß ihr Bliggers Mann dabei begegnen würde. Wahrscheinlich war er nur in die unauffällige Tracht geschlüpft, um ihr besser nachschleichen zu können.

Ihr Vater war der erste, der aufstand. Er war es auch, der dem Boten öffnete, der draußen vor der Tür stand. Carlotta hörte, wie er mit dem Mann sprach, ihn hereinbat und, als der Bote ablehnte, ihm einen guten Heimweg wünschte. Kam da die übliche Weihnachtsgabe Isabeaus? Wenn ja, dann mochte ihr Vater sich allein daran freuen.

Carlotta nahm den Messingkessel vom Kochhaken. Bei der Kälte war es am besten, Würzwein aufzukochen. Nur hatte sie leider keinen Honig mehr. Wenn jedermann fror und schlechter Laune war, half Honig am besten. Sie lief über den Hof, Josepha um Hilfe zu bitten.

Fensterläden und Türen der Pergamenterwohnung waren verschlossen. Carlotta pochte vorsichtig. Oben, in der Wohnung im ersten Stock, zankte das Fischersweib seine Kinder aus. Konnte Josepha da überhaupt hören? Sie pochte lauter. Zu Hause sein mußte die Hebamme, denn durch das mit Pergament bespannte Herz im Fensterladen konnte man die Bewegung einer Flamme sehen. Trotzdem öffnete sich weder Fenster noch Tür.

Man hörte ein Klatschen, und eines der Fischerskinder begann zu heulen.

Noch einmal pochen? Nein. Carlotta dachte – und errötete dabei –, daß sie Josepha und ihren Mann womöglich bei privaten Dingen gestört hatte. Lieber davonschleichen.

So gab es den Würzwein ohne Honig, dafür aber mit einem Rest Brot, und sie machte ihn so heiß, daß er alle Mägen wärmte.

Die Stadt feierte das Fest der Narren. Carlotta hätte es vergessen, wenn die Jungen nicht beim Essen herumgealbert und allerlei blödsinniges Zeug geplant hätten. Ihr Vater ließ sie nachsichtig gewähren. Das Narrenfest war das Fest der niedrigen Geistlichkeit – der Subdechanten und Kirchenmeister; da weihten sie einen der Ihren zum Abt der Narren, schoren ihm den Kopf und kleideten ihn unter zweifelhaften Reden in Gewänder, deren Futter nach außen gekehrt war. Es war ein lästerliches Schauspiel, das der Bischof ignorierte, das aber von den Bürgern und Scholaren bejubelt wurde. Gewöhnlich endete es mit einem Zug durch die Stadt, bei dem der Narrenabt auf einem Mistkarren stand und obszöne Bußen in die Menge schrie. All das gehörte zur Tradition, und da selbst der Kurfürst ihm mit heimlicher Belustigung zusah, war es müßig, Verbote auszusprechen.

»Haltet Euch von den Lehrbuben fern«, sagte Carlotta nur, als die Scholaren ihre Mäntel griffen und aus der Stube stürmten. Da ihr Vater das Schreibpult beanspruchte, setzte sie sich an den Küchentisch und widmete sich dort dem Kopieren von Marsilius' Schriften, bis sie von Jovan Palač unterbrochen wurde. Der Magister trug einen warmen Reisemantel und eine Mütze aus Grauwerk. Sie hörte ihn mit ihrem Vater reden. Palač wollte fort. Für einen Tag, oder vielleicht für zwei. Ihr Vater war zu höflich, sich nach Ziel und Zweck seiner Reise zu erkundigen. Aber Carlotta fragte, als er in die Küche kam.

»Ich muß Richtung Speyer, es gibt da einen Ort, der Walldorf heißt«, sagte er.

»Und anschließend? Weiter nach Padua oder Salamanca?«

»Und anschließend zurück nach Heidelberg.«

Carlotta legte die Feder aus der Hand. »Warum nicht nach Salamanca? Das ist doch eine Lösung. Geht einfach fort. Niemand hat Euch eine Kette um den Fuß gelegt.« Komisch, daß er darauf nicht selbst gekommen war.

Ihr Vater begann nebenan zu singen. In früheren Jahren hatte er eine schöne, helle Stimme gehabt, aber mittlerweile zitterten die Töne, als hätte sie der Mut verlassen, und das war traurig.

»Geht einfach fort!« sagte Carlotta.

»Das würde ich gern – aber ich kann nicht.«

»Habt Ihr Angst? Sorgt Ihr Euch, daß der Arm des Kaisers zu lang sein könnte?«

»Er bräuchte nur über wenige Meilen zu reichen.«

Nur wenige ...? »Nein! Ihr denkt, der Kaiser könnte sich an Eure Familie halten?«

»Er liebt sie, Carlotta. All meine fünf hübschen Schwestern auf einmal.« Palač lächelte so schmal, als gäbe es zwischen seinen Lippen keine Zähne. »Wenzel ist ein sonderbarer Mann. Der Glanz des Hradschin macht ihn schwermütig. Er treibt sich am liebsten mit Jägern und Jagdgesellen herum, besäuft sich mit ihnen und träumt, er wäre unter Freunden.

Er watet durch den Mist ihrer Ställe, riecht in ihre Küchen und rekelt sich auf ihren Ofenbänken, als bestünde das Polster seines Thrones aus Nadeln. Er hat so oft bei uns daheim *polévka* gegessen, daß seine Köche sich wegen Melancholie in Behandlung begeben mußten.«

»Dann wäre er ja ... ich meine, es hört sich an ... Er war Euch sehr vertraut?«

»Ich weiß nicht mehr, was er war.«

»Und Ihr fürchtet ...«

»Ihr seht doch, was ich alles fürchte. Mein Reservoir hat sich zum Staunen erweitert. Seine Hand hat meine ins Feuer gehalten. Eine überwältigende Liebkosung. – Nein, Carlotta. Weg damit. Ab in die Jauche des Vergessens. Es gibt dieses großartige Haus, das vom Geruch Eures Essens und dem Gesang Eures Vaters erfüllt wird ... Wolltet Ihr nicht wissen, warum ich nach Walldorf reite?«

»Warum also reitet Ihr?«

»Weil Hieronymus mir Nachricht geschickt hat. Ich habe das Gericht gefunden, das Bligger hängt. Ich habe es *vielleicht* gefunden. Wenn ich sie überzeugen kann. Und ich werde reden wie Demosthenes, nachdem er die Kiesel aus dem Mund spuckte.«

»Wie kann ein Gericht in Walldorf ...?«

»Psst.« Er legte ihr den Finger auf den Mund. »Kein Wort darüber. Nicht zu Eurem Vater, nicht zu dem armen Albrecht. Beifall wird niemand dafür bekommen. Jedenfalls nicht an der *universitas*.«

»Welches Gericht hat denn das Recht ...?«

»Die Freischöffen.«

Carlotta starrte ihn an.

»Die Feme«, erklärte er geduldig. »Es ist das *eine* Gericht im Kaiserreich, das sich traut, auch über vornehmes Blut den Stab zu brechen. Nicht so erschrocken, Carlotta. Wollt Ihr, daß Bligger hängt?«

»Das will ich«, sagte sie und fragte sich, ob es stimmte, was man flüsterte: Daß es kein Verhör gab bei der Feme, keinen Rechtsbeistand, keine Möglichkeit von Beichte und Absolution. Aber hatte Zölestine das etwa gehabt?

»Er soll hängen«, sagte sie.

Am Ende wußte sie selbst nicht, was sie auf den Friedhof trieb. Vielleicht das schlechte Gewissen, das sie gegen alle Einsicht plagte. Sie wanderte zwischen den Grabsteinen und suchte nach einem Stein oder Kreuz, das den Namen Rode trug. Das Spital lag mit der äußersten Mauer am Markt, und sie konnte von drüben das Gelächter der Leute hören, die ihren Narrenabt feierten. Aber die Geräusche waren gedämpft. Carlotta stapfte durch den nassen, weichen Boden. Ihre Schuhe bekamen dunkle Flecken, und ihre Füße wurden kalt. Die Toten lagen hier am Spital in Lagen übereinander, wenn es stimmte, was der Totengräber erzählt hatte. Es gab nicht genügend Platz in den Städten, nicht einmal zum Totsein.

Friederika Rode hatte ihre Ruhe hinter dem Krankensaal gefunden, in einem Eckchen an der Außenmauer der Spitalslatrine. Das Kreuz, das ihr Grab schmückte, war aus einem astreichen Stück Holz gesägt worden, und jemand hatte mit ungeschickter Hand ihren Namen eingeritzt. Vielleicht ihre Söhne. Die Schnittstellen waren fast schon wieder zugewachsen. Moos und Gras bedeckten das Grab.

Carlotta hätte gern gekniet, aber der Boden troff vor Nässe.

»Zölestine bekommt Gerechtigkeit«, sagte sie zu dem Kreuz.

Würde Frau Rode sich darüber freuen? Carlotta versuchte, sich an die Frau zu erinnern. Friederika Rode − das war ein Gesicht mit gelblicher Haut und Altersflecken und Augen, die ... immer hungrig schauten. Helle Haare, wie die von

Zölestine, aber ohne Glanz. Bei ihrem Tod hatte Carlotta noch nicht lange in Heidelberg gelebt. Sie kannte sie fast gar nicht.

Eine Welle von Gelächter schwappte über die Friedhofsmauer, der Narrenabt rief etwas, so laut, daß er alle übertönte. Neues Gelächter. Carlotta beschloß zu gehen. Diese Dezembertage waren selbst am Mittag dunstig und die Kälte klebrig wie etwas, das sich von außen an die Haut heftete. Wegen des Feiertages wurde nicht gearbeitet. Die im Bau begriffene Spitalskapelle lag einsam am anderen Ende der Kreuze. Ihre Dachsparren wölbten sich wie die Rippenbögen eines Skeletts. Carlotta hob den Saum und achtete sorgfältig, wohin sie trat. Sie hatte nicht vor, die Kapelle anzusehen, aber sie wollte dem Lärm am Marktplatz aus dem Weg gehen, und so ging sie um die neuerrichtete Apsis herum.

In einer der Nischen hockte die Sinsheimerin.

Carlotta war so erschrocken, daß sie einen Schrei ausstieß. Errötend ordnete sie ihren Mantel, der an einer Mauerkante hängengeblieben war, und begann sich erst dann zu wundern, was das alte Weib hier wohl treiben mochte.

»Ich beobachte«, sagte die Sinsheimerin, ohne gefragt worden zu sein. Schwerfällig erhob sie sich auf die Füße.

»Wen?«

»Die Hexe.«

Ach so, wollte Carlotta sagen, verschluckte es aber. Die Hexe – damit war Josepha gemeint. Diese alte Frau war entweder irr oder bösartig. Carlotta betrachtete ihre dreckigen Kleider, die verfilzte Haube und die schuppige, graue Haut, auf der sich der Schmutz pellte, und fand es unmöglich, ihren Ekel zu unterdrücken. Die Sinsheimerin verstand. Mit einem öligen Lächeln gab sie ihren Blick zurück.

»Du willst davon nichts wissen.«

»Was?«

»Daß deine Freundin eine von *denen* ist. Verleugne es, Butterherz. Renn in dein Verderben. Denk nicht an das, was dir zugestoßen ist. Weg damit. Sie redet ja so süß von den herzigen Kindlein, denen sie zur Welt geholfen hat.«

»Mir ist nichts zugestoßen.«

Die Frau antwortete nicht. Sie grinste nur auf diese allwissende Art, die einen frösteln ließ. Mir ist nichts zugestoßen, dachte Carlotta. – Außer das in Speyer. Wo man sie als Brandstifterin verhaften wollte. Wo sie um ein Haar in einer Krypta unter einer kalten, dunklen Kirche ihre Unschuld und ihr Leben verloren hätte. Aber dafür konnte Josepha nichts.

»Hat sie dir etwas ins Haus gebracht?« wisperte das Weiblein schlau.

»Wieso?«

»Denk nach! Einen Schöpfer? Ein Stück Wolle? Käse? Tran?«

Josepha hatte Carlotta eine Decke gebracht, damit sie auf der Fahrt nach Speyer nicht frieren mußte. Und die lag noch immer auf der Truhe. Und schadete keiner Seele.

»Wenn du Milch brauchst – kannst du dann immer bei ihr leihen? Hat sie immer welche im Haus? Zu jeder Stunde?«

Carlotta schüttelte den Kopf, aber auf ihrem Gesicht mußte sich Absonderliches malen, denn die Sinsheimerin kicherte.

»Sie spießen ein Messer in die Wand und melken es. Der Nachbar wundert sich dann, daß seine Kühe keine Milch mehr geben. Hat sie ungebührlichen Verbrauch an Wachs? Achte darauf. Sie formen Puppen, denen sie Blei ins Hirn stecken, und der Mensch, dessen Züge die Wachspuppe hat, rast vor Kopfweh. Hast du Kopfweh, Mädchen?«

»Nein«, log Carlotta.

»Gibt es in deinem Haus Kranke? Benehmen sich die Kinder, für die du kochst, wunderlich? Werden sie von bösen Träumen geplagt?«

Carlotta wollte gehen, aber die Alte faßte sie mit überraschender Kraft am Arm.

»Drei Säuglinge wurden aus den Gräbern gestohlen. Der Rat läßt den Friedhof bewachen, aber nur nachts, beim Rundgang der Scharwache, und die Männer schauen flüchtig, weil sie sich fürchten. Aber ich war da, und ich habe ... *gesehen*.« Plötzlich war das Schuppengesicht dicht und stinkend an Carlottas Ohr. »Die Teuflin holt die Leiberchen mit einer Schaufel aus der Erde. Sie legt sie in einen grünen Spankorb und ... fort. *Du* wohnst ihr am nächsten. Gib acht, Mädchen. Das *Böse* wird in dein Haus einsickern und durch die Ritzen kriechen wie die Asseln im Keller. Du muß dich schützen ...«

Carlotta riß sich los.

Sie lief über die Gräber, ohne zu achten, wohin sie trat. Am Marktplatz knieten die Dirnen und zerrten an den Lumpen des Narrenabtes und zogen ihre Brüste aus den Kleidern. Carlotta lief zwischen die gaffenden Leute, die ihr unwillig einen Platz in ihrer Mitte einräumten.

Es war ein Glück, daß sie Albrecht traf. Der Baccalar hatte sie aus einem Menschenknäuel gefischt, das von einer Horde Betrunkener mit Mist beworfen wurde. *Heil dem Abt der Narren!*

Er hatte den Arm um sie gelegt, als er merkte, wie sehr sie außer Fassung war, und geleitete sie nach Hause. Carlotta machte mit zitternden Händen Würzwein warm. Das Geschrei der Narren war nur noch ein Summen in der Ferne.

»Euer Vater ist nicht daheim?« fragte Albrecht.

»Doch. Er geht zum Narrenfest niemals aus. Wahrscheinlich hält er ein Schläfchen.« Sie goß den Wein in zwei bauchige Becher und brachte es mit Mühe fertig, nichts zu verschütten. Albrecht sah taktvoll zur Seite.

»Bertram versucht zu lernen, aber er hat viel versäumt«,

berichtete er, als sie einander gegenübersaßen, ein rauchendes Kerzlein in der Mitte.

»Wird er die Prüfung schaffen?«

Abwägend wedelte der Baccalar mit der Hand. »Er will. Er lernt jetzt, als hinge sein Leben davon ab. Aber er hat einen unsteten Geist. Und die Prüfung findet vor Magister Konrad statt, der streng ist.«

»Wann?«

»In zwei Wochen.«

»Und Eure eigene? Die Magisterprüfung?«

»Noch drei Tage später. In den Tagen vor Weihnachten.«

»Aber das macht Euch keine Sorgen.«

»Nein«, sagte Albrecht schlicht. Er lächelte, und seine Eulenaugen blickten so getrost, als wäre die Welt ein System aus aristotelischen Sätzen, das man bei einigem Nachdenken mühelos erfassen konnte.

»Bligger wird vor einen Richter kommen«, sagte Carlotta.

»Was?« Die Eulenaugen begannen zu zwinkern.

»Noch ist alles ungewiß«, beruhigte sie ihn. »Doch es könnte sein, daß sich ein Gericht bereit findet, über ihn zu richten.« Aber sie hatte Palač versprochen, darüber zu schweigen. Albrecht sollte sich um seine Prüfung kümmern. »Es liegt noch in der Ferne. Vielleicht wird auch gar nichts daraus. Man muß abwarten.«

War oben im Haus ein Geräusch? Nein, jemand polterte durch den Toreingang in den Innenhof. Carlotta öffnete die Küchentür. Mit schlenkernden Armen und völlig außer Atem rannte der kleine Moses in sie hinein.

»Sie sind zum Tor hinaus«, sagte Moses, und Heinrich, der ihm auf dem Fuß gefolgt war, nickte bekräftigend. Es war nicht einfach, die Ursache der Aufregung aus ihnen herauszufragen.

Bertram und Benedikt hatten sich von den Scholaren und der übrigen Menge abgesetzt. *Obwohl der Abt der Narren gerade aus der Kirche kam. Verstehst du, Carlotta? Gerad', wie er kommt und es lustig wird, hauen sie ab!* Nein, selbst hatten sie das nicht gesehen. Aber Karlmann, der sich einen Pfennig aus seinem Strumpf holen wollte, für den Mann mit der Suppenküche, hatte sich beim Springen von der Treppe den Fuß verstaucht und deshalb beim Wormser Hof verschnauft – und der hatte sie die Hauptstraße hinunterschleichen sehen. Und sie hatten etwas unter den Kutten getragen und sich *sehr verdächtig* benommen.

»Warum habt Ihr Karlmann nicht mitgebracht?« fragte Carlotta.

»Weil er die Sache mit der Taufe im Mistberg nicht verpassen will.«

»Hat er die beiden auch zum Tor hinausgehen sehen?«

»Ja. Nämlich zum Speyerer Tor. *Heimlich.* Die haben sich durchgedrückt, als wollten sie nicht, daß jemand sie sieht!«

Karlmann war ein Junge ohne Phantasie. Wenn Karlmann Bertram und Benedikt hatte schleichen sehen, dann *waren* sie geschlichen.

Carlotta stand auf.

Scharf pfiff sie die Jungen an, als sie ihr folgen wollten. In Bertrams Zimmer ging sie lieber allein. Der Platz unter seiner Matratze war leer. Es gab nicht viele Orte, an denen man sonst etwas verstecken konnte. Sie durchwühlte die Truhe, die er mit Benedikt teilte, und befingerte seinen Festtagstalar. Dort, im Ärmel, fand sie, was sie suchte. In dahingekritzelten Buchstaben die Abschrift irgendeines neuerlichen nigromantischen Unfugs. Wie dumm von ihr zu denken, sie könnte Bertram abhalten, mit seinen *Experimenten* fortzufahren.

Die Seiten waren numeriert. Eins bis achtundzwanzig. Die Seiten acht bis elf fehlten. Carlotta stopfte die restlichen Blätter in ihren Gürtel. Sie rief nach Moses und Heinrich und ließ die beiden in die Truhe schauen. Fehlte etwas von Bertrams oder Benedikts Sachen?

»Ja, ein Messer«, sagte Moses, nachdem er eine Weile nachgedacht hatte. »So ein gebogenes mit einem weißen Käfer im Griff. Das hat Bertram bei einem Höker gekauft.«

»Und sonst?«

»Nichts.« Soweit er sich auskannte. Er kannte sich erstaunlich gut aus.

Carlotta eilte die Stiegen hinab. Die Jungen wurden ermahnt, keinesfalls Gerüchte in die Welt zu setzen, weil sich am Ende bestimmt alles als Wind herausstellen würde und sie sich nur lächerlich machten. Als die Tür hinter ihnen zuklappte, setzte sie sich wieder Albrecht gegenüber und legte ihm die nigromantischen Papiere vor. Er studierte sie sorgfältig.

»Ich glaube nicht«, sagte sie, als er fertig war und den Kopf hob, »daß die Jungen sich ernsthaft mit Zauberei abgeben. Aber sie haben eine Menge Flausen im Kopf. Ihr kennt sie ja. Und ich möchte vermeiden, daß man sie bei irgendwelchem Hokuspokus erwischt.« Sie lachte, so, als wäre das alles zum Lachen, Palač hatte das hinbekommen. Bei ihr selbst klang es nur falsch. »Die Jungen sagen, sie sind zum Speyertor raus. Ich denke ...« Carlotta verstummte und trommelte mit den Fingern auf die Tischplatte. »Ich werde ihnen folgen. Ein Stück die Bergheimer Straße entlang. Irgendwo werde ich sie schon erwischen.«

»Allein?«

Das wäre das beste. Falls die Bengel sich nämlich wirklich im Dämonenbeschwören versuchten, brauchte es keine Gaffer zu geben. Aber *ganz* allein?

»Kommt Ihr mit?« fragte Carlotta.

Es war noch nicht dunkel, aber der Nebel filterte das Licht, als gäbe es eine chronische Dämmerung. Carlotta stapfte neben ihrem Begleiter die Straße entlang. Die Bäume jenseits des Weges kragten in den Nebel, als steckten sie in Halseisen. Windböen hexten Leben in die Schwaden, irgendwo schrie ein Kauz.

An welchem Platz würde man Dämonen beschwören?

»Wo würdet Ihr Dämonen beschwören?« fragte Carlotta.

Albrecht dachte, wie es seine Art war, ausgiebig nach. »Beim Judenfriedhof?«

»Warum da?«

»Weil die Juden... es mit dem Bösen haben. Da wäre er doch ein passender Platz.«

Aber dem armen Benedikt saß zweifellos die Angst im Nacken. Würde er sich – wenn er schon so Schreckliches vorhatte – von seinem Bruder auch noch zu den Judengräbern zerren lassen? Und hätte Bertram das Herz, es ihm abzuverlangen? Nein, entschied Carlotta. »Vielleicht bei der Peterskirche? Die hat auch einen Friedhof«, meinte sie.

Die Peterskirche lag außerhalb der Stadt, gegenüber vom Diebsturm, auf freiem Feld. Nur einen Steinwurf vom Judenfriedhof entfernt. Beschwor man Dämonen im Angesicht des Kreuzes? Palač würde das wissen. Aber der war in Walldorf.

Carlotta verspürte keinerlei Lust, die Straße zu verlassen. Es war nicht mehr als ein matschiger Weg, der von Karrenrädern durchpflügt war, aber man konnte einige Schritt weit sehen und befand sich auf vertrautem Boden. Was jenseits im Nebel steckte, wußte niemand.

»Weit hinaus können sie nicht sein, weil sie vor dem Torschließen wieder in die Stadt zurückmüssen. Ich meine, es lohnt nicht, weiter geradeaus zu gehen«, sagte Albrecht.

Gut, dann verließ man eben die Straße. Carlotta hatte den Baccalar nicht so mutig eingeschätzt. Er schritt ruhig aus, seine Eulenaugen spähten in den Nebel. Er achtete darauf, daß sie nicht an Baumwurzeln hängenblieb, und hielt, als sie sich in Büsche verirrten, die Zweige beiseite.

»Still!«

Carlotta versteinerte. Lag vor ihnen der Friedhof? Sie meinte, rötliche Steinmauern in den Schwaden zu erkennen. Albrecht lauschte wie ein Hund mit aufgestellten Ohren. Der Nebel trug die Laute weiter als gewöhnlich. Aber Carlotta hörte nur das *Kuwiff-kuwiff* des Käuzchens. Ihr taten vom Horchen die Ohren weh.

»Jemand redet«, sagte Albrecht.

Konnte er nicht leiser sprechen an Orten, an denen vielleicht Dämonen beschworen wurden? Die Mauern vor ihnen mußten zum Judenfriedhof gehören. Carlotta erkannte Grabsteine, die auf hohen Erdhügeln standen. Die Juden begruben ihre Toten auf solche Art. Stehend. Aber von dort kam nicht, was sie hörten. Das war weiter vorn. Ein Murmeln, das sie jetzt auch vernahm. Nicht wie ein Gespräch, sondern gleichförmig, als wäre es eine Liturgie.

Zwischen den beiden Friedhöfen befand sich eine breite, begraste Mulde, durch deren Mitte ein Sandweg führte. Albrecht schritt darauf zu. Die Nebel wichen. Auf dem niedrigsten Punkt des Wegs lag bäuchlings eine Gestalt mit hellen Haaren und einem rasierten Kreis am Hinterkopf, die Arme ausgebreitet, als wäre sie gekreuzigt.

Carlotta blieb stehen. Ihr Mund wurde trocken; die Furcht war plötzlich etwas Gegenständliches, das über ihre Haut kroch. *Benehmen sich die Kinder, für die du kochst, wunderlich? Werden sie von bösen Träumen geplagt?* Dort lag Bertram. Das Lachen der Sinsheimerin dröhnte in Carlottas Kopf.

Wieder gab es ein Geräusch. Aber es war kein Murmeln mehr, sondern ein gurgelndes Wimmern. Albrechts Mut erlosch. Er stand steif wie ein Besenstiel. Carlotta ließ ihn los.

Der Nebel erschwerte die Orientierung, auch was das Hören betraf. Sie rief. »Benedikt?«

Nein, sie wollte rufen, aber in Wahrheit flüsterte sie. Verfluchte Angst. Das Wimmern – von Benedikt, ganz sicher –

schien aus der Talmulde zu kommen. Carlotta tastete sich Schritt für Schritt den glitschigen Abhang hinab. Sträucher tauchten auf, die sie vorher nicht wahrgenommen hatte und an denen sie sich festhielt. Das Kratzen der Dornen an ihrer Hand gab ihr das gute Gefühl, lebendig zu sein. Sie erreichte den Boden der Senke.

Ein Kreis umgab den gekreuzigten Bertram. Tief in den Boden geritzt, wahrscheinlich mit seinem Käfermesser. Ein Doppelkreis. Und im Rand standen Wörter, genau wie auf dem nigromantischen Papier. Carlotta machten einen Bogen um das magische Muster, wobei sie sorgfältig achtgab, die Linien nicht zu berühren.

Das Wimmern kam aus einem Busch jenseits des Kreises, der sich aus dem Nebel schälte. Dort fand sie den armen Benedikt, die Knie im Matsch, das Gesicht in den Armen und erbarmungswürdig am Heulen. Er hatte sich einen Schlehdorn als Versteck gesucht, dessen Zweige so dicht standen, daß man kaum einen Weg hineinfand. Hatte er gedacht, das würde ihn vor einem Dämon schützen?

Benedikt erschrak gräßlich, als sie ihn berührte. Seine Furcht war so monströs, daß sie auf Carlotta übersprang wie ein Funke. Hastig begann sie zu murmeln, irgend etwas, um sich selbst und ihn zu beruhigen. Sie kniete sich in den Dreck, drückte die Zweige beiseite und nahm ihn, ohne sich um Kratzer oder Dornen zu kümmern, fest in die Arme.

In diesem Moment sprach der Dämon.

Oder vielmehr, er sang.

»Herrscher des Ostens, allerhöchster und gütiger König, Gebieter der Toten; Herrscher des Südens, allerhöchster und gütiger König...« Ein grauenhafter Cantus aus der Kehle eines stimmbrüchigen Jungen, dem die Töne wegrutschten.

Benedikt wurde still. Aber auf eine schreckliche Art. Carlotta hätte sich nicht gewundert, wenn er einfach in ihren Armen gestorben wäre. Sie starrte zum Kreis.

Bertram war nicht tot. Er hatte sich hingekniet und die Hände ausgestreckt und sang – unter Räuspern und Hüsteln – seine Beschwörung »Herrscher des Westens, allerhöchster und gütiger König …«, während die Nebelfetzen seinen Kreis durchzogen.

Die Dämonen waren beschworen. Bertram hielt inne. Er versuchte ein lateinisches Geschwafel, schielte um sich und zog ein Papier aus dem Mantel, das er dicht vor die Nase hielt, um die Buchstaben zu entziffern.

Carlotta ließ Benedikt los. Sie hörte es ratschen, als die Schlehdorne ihr Kleid zerrissen, aber sie kümmerte sich nicht darum. Sie war – wütend. Heiliger Laurentius! So wütend, daß ihr das Blut in den Ohren kochte. Es war nichts mehr, den Kreis zu überschreiten. Sie packte Bertram am Mantel, riß ihn hoch – in einem Blitz des Erstaunens vermerkte sie, welch wundersame Kraft in ihr steckte – und gab ihm eine schallende Ohrfeige.

Es geschah ihm recht, daß er zusammenfuhr und zu schreien begann. Dachte er, sein Dämon sei gekommen, ihn zu packen? Wunderbar! Hatte er doch gewollt.

»Raus hier!« fauchte Carlotta. Sie schüttelte ihn. Es war ihr ein schreckliches Bedürfnis, noch einmal zu schlagen, ihn windelweich zu prügeln. Aber das ließ sich nicht bewerkstelligen, denn jetzt hatte der Junge sie erkannt und taumelte beleidigt, erschrocken und erleichtert zugleich von ihr fort.

Carlotta verwischte mit dem Fuß den Dämonenkreis. Jeden Strich, jedes Wort. Dann kam ihr plötzlich etwas Winziges vor die Augen. Nein, kein Stein. Der kleine Körper eines Vogels, dem man den Kopf abgetrennt hatte. Er lag im Zentrum des Kreises in einer absonderlich gezeichneten Figur, die wie ein verrutschtes Pentagramm aussah. Sie blieb stehen.

»Es ist nichts«, murrte Bertram.

»Nichts.«

Neben dem Vogel lag das Messer mit dem weißen Käfer. Die Schneide war blutbesudelt.

Als Carlotta sich umdrehte, duckte Bertram sich.

»Begrab ihn!« flüsterte Carlotta.

»Aber ...?« Dem Jungen erstarb der Widerspruch. Er bückte sich, nahm Vogel und Kopf und scharrte mit dem Schuh eine Kuhle in den Sand, in der er den kleinen Leichnam versenkte. Benedikt, das Gesicht so bleich wie der Nebel, trat zu ihnen. Hinter seinem Rücken stand Albrecht. Stumm schauten sie der Beerdigung zu.

»Es ist gar nichts«, wiederholte Bertram. »Ich wollte es nur mal ausprobieren. Ist doch alles Blödsinn.«

»Wegen der Prüfung?« fragte Albrecht mit seiner vernünftigen Stimme. »Wolltest du dafür einen Geist? Zur Hilfe?«

Der Junge nickte stumm.

»Und wenn dein Dämon gekommen wäre?« Carlotta ballte die Fäuste. »Oder wenn dein Dämon nicht gekommen wäre, aber Benedikt hätte es geglaubt? Hast du dir deinen Bruder einmal angeschaut? Fahr zur Hölle, Bertram Rode, wenn das dein Wunsch ist. Aber wehe dir, *wehe dir!,* wenn du es wagst, Benedikt in diesen Mist hineinzuziehen!«

Bertram zog den Kopf ein. Er war ein riesiges, dummes Kalb, genau wie Palač gesagt hatte.

Sie schafften es gerade vor der Dunkelheit noch zur Stadt hinein, wobei die Torwächter Carlottas zerrissene Kleider musterten und ihnen argwöhnische Blicke nachsandten.

Albrecht verließ sie und fügte sich in den Strom der Menschen, der den häuslichen Feuern zustrebte. Das Fest der Narren war zu Ende. Auch für Carlotta. Bertram und Benedikt verkrochen sich ohne Aufforderung in ihrem Zimmer. Die anderen Jungen folgten ihnen bald.

Sie ließ sich auf die Küchenbank sinken. Nun hätte sie den Würzwein gebraucht. Aber wo war der Kessel? Der Schwenkhaken kragte ohne Last über dem Feuer. Einer der beiden Becher war ebenfalls verschwunden. So einen derben Diebstahl würde sich keiner der Jungen erlauben.

Carlotta stieg die Treppe hinauf zum Zimmer ihres Vaters. Wahrscheinlich hatte ihr Vater tatsächlich die Weihnachtsnachricht von Isabeau bekommen und sich betrunken. Zur Hölle mit der Liebe.

Auf der obersten Stufe kam ihr Moses entgegen. »Es ist so ein seltsames Geräusch beim Pedell«, meldete er.

Die Jungen zogen die Köpfe in die Stuben, als sie den Flur betrat. Carlotta klopfte kaum. Rasch huschte sie in das dunkle Zimmer. Der Lampenschein suchte unruhig etwas zu ergründen. Ihr Vater weinte nicht, wie es sich von außen angehört hatte. Er keuchte, als bekäme er keine Luft mehr, und sie hörte, wie er sich in Stößen übergab. Hastig setzte Carlotta ihr Licht ab, hielt den Kessel gerade, den er auf den Knien trug, und half ihm, so gut sie konnte. Das Erbrochene schimmerte rot, als wäre Blut darinnen. In der Luft lag ein schwacher Geruch von Knoblauch.

17. Kapitel

Magister Jacobus trug vorsichtig die Schüssel herab, in der das Blut schwamm, das er dem Pedell abgenommen hatte. Es war kein günstiges Datum für einen Aderlaß gewesen, aber die Krankheit schien zu ernst, um darauf Rücksicht zu nehmen. Sein Gesicht spiegelte Eifer und Mitgefühl.

»Am schlimmsten hat es den Magen und den Darm getroffen«, erläuterte er den anwesenden Herren und reichte Carlotta die Schüssel mit dem Blut.

Marsilius grunzte mitleidig. Konrad von Soltau, der den Rektor und den Mediziner begleitet hatte, wiegte den Kopf. Kein Bedauern, nein, eine Geste, schlau, als wüßte er Dinge, die nicht an jedes Ohr gehörten. In Wahrheit wußte er überhaupt nichts. Es hieß, daß man ihn zum Leiter einer Kommission ernannt hatte, die die Vorfälle um den Friedhofsraub klären sollte, und vielleicht hatte er Theorien. Aber hier ging es nicht um einen gestohlenen Kinderleichnam, sondern um Durchfall und Magenkrämpfe. Marsilius war aus Mitgefühl an Anselms Bett gekommen. Was Konrad getrieben hatte, ließ sich nicht einmal raten.

Carlotta ging in den Hof und schüttete das Blut in die Fäkaliengrube.

»… Krämpfe in den Beinen. Das ist sonderbar. Sonst könnte es den Symptomen nach zu einer Typhuserkrankung passen«, hörte sie Magister Jacobus sagen, als sie zurückkehrte. Er schwieg betreten, als er sie in der Tür sah.

»Wenn er Typhus hat, was wäre dann zu tun?« fragte Carlotta.

Umständlich begann Jacobus allerlei über die Konsistenz von Urin und das Aussehen von Anselms Auge zu referieren. Über seinen Puls und die Blässe, die allesamt Anlaß zur Sorge gaben. Er hielt es für möglich, daß eine Dreierkonstellation aus Saturn, Jupiter und Mars, die in einem Winkel von vierzig Grad zum Aquarius getreten war, schuld am Ausbrechen der Krankheit trug. Das war allerdings nur eine Vermutung, denn er hatte noch keine Zeit für ausführliche Berechnungen gehabt.

»Leichte Kost, junge Dame«, empfahl er herzlich. »Außerdem einen milden Wein und Wärme gegen die Krämpfe. Von Vorteil wäre auch die Anwesenheit eines Priesters für Beichte und Gebet und natürlich die Anrufung der Heiligen, insbesondere des heiligen Achatius, dessen Gnade bereits die wundersamsten Heilungen zustande gebracht hat.«

Konrad von Soltau, der auf Anselms Stuhl saß, hüstelte ironisch.

»Ich werde Euch eine Mixtur aus Blutwurz und Mäuseklee schicken, die den Durchfall hemmt«, versprach Magister Jacobus.

Warum war Konrad hier, und was ging ihm durch den Kopf? Waren die Gerüchte um Josepha bereits zur Kommission der *universitas* gedrungen? Hatte er sich dem Arzt angeschlossen, weil er meinte, hier, in der Nachbarwohnung der Hexe, etwas entdeckt zu haben oder entdecken zu können?

Carlotta hörte, wie die Küchentür klappte.

Heilige Madonna! dachte sie. Aber dann war es gar nicht Josepha, die den Raum betrat, sondern Jovan Palač.

Was danach kam, war ein Mißverständnis. Natürlich galt

Carlottas Lächeln, als sie den Tschechen erkannte, nicht ihm, sondern der Tatsache, daß die Hebamme fortgeblieben war. Und Palač' Lächeln, welches das ihre erwiderte? War ein Echo. Der Reflex eines freundlichen Menschen auf die Begrüßung durch einen anderen freundlichen Menschen. Die Schlüsse, die Konrads flinke Augen zogen, waren eine Unverschämtheit. Und am widerlichsten, daß er sie nicht aussprach, sondern wie ein geheimes Beweisstück in seinem intriganten Kopf verbarg.

Jacobus nutzte die Gelegenheit, noch einmal sein Wissen auszubreiten. Die Medizin hatte einen schlechten Platz unter den höheren Künsten. Er freute sich, reden zu können. Über Urin. Über Carlotta.

»Es war umsichtig von der jungen Dame, Knoblauch im Krankenzimmer aufzuhängen«, schmeichelte er. »Es gibt Männer, die nennen es Aberglauben, aber ich habe Fälle erlebt, in denen Menschen gesundeten, bei denen bereits alle Hoffnung erschöpft war, und zwar einfach dadurch, daß man ihnen einen Knoblauchzopf über das Krankenbett hängte. Vielleicht die Dämpfe. Alderotti hat darüber geschrieben. Und obwohl es zweifellos ein Unrecht von ihm war, Leichen zu sezieren ...«

Er macht das absichtlich, dachte Carlotta. Palač hatte seinen Mantel ausgezogen und sich auf der Bank vor dem Ofen niedergelassen. Die feuchten Haare fröhlich gekringelt, schlug er die Beine übereinander und begann, mit dem Hacken des einen Fußes den Schuh des anderen auszuziehen, während er gleichzeitig die nassen Ärmel seines Talars hochkrempelte. Wie ein Bauer. Ungeniert benutzte er die kaiserlich verstümmelte Krallenhand. Als wäre er aufs fröhlichste mit ihr ausgesöhnt. Aber das war er nicht, und irgendwie, dachte Carlotta verwirrt, wird es dadurch zu einer Provokation. Konrad von Soltau notierte sie hinter seiner Inquisitorenstirn, und Palač grinste darüber wie ein Kobold.

Aber vielleicht, dachte Carlotta, bilde ich mir das alles auch nur ein. Sie war müde bis ins Mark von der durchwachten Nacht und all den Sorgen, die sie um ihren Vater hatte. Gewaltsam unterdrückte sie ein Gähnen.

»Ich kann mich nicht entsinnen, in der Kammer des Pedells Knoblauch – in welcher Art auch immer – bemerkt zu haben«, unterbrach Konrad plötzlich den Medicus.

»Ich habe auch keinen aufgehängt«, sagte Carlotta. Sie hielt inne. Was war daran schlimm? Palač wirkte mit einemmal steif wie ein Kaninchen, das den Feind erspäht. Konrad lächelte auf seine unangenehme Art.

»Mag sein, daß er etwas mit Knoblauch gegessen hat. Das Erbrochene hat danach gerochen, sein Atem«, sagte sie lahm.

Der Inquisitor erhob sich aus Anselms Stuhl. Er kam mit geschmeidigen Schritten zu ihrem kleinen Schreibpult und beugte sich über sie. »Was *genau* hat er gegessen?«

Der Mann hatte eine Art zu starren!

»Ich glaube ...«

»Das solltet Ihr unterlassen. Euer Glaube ist unwichtig, Frau. Besinnt Euch auf das, was Ihr wißt.«

»Aber ...«

»Was Ihr *wißt*!« fuhr Konrad sie an, als wäre sie ein trotziger Scholar.

»Er hat Knoblauchbrot gegessen.«

Konrad schwieg enttäuscht. Einen Moment lang herrschte Stille. Dann erhob sich Marsilius.

»Genug Zeit verwandt. Das Kind hat die ganze Nacht gewacht. Kein Grund, ihm jetzt auch noch zuzusetzen!« Er lächelte mit Nachdruck und bat Jacobus, ihm den Mantel zu reichen. »Mach dir keine Sorgen, Mädchen. Dein Vater ist zäh. Morgen steht er wieder auf den Beinen. Sophie wird dich besuchen. Tat ihr mächtig leid zu hören, daß es Anselm nicht gutgeht. Vielleicht war die Knoblauchbutter schlecht. Merkt man ja nicht bei dem scharfen Geschmack. Ach, und ehe ich es vergesse ...« Sein scharfes Gesicht wandte sich zur Ofenbank. »Morgen früh, mit dem Klosterläuten, beginnt deine erste Vorlesungsstunde, Jovan.«

»Mit dem ... Klosterläuten?«

Marsilius nickte. Er wartete einen kurzen Moment, wartete – und begann dann zu lächeln, daß sich sein Backenbart spreizte. »In der *cappa nigra,* Junge. Ich sehe auf Anstand. Du wirst im unteren Saal des Tanzhauses lehren. Und genau das werden sie natürlich versuchen: dir auf der Nase herumzutanzen, nämlich. Es ist nicht mehr wie zu unserer – pardon – zu meiner Zeit. Die Jungs sind zu ungeduldig, um eine Stunde auf dem Hintern zu sitzen.« Palač würde unterrichten. Marsilius barst vor Erleichterung.

Und Carlotta auch. Man legte sich nicht mit dem Kurfürsten an. Das Leben hatte seine Regeln. Besser späte Einsicht als nie.

Sie geleitete die drei Männer zur Tür, dankte Jacobus nochmals für seine Hilfe und versprach, den Heilsaft, den er ihr schicken würde, pünktlich zu verabreichen und auch die Fürbitte an den heiligen Achatius nicht zu versäumen, und, ja, sie würde Marsilius unverzüglich benachrichtigen, sollte sich das Befinden ihres Vaters verschlechtern.

Palač stand hinter ihr, als sie die Tür schloß.

»Wartet.« Er versperrte Carlotta den Weg, indem er seine Hände rechts und links von ihr gegen die Wand stützte. »Hat er Knoblauch gegessen?«

»Mein Vater?«

»Ja.«

»Ich weiß es nicht.«

Sein Blick blieb forschend auf ihrem Gesicht haften. Das schien ein Berufsmakel zu sein – dieser Inquisitorenblick.

»Jedenfalls ... kein Knoblauchbrot«, gab sie zu.

»Etwas anderes? Irgendwelche gekochten Speisen?«

»Ich ... Nein.« Die letzte Knoblauchzehe war vergangene

Woche in einer Restesuppe gelandet. Sie hatte versäumt, neue zu kaufen. Wenn ihr Vater nicht ausgegangen war – und wohin hätte er gehen sollen, mit all den Tränen über Isabeau –, hatte er keinen Knoblauch zu sich genommen.

»Es ist gefährlich«, sagte Palač.

»Knoblauch zu essen?«

»Einen Inquisitor zu belügen.«

Carlotta drängte seine Arme beiseite und machte sich frei. Es tat nicht not, daß er merkte, wie ihr plötzlich die Tränen in die Augen schossen, diese blödsinnigen Tränen aus Überreizung und Müdigkeit. »Was ist denn los mit diesem Knoblauch?«

Palač streckte sich wieder auf der Ofenbank aus und lehnte erschöpft den Kopf in den Nacken.

»Hat es mit Hexerei zu tun?«

Er lächelte karg. »Schlimmer, Carlottchen. Wenn man es zusammennimmt – die Krämpfe, der flüssige Stuhl, die blasse Haut, ein Puls, den man kaum fühlen kann … Wenn man all das nimmt und dann noch den Knoblauchatem dazu, dann könnte man, bei aller Vorsicht und allen Unwägbarkeiten, zu dem Schluß kommen, daß der Patient unter Umständen … einer Dosis Arsenik ausgesetzt war.«

Er meinte: vergiftet. Carlotta durchdachte akkurat die umständlichen Formulierungen und konnte zu keinem anderen Schluß kommen. Jovan Palač glaubte, daß ihr Vater vergiftet worden sei. Und Konrad glaubte es ebenfalls.

»Was ist Arsenik?«

»Hüttenrauch.«

»Das ist Rattengift.«

»Arsenik ist der tödliche Bestandteil davon.«

»Wir haben hier aber kein Hüttenrauch. Die Gelbe jagt unsere Ratten.« Das stimmte. Nur – sie hatte bereits einmal gelogen: als Konrad sie wegen des Knoblauchs befragt hatte. Schlecht, Carlotta Buttweiler. Dem Trotz folgt böser Lohn.

Jovan Palač hatte den Blick auf die schwarzen Deckenbalken gerichtet. Was dachte ein Inquisitor, wenn er einen Delinquenten bei der Lüge ertappte?

Arsenik.

Carlottas Gedanken taumelten in jede Richtung. Daher kam also der blutige Schleim. Diese fürchterlichen Krämpfe. Aber ... Sie preßte die Handballen gegen die Schläfe.

»Muß er daran sterben? Das wird er doch nicht, Palač?«

Bisher war sie von einer Magenkrankheit ausgegangen. In der Nacht hatte ihr Vater sich aber kaum noch erbrochen. Wenn er nicht so entsetzlich bleich gewesen wäre, hätte sie nicht einmal mehr nach Jacobus geschickt.

»Es geht ihm besser«, sagte Carlotta. »Er erbricht nicht mehr, und seine Krämpfe haben nachgelassen. Ich werde Jacobus zurückholen. Der kann das beurteilen ...«

»Pssst.« Palač legte ihr den Finger auf den Mund und schüttelte den Kopf.

Keinen Arzt? Damit sich niemand mehr über die böse Carlotta Gedanken machte? »Mein Vater ...«

»Hat er sich anfangs kräftig übergeben?«

»Er hat jede Menge Wein getrunken. Das verträgt er nicht. Ich habe es schüsselweise fortgetragen.«

»Dann ist alles Wichtige geschehen.«

»Aber Jacobus ...«

»Schickt Blutwurz und Mäuseklee. Und würde nichts anderes tun, wenn er Arsenik vermutete.«

»Seid Ihr da sicher?«

Nein, nichts mehr fragen. Vorhin, als sie an Krankheit dachten, war alles traurig gewesen. Jetzt war es zusätzlich – gefährlich.

Die Jungen kamen von der Disputation zurück. Keiner klagte, daß es nur Hafersuppe gab, und Carlotta stieg in den Keller, um für jeden einen Winterapfel zu holen.

Ihr Vater war also vergiftet worden. Sie hatte Palač gefragt. Er meinte, Arsenik wirke schnell. Das Erbrechen käme schon nach einer halben bis einer Stunde. Also mußte ihr Vater das Gift zu sich genommen haben, während sie Bertram suchte. Denn bei ihrer Heimkehr hatte er gerade das erste Mal seinen Magen entleert. Er hatte nur den Wein aus der Küche getrunken. Aber wer hätte die Möglichkeit gehabt, das Getränk zu vergiften?

Die Jungen mochten die warme Küche nicht verlassen. Karlmann fragte nach dem Schachspiel ihres Vaters, und Carlotta holte es aus der Truhe. Langsam stieg sie die Treppe hinauf.

Palač saß vor dem Bett ihres Vaters. Sie blieb in der Tür stehen. Ihr Vater war wach und sprach von Isabeau. Das Herz konnte einem brechen. Er lallte, als wäre er noch immer betrunken, was aber sicher die Wirkung des Giftes war. Seine Isabeau ... Leichtfüßig wie eine Elfe. Haare wie gesponnenes Gold. Voller Lebhaftigkeit und Lachen. »Si c'est un crime de l'aimer ...« sang er brabbelnd.

»Ihr solltet ihn schlafen lassen«, sagte Carlotta.

Der Magister machte keinen Krankenbesuch. Er suchte etwas vor oder unter dem Bett, was sie nicht erkennen konnte, weil der Kerzenschein nur schwaches Licht gab. Er wurde fündig. Mit einemmal streckte er ihr den Arm entgegen.

»Das ist sein Becher. Daraus hat er getrunken«, sagte Carlotta.

Sie nahm ihn entgegen. Palač rutschte nun auf die Knie, um unter dem Bett nachzuschauen. Er streckte den Arm aus, so daß er den Boden unter dem Bett abtasten konnte.

»Was noch?«

Er schüttelte den Kopf. Aber dann schien er etwas entdeckt zu haben. Als er den Arm wieder hervorzog, hielt er zwei leblose graue Mäuslein an den Schwänzen.

»Er redet irr – das ist ein Zeichen seiner Vergiftung«, sagte
Palač und meinte damit Carlottas Vater. Wie höflich von ihm,
nichts wissen zu wollen von den Mönchen, die dem Weib
seines Wirtes unter den Rock gestiegen waren, und all den
anderen Schrecklichkeiten, die ihr Vater in der Schlafkammer
enthüllt hatte.

Die Heidelberger Gassen lagen im Dunkeln. Palač trug ein
Licht vor sich her, das ihnen half, dem Unrat auszuweichen.
Er wollte in die Heiliggeistkirche, sich aus der Universitätstruhe Lektüre für seinen Unterricht holen. Das Leben ging
weiter.

Er sollte ja auch unterrichten. Carlotta bezweifelte allerdings, daß er etwas Passendes finden würde. Wertvolle Bücher
bewahrten die Magister bei sich zu Hause auf. Nach ihrem
Wissen verfügten nur Marsilius und Konrad über eine nen-
nenswerte Bibliothek. Sie hatte trotzdem das Schlüsselbund
ihres Vaters hervorgekramt und sich anerboten, ihm die Kirche aufzuschließen.

Gift.

Jeder hätte es in den Wein mischen können. Die Jungen,
Albrecht – jeder, der zufällig an der Küchentür geklopft und
die Küche leer gefunden hatte. Carlotta hatte nicht abgeschlossen, als sie auf ihre Suche gegangen war. Schließlich
war ihr Vater zu Hause gewesen. Jeder hätte den Wein vergiften können.

Auch Josepha.

Carlotta wich einem Betrunkenen mit einem zottigen,
schwarzen Hund aus und hielt sich wieder dichter an Palač.

Josepha. Sie haßte sich selbst für diesen Gedanken und
suchte krampfhaft nach freundlichen Erinnerungen. Josephas
hageres Gesicht unter der Seidenhaube. Wie sie über den
Kleinen vom Münzer gelacht hatte, als der die Milch in den
Kragen des Vaters sabberte. *Ottmar, dieser Zieraffe. Und konnte
ihn nicht einmal vom Arm geben, weil's ja am Taufbecken war.* Jose-

pha hatte ihr mit dem Kochen ausgeholfen, als in der ersten Heidelberger Zeit gar nichts klappen wollte. Und ihr Schmalz und Milch und gemahlenen Hafer geliehen. Ja, auch Milch. Sie war eine gute Hausfrau. Eine wie Josepha hatte zur Hand, was nötig war. Keine Hexerei.

»Ihr hört mir nicht zu«, sagte Palač.

»Was?«

»Eben«, sagte er und half ihr um eine stinkende Wasserlache.

Der Marktplatz tauchte auf. In der Mitte die Steinkirche, gegenüber der »Fröhliche Mann«, in dem gefeiert wurde. Die Kirche lag im Dunkeln. Carlotta schloß mit dem wuchtigen Kirchenschlüssel die Tür auf.

Im Kirchenschiff war es noch kälter als draußen. Sie gingen zum Presbyterium. Die Universitätstruhe stand hinter dem Altar.

Palač reichte ihr das Windlicht und nahm im Tausch den Truhenschlüssel. »Ihr habt noch gar nicht gefragt, was aus Bliggers Prozeß wird.«

»Haben sie zugestimmt?«

»Sie haben. Es wird ein Gericht stattfinden, und Bligger wird hängen.«

»Das ist gut«, sagte Carlotta.

Er nickte und blickte zu ihr auf. »Wegen des Prinzips?«

»Was? Ja sicher: Ein Mord muß bestraft werden.«

»Aber kein Protest, daß ich morgen lesen werde? Da gibt es auch ein Prinzip, und es wird mit Füßen getreten.«

»Jovan Palač – ich glaube, Ihr beginnt Haare zu spalten.«

»Die Crux der Juristen. Seid Ihr sicher, daß der Schlüssel paßt? Doch. Könntet Ihr das Licht gerade halten? Der Talg tropft auf das Pergament.«

Er begann die dürre Auslese. Obenauf lag die braune Lederkladde mit den Immatrikulationseintragungen. Die hatte ihr Vater also in die Kirche zurückgeschafft. Dann der übliche Kram. Ein dutzendmal die *Kategorien,* genausooft die *Analytiken.* Einmal sah Carlotta ein zerfleddertes Exemplar von Euklids *Elementen.* Was für ein Jammer, wie wenig der große Mann beachtet wurde. Unter dem Euklid lag ein schwarzes Buch, auf dessen Einband in roten Buchstaben lateinische Worte geschrieben waren. Palač ließ es so eilig unter den anderen Büchern verschwinden, daß sie vermutete, es müsse sich um die dubiose Münchener Handschrift handeln, aus der Bertram seine Dummheiten gelernt hatte. Juristisches schien sich nicht in der Truhe zu befinden. Sicher hatte Konrad alles in seiner Obhut.

»Im übrigen ist es ein Unterschied«, sagte Carlotta, während sie sich bemühte, zu leuchten, ohne die kostbaren Schriften in Gefahr zu bringen. »Bei *Eurem* Prinzip geht es um einen Gedanken im Kopf, etwas Abstraktes. Aber Bligger und Zölestine – das hat mit menschlichem Leid zu tun.«

»Fast alles Leid war am Anfang ein Gedanke im Kopf. Und seine Verhinderung auch.«

»Man muß sehen, was möglich ist, Herr Magister. Es ist eine Frage der Vernunft.«

»Verzeiht, Verehrteste. Ihr lehrt die Philosophie eines Wassertropfens. Plumps – man landet, wohin man fällt. Und wenn das Schicksal es so will, läßt man sich zum Hintern eines Ferkels tragen. Pfui. Und das nach Hippasos. Von jemandem, der Euklid gelesen hat.«

»Die Vernunft ...«

»... entpuppt sich, wenn man den Glimmer abwischt, leicht als Mangel an Rückgrat.«

»Als Mangel ... Oh! Ist es möglich ... War das so ein Moment, als Euch der Blitz des kaiserlichen Mißvergnügens traf?«

Palač lachte – nach einem Augenblick des Ringens. Hatte sie ihn erzürnt? Egal. Sie wollte, daß er seine Vorlesungen hielt. Er kramte weiter in den Manuskripten.

»Na bitte, ich hatte es gehofft, aber nicht geglaubt.« Am Ende war er also doch noch fündig geworden. Er zog ein Manuskript ans Licht, das ganz unten am Boden der Truhe gelegen hatte.

»*De institutione musicae.*« Emphatisch küßte er das staubige Deckblatt und durchblätterte die Seiten. »Mögt Ihr die *Ars Nova*, Carlotta? Nein, sagt nichts. Ihr hättet in Italien sein und den Gesängen des Francesco Landini lauschen müssen, um es zu beurteilen. *Stella splendens in monte ut solis radium* ... Sie haben es im Dom zu Bergamo gesungen. Imperfekte Konsonanten, die Süße der Terzen ... Es hätte Euch zu Tränen gerührt. *Ich* habe geweint. Wenn man Landini erlebt hat, wird sogar Boethius genießbar.«

»Ihr werdet das nicht tun, Palač«, sagte Carlotta.

»Was? Singen oder Boethius verherrlichen?«

»Wenn Ihr das tut – wenn Ihr Musik unterrichtet –, sie würden Euch steinigen.«

»Sie wollten Guillaume de Machaut steinigen, und heute singen sie seine *Missa* von *Notre Dame* in allen Kirchen.«

»Guillaume de Machaut war kein Jurist. Und hatte keinen Lehrauftrag und keinen Streit mit dem Kaiser.«

Palač ließ mit einem leisen Klappen den hölzernen Truhendeckel fallen.

»Die Universität hat Euch eingestellt, um Römisches Recht zu lehren«, sagte Carlotta. »Es gibt ein Dutzend Baccalare, die in den Freien Künsten unterrichten und ... das da lesen könnten. Aber nicht einmal von ihnen war einer so billig, sich Musik als Lehrfach zu wählen. Ihr macht Marsilius lächerlich. Und was schlimmer ist: den Kurfürsten.«

Palač nahm ihr die Fackel ab und ging vor ihr her aus der Kirche. Sie wußte, daß sie ihm auf die Nerven ging. Er suchte eine Mauer, um seinen Kopf daran zu schlagen. Im »Fröhlichen Mann« grölten sie weinselig das Lob der schönen Frauen. *Ars Antiqua* oder *Ars Nova* – was scherte es die Sänger.

Sophie kam am nächsten Vormittag. Sie brachte süßen französischen Rotwein, winzige, herzförmige, mit Mandeln besetzte Gebäckstückchen und jede Menge Klatsch.

Man hatte in der vergangenen Nacht auf dem Friedhof ein Weib erwischt. Liederliches Ding. Starrte vor Dreck. Alles krabbelig von Läusen. Angeblich hatte sie Wache halten wollen, um zu sehen, wer die Kinderleichen stahl.

»Würdest du das glauben, Herzchen?«

»Ja«, sagte Carlotta.

Sie überlegte, ob sie Sophie ans Lager ihres Vaters führen sollte, aber Anselm redete schon wieder irr, und was, wenn ihm erneut etwas von Isabeau über die Lippen kam?

»Ich meine ... « Sophie nahm ihr die Entscheidung ab und ging in die Küche. »Ich meine, du solltest heiraten, Kind.« Sie setzte sich auf die Bank und nahm das Tuch von der Schüssel mit dem Gebäck.

»Aber − warum?«

Die alte Dame begann zu lachen. Sie nahm sich ein Mandelküchlein.

»Habt *Ihr* geheiratet?« fragte Carlotta.

»Dreimal.«

»Und hat es sich gelohnt?«

Das Lachen wurde lauter und verging. »Die Herren haben alle nur kurz gelebt.«

»Nennt Ihr mir das jetzt als Vorzug?«

Neugierig wanderten die hellen, blauen Augen über ihr Gesicht. »Was ist mit dir, Mädchen? Keinen Geschmack am Mannsvolk? Oder ... *Liefdesgeschiedenis?*«

»*Lief...*?« Carlotta lachte und errötete gleichzeitig. »Sophie! Also ... ganz gewiß nicht.«

»Jemand, der im Stand nicht zu dir paßt?«

»Niemand.«

»Dann heirate.«

»Und warum?«

»Um versorgt zu sein.«

»Ich kann schreiben.«

»So, schreiben kannst du.« Sophie musterte sie, als hätte sie gesagt, sie könne Ameisen das Tanzen lehren.

»Ich habe in diesem Monat sechs Pfennige verdient. Und war fast den ganzen Tag mit dem Haushalt beschäftigt. Wenn ich meinen Lebensunterhalt verdienen müßte und sonst nichts zu tun hätte, könnte ich vier Pfennige die Woche verdienen.«

»Wenn dir jemand das Geschriebene abnähme.«

»Der Buchhändler in der Augustinergasse tut's.«

Sophie schob sich einen von ihren Mandelkeksen in den Mund. Sie kaute und dachte nach. »Ich muß jetzt einmal mit dir reden, als wenn ich deine Mutter wäre, und ich hoffe, du nimmst mir das nicht übel. Das Leben ist ein Geschäft, und man muß begreifen, wie es abläuft, wenn man nicht in der Gosse landen will. Schreiben ist gut, solange man dich bezahlt. Aber wenn der Buchhändler jemanden findet, der es ihm billiger macht – einen Scholaren mit sauberer Schrift, der sich mit nichts zufriedengibt –, oder wenn ihm am Morgen der Furz nicht gelingt und er dich rausschmeißt ... Du solltest heiraten, Kind, und zwar einen starken Mann. Oder einen, der sich nichts traut. Den einen kann man ehren, den andern behüten. Nimm keinen mittelmäßigen. Die suchen Streit. Und wenn es ein starker sein sollte, gib acht, daß er geizig ist, damit er dir das Geldverdienen nicht verbietet.«

»Mach' ich«, sagte Carlotta.

Sophie schnaubte mürrisch. »Es ist, wie es ist. Deine Mutter hätte dir das sagen sollen.«

»Hat sie aber nicht.«

»Ach, *Meisje*!« Die grobe Stimme wurde umgehend mild. »So schlimm ist's nun auch nicht. Unsere süße Isabeau hatte das Aussehen eines Engels, aber den Verstand einer Pusteblume. Viel Schaden ist nicht entstanden, dadurch, daß sie fort ist. Sei froh, daß du ihr nicht nachgeschlagen bist, und scheuch sie aus deinem Kopf.«

Als Sophie ging, hielt Carlotta sie noch einen Augenblick in der Tür. »Wißt Ihr, was sie mit der Frau vom Friedhof anfangen werden?«

»Soviel ich weiß, will Konrad von Soltau sie befragen. Ich denk', er wird sie laufenlassen. Es heißt, sie ist nicht richtig im Kopf. Warum?«

»Nur so«, sagte Carlotta.

Zum Mittagessen gab es den Brei vom Morgen, denn wegen des Besuches hatte Carlotta keine Zeit zum Kochen gefunden, und man mußte sich wirklich wundern, wie andere Frauen es zuwege brachten, jeden Tag vernünftiges Essen auf den Tisch zu schaffen.

Nachmittags kam die Frau, die für die Scholaren Wäsche wusch. Carlotta händigte ihr die Säcke aus und fegte die Kammern. Danach ging sie einkaufen. Den Heimweg nahm sie über die Mantelstraße, wo gegenüber dem Frauenturm in einer Hütte mit einem angrenzenden Schuppen der Heimlichkeitsfeger sein Quartier hatte. Er war ein übellauniger Mann. Ja, natürlich würde er kommen, aber nicht sofort und jedenfalls nicht zu dem Preis, den Carlotta ihm nannte. Wenigstens das Doppelte. Ein Blick in das halsstarrige Gesicht belehrte Carlotta, daß der Preis nicht zu drücken war. Die Gesellen des Heimlichkeitsfegers säuberten vor dem Schuppen die Holzkarren, in denen die stinkende Fracht nachts durch die Gassen zum Fluß transportiert wurde. Sie standen bis zu den Knien in kotigem Stroh, und es stank bestialisch. Vielleicht hatte der Mann recht, wenn er den hohen Preis für seine Arbeit nahm.

Als sie heimkam, saß Magister Palač in der Küche. Er hatte das Herdfeuer neu aufgelegt, und das war umsichtig von ihm, denn die meisten Männer kümmerten sich nicht um dergleichen. Carlotta sah nach ihrem Vater. Dann packte sie den Fisch aus.

»Sie haben mich nicht gesteinigt«, sagte Palač.

»Sie suchen noch die richtig großen Brocken.« Carlotta nahm das Hackbrett vom Bord und begann, den Fisch auszunehmen. Die Jungen waren in der Diktierstunde oder zu Übungen oder der Kuckuck mochte wissen, wo. All das wurde von den Baccalaren beaufsichtigt. Die Magister hatten frei. Der Rektor auch. Er würde wissen wollen, wie die Lesung seines Juristen verlaufen war, oder vielleicht wußte er es auch schon. Und er würde sich dazu äußern.

Marsilius kam, als sie gerade den Fisch auf dem gescheuerten Tisch ausbreitete, um ihn zu salzen. Das Klopfen hörte sich an, als stoße ein Rammbock gegen die Tür.

»Dann wünsch' ich viel Freude«, sagte Carlotta, nahm die Schürze ab und verschwand durch die Küchentür in den Hof. Josepha hatte einen Fensterladen zurückgeschlagen. Gute Zeit, ihr einen Besuch abzustatten. Sie pochte an die Tür. Aber Josepha kam nicht aus dem Haus, sondern von hinten, aus dem Hühnerstall, mit einer Handvoll Eiern.

Herzlich nahm sie ihre Nachbarin in den Arm und führte sie in ihre Wohnung. Dort brannte nur ein kleines Licht auf dem Tisch, den Cord sonst für seine Arbeit benutzte. Carlotta sah ihn unter einem Berg von Decken liegen. Wahrscheinlich schlief er, denn er erwiderte nichts auf ihren Gruß, und Josepha führte die Hand gegen die Lippen.

»Er arbeitet wieder, aber er braucht noch viel Schlaf«, wisperte sie. »Die Krankheit hat ihm schlimmer zugesetzt, als er es wahrhaben wollte. Ich sag' ihm: Er soll Pausen machen. Im Moment gibt's sowieso nicht viel zu tun. Besser, sich richtig auskurieren, als hinterher den Rest seines Lebens Beschwerden.«

Carlotta nickte. Die Wände und Türen in diesem Wohnblock waren dünn. Durch das Fenster vernahm man Marsilius' Stimme.

»... dein Dummbast? Bin ich dein Dummbast?« hörte sie ihn donnern.

»Wie geht es mit dem Kochen?« fragte Josepha höflich.

Carlotta hielt ihr die nach Fisch stinkenden Hände hin. »Es gibt Schleie.«

Nur der Rektor schrie. Die Pausen, in denen man nichts hörte, wurden sicherlich von Palač gefüllt. Je wütender, desto leiser. Je leiser, desto aufreizender.

»Ich hoffe, du benutzt nicht mehr dieses stumpfe Hackbeil, dieses alte, schartige Ding,« sagte Josepha.

»Was?«

Ruprechts Name fiel. Dann Konrads Name. Dann Stille. Und dann »... *hybride Rotznase!*« brüllte Marsilius. Das war stark. Sagte man so etwas zu einem *doctor decretorum?*

Josepha ging, die Vorhänge um das Bett zuzuziehen. Mehr Ruhe würde das dem armen Cord nicht verschaffen. Aber es war doch eine hübsche Sache, wenn einer für den anderen sorgte.

»Ich gebe dir meines. Du kannst es leihen, bis ich es wieder brauche«, sagte Josepha und holte ihr Hackbeil aus der Lederschlaufe am Wandbrett. Sie blieb vor Carlotta stehen. »Hat dein Magister etwas Schlimmes getan?«

»Nicht wirklich. Er geht ihnen nur auf die Nerven.«

»Was für ein Jammer«, sagte Josepha. »Und was für eine unglaubliche Hysterie.«

Carlotta mußte lachen. Josepha fiel in ihr Lachen ein, die Hand vor dem Mund, damit es den armen Cord nicht störte.

»Hysterie, ja?«

»Ein... ein Hühnerstall!« krächzte Josepha. »Heiliger Antonius, wie draußen bei den Hühnern...«

Neues Gelächter. Atemlos reichte sie Carlotta das Hackbeil. Sah darauf und dachte an die Hühner.

Hackbeil – Hühner. Und aus war es mit der Beherrschung.

Hühnerhof, dachte Carlotta, während sie sich die schmerzenden Seiten hielt. Der arme Cord brummelte etwas. Sie mühte sich, ihre Heiterkeit zu zügeln.

»Du mußt mich mal wieder besuchen«, sagte sie, als sie sich verabschiedete. »Und nicht erst in hundert Jahren. Versprochen, ja? «

18. KAPITEL

In der Nacht zog ein Hagelsturm auf. Der schlimmste, den Heidelberg seit Menschengedenken erlebt hatte. Er kam innerhalb weniger Minuten, mit pflaumendicken Hagelkörnern und einem Temperatursturz, als atme der Himmel plötzlich Eis aus den zerrissenen Wolken. Er suchte seinen Weg über die Rheinebene in die Stadt hinein, fraß sich in die Weinberge und zerbrach die Rebstecken, als schlüge ein Riese mit der Hand darauf. Der Neckar schäumte über die Ufer, Holzkähne zersplitterten an der Stadtmauer, Holzstapel wurden davongeschwemmt. Die Stämme, die das Dach der Herrenmühle hielten, brachen, und das Mühlrad wurde herausgerissen, als wäre es ein Spielzeug.

Durch die Haselpforte, deren Tor man in der Eile nicht mehr mit Sandsäcken hatte befestigen können, suchte das eisige Wasser den Weg in die Stadt. Die Hütten der Ledergerber wurden fortgeschwemmt, die unteren Kammern des Frauenhauses verwüstet, und der kleine Sohn des Nagelschmieds, der in der Verwirrung an seinem Schlafplatz hinter der Spindel vergessen worden war, ertrank in der schmutzigen Flut.

Man hielt den Sturm allgemein für Hexenwerk. Und als der Wächter des Diebsturmes am folgenden Morgen nach der Sinsheimerin schaute und sie an einem Stück Lappen, das aus ihrem Rock gerissen war, erstickt fand, nahm man allgemein an, daß der Böse die Seine geholt hatte.

»So ist wenigstens Ruh«, sagte Josepha, als Carlotta ihr vom Tod der Frau berichtete.

Sieben Tage später begannen die Vorbereitungen zur Examinierung der Artistenscholaren. Die älteren Schüler, Bertram, Friedemann und Karlmann, suchten bei den Magistern und Baccalaren ihre Unterrichtsbescheinigungen zusammen, ohne die sie nicht zur Prüfung antreten konnten. An einem Sonntagnachmittag wurden sie vor den Rektor gerufen, um über ihr sittliches Verhalten Rechenschaft abzulegen, was für Bertram eine Demütigung gewesen sein mußte, denn er kam in schlechtester Laune heim, obwohl ihm für all seinen Unfug Dispens gewährt worden war. Die nächsten beiden Tage übten die Jungen die zahllosen verzwickten Eide, die sie vor den Fakultätsmitgliedern abzulegen hatten und in denen es um den korrekten Unterrichtsbesuch, ihre eheliche Herkunft und ihre gesellschaftliche Unbescholtenheit ging. »Insuper ordinatum, quod singuli doctores, magistri et licentiati…« murmelte es durchs Haus.

Die Prüfung fand vor dem gesamten Magisterkollegium statt, und alle Jungen bis auf einen, der aber nicht aus Anselms Burse kam, bestanden. Bertram tanzte durch die Stube und war so frech, Carlotta einen Kuß auf den Mund zu geben. Sie nahm seinen Zustand als den eines Betrunkenen und verzieh. Zwei Tage darauf fand man sich zu den Magisterprüfungen der Baccalare zusammen.

Sophie richtete es ein – mit der Beiläufigkeit einer Intrigantin –, daß sie mit Carlotta in einem Eckchen in der Heiliggeistkirche sitzen durfte, als die jungen Männer examiniert wurden. Fünf Baccalare waren angetreten. Albrecht kam als vorletzter. Heilige Jungfrau, was war er aufgeregt. Sein gepflegtes Latein holperte, und als er den Eid über seine eheliche Geburt und den untadeligen Lebenswandel ablegte, mußte er zweimal neu ansetzen, obwohl sicherlich niemand unter dem Kirchengewölbe saß, dessen Benehmen weniger Anlaß zu Tadel geben konnte. Konrad von Soltau wippte gereizt mit dem Fuß.

Dann kam seine Prüfung, und als er sich einmal hineingefunden hatte, gab er eine hübsche Zusammenfassung der Planetentheorie von Gerhard von Cremona. »Er ist nicht blöd, es fehlt ihm nur etwas Courage«, flüsterte Sophie. Und in der abschließenden Disputation, in der er gegen Konrad von Soltau und Magister Heilmann von Wunnenberg seine These verteidigen mußte, daß weltliche Macht die Predigt des Wortes nicht verhindern könne – »Mußte er so etwas Abgedroschenes nehmen?« seufzte Sophie –, reihte er sauber *supposita, quaesitum* und *conclusiones* aneinander. Man war zufrieden. Kein Glanz, aber auch nichts zu tadeln.

»Daß ihm der Witz fehlt, ist nicht seine Schuld«, sagte Carlotta, als sie vor der nächsten Disputation durch die Seitentür entschlüpften. »Bertram wird witzig sein, wenn er es je bis hierhin bringen sollte. Aber dafür stimmt bei Albrecht die Substanz.«

»Es freut mich, daß dir das gefällt.«

»Es gefällt mir nicht. Ich stelle es nur fest«, widersprach Carlotta ärgerlich.

»Und es ist schön, daß du es feststellst. Man muß vernünftig sein!« Sophie pochte starrsinnig mit dem Stock, den sie trug, auf den Boden und wandte sich zu ihrer Sänfte.

Zur Feier der bestandenen Prüfungen hatten die Artisten die Erlaubnis zu einer Feier im Tanzhaus bekommen.

»Zu einem Besäufnis, bei dem ihnen die Mädchen vom Frauenhaus das Geld aus den Taschen ziehen, was irgendwann in peinlicher Verwirrung endet«, sagte Palač und blieb zu Hause.

Carlottas Vater war aufgewacht und wollte endlich das Bett verlassen. Sie half ihm auf die Küchenbank, wickelte ihn in Decken und legte Holz nach, damit er nicht fror.

»Braves Mädchen«, murmelte Anselm. Er versank in traurige Gedanken, die wahrscheinlich damit zusammenhingen, daß morgen die Zeremonien zu Ehren der frischgebackenen Magister stattfanden würden und er nicht in der Lage war, das Zepter zu tragen. Zum ersten Mal in seinem Leben als Pedell.

Carlotta gab ihm einen Becher milden Wein und holte ihm ein Schaffell für die kalten Füße. Er war so schwach wie ein Kind. Kurze Zeit, und die Augen fielen ihm zu.

»Laßt ihn hier sitzen«, sagte Palač. »Es ist keine Nacht, in der man einsam sein sollte.«

Carlotta holte ihr Exemplar des Marsilius und begann abzuschreiben. Vier Pfennige die Woche. Aber was, wenn die Augen schlecht wurden? Oder die Hände zittrig?

»Das arme Weib, das sich im Diebsturm erstickt hat, soll bei seiner Vernehmung andere Frauen in Verruf gebracht haben«, sagte Palač.

Carlotta hob den Kopf. »Was, bitte?«

»Diese Alte. Die Sinsheimerin. Himmel, sie hatte noch nicht einmal einen Namen in der Stadt.«

Carlotta blickte zu ihrem Vater, aber der war eingenickt. »Wißt Ihr, wen sie angegeben hat?« fragte sie flüsternd.

Palač zuckte die Achseln.

»Josepha?«

»Ich bin nicht der, mit dem Konrad über so etwas spräche.«

»Und warum erzählt Ihr *mir* davon?«

Er schwieg. Tat er's, weil Anselm vergiftet worden war? Und sie Konrad belogen hatte? Weil er wollte, daß sie vorsichtig war?

»Glaubt Ihr, daß die Sinsheimerin den Hagel gemacht hat?« fragte Carlotta.

»Ich glaube, daß sie glaubte, daß jeder es glauben würde.«

»Jemand hat Kinderleichen vom Friedhof gestohlen, und jemand hat versucht, meinen Vater zu vergiften. Und das war nicht die Sinsheimerin.«

»Tja.«

»Einfach nur *tja*?«

»Es ist ein Laster von Euch, mich klüger machen zu wollen, als ich bin. Und eine subtile Art der Verführung. Wenn ich die Stirn in Falten ziehe und von Erfahrungen zu schwätzen beginne, stopft mir den Hals mit meinem eigenen Talar. Ich weiß nicht, wer in den Gräbern wühlt. Und nicht einmal, wenn ich mir den Verstand ausrenke, kann ich mir vorstellen, wer einen Grund hätte, Eurem Vater etwas anzutun.«

»Jedenfalls macht es mir angst«, murmelte Carlotta. »Nicht nur das mit meinem Vater. Bertram, das Münchner Buch, der Schadenzauber ... Plötzlich scheint alles so nah zu sein. Ich hatte noch nie mit Hexerei zu tun. Aber jetzt kommt eins aufs andere. Und nichts paßt zusammen. Ein *circulus vitiosus*.«

Er lächelte ihr zu.

Carlotta begann wieder zu schreiben, aber das erwies sich als schwierig. Palač' Blicke krabbelten wie Ameisen auf ihren Fingern, die die Feder führten. Sie hielt inne.

»Wißt Ihr schon, wann der Prozeß gegen Bligger stattfindet?«

»Ihm ist die Vorladung übergeben worden. Nun hat er sechs Wochen Zeit. Wenn er bis dahin keiner Verhandlung zustimmt, beginnt der Prozeß ohne ihn, und er wird wahrscheinlich schuldig gesprochen.«

»Und dann?«

»Kann er, sobald ihn drei Freischöffen antreffen, ohne neuerliche Verhandlung aufgehängt werden. Ein Dolch in den Stamm, ein SSGG hineingeritzt – und jeder weiß, welchem Gericht er anheimgefallen ist. Ende.«

»SSGG?«

»Strick, Stein, Gras, Grün.«

»Aha.« Sie zögerte, fragte aber dann doch nicht weiter nach. »Bligger …«

»Er würde in ständiger Furcht leben. Die Identität der Schöffen ist geheim. Bligger könnte niemandem mehr trauen. Ein neuer Soldat, der Tischler, der ihm den Stuhl bringt, der Bote mit der Nachricht vom Kaiser … Jeder kann sein Henker sein. Bligger *wird* kommen, Carlotta. Und wenn er es nicht tut, wird Zölestine noch bitterer gerächt sein.«

»Wenn es soweit ist«, sagte Carlotta, »dann gebt mir bitte Bescheid.«

Weihnachten wurde zu einem stillen Fest, denn der Winter war eingezogen und hielt die kleine Stadt mit eisigem Griff umklammert. Carlotta stellte zu Ehren des Messias, der Jungfrau und des heiligen Franziskus eine Krippe auf den Stubenofen, und in der Heiliggeistkirche wurde die Weihnachtsmesse zelebriert. Die Scholaren bekamen Ferien, und bis auf Bertram und Benedikt reisten alle nach Hause zu ihren Eltern.

Es begann zu schneien.

Wenn man nach dem Dämmern die Fenster zum Lüften öffnete – was Carlotta tat, wenn ihr die Luft zu streng biß –, konnte man auf der Gasse ein frisches, weißes Laken sehen, das allen Unrat bedeckte.

Magister Palač begann zu reisen. »Das Gericht braucht seine Vorbereitung«, sagte er, als sie ihn fragte.

»Welcher Art?«

Sie standen im Hof, es schneite weiche Flocken auf sein schwarzes Barett, und das Pferd, das er gemietet hatte, tänzelte unruhig Löcher in den Schnee.

»Bligger wird versuchen, sich durch einen Eid zu reinigen.«

»Wieso kann er das einfach?«

»Es ist nicht einfach. Er wird sieben Eidhelfer aufbringen müssen, die seinen guten Leumund bezeugen.«

»Dann ist es doch einfach. Er brüllt in den Pferdestall und hat sie.«

»Gut. Und ich werde versuchen, ihm den Weg zum Reinigungseid zu verlegen. Indem ich dem Freigrafen seine Schuld so einprägsam nachweise, daß er ihm die Glaubwürdigkeit abspricht. Dann darf er nicht mehr schwören. Und wenn er doch schwören darf, dann bekommt es vielleicht einer seiner Eideshelfer mit der Angst und weigert sich, für ihn den Eid zu leisten. Dann wird er gehängt.«

»Das sind viele *Wenns*.«

Er schwang sich in den Sattel und lächelte auf sie herab. »Die Dame Justitia ist eine kapriziöse Person. Und wir können noch dankbar sein, daß die Verhandlung vor dem Femegericht stattfindet, wo die Schöffen nach ihrem Gefühl für Gerechtigkeit richten dürfen. Ich werde Martha heranschaffen. Und die beiden Eidhelfer, die ich selber brauche, um ihn anzuklagen.«

Ja, so war das. Einen Bligger knüpfte man nicht einfach auf.

In der Mitte des Monats kam Nachricht vom Freistuhl aus Walldorf. Termin und Ort der Verhandlung waren festgesetzt.

»Was haben wir für ein Datum?« fragte Palač, las noch einmal und zog eine Grimasse. »Schon in vier Tagen. Dann wird er erscheinen wollen. Sonst hätten sie ihm noch Zeit lassen müssen.«

»Ich werde Euch begleiten«, sagte Carlotta.

»Und ich wollte Euch bitten, gerade das zu tun. Oder vielmehr – laßt Euch von Albrecht dorthin bringen. Ich muß schon früher los, Martha zu holen. Für den Fall, daß man sie befragen will.«

Es gab kein geheimnisvolles Gemäuer, keine einsam gelege-
ne Stätte im Freien, kein Gewölbe unter der Erde. Der Reisewagen, den Carlotta gemietet hatte, trug sie zu einem prächtigen Gutshof in der Nähe von Walldorf. Auf den sorgsam
eingeteilten Rechtecken der Felder lag Schnee, genau wie
auf den Dächern der Bauernkaten und der kleinen Kirche,
die zu dem Gehöft gehörte. Das Rad der gutseigenen Mühle stand still, der Bach war von einer mit Schnee gepuderten
Eisschicht bedeckt. Winterlicher Friede. Neben der Mühle
stand ein mächtiger Buchenbaum. Dort oder an einem der
Bäume am Waldrand würde heute Bligger Landschad aufgehängt.

Der Wagenknecht lenkte die beiden Pferde über eine kleine, gebogene Brücke und in die Mauern des Gutshofes hinein.

»Jedenfalls ist der Freigraf kein armer Mann«, flüsterte Carlotta Albrecht zu. Nervös saß der Baccalar, nein, der Magister, ihr gegenüber. Er war mitgekommen – aber nicht gern,
und nur weil Palač ihn gebeten hatte, als Eidhelfer zu fun-
gieren. »Wahrscheinlich werdet Ihr – bis auf den Eid – gar
nicht zu Worte kommen«, tröstete Carlotta ihn.

Der Wagen hielt. Einer der beiden Bewaffneten, die auf
Palač' Anweisung den Wagen begleitet hatten, half Carlotta
die Trittstufe hinab.

Die Mauern des Gutshauses bestanden aus hellem Sandstein und hatten große, verglaste Bogenfenster wie eine Kirche. Entsprechend licht war die Halle, in die man die
Neuankömmlinge führte. Unter dem Wappenteppich des
Hausherrn stand ein breiter Tisch, rechts und links davon
waren Bänke aufgestellt. Das Gericht schien sich bereits versammelt zu haben, denn der Freigraf – Carlotta nahm an, daß
er es sein mußte, er trug eine kostbare rote Robe – saß breitbeinig auf einer der Bänke und unterhielt sich mit einigen
anderen Männern, die ihn umstanden. Einer davon war Palač.

Der Magister sah sie eintreten und kam zu ihnen herüber.

»Beruhigt um Himmels willen Martha!« hauchte er in Carlottas Ohr. Sein krauses Haar war sorgfältig gekämmt und durch das Barett gebändigt. Um die Schultern saß akkurat der breite Pelzkragen. Er lächelte ermutigend. »Sie ist in einem fürchterlichen Zustand. Seht zu, daß Ihr sie am Heulen hindert – sonst ist ihr Zeugnis keinen Pfifferling wert. Dort...« Er wies zu einer Seitentür.

Martha saß mit roten, verschwollenen Augen auf einem Schemelchen. Der Raum, in den man sie geschickt hatte, diente wohl als Spinnkammer, denn er wurde von einem Spinnrad, einem breiten Tisch mit mehreren Kardätschen und Körben voller Wolle gefüllt.

»Egal, was ich sag' – wenn ich das Haus verlass', bin ich tot. Dafür wird er sorgen«, schluchzte Martha.

»Herrje«, murmelte Carlotta und nahm das verängstigte Mädchen in die Arme. »Du sagst die Wahrheit, Martha. Genau so, wie du sie mir gesagt hast. Und bevor du aus dem Haus gehst, wird Bligger tot sein, denn so endet es, wenn einer gehängt wird. Und wer tot ist, kann einem nicht mehr schaden. Martha, Mädchen – wo ist deine Courage?«

»Ich werd' mich verhaspeln.«

»Du brauchst nur zu sagen, wie alles gewesen ist – wenn du überhaupt sprechen mußt. Vielleicht wird der Herr Magister alles erledigen.«

»Ich krieg' das durcheinander. Sie fragen mich – und ich weiß kein Wort mehr. Grafen werden nicht gehängt. Die hängen nur Leute wie...«

»Psst. Denk einfach an Zölestine.« Carlotta schickte den bleichen Albrecht um einen Becher Wein. Aus der Halle drangen frische Stimmen. Unter ihnen – herrisch und überlaut – die von Bligger Landschad.

Das Gericht bestand aus sieben Freiherren, die hinter dem Tisch Platz genommen hatten. In der Mitte der rotgewandete Freigraf, der vor sich auf dem Tisch den Richtstab liegen hatte. Palač war Schöffe. Damit hatte Carlotta nicht gerechnet. Er war also Mitglied der Feme?

Bligger hatte auf der Bank rechts vom Tisch Platz genommen. Bei ihm saßen ebenfalls sieben Männer – seine Eidhelfer vermutlich. Carlotta erkannte den Mann, der sie damals am Burgtor in Empfang genommen hatte, als sie Zölestine die letzte Ehre erweisen wollte. Wenn die anderen von ähnlicher Art waren, blieb nur zu hoffen, daß der Richter den Reinigungseid verlegte. Diese Kerle würden alles schwören.

Erstaunt stellte sie fest, daß auch Christof unter den Anwesenden war – aber auf der anderen Seite des Richtertisches. Bligger schien sich ebenfalls zu wundern, denn sein stierer Blick wanderte immer wieder zu dem Bruder. Christof saß neben Albrecht. Dann hatte Palač Zölestines Witwer also als Eidhelfer gewonnen?

Carlotta fühlte den mißbilligenden Blick des Richters und zog Martha schnell zu den beiden Stühlen an der Hallenwand. Das Mädchen war blaß, aber still.

»Frede sagt, du hast vor gar nichts Angst. Kreuz gerade, Martha. Na, komm schon«, flüsterte Carlotta.

Sie schaute zum Richtertisch. Die Verhandlung wurde eröffnet. Im Glanz von Sonnenflecken, die rot- und gelb- und blaugefärbt durch die Fenster drangen. Mit einem Gericht, das sich um Gerechtigkeit bemühte. Bligger hatte keinen Grund zur Klage.

Dumpf hörte er zu, wie Palač seinen Voreid schwor: Daß er weder aus Neid noch aus Feindschaft die Klage erhebe, sondern weil er Bligger für des Mordes schuldig hielt.

»Blödsinn! Mistdreck, alles!« raunzte Bligger mürrisch.

Der Richter beugte sich vor. »Ihr dürft sprechen«, sagte er milde. »Aber nicht wie ein Schwein, das grunzt, wann es ihm behagt, sondern in akkurater Reihenfolge.« Seine Stimme war sanft, seine Hände bogen nachdrücklich den Richtstab. »Bligger Landschad, Ihr habt jetzt das Recht, die Klage abzuweisen oder sie anzunehmen.«

»Ich kann das abweisen?«

»Ihr könnt, aber es würde nichts nutzen. Das Gericht hat vor, sich ein Urteil zu bilden.«

»Warum ...?«

»Sagt es einfach. Nennt Ihr Euch schuldig oder nicht schuldig? Ja oder nein?«

»Ich hab' das Weib nicht umgebracht.«

»Na bitte«, sagte der Richter und seufzte. »Euer Anliegen wird abgelehnt.«

Christof Landschad saß zusammengesunken auf seiner Bank. Die Hände waren ineinander verschränkt, die Knöchel traten vor Anstrengung weiß hervor. Starrköpfig weigerte er sich, den Blick seines Bruders zur Kenntnis zu nehmen. Wußte er etwas? Gab es einen unstrittigen Beweis?

»Tragt vor«, murmelte der Richter. »Magister Palač. Ihr seid gemeint. Bitte schön.«

Palač trat in das Quadrat von Tisch und Bänken, und Martha rutschte näher an Carlotta heran. »Der Magister hat gesagt, mir tut auf keinen Fall jemand was. Hat er denn Macht über den Grafen?« flüsterte sie.

Carlotta nickte und legte den Finger auf die Lippen.

»Im Oktober, zur Zeit der Weinlese ist ein Weib gestorben. Sie war siebzehn Jahre alt, sanftmütig und so hübsch, daß sie das Herz eines ehrbaren jungen Ritters gewann, der sie zu seiner Gemahlin machte. Ihr Name war Zölestine Rode und ...« Jovan Palač hob den Blick, den er bisher auf den Richtertisch gerichtet hatte. »Sie wußte, mit Verlaub, meine Herren, vom Leben so wenig wie ein Hühnchen. Sie verließ ihre Heimatstadt in der Erwartung, an der Seite des Mannes, den sie liebte, ein glückliches Leben führen zu können. Sie war ... ein niedliches Kind, das die Ehe mit einem Ritter für eine Schüssel Himbeergrütze hielt.«

Der Schöffe vor ihm, ein dicklicher Mann mit einem Doppelkinn und zahlreichen Sorgenfalten, schnaufte zustimmend. So waren sie, die Weiber.

»An einem Morgen im vergangenen Oktober wurde sie umgebracht.«

»Sie hat sich aufgehängt.« Bligger stierte ihn wütend an.

»Sie starb also. Darüber sind wir einig, und darum sind wir hier«, sagte der Richter. Er warf Palač einen Blick unter den hochgezogenen Augenbrauen zu. »Bedenkt, daß das Leben endlich ist, und beschränkt Euch auf das Nötige, Herr Magister.«

»Selbstverständlich.« Palač zog etwas aus seinem Talar. Eine Schnur. »Verehrter Freigraf, geehrte Schöffen – mein Amt geht mit seltsamen Erfahrungen einher. Ich muß mich mit Dingen befassen, die unserem normalen Leben so fern stehen, daß wir ihre Bedeutung gewöhnlicherweise übersehen. Laßt mich erläutern, was ich meine. Hier diese Schnur. Wenn man sie jemandem um den Hals schlänge ...«, er erläuterte, was er meinte, indem er es an seinem eigenen Hals demonstrierte, »... und wenn man ihn damit an den nächsten Baum knüpfte – nein, Bligger, es liegt mir fern, Euch zu erschrecken, hier dient alles nur der Wahrheitsfindung. Wenn man ihn also aufknüpfte – wie verliefe die Strieme um den Hals?«

»Hol mich der Teufel«, sagte ein jüngerer Schöffe mit lustigen Augen. »Ich denke, schräg. Ich würde das gern ... also, wenn ich darf ...« Er kam um den Tisch herum und stieg neben Christof auf die Bank. »Ihr erlaubt doch?« Er nahm das Strickende in die Hand. Interessiert zog er und verfolgte die Lauflinie. »Schräg«, verkündete er.

»Und alles andere wäre sonderbar gewesen.« Der Richter stützte die Ellbogen auf die Lehnen seines Stuhls.

»Was« fragte Palač den wißbegierigen Schöffen, der ihm

so bereitwillig zur Hand ging, »würdet Ihr folgen, wenn unsere schöne Tote neben diesem einen schrägen Mal noch ein zweites Strangulierungsmal um den Hals gehabt hätte? Eines, das gerade verläuft?«

Der junge Mann nickte und drapierte die Schnur erneut um Palač' Hals. Er zog sie in die eine und die andere Richtung, sorgsam bemüht, den Zeugen nicht zu erdrosseln. »Dann muß sie auch noch gewürgt worden sein. Von jemandem, der hinter ihr stand? Ja, denke ich.«

»Warum zweimal stranguliert? Tot reicht doch. Auf seine Art, meine ich.« Dem Mann mit dem ausladenden Kinn leuchtete das nicht ein.

»Um vorzutäuschen, daß sich das Mädchen selbst umgebracht hat?« schlug Palač vor.

»Sie *hat* sich selbst erhängt!« Bligger sprang auf. Wie Bertram schon gesagt hatte: Einer, der nur mit den Fäusten reden kann. Es sah aus, als wolle er sich auf Palač stürzen, und Carlotta sah eine Bewegung bei der Tür, die nach draußen führte. Dort standen Männer in Waffen. Aber sie wurden nicht gebraucht. Das grimmige Gesicht des Freigrafen reichte, den bulligen Mann auf seinen Platz zurückzuzwingen.

Palač lächelte schwach. Zumindest über Bliggers Jähzorn brauchte er kein Wort zu verlieren.

»Christof Bligger, der mir als Eidhelfer dient, ist bereit zu schwören, daß er zwei Striemen in der Art, wie ich es eben vorgeführt habe, am Hals der Toten gesehen hat«, sagte er, und Zölestines Witwer nickte. »Das Mädchen wurde also ermordet.«

Bligger stierte wie ein gereiztes Vieh auf seinen Bruder. Die beiden hatten sich nicht abgesprochen. Das alles war kein Schauspiel, in dem es eine Wendung geben würde. Christof stand gegen Bligger. Carlotta schöpfte Hoffnung.

»Am Tag ihres Todes hatte die kleine Zölestine Besuch. Von einem Mann. In ihrer Kemenate«, sagte Palač.

»Weiber!« brummte der Sorgenfaltige.

Palač lächelte ihm herzlich zu. »Nein. Diesmal nicht. Unser Bienchen beschränkte sich auf eine einzige Blüte. Das wissen wir von ihrer Magd und ihrem Gatten, die beide bereit sind, ihre Ehrbarkeit zu bezeugen. Sie war in ihren Ritter vernarrt bis an ihr unseliges Ende.«

»Sie war schwanger!« brüllte Bligger.

Im Saal wurde es still. Der Richter rieb bedächtig sein Ohr. Palač sagte gar nichts.

»Sie war 'ne Hure!« Einer von Bliggers Eidhelfern, der Mann vom Tor, meinte, seinen Herrn unterstützen zu müssen.

»Wie traurig.« Palač blieb vor dem eifrigen Mann stehen. »Hurerei ist eine böse Sache. Schande für den Gatten und Lächerlichkeit für seine Familie. Hätte Bligger das geduldet?«

»Was denn – er ist doch kein kastrierter Ochse!«

»Was hätte er getan? Sie verprügelt?«

»Nicht aufgehängt.« Dem Mann begann zu dämmern, daß er Schaden angerichtet hatte.

»Aber windelweich geprügelt? Eingesperrt? Davongejagt? Dem Gericht übergeben, um sie ihrer Strafe zuzuführen?«

»Das, ja. Wär' ja auch sein Recht. Warum hätt' er sie hängen sollen? Er hätt' doch andere Möglichkeiten gehabt.«

»Die Strafe für Ehebruch lautet auf lebendig begraben werden.«

»Klar«, sagte der Mann.

»Hätte Zölestine ihrem Schwager, Bligger, unter solchen Umständen von ihrer Schwangerschaft erzählt?«

Bliggers Eidhelfer schwieg. Der fröhliche junge Mann antwortete für ihn. »Da wär' sie ganz schön dumm gewesen. Aber vielleicht konnte man schon was sehen.«

»Konnte man?« fragte Palač Christof Landschad. Der schüttelte den Kopf.

»Aber ich verstehe nicht. Wenn sie doch verheiratet war,

wieso sollte sie nicht schwanger sein?« meinte ein Schöffe, der dürr wie ein Winterstecken war und unter seinem gepunkteten Wams so entsetzlich schwitzte, daß er sich ständig die Stirn rieb.

»War Eure Gattin schwanger?« fragte Palač Christof.

»Nicht, als ich sie verließ.«

»Und wann seid Ihr zurückgekehrt?«

»Am Tag ihres Todes.« Christof war ins Flüstern geraten, man mußte erahnen, was er sagte. Der Sorgenvolle war ein Mensch mit Herz. Er wischte sich die Augen.

»Sie war also schwanger. Und nicht von ihrem Gatten. Woher, Bligger Landschad, wußtet Ihr dann von ihrer Schwangerschaft?«

»Sie hat es mir gesagt.«

»Um verprügelt zu werden? Bestenfalls?«

»Was wollt Ihr mir da reinschieben?«

Der Richter betrachtete mit hochgezogenen Augenbrauen den Angeklagten, der trotzig zurückstierte. Einen Moment lang schien der Mann in der roten Robe zu bedauern, daß die Feme den dritten Grad nicht kannte.

Palač wandte sich an den Schöffentisch. »Die Magd der Toten, Martha, die hier anwesend ist ...« Carlotta spürte das Mädchen neben sich zusammenschrumpfen. »... ist bereit, auszusagen, daß ihre Herrin in ihrer Kemenate keinen männlichen Besuch empfing, außer den ihres Gatten und – Bligger Landschads. Und das letztere machte sie keineswegs froh.«

Christof war bleich wie der Schnee auf den Äckern. Carlotta sah einen Schimmer Mitleid auf Palač' Gesicht.

»Warum hat das junge Weib ihrem Schwager von der Schwangerschaft erzählt? Und warum mußte sie sterben?« fragte er.

Der Richter bog den Stab in seinen Händen und ließ ihn federn.

»Nein!« brüllte Bligger. »Ruprecht hat gesagt, ich kann mich reinigen. Ich schwör's, daß ich sie nicht erhängt habe. Jeder schwört mit mir. Sieben Mann, wie's vorgeschrieben ist.«

»Verlegt«, sagte der Richter.

»Was?«

»Der Reinigungseid. Er steht nur einem Mann mit gutem Leumund zu. Keinem Vergewaltiger. Ich verlege Euch den Weg zum Eid.«

»Aber ...« Bligger kam zitternd auf die Füße. »Ich hab's doch nicht ... Ich war weg. Ich hab' sie geschwängert, das stimmt. Sie wollte das. Sie war 'ne dämliche Hure. Aber am Dionysiustag war ich jagen ...«

»War er nicht!« Martha sprang auf, entsetzt über ihre eigene Kühnheit, empört über die Lüge. »Das Pferd stand im Stall ...«

»Welches Pferd, du Schlampe?«

»Das, was Ihr immer zum Reiten nehmt. Immer den Weißen. Nie ein anderes. Ihr jagt immer mit dem Weißen, und am Tag, wo meine Herrin starb, stand der Weiße im Stall. Ich bin doch an ihm vorbei, als ich die Milch geholt habe, und das Mistvieh hätt' mich fast gebissen.« Sie sagte nicht: Herr. In Marthas mutigem Herzen brannte das Feuer der Entrüstung.

»Du ... dummes Stück. Ich war in Dersau. Ich war mit dem Dilsberger ... wir hatten was zu besprechen. Dann, am Dionysiustag, als alles fertig war, wollten wir jagen. Und da hat er mir seine Blesse gegeben. Das ist doch kein Verbrechen!« Bligger zitterte, seine Stimme klang schrill.

Siehst du auch zu, Zölestine? dachte Carlotta.

»Und kann Euch das jemand bezeugen? Daß Ihr an diesem Morgen jagen wart?« fragte der Richter. »Nein, mein Freund, *Euch* halte ich nicht für geeignet, wirklich nicht«, sagte er zu Bliggers tolpatschigem Eidhelfer. »Ihr wollt am

Dionysiustag reiten gewesen sein, Bligger Landschad, aber keine Seele hat's gesehen. Und Euer Leumund ist so achtbar wie der des Hurenbocks von Avignon. Was glaubt Ihr, soll ich da denken?«

Bligger stürzte zu seinem Bruder, krachend fiel er vor ihm auf die Knie. »Du verstehst das nicht. Sie wollen mich hängen. Sie wollen *dich* nehmen, damit *ich* häng'. Das läßt du nicht zu, Bruder...« Er griff nach Christofs Händen.

Der Richter legte seinen Stab auf den Tisch zurück. Nun wurde das Schauspiel häßlich. Hart klopfte er mit der Faust auf die Platte. »Ich übergebe das Beweisrecht an Euch, Magister Palač. Ihr dürft gegen ihn schwören. Mit Euren Eidhelfern. Und dann zu Ende...«

Palač stand auf. Er blickte auf seine Fingerspitzen.

»Ihr könnt die eine Hand nehmen oder die andere. Der Schwur gilt als korrekt gegeben!« Der Richter nickte ihm gereizt zu.

Palač starrte noch immer auf die bläulich verfärbte Krallenhand. Dann sah er auf Bligger. »Ihr wart am Dionysiustag jagen?«

Bligger nickte, die Furcht saß wie ein Gespenst in seinem feisten Gesicht.

»Und am Tag davor?«

»Was?«

»Wo wart Ihr am Tag vor dem Dionysiustag?«

»Ja... in Dersau.«

»Mit dem Dilsberger?«

»Ja.«

»Und vielleicht noch mit anderen Leuten?«

»Alle waren da. Viele. Das ganze Dorf. Da war Schwanenhatz.«

»Dann kann ich nicht schwören.«

»Was?« Das *Was* des Richters platzte wie ein Gewitter in den sonnendurchfluteten Raum.

»Ich sage …« Palač fuhr sich unter die Haare im Nacken.
»Wann ist Euer Weib gestorben, Christof Landschad?«

Tränen glänzten in Christofs Augen.

»Der Tag des heiligen Dionysius von Paris fiel in diesem
Jahr auf einen Montag«, sagte Palač sanft. »Ist Euer Weib am
Sonntag oder am Montag gestorben?«

»Sonntag«, hauchte Martha an Stelle des Ritters.

»Am Sonntag. Ja, aber …« Bligger begann sein Glück zu
ahnen. »Sie ist gar nicht … Ich war ja blöd. Ich bin gekommen, und man sagt mir, sie hat sich umgebracht, und da denk'
ich natürlich …«

Der fröhliche Schöffe begann zu nicken. Sein Sitznachbar
stieß ihn an, und er setzte ihm flüsternd auseinander, was es
mit den Tagen auf sich hatte.

»Dann kann ich's gar nicht getan haben«, flüsterte Bligger,
noch immer kniend, in hellem Glück.

Und dann ging auf einmal alles sehr schnell. Christof beugte sich vor. Eine kräftige Bewegung mit der Hand. Bligger
brüllte auf, fiel in sich zusammen, und im nächsten Augenblick rann ein blutiges Rinnsal über die Holzdielen.

»Ach du verfluchtes …« murmelte der Richter erschöpft.

»Es ist gut so«, sagte Albrecht, während der Wagen durch
die weiße Winterpracht schaukelte. »Er war ein böser Mann
und hat seine Strafe.«

»Und doch hatte er mit dem Mord nichts zu tun.«

»Dann wird das Mädchen wirklich einen Geliebten gehabt
haben. Der es vielleicht mit der Angst bekam. Man muß
Nachsicht üben. Zölestines Leben war die Hölle.«

»Ihr habt ein gutes Herz, Albrecht. Im Ernst. Hat Bertram
Euch schon die Füße geküßt, für das bestandene Examen?«
Sie seufzte. War der Mord weniger schrecklich, wenn er von
einem Liebhaber begangen worden war?

Fest hielt sie das Buch in den Armen, Zölestines letzten

Besitz, die Familienbibel, die Christof ihr für Bertram und Benedikt mitgegeben hatte. Dort hätte eigentlich der Name ihres ungeborenen Kindes stehen sollen. Wenn es von Christof gewesen wäre, natürlich. Ein Liebhaber?

Man würde ihrem Christof den Mord an dem Bruder nicht anlasten. Bligger hatte Zölestine entehrt und das gestanden. Nicht einmal seine Eidhelfer hatten ein Wort des Vorwurfs erhoben. Sie drückte das Buch an sich.

»Herrje, ich könnte tausend Jahre schlafen«, sagte sie.

19. Kapitel

Die Scholaren kehrten zurück.

Und Ruprecht I., der greise Kurfürst von der Pfalz, starb. Das war am sechzehnten Februar des neues Jahres, an dem Tag, als Anselm zum ersten Mal sein Bett verließ. Wenig später wurde der junge Ruprecht in feierlicher Zeremonie zum neuen Kurfürsten gesetzt, was eine sieben Tage dauernde Festlichkeit zur Folge hatte, während der die Armen der Stadt im Saal des Spitals einmal täglich umsonst verköstigt wurden.

Carlotta schrieb für den Buchhändler die *sphaera* von Holywood ab.

Der Heimlichkeitsfeger war noch immer nicht gekommen, aber dafür ließ Josepha sich wieder öfter blicken. Sie brachte Kräutertränke für Anselm, und Carlottas Vater ging es nach und nach besser, auch wenn er noch immer schwach war und die meisten Stunden des Tages das Bett hütete und ihm sonderbarerweise die Haare ausgingen.

Palač lehrte Musik. Niemand behelligte ihn. Marsilius schien aufgegeben zu haben. Ein Segen, dachte Carlotta, daß der junge Ruprecht so mit Regieren beschäftigt ist. Es lief überhaupt alles wieder in den richtigen Bahnen. Vielleicht war die Sinsheimerin doch eine Hexe gewesen.

Sie schob den Kessel am Haken über das Feuer und wartete, daß der Würzwein zu brodeln begann. Anselm wollte Wein trinken und auch Benedikt, der mit fiebrigem Kopf und Bellhusten zu Bett lag. Oder liegen sollte. Aber in der Schlafkammer fror einem der Atem an der Nase fest. Er saß lieber in seine Decke gehüllt bei Carlotta in der Küche und erzählte und hustete sich dabei Tränen in die Augen.

»Bertram hat gesagt, sobald er seinen Magister hat, will er Schreiber in der Kanzlei werden«, krächzte er, die Arme fest um die hochgezogenen Beine geschlungen. »Er hat gesagt, dann kann ich in Ruhe weiterlernen, solang ich will, und vielleicht sogar Theologie studieren, weil Bertram meint, daß ich einen Kopf für so was habe. Er stopft sich selber nicht gern mit Lateinischem voll.«

»Er ist faul«, sagte Carlotta und schnupperte mit der Nase über dem Kessel.

»Du mußt nicht immer böse über ihn denken.«

»Tu ich nicht. Ich sag nur, daß er keine Lust zum Lernen hat. Sonst hätte er nämlich einen besseren Rang in der Prüfung bekommen. Es sei denn, er ist dumm. Soll ich lieber sagen, er ist dumm?«

»Er hat viel gelernt.«

»Die Häppchen, die Albrecht ihm vorgekaut hat. Passend eingepaukt für die Prüfung und ohne daß er einen Piep davon verstanden hat. Wenn Albrecht ihm nicht geholfen hätte, wäre er mit Stumpf und Stiel untergegangen.«

Benedikt brummelte etwas.

»Probier«, sagte Carlotta und hielt ihm die Kelle mit dem Würzwein hin. »Zu pfeffrig?«

»Man kriegt immer noch mehr Durst davon.«

»Aber dafür wird das Halskratzen weniger. Trink.«

Ihr Vater saß aufrecht mit vielen Kissen im Kreuz in seinem Bett. Er grübelte über einem Buch, das Magister Palač ihm vom Buchhändler mitgebracht hatte. Das Leben des

Abélard. Eine glänzende Karriere, Verliebtheit, dann die schreckliche Verstümmelung durch Heloises zornige Brüder … Hätte Isabeau sich doch Heloises Schicksal zu Herzen genommen und ihren Magister in Ruhe gelassen. Verfluchtes Liebeszeug.

Anselm schlief auch nachts nicht mehr in seiner Kammer. Die Jungen hatten ihm aus seinen Matratzen ein provisorisches Bett neben dem Ofen gebaut, da hatte er Wärme, und Carlotta konnte hören, wenn er nach ihr rief. Liebevoll gab er ihr einen Kuß, als sie ihm den Würzwein reichte. »Dein letzter ist mir nicht bekommen«, scherzte er, als er ihr den Becher abnahm.

Herrje.

»Weißt du, wie dieses Rattenpulver aussieht?« fragte Benedikt, als Carlotta in die Küche zurückkehrte.

Ihr Herz bekam einen klitzekleinen, schmerzhaften Stich. Sie hängte den Kessel an den Schwenkhaken zurück und schob ihn an die Wand. »Was weißt du über Rattenpulver, Benedikt Rode?«

Der Junge wurde rot und rettete sich in einen Hustenanfall.

»Also?«

»Wir haben euch reden hören, damals. Bertram und ich.«

»Gelauscht?«

»Man kann dagegen gar nichts tun«, beschwerte sich Benedikt im Jammerton. »Die Decke ist zu dünn. Was hier unten geredet wird, hört man da oben. Und wir konnten nicht einschlafen – wegen dieser Sache mit dem Dämonenbeschwören. Es tat Bertram so leid.« Die letzten Sätze flüsterte er, um den Pedell nicht aufmerksam zu machen. Klüger als Carlotta und Palač. Carlotta schloß die Küchentür.

»*Was* habt Ihr gehört?«

»Daß Magister Palač meinte, der Herr Pedell könnte an Rattenpulver erkrankt sein.«

»Arsenik.«

»Na ja, das eben.«

»Vergiß es wieder. Mein Vater ist gesund. Und Herr Palač ist Jurist, aber kein Medicus. Habt Ihr jemandem davon erzählt?«

Benedikt schüttelte das rotnäsige Gesicht.

»Dann denk nicht mehr daran. He, Benedikt – vergessen ist die zweite Seite der Kunst. *Ich* habe den Blödsinn vergessen, den Bertram beim Judenfriedhof veranstaltet hat, *ihr* vergeßt den Kram, der hier geschwätzt wurde. Nicht, weil etwas daran wäre, sondern weil es nicht guttut, ins Gerede zu kommen. Klar?«

Er nickte mit großen Augen.

»Und Bertram sagst du …«

»Der wird sowieso nicht davon reden. Wir haben doch beide den Mund gehalten. Sind ja nicht dumm«, sagte Benedikt, eine Spur gekränkt.

Nur ein kleiner Schmerz. Aber einer, der sich festzwackte. Carlotta kochte aus den Gemüseresten der vergangenen Tage eine Suppe, übertrug es Benedikt, sie zu rühren, und machte sich auf den Weg zum Markt. Die Brüder besaßen keine nigromantischen Schriften mehr, das hatte sie mehrfach überprüft. Sicher hatten sie nach dem unangenehmen Experiment am Friedhof die Nase voll davon. Aber Vorsicht schadete nicht.

Sie eilte durch den Gassenmatsch, unter dem Mantel das Schlüsselbund mit dem Kirchenschlüssel und dem Schlüssel von der Universitätstruhe. Genaugenommen hatte sie kein Recht, das Münchener Buch fortzunehmen. Aber sie konnte es Palač geben, zur Aufbewahrung, den Gefallen würde er ihr sicher tun, und damit hätte alles seine Richtigkeit, und der häßliche, kleine Schmerz würde sich verziehen.

Schneeflocken fielen auf ihren Kopf und tauten in ihre

Locken hinein. Es war noch hell, die Hausfrauen eilten mit Krügen zum Marktbrunnen oder mit Broten, die sie hatten backen lassen, wieder heim, und die es sich leisten konnten, trugen dicke Mäntel. Mit klammen Händen öffnete Carlotta die Kirchentür. Fahles Winterlicht fiel durch die bunten Glasfenster und tauchte das Kircheninnere in dämmriges Halbdunkel. Sie eilte hinter den Altar.

Das Münchener Buch lag zuunterst auf dem Truhenboden, wo Palač es zurückgelassen hatte. Die roten Buchstaben grinsten ihr entgegen. Sie zögerte – und schlug es rasch in das Tuch ein, das sie zu diesem Zwecke mitgebracht hatte.

Als sie die Truhe schließen wollte, hatte sie den Eindruck, daß etwas nicht richtig war. Zögernd blieb sie in der Hocke. Etwas fehlte. Der Euklid war da. Die *Analytiken...* Sogar ein neues Buch. Etwas über die kalendarischen Zyklen. Sie blätterte darin, las sich fest und legte es schließlich schweren Herzens zurück. Vielleicht konnte man Palač bitten, das Buch für sie auszuleihen.

Und da fiel es ihr auf: Die Lederkladde mit den Immatrikulationseintragungen fehlte. Wie sonderbar, denn ihr Vater hatte das Haus seit seiner Krankheit nicht mehr verlassen, und sie konnte sich auch nicht besinnen, daß jemand ihm das Buch gebracht hätte. Vielleicht hatte Marsilius es genommen? Aber was sollte er damit anfangen?

Laß das, Carlotta! Schwungvoll klappte sie die Truhe zu. Niemand konnte ein Interesse daran haben, die Einschreibungslisten zu stehlen, und wenn es doch jemand getan hatte, dann war das nicht ihr Problem. Die Sinsheimerin war tot. Wenn sie weiter in jeder Ecke Unglück witterte, würde sie bald ein Fall fürs Narrenhäuschen sein.

Schneeflocken taumelten ihr entgegen, als sie aus dem Portal trat. Ein Gassenhund streunte in dem Schlupf neben dem »Fröhlichen Mann« und wühlte nach Eßbarem, auf der Mauerkante des Brunnens spazierte eine schwarzgefleckte Katze.

Sonst war es still. Erstaunlich still, denn es hatte noch nicht einmal zu dämmern begonnen. Wohin waren die Menschen verschwunden?

Carlotta schritt über die seidendünne Decke aus Schnee, die sich über die Fußspuren gelegt hatte. Ihre Ohren lauschten in die Kälte, die feucht und beißend zwischen den Fachwerkhäusern stand. Nein, ganz still war es doch nicht. Von weiter hinten, dort, wo die Untere Straße zum Heumarkt führte, schallte eine Stimme. Kommandoton. Barsches Gebrüll. Etwas, von dem man sich besser fernhielt?

Die Stimme machte ihr angst. Und der Schmerz gebärdete sich plötzlich wie ein bissiges Insekt. Carlotta bog trotzdem um die Ecke der Kirche, um zu erspähen, was los war. Ja, da standen Menschen. Halb Heidelberg. Stummes Volk, das dabei war, ein Schauspiel zu betrachten. Carlotta packte ihr Buch fester. Zwischen den bunten Kleidern der Bürger steckten schwarze Scholarenmäntel und Köpfe mit ausrasierten Tonsuren. Aber es gab kein Getümmel wie bei einem Streit. Sie standen einträchtig beieinander.

»Weißt du, was los ist?«

Carlotta fuhr heftig zusammen. »Friedemann! Magister Palač ...«

Palač war mit einigen Scholaren aus der Haspelgasse gekommen, unter dem Arm Papiere mit schwarzen, rhombischen Fliegenkrabbeln darauf, Noten. »Keine Ahnung«, sagte sie. »Die Leute ... schauen.«

»Sie sind im Synagogengarten.« Der Magister wies mit dem Kinn dorthin, wo die Menge sich ballte. Die Menschen standen nicht nur im Synagogengarten, sie waren auch in der Synagoge selbst. In den gotischen Fenstern im Obergeschoß des roten Backsteinbaus drängten sich Männerköpfe, und keiner von ihnen trug den jüdischen Bart.

Carlotta sah Moses hinter Palač' schmalem Rücken stehen. »Geh heim«, sagte sie.

Der Junge hörte nicht. Als hinge er am Bändel, folgte er den anderen, die die Gasse hinuntergingen, und Carlotta blieb nichts anderes, als es ihnen gleichzutun. Sie konnte über den Köpfen der Menge Berittene erkennen, Männer mit schwarzen Kappen in den taubenblauen Wämsern der Burgmannen. Aber auch die gestreiften Schecken der Scharwächter waren zu sehen. Also eine gemeinsame Aktion des Kurfürsten und der Stadt? Aber zu welchem Zweck?

Palač blieb nicht stehen, sondern drängte sich zwischen die Menschen. Seitlich von ihnen lag die Synagoge, vorn in der Verbreiterung der Gasse der Heumarkt mit seinem Podest, auf dem die mannshohe, eiserne Getreidewaage mit den Ketten und den hölzernen Lastflächen stand. Vom Heumarkt zur Synagoge und von da die Judengasse hinab klaffte ein Spalt in der Menge, durch den sich ein kärglicher Menschenstrom ergoß. Alte und junge Leute, Kinder, bepackt mit Bündeln, Brotlaiben, Kisten, Strohkörben und Geflügelkäfigen, einige mit einer Ziege oder einem klapperdürren Gaul am Seil, andere mit Wägelchen und alle mit dem Schandmal der Juden auf dem Mantel: dem gelben Ring.

Carlotta benutzte ihr Buch als Puffer und drängte sich vorwärts, bis sie die Scholaren und ihren Magister erreichte. Sie griff in die Falten von Palač' Talar. »Kommt fort. Das wird sich aufklären. Es ist nicht rechtens. Ruprecht hat den Juden Bleiberecht gewährt.«

Ein Jüngling mit gelbem Bartflaum fühlte sich gestört und drängte sie rüde in die zweite Reihe zurück und von Palač fort.

»Ruprecht hat ihnen Bleiberecht gewährt«, flüsterte Carlotta.

Zu wem sprach sie? Palač stand da und starrte auf den Wurm vorwärtsstolpernder Menschen, die zu Tode erschrocken versuchten, keinen Christenmantel zu streifen und niemandem Anstoß zu bieten.

Ruprecht hatte den Juden Bleiberecht gewährt, aber das war der alte Ruprecht gewesen, und der lag in seiner Gruft in der Neustädter Stiftskirche. Die Menschen, die den Auszug der Juden überwachten, handelten auf Befehl des neuen Kurfürsten. Nichts würde sich aufklären.

Carlotta wurde gegen den Mann mit dem Bartflaum geschubst und spürte etwas Hartes, Rundes an den Rippen. Einen Stein, den der Kerl in seinem Ärmel versteckt trug. Sollte das so enden?

Betäubt sah sie zu, wie die letzten Flüchtlinge die Judengasse verließen. Der Spalt schloß sich, und die Menge drängte sich hinter den Vertriebenen zusammen und folgte ihnen zum Heumarkt. Carlotta wurde mitgeschoben. Der Kopf des langen Friedemann tauchte auf. Neben ihm stand Moses. Mit dem Buch als Waffe bahnte sie sich einen Weg zu ihnen. Sie flüsterte, denn es war noch immer unheimlich still unter den Zuschauern der Tragödie: »Du gehst nach Hause, Moses! Los. Gleich!« Nachdrücklich zwickte sie ihn in den Arm. »Friedemann! Bring ihn heim. Halt ihn da fest und laß niemanden hinein oder hinaus, bis ich wieder da bin!«

Der Junge nickte verstört, packte seinen spitznasigen Kameraden und zerrte ihn gegen den Strom. Carlotta sah sich nach Palač um. Er war weit vorwärts, es hatte ihn mitten zwischen die Juden getrieben.

Sie rieb sich die Brust. Dieser kleine, gewalttätige Schmerz. Während sie sich weiterzwängte, sah sie, wie Palač den Judenzug verließ. Mit mächtigen Ruderbewegungen der Arme strebte er durch die Menge. Er wollte zur Waage.

»Laß es«, flüsterte Carlotta.

Zwischen den Waagenketten stand eine zweite Gestalt im Talar, das fleischige Gesicht zu einem Lächeln gedehnt, die Hände über dem Bauch gefaltet, als wäre er ein Prediger. Konrad von Soltau.

Carlotta hörte, daß Palač etwas zu ihm hinaufrief, aber nicht, was es war. Ein Ellbogen bohrte sich in ihre Rippen.

Konrad antwortete. Dann sprach Palač. Dann nochmals Konrad. Die Leute wurden aufmerksam. Einige brüllten um Ruhe. Das Getuschel erstarb.

»Ihr habt kein Recht dazu«, rief Jovan Palač zur Waage hinauf.

Konrad lächelte. Er stand auf dem Podium. Er hatte die Bühne und nun auch die Aufmerksamkeit, die ihm gefiel. »Wie töricht von Euch, immer in denselben Fehler zu verfallen, Palač. Eure Judenfreundschaft hat Euch in der Heimat die Hand gekostet. Hat Prag Euch nichts gelehrt?«

»Es ist Unrecht!«

Hinter Palač stand ein gebeugtes Judenweib mit schlohweißem Haar, das den Anschluß an seine Leute verloren hatte. Es summte vor sich hin, nuckelte am Bein eines dreckigen Spielzeugschafes und grinste zur Waage hinauf. Niemand hatte sie bisher beachtet. Alte Juden, die den Verstand verloren hatten – davon gab es viele. Aber jetzt stand sie hinter Palač. Ihre Glaubensgenossen strebten zum Speyerer Tor und kamen den Menschen aus den Augen. Die Jüdin und der Magister blieben.

»Es ist Unrecht«, wiederholte Palač so vernünftig, als wäre das Geschehen ein Irrtum, den man beenden konnte, wenn man es nur fertigbrachte, ihn aufzuklären.

Etwas flog ihm gegen die Schulter. Ein Stein. Benommen tastete er nach der Stelle. Geraune setzte ein.

Konrad hob seinen schwarzen Arm. Augenblicks ebbte das Murmeln ab. Vielleicht aber doch nicht seinetwegen, sondern wegen des Burghauptmannes, der seinen Platz verlassen und sein Pferd zur Waage gelenkt hatte.

»Es ist also Unrecht, he?« Der Bewaffnete beugte sich von seinem Pferd und erklärte – belehrend oder ironisch, wer konnte das unterscheiden: »Was hier geschieht, Magister, geschieht auf Befehl Fürst Ruprechts – meines Herrn und Eures Herrn und des Herrn von jedermann in dieser Stadt. Er ist sogar der Herr dieser verfluchten Judenbande, und wenn es ihm gefiele, könnte er sie in ihrem Götzenhaus verbrennen oder in Fässern in den Neckar werfen, wie die Speyerer es getan haben, und sie sollten dem Teufel, dem sie dienen, danken, daß sie einen so barmherzigen Herrscher haben. Einwände?«

Palač stand da, das Haar zerrauft vom Geschubse in der Menge. Nun geh doch, dachte Carlotta sehnsüchtig. Sie würden ihn fortlassen. Noch war nichts geschehen. Er widersprach auch nicht länger.

»Magister Jovan«, tönte Konrads salbungsvolle Stimme. »Ihr scheint eine unglückselige Neigung zu diesem Volk gefaßt zu haben; sie sei Euch gelassen. Nur – begreift, daß in dieser Stadt Menschen leben. Christenmenschen. Und *das* sind die Leute, die Anspruch auf unseren Schutz haben. In Heidelberg sind Verbrechen geschehen...« Er machte eine Pause. Lang genug, um auch dem Dümmsten Zeit zum Grübeln zu geben. Und Palač Zeit zum Sprechen.

»Keine Verbrechen, die mit den Juden in Verbindung stehen.«

»Ich staune, wie sicher Ihr da seid, Herr Kollege.«

Wieder hob das Murmeln an. Wieder brachte Konrads Arm es zum Schweigen. Das Weib in Palač' Rücken begann einen trunkenen Schmetterlingstanz, wobei sie hohe, irre Töne summte.

»Ihr sprecht von Unrecht, aber eigentlich wißt Ihr überhaupt nicht, worum es geht!« rief Konrad, sie übertönend. »Von kompetenter Stelle wurden Untersuchungen angestellt...«

»Über *was* für Verbrechen?«

»Ihr lebt in dieser Stadt, Palač. Seht Ihr das Böse nicht einmal, wenn es vor Euren Augen geschieht?«

Zustimmung erhob sich in der Menge. Und Mißmut. Der Fremde hatte keine Ahnung. Der mußte auch nicht zum Juden gehen, wenn Hagel die Weinberge zerstörte.

»*Was* für Verbrechen? Und wer von den Juden war daran beteiligt?«

»Wer von ihnen!« Konrad hob die Arme gen Himmel. »Palač, bitte! Christenkinder sind aus Gräbern gestohlen worden! In den Kirchen werden Hostien vermißt. Verfluchte Zauberei hat ein Unwetter vom Himmel fahren lassen, daß uns die Schöpfung um die Ohren donnerte. Und Ihr fragt ...«

»Wer kriegt den Besitz der Juden?«

Konrad schwieg verblüfft. Als er begriff, brüllte er los. »Das ist − ungeheuerlich!«

Der Burghauptmann war derselben Ansicht. Sein kantiges Gesicht wurde finster. Unbehagliche Stille trat ein. Die Jüdin hörte auf zu tanzen.

Carlotta sah Palač den Kopf schütteln. »Konrad! Es geht immer um ihr Gold. Ihr Gold, ihre Häuser, ihre Schuldscheine.«

»Der Kurfürst ...«

Konrad wollte sprechen, aber der Burghauptmann fuhr zwischen ihn und Palač. Carlotta sah nicht, was geschah. Sie hörte nur ein Klatschen.

»Er hat nicht das Recht dazu«, hörte sie Palač wütend aufbrüllen. »Nicht einmal Ruprecht! Nicht einmal er hat das Recht, mit seinen dreckigen Händen ihr Eigentum an sich zu raffen. Nicht einmal für Wenzels Krone.« Der Satz wurde mit jedem Wort undeutlicher. Das Klatschen zu einem beständigen Begleitgeräusch. »Dreißig Silberlinge! Dafür haben sie schon einen Juden verkauft ...« hörte sie sein Zorngeschrei.

Klatsch, klatsch ...

Vorbei, dachte Carlotta.

Sie sah die Steine in den Fäusten der Leute zittern. Man wartete nur noch auf das Signal.

Die Jüdin begann voller Angst zu wimmern. Wie ein Kind den Daumen schob sie das Bein des Spielzeugschafes in den Mund. Das *war* das Signal.

»Sie schändet das Lamm Gottes!« schrie eine Stimme. Kaum jemand konnte das schmutzstarrende ausgestopfte Fell als Lamm identifizieren, aber der Ruf brachte die Menge in Bewegung.

Carlotta wurde vorwärtsgestoßen. Sie fiel, kam mühsam auf die Beine, fiel noch einmal und brachte sich schließlich auf einer Haustreppe in Sicherheit. An allen Gliedern zitternd hockte sie auf den Stufen. Die Schlägerei war allgemein, aber man hörte doch die wirren Schreie der Jüdin heraus, die klangen wie das Quieken eines Schweines unter dem Messer. Konrad hatte sein Podest verlassen. Die Burgleute ebenfalls. Nur die Scharwächter mühten sich noch um Ordnung.

Es war vorbei.

20. Kapitel

Marsilius müßte hier sein«, murrte Sophie.

Sie und Carlotta standen frierend auf dem Burghof. Man hatte sie hereingelassen, und der Mann, der die Kerker beaufsichtigte, war gegangen, um bei Ruprecht Weisung wegen des Besuchs zu holen. Das dauerte nun schon so lange, daß sich ihre Füße wie Eisklumpen anfühlten.

Carlotta drückte das Bündel mit der Decke an sich. Wind pfiff durch den Tortunnel in den Hof. Schneeböen stoben die Burgmauern hinauf. Auf dem krummen Dachfirst schauten falschäugige Krähen nach dem Unglück des Tages aus. Die Burg des Kurfürsten lag noch im Schlaf. Nur im Küchenhäuschen war man zu Werke. Es roch nach Bratfisch und Zwiebeln, und aus dem Schornstein kräuselte sich Rauch, der sich als fettiger, schwarzer Belag auf der Mauer niederschlug.

»Wenn Marsilius hier wäre ...« Sophie hauchte in die Hände mit den braunen Altersflecken. »Ruprecht hätte ihn empfangen. Mein Bruder hat ein begnadetes Mundwerk. Irgend etwas würde er für das arme Magisterchen erreichen. Vielleicht ihn auf Irrsinn herausreden. Womit er ja auch gar nicht so falsch läge. Hat er tatsächlich *dreckige Finger* gesagt?«

»Psst!« Niemand stand in ihrer Nähe. Aber in solcher Stille trugen selbst geflüsterte Stimmen weit.

»Es kann nicht mehr als zwei Tage dauern, diese verdammten Petitionen aus Schönau zu holen«, machte Sophie
Carlotta und sich selber Mut. »Morgen wird Marsilius zurück
sein. Oder spätestens übermorgen. Er ist ein flinker Reiter,
das denkt man nicht bei seinem Wanst. So ein hübsches
Gesicht. Nein, ich meine den Jungen. Ihn muß der Teufel
geritten haben. Im Ernst? *Dreckige Finger?*«

Die Tür des Herrenhauses öffnete sich einen Spalt weit.
Der Kerkermeister, vom Hals bis zu den Füßen in schwarzes Lederzeug gekleidet und mit einer schwarzen Lederkap-
pe auf dem buschigen Haar, kam zu den Frauen herüber. Er
nickte und suchte das Schlüsselbund an seinem Gürtel ab.

»Nein, Liebste, das ist nichts für mich«, wehrte Sophie ab,
als die Tür aufschwang. Es war ein solides, mit einem Luft-
gitter versehenes Eisentor, eingezwängt zwischen dem Back-
haus und dem Metzelhaus, mit mehrfachen Riegeln und
Schlössern gesichert, und der Gang dahinter führte tatsächlich in den Berg hinab, aber man mußte ihn nicht kriechen.
Wer klein war, wie Carlotta, konnte sogar aufrecht gehen.

Sie tastete sich hinter Ruprechts Kerkermeister die steilen
Stufen hinab. Es gab nicht nur einen Gefängnisraum. Ein halbes Dutzend Zellen, Löcher mit einem Gitter davor, führten
von den Stufen in den Fels. Eine war belegt, aber der Mann
darin lag schlaff in seinen Ketten, so daß man nicht sagen
konnte, ob er tot war oder lebte, und das Licht war auch viel
zu schwach, um Genaueres zu erkennen. Dann mündete die
Treppe in einen größeren Raum. Carlotta schloß voller Entsetzen die Augen.

»Die hier hineinkommen, haben es verdient, Mädchen«,
meinte der Kerkermeister gleichmütig. Er leuchtete kurz an,
was sie gar nicht sehen wollte, zuckte die Achseln und führte sie weiter in den Schlund der Erde hinab.

Noch einmal ein Gitter, noch einmal ging es abwärts. Aber
diesmal nur wenige Stufen, dann nahm die Treppe abrupt ein

Ende. Der Kerkermeister steckte seine Fackel in einen Eisenzylinder und nestelte erneut am Gürtel. Auch diese letzte Zelle war ein Loch. Der vergitterte Eingang befand sich anderthalb Fuß über dem Boden, und sie war so niedrig, daß Carlotta auf den Knien hineinrutschen mußte, als ihr endlich geöffnet wurde.

Sie hörte, wie die Tür hinter ihr zuknallte und danach das Rasseln der Schlüssel, und konnte nicht verhindern, daß Entsetzen ihr wie mit pelzigen Spinnenbeinen ins Herz kroch.

»Laßt das Licht an«, rief sie über die Schulter.

Der Schacht hatte Manneslänge. Palač lag an seinem hinteren Ende, und einen schrecklichen Augenblick lang dachte sie, er sei tot.

Er war aber nicht tot. Als sie ihm über den Körper tastete, spürte sie Finger, die nach ihr griffen.

»Eiskalt ist das hier«, flüsterte Carlotta. »Ihr seid auch eiskalt.« Sie stieß den Kopf an einer Steinzacke und murmelte etwas Heftiges.

Palač hatte ihre Hand gefunden. Wenn vielleicht sonst auch nichts mehr an ihm lebte – die Finger taten es. Sie schlossen sich um ihre eigenen, als wären sie aus Eisen.

Carlotta hörte, wie der Wächter die Stufen hinaufstieg. Er schien ihnen ein paar stille Augenblicke zu gönnen. Und – danke, danke – er hatte seine Fackel zurückgelassen.

Sie suchte im Zwielicht nach dem Ende der Schnur, das die Decke zusammenhielt. Palač brauchte auf jeden Fall Wärme. Es war hier im Bauch der Erde nicht so frostig wie draußen, aber immer noch kalt genug, und wenn man sich nicht bewegen konnte, mußte es fürchterlich sein. Mit der freien Hand – wie hinderlich, daß Palač die andere so fest umklammerte – breitete sie die Decke über ihm aus.

»Ich habe Essen mitgebracht«, flüsterte sie.

»Kerzen?«

»Ja, auch Kerzen. Bei der heiligen Madonna – hatte ich

gesagt, Ihr sollt sie nicht reizen? Nein, paßt auf, über Euch ist Fels.«

Auf dem Zellenboden lagen Ketten, mit denen sie Palač' Hände und Füße gebunden hatten. Als er sich bewegte, klirrten sie, und vermutlich war dieses Geräusch das einzige gewesen, was er in den vergangenen achtzehn Stunden gehört hatte. Klipp, ratsch ...

»Wollt Ihr essen?« fragte Carlotta.

»Wer hat gekocht? Ihr oder Josepha?« Palač gab ein heiseres Geräusch von sich. Aber ihre Hand ließ er nicht los.

Man mußte eben ein bißchen umsichtig sein mit dem, was man auf dem Markt herumbrüllte. Sie ließ ihm die Hand und widerstand der Versuchung, ihn mit der anderen zu trösten. Viel Zeit würden sie nicht haben.

Carlotta beugte sich über ihr Bündel und stieß mit dem Knie – verfluchte Enge – an den Topf mit den Fleischstückchen. Sie konnte ihn gerade noch vor dem Kippen bewahren und schob ihn in die Ecke. Dort hingen auch Ringe in der Wand, an denen Ketten baumelten. Warum fesselte man einen Menschen, der sowieso schon hilflos wie ein Wurm war, mit Eisenringen an den Fels?

Carlotta lehnte die Holzflasche mit dem Würzwein – ungepfeffert – neben den Topf. So, und nun das Stroh beiseite, damit die Kerzen Palač nachher nicht in Flammen setzten. Sie suchte eine Position, in der sich ihre Glieder entspannen konnten.

»Ich bin Euch eine verfluchte Plage«, murmelte Palač.

Die Fackel des Wächters warf flackernden Schein in ihr Eckchen der Zelle. Carlotta sah, daß er die Augen geschlossen hatte, was sie sonderbar fand, wo ihn doch die Dunkelheit so ängstigte.

»Ihr hättet nicht kommen dürfen«, flüsterte Palač. »Konrad ... wird versuchen, Euch daraus einen Strick zu drehen.«

»Wie sollte er? Ich werde Euch weder in eine Fledermaus verwandeln noch sonstwie zur Flucht verhelfen. Ich hexe Euch nicht einmal den Käfig warm. Besuche sind nicht verboten.«

Sie tastete über sein Gesicht, um zu sehen, ob ihn wieder das Fieber gepackt hatte. Es war weder kalt noch warm, aber ihre Finger fühlten feuchte und verkrustete Stellen und eine lange, klebrige Wunde am Hals.

»*Acerrume, Madonna.* Zerfleddert und zermatscht und keineswegs in präsentablem Zustand.« Palač schob ihre Finger von sich. »Die Häuser sind für die Universität bestimmt.«

»Was?«

»Die Judengasse samt Synagoge, Mikwe und Garten. Auch der Friedhof. Alles.« Er stöhnte, als er versuchte, sich zu bewegen. »Bringt mir Trost und sagt, daß Marsilius nichts davon wußte.«

»Gestern und vorgestern war er jedenfalls in Schönau.«

»Ich will, daß Konrad die Schuld trägt. *Nos Rector et universitas magistrorum et scholarium ...* Wißt Ihr, daß ich Marsilius liebe? Er ... hat so einen väterlichen Schlag. Ich hatte keinen Vater. Hab' ich vermißt. Nein ... nicht. Nicht dort fassen. Wie kann er so lange nachtragen?«

»Marsilius?«

»Konrad.« Palač lachte rauh. »Ein Buckel voller Schläge am Ufer der *Vltava*. Sie haben ihn verprügelt. Dabei war ich wirklich nicht dabei.« Seine Stimme schwankte vor Anstrengung. Aber er konnte nicht aufhören zu sprechen. »*Závist*, Lotta – Neid. Er war Rektor. Der Kaiser hat den Tschechen Stimmenmehrheit gegeben. Das hat ihn die Macht gekostet, und da fing er an ... sein Gift zu verspritzen. Irgendwann haben sie ihm aufgelauert.« Palač ächzte auf. »Carlotta – stoßt noch einmal meinen Arm, und wir sind keine Freunde mehr.«

»Es ist zu eng.«

»Wo ist Marsilius?«

»In Schönau. Das habe ich schon gesagt. Wißt Ihr sonst jemanden, der Euch helfen kann?«

»Ihr habt mir schon geholfen.«

So weit wie ein lahmer Frosch dem anderen. Die Dunkelheit brachte ihn um. Er klammerte sich an ihre Hand, als wäre sie der Strohhalm in der Flut.

Heilige Madonna. Schritte kamen die Treppe hinab.

Carlotta machte sich los. Wie dumm, das Wichtigste nicht zuerst erledigt zu haben. Sie wühlte nach den Kerzen, fand sie und kroch mit einer zum Gitter. Die Fackel steckte im Halter über der Tür. Mit dem ausgestreckten Arm, das Gesicht an das rostige Gitter gepreßt, entzündete sie den Docht. Der Wächter war schon fast hinab.

Hastig kroch sie zurück. Sie stieß dabei den Topf um, und die Fleischstückchen ergossen sich ins Stroh. Was tat's. Carlotta stülpte den Topf über die Flamme. »Vergeßt nicht, zu essen. Es liegt hier verschüttet.«

»Ich dank' Euch ... für das Licht ...«

»Aber das wird Euch nicht am Leben halten. In der Flasche ist Würzwein. Und seht zu, daß Ihr unter der Decke bleibt.«

»Mädchen, es ist Zeit!« brummelte der Wächter.

Alles ging viel zu schnell. »Ich überleg', was ich tun kann, Palač!«

Er keuchte, weil sie mit ihrem Knie nun doch auf seinen Arm kam. Carlotta quetschte sich an seinem Körper entlang.

Was für ein ... gräßliches Loch. Was für eine gräßliche Situation.

Albrechts Wirtin lag unter ihrer gewürfelten Decke auf dem Strohlager und röchelte, als wolle ihr jeden Moment der Atem versagen. Carlotta ertappte sich, wie sie hastig mitatmete.

»Das ist seit der Flut«, erklärte Albrecht. Er half ihr von der

Treppe in sein Zimmerchen. »Der untere Teil des Hauses war überschwemmt, und die alte Frau stand zu lange im Wasser. Sie hätte zu mir hinaufkommen sollen. Unten gab's nichts aufzuhalten.«

Er war so vernünftig. Carlotta dachte, daß sie an seiner Stelle das Weiblein wahrscheinlich gepackt und mit Gewalt ins Obergeschoß geschleppt hätte. Es war ein winziges knochiges Ding, das man an einer Hand hätte mit sich schleifen können. Aber den gelehrten Männern ging der Sinn fürs Praktische ab. Die einen ließen alten Frauen ihre Unvernunft, die anderen zankten sich mit Kurfürsten.

»Palač liegt in der Burg gefangen«, sagte sie.

Albrecht stand im Raum herum. Carlotta nahm sich selbst einen Schemel. Sie blickte dem Magister fest in die Augen. »Man hat ihn in ein finsteres Loch gesperrt, in dem man nicht stehen und kaum sitzen kann. Es ist eiskalt, und … er verträgt keine Dunkelheit. Er wird darinnen irr.«

»Es wäre besser gewesen, er hätte seinen Mund gehalten.« Das war nicht so böse gemeint, wie es klang. Albrecht seufzte und setzte sich nun endlich auch. Sein Schreibpult war mit Papieren übersät. Obenauf Archimedes' *Kreismessung*. Schöne, sauber gezeichnete Kreise in tiefschwarzer Tinte. Albrechts Leben ging einen geordneten Gang.

»Konrad von Soltau hat ihn hineingerissen«, sagte Carlotta. »Wäre Marsilius an Konrads Stelle gewesen – er hätte es hingebogen. Konrad hat *gewollt*, daß Palač in Schwierigkeiten gerät. Er hat es regelrecht darauf angelegt.«

»Konrad hat der Universität eigene Häuser verschafft. Die Synagoge soll in eine Universitätskirche umgewandelt werden, und die Magister sollen in den Judenhäusern Wohnungen bekommen. Er will zur nächsten Rektorenwahl kandidieren. Und nun hat er beste Aussichten, gewählt zu werden.«

»Ich denke, nur Artisten können Rektoren werden«, sagte Carlotta verwundert.

»Er hat den Antrag gestellt, die Statuten so zu ändern, daß der Rektor aus sämtlichen Fakultäten gewählt werden darf. Das wird ihm auch gelingen. Jetzt, wo er die Häuser beschafft hat«, meinte Albrecht nüchtern.

»Und Palač?«

Albrecht nagte mit weißen, spitzen Zähnen an der Unterlippe. Er verwies nicht auf Marsilius, wie Sophie. Er war ein Mann der Realität. Konrad von Soltau hatte den Magistern Wohnraum verschafft. Pech für seine Feinde.

»Es heißt, der Kurfürst hat vor Wut geschäumt.« Albrecht nahm das Drahtgestell mit den Augengläsern und schüttelte den Eulenkopf. »Er wird sich nicht besänftigen lassen. Vor allem nicht, solange Konrad das Feuer schürt. Eckard von Worms könnte an seine Milde appellieren.«

Albrecht erwog, wozu Bischof Eckard willig oder fähig war. Der Bischof war zum Kanzler über die junge Universität gesetzt worden. Aber hatte er jemals Interesse für die Magister und ihre Scholaren gezeigt?

»Nein«, sagte Carlotta, und Albrecht nickte.

»Über dem Kurfürsten steht nur der Kaiser. Der hätte Macht, etwas anzuordnen.« Die Hände, die die Augengläser drehten, standen plötzlich still.

»Aber es war der Kaiser, der Jovan Palač hierhergeschickt hat. Ich glaube nicht, daß er sich für ihn einsetzt«, sagte Carlotta. »Und außerdem ist er weit fort.«

»Nein, weit nicht ...« Albrecht legte die Augengläser nieder. »Er ist in Speyer. Das habe ich von Konrad gehört. Entweder ist er *jetzt* dort, oder er wird in den nächsten Tagen in der Stadt eintreffen. Konrad hat überlegt, ob er ihm einen Besuch abstattet. Die Gelegenheit ist günstig, da Marsilius verreist ist. Aber er steht wohl nicht in der kaiserlichen Gunst.«

»Palač auch nicht.«

Albrecht überhörte, was sie sagte. Die blassen Augen sprühten plötzlich erregte Funken. »Vor kurzem war eine französische Gesandtschaft in Heidelberg. Carlotta – die Franzosen schicken in alle deutschen Grenzgebiete Spione, um die Herzen der Deutschen dem Häretiker in Avignon zuzukehren. Es heißt, der Kaiser ist darüber sehr erzürnt.« Albrechts Gedanken folgten einander wie die Kugeln auf dem Abakus. »Der römische Papst haßt die Franzosen. Und der Kaiser unterstützt den Papst. Er erwartet, daß das deutsche Reich ihm darin folgt. Versteht Ihr, Carlotta? Wenn er wüßte, daß hier in Heidelberg Franzosen zu Gast waren … Er würde sich über Ruprecht ärgern.«

»Ihr wißt erstaunliche Dinge.«

»Ja, aber sie sind zu vage.« Das Feuer erlosch. »Eigentlich weiß ich gar nichts, Carlotta. Nur was die Magister untereinander reden. Marsilius hat sich über die Franzosen aufgeregt. Außerdem – wer brächte den Mut auf, den Kaiser zu belästigen. Man kann ihn ja nicht besuchen wie irgend jemanden.«

»Und wenn ich nun doch zu Ruprecht ginge?«

»Er würde Euch zürnen. Und Ihr habt Euren Vater, auf den Ihr Rücksicht nehmen müßt. Carlotta – seid Ihr dem Tschechen wirklich soviel schuldig?«

Carlotta spürte die Röte, die ihr über die Wangen in die Stirn kroch. Verlegen nahm sie die *Kreismessung* in die Hand und blätterte darin herum. Ja, sie fand schon, daß sie Palač etwas schuldete. Allein für das Femegericht, auch wenn es keine Klarheit gebracht hatte. Nur – Albrecht hatte recht. Man spazierte nicht einfach zum Kaiser, und man bat auch nicht um Audienz beim Kurfürsten, wenn man Carlotta Buttweiler hieß und nichts als die Tochter eines siechen Pedells war. Sie seufzte.

Albrecht hatte es einfacher. Er machte sich nicht wirklich etwas aus Palač. Er konnte in Ruhe zu seinem Archimedes zurückkehren, und seine höchste Not bestand darin, nicht zu wissen, ob man bei der Quadratur des Kreises Näherungen in Kauf nehmen durfte.

»Findet Ihr es nicht sonderbar?« Carlotta blickte zu dem Eulengesicht auf. »Ich meine, das mit der Quadratur? Leonardo Fibonacci hat mit Hilfe eines Sechsundneunzigecks berechnet, daß die magische Zahl, die den Kreis definiert, aus dem Quotienten von achthundertvierundsechzig und zweihundertfünfundsiebzig besteht. Ich finde das beeindruckend. Und trotzdem ist sie nicht völlig korrekt.«

»Alles bis ins Ende wissen zu wollen ist vermessen«, sagte Albrecht.

»Aber ist es nicht sonderbar? Die Sonne ist rund, die Erde ist rund, Kirschen sind rund, die Augen der Fliege sind rund ... Der Kreis ist das Vollkommenste, was existiert. Warum ist dann die Zahl, die seine Existenz bestimmt, nicht ... Ich meine, warum läßt der Kreis sich nicht zum Beispiel durch die Drei darstellen – die Zahl der Heiligen Dreieinigkeit? Oder durch die Zwölf, wie die Anzahl der Apostel?«

Albrecht betrachtete sie verwirrt.

»Es ist in letzter Zeit eine Menge Schreckliches passiert«, sagte Carlotta. »Zölestine gestorben. Bertram hat die Sünde der Nigromantie auf sich geladen. Mein Vater wurde krank. Jetzt das mit Palač ...«

»Manchmal kommt alles auf einmal.«

»Aber in so kurzer Zeit! Es ist ... gegen die Vernunft. Ich habe mir den Kopf zerbrochen. Und nach einer Formel gesucht. Ich meine, wenn sich so viel Unglück häuft, muß es doch einen Grund dafür geben. Meine magische Unglückszahl war die Frau aus Sinsheim, die in der Hexennacht im Turm gestorben ist. Aber nun ist sie tot, und das Unglück hört trotzdem nicht auf. Wo ist also der wahre Zusammenhang? Es muß eine gemeinsame Ursache für all das Schreckliche geben. Etwas, das abseits von allem ist, was ins Auge fällt, und deshalb sieht man es nicht. Wie Fibonaccis Kreiszahl ...«

327

Albrecht fand sie sonderbar. Er war zu gütig, um ihr das zu sagen. Er versteckte einfach seine Augen, indem er umständlich seine Gläser auf die Nase setzte.

Carlotta seufzte. »Ihr meint also, man kann ihm nicht helfen?«

Albrecht schüttelte den Kopf.

Als er sie die steile Treppe hinabbegleitete, hob er sie von den letzten Stufen zu Boden. Das schien ihm zu gefallen, denn er beeilte sich keineswegs, sie wieder loszulassen.

Ach du meine Güte, dachte Carlotta.

21. Kapitel

Hieronymus von Jenstejn hatte schlecht geschlafen. Ihn plagte ein Ziehen im Unterbauch, und möglicherweise litt er an Verstopfung, was keineswegs eine Bagatelle war, wie alle Welt anzunehmen schien. Er hatte sich die Nacht über gekrümmt wie ein Wurm, und seitdem war nichts besser geworden.

Demütig verkniff Carlotta sich den Rat, es mit einem Trank aus Dostenkraut zu versuchen, wie Josepha immer sagte.

Die Schlafkammer des Arztes war muffig, der Kamin zog schlecht, so daß die Luft voller Rauch hing, der in den Augen biß. Auf einem Tischchen neben dem Bett stand ein Schüsselchen Hirsebrei, in dem getrocknete Pflaumen schwammen, und da die Mahlzeit schon vom Vortag zu stammen schien, war sie nicht mehr sonderlich appetitlich. Aber Hieronymus konnte sie wenigstens im Licht und in der Wärme eines Kaminfeuers genießen.

»Wenn man ihm nicht hilft, geht er zugrunde«, sagte Carlotta.

Der Arzt ächzte. Draußen fielen von einem stahlgrauen Himmel Flocken, als solle die Erde unter einer Schneedecke erstickt werden. Hieronymus hatte Bauchweh, und seine Beschwerden ließen sich am besten im Bett kurieren.

»Man geht nicht einfach zum Kaiser«, sagte er. »Unser

Bischof hat mit ihm gesprochen. Die Bürgermeister und der Rat haben mit ihm gesprochen. Beides hat ihn zu Tode gelangweilt, und während der Huldigung hat er so laut gerülpst, daß dem Schlüsselträger die Stadtschlüssel vom Kissen gerutscht sind. Er hat sich in die bischöfliche Pfalz verkrochen, und seitdem, so sagt man, besäuft er sich.«

Carlotta schüttelte die Locken. »Herr von Jenstejn, Palač steckt in einem Loch, das nicht einmal hoch genug ist, um sich darinnen aufzusetzen. Und wenn es hoch genug wäre, würde ihm das auch nichts nutzen, weil er an allen Gliedern festgekettet ist, so daß er sich nicht rühren kann. Es ist dunkel, und es ist eisig kalt.«

»*Merda!*« stöhnte Hieronymus.

Er kroch unter seinen Federn hervor, und Carlotta drehte sich um, während er in seine Unterkleider stieg.

»Ist es Palač, der Euch geschickt hat?«

»Nein.«

»Hm.« Eine Tür klappte. Als Carlotta nachsah, war der Arzt verschwunden. Aber nicht weit fort. Sie hörte aus dem Nebenzimmer ein Stöhnen und Jaulen, aus dem sie schloß, daß Hieronymus' Verdauung ihre Renitenz aufgegeben hatte.

Erschöpft setzte sie sich in die Fensterbank. Sie war am Morgen mit einem Wagen, den Sophie ihr geliehen hatte, aus Heidelberg aufgebrochen. Jetzt war es später Nachmittag. Sie wußte nicht, wo sie schlafen sollte, wenn der Arzt sie hinauswarf. Sie wußte nicht, wo sie den Mann unterbringen sollte, der den Wagen gelenkt hatte. Sie wußte nicht, ob es noch weiter schneien würde und ob die Räder auf der Rückfahrt im Schnee steckenbleiben würden. Und Palač hatte seine Kerzen sicher längst verbraucht.

Aus dem Nebengemach kamen fremdländische Flüche.

Es hatte keinen Sinn, am Tor der Domimmunität zu pochen. Eine Carlotta Buttweiler würde dem Kaiser nicht einmal gemeldet werden. Das taubenblaue Kleid würde unausgepackt in ihrem Reisesack verbleiben.

Sie stand auf und öffnete einen Spalt weit die Fensterläden. Welch ein Glück, es hatte aufgehört zu schneien. Hielt Schnee eigentlich die Erde warm? Machte das, wenn man in einem Loch im Boden lebte, einen Unterschied?

»Hat er Euch von Gertrude erzählt?« Hieronymus wankte durch die Tür. Er ließ sich auf das Bett fallen, streckte die Glieder lang und massierte seinen Bauch. Sein Gesicht war schweißbedeckt. Vielleicht sollte man ihm doch das Dostenkraut empfehlen.

Zitternd wischte er sich mit dem Zipfel seines Kissens die Stirn trocken. »Gertrude ist die Kleine von meiner Schwester. Er hat Euch das nicht erzählt? Für ihn war es eben nur irgendein kleines Mädchen. Aber niedlich. Vergessen hat er sie bestimmt nicht. Hatte Haare wie Butterblumen, das Gertrudchen. Aber Sachen im Kopf ...«

»Häschen?«

»Er hat's Euch also doch erzählt.«

Sie schüttelte den Kopf. »Nur daß ein Mädchen, das Gertrude hieß, Häschen gezaubert hat.«

»Alles Blödsinn. Hat ihr eine Nachbarin in den Kopf gesetzt. Die Dienstmagd von der Nachbarin. War selber irr. Und Gertrude hatte so eine wonnigliche Einbildungskraft. Klar wollte sie Häschen zaubern. Und weil sie Gertrude war, *hat* sie sie gezaubert. Aus ihrem Schürzchen.«

»Lebendige Hasen?«

Hieronymus warf ihr einen gereizten Blick zu.

»Natürlich nicht«, entschuldigte sich Carlotta.

»Aber sie mußte vor den Inquisitor. Vor ein ganzes Gericht. Und dieser wanzenhirnige Mistkerl von der Universität hat versucht, ihr die Hexerei ...«

»War das Konrad von Soltau gewesen?«

Hieronymus hörte auf, den Darm zu massieren.

»Weil« sagte Carlotta, »ich mich zu erinnern meine, daß Palač seinen Namen genannt hat.«

»Und?«

»Er *ist* ein wanzenhirniger Mistkerl. Er läßt Juden vertreiben und doctores ins Loch werfen. Er ist rachsüchtig wie die Türken.«

»Konrad von Soltau hat ihn also in die Patsche gebracht, ja?«

»*Male sit tibi!*« schrie Hieronymus den schmächtigen Mann vor dem Tore an. Man mußte sich wundern, welch kleine Kerle den Kaiser des Deutschen Reiches bewachten. Ein Igel mit Knopfaugen und struppigem, kurzen, pechschwarzen Haar, drahtig wie eine Katze, in roter Hose und roter Schecke gekleidet. Kraft mußte er allerdings haben, denn das Schwert, das an seinem Rücken baumelte, war fast so lang wie er selbst und so breit wie seine Hand und hinderte ihn doch kaum.

Entmutigt schaute Carlotta die Mauer entlang. Drei Türme konnte man von hier aus sehen. Obenauf war ein Wehrgang, auf dem Bewaffnete patrouillierten. Die Domimmunität der Stadt wurde bewacht wie ... ja, als beherberge sie eben den Kaiser.

Hieronymus verlegte sich aufs Schmeicheln. Er schmeichelte auf tschechisch. Mit Gesten, als stünde er einem Tauben gegenüber. Die Zaddeln an seinen Ärmeln vollführten lustige Sprünge. Den Igel kümmerte es nicht. Keine Kameradschaft für Landsleute. Lang lebe der Kaiser.

Auf der anderen Seite des Torgitters, das er bewachte, im Vorhof der Domimmunität, brannten mannshohe Feuer. Weißrotgestreifte Rundzelte mit Dächern wie Türme umringten die Feuer. Die vornehmsten hatten auf Stangen gespießte Vordächer. Über den Eingängen hingen die Wappen der Eigentümer, und auf den Zeltspitzen wehten ihre Fahnen. Zusammenklappbare Bänke, fahrbare Öfen, Kochgeschirr... dort lebte eine kleine Stadt. Und sie würde sie nicht betreten, denn der Igel sah keine Notwendigkeit, Carlotta Buttweiler mit dem Kaiser des Heiligen Römischen Reiches bekannt zu machen.

Sie trat ein wenig zurück. Über die Speyerer Hauptstraße schaukelten mehrere von kaiserlichen Dienern geleitete Pferdesänften heran. Der Igel winkte Hieronymus und die Neugierigen, die mit den Gesichtern am Torgitter klebten, beiseite. Nein, die Sänften bekamen auch keinen Zutritt. Er brüllte einen Befehl, die Diener saßen ab und schlugen die Sänftentücher zurück.

»Ojojoj«, ächzte Hieronymus und starrte auf blanke Busen. Nein, ganz blank waren sie nicht, die Busen, denn das Dekolleté, das die Damen in den Sänften trugen, reichte nur bis knapp über die von der Kälte eingezogenen Brustwarzen. Huren für den Kaiser. Die, der Hieronymus in den Ausschnitt stierte, schlug beleidigt den Mantel über die Blöße.

Andere waren weniger leicht zu kränken. Eine Frau in enzianblauer Seide setzte sich in Positur, so daß der dünne Stoff ihres Kleides hauteng die Kontur der Schenkel nachzog. Nicht einmal der Igel konnte fortsehen, als sie in ihren silbernen Schnabelschuhen von den Sammetpolstern glitt.

Der Mann, der auf der Innenseite des Tores wachte, machte eine Bemerkung, alle, einschließlich Hieronymus, lachten, und der Igel bekam über den schwarzen Haaren rote Ohren. Barsch befahl er den Huren, sich zu beeilen. Marsch, und alle auf einmal. Hieronymus sah, wie das Tor geöffnet wurde, und machte sich wieder über den Wächter her. Niemand kann sich konzentrieren, wenn man ihm die Ohren vollredet. Gereizt drehte der Igel sich zu ihm um und brüllte ihn zusammen. Er hatte eine kolossale Stimme. Sie trug über die Straße und hallte über den Zeltplatz. Keiner, der nicht zu ihm hinübersah. Jeder war abgelenkt.

Carlotta überlegte nicht lange. Sie riß hastig die Spangen

aus ihrem Haar und schüttelte die roten Locken, bis sie über ihre Schultern fielen. Unauffällig schob sie sich zwischen die Huren.

Die Frauen waren nicht für die Zelte bestimmt. Welch ein Segen, denn das hatte sie nicht wissen können, und genaugenommen war es ein scheußlicher Leichtsinn, einfach mit ihnen zu laufen. Carlotta war froh, daß die Schneewolken vor der Sonne standen und ihr Licht aufsogen.

Man führte die Huren zwischen den Zelten hindurch. Wenzels Männer liefen zusammen. Sie johlten und grapschten in ihren hübschen roten Wämsern nach den Röcken. Isabeau hätte daran vielleicht Gefallen gehabt.

Carlotta stieß einen Kerl weg, der an ihre Schenkel griff. Sie war nicht so hübsch wie die anderen Frauen. Ihr Mantel bestand aus fester, schwarzer Wolle und war bis zum Hals geschlossen. Man sollte sie gefälligst in Ruhe lassen. Aber auch wieder nicht zu sehr. Dann würde sie auffallen. Und das tat sie sowieso schon. Die beiden Huren, die vor ihr gingen, tuschelten und drehten sich, um unter den roten Locken ihr Gesicht zu erkennen.

Plötzlich wurde es dunkel. Sie schritten durch einen Tunnel, breit genug für einen Reisewagen, über dem sich das Obergeschoß eines Hauses wölbte; rechts und links waren Türen, die in das Haus hineinführten. Hierher drang nicht einmal mehr das Zwielicht des Spätnachmittags. Carlotta sah ihre Gelegenheit. Sie ging etwas langsamer, tat, als bücke sie sich, und schlüpfte beiseite. Ein paar Stufen führten zu einer der Türen hinauf. Sie war verschlossen, aber es war so finster, daß Carlotta hoffte, unbemerkt zu bleiben, wenn sie sich fest genug dagegen drückte. Mit angehaltenem Atem sah sie zu, wie die Huren aus der Tordurchfahrt in den Innenhof traten und mit ihrem Führer verschwanden. Die Stimmen verklangen.

Und nun?

Die Entscheidung wurde ihr abgenommen. Als sie sich auf die Stufen niederließ, um nachzudenken, war plötzlich ein Schatten über ihr. Zwei schwere Pranken zogen sie hinauf zu einem bärtigen Gesicht.

»Sie will einen von den Jägern des Kaisers sprechen«, sagte der Bärtige. »Und angeblich geht es um Jovan Palač.«

Der Raum, in den er sie gebracht hatte, war klein, kalt und kärglich möbliert. Stroh und Bettwäsche lagen an den Wänden, in der Zimmermitte stand ein wackliger Holztisch, von Dreibeinschemeln umringt. Vielleicht diente der Raum in normalen Zeiten als Milchküche, denn in der Ecke befand sich ein Butterfaß.

»So, Palač!« Es war der Igel, der den Namen wie ein versalzenes Stück Fleisch ausspuckte. Man hatte ihn von seinem Posten geholt, als Carlotta ihr Anliegen vorgetragen hatte. Sie hatte nicht gesagt, daß sie den Kaiser sprechen mußte. Hier, zwischen den bewaffneten Männern und in dem einschüchternden Häusergewirr des Domkomplexes, der einen mit seiner Pracht und Geräumigkeit beinahe erschlug, schien das Vorhaben noch dreister als in Heidelberg. Es schien unmöglich.

Der Bärtige und seine beiden Kumpane saßen bei Carlotta am Tisch. Dem Igel fehlte dazu die Ruhe. Er lief von einem Eck des Zimmers ins andere.

»Palač ist also in Schwierigkeiten!« Ungestüm hieb er die Faust auf den Tisch. Ein Wortschwall auf tschechisch folgte der Feststellung. Er beugte sich über den Tisch, und der Schwertriemen spannte sich auf seinem Rücken.

»Ihr kennt ihn?« fragte Carlotta zaghaft.

Der Blick, der sie traf, war, als solle er Unkraut ausbrennen.

»Er *ist* in Schwierigkeiten«, sagte sie. »Aber es ist nicht seine Schuld. Nicht allein. Und«, fügte sie schnell hinzu, weil sie merkte, wie sie mit jedem Wort der Mut verließ, »ich muß den Kaiser sprechen.«

Niemand lachte.

»Ich muß den Kaiser sprechen, weil ... Sie haben Palač eingesperrt. Kurfürst Ruprecht hat das veranlaßt. In einem Loch unter seiner Burg. Und er wird ihn dort sterben lassen.«

»Der Kurfürst«, echote der Igel dumpf.

»Niemand als der Kaiser kann ihn umstimmen. Palač hat den Kurfürsten beleidigt.«

»Beleidigt.«

»Ja, doch.« Konnte der Igel nichts, als sie zu wiederholen? Er starrte sie aus seinen schwarzen Knopfaugen an. »Jovan Palač ist ...« Verzweiflung brachte die Knopfaugen zum Glühen. »... das blödeste Stück Gelehrtenmist, das die *universitas* je auf den Acker geschissen hat. Er hat den Kurfürsten beleidigt! Er beleidigt den Kaiser, er beleidigt den Kurfürsten. Er beleidigt den Herrgott, wenn ihm die allmächtige Sicht der Dinge mißfällt. Soll ich Euch etwas sagen, meine Dame? Der Dreck unter meinem Stiefel hat mehr Verstand als Jovan Palač!« Der Igel mußte Luft holen. »Was genau hat er getan?«

Carlotta erzählte. Sie erwähnte Konrad von Soltau, den hier aber niemand kannte. Die Männer waren Jäger. Jovan, der dämliche Hund, war ihr Kumpan, weil er einmal einer der ihren gewesen war. Jagdbursche. Bevor der Kaiser seinen flinken Verstand entdeckt hatte. Nein, nicht Wenzel – der alte Kaiser. Karl. Er hatte ihn seinem jagdbesessenen Sohn beigegeben, in der Hoffnung, daß die Begabung abfärbte. Beide zur Schule geschickt. Latein. Die Griechen. All den Mist. Aber Jovan hatte sich nie in Allüren verstiegen. War ein Kamerad geblieben, konnte man sich immer drauf verlassen. Hier versagte dem Igel die Stimme.

Der Bärtige erzählte weiter. Vom Judentreiben in der Alt-

336

stadt. Keine schöne Sache, aber auch wieder kein Grund, sich zum Affen zu machen. Die Juden wurden überall gehetzt. War so. Hätten den Herrn eben nicht ans Kreuz nageln sollen. Das hatten sie Jovan auch gesagt. Und seinen Kaiser kränkt man nicht.

»Denkt Ihr, daß ich mit ihm sprechen könnte?« fragte Carlotta.

Die Männer saßen um sie herum und blickten sie an. Sie lehnten nicht rundweg ab. Aber sie hatten Vorbehalte.

»Wenzel hat an Jovan gehangen«, meinte der Igel. »War auf 'ne komische Art was wie Freundschaft. Er hat sich zwei Tage lang nicht besoffen, als ihm aufgegangen ist, daß er ihm die Hand zuschanden gebrannt hat. Verdammter Stolz ...«

Es war nicht ganz klar, wessen Stolz er beklagte.

»Ich könnte es versuchen.«

»Ist gefährlich.« Der Bärtige tätschelte ihre Hand. »Wenzel hat ein böses Temperament. Andererseits mag er hübsche Weiber.« Sie brüteten über dem Für und Wider. Jovan war einer der Ihren gewesen. Keine Allüren.

»Vielleicht trauert Wenzel dem Jovan schon heimlich hinterher«, meinte der Igel und seufzte vor der Qual, sich entscheiden zu müssen.

»Wann wäre der beste Zeitpunkt?« fragte Carlotta.

Die Männer wechselten Blicke.

»Die Huren machen ihn melancholisch«, sagte einer, der bisher geschwiegen hatte. »Geben wir ihm noch ein Stündchen. Und dann, wenn ihm die Welt zum Jammertal geworden ist und bevor er anfängt zu saufen – dann ist es richtig. Wer wacht heute vor der Tür?«

Der Kaiser lag auf einer sternenbestickten, dunkelblauen Sammetdecke in einem Prunkbett. Die Huren – die beiden, die ihm gefallen hatten – nestelten in einem Nebenraum an ihren Kleidern. Des Kaisers müde Pracht war unter einem kaftanähnlichen Gewand verborgen, das so seidig und leicht floß wie die Stoffe der Huren und mit silbernen Pfauenrädern bestickt war. Auf den kaiserlichen Waden, die unter dem Kleid hervorlugten, kräuselten sich dichte, schwarze Haare.

Der Igel stand wachsam in der Tür.

Zuviel vom Wein machte den Kaiser streitsüchtig. Dann war die Sache verloren. Aber Carlotta kam es nicht so vor, als wäre Wenzel betrunken. Sie wünschte, er würde etwas sagen.

Der Igel machte die Tür frei. Die beiden Huren knicksten und tappten, den Blick demütig gesenkt, rücklings hinaus. In ihren Händen trugen sie Seidenbeutel, aus denen es leise klimperte. Für sie hatte die Nacht ein gutes Ende.

Die Tür schloß sich, und der Igel mahnte Carlotta mit der Hand zur Geduld. Er hatte sie als Bittstellerin mit besonderem Anliegen angekündigt. Der Kaiser hatte sie nicht hinausgeworfen. Nun konnte man nur noch warten.

Die Zeit versickerte in den dicken Teppichen. Wachs rollte wie Tränen an den Kerzen herab. In einem vergoldeten Käfig, der auf einem Tischchen an der Wand stand, piepste ein Zeisigpärchen. Möglicherweise war der Kaiser eingeschlafen. Carlotta versuchte, sein Gesicht zu erkennen. Sie sah blasse, weiche Wangen über einem bartlosen Kinn, das unfertig wie bei einem Kind wirkte. Die Nase war flach, das Gesicht breit, die Züge grob. Carlotta erinnerte sich, daß man erzählte, der Kaiser hätte bei seiner Taufe das Taufwasser verunreinigt.

Zuckten die Augenlider?

Sie räusperte sich und beugte sich ein wenig vor. »Ich komme wegen Jovan Palač. Man hat ihn zwanzig Fuß tief in ein Loch gesperrt und will ihn dort sterben lassen«, sagte sie leise.

Entweder schlief der Kaiser doch, oder es war ihm gleichgültig.

Carlotta drehte den Kopf. Der Igel hob die Schultern. Eine schöne Hilfe war das.

Zögernd trat sie näher zum Bett. Die Augenlider waren unruhig. Sie bewegten sich wie bei einem Kind, das sich schlafend stellt. Carlotta änderte ihre Strategie.

»Es ist seine eigene Schuld, daß sie ihn eingesperrt haben«, flüsterte sie auf die Gestalt hinab. »Er hat den Kurfürsten beleidigt. Er hat ihm vorgeworfen, ein Dieb zu sein.«

Durch die Schar der Pfauen ging ein Beben. Der Kaiser schien zu lachen.

»Jovan Palač hat ein schreckliches Temperament. Den Rektor der Universität hat er auch gegen sich aufgebracht«, wisperte Carlotta. »Er unterrichtet Musik, anstatt Jurisprudenz zu lehren, wie es einem Mann seiner Stellung gebührt. Und nicht einmal das tut er mit Würde. Seine Scholaren *singen*. Goliardenlieder!«

Jetzt war es deutlich. Wenzel schnaufte vor unterdrücktem Lachen.

»Zuviel Trotz und Rechthaberei«, flüsterte Carlotta ermutigt. »Das meint der Kurfürst auch. Und deshalb hat er ihn ins Loch werfen lassen, damit er dort verfault. Nur ... Palač verträgt die Dunkelheit so schlecht.«

Der Kaiser schlug die Augen auf. Nein, jetzt lachte er nicht mehr. Er gab ein Geräusch von sich, das von Protest bis Zustimmung alles bedeuten konnte. Schwerfällig richtete er sich auf und stützte sich auf den Ellbogen. Sein Blick umfaßte ihre Gestalt, und wahrscheinlich konstatierte er, daß sie zu sommersprossig und zu rothaarig war. Das schöne Taubenblau ihres Kleides kam in dem Kerzenlicht nicht zur Geltung.

»Trotzig, ja!« Er begann, mit dem Fuß die Wade seines Beines zu kratzen. Dachte er darüber nach, wie ein sommersprossiges Weibsbild dazu kam, ihn mit dem Schicksal eines Untertanen zu behelligen, den er selbst davongejagt hatte?

»Komm, Mädchen.« Er winkte ihr und zog sie zu sich auf die Sternendecke. »Woher kennst du Jovan Palač?«

»Er wohnt bei meinem Vater zur Miete.«

»So.« Das kam wie ein Vorwurf. »Jovan Boleslav Palač. Jetzt wohnt er also zur Miete. Er war zu trotzig, seinen Kaiser um Gnade zu bitten.« Ein Stoß des kaiserlichen Atems traf sie. O doch, Wenzel hatte reichlich getrunken. Er stank nach Wein. Seine Hand tastete nach ihr, und er zog sie näher heran. »Er hat sich krank gefürchtet. Wußtest du das, Mädchen? Er wurde irr in der Dunkelheit. Wenn man die Türe langsam schloß – immer nur einen Fingerbreit, die Kerze am Spalt –, dann konnte man den Irrsinn riechen.« Der Mann im Pfauenkleid starrte mit halb geöffnetem Mund zu ihr auf. »Und trotzdem blieb er aufsässig. Er lag da in seinem eigenen Mist – und hat seinem Kaiser ins Gesicht gespuckt. Er hat auf die Barmherzigkeit seines Kaisers gespuckt.«

Der Betrunkene streichelte fahrig Carlottas Hand.

»Und er hat gesungen, Mädchen.« Tränen verwässerten die schwermütigen Augen. Wenzel wischte, was ihm aus der Nase lief, am Ärmel ab. »*Bitte um Vergebung*, hat sein Kaiser zu ihm gesagt. Die Gnade seines Kaisers war um ihn wie Morgentau. Ein Wort, und er hätte sein Herz gerührt. Ein einziges Wort. Liebe und Verzeihung im kotigen Stroh. Wie konnte er singen?«

Carlotta schüttelte den Kopf.

»Er *mußte* bestraft werden.« Die Pfauen bebten.

»Ja«, flüsterte Carlotta. »Und das wurde er auch. Einmal von seinem Kaiser und jetzt erneut von dem Kurfürsten. Er liegt wieder in der Dunkelheit. Und diesmal wird er vielleicht wirklich irr.« Sie stockte. »Man könnte meinen, er hat genug gelitten.«

Die schwermütigen Augen wurden schmal, die Geister der Trunkenheit merkten auf. Nein, so billig betörte man keinen Kaiser.

Carlotta griff nach der Weinkaraffe und dem Glas auf dem Tischchen neben dem Bett. Aber Wenzel wollte keinen Wein von ihr. Mißtrauisch beäugte er sie. Sein betäubter Verstand witterte Manipulation. Carlotta überlegte fieberhaft.

»Ich komme aus Heidelberg«, flüsterte sie. »Das ist eine schöne Stadt. Aber im Moment sollte man dort nicht sein. Franzosen treiben sich herum.« Verstand der König, wovon sie sprach? »Marsilius, der Rektor unserer Universität, ist verreist. Er hält dem römischen Papst die Treue. Er ist aus Paris fortgegangen, weil er sich nicht dem Häretiker von Avignon beugen wollte, und auch nicht dem französischen König, der ihm dient. Aber als Marsilius Heidelberg verlassen hat, kamen plötzlich Franzosen in die Stadt. Es können Fernhändler gewesen sein. Das weiß man nicht. Nur – der *alte* Ruprecht hätte sie nicht geduldet. Sie kommen und reden von Häresie und verleiten die Leute, ihr Herz nach Avignon zu kehren.«

»So ...« murmelte Wenzel.

Carlotta bot ihm noch einmal den Wein. Diesmal nahm er ihn und trank in mißmutigen Schlucken.

»Vielleicht waren es doch nur Fernhändler. Die Pfalz und der Kurfürst halten zu Rom und ihrem Kaiser. Anderes zu behaupten ... nein, das wäre eine Beleidigung.«

Die Hand, die den Kelch hielt, zitterte. Carlotta saß still wie eine Statue, damit nicht durch ihre Schuld etwas verschüttet wurde.

»Was zu behaupten?«

»Nichts, mein Kaiser. Spott. Der Palač spottet immer. Das ist seine Krankheit.«

»Was sagt er?«

Die trüben Augen tränten. Mit einemmal flog das Glas durch die Luft. Es zerschellte mit hellem Klirren an der Wand, und der Wein floß wie Blut den Stein herab.

»*Was* hat er gesagt?«

»Eine Dreistigkeit«, flüsterte Carlotta. »Wie konnte er behaupten – daß es unseren Kurfürsten nach der Reichskrone gelüstet?«

Der Kaiser sackte in die Kissen zurück. Sein Mund stand offen. Der Adamsapfel zitterte.

Carlotta sah, was sie sah, und konnte es nicht glauben. Der Kaiser des Deutschen Reiches fürchtete sich. Mit der schrumpligen Furcht eines Gossenjungen vor dem Büttel. Verlegen und erschrocken zugleich kehrte sie ihren Blick auf das Muster des Teppichs.

Der Igel stand so still, als wäre er nicht vorhanden.

Als die Stille zum Ersticken wurde, begann Carlotta wieder zu sprechen. »Es war eine Bosheit. Der Kurfürst hatte recht, ihn zu bestrafen. Vergebt. Ich hätte niemals kommen dürfen ...«

Sie sah zu, wie der Kaiser sich erhob. Auf nackten Füßen ging er zu dem Tisch unter dem Fenster. Er konnte schreiben, sonderbar genug, trotz seiner Trunkenheit. Sie hörte zu, wie die Feder über das Pergament kratzte.

Es war ein kurzer Brief, mit knapper Anrede und knappem Inhalt. Ohne Gruß. Aber mit dem kaiserlichen Siegel.

Carlotta nahm ihn in Empfang und verließ auf Zehenspitzen den unglücklichen Mann im Pfauenkleid.

22. Kapitel

Es schneite nicht länger. Was schon gefallen war, lag als Pulver auf den Dächern der Stadt, als silbriger Guß auf den Ästen der Bäume und als grauer, gefrorener, mit Urinspuren versetzter Matsch in den Gassen. Man mußte achtgeben, wenn man das Haus verließ, denn die Sonne taute Eiszapfen von den Dachrändern.

Aber Carlotta hatte nicht vor wegzugehen. Sie wartete auf Palač.

Der Igel und sein bärtiger Freund hatten sie noch in der Nacht mitsamt dem kaiserlichen Schreiben nach Heidelberg zurückgebracht. Sophies Wagen und der arme Wagenlenker waren bei Hieronymus zurückgeblieben. Der Igel hatte im Stall der Domimmunität ein Kufengefährt aufgetrieben. Das ging schneller. Nur keine Zeit verlieren. Solche wie der Igel waren in der Not nicht mit Gold aufzuwiegen. Sie hatten Heidelberg kurz vor Tagesanbruch erreicht.

Carlotta knetete Krapfenteig. Sie konnte sich nicht besinnen, welche Zeit die Glocken vom Augustinerkloster geschlagen hatten. Ihre Schläfen pochten vor Müdigkeit. Der Teig war glatt, aber da sie nicht wußte, wie spät es war, konnte sie auch nicht entscheiden, wann es an der Zeit war, ihn auszurollen und die Krapfenstücke zu füllen und zu backen.

343

Sie wendete den Teig und drückte ihre Handballen erneut in die warme Masse.

Die Sonne beschien den Rand des Hofbrunnens. Jedenfalls mußte es nach Mittag sein. Stunden schon, fast den ganzen Tag hatten der Igel und sein Freund auf der Burg zugebracht. Vielleicht war der Kurfürst verreist, und niemand mochte für ihn entscheiden. Vielleicht weigerte er sich, den Brief des Kaisers zur Kenntnis zu nehmen. War das möglich? Konnte er das überhaupt riskieren? Oder aber – Carlottchen, das muß man auch in Betracht ziehen – Jovan Palač war tot. Erfroren. Verdurstet. Wie die Sinsheimerin an einem Lappen seines eigenen Talars erstickt ...

Carlotta ließ den Teig Teig sein, schneuzte sich und wusch ihr Gesicht in der Schüssel, in der sie das Wasser in die Dachkammer getragen hatte.

Wenigstens würde er baden können, wenn er zurückkehrte. Bertram und Friedemann hatten den hölzernen Badezuber die Stiegen hinaufgeschleppt, und Carlotta hatte ihn nach und nach mit heißem Wasser aus dem Küchenkessel aufgefüllt. Inzwischen war das Wasser längst wieder kalt. Darüber kamen ihr schon wieder die Tränen. Donnerwetter! Isabeau hatte Heulerei verabscheut. Und Kopfschmerzen kriegte man davon auch.

Eine Weile später kehrten die Jungen aus dem Unterricht zurück.

Und kurz darauf, als es gerade dunkel wurde und Carlotta Kamillenwasser kochte, um ihrem Vater die Füße zu wärmen, kehrte Jovan Palač heim.

Der Igel und der Bärtige verabschiedeten sich noch in derselben Nacht. Sie taten es mit belegter Stimme und knappen, gerührten Umarmungen. War ein feiner Kerl, der Jovan, und ein Segen und jedenfalls ein gutes Zeichen, daß er auf eigenen Füßen die Treppe hinaufgestiegen war. Konnte man sehen, wo er herkam. Nichts verhätschelt, trotz dem Latein.

Der Bärtige machte den Schlitten fertig und sorgte dafür, daß sie loskamen. Seinen Kaiser ließ man nicht warten.

Als sie hinter den Männern verriegelt hatte, stieg Carlotta zur Dachkammer hinauf.

Der Igel und sein Freund hatten das Bett zum Fenster gedreht. Silbriges Mondlicht stahl sich durch die Öffnungen und machte hübsche Streifen auf der Bettdecke. Eine Parade gelber, nach Honig duftender Kerzen schob vor dem Bett Wache. Palač schlief.

Carlotta füllte die Waschschüssel mit Wasser und stellte die Kerzen dort hinein. Aus Vorsicht, damit sie keinen Ärger mit der Feueraufsicht bekamen.

Das Kinn in den Händen setzte sie sich auf das Bänkchen. Müde war sie. Zum Sterben. Aber nicht so müde wie Palač. Er war derart erschöpft, daß er nicht einmal mehr atmete. Soweit man das sehen konnte. Carlotta beugte sich vor und sammelte die Haare aus seinem Gesicht. Er atmete doch. Ein kleiner, warmer Hauch auf ihrem Handrücken. Und vielleicht schlief er auch gar nicht.

»Ihr seid selber schuld«, flüsterte sie über seinem Ohr. »Das soll ich Euch von Eurem Kaiser bestellen. Ihr habt ihm eine schlaflose Nacht beschert. Ohne Euch wär' er sanft dahingeschlummert, nach seinen Huren.«

Nein, sie glaubte nicht, daß er schlief. Nur die Lider waren ihm vor die Augen gefallen. Darunter kontrollierte er wahrscheinlich die Lichterparade. Er griff nach ihrer Hand. Lichter und eine Hand – was man so brauchte, nach drei Tagen in einem Loch.

»Wenn Ihr wieder beisammen seid«, sagte Carlotta, »dann werdet Ihr fortgehen. Es ist ja nun alles anders. Nicht mehr der Kaiser, der Kurfürst ist Euer Feind. Ihr könntet nach Paris. Oder steckt Ihr auch im Streit um die Päpste? Oxford lohnt sich ebenfalls. Sie sollen da eine Bibliothek haben, die drei Räume füllt. Oder Salamanca. Im Sommer ist es dort bei geschlossenen Läden heller als hier im Winter bei offenen. Und die Leute sind fröhlicher.«

Sie konnte sich nicht entsinnen, ihn ein Wort sprechen gehört zu haben, seit er von der Burg zurück war. Der Igel hatte geredet, ja. Gefragt, aber dann auch gleich selbst die Antworten gegeben.

Besorgt studierte sie die schwarzen Wimpern über den blassen Wangenbögen. »Salamanca wäre besser als Oxford«, sagte sie. »Ist wärmer. Und auch nicht so viel Schnee und Matsch ...«

Sie war so müde, daß ihr darüber die Tränen kamen. Wen interessierte Salamanca. Carlotta wollte aufstehen.

»Bitte. Bleibt«, flüsterte Palač.

»Also könnt Ihr doch noch reden.« Sie lachte vor Erleichterung, und weil ihr die Tränen schon in der Kehle steckten, hörte sich das an wie ein drei Tage alter Husten. Auf dem Polsterstuhl lag ein Buch. Das vom armen Renault und seiner Liebsten. Die saß noch immer auf der Burg, und in Kürze mußte der Bote mit dem einbalsamierten Herzen eintreffen. So etwas konnte man auch mit müdem Kopf lesen.

Hatte er die Seite im *Châtelain* markiert? Ja, da steckte ein abgerissener Streifen Pergament.

Es war erstaunlich, was sie las. Der eifersüchtige Herr de Fayel ergriff den Boten und ließ das Herz braten und seiner Frau als Mahlzeit vorsetzen. Nachdem er ihr eröffnet hatte, was sie gegessen hatte, verlor sein Weib die Fassung und schwor, nach dieser edlen Speise keinen Bissen mehr zu sich zu nehmen. Alles ging noch ein bißchen hin und her. Gegen Mitternacht, als jemand unten im Hof mit einem Krachen den Deckel der Abfallgrube fallen ließ, war die Dame de Fayel verhungert, und ihr Gatte verdammte sich selbst zu einer lebenslangen Pilgerfahrt.

Palač hatte das traurige Ende nicht mehr mitbekommen. Er war eingeschlafen. Wie schade.

Am folgenden Nachmittag kam Albrecht. Er brachte Carlotta drei an den Füßen zusammengebundene Hähnchen. Frisch vom Markt. Gerade erst geschlachtet. Außerdem hatte er ein Anliegen.

»Man redet in der ganzen Universität davon, daß Magister Jovan freigelassen wurde«, sagte er. »Carlotta – Ihr seid wunderbar. Und ich mußte kommen, um Euch das zu sagen.«

»So, tja«, murmelte Carlotta. Albrechts Eulenaugen blickten blank und voller Zuneigung. Was sollte man sagen?

»Ich war oben im Kloster. Konrad von Soltau schäumt vor Wut.«

»Tatsächlich?«

»Obwohl er so tut, als wäre er erleichtert, wie die Sache ausgegangen ist.«

»Ich hoffe, ihm platzt die Galle darüber«, wünschte Carlotta aus vollem Herzen.

Albrecht lachte und verfiel abrupt in sein verlegenes Schweigen. Wahrscheinlich verschenkte er nicht alle Tage tote Hähne an junge Frauen und scherzte dann auch noch mit ihnen.

»Palač wird trotzdem Heidelberg verlassen müssen«, sagte Carlotta. »Ruprecht hat ein gutes Gedächtnis. Und Vorwände finden sich immer.«

»Ja. Und die Stadt ist zu eng für zwei unruhige Geister. Es würde zwischen Jovan und Konrad niemals Frieden geben.«

Carlottas Vater rief aus der Stube. Albrecht war über den Hof ins Haus gekommen. Jetzt hörte er ihn reden und wollte wissen, wer da sei. Albrecht ging zu ihm, und Carlotta machte sich daran, den armen Hähnen die Köpfe und Beine abzutrennen. Mit Josephas schönem, scharfem Beil.

»Übrigens, die alte Frau, bei der ich wohne, ist verstorben«, sagte Albrecht später, als er zu ihr zurückkehrte, sich zu verabschieden. »Sie muß mich ein wenig gern gehabt haben. Sie hat mir nämlich ihr Haus vererbt.«

»Oh!«

»Und ich habe mich gestern um einen Posten in der Kanzlei beworben.«

Carlotta starrte ihn an. »Dann wollt Ihr also das Lernen aufgeben? Tatsächlich? Kein weiteres Studium?«

Er schwieg. Dann blickte er sie mit seinen Eulenaugen, die mit einemmal sehr klarsichtig schienen, an. »Armut tut weh, Carlotta. Und die Verachtung, mit der sie dem Hungerleider das Almosen hinwerfen, tut auch weh. Die Kanzlei bietet Sicherheit. Das ist mehr, als die Philosophen geben können. Sicherheit ist mehr als alles.«

»Dann habt Ihr nur auf das Amt in der Kanzlei hinstudiert?« Carlotta wußte selbst nicht, warum sie so enttäuscht war.

»Man muß vernünftig sein. Das Leben taugt nicht für Hirngespinste. Man muß seinen Platz behaupten. – Und vielleicht will ich ja auch irgendwann eine Familie gründen.«

Carlotta schloß ihm die Tür auf. Aber der junge Magister hatte es nicht eilig zu gehen. Er stand unter dem Türsturz, ließ sich Pulverschnee in den Nacken wehen und überlegte. Das dauerte so lange, daß Carlotta vor Kälte eine Gänsehaut bekam.

»Ihr habt übrigens sehr hübsche Haare«, brachte er endlich heraus.

Carlotta sah ihm zu, wie er sich hastig umdrehte, zum Toreingang ging und dort noch einmal winkte, wie ein Rabe, der mit den Flügeln schlägt.

Mit einemmal war sie zutiefst niedergeschlagen.

23. Kapitel

Ich bin erkältet«, sagte Palač, als er in die Küche kam.

Er hatte nasse Haare, wahrscheinlich vom Baden, und da er in seiner Kammer gebadet hatte, in kaltem Wasser und bei offenem Fenster, durch das der Schnee wehte, hatte seine Feststellung einige Wahrscheinlichkeit.

Carlotta schrubbte den Ruß vom Dreifuß. Die Jungen besuchten ihre Diktierstunden. Ihr Vater hielt sein Nachmittagsschläfchen, das dem Vormittagsschläfchen fast ohne Pause gefolgt war. Eine gute Zeit, Dreifüße zu putzen.

»Ich möchte, daß Ihr mit mir nach oben kommt«, sagte Palač.

»Warum?«

»Etwas anschauen.«

Carlotta ließ die Arme sinken. Jovan Palač hatte achtzehn Stunden geschlafen. Trotzdem sah er aus wie ein Wiedergänger. Schwarze Locken auf durchsichtiger Haut und daumenbreite Schattenringe unter den Augen.

»Wenn Ihr erkältet seid, solltet Ihr im Bett bleiben. Ich mache Euch Würzwein heiß.«

»Bitte. Nur einen Moment.«

Ein störrischer Wiedergänger. Carlotta zögerte – und ließ den Dreifuß in die Abwaschschüssel sinken. »Ich setze den

Würzwein auf, dann schaue ich an, was–auch–immer–es–sein–
mag, dann trinkt Ihr den Würzwein, und anschließend geht
Ihr zu Bett. Möglichst *brevi manu*, denn ich habe bis über die
Ohren zu tun.«

Er ging vor ihr her, die Hand am Treppenlauf. Die Hand
die ganze Zeit am Treppenlauf. Warum ließ er sich nicht ein–
fach den Wein servieren und kurierte sich aus?

Seine Kammer lag im Licht des sonnigen Winternachmit–
tags. Ein nasses Handtuch hing über der Lehne des Polster–
stuhls. Aufgeschüttelte Bettdecken über der Rückwand des
Bettes. Palač winkte sie an die Wand, in die Ecke, wo vorher
das Bett gestanden hatte und wo jetzt der Staub des Winters
fusselte.

Inmitten des Staubes lag, eingerollt, mit dem Kopf in einer
Lache erbrochener Milch, die gelbe Katze.

»Riecht Ihr etwas?« Palač legte seine Hand auf Carlottas
Schulter und schüttelte sie sacht. Sie starrte auf die tote Kat–
ze.

»Ich bin erkältet«, erläuterte Palač geduldig, »deshalb kann
ich nicht riechen.«

Und deshalb sollte sie für ihn riechen. An der toten gel–
ben Katze und ihrem Erbrochenen. Es gab Augenblicke, da
konnte man den scholastischen Doctorengeist nur hassen.

»Sie riecht nach Knoblauch.«

»Also, da müßtet Ihr schon ein bißchen näher …« Palač
brach ab. »In Ordnung. Sie riecht nach Knoblauch. Ist gut.
Nein, wirklich …« Er ließ sie los, als sie sich borstig von ihm
abwandte.

Im übrigen hing tatsächlich ein schwacher Knoblauchge–
ruch im Raum. Wie sonderbar, daß der Vergifter sich gerade
die Schwefelgelbe zum Opfer gesucht hatte. Das Hexenvieh,
das so gar nichts Unschuldiges an sich hatte.

Carlotta tappte zur Treppe.

Man mußte es vernünftig sehen. Die Menschen und die

Tiere in diesem Haus wurden mit Gift gefüttert. Also ... also was? Gab es einen Verrückten, der sie alle haßte? Waren sie vielleicht selbst alle verrückt geworden? Ihr fiel nichts ein. Sie konnte auch nicht nachdenken. In ihrem Ohr piepste ein schriller, heller Ton, und der Geruch des Knoblauchs, der in ihrer Nase hing, als wäre er ihr aus der Kammer gefolgt, brachte sie fast zum Ersticken.

Carlotta griff nach dem blauen Mantel und ging durch die Küchentür hinaus. Irgendwie konnte man es schon begreifen, dieses irre Verlangen nach Luft.

Als liefe sie durch einen Traum, wanderte sie die Gasse hinab. Die Nachbarin von gegenüber grüßte, und wahrscheinlich vergaß Carlotta zurückzugrüßen, denn sie blickte ihr befremdet nach. Ein Hund tollte vor ihre Füße und brachte sie zum Stolpern. An der Kirche, zwischen den Verkaufsständen, von einem Höker beschwatzt, der ihr ein Brottuch verkaufen wollte, begann sie sich zu fragen, wo sie eigentlich hinwollte.

Palač war neben ihr. Er nahm ihren Arm und lenkte sie behutsam die Steingasse hinunter, zur Neckarbrücke hinauf und über die breiten Holzplanken auf das jenseitige Ufer. Er schien eine Vorstellung vom Weg zu haben, denn er benutzte nicht die Straße nach Neckarsteinach, sondern einen schmalen Weg, der sich den Berg hinaufschlängelte.

Hier draußen war der Schnee kaum niedergetreten, da der Weg nur von den Mönchen oben bei den beiden Bergklöstern benutzt wurde. Sie stapften schweigend durch weißen, klebrigen, kalten Glanz. Carlottas Füße wurden naß, der Saum ihres Rockes saugte sich mit Schneewasser voll. Es ging in Serpentinen aufwärts, erst zwischen Bäumen hindurch, dann über kahlgeholzte Hänge. Sie begann zu schwitzen. Nachdem der Weg zum fünften Mal eine Kehre gemacht hatte, fragte sich Carlotta, ob sie noch ganz bei Verstand waren.

»Umkehren«, sagte sie.

Palač schüttelte den Kopf. »Nur noch das Stück bis zum Kloster.«

Er meinte das untere Kloster, das kleine Stephanskloster mit seinem Kirchlein, und eigentlich wollte er auch gar nicht dorthin, sondern zu den Resten des alten Keltenwalls, der sich am Kloster vorbeizog. Er fegte mit der Hand den Schnee von den Steinblöcken und zog sie zum Sitzen herab. Unter ihnen lag der Neckar, drüben, auf der anderen Seite, die beiden kurfürstlichen Burgen und die Häuser von Heidelberg. Drollige Spielzeugdingerchen mit weißen Mützen.

»Es *hat* nach Knoblauch gerochen?« fragte Palač.

»Ja. Die Katze wurde mit Arsenik vergiftet.«

Eigentlich konnte er einem leid tun, der arme Magister. Da saß er und zerbrach sich unter Hustenanfällen seinen gescheiten Kopf, und doch kam nichts dabei heraus als ein kalter Hintern vom Sitzen auf dem Wall.

»Nichts paßt zusammen«, sagte er.

Eben. *Circulus vitiosus.* Der Vergifter war böse, und deshalb hatte er versucht, Anselm zu töten. Das ergab Sinn. Und es hätte auch Sinn ergeben, wenn er sich an der liebenswürdigen, samtenen Grauen vergriffen hätte. Aber er hatte die Gelbe getötet, und die war selber schlecht. *Wenn aber der Satan mit sich selbst in Streit liegt, wie kann sein Reich Bestand haben?*

»Carlotta ...«

»Ja?«

»Könntet Ihr Euch vorstellen, von hier fortzugehen?«

Sie starrte ihn an.

»Ich ... glaube, ich bekomme es mit der Angst.« Er lächelte. Das Lächeln war falsch. Es paßte nicht zu dem Ausdruck in seinen Augen. »Arsenik ist etwas − Gegenständliches. Jemand kauft es. Jemand füllt es in eine Schüssel Milch, um damit zu töten. Ich weiß nicht, wer, und nicht, warum. Es ergibt keinen Sinn. Und deshalb macht es mir angst. Und ...«

Seine Zungenspitze fuhr über die blaugefrorenen Lippen.

»... irgendwie scheint es mit Eurer Person zusammenzuhängen.«

»Nein.«

»Ich meine nicht, daß Ihr daran Schuld tragt. Aber es braut sich etwas zusammen. Um Eure Person.«

»Denkt Ihr an das Säckchen mit den Holzspänen? Palač! Das war Schadenzauber. Daran glaubt Ihr doch gar nicht.«

Er zögerte. Glaubte er also doch?

»Eigentlich hat es weniger mit meiner, als mit Eurer Person zu tun«, sagte Carlotta. »Bis Ihr zu uns gekommen seid, ging es uns prächtig.«

Das war als Scherz gemeint, aber er dachte darüber nach. Er war wendiger als Albrecht. Keine Möglichkeit auslassen. Aber wie will man den Staub des Irrsinns im grobmaschigen Netz der Vernunft fangen?

»Kommt«, sagte Carlotta und stand auf. »Hier. Nur noch ein kleines Stück weiter.« Sie stieg den Pfad hoch und ging an der Ostwand der Klosterkirche vorbei. In der Krümmung des Weges stand ein tiefer überdachter Brunnen, das Heidenloch, über das man sich im Ort den Mund zerriß. Sie hob einen Stein auf und warf ihn hinein.

Palač hatte sich auf einen Baumstumpf gesetzt. Sie wußte nicht, ob er das Plumpsen gehört hatte. Es tat ihr leid, zu sehen, wie erschöpft er war. Aber nun waren sie schon einmal hier.

»Niemand weiß, wer den Brunnen gebaut hat. Es gab ihn schon, bevor die Römer hierherkamen«, sagte Carlotta. »Einer von den Jakobsmönchen ist hinabgestiegen. Er hat gefunden, daß der Brunnen mehr als sieben Klafter in den Berg hinabreicht. Dort gibt es einen Raum. Auf der Seite, die zur Michelskirche geht, hat der Mönch eine alte, mit Eisen beschlagene Kiste gesehen und auf der anderen Seite, die nach Neuenheim geht, noch zwei weitere. Und auf jeder hat ein schwarzer, rauher Hund gelegen.«

Es imponierte ihm nicht.

»Man hat eine weiße Gans hinabgeworfen. Es heißt, daß sie am Angelplatz drüben in Schriesheim, wo die Hexen tanzen, wieder herausgekommen und ganz schwarz gewesen ist.«

»Und daß die Hexen denselben Weg benutzen?«

Das hatte er also gehört.

»Und Ihr glaubt, daß es stimmt?« fragte er. »Daß eine Frau, so fett wie ein Kuh, sich auf einem Besen in einen Brunnen schwingen und durch irgendwelche Schächte fliegenderweise einen Punkt im Wald erreichen kann? Habt Ihr Buridans Theorie über den *impetus* gelesen?«

»Soll es unmöglich sein, weil Buridan und Ihr und ich es nicht verstehen?«

Er war ärgerlich. Er schwieg.

»Warum werden Kinderleichen aus dem Spitalsfriedhof gestohlen? Was hat *das* für einen Sinn?«

Er schwieg.

»Und warum ...« Carlotta konnte nicht verhindern, daß ihr Tränen in die Augen stiegen. »Warum mußte Zölestine sterben? Sie hatte *keinen* Liebhaber. Sie liebte ihren stumpfsinnigen Christof, und er liebte sie, und der einzige, der ihr etwas Böses wollte, war Bligger, und der hat sie nicht getötet.«

Und trotzdem hatte ihr Leben in einer Bretterkiste geendet, wo Ratten ihre armen Finger fraßen. Es war Carlotta unangenehm zu weinen. Das kam alles von der Katze. Die hassenswerte Kreatur hatte sie mit ihrem üblen Tod um die Fassung gebracht.

Palač erhob sich. Seine Arme waren kräftig, trotz Hunger und Kerker. Er roch nach dem Rosenholz, das sie ihm ins Bad getan hatte, und hatte ein kratziges Kinn und darunter eine warme, lebendige, erstaunlich weiche Haut. Auch darüber mußte sie schluchzen. Die Katze eben. Und vielleicht hatte ein Nachbar Gift aufgestellt, um seine Ratten loszuwerden, und alles war ein Versehen.

Carlotta machte sich frei.

Es war Zeit für den Rückweg. Zeit, Vernunft anzunehmen. Sie stieg und rutschte den Weg hinab, sämtliche Serpentinen, bis zur Brücke und zurück in die Stadt mit den drolligen, weißbemützten Spielzeughäusern.

Die Sinsheimerin war tot, trotzdem führte das Wetter sich auf wie ein toller Hund. Ein Frühlingssturm tobte durch das Tal und verursachte oben in der Zwingerstraße in einer Kate mit schadhaftem Rauchabzug einen Brand, der aber zum Glück von den Brandhelfern gelöscht werden konnte. Danach kam Wärme. Innerhalb weniger Tage knospten die Forsythien. Ein neuer Kälteeinbruch mit Hagel und Eisregen zerbrach ihr junges Leben.

Ende März, zwei Tage nach Mariä Verkündigung, kehrte die Wärme zurück. Hagel und Eis weichten auf den Straßen und ließen sie als Schlammbahnen zurück. Die Heimlichkeitsfeger wurden eingesetzt, den Marktplatz zu säubern. Die Fischersfrau kam zu Carlotta in die Küche und beschwerte sich, daß die Abfallgrube am Überquellen war.

»Zaubern kann ich auch nicht«, sagte Carlotta zu ihr. »Bevor sie zu uns kommen, räumen sie die Stadt.«

Auch Josepha besuchte sie in ihrer kleinen Küche. Die Hebamme tat fröhlich, aber das war nur Tünche über tiefer Niedergeschlagenheit.

»Geht es Cord schlechter?« fragte Carlotta.

»Nein. Nein, gar nicht. Er arbeitet schon wieder. Hörst du ihn nicht singen?«

Als Carlotta die Ohren spitzte, hörte sie tatsächlich drüben aus Josephas Wohnung seinen tiefen Gesang.

»Dann fehlen dir die Wöchnerinnen und ihre Kinder?«

Josepha lächelte. Also war es so. »Willst du wieder anfangen zu arbeiten?« fragte Carlotta.

»Es ist Vollmond.«

»Was hat das damit zu tun?«

»Nichts. Nur ...« Josepha sagte nicht, was sie mit *nur* meinte. Wahrscheinlich, daß man besser vorsichtig sein sollte. Aber als die Katze gestorben war, hatte der Mond als Sichel am Himmel gestanden. Was geschehen soll, geschieht, würde Palač sagen. Unabhängig vom Mond.

Josepha verabschiedete sich bald. »Paß auf deine Scholaren auf«, meinte sie, als sie zur Tür ging. »Es *ist* Vollmond. Und das Böse hält sich dran. Egal, ob man dran glaubt oder nicht.«

Carlotta saß den Rest des Nachmittags bis es dämmerte am Schreibpult ihres Vaters. Der Buchhändler hatte ihr Marsilius' *scriptum super Danielem* zum Kopieren gegeben. Das Pergament lag weich unter ihrer Hand. Die Buchstaben flossen aus der Feder. Der Text langweilte sie, aber das Schreiben tat gut und brachte auch noch Geld.

»Bertram und sein Bruder sind noch nicht zurück«, sagte Palač, der von oben aus der Dachkammer kam.

Carlotta legte den Finger auf die Lippen. Ihr Vater wälzte sich in seinem Bett auf der anderen Seite der Stube. Sie war nicht sicher, wieviel er von dem begriff, was um ihn geschah. Seit der Vergiftung vergaß oder verdrehte er, was ihm gesagt wurde. Das hinderte ihn aber nicht, sich zu sorgen. Sie winkte den Magister in die Küche und schloß die Stubentür.

»Sie sind zurück. Alle Scholaren sind zurück.«

»Alle bis auf die beiden.«

»Das stimmt nicht. Ich habe sie ...« Nein, sie hatte sie nicht gesehen. Es hatte eine Feier in der Heiliggeistkirche gegeben. Die Schenkungsurkunden für die ehemaligen Judenhäuser waren der Universität überreicht worden. Danach waren die Scholaren heimgekehrt. Aber Carlotta hatte ihnen vom Schreibpult nur zugeflüstert, sich leise zu verhalten. So wie sie gerade ankamen. Offenbar waren die Brüder nicht darunter gewesen.

Sie öffnete die Tür zum Hof. Draußen war es bereits dunkel. Keine schwarze Finsternis, aber das lag nur am Licht des Vollmonds. Es mußte später sein, als sie gedacht hatte.

»Sie sind gegangen, sich zu betrinken«, sagte sie.

»Schon möglich.« Palač stellte sich neben sie und stützte die Hand am Türrahmen ab. Sein Arm war hinter ihr. In Höhe ihres Nackens. Fast in den Haaren. Sie spürte ihn atmen. »Es ist Vollmond«, sagte er.

»Nun redet Ihr wie Josepha.«

»Der Mond kann von Bedeutung sein, wenn man vierzehn Jahre alt ist und dazu neigt, sich den Kopf mit nigromantischem Unsinn vollzustopfen.«

»Sie sind im »Fröhlichen Mann«, sich mit den Schreinergesellen zu prügeln.«

»Vielleicht.« Sein Arm berührte ihre Locken. Carlotta spürte ihr Herz darüber klopfen. Sie trat einen Schritt in den Hof hinaus.

»Einen Moment kann man noch warten«, entschied sie. Die Jungen würden daheim sein, wenn es Zeit zum Essen war. Zu Tisch kamen sie immer. Und Anselm und die Katze waren im Haus vergiftet worden. Die Gefahr drohte nicht von außerhalb.

Die Scholaren aßen, Carlotta schrubbte den Kessel.

Und Bertram und Benedikt waren *nicht* heimgekehrt. Sie befanden sich irgendwo draußen in der Nacht. Ohne gebeten worden zu sein, zog Palač seinen Mantel über und machte sich auf die Suche. Er durchstreifte die Schenken und kehrte eine Stunde später zurück, um zu berichten, daß die Jungen nirgendwo aufzutreiben waren. Auch im »Fröhlichen Mann« hatte man sie nicht gesehen.

Carlotta schickte die Scholaren zu Bett. Mit einer Lampe in der Hand kehrte sie noch einmal in die hintere Schlafkammer zurück und durchsuchte Bertrams Bettzeug. Moses

357

und der blonde Heinrich schauten interessiert zu. Es gab keine Papiere. Weder nigromantische noch sonst welche. Aber vielleicht hatten sie sie ja mitgenommen?

Carlotta ließ sich auf die Knie nieder.

Sie fuhr mit der Hand unter der Strohmatratze entlang. Nichts. Aber zwischen Bett und Wand schien etwas zu stecken. Dicklich, aus Stoff. Sie zog es heraus. Ein graues Leinenbeutelchen. Moses und Heinrich schauten ihr ratlos hinterher, als sie das Zimmer verließ.

Palač saß noch immer in der Küche, und Carlotta warf ihm den Beutel vor die Hände. Er entleerte ihn im Licht der Küchenlampe.

»Nun?« Sie schaute nicht hin. Der Beutelinhalt hatte sich wie Sand angefühlt. Aber niemand verwahrte Sand unter seiner Matratze. Es waren andere Dinge, zwielichtige, böse, die man verstecken mußte.

Palač räusperte sich. Er schwieg einen Augenblick, sagte dann: »Ich nehme an, sie brauchten ein Opfer für ihre *Experimente*. Nigromantische Beschwörungszeremonien werden oft damit eingeleitet, daß man Tiere opfert. Sagtet Ihr nicht, Bertram hätte einen Vogel getötet?«

»Aber die Katze lag hinter Eurem Bett.«

»Sie wird sich dorthin verkrochen haben. Sie ist argwöhnisch.«

»Ich ... glaub' das nicht. Benedikt würde sich zu so einer Quälerei nicht hergeben.«

Aber unter dem Bett seines Bruders hatte Arsenik gesteckt. Die gelbe Katze war mit Arsenik vergiftet worden. Und die beiden Jungen waren zur Nacht nicht nach Hause gekommen. Facta.

Palač schloß das Beutelchen und steckte es in seinen Talar. Sie hörte ihn die Treppe hinaufgehen. Einen Moment später kehrte er mit seinem Mantel zurück. Carlotta nickte und holte ihren eigenen Mantel. Die Laterne stellte sie nach einem

Moment des Zögerns zurück. Der Mond gab ausreichend Licht. Und es war nicht ratsam, auf sich aufmerksam zu machen.

Die Judengräber mit ihren Hügeln und Grabtafeln lagen wie ein bizarres schwarzes Gebirge im Mondlicht. Nackte Weidenzweige schwankten über den Gräbern, von unregelmäßigen Windstößen in Bewegung gehalten.

»Nein, hier sind sie nicht«, sagte Palač. Er unternahm es trotzdem, den Friedhof noch einmal in jede Richtung zu durchqueren. Es gab nichts zu finden. Genausowenig wie auf dem Petersfriedhof. Als er zurückkam, nahm er Carlottas Arm. Sie ließ es geschehen. Der Himmel war von einem klaren, harten Blau, das wenig verbarg. Trotzdem gab es Schatten und schwarze Flecken und Höhlungen, in denen das Licht verschluckt zu werden schien. Der nasse Boden glitzerte, als wäre er der diamantengespickte Boden einer dämonischen Unterwelt.

Sie hob ihre Säume an. Durch den Matsch zu stapfen war noch anstrengender als durch Schnee. Der Schlamm griff zäh nach ihren Füßen. Ihre Zehen froren.

Sie gingen ein kleines Stück die Speyerer Straße entlang, als Palač plötzlich stehenblieb und sich umdrehte. In ihrem Rücken lag Heidelberg und darüber, eine Nuance schwärzer als der Berg, in dem sie lagerte, die kurfürstliche Burg. Beides war mit Lichtpunkten gespickt. Aber Palač schaute weder zur Burg noch zur Stadt.

Er deutete mit dem Arm zum jenseitigen Neckarufer. Auch dort gab es Lichter. Einmal oben bei St. Michaelis, wo die Mönche wachen mochten, und dann ein wenig tiefer, ein schwacher Schein beim Stephanskloster.

»Wissen die Jungen von dem Brunnen?« fragte er.

Carlotta nickte – und schüttelte gleichzeitig den Kopf. Ihre Lebensgeister erwachten. »Nein, nicht der Brunnen, Palač.

Darunter. Unten am Berg. Da ist eine Höhle mit heidnischen Kultsachen. Ein Steinbild, auf dem ein Stier geopfert wird. Einem persischen Götzen, glaube ich. Es hat eine Menge Aufsehen erregt, als es entdeckt wurde. Man hat einen Bittgottesdienst veranstaltet, und die Padres von St. Michaelis haben alle Figuren mit Weihwasser besprengt.«

»*Und wenn der Böse das Haus bei seiner Rückkehr sauber und geschmückt antrifft, dann geht er und holt sieben andere Geister, die noch schlimmer sind als er selbst.* Carlotta ...« Palač lächelte, wobei sein halbes Gesicht im Schatten lag. »Ich fürchte, wir müssen über den Fluß.«

Über den Fluß hieß: in die Stadt zurückzukehren, aus der der Wächter vom Speyertor sie nur nach Übergabe eines Silberpfennigs hinausgelassen hatte. Es hieß, zu versuchen, den Wächter des Brückentores mit Hilfe eines weiteren Pfennigs zu bestechen ...

»Wie sollten die Jungen über den Fluß gekommen sein? Sie haben kein Geld«, sagte Carlotta.

»Als sie hinüber sind, war es vermutlich noch hell. Und wahrscheinlich glaubten sie, auch bei Helligkeit zurückkehren zu können.«

»Aber das sind sie nicht.«

»Deshalb sind wir unterwegs. Weil wir annehmen, daß sie von irgend etwas aufgehalten wurden. Ach, Carlotta ...«

Palač verließ den Weg und wanderte über einen Trampelpfad zum Neckarufer hinab.

Sie sahen einen kleinen Anlegesteg, einen Steinwurf weit entfernt, an dem Fischerboote schaukelten. Neben dem Steg befand sich die Hütte des Besitzers.

Palač schüttelte den Kopf. »Kein Aufsehen.«

Suchend schritt er am Ufer entlang. Carlotta wußte nicht, ob es Zufall war oder ob Palač das kleine Boot, das er ihr zeigte, schon bei einem seiner Spaziergänge gefunden hatte. Jedenfalls stießen sie darauf, und er schob es ins Wasser hinab.

Es war aus schmierig aussehendem Holz mit Pfützen auf dem Boden und nach Carlottas Dafürhalten keineswegs ein sicheres Gefährt. Aber wie Palač schon bemerkt hatte: kein Aufsehen. Nicht, wenn man den Inquisitor in der Stadt hatte.

Das Wasser war schwarz und so glitzernd wie der schlammige Boden oben auf der Straße. Palač fluchte. Seine verkrüppelte Hand brachte es nicht fertig, das zweite Ruder zu umfassen. Mit einer Hand ruderte es sich schlecht. Sie nahm ihm die Ruder ab.

Vom Ufer aus hatte der Fluß nicht sehr breit gewirkt. Jetzt schaukelten sie zäh über die Wellen. Der Wind trieb sie ab, die Strömung war so kräftig, daß sie kaum vom Fleck zu gelangen schienen.

»Ihr macht das gut«, sagte Palač und beobachtete angespannt jede ihrer Bewegungen. Das Wasser um ihre Füße stieg. »Hastiger bringt nichts.« Er legte seine Hand um ihre eigene und gab ihr den Rhythmus. Als sie endlich das andere Ufer erreicht hatten, stand im Boot eine Handbreit Wasser, und die Klöster auf dem Allerheiligenberg waren ihren Blicken entschwunden.

Palač half ihr, das Ufer hinaufzukommen.

Sie brauchten lange, bis sie die Stelle erreichten, an der sie das jenseitige Ufer verlassen hatten, aber schließlich erreichten sie den eingezäunten Dorfflecken Neuenheim. Von dort aus sah man wieder die Burg und einige Lichter auf den Heidelberger Stadttürmen, wo die Scharwächter wahrscheinlich ihren Lohn verwürfelten.

Auch in Neuenheim brannte noch eine Lampe. Vielleicht war jemand krank, oder ein Kind wurde geboren.

»Ihr wißt den Weg?« fragte Palač.

Carlotta nickte. In Höhe des Judentores – oder nannte man es jetzt Universitätstor? – führte ein Trampelpfad ins Dickicht. Den hatten die Schaulustigen nach der Entdeckung der Grotte getreten. Sie suchte die Silhouette der Stadt ab und dann den Waldsaum. Nachts veränderten sich die Proportionen. Langsam ging sie ein Stück weiter, bis sie auf halber Höhe zwischen Stadtmauer und Brücke war. Suchend schaute sie sich um.

»Wo steckt Ihr?« fragte sie.

Palač war verschwunden. Er hatte keine Scheu vor der Nacht, solange er die Sterne sehen konnte. Es schien, daß er etwas entdeckt hatte. Er rief nach ihr, und sie folgte seiner Stimme zwischen das Gestrüpp. Ja, er hatte einen Weg gefunden.

»Ich denke, das ist er. Noch ein kleines Stück bergan«, flüsterte Carlotta. Warum flüsterte man eigentlich, wenn es dunkel war? »Die Höhle wurde in den Berg gehauen. Man muß durch einen Gang. Und ich fürchte, es ist sehr dunkel dort drinnen.« Es war doch ein Fehler gewesen, die Lampe zu Hause zu lassen.

Sie hatten den Grotteneingang erreicht. Palač schob die Zweige eines Strauchs zurück, die den Eingang verbargen – und mit einemmal schlug Carlottas Herz mit der Wucht eines Schmiedehammers. Nein, es war keineswegs finster in der Höhle. Jemand hatte ein Licht entzündet. Eine Fackel oder eine Laterne. Sie konnte den Feuerschein an der hinteren Höhlenwand tanzen sehen.

»Also tatsächlich.« Palač grinste erleichtert. Für ihn fand ein Dummejungenstreich sein Ende. Er glaubte an keine Dämonen, die sich in magische Kreise riefen ließen.

Carlotta verharrte neben dem Strauch. Sie blickte auf das Licht, das unruhige Bilder an die Grottenwand zeichnete. Und mit einemmal spürte sie, daß es *falsch* war, in die Grotte zu gehen. Es war *gefährlich*.

Palač war ebenfalls stehengeblieben. Er lächelte sie an. »Was ist? Schlimmstenfalls haben sie die graue Katze getötet. Wollt Ihr hier draußen warten?« Er hatte keine Angst, solange ein

Licht brannte, das die Finsternis vertrieb. Achselzuckend betrat er den steinernen Schlund des Götzentempels.

Und nun? Nichts. Sie hörte seine Stimme, als er leise etwas rief. Sprach er mit den Jungen? Es kam keine Stimme, die Antwort gab. Also rief er wohl nach seiner angstschlotternden Begleiterin.

Carlotta seufzte bis in den Magen hinein. Vielleicht war es falsch, in die Grotte zu gehen. Aber vielleicht war sie auch nur ein hoffnungsloser Angsthase, und dann war es dumm, länger zu warten.

Der Gang war kurz, nach wenigen Schritten erweiterte die Höhle sich zu einer Art Loch unter schweren Steindecken. Palač stand vor einem mannshohen Relief aus rotem Sandstein. Die Laterne, von der die Helligkeit kam, hatte er in die Hand genommen. Er beleuchtete damit den persischen Götzen, eine Gestalt in kurzem Rock, die dabei war, ein Messer in einen Stiernacken zu schlagen. Dem Dämon lagen die Attribute seiner unheiligen Macht zu den Füßen – ein Skorpion, ein Hund und eine Schlange. Die umsichtigen Mönche hatten über den Gesichtszügen des Dämons ein Kreuz in den Stein gekratzt.

»Sie müssen noch vor kurzer Zeit hier gewesen sein«, sagte Palač in stumpfem Ton.

Richtig, denn es brannte ja die Laterne.

Sie hatte sich übrigens geirrt. Auch Palač war nicht wohl zumute. Seine Augen wanderten wachsam die Höhlenwände entlang. Der Schein der Laterne beleuchtete gerade den Bereich, in dem sie standen. Dahinter versickerte das Licht. Die Felsnischen und -spalten sahen aus wie Schlupfwinkel, in die sich das Dämonische verkrochen hatte.

Carlotta wollte etwas sagen, aber plötzlich gab es ein Geräusch. Schmatzend, gurgelnd, hohl klingend, wie ein Schlürfen. Sie sah, daß der Magister zusammenfuhr. Und diesmal war sie es, die lächelte. Denn sie wußte aus dem Gerede in der Stadt, daß hinter dem Dämonenbild eine Quelle entsprang, Ursprung eines Bächleins, dessen Wasser auf unterirdischem Weg aus der Höhle und dann den Hang hinab in den Neckar strömte. Sie ließ es ihn selber entdecken. Geschah ihm recht, das kleine Unbehagen, nachdem er vor der Höhle so großgetan hatte.

Er verschwand mit seiner Laterne hinter dem Götzenbild. Sie wartete auf seinen Laut der Erleichterung.

»Palač?«

Er blieb hinter dem Stein verschwunden.

Carlotta wurde es unbehaglich. »Palač! Warum seid Ihr so still?«

Kein Ton der Erwiderung. Es war eben doch nicht alles in Ordnung gewesen. Nicht das Licht und nicht die Stille in der Grotte.

Carlotta stand so reglos wie der Steingott. Jetzt, zu spät, begann sie nachzudenken.

Warum hatte Bertram seine Laterne zurückgelassen? Sie besaß einen Wert. Arme Leute ließen keine Werte zurück.

Die Furcht kehrte zurück. Sie sprang sie an wie ein Raubtier, wurde greifbar, als bestünde sie aus Materie.

Carlotta starrte auf den blassen Lichtkegel, der gegen die Decke fiel. Geräuschlos umging sie den Dämonengötzen und seine bösen Helfer.

Palač stand vor der Quelle. Sie konnte die Öffnung im Fels selbst nicht sehen. Nur das Rinnsal, das am Grottenrand entlangsprudelte, bevor es wieder im Fels versickerte. Das Wasser war rötlich verfärbt.

»Palač?«

Er drehte sich zu ihr um. Kein Lächeln, dieses Mal. Sie ging und schaute, was es zu sehen gab.

Auf dem Höhlenboden lag Bertram. Den Kopf nach unten, das Gesicht halb in der Quelle. Mit einer tiefen, klaffenden Wunde, die seine Tonsur in zwei Hälften teilte.

»Nein«, sagte Palač. »Wir können jetzt nicht zurück.« Er hatte die Laterne vor die Grotte getragen. Carlotta fiel auf, daß er sie mit seinem Körper verdeckte, so daß ihr Licht von der Stadt aus nicht zu sehen war. »Wir müssen zuerst seinen Bruder finden.«

»Er ist tot.«

»Bertram ist tot. Von Benedikt wissen wir nichts. Der Mord ist erst vor kurzem geschehen. Der Junge muß hier irgendwo stecken ...«

Der Junge – und auch, was ihn umgebracht hatte. Carlotta schlang die Arme um die Brust. Bertram hatte einen Dämon gerufen, und der Dämon war gekommen. Der arme Benedikt hatte wahrscheinlich zusehen müssen, wie sein Bruder starb. Wenn er nicht ebenfalls getötet worden war, würden sie einen Irrsinnigen finden.

»Die Spuren führen dort hinauf. Carlotta ...« Palač legte seine Hand auf ihre Wange. Die Krüppelhand. Carlotta wunderte sich, warum sie das nicht störte. »Benedikt irrt hier irgendwo herum. Wir müssen ihn suchen.«

»Haben wir bessere Augen als die Dämonen?«

»So gute wie jeder von ihnen, der in Schuhen herumläuft.« Er wollte, daß sie zu Boden schaute. Dort, im bräunlichen Schneematsch, zeichneten sich Fußabdrücke ab. »Nein, seht genau ...«

Das Laternenlicht tanzte über die Muster. Es waren unterschiedliche Formen von Abdrücken, verschiedene Größen.

»Zwei. Hier hinauf liefen zwei verschiedene Personen. Das könnt Ihr ganz exakt erkennen. Darf ich Eure Füße sehen? Also – weder Eure noch meine Abdrücke. Zwei Paar fremde Schuhe, die in dieselbe Richtung laufen. Der hier ist besonders breit und an der Seite eingerissen. Schlechte Qualität. Der andere an der Hacke abgelaufen. Keiner davon gehörte Bertram, darauf verwette ich mein Leben.«

»Dann ist Benedikt vor Bertrams Mörder davongelaufen?«

Palač nickte. Seine Laterne ertastete die Richtung, die die fliehenden Füße genommen hatten. Die Spuren führten den Heiligenberg hinauf.

»Er ist tot«, sagte Carlotta.

»Furcht verleiht Flügel. Und Kinder sind schnell. Immerhin hat Benedikt es aus der Höhle geschafft.«

Carlotta schaute den Hang hinauf. Bleiches Licht auf schwarzem Gehölz. Und irgendwo darinnen steckte Benedikt.

»Wollt Ihr in die Stadt zurück?« fragte Palač.

Carlotta schüttelte den Kopf. Sie machte sich auf und folgte den Spuren ins Gebüsch.

Am Ende konnte sie kaum sagen, wie lange sie geklettert waren und welche Richtung sie genommen hatten. Die Laterne war nach kurzer Zeit erloschen. Ihr natürliches Ende oder ein Windstoß. An Dämonen dachte Carlotta nicht mehr. Ein Paar breite Schuhe von schlechter Qualität – da verlor sich der Glaube ans Okkulte. Sie fror von ihrer eigenen Wut.

Die Spuren gingen ihnen verloren. Das Mondlicht reichte nicht ins Gestrüpp, und es blieb ihnen nichts weiter übrig, als auf den Weg zurückzukehren.

Sie folgten den Serpentinen den Berg hinauf, wobei sie in alle Richtungen horchten.

»Er wird versuchen, zu den Klöstern durchzukommen – wenn er noch bei Verstand ist«, flüsterte Palač. Und wenn ihn der Mörder nicht erwischt hatte. Aber daran durfte man nicht denken. Sie kamen an einen Punkt, an dem der Weg sich teilte. In den Hauptpfad und eine Abkürzung, die steiler aufwärts führte.

Palač kehrte sich nicht daran. Er ging den breiten Weg weiter. Aber würde ein Wild auf der Flucht nicht den Schutz der Büsche suchen? Carlotta zögerte. Wenn man noch die Laterne hätte. Alles, was unterhalb des Gesträuchs lag, war Raubgut der Schatten.

Der Magister drehte sich um. »Nicht dort. Das ist kein Weg. Das endet im Gebüsch.«

»Und an so einer Stelle würde ich versuchen, mich zu verkriechen.«

Er hielt das für dumm. Weil er ein Jäger war. Der Jäger versteht nichts von der Furcht, die den Verstand aus dem Kopf fegt. Aber er gab nach.

»In Ordnung, wir gehen ein Stück hinauf.« Zweifelnd betrachtete er sie, und was er sah, schien ihm nicht zu gefallen. »*Ich* gehe hinauf. Wartet hier. Ich bin in einem Augenblick zurück. Und wenn etwas ist, könnt Ihr rufen. Carlotta, es tut mir leid, diese ganze verdammte Geschichte. Ich ... vielleicht, wenn ich mit ihnen geredet hätte ...«

Sie sah ihm nach, und es beunruhigte sie, wie schnell er mit der Dunkelheit verschmolz. Andererseits war dem verstörten Benedikt vielleicht aber genau so die Flucht gelungen.

Carlotta stand im Wind, und jetzt, als sie sich nicht mehr bewegte, spürte sie ihre Erschöpfung. Sie wollte sich nicht setzen, nicht wegen des Schlammes und vor allem nicht, weil es wehrlos machte. Haseninstinkt. So ging sie ein paar Schritte und lehnte sich gegen einen Baum. Der Mond mit seinem Spinnwebengesicht beherrschte den Himmel. Eulen und Käuze jagten unter seinem Banner. Sie hörte das Knacken von Zweigen unter den Pfoten kleiner Tiere. Von Palač bemerkte man überhaupt nichts mehr. Die Nacht verschluckte, was unsichtbar bleiben wollte.

Und dann war da doch etwas. Wispern, atmen – man konnte es kaum einordnen. Carlotta richtete sich langsam auf. Ihr Nacken wurde steif, ihr Mund trocknen. Sie war nicht allein. Etwas harrte dort in der Finsternis, etwas beobachtete sie. Sie lauschte mit aller Konzentration. Und ging ein paar Schritte.

»Benedikt?«

Rechts vom Weg wuchsen Büsche, aber dort ging es steil aufwärts. Man konnte sich nicht halten, ohne sich zu bewegen. Auf der anderen Wegseite ging es nach unten. Wie steil, war nicht zu erkennen. Carlotta sprach nicht mehr. Mit zusammengekniffenen Augen versuchte sie, die Dunkelheit zu durchdringen. Sie meinte von neuem, etwas zu hören. Ein trockenes, geknebeltes Schluchzen.

»Benedikt?« Er mußte dort sitzen. Oder hängen. Irgendwie in einem Gesträuch. Jetzt meinte sie auch, eine Bewegung zu sehen. Sie bückte sich, griff hinab und bekam etwas zu fassen. Stoff.

»Benedikt, hör doch ...«

Sie ließ den Stoff los und zwängte sich durch die Zweige. Irgendwie gelangte sie neben ihn. Es ging tatsächlich ziemlich steil abwärts. Man konnte sich gerade noch halten. Der Himmel mochte wissen, wie der Abhang weiter verlief. Carlotta tastete nach und fand ein Gesicht und von dort Schultern und Hände. Es wäre gut, um Hilfe zu rufen. Palač hätte schon lange zurück sein sollen.

Aber Carlotta brachte es nicht fertig. Das Bündel Angst, das sich an ihrer Seite duckte, ohne sich zu rühren oder einen Laut von sich zu geben, saugte ihr letztes bißchen Mut auf. Plötzlich war sie selbst zum Jagdwild geworden, mit dem Instinkt, sich totzustellen.

Palač sollte kommen. Aber bevor sie seine Gestalt nicht erkannte, würde sie sich nicht rühren. Sie faßte Benedikts kalte Hand und rieb die Finger. War Palač bis zum Kloster hinaufgeklettert?

Benedikts Entsetzen gründete tiefer als ihr eigenes und hatte seine Sinne schärfer gemacht. Sie fühlte sein Schaudern, noch bevor sie selber etwas hörte. Er versteinerte neben ihr. Die Hand wurde zur Kralle.

Dann vernahm auch Carlotta das leise Schmatzen von Schritten auf dem durchnäßten Pfad. Plitsch, platsch, Füße bewegten sich durch den Matsch. Aber die Schritte kamen aus der falschen Richtung. Und hätte Palač sich nicht bemerkbar gemacht?

Carlotta hörte auf zu atmen.

Der Mann, der Jäger, hielt inne. Er mußte kaum zehn Fuß von ihnen stehen. Auch Jäger hatten ihren Instinkt. Carlotta versuchte, etwas zu erkennen. Aber sie sah nichts als eine Gestalt in dunkler Kleidung, die sich nur während sie sich bewegte vom Buschwerk dahinter abzeichnete.

Der Jäger horchte, wie Carlotta gehorcht hatte.

Und Palač ließ sie im Stich.

Carlotta hörte den schrillen Jagdruf einer Eule. Ein Jammerlaut aus Benedikts Mund verschmolz mit dem Schrei. Sie drückte seine Hand.

Der Jäger war irritiert. Er ging ein paar Schritt. Und machte kehrt. Und plötzlich, als hätte er eine Eingebung, eilte er den Weg hinab.

Carlotta rückte dichter an Benedikt heran, so gut es zwischen den Zweigen und mit der Furcht vor dem Sturz in den Abgrund eben ging. Sie wollte ihn wärmen und schützen. Zu flüstern traute sie sich nicht, aber sie streichelte seine Wange. Er hielt etwas bei sich, das merkte sie jetzt. Etwas Dickes, Hartes, das er in seine Bauchkrümmung gepreßt hatte. Behutsam versuchte sie, es ihm fortzunehmen. Sie mußten auf den Weg zurück, ihr Leben hing an einigen wintermürben Büschen.

Da stieß Benedikt plötzlich ein Keuchen aus.

Er bewegte sich, sie hätten fast das Gleichgewicht verloren. Erschreckt blickte Carlotta hoch. Über ihnen erschien ein Kopf.

Benedikt gab ein fiependes Geräusch von sich. Das ganze angestaute Entsetzen schien sich in seiner Kehle zu stauen, als wäre sie mit einem Pfropf verschlossen.

»Carlotta?«

Nein, dort oben war nicht der Mörder. Nur Palač. Ihr tränten die Augen vor Erleichterung, als sie Benedikts Arm nahm – den einen, der nicht dieses Ding umklammerte – und ihn zum Magister weiterschob. Mit vereinten Kräften bekamen sie ihn auf den Weg zurück. Benedikt ließ sich zu Boden fallen und wand sich wie ein gefangenes Tier. Er hörte erst auf, um sich zu schlagen, als Carlotta ihn zu sich in ihre Arme zog.

Das, was er bei sich getragen hatte, war in den Schmutz gefallen, aber er schien es in der Sicherheit ihrer Arme nicht mehr zu brauchen.

Er fürchtete sich vor Palač, soviel war klar. In seinem verwirrten Kopf schienen alle Männer zu Jägern geworden zu sein. Sie redete begütigend auf ihn ein. Irgendwann, nach Ewigkeiten, wie ihr schien, erstarb sein Röcheln. Der Junge wurde still.

Palač, der schweigend bei ihnen gestanden hatte, trat heran. Er hatte Benedikts Ding aufgehoben. Ein Buch. Eine Bibel. Die von Zölestine. Carlotta erkannte sie an dem rotledernen Einband mit dem blauen Kreuz.

»So, Benedikt«, murmelte sie zärtlich. »Das ist ja ein einfallsreiches Präsent für einen Dämon. Ausgerechnet die Heilige Schrift. Na? Komm, es ist vorbei. Du bist in Sicherheit.«

Der Junge schaute sie ohne die geringste Gemütsbewegung an. Sein Gesicht war leer. Als hätte er die Gefühle seines gesamten Lebens in den letzten Minuten im Schlamm des Weges verschlissen.

Hilfesuchend blickte Carlotta auf Palač.

Der nickte düster. »Wir müssen ihn fortbringen. Wenn der Junge in diesem Zustand in die Stadt kommt und wenn sie dann auch noch seinen toten Bruder finden, wird Konrad darauf bestehen, ihn zu befragen. Mit all seinen bösen Methoden. Das steht er nicht durch. Er muß fort.«

»Aber wohin?«

»Zu Christof. Ich könnte mir vorstellen, der würde ihn aufnehmen. Schließlich ist er Zölestines Bruder.«

Zweifelnd streichelte Carlotta Benedikts Haar. »Wie sollen wir ihn dorthin schaffen?«

»Nicht wir. Ich gehe mit dem Jungen allein.«

Schlechte Idee. Hatte Palač nicht gemerkt, wie schrecklich Benedikt sich vor ihm fürchtete? Und was für ein Gedanke, sie hier zurückzulassen. Mit einem Mann, der einem Jungen den Schädel eingeschlagen hatte.

Man konnte, wenn man übel spekulierte – und der gespenstische Berg mit dem bleichen, kranken Mond hielt dazu an –, einen bösen Argwohn bekommen. Darüber nachdenken, daß Magister Jovan, bevor sie ihre Suche begannen, eine ganze Stunde fort gewesen war. Wie sonderbar schnell hatte er den Eingang zur Höhle gefunden. Und wie wenig hatte es ihm ausgemacht, mit seiner – mußte man doch sagen – verkrüppelten Hand einem Mörder nachzuspionieren. Benedikts Furcht vor ihm war gräßlich gewesen. Und sie selber? Sie hatte nur gesehen, wie ein Mann den Weg entlanggekommen war, wie er wieder fortgegangen war und wie dann plötzlich Palač vor ihrem Versteck gestanden hatte.

Circulus perfectus?

Nein – verdorbenes Zeug. Man durfte so nicht denken.

»Ich begleite Euch zu Christof«, sagte sie.

Palač nickte. Er hatte keine Einwände. Vielleicht hatte er inzwischen auch besser nachgedacht.

»Aber vorher gibt es noch etwas zu erledigen.«

»Was?«

»Bertrams Leiche. Wenn sie nicht gefunden würde, das wäre das beste für seinen Bruder.«

Oder für Palač? Mißtrauen – was für eine schreckliche Krankheit.

»Ihr habt recht, sie darf nicht gefunden werden«, sagte Carlotta. »Selbstverständlich.«

Sie wartete mit Benedikt auf dem Uferpfad, während Palač den Leichnam des ermordeten Jungen in den Fluß gleiten ließ. Sehen konnten sie das nicht, denn Carlotta hatte Benedikt umsichtig fortgeführt. In Neuenheim brannte noch immer das Licht. Sie hörte gedämpftes Kindergeplärr. Wahrscheinlich war wirklich ein Säugling geboren.

»Benedikt…« Carlotta versuchte in das Gesicht unter dem verstrubbelten Haar zu sehen. »Es ist gut. Es ist jetzt vorbei. Ich bin bei dir. Willst du mir nicht sagen, wer euch das angetan hat?«

Der Junge regte sich nicht.

»Vor wem bist du davongelaufen?«

Es war, als hätte Benedikt das Gehör verloren. Er schien nicht einmal mehr ihre Zärtlichkeiten wahrzunehmen.

Carlotta seufzte.

24. KAPITEL

Carlotta brachte die Abschrift von Marsilius' Danielkommentar zum Buchhändler. Sie hatte zehn Tage länger gebraucht als versprochen, weil sie in der vergangenen Woche zweimal zur Schadenburg gereist war, einmal, um Benedikt Kleidung und seine Habseligkeiten zu bringen, und dann in der Hoffnung, ihn vielleicht wieder bei Verstand zu finden, was sich aber nicht erfüllte. Er sprach noch immer kein Wort.

Christof hatte den Jungen aufgenommen, genau wie Palač gehofft hatte. Und er hatte ihm nicht nur einen Strohsack und Essen aus der Gesindeküche zuweisen lassen, sondern ihm ein separates, kleines Zimmer gegeben, einen Raum mit Kamin im Obergeschoß der Burg, in dem möglicherweise Zölestine gewohnt hatte, denn er war komfortabel wie für eine Edeldame eingerichtet. Benedikt sollte Ruhe haben, um sich zu erholen, fand Christof. Ein wenig, ein klein wenig konnte man vielleicht doch begreifen, was Zölestine an ihrem Ritter gefunden hatte.

Vor dem Buchladen, mit gebührendem Abstand zur Gosse, stand eine im Magistertalar gekleidete Gestalt, die mit dem Buchhändler sprach und Carlotta verschwommen an einen schwarzen Vogel erinnerte.

O ja, Albrecht.

Sie hatte ihm nicht viel über das Verschwinden der Brüder erzählt, nur daß die beiden eines Nachmittags fortgegangen und nicht zurückgekehrt waren und daß man befürchten müsse, Bertram habe die Lust am Studium verloren und seinen Bruder mit sich in die Welt gezogen. Lügen, Lügen. Doppelt schlimm, weil Albrecht sie zu glauben schien. Bertram hatte tatsächlich in seinem Lerneifer nachgelassen, nicht jeder Mensch war zum Studium geschaffen, meinte er gutmütig. Nur hätte der Junge sich besser eine Lehrstelle besorgen lassen sollen, wenn er schon von der Universität fortwollte, denn das Leben ging mit Habenichtsen schroff um. Und er hätte seinem Cousin gern geholfen, nun, wo ihm eine festbezahlte Stelle in der Kanzlei in Aussicht stand. Ein wenig kränkte es ihn schon, daß die beiden einfach ohne Abschied fortgegangen waren.

Jetzt war er nicht mehr gekränkt. Er hielt ein dünnes gebundenes Büchlein in der Hand, und als er Carlotta die Gasse heraufkommen sah, begann sein Eulengesicht zu strahlen. Hastig eilte er ihr entgegen. Er hatte das Büchlein frisch erstanden und drückte es Carlotta in die Hand, wie ehemals die toten Hühner.

»Für mich?«

»Für Euch. Peckham. Die *Perspectiva*.«

»Aber... Albrecht.« Es *war* die *Perspectiva*. Nicht in Kürzelschrift, sondern ausgeschrieben in hübschen steilen Textusbuchstaben. »Ihr solltet das nicht tun.«

»Wenn es mich doch freut.«

Eigentlich freute es Carlotta auch. Die Optik war ein interessantes Gebiet, über das man in Heidelberg fast nichts erfahren konnte, denn die Universität konzentrierte sich auf das Studium der Philosophen.

»Laßt es mich lesen, und dann gebe ich es Euch zurück.«

»Es ist ein Geschenk.«

Sie zögerte. Geschenke bargen Verpflichtungen.

»Außerdem brauche ich es nicht mehr, wenn ich mit dem *studium* aufhöre«, erklärte Albrecht vernünftig.

Carlotta wechselte das Thema. »Habt Ihr das über Bligger gehört? Er ist gar nicht tot. Es sah erst so aus, weil er so viel Blut verloren hat, aber er hat es überlebt. Nur kann er sich nicht mehr bewegen. Er muß versorgt und gefüttert werden wie ein Säugling.«

»Das ist schlimmer als tot, und es geschieht ihm recht«, urteilte Albrecht rachsüchtig. »Noch nichts von den Jungen gehört?«

Einen Moment erwog Carlotta, ihm die Wahrheit zu sagen. Da schenkte er ihr Peckhams *Perspectiva*, und sie log ihn an wie der gemeinste Straßenhöker. Sie kam nicht dazu.

»Störe ich?«

Palač mußte ebenfalls in dem Buchladen gewesen sein. Er trat zu ihnen, in der Hand ein noch dünneres Heftlein, und Albrecht, an seine eigene frischerworbene Magisterwürde noch nicht gewöhnt, schrumpfte sichtbar zusammen.

Carlotta schielte nach dem Titel des Büchleins. Es hatte keinen. Nicht einmal einen ordentlichen Einband.

»Gründungsurkunde und Statuten der Universität Heidelberg«, gab Palač, der ihren Blick bemerkt hatte, Auskunft. »Sowie sämtliche Dekrete von 1386 bis Ostern 1388. Wißt Ihr, was Bertram damit wollte?«

»Bertram?« fragte Carlotta verständnislos.

»Er hat es sich beim Buchhändler ausgeliehen. Wenige Tage vor seinem – Verschwinden. Wozu?«

»Vielleicht, um sich noch einmal mit den Prüfungsbedingungen auseinanderzusetzen«, meinte Albrecht.

»Seine Prüfung hat er gerade erst hinter sich gehabt.«

»Aber er wollte noch die zum Magister ablegen. Vielleicht hat er es auch für Benedikt entliehen. Wozu ist es wichtig?«

»Für gar nichts, außer daß ich begreifen will, was die Jungen aus der Stadt getrieben hat«, sagte Palač gereizt.

Albrecht nickte. Er verabschiedete sich. Er war kein Mensch, der sich gern mit Leuten unterhielt, die ohne Grund schlechter Laune waren.

Carlotta verabschiedete sich ebenfalls. Sie mußte noch ihr Manuskript abgeben.

»Ich warte«, sagte Palač kurz.

Auch schön.

Der Danielkommentar ergab anderthalb Pfennige, einen halben weniger, wegen der Verspätung. Aber dafür bekam sie den Auftrag, ihn noch zweimal zu kopieren. »Ihr habt eine saubere Schrift«, gestand der Buchhändler ihr gnädig zu.

»Ich habe doch gestört«, sagte Palač, als Carlotta die Ladenstufen herabstieg.

»Was?«

»Hat *er* Euch diesen Peckham geschenkt?«

»Sagt nicht, Ihr habt gewartet, um mit mir über Albrecht zu sprechen.«

»Kommt auf die andere Seite. Diese Stadt ist eine einzige Gosse! Warum nicht über Albrecht? Er ist als theoretische Erörterung ebenso beflügelnd wie die Universitätsstatuten. Nein – ich weiß, ich entschuldige mich. Die Tugend hat das Los, belästert zu werden. Es ist nicht zu glauben. Man steht im Dreck, egal, wohin man tritt. Würdet Ihr auch nach Salamanca gehen?«

Einen Moment lang wußte Carlotta nicht, wovon er sprach.

»Ihr habt recht, nicht dorthin zu wollen«, redete Palač weiter, »und deshalb doppelt unrecht, es mir in den Kopf zu schwatzen. Salamanca ist Heidelberg im Gigantischen. Der Mist liegt doppelt so hoch auf den Straßen, aber niemanden schert es. Im Winter ein Sumpf, im Sommer schwarz von Fliegen. Die Gerber arbeiten im Zentrum der Stadt, und der Fluß ist eine Kloake. In Bologna würde es Euch besser gefallen. Würdet Ihr mit mir nach Bologna gehen?«

»Nein.«

»Das ist schade. Ich weiß nicht, ob ich Eure Urteilskraft loben kann.«

»Warum sollte ich ...«

»Der selige Buoncompagno regte vor hundertfünfzig Jahren an, die Wände der Hörsäle grün anzustreichen und Fenster einzubauen, um Aussicht auf Bäume und Gärten zu schaffen – sie haben prachtvolle Gärten in Bologna. Wenn es schon Sitte gewesen wäre, Vögel zu halten, hätte er in jeden Raum einen piepsenden Sittich gestellt. Es ist ein wunderbarer Ort, um dort zu wohnen.«

»Dann geht dorthin.«

»Ich soll – und Ihr wollt bleiben?«

»Ich habe ...«

»... eine Abneigung gegen grüne Räume? Das trifft mich hart. Die grünen Wände haben Tradition.« Palač bog den Kopf, um zu lesen, welches Buch sie trug. » Die *Perspectiva* hat er Euch also verehrt. Zumindest hat der Herr Magister artium einen Sinn dafür, was der Dame gefällt. Ihr landet schon wieder in den Haufen. Ist es in Ordnung, wenn ich Euren Arm nehme und Euch um die Mißgeschicke steuere? Ich verspreche auch, nicht weiter von Gärten und grünen Räumen zu plappern ...«

Er hielt sich daran und verstummte, und sie schritten die Hauptstraße entlang auf den Markt zu, wo die Bauern von auswärts dabei waren, ihre Karren mit den unverkauften Waren zu beladen. Carlotta entdeckte in der Menge das spitznasige Gesicht von Moses, der mit dem langen Friedemann um die Karren schlich. Sie sahen aus, als würden sie etwas suchen.

»Es ist ein Fehler zu bleiben«, sagte Palač.

»Dann geht.«

»Das kann ich nicht. Nicht in der Ungewißheit, was hier ... weiter geschieht.«

377

Die Jungen hatten Carlotta und den Magister erspäht. Sie winkten ihnen heftig zu.

Palač blieb stehen und wandte sich ihr zu. »Ich glaube nicht, daß es zu Ende ist«, sagte er langsam. »Zwölf Leute unter einem Dach. Einer tot, einer vergiftet, einer irrsinnig.«

Carlotta hielt es für eine schlechte Idee, das Thema auf dem Markt zwischen tausend neugierigen Ohren anzuschneiden. Sie drückte seinen Arm.

Die Jungen kamen auf sie zugestürmt. Moses schrie ihnen seine aufregende Neuigkeit entgegen. »Sie haben Bertram gefunden. Im Fluß. Bei der Biege am Pfaffengrund, wo sie im Sommer immer baden. Und der Büttel sagt, ihm ist der Kopf eingeschlagen worden, Carlotta. Regelrecht gespalten!«

Atemlos blieb er stehen.

»Und Magister Konrad war in der Burse, weil er dich sprechen will«, ergänzte Friedemann nüchtern.

Es war nicht die Inquisition. Keine Befragung im Kerker neben dem Metzelhaus, sondern eine zwanglose Besprechung in einem freundlichen, mit Wandteppichen behängten Raum im ersten Stock der kurfürstlichen Burg. Aber die Luft war schwül vor Spannung.

Der Kurfürst hatte auf einem Armlehnenstuhl in einer Ecke beim Fenster Platz genommen, als wolle er demonstrieren, daß er zwar Anteil nahm, aber der Universität in diesem Fall die Autorität überließ. Marsilius stand neben ihm, so flatterig, daß er ständig in seinen schwarzen Krausbart fuhr und die Haare zwirbelte.

Auch Albrecht war geladen worden, wahrscheinlich als Verwandter des ermordeten Scholaren. Palač in unbestimmter Funktion. Und natürlich Carlotta und Anselm.

Aber der Mann der Stunde war Konrad von Soltau. Er kam zu spät, sogar nach dem Kurfürsten, und entschuldigte sich, indem er anführte, daß er erst den Leichnam habe besichtigen wollen. »Der Augenschein fördert oft erstaunliche Dinge zutage«, sagte er, und jeder begriff, daß hier ein versierter Inquisitor sprach.

Marsilius ärgerte sich, daß er nicht selbst auf diesen Gedanken gekommen war, aber Ruprecht hob anerkennend die Augenbrauen. Und irgendwie schien es dann ganz natürlich, daß Konrad weitersprach, als wäre er Präses der Runde.

»Ich sehe, unser Pedell ist auch hier. Ich bin erfreut und − erstaunt, denn als ich die Leiche begutachtet habe, hat mir unser Magister medicus berichtet, daß er sich Sorgen um Euch macht. Habt Ihr Eure Krankheit tatsächlich überwunden?«

Carlottas Vater flatterte unruhig mit den Augen. Er wurde mit jedem Tag verwirrter, aber er hatte ein Gehör für Zwischentöne. Konrad fragte nicht aus Anteilnahme.

»Es geht Euch besser − ja oder nein?«

»Tja...« Anselm suchte den Blick seines Freundes Marsilius.

»Es geht ihm besser«, sagte der gereizt. »Er wird nicht jünger, und die Krankheit hat ihm zugesetzt, aber man sieht doch, daß er wieder auf den Beinen ist.«

»Das beruhigt mich außerordentlich. Denn Jacobus sprach davon, wie ungewöhnlich diese Krankheit verläuft. *Befremdlich*, das war der Ausdruck, den er gebrauchte. Ich erwähne das nur...« Marsilius wollte ihn unterbrechen, aber Konrad übertönte den Versuch. »... weil Jacobus bei der ersten Untersuchung des Kranken einen gewissen Knoblauchgeruch im Zimmer wahrzunehmen meinte. Erinnert Ihr Euch, Marsilius? Vielleicht sollten wir Magister Jovan fragen, was davon zu halten ist. Er hat in Prag mehrfach seinen Scharfsinn als Inquisitor unter Beweis gestellt.«

Alles blickte auf Palač.

Der lächelte angespannt. »Als Inquisitor, ja. Nicht als Medicus und nicht als Koch.«

»Ihr macht Euch kleiner, als Ihr seid. Der Pedell litt an Erbrechen und Darmbeschwerden. Ihm gehen, wie mir Jacobus vorhin versicherte, inzwischen die Haare aus. Denkt Ihr nicht, Ihr solltet den anwesenden Herrschaften die Symptome einer Arsenikvergiftung erläutern? Unser Magister«, sagte Konrad, an Ruprecht gewandt, »hat vor Jahresfrist in Mirotice eine exzellente Beweisführung aufgestellt. Da haben ein halbes Dutzend Leute den Galgen betreten müssen, aufgrund seiner feinen Nase und seiner Kenntnisse über Vergift …«

»Damals ging es um ein Erbe. Aber aus dem Tod unseres Pedells hätte niemand Nutzen gezogen. Er ist auch nicht gestorben, sondern *praeter propter* wieder munter. Krankheiten haben viele Gesichter.«

»Ich nehme an, Ihr seid über die Vorgänge im Haus des Pedells ausgezeichnet informiert?«

»Und ich nehme an, Ihr habt einen Punkt, auf den Ihr hinauswollt?«

Konrad spitzte verärgert die Lippen. »Vor allem wäre ich erfreut, wenn Ihr mit Eurem Benehmen dazu beitragen könntet, den Tod jenes unglücklichen Scholaren aufzuklären, dessentwegen wir hier sind.«

»Hat seine Leiche nach Knoblauch gerochen?«

»Seine Leiche hat …« Konrads Lider zuckten. »Einen Moment.« Er verließ das Zimmer, aber nur, um gleich darauf mit einem Gegenstand wiederzukommen. Einem Buch.

Carlotta sah, wie Palač die Augen schloß. Das Buch hatte einen schwarzen Einband und einen Titel in roten Buchstaben.

»Gehört dies hier möglicherweise Euch, Carlotta Buttweiler?« fragte Konrad, während er ihr das Buch unter die Nase hielt.

»Nein.«

»Aber Ihr kennt es?«

Natürlich. Es war das Münchener Handbuch. Ketzerische

Nigromantenlektüre. »Ich habe es in der Truhe der Universität gesehen, als ich vor einiger Zeit etwas gesucht habe.«

»In der Truhe der Universität.«

»Ich habe etwas für meinen Vater herausgesucht.«

»Aha. Welch ein Segen, daß unser Pedell eine solche Hilfe bei der Hand hat. Ihr könnt also lesen, Weib? Sonst hättet Ihr das rechte Buch für Euren Vater ja nicht finden können.«

»Ich kann lesen.«

»Und Ihr macht ausführlich davon Gebrauch?«

Palač antwortete für sie. »Das Mädchen schreibt für den Buchhändler Manuskripte ab. *De nihilo nihil.* Liegt es an mir, daß ich noch immer nicht begreife, was Euch im Kopf umgeht?«

Konrad schlug das Buch auf. »*Wenn du sehen willst, was andere nicht sehen können, so mische Galle von einem weißen Kater mit dem Fett einer vollkommen weißen Henne und salbe deine Augen damit, dann siehst du …*«

»Konrad, die gezwungen waren, sich mit der Nigromantie auseinanderzusetzen, kennen das Münchener Geschwafel, und für den Rest ist es unerquicklich, sich damit zu befassen. Worauf wollt Ihr hinaus?«

Konrad klappte das Buch mit einem Knall zu und legte es auf ein Tischchen. »Ihr wißt, wo ich es gefunden habe?«

Palač warf ihm einen kurzen, nachdenklichen Blick zu. »Nachdem Ihr solches Aufheben davon gemacht habt, rate ich einfach mal: im Haus des Pedells?«

»Unter dem Bettzeug seiner Tochter!«

»Konrad. Aber … pfui!«

»Ich würde das Aufheben, das Ihr rügt, gern vermeiden«, erklärte Konrad fromm, »wenn es nicht außerdem gewisse Gerüchte gäbe.«

»Gerüchte. Das Gewürz, das dem Inquisitorenpamps den herben Geschmack verleiht. Woher wißt Ihr, daß es Anselms Tochter war, die das Buch in dem Bett versteckt hat?«

»Wer sollte …«

»Jeder Scholar, der Angst hat, bei einem Hokuspokus erwischt zu werden. Das Bett steht in der Stube. Und keine Tasche ist vor der Untersuchung sicherer als die des Büttels. Bertram Rode war Nigromant. Oder laßt mich sagen: Er war ein dämlicher Scholar, der versucht hat, mittels magischen Firlefanzes ein besseres Examen zu schaffen. Zweifellos hat er das Bett seiner Hausherrin für ein originelles Versteck gehalten.«

»Der Tote war also Nigromant.« Konrad lächelte fein. »Darf ich zusammenfassen: In der Burse unseres Pedells wurde mittels eines berüchtigten Buches Nigromantie getrieben. Der Nigromant starb eines mysteriösen Todes. Sein Bruder ist spurlos verschwunden. Der Pedell selbst wurde Opfer einer Erkrankung, deren Symptome einer Arsenikvergiftung entsprechen. Verzeiht, wenn ich das sage, Jovan: Unter diesen Umständen scheint es mir gewagt, von Firlefanz zu sprechen. Es wurde schon für weniger nach der Inquisition gerufen.«

»Lest Nikolaus von Oresme.«

»Der seine ketzerischen Anwandlungen auf diesem Gebiet selbst widerrufen und zutiefst bedauert hat?«

»Jeder bedauert im Angesicht eines Streckbrettes.« Palač biß sich auf die Zunge. »Was Bertram Rode getan hat, hätte er besser unterlassen – aber er ist tot. Warum laßt Ihr es nicht dabei bewenden?«

»Das würde ich gern. Wenn …«

Konrad drehte sich. Und plötzlich stand er vor Carlotta. Sie saß auf ihrem Stuhl. Es war unmöglich, sich nicht klein zu fühlen. Und Palač hatte für sie gelogen, oder zumindest hatte er unwissentlich nicht die Wahrheit gesagt. Sie selbst hatte das Münchener Handbuch unter ihrem Strohsack versteckt, nachdem Palač bei jener unglückseligen Aktion auf dem Heumarkt verhaftet worden war. Palač war in die Burg geschafft worden – und das Buch mußte irgendwohin. Danach hatte sie es schlichtweg vergessen. Sie war jetzt also – gewissermaßen – eine Lügnerin oder zumindest eine, die eine Unwahrheit stehenließ, und das half nicht zur Ruhe. Carlotta spürte, wie ihr Gesicht rot anlief.

Konrad lächelte. »Ihr wißt, worauf ich hinauswill?«

»Nein.«

»Eure Nachbarin?«

Sie starrte ihn an, weil sie nicht wußte, was er meinte.

»Ich spreche von der Hexe.«

»Was?«

»Eure Nachbarin. Eure Freundin, wie es heißt. Die Hebamme. Wie es aussieht, pflegt Ihr engen Kontakt mit einer Hexe.«

Carlotta schüttelte den Kopf, und Konrad korrigierte sich milde. »Sie wird der Hexerei *verdächtigt*. Es gibt Gerede über sie. Palač würde sagen, daß man Gassentratsch vorsichtig bewerten muß. Das ist auch meine Meinung, und deshalb wurde sie noch nicht verhaftet. Aber er würde gewiß auch zugeben, daß in dem meisten Tratsch ein Funken Wahrheit steckt.«

»Josepha hat nichts mit Hexerei zu tun.«

»Ihr verteidigt sie? Das ehrt Euch, Frau Buttweiler. Würdet Ihr auch Elisabeth Meising verteidigen?«

Sie war gefangen. Es stimmte, was Josepha sagte. Man konnte so unschuldig sein, wie man wollte. Wenn sie einem nur richtig zusetzten, wurde alles zur Wahrheit.

»Ich weiß nicht, wer das ist«, sagte Carlotta und kam sich selbst schon vor, als würde sie lügen.

»Ihr kennt also die Hexe nicht, über deren Tod sich ganz Heidelberg das Maul zerrissen hat? Der Böse hat sie geholt und ihr den lästerlichen Schlund mit dem eigenen Rock gestopft.«

»Das war die Sinsheimerin.«

»Ihr kennt sie also doch. Gut. Gut, daß Ihr das zugebt, denn man hat Euch beobachtet, wie Ihr zusammen mit dem Weib auf dem Spitalsfriedhof gestanden und getuschelt habt.«

»Ich ... Nein, ich wollte das Grab einer Freundin besuchen, und da stand sie plötzlich da und hat mich angesprochen.«

Er glaubte ihr nicht. Und wenn er auch noch wußte, daß sie bei der Sinsheimerin zu Haus gewesen war ...

Er wußte es nicht. Er beugte sich über sie. »Die Freundin zweier Hexen. Seid Ihr selber eine Hexe, Carlotta Buttweiler?« flüsterte er mit einer Stimme wie rieselnder Sand.

Sie konnte nicht antworten. Aber dafür sprang ihr Vater mit zittrigen Gelenken von seinem Hocker.

»Meine Tochter?« Seine Stimme überschlug sich. »Ihr seid ... ja selbst vom Bösen, Konrad von Soltau. Ihr seid ein Lügner. Vom Dämon des Ehrgeizes zerfressen. Den Sitz unseres guten Rektors wollt Ihr einnehmen. Und weil Euch die Universität das nicht zugesteht ...« Seine Stimme brach.

Marsilius fiel ihm ins Wort. »Wenn Ihr dem Mädchen nichts vorwerfen könnt, als daß sich ein Nigromant bei ihr eingeschlichen hat – der ihr, nebenbei, von der Universität zugewiesen wurde –, und daß sie mit einem Weib gesehen wurde, das sich an jeden in der Stadt heranmachte, um seine Lügen zu verbreiten ...«

»Es gibt einen Toten«, schrie Konrad.

»Der vermutlich von dem Teufel geholt wurde, den er selbst beschworen hat!«

»Marsilius – ihm wurde der Schädel eingeschlagen«, mischte Palač sich ein. »So etwas tun Teufel nicht. Und gemeinhin auch keine Weiber, weil es nämlich erhebliche Kraft erfordert.«

»Kräfte, die einer Hexe von ihrem Buhlen durchaus ...«

»Carlotta Buttweiler war zu Hause, als Bertram getötet wurde«, sagte Albrecht. Er schrumpfte unter der Aufmerksamkeit, die ihm so plötzlich zuteil wurde, zusammen, fuhr aber tapfer fort zu reden. »Ich habe meinen Cousin Bertram in der Feierstunde gesehen. Als der Herr Kurfürst unserem Herrn Rektor gnädigerweise die Schenkungsurkunde überreichte. Sofort danach bin ich zum Haus der Buttweilers gegangen, um … nach einem Buch zu fragen, das Bertram sich von mir ausgeliehen hatte.«

Er log. Er log, ohne merklich zu stocken.

»Bertram war noch nicht zu Hause, aber die Tochter des Pedells stand in der Küche und war gerade mit dem Kochen fertig. Kurz nachdem ich kam, trug sie das Essen zu Tisch. Alle Scholaren waren inzwischen heimgekehrt, bloß Bertram und sein Bruder nicht.«

Er log ihnen allen ins Angesicht.

»Wir haben die halbe Nacht gewartet, denn da es sich um meine Cousins handelte, ließ die Sorge mich nicht fortgehen. Carlotta Buttweiler hat den ganzen Abend keinen Schritt vor die Tür gesetzt. Und zu der Zeit müssen die Jungen ja gestorben sein.«

Es gefiel Palač nicht, daß Albrecht log. Seine Augen waren noch schwärzer als sonst. Aber Konrad ärgerte sich. Also mußte sie doch Gutes bewirken, die Lügerei.

»Den ganzen Abend?« fragte er hart.

Albrecht nickte sein Eulennicken. War ihm klar, was ihm drohte, wenn man ihn ertappte?

Der Kurfürst erhob sich von seinem Stuhl. Langsam durchmaß er den Raum einmal in der Länge, die weißen Hände auf dem Rücken. Dann entschied er.

»Vielleicht wurden die Jungen tatsächlich vom Teufel geholt, vielleicht haben ihnen Straßenräuber eins über den Schädel gezogen. Aber es scheint sicher, daß unser Pedell und seine Tochter damit nichts zu tun haben.« Er blieb vor Konrad stehen. »Jedenfalls gibt es dafür keinen Beweis, und damit ist die Sache erledigt. «

Marsilius wischte heftig den Schweiß von seiner Stirn.

»Und nun, Carlotta: Werdet Ihr fortgehen?«

Palač nutzte das Privileg der späten Stunde. Er kam in ihre Küche, wo sie mit Sand und einer alten Bürste ihre Töpfe scheuerte, was die einzige Tätigkeit war, die ihr einfiel, um sich selbst am Grübeln zu hindern.

Er nahm ihr Bürste und Topf aus den Händen und setzte sich auf die Bank gegenüber. »Es war knapp, heute.«

»Konrad ist böswillig.«

»Und schlau. Das ist eine gefährliche Mischung. Kommt mit nach Bologna. Nicht heute oder diese Woche. Aber sobald etwas Gras über den Mord gewachsen ist.«

»Albrecht ... wartet auf mich.«

»Und was ist daran so großartig?«

»Und was sollte daran anders als großartig sein?«

»Lotta, komm. Er wird Euch totlangweilen.«

»Er hat für mich gelogen.«

»Wie ein Stümper. Jeder kann ihn oder uns gesehen haben. Solche Lügen sind schlimmer als die schlimmste Wahrheit.«

»Das Hexlein hat den Armen betört, ja? Werden sie das sagen?«

»Kommt mit nach Bologna.«

Und dann? Leben wie Isabeau? Als Hure? Oder schlimmer noch: als eine Ehefrau wie Isabeau? Mit einem Gatten wie Anselm, der darunter litt, daß sein Geist täglich stumpfer wurde, während die klügsten Geister Europas an den *universitas* ihren Geist an der Wahrheit rieben?

Albrecht würde das nichts ausmachen. Palač würde sie irgendwann hassen.

»Hat der Herr Magister Qualitäten, die mir entgangen sind?« fragte der Magister. Die Fältchen an seinen Augenwinkeln lagen tief und wurden von schwarzen Schatten belagert. Er lächelte, während er ihre Antwort erwartete, auf eine Art, die ihren Magen mit Steinen füllte. Es konnte nicht gutgehen. Auf die Dauer würde sein Lächeln dem Mangel an geistiger Anregung nicht standhalten. Er brauchte die Universität, auch wenn er es selbst nicht wahrhaben wollte. Er würde nicht wie Anselm enden, sondern an der eigenen Unruhe zugrunde gehen.

Und das weiß ich, dachte Carlotta, weil ich selber dabei bin, zugrunde zu gehen. Sie schaute auf seinen Mund, um seinen Blick zu vermeiden, ohne auffällig fortzusehen.

»Ich bedränge Euch, ja? Ihr solltet Euch schämen, so geduldig zu sein. Es gibt viele Orte, wohin Ihr gehen könntet. Kopisten sind gefragt. Ich könnte Euch Arbeit in Wien besorgen. Oder in Paris. Da bräuchtet Ihr nicht einmal die Sprache neu zu lernen.«

Nun schaute sie doch zu seinen Augen hinauf. Verdammte Zärtlichkeit. Verdammte Sehnsucht. Wie kam er dazu, ihr das Herz zu verletzen?

»Sus Minervam docet. Verzeiht, Carlotta. Noch immer zu geduldig. Natürlich wißt Ihr selber, was Ihr tun wollt. Irgendwann ...« Er lächelte sie an, mit diesem magenbeschwerenden Lächeln, das sie so schlecht vertrug. »... würdet Ihr mir irgendwann Albrechts Mysterium verraten?«

25. KAPITEL

Erstaunlich«, sagte Carlotta. »Eine Schildkröte läuft mit Achilles um die Wette. Dabei läßt er ihr drei Fuß Vorsprung, weil er ja zehnmal schneller läuft als sie. Wenn er die drei Fuß zurückgelegt hat, ist sie aber bereits ein Stück weiter, nämlich genau den zehnten Teil von drei Fuß. Wenn Achilles wiederum diese Strecke gelaufen ist, ist sie noch immer...«

»Es ist ein Lerchenfrühling«, sagte ihr Vater. Er saß in dem Polsterstuhl aus der Dachkammer und schaute durch die offenen Fenster einem Gänsejungen zu, der mit einem Stecken die widerspenstigen Gassengänse in Richtung Flußweide zu treiben versuchte. Auf seinem lichten Haar tanzten Sonnenflecken, und er lächelte.

»Achilles wird die Schildkröte niemals einholen«, sagte Carlotta. »Denn immer, wenn er den Punkt erreicht hat, an dem sie war, ist sie bereits ein Stück weiter.« Sie runzelte die Stirn. »Das ist falsch.«

»Tatsächlich?« meinte ihr Vater freundlich.

»Es hört sich so richtig an, daß man sich in den Gedanken vernarren könnte, aber es ist trotzdem falsch.«

Anselm hatte ein Buch auf den Knien liegen. Das über Abélard. Es lag schon seit dem Morgen dort, ohne daß er es geöffnet hätte, und er schien auch kein Interesse daran zu haben. Die Vergiftung hatte seinen Geist ins Reich der Kinder entführt.

Carlotta nahm ein Messerchen aus der Lederschlaufe, um die Feder zu spitzen. Ein Schatten verdunkelte eines der kleinen Fenster. Die graue Samtkatze sprang herein, wandte das Köpfchen in jede Richtung und stolzierte dann mit gespreizten Schnurrbarthaaren zu Carlottas Stuhl, wo sie sich an ihrem Rock rieb. Carlotta kraulte ihren Nacken. Das Kätzchen hatte Glück gehabt. Wahrscheinlich lebte es nur deshalb noch, weil es die Gelbe gegeben hatte, die umzubringen weniger Skrupel verursachte.

Wieso hatte Bertram überhaupt Arsenik besessen? War es vernünftig, anzunehmen, daß er es sich beschafft hatte, um seinen Pedell umzubringen? Aber welchen Vorteil hätte er dadurch gehabt? Außerdem ... Carlotta schüttelte den Kopf. Bertram war kein Mörder.

Dieser letzte Gedanke, diese Überzeugung, bereitete ihr Unbehagen. Weil sie sich nicht belegen ließ. Nur ihre persönliche Meinung, daß jemand wie Bertram jemanden wie ihren Vater nicht vergiften würde. Oder war es doch mehr als Intuition? Denn Bertram war ja selbst ermordet worden. Es gab also tatsächlich einen anderen, einen leibhaftigen Mörder. Und sollte man sich nicht mit dem Gedanken befassen, daß dieser Mörder auch den Mordversuch an ihrem Vater unternommen haben könnte? Nur – zu welchem Zweck?

Das Messer fuhr zu tief in die Feder, und sie warf ungeduldig beides von sich. Grübeln, Grübeln. Aber kein Gedanke, der sie weiterbrachte.

»Was ist denn, Lotta?« Ihr Vater legte das Buch beiseite, stand auf und hob die zerschnittene Feder vom Boden. Zärtlich gab er seiner Tochter einen Kuß auf das Haar. Sie hielt ihn zurück, als er wieder zu seinem Platz am Fenster wollte.

»Was wäre, wenn wir fortgingen?«

»Warum?« Er war ehrlich verwundert. Das gräßliche

Schauspiel vom Vortag war seinem verwirrten Verstand vollständig entflohen.

»Wir könnten nach Paris zurück. Dort gibt es auch eine Universität.«

»Paris!« Es brauchte keinen Sonnenschein, um sein krankes Gesicht zum Leuchten zu bringen. »Die Rue de Jacques – erinnerst du dich? Der Geruch von Leim und Farben? Die Rue Coupe Gueule. Das Collège de Sorbon – du weißt, da stand immer der Mann mit den gebackenen Käseküchlein. Und die herrliche Montaigne Sainte-Geneviève …«

»Und Isabeau«, ergänzte Carlotta bitter.

Das Lächeln erlosch. Anselm streichelte vorwurfsvoll ihre Wange. »Du darfst nicht so hart sein, Lottachen.«

»Bin ich nicht. Wollen wir nach Paris zurückkehren?«

»Das geht nicht. Wir haben nicht genügend Geld«, sagte er überraschend vernünftig.

Sie hatten aber doch Geld. Einen kleinen Berg Goldgulden, einen größeren mit Silberpfennigen, einige französische Münzen von früher, auf denen der schöne Philipp abgebildet war. Carlotta holte sie aus ihrem Versteck hinter dem Holzstapel unter dem Herd hervor. Die Münzen klimperten aus dem Bronzebecher auf die Tischplatte. Sie zählte und schätzte ab. Genug, die Reise zu bezahlen? Genug, eine Unterkunft zu mieten, bis sie Arbeit als Kopiererin gefunden hatte?

Grübelnd wischte sie die Münzen in den Behälter zurück und verbarg ihn wieder hinter dem Holz. Sollte man also fliehen? War ihr überhaupt etwas Unrechtes nachzuweisen? Stürzte sie sich und ihren Vater ins Unglück, weil sie nicht den Mut zum Standhalten aufbrachte?

Sie nahm den Kessel vom Haken und füllte ihn mit Wasser für den Fisch, den sie kochen wollte, denn gekocht werden mußte, selbst wenn der Himmel über einem zusammenfiel.

Machte sie sich wirklich nur selbst verrückt? Aber Palač hatte auch darauf gedrängt, daß sie Heidelberg verließ.

Carlotta sah, daß Josepha im Hof stand und ein Ziegenfell auf Cords Rahmen spannte. Sie lachte und antwortete auf etwas, das Cord ihr aus dem Haus zurief. Alles bestens, nur daß ihre Seidenhaube unordentlich gebunden war und ihre schwarzen Haare in fettigen Strähnchen darunter hervorlugten, und ihr Kleid hatte am Rücken einen Fleck. In Wahrheit war nichts mehr wie früher. Alles nur noch Schein.

Carlotta trat ins Freie und rief die Freundin zu sich in die Küche. Josepha mußte erfahren, unter welchem Verdacht sie stand. Das war sie ihr schuldig. Außerdem konnte man sich beraten.

»Und?« fragte Josepha, als sie fertig war.

Carlotta starrte sie an. »Was – *und*? Konrad von Soltau hat uns beide als Hexen benannt. Er ist – fanatisch. Er will uns etwas anhängen, und er hat sich schon ziemlich weit vorgewagt. Zu weit, als daß es noch totgeschwiegen werden könnte.« Das Wasser brodelte. Carlotta schob den Kessel am Schwenkarm an die Wand und setzte sich wieder. »Ich habe mir Gedanken gemacht, Josepha. Vielleicht werde ich mit meinem Vater nach Paris zurückkehren.«

»Und dort in der Gosse enden? Zwischen den Huren und Bettlern? Ach, Lotta.«

Besser in der Gosse als auf dem Scheiterhaufen, dachte Carlotta. Sie fühlte, wie ihr die Tränen in die Augen stiegen. Man kam sich vor wie in einem Alptraum. Das Verhängnis nahte, man wußte es und wollte warnen, aber niemand hörte zu. Sie nahm Josephas Hände.

»Ich kann Texte kopieren, und du weißt, wie man Frauen bei der Geburt beisteht. Du könntest deine Dienste anbieten.«

»Und wie sollte das aussehen, wo ich nicht einmal ihre Sprache spreche?«

»Das lernst du. Oder … wir gehen irgendwo anders hin. Nach Köln.«

»Ich bleibe hier.« Josepha stand auf, wobei ihr die Haube verrutschte. Sie machte keine Anstalten, sie wieder geradezurücken. Bevor sie ging, drehte sie sich noch einmal um. Ihr Gesicht wurde so weich wie früher, wenn sie von ihren Müttern und Säuglingen sprach. »Du. Du solltest aber fortgehen, Lotta. Du hast die Kraft dazu.«

»Ich hab' auch Kraft für uns beide. Für uns vier, wenn es sein muß. Sprich mit Cord.«

Josepha schüttelte starrsinnig den Kopf. Es war ein Alptraum, und die Regeln der Vernunft galten nicht mehr.

Carlotta sah ihr nach, wie sie die Küche verließ und wieder an ihren Spannrahmen zurückkehrte. Josepha hatte sich für einen eigenen Weg entschieden.

Die graue Katze hockte begehrlich zu Carlottas Füßen, als sie den Fisch kochte, und wartete auf den Abfall. Palač hatte gemeint, daß Bertram die Gelbe getötet hatte, um sie als Opfer für sein Experiment zu gebrauchen. Aber wurden die Opfer nicht während der Zeremonie umgebracht? Wie damals der Vogel? Was, wenn es bei der Gelben gar nicht um ein Opfer gegangen war? Sondern um …?

Carlotta dachte so angestrengt nach, daß ihr der Fisch aus den Händen sank. Hatte Benedikt sich nicht bei ihr nach dem Aussehen von Rattenpulver erkundigt? Ja, damals, als er krank gewesen war. Weil er und Bertram durch die Decke belauscht hatten, wie Palač von einer Arsenikvergiftung gesprochen hatte. Benedikt hatte sich nicht nur erkundigt, ob das mit dem Arsenik stimmte, sondern gefragt, wie das Pulver *aussah*. Was, wenn die beiden irgendwo, bei irgend jemandem, Arsenik gefunden hatten – oder etwas, das sie dafür hielten – und ihren Verdacht an der Katze nachprüfen wollten. Wenn das stimmte …

Carlotta zuckte zusammen. Die Katze jagte mit gekrümmtem Buckel unter dem Tisch hindurch. Jemand pochte lärmend an der Küchentür. Aber nicht Josepha oder die Scholaren, die hielten sich mit so etwas nicht auf.

»Buttweilerin!«

Die Stimme gehörte der Fischersfrau. Carlotta ging zur Tür und öffnete. Dort stand nicht nur das unangenehme Weib, drei Männer waren in ihrer Begleitung. Ein Holzkarren mit einem struppigen Esel wartete im Torbogen.

»Die Heimlichkeitsfeger«, erläuterte das Fischersweib. »Sie sagen, sie kriegen sechzehn Pfennige.«

»Und vier davon müssen von Euch kommen. Holt sie und laßt mich das andere regeln«, sagte Carlotta.

Die Männer stanken in ihren Arbeitskleidern fast so wie die Kloake selbst. Sie trugen Eisenschaufeln und schmierige Holzwannen bei sich. Josepha schaute durch die Tür und winkte herüber.

Die Männer werden den ganzen Tag zu tun haben, dachte Carlotta und beschloß, den Fisch vom Feuer zu nehmen und die Mahlzeit zu verschieben. Kein Mensch würde bei dem Gestank, der ihnen bevorstand, etwas herunterbringen.

Sie sprach kurz mit dem Führer der Kehrer und kehrte in die Küche zurück. Die graue Katze saß unter dem Tisch und nagte graziös an ihrem Fischkopf. Carlotta bückte sich zu ihr. Sie streichelte das weiche Fell.

»Wenn die Brüder bei jemandem Arsenik gefunden haben, dann wußten sie, wer meinen Vater umbringen wollte«, sagte sie, während draußen die Männer einander Anweisungen zubrüllten. »Aber warum haben sie nicht mit mir darüber gesprochen? Weil sie erst sicher sein wollten? Oder weil sie die Person mochten? Oder weil sie – starr nicht so vorwurfsvoll, es paßt zu Bertram – den Giftmischer erpressen wollten?« Vielleicht hatten sie sich mit dem Mörder in der Grotte verabredet, um Klarheit zu bekommen.

Carlotta ließ die Katze und machte sich daran, gedankenverloren mit dem Lappen über die Tischplatte zu wischen.

Oder einmal umgekehrt gedacht – was, wenn der Giftmischer Verdacht geschöpft und die beiden Jungen hinaus zur Heidengrotte gelockt hatte, um sie dort zu töten? Hätte man sie tot vor dem Stiergott gefunden – jedermann hätte vermutet, daß ihnen die Dämonen, die sie beschworen hatten, zum Verhängnis geworden waren. Hatte sie selbst ja auch erst geglaubt. Wenn es so gewesen war, dann mußte der Mörder jemand sein, der wußte, daß die Jungen Nigromantie trieben. Engte das den Kreis ein? Wußten die anderen Scholaren etwas? Josepha? Konrad? Ja, der auch. Er war Inquisitor. Der wußte sich über alles Informationen zu beschaffen. Aber warum hätte Konrad Anselm vergiften sollen? Oder warum hätte Josepha es tun sollen? Sie war keine Hexe. Da hatte die Sinsheimerin gelogen. Sie steckte selber im Netz.

Carlotta ging in die Stube. Sie hatte die Tür zur Küche verschlossen, aber die Gerüche drangen auch hierher, daß es einem den Magen umdrehte. Sie beschloß, zum Markt zu gehen. Brot zu kaufen anstelle des Fisches, den sie nicht kochen mochte.

Das Tanzhaus lag eigentlich nicht auf dem Wege. Carlotta hatte ein schlechtes Gewissen, als sie in die Haspelgasse abbog. Aber sie wollte Palač ja gar nicht stören oder ablenken. Auch wenn es sie drängte, ihre Vermutungen mit ihm zu besprechen. Sie wollte nur – kurz vorbeigehen.

Aus den Fenstern des Tanzhauses schallte Musik. Die Scholaren sangen. Nein, Goliardengegröle war das nicht, aber auch kein frommes Beiwerk zum Gottesdienst. Die Jungen sangen ein Lied in französischer Sprache. Mit mehreren Stimmen, die gegeneinander und durcheinander liefen und in bestürzender Sprunghaftigkeit Klänge bildeten, wie sie sie noch nie gehört hatte.

Carlotta blieb unter einem der Fenster stehen und lauschte verwundert. Das also war die *ars nova*? Sie verstand nichts von Musik. Sie staunte nur über die seltsamen Harmonien, die einem vor Fremdheit in den Ohren kratzten und doch so einschmeichelnd waren, daß es einem den Sinn verdrehte.

Ein Handwerker in einer Lederschürze ging mit seinem kleinen, runden Weib unter den Fenstern vorbei. Carlotta hörte ihn mäkeln, wie nutzlos es sei, daß die Gelder des Kurfürsten in den Singsang einer Horde Jungen gesteckt wurden.

Und ganz unrecht hatte er nicht.

Was dort im Tanzhaus stattfand, war viel zu gefühlvoll, um ernsthafte Wissenschaft zu sein. Von Rechts wegen hätte Magister Palač seinen Scholaren Intervalle diktieren und sie lehren sollen, über die Mystik der Zahlen in der Harmonielehre nachzudenken.

Die Sänger machten eine Pause. Carlotta hörte gedämpft Palač' Stimme, die etwas erklärte, und das Gelächter der Scholaren. Der Gesang begann von neuem. Sie wünschte, er wäre endlich mit dem Unterricht fertig, so daß sie mit ihm sprechen konnte.

Bertrams Tod hing mit dem Arsenikpulver zusammen, davon war sie inzwischen überzeugt. Und vielleicht auch mit der Bibel, die Benedikt bei sich getragen und so entschlossen umklammert hatte. Denn eine Bibel hatte weder bei einer Erpressung noch bei einer nigromantischen Beschwörung Nutzen. Und auch, wenn man manchmal geneigt war, es abzustreiten: Die meisten Dinge, welche die Menschen unternahmen, besaßen ihren Sinn.

Wenn die Jungen das unhandliche und zudem kostbare Buch mit sich geschleppt hatten, dann hatten sie sich dabei etwas gedacht. Und sie hoffte, daß Palač einfiel, was das wohl gewesen sein mochte.

Carlotta stellte ihren Strohkorb ab, lehnte sich gegen die

Wand des Tanzhauses und horchte wider Willen auf die französische Weise, die so sehnsuchtsvoll aus den Fenstern drang wie die erste verdrehte Liebe mit Herzflattern und Magenweh.

Facta: Zölestine war tot. Bertram war tot. Benedikt hätte es nach dem Wunsch des Mörders ebenfalls sein müssen. Damit wäre fast eine ganze Familie ausgelöscht worden. Nur Albrecht war unbehelligt geblieben, der blasse Magister mit den Eulenaugen und der liebenswürdigen Hilfsbereitschaft. Er hatte für Carlotta gelogen, um für sie zu bürgen, für die Zeit, in der Bertram getötet worden war ...

Man kann krank werden von diesem Lied, dachte Carlotta, während sie Palač' Stimme lauschte, die einen kurzen Teil der Melodie vorsang. Und wahrscheinlich war es gar nicht erlaubt, in einer Vorlesung französische Liebesweisen singen zu lassen. Die Jungenstimmen setzten wieder ein:

... baisezmoi ma douce amie,
par amour je vous en prie.
Et non ferai.
Et pourquoi?

Das war Palač. Er dachte zuviel, er fühlte zuviel.

Zölestines Bibel. Ein Wertgegenstand, auch wenn es sich um ein dünnes, unbebildertes Exemplar handelte. Hatte Bertram sie als Bezahlung mitgenommen? Aber bezahlen muß der, der erpreßt wird. Hatte etwa doch Bertram das Gift in Anselms Becher getan?

Carlotta konnte nicht denken, solange aus den Fenstern das Liebesweh schmolz.

Sie konnte doch denken. Daß eine Bibel nämlich mehr war als das geschriebene Wort des Herrn. Auf der ersten Seite von Zölestines Bibel hatte es eine Ansammlung von Familiendaten gegeben. Hatte das eine Bedeutung? Gab es etwas zu erben? Alles dünner Unfug. Die Rodes waren nach der Zahlung von Zölestines Mitgift arm wie die Kirchenmäuse gewesen. Deshalb hatte Zölestine ja den Unterricht der Jungen bestritten.

Und Bertram hatte sich vom Buchhändler ein Heft über die Statuten der Universität entliehen. Hatten die Statuten der Universität Heidelberg etwas mit der Familienbibel der Familie Rode zu tun? Was für Daten standen dort überhaupt? Geburten, Hochzeiten, Todestage ...

Geburtstage.

Die Daten, an denen in Bertrams Familie geboren und gestorben worden war. Und die Statuten der Universität.

Insuper ordinatum, quod singuli doctores, magistri ...

Wie eine Spinne fädelte sich ein kleiner, häßlicher Gedanke in Carlottas Nachsinnen. Nein. Das war ganz ausgeschlossen. Was für ein schäbiger Argwohn!

Carlotta preßte die Fingerspitzen gegen die Schläfe.

Ein Todestag und eine Geburt. Und die Statuten der Universität. Es würde Sinn ergeben. Eine Menge Verworrenes würde Sinn ergeben. Selbst Frau Rodes Typhuserkrankung. Möglicherweise sogar Zölestines Tod.

Ach, Palač, dachte sie unglücklich.

Man hatte ihren Vater töten wollen. Das verstand sie nicht. *Circulus vitiosus*. Aber sonst ... Der Kreis schien korrekt zu werden, wenn man die richtige Person ins Zentrum stellte. Erste Analytik des Aristoteles: *Der falsche Schluß entspringt der falschen Voraussetzung.* Sie war immer davon ausgegangen, daß Zölestine einer Leidenschaft zum Opfer gefallen war.

Benedikt hatte seine Bibel nicht zurückhaben wollen. Das war seine einzige heftige Äußerung gewesen, als sie ihn zu Christof gebracht hatten. Das Buch lag in Carlottas Stubentruhe. Wenn man nachschaute, mußte man einen Hinweis finden ...

Die Bibel lag tatsächlich oben auf den anderen Manuskripten und Kleidern und Laken, wo sie sie hingeworfen hatte, nach jener gräßlichen Nacht in der Grotte. Der Inquisitor hatte das Münchener Buch an sich genommen – die Heilige Schrift erweckte keinen Verdacht.

Carlotta schlug die erste Seite auf. Zölestines Geschlecht war jung. Knapp überflog sie die Daten von Wolfram Hasse, der es begründet hatte. Ihm war vom Schicksal nur ein einziger Sohn beschert worden, der ein Weib aus dem Heidelberger Kanzleiwesen geheiratet hatte. Der Sohn hatte es auf zwei Kinder gebracht. Albrechts Vater und ein Mädchen Friederika, die spätere Frau Rode, Zölestines, Bertrams und Benedikts Mutter. Alles sorgsam notiert. Dann die Hochzeit von Albrechts Eltern. Der Tod seines Vaters. Und richtig – Albrechts Geburt…

Carlotta schlug die Bibel zu und erhob sich wacklig auf die Füße.

Es war kein Beweis. Nicht vor einem Richter, der wollte und bereits entschieden hatte, daß Bertram durch die Zauberei einer Hexe gestorben war.

Carlotta horchte. Draußen zankte das Fischersweib mit den Heimlichkeitsfegern. Die Fischerin lebte schon ewig in Heidelberg. Sie war im passenden Alter und steckte ihre Nase in jedermanns Angelegenheiten. Vielleicht konnte man bei ihr nachfragen.

Carlotta ging hinaus in den Hof. Die Heimlichkeitsfeger schwangen ihre Schaufeln. Die Fischerin war dabei, mit Brettern den Brunnen abzudecken, und das war eine wirklich gescheite Maßnahme, denn der Dreck spritzte in jede Richtung.

Carlotta fragte sie nach Zölestines Familie. Ja, da hatte es tatsächlich einen Skandal gegeben. Aber das war schon ewig her. Und man hatte es vertuscht, wie bei den Reichen eben alles vertuscht wurde.

»Und bei den Armen«, sagte die Fischersfrau, »hätte es sowieso keine Rolle gespielt. Da kommen die Bälger, wie sie kommen.« Sie hielt inne und schüttelte bitter einen Klumpen Kot vom Rock. Oben in ihrer Wohnung mußten sich wenigstens ein halbes Dutzend Bälgerchen tummeln. Muffig schielte sie zu Carlotta. »Geschenke Gottes, ja? In Wahrheit sind sie ein Sack Steine auf dem Buckel. Ich hab' sieben am Tisch und fünf in der Erde und noch mal drei, die im Bauch gestorben sind. Und das waren die liebsten. Die anderen haben nichts als mir die Kraft aus den Brüsten gesaugt ...«

Die Fischersfrau warf einen verdrossenen Blick zur Galerie hinauf, wo die Tür zu ihrer Wohnung war. »Wenn sie groß genug sind, nützlich zu sein und Brot heranzuschaffen, dann taug' ich nur noch dazu, in der Ecke zu liegen und aufs Grab zu warten. Und sicher stehen sie da und jammern, daß es nicht schnell genug geht. Aber davon wißt Ihr nichts. Leute wie Ihr. Kriegen alles hinten hineingeschoben ...«

Das letzte klang wirklich gallig. Es gab auch nichts darauf zu sagen. Nicht von einer wie Carlotta, die sich über Achilles und die Schildkröte den Kopf zerbrach. Die Fischerin wandte sich patzig ab. Das Fenster zu ihren Geheimnissen klappte wieder zu. Ihre Stimme keifte über den Hof.

Und Carlotta beschloß, zur Heiliggeistkirche zu gehen.

Für die Möglichkeit, den Hauch einer Möglichkeit, einen geschriebenen Beweis zu bekommen, den selbst Konrad von Soltau anerkennen mußte.

Man mußte vorsichtig sein.

Carlotta ging die Kramergasse hinab, und plötzlich schoß ihr dieser Gedanke in den Kopf.

Der wonnigblaue Himmel, über den waghalsig die Vögel segelten, verspottete ihre Sorge. Der Jettenbühl war mit lindgrüner Farbe betupft, *Frohsinn* schrieben die Sonnenstrahlen in quirligen Buchstaben auf Hauswände und Kellerhälse. Und doch mußte man vorsichtig sein.

Drei Menschen waren ermordet wurden – Zölestine, ihre

Mutter und ihr Bruder. Und wenn der Mörder sich bedroht gefühlt hatte, wenn er befürchtet hatte, Carlotta könnte ihm mit ihren Nachforschungen gefährlich werden – dann bekam sogar der Giftanschlag auf Anselm seinen Sinn. Wenn man nämlich annahm, daß das Gift nicht für ihren Vater, sondern für sie selbst in den Becher geschüttet worden war.

Carlotta kam sich unter den geschäftigen Menschen auf der Straße plötzlich wie aussätzig vor. Mehrfach ertappte sie sich dabei, wie sie sich umblickte. Doch warum sollte man – warum sollte *er* – ihr folgen? Er wußte nicht, was sie selbst erraten zu haben glaubte. Es war nichts als ein Übermaß an verdrießlicher Phantasie, was sie ängstlich machte. Courage, Carlotta!

Auf dem Marktplatz herrschte buntes, lärmiges Treiben. Wortreicher Handel, unterbrochen von Scherzen und Gelächter – weil die Tage lang geworden waren und man sich freute, im Winter nicht verhungert zu sein. Vor dem Podest mit dem Schandpfahl hatte sich eine Gauklertruppe eingefunden. In ihrem Mittelpunkt ein zartes, braunhäutiges südländisches Mädchen mit Locken bis zur Taille, das zu einem Tamburin von einer weißen Hirschkuh sang.

Tjing, tjang, tarantantella,
hell das Auge, süß der Schritt ...

Ihr Aussehen war so hübsch wie ihre Stimme, und die Männer klatschten in die schwieligen Pranken.

Carlotta bahnte sich den Weg zur Kirchentür. Sie hatte erwartet, daß die Tür verschlossen sein würde. Und dann, als sie sie aufdrückte und hineinschlich, daß dort ein Magister oder zumindest ein Kleriker sein würde, der seinem Amt nachging. Aber die Kirche war finster bis auf die schmalen Lichtstreifen, die durch die bunten Glasfenster der Apsis auf den Altar fielen.

Die Tür fiel mit einem sachten Schnappen ins Schloß zurück.

Man mußte vorsichtig sein.

Hier, unter dem schwarzen Kirchengewölbe, war das kein vages Gefühl mehr, sondern eine Warnung, die tonlos von den Wänden hallte. Drei Menschen waren schon gestorben. Carlotta verhielt unschlüssig den Schritt. Keiner war ihr gefolgt. Die Kirche lag wie erstorben. Außer ihr selbst hielt sich niemand hier auf.

Sie ging einige Schritte. Der Altar lag im Licht des bunten Glases, aber der Rest der Kirche verschwand in Dunkelheit. Staub und Schatten.

Es war nicht viel, was sie tun mußte. Zum Presbyterium, die Truhe öffnen, das Buch holen, heim. Durch die Fenster drang gedämpft der Gesang des Tamburinmädchens und das Klatschen ihrer Verehrer. Sie war noch immer Teil der Welt.

Carlotta ging zum Altar. Hastig schlug sie ein Kreuz, umrundete den Altar mit der Christusstatue und kniete vor der Truhe nieder. Mit einemmal war es vollständig still. *Altum silentium.* Das Tamburinmädchen machte mit ihrem Gesang eine Pause.

Carlottas Hände flatterten – Feigling, krähte der mutigere Teil ihres Herzens –, während sie den Schlüssel für die Truhe suchte.

Als sie den Schlüssel ins Schloß steckte, hörte sie einen Schritt.

Mit angehaltenem Atem lauschte Carlotta.

Sie *bildete sich ein*, einen Schritt gehört zu haben. Irgendwo in dem hinteren Teil der Kirche, der so finster war, daß man nichts mehr erkennen konnte. In Wahrheit gab es noch immer kein Geräusch außer ihrem eigenen hastigen Atmen. *Merda*, dachte Carlotta derb.

Sie drehte den Schlüssel. Sie mußte die Augen zusammenkneifen, um in der Truhe etwas zu erkennen. Die Sonne schien sich hinter Wolken verschanzt zu haben. Die bunten Schatten der Heiligen auf der Altardecke verschwammen.

Aber sie fand das Immatrikulationsbuch. Es lag obenauf. Man hatte es also zurückgebracht. Man oder *er*?

Carlotta nahm es hastig an sich. Sie klappte die Truhe zu, ließ sie aber unverschlossen. Mit einemmal kribbelte die Furcht in ihrem ganzen Körper. Zölestine war mit dem Band ihrer Haube erdrosselt worden. Von hinten. Ohne die Möglichkeit, sich zu wehren.

O ja, *merda*! dachte Carlotta und wunderte sich selbst, warum sie nicht einfach losrannte.

Sie ging zur Tür.

Ihre Schritte hatten ein Echo. Das natürliche? Nein, ein schwaches, unregelmäßiges, das versuchte, sich anzugleichen. Sie war nicht allein.

Vielleicht hatte *er* sie auf dem Marktplatz gesehen? Und Schlüsse gezogen? Das Immatrikulationsbuch war verschwunden gewesen, damals, als sie Palač' Noten gesucht hatten. Vielleicht witterte *er* die Entdeckung. Die Nase des Gehetzten. Vielleicht belauerte er sie schon die ganze Zeit.

Carlotta lief die letzten Schritte. Sie drückte gegen die Tür. Nichts.

Das Holz gab nicht nach.

Carlotta klemmte das Buch unter den Ellbogen und drückte mit beiden Händen. Die Tür war verschlossen.

Sie war *nicht* allein. Entsetzt fuhr sie herum. Das Buch fiel aus ihren Händen. Zölestine war erdrosselt worden. Unwillkürlich tastete sie mit den Händen an ihren Hals.

Das spärliche Licht in der Kirche war erstorben. Die Sonne schien nicht mehr, und die Heiligen in ihren Glasfenstern waren mit den Wänden verschmolzen. Jede Säule im Mittelschiff konnte *ihn* verbergen.

Carlottas Augen huschten durch den Kirchenraum.

Sie hatte selbst einen Schlüssel. Aber um ihn zu benutzen, mußte sie sich umdrehen und ihren schutzlosen Hals darbieten. Vielleicht war es gerade das, worauf er wartete.

Sie tastete trotzdem nach dem Bund.

Aber *er* konnte ja gar nicht abgeschlossen haben. Der Pedell hatte einen Schlüssel. Die Dekane der oberen Fakultäten. Und der Rektor. Niemand sonst.

In ihrem Nacken drückte ein Holz. Der Riegel. Den konnte er vorgeschoben haben. Aber warum versuchte er nicht, sein Werk zu beenden, wenn sie nur ein Riegel von der Freiheit trennte? Dann war seine Zeit doch begrenzt.

Carlotta tastete mit einer Hand hinter sich. Der Riegel war tatsächlich verrückt, aber sie hatte die Kraft, ihn mit einer einzigen Hand zu verschieben. *Er* mußte ihre Anstrengungen doch beobachten. Warum kam er nicht?

Die Tür gab nach. Licht drang von außen in die Kirche und erhellte einen weiten Teil des Eingangsbereichs. Carlotta meinte, jemanden in der Tür zur Sakristei verschwinden zu sehen. Und nun? Leute hereinholen? Ihn stellen?

Sie war zu verwirrt, um zu entscheiden.

Er hätte sie töten können. Aber er hatte sie verschont. Und einmal hatte er ihr sogar geholfen. Mit weichen Knien bückte sie sich und hob das Buch auf.

Sie ging hinaus, wo sich der Himmel verdunkelt hatte. Plötzlich sah es nach Regen aus. Die Händler packten ihre Stände zusammen. Die Leute waren schon dabei, sich auf den Heimweg zu machen. Carlotta verkroch sich hinter dem Aufbau des Prangers.

Sie schlug das Immatrikulationsverzeichnis auf, die Seiten, auf denen die Einschreibungen des ersten Jahres verzeichnet waren.

Man konnte die Schrift kaum erkennen, weil die Streben des Prangeraufbaus zusätzliche Schatten warfen. Aber sie glaubte die feinen Spuren des Radiermessers zu sehen. Das leichte Zerfließen, dort, wo neu geschrieben worden war.

»Eh?«

Carlotta schrie auf, als sie plötzlich am Ellbogen gefaßt

wurde. Die Tamburinsängerin stand hinter ihr. Das Mädchen fuhr erschrocken zurück und deutete dann, als Carlotta keine Anstalten machte, ihr etwas zuleide zu tun, auf den Platz unter dem Pranger. Aha. Man wollte hier den Regen abwarten und vielleicht die Nacht verbringen, und sie versperrte den Zugang.

»*Merda!*« sagte Carlotta noch einmal nachdrücklich.

Sie hatte das Buch und die Bibel. In ihren Augen war der Beweis geführt. Aber gegen alle Vernunft war ihr auf einmal elend vor Mitleid.

26. KAPITEL

Es war kein Regen, es war kein Sonnenschein. Der Himmel hatte sich über dem Jettenbühl geteilt, als hätten sich Grau und Blau zerstritten, und dort, wo das Blau gesiegt hatte, prangte ein farbenprächtiger Regenbogen. Die Kramergasse gehörte zum blauen Teil. Ein Streifen Licht überzog die Dächer.

Carlotta trug das Immatrikulationsbuch. Palač sollte entscheiden. Wenn sie sich geirrt hatte − und sie hoffte, daß es so war −, würde es ihm auffallen. Sie war plötzlich schrecklich müde.

Hinten in der Gasse standen Menschen. Carlotta ging langsamer. Ihre Augen tasteten die Gebäude ab. Vorn das Haus des Nadlers mit dem giftgrün gestrichenen Schutzdach, dann kam das schmale mit dem Verschlag für die Schweine, das Erkerhäuschen, der erste Kellerhals ... Die Leute hatten sich vor dem Torbogen zu ihrem Hof versammelt.

Wegen Bertram? Weil es doch eine Anklage gab? Weil der Büttel schon an ihre Haustür geklopft hatte? Man lief nicht davon, wenn man einen anderthalb Zoll dicken Beweis der eigenen Unschuld in den Händen trug. Und das Immatrikulationsbuch war ein Beweis, es wäre sonderbar, wenn sie sich geirrt hätte.

Carlotta ging weiter, noch langsamer. Sie sah die Menschen gestikulieren. Die nette Frau von gegenüber hatte die Hände in die Hüften gestemmt und ließ sich von einer anderen Frau in einer Hörnerhaube die Ohren vollreden. Dort standen nicht nur Frauen, sondern auch Männer. Vielleicht war ein Unfall geschehen? Mit einem der Heimlichkeitskehrer?

Einmal Hexe genannt – und nichts war mehr wie früher. Die Furcht hockte ihr wie ein Drude im Nacken. Wir müssen doch fort, dachte Carlotta. Lieber in Paris betteln, als ... Man konnte sich doch nicht sein Lebtag fürchten, wenn die Leute zum Klatsch zusammentraten.

Die Frau mit der Hörnerhaube hatte Carlotta erspäht. Sie sagte etwas – und ein Dutzend Köpfe wandten sich um und starrten die Gasse hinab. Carlotta umklammerte ihr Buch.

Sie hatte mit einemmal das Gefühl, es wäre von immenser Wichtigkeit, nicht langsamer zu werden, auf keinen Fall zu zögern. Die Leute warteten und kommentierten flüsternd jede ihrer Bewegungen, und als sie sie erreichte, wichen sie zurück, als hätte Carlotta die Pest. Auch die nette Nachbarin, deren Namen sie schon wieder vergessen hatte.

Carlotta schritt durch den Torbogen.

Im Hof neben dem Brunnen stand Konrad von Soltau. Er kehrte ihr den Rücken zu und fiel ihr nur deshalb als erster auf, weil er in einem winzigen Zipfel Licht stand, dem letzten, der über die Dächer noch den Weg in den nachmittäglichen Hof gefunden hatte. Konrad sprach mit einem der Heimlichkeitsfeger. Die Fischersfrau stand bei ihm und nickte zu dem, was der Arbeiter sagte.

Carlotta schielte zu ihrer Küchentür. Es wäre wunderbar gewesen, hinüberzugehen und hinter sich abzuschließen und die ganze Gesellschaft sich selbst zu überlassen. Aber man durfte es nicht tun. Sie spielten ein Spiel mit seltsamen Regeln. Keiner hatte sie erklärt, sie waren von selbst offenbar. Und der Preis mußte hoch sein, denn Konrad ließ sich herab, mit einem Mann zu reden, dessen Arme von dem Dreck troffen, der sich in den letzten zehn Jahren im Abtritt ihres Hofes angesammelt hatte.

Hatte jemand Konrad zugeflüstert, daß sein Wild, die Hexe, gekommen war?

Er drehte sich zu Carlotta um. Oh, nicht nur die Fischersfrau hatte bei ihm und dem Heimlichkeitskehrer gestanden. Auch Magister Palač. Zwei Krähen auf einem Ast. Aber sie hackten einander die Augen aus – oder sie hätten es getan, wenn sie nicht beide die *universitas* besucht hätten und so unendlich wohlerzogen wären vor all dem dumpfen Volk.

»Buttweilerin!«

Konrad brachte es nicht fertig, zu reden, wie jedermann redete. Er hob die Arme und sprach mit einer kunstfertigen Resonanz im Bauch, wie der Gaukler auf der Bühne, damit man ihn noch auf dem letzten Platz verstand. Mit einer schwungvollen, bedrohlichen Drehung machte er ihr den Blick frei auf eine der Wannen, die die Heimlichkeitskehrer zur Arbeit mitgebracht hatten. Das sollte sie sich ansehen, ja?

Eine der Regeln war, daß man nicht lachen durfte. Nur Hexen lachten im Angesicht des Schaurigen. Und schaurig mußte es sein, was sich dort hinter der schimmligen Holzwand barg, denn jedes Murmeln verstummte, und die Fischersfrau verkniff so auffällig zufrieden ihren Mund, als hätte all ihre Bälgerchen in einem Augenblick der Schlag getroffen.

Carlotta trat näher. Sie beneidete Magister Konrad um das Tüchlein, das er sich vor die Nase pressen konnte. Welch ein erbärmlicher, magenziehender Gestank.

In der Wanne schwamm nicht der übliche Unrat des Abtritts. Man hatte sortiert. Carlotta sah grünlichbraun verschmierte Knöchelchen, sie sah mehrere Fetzen geschrumpelte, bläßliche Haut, Rückstände von Tuch, und in der Mitte der Wanne, wie der Schweinskopf auf dem Tableau der noblen Tafel, lag das schwammige, von Säuren zerfressene Köpfchen eines ehemaligen winzigen Menschleins.

Eines Säuglings.

Carlotta trat zurück. Jedes Tröpfchen Blut in ihren Adern fror. Dort hatten sie also ihr Ende gefunden, die armen gestohlenen Kinder vom Spitalsfriedhof. In der stinkenden Brühe ihres eigenen Abortes.

Ihr wurde bewußt, daß Konrad sie anstarrte.

Sie waren an einem entscheidenden Punkt seines Spiels angelangt. Die Regeln waren wichtiger denn je geworden. Sie konnte sich nur nicht mehr besinnen, wie sie lauteten. Es hätte jemanden geben müssen, der sie an der Hand nahm und ihr auseinandersetzte, was die Menschenreste in der Wanne bedeuteten. Der ihr ein Stichwort gab, was man von ihr erwartete. Aber man hatte sie zu Konrad auf die Bühne gestoßen und wartete darauf, daß sie einen Text sprach, den zu lernen sie niemals Gelegenheit gehabt hatte.

»Das Weib wird zu genaueren Untersuchungen festgesetzt«, sagte Konrad, als sie den Mund nicht aufmachte. Ein Mann der Scharwache – der mit der gebrochenen Nase, der damals Palač bei ihr abgeliefert hatte – wuchs plötzlich aus dem Boden. Hier wurden keine Hasen, sondern Schergen herbeigezaubert.

Carlotta wollte nicht zu Palač blicken. Es graute ihr davor, in seinem Gesicht womöglich wie in einem Spiegel ihre eigene Angst zu erkennen. Und wahrscheinlich verstieß sie damit auch gegen eine der Regeln des Spiels.

Der Scharwächter knurrte. Man behinderte ihn bei der Arbeit. Das Immatrikulationsbuch hinderte ihn. Konrad wollte es an sich nehmen. Aber das durfte nicht sein. Das wäre ein Minus im Spiel. Carlotta schob es hastig in Palač' Hände.

»Die Daten«, flüsterte sie. Es ließ sich nicht vermeiden, ihn doch noch anzuschauen. Er war schockiert. Der Inhalt der Holzwanne mußte schreckliche Bedeutung haben. Seine lächelnden Lippen waren grau.

Ach Konrad, wie froh ihn das machte. Man konnte ihm zutrauen, daß er selbst die Kinderleichen im Abort versenkt hatte, nur um diesen Augenblick zu erleben.

Dann ratschte Metall über Carlottas Haut. Ein böses, lebendiges Gefühl. Es schien, als würden die Zuschauer mit einem Zauberstab berührt – sie sprachen wieder und kommentierten lautstark ihren Auftritt.

Schlecht gemacht, Carlotta Buttweiler. Hat jemand Tränen gesehen? Kein Gefühl für das arme Kindelchen. Und überrascht war sie auch nicht gewesen. Hatte sich angestellt, als hätte sie längst gewußt, was in der Wanne lag, hatte sie doch, oder? Wo kam sie gleich her? Aus Frankreich? Jedenfalls aus der Fremde.

Der Regenbogen war am Zerfließen. Der Himmel glühte auf. Er wurde mit blinder Gerechtigkeit, grau wie blau, von der Abendsonne versengt. Nur in der Gasse wurde es bereits dunkel.

Am Ende war die Zelle der Sinsheimerin ein Ort erstaunlicher Ruhe.

Man hatte vom Hexenturm Ausblick auf die Peterskirche mit ihrem weitläufigen Stadtfriedhof. Im Schatten der Kirchenapsis, umgeben von geharkten Wegen, feierten die Gedenksteine der reichen Heidelberger Bürger ein vertrauliches Fest, aber auch die Holzkreuze hatten es hübsch auf dem Rasen mit den bunten Frühlingsblumen. Der Zaun, der den Friedhof umgab, war mit gelber Farbe gestrichen. Freundliche Leute, die Heidelberger.

Der Stadtgraben zwischen Kirche und Stadtmauer stank jämmerlich, das ließ sich nicht ändern, aber die Nase hatte ja Gelegenheit, sich daran zu gewöhnen.

Carlotta brachte die ganze Nacht und fast den ganzen folgenden Tag sitzend auf der gemauerten Steinbank ihrer Zelle zu und schaute zum Friedhof. Wenn man aufstand und das Gesicht an das Gitter in der kleinen Fensterluke preßte und dabei den Hals ein wenig verdrehte, konnte man sogar den Judenfriedhof liegen sehen, aber dort gab es keine Blumen. Der Petersfriedhof war der angenehmere Ausblick.

Carlotta hatte es gut. Sie mußte nicht frieren, wie die Sinsheimerin, denn es war Frühling. Sie wurde auch nicht durch Unwetter geschreckt. Zum Mittag hatte man ihr eine Schüssel mit zerkochter Hirse gebracht, die sie aber stehenließ, und vielleicht war auch das mehr, als man der Sinsheimerin gegönnt hatte. Immerhin war sie die Tochter des Pedells und unterstand der Gerichtsbarkeit der Universität.

Langsam ging es auf den Abend zu, und wieder gab es einen gleißenden Himmel zu bestaunen.

Sie werden kommen, dachte Carlotta. Man muß sich zusammenreißen und nachdenken. Sich überlegen, wie man sich verteidigen kann. Sie hatte erwartet, daß Palač sie besuchen würde, um ihr zu erklären, was warum sich wie ereignet hatte und was man unternehmen könnte. Daß er fernblieb, drückte sie schlimmer nieder als das Gitter aus Schatten, das die Sonne auf den Steinboden malte.

Sie bekam dann doch noch Besuch, aber leider nur von Moses. Es war schon spät, und die Zelle lag im Zwielicht. Er huschte mit einem Korb unter dem Arm zu ihr hinein und blieb stehen, bis ihr Kerkermeister die Türe wieder verriegelt hatte. Verlegen hielt er ihr den Korb hin, in dem sich ein mit einem Tuch bedecktes Schüsselchen befand.

»Getrocknete Apfelringe«, sagte er.

»Von Josepha?«

»Von uns. Josepha ist weg.« Moses suchte etwas zum Sitzen, fand natürlich nichts und ließ sich auf dem kahlen Boden nieder, den mageren Rücken an den Steinen.

»Josepha ist weggelaufen?«

»Ja, und ihr Mann auch. Und Friedemann sagt, das ist, weil sie eine Hexe ist, und der Böse selbst hat sie vor den Häschern gewarnt, wie er ihr auch eingegeben hat, die Kindlein zu kochen. Und jetzt mußt du es ausbaden.«

»Sie hat ... *was*?«

»Gekocht. Magister Konrad sagt, die Leichen sind gekocht worden, um daraus Hexensalbe zu bereiten. Und du hättest es mit ihr getan.«

Moses war ein großer Junge. Die Tränen, die ihm plötzlich dick die Wangen herunterperlten, waren ihm zutiefst peinlich.

»Was sagt mein Vater dazu?« fragte Carlotta.

»Der redet ...« Moses schluckte vor Verzweiflung, daß sein Adamsapfel rollte. »... von Paris. Wir haben ihn mit gewärmten Ziegelsteinen zu Bett gebracht. Friedemann sagt, er wird schon wieder. Er hat einen Kräuteraufguß gekocht, wie früher seine Mutter, als er noch in Ladenburg wohnte. Wollte der Pedell aber nicht trinken. Hat er aber nachher doch.«

»Großartig. Na, das ist doch gut. Eh, Moses, ihr seid mutig, Friedemann und du. Wieviel Courage zeigt Magister Palač?«

Ein Grinsen huschte über das verschmierte Gesicht. »Der kann eine Menge dreckiger Ausdrücke.«

»Tatsächlich.«

»Und was er auf tschechisch gesagt hat ...« Das Grinsen verblaßte. »Ich glaub', er hat den Magister Konrad sehr wütend gemacht.«

»Ja, so was kann er großartig.«

»Sie sollen sich hinterher noch furchtbar gestritten haben. Aber Friedemann sagt, daß er sich so aufregt, heißt nur, daß er weiß, daß er nichts erreichen kann.« Ängstlich wartete Moses auf Widerspruch.

»Und wo ist Palač nun?«

»Weg.«

»Was heißt das?«

Die Schultern rieben am Stein, als Moses sie hochzog. »Friedemann sagt, daß er nicht am Gericht – wenn es überhaupt ein Gericht gibt ... ich mein', das weiß ja noch keiner ...«

»Es wird eines geben«, sagte Carlotta.

»Dann darf er nicht mitreden«, meinte Moses niedergeschlagen. »Weil er ja nur die Freien Künste unterrichtet, nichts in den höheren Fakultäten. Und da hat er sich selbst ein Bein gestellt, sagt Friedemann.«

»Aber Marsilius ...«

»Der ist doch auch weg. Mit den Rotuli zum Papst. Vorgestern in der Früh aufgebrochen.« Moses gefiel sich gar nicht in der Rolle des Unglücksboten. Traurig schaute er zu ihr hoch.

Auf der gewendelten Turmtreppe knallten schon wieder die Stiefel. Carlotta beugte sich zu dem Jungen. »Geh an die Truhe in der Stube. Da liegt eine Bibel. Nimm sie und schieb sie hinter das Holz unter dem Küchenherd. Und wenn Palač kommt – falls er kommt –, sag ihm, er soll die Daten vergleichen. Mit den Immatrikulationseintragungen vom ersten Universitätsjahr. Kannst du dir das merken?«

»Ja.«

Die Schlüssel rasselten am Schlüsselbund.

»Aber zu niemand anderem sprichst du davon«, flüsterte Carlotta hastig. »Nicht zu Friedemann. Zu überhaupt keinem. Und verrätst auch niemandem, wo du die Bibel versteckst.«

»Und das hilft dir?«

Carlotta dachte nach. »Nein, wahrscheinlich nicht.«

Sie bekam noch einen zweiten Besucher. Später, als der Wächter durch die Gassen lief und dazu aufrief, die Herdfeuer abzudecken.

Sophie bückte sich unter der niedrigen Tür hindurch. Sie brachte keine Apfelringe, dafür eine warme Decke und Nachrichten. Nein, wo Palač steckte, wußte sie nicht. Aber daß er am Abend zuvor – Himmel, war das alles wirklich erst einen Tag her? – beim Kurfürsten gewesen war.

Sophie rieb sich die Waden, denen das Treppenklettern nicht bekommen war, und blickte mit schiefem Kopf auf die Gefangene, die neben dem Fensterchen saß.

»Beim Kurfürsten war er?«

»Ja. Zum Bitten und Betteln. Und ich kann nicht behaupten, daß es mich freut, dabeigewesen zu sein. Ein Jammerbild, Carlottchen. Der Herr Jurist hat nicht das Kreuz zum Kriechen. Die Geste der Demut – wie soll ich sagen – mißlang aus einem völligen Mangel an Talent. Und gerade deshalb schmerzte sie besonders. Canossa wurde in den Schatten gestellt. Die Hofschranzen haben sich vor Freude in die Hosen gepinkelt!«

»Zu welchem Zweck? Ich meine, was wollte Palač mit dem Besuch erreichen? Nach dem Skandal gestern abend in meinem Hof *kann* der Kurfürst ihm gar nichts mehr zugestehen. Der Prozeß *muß* stattfinden.«

»Ja.« Sophie schwieg und leckte sich gedankenverloren die Lippen. Ihr weißes Haar glänzte in der einsetzenden Dunkelheit. Ihre Augen glitzerten. Wie töricht, daß man alten Frauen den Verstand absprach. »Wenn ich es recht bedenke«, murmelte die alte Dame, »hat der Tscheche auch kaum vom Prozeß gesprochen. Es ging ihm vor allem um die Erlaubnis, nun doch noch Römisches Recht lehren zu dürfen.«

»Um das Dekanat der Juristen zu bekommen? Sophie, selbst wenn man ihm das zugeständde: Konrad würde dafür sorgen, daß er im Gerichtsgremium keinen Einfluß bekäme.«

»Das stimmt«, murmelte Sophie. »Ich hatte auch den Eindruck, daß es ihm hauptsächlich um die Einführungsdisputation zu tun war.«

27. Kapitel

Es vergingen zwei Tage, deren einzige Unterbrechung in den Mahlzeiten und einem Begräbnis auf dem Petersfriedhof bestand.

Palač blieb fort.

Vielleicht hatte Konrad erreicht, daß seine Gefangene von niemandem mehr besucht werden durfte. Vielleicht hatte aber auch keiner mehr den Mut dazu. Carlotta zeichnete mit einem abgebröckelten Steinblöckchen einen Kreis an die Wand, die ihrer Bank gegenüberlag. Die Figur gelang nahezu perfekt, und sie zeichnete ein gleichseitiges Dreieck hinein, dessen Spitzen ein wenig über die Kreislinie herausragten. Nach ihrer Meinung mußte der Kreis den gleichen Umfang haben wie das Dreieck. Sie hatte eine Seite des Dreiecks halbiert, die neu gefundene Strecke wieder halbiert und dann die Linie zwischen dem Umkreismittelpunkt und dem neu gefundenen Punkt, den sie mit einem hübsch geschwungenen E versehen hatte, um ein Viertel verlängert. Damit hatte sie den Radius eines Kreises gefunden, von dem sie alle Ursache hatte zu glauben, daß sein Umfang dem des Dreiecks entsprach. Denn wenn sie irgendeinen Punkt rechts oder links von E nahm ...

Es war dummes Zeug. Es diente der Ablenkung. Aber am

Ende würde der Kerkermeister ohne das obligatorische Stückchen Brot in der Tür stehen, dann spielten alle Kreise und Dreiecke keine Rolle mehr.

Carlotta hatte die Nacht durchwacht. Jetzt wartete sie, während draußen ein nebliger, kalter Morgen begann.

Sie nahm an, daß die Sinsheimerin auf gerade dieser Bank gesessen hatte, als sie sich mit dem Fetzen ihres eigenen Rocks umgebracht hatte. Es war kein schönes Gefühl.

Plötzlich meinte sie ein Geräusch zu hören. Carlotta horchte. Das waren Schritte, die die Wendeltreppe herauftappten. Zu früh für das Brot. Man meinte immer, es könne nicht geschehen. Und vielleicht war sie eine Närrin gewesen, es der Sinsheimerin nicht gleichzutun.

Schlüssel rasselten.

Der Mann, der sie holte, war ihr unbekannt. Ein häßlicher Kerl, unter dessen blauer Schecke krumme Beine steckten. Mürrisch schloß er ihre Handgelenke wieder in die Eisen. Carlotta warf einen letzten Blick auf ihren schönen Kreis. Sie hätte gern mit dem Mann gesprochen, aber alles, was ihr einfiel, war, daß der Umfang des Dreiecks, das sie gezeichnet hatte, mit dem des Kreises übereinstimmen mußte.

Sie wollte nicht aus der Tür und blieb stehen. Der Mann schnalzte ungeduldig mit der Zunge.

»Wohin bringt Ihr mich?«

»Maul halten!« Er sah übernächtigt aus. Vielleicht hatte er daheim auch Bälgerchen, die ihm die Ruhe stahlen. Bitter, schon so früh am Morgen um eine Hexe geschickt zu werden.

Die Heidelberger Straßen waren leer. Nur hier und da trafen sie eine Magd, die um Wasser lief und Carlotta und ihrem Begleiter neugierig nachstarrte. Ein stubsnäsiges Ding schlug erschreckt ein Kreuz.

»Zur Burg?« fragte Carlotta, als sie die Gasse zum Kettentor einschlugen.

Die Antwort bestand aus einem schmerzhaften Ruck an ihren Handfesseln. Müde Männer vertrugen kein Geschwätz.

Das Burgtor stand bereits offen, und wo bei ihrem letzten Besuch Schnee gelegen hatte, schwammen jetzt Pfützen auf dem gepflasterten Stein. Sie schritten an der Torwache vorbei, die sie vorüberwinkte.

Auf dem Burghof warteten Scholaren. Was sollte das? Ein Festakt? Carlotta starrte verwirrt zu den kleinen Grüppchen hinüber, die ihrerseits aufmerksam wurden.

Der Mann, der sie führte und bewachte, war an Aufsehen gewöhnt. Er kümmerte sich nicht um die Gaffer. Sein Ziel war die Tür neben dem Metzelhaus. Es gelang Carlotta gerade noch, Friedemanns große Gestalt in der wartenden Gruppe auszumachen, dann wurde sie durch das Loch gezerrt. Die Tür blieb offenstehen, weil der Mann keine Fackel bei sich trug.

»Runter, Frau!« blaffte er sie an, als sie schon wieder zögerte, ihm zu folgen.

Die Zelle, in der bei ihrem letzten Besuch der Mann in seinen Fesseln gehangen hatte, war leer.

»Weiter!« Sie stolperte, als ihr Wächter, dem sie zu langsam war, an ihrer Fessel zerrte. Die letzten beiden Stufen fiel sie, und der Mann wartete übel gelaunt, bis sie wieder auf den Füßen war.

Es ging in den großen, in den schrecklichen Raum. Carlotta war froh, daß vom Tageslicht fast nichts bis hierher reichte. Die Gerätschaften, mit denen die Wahrheit ans Licht gezerrt werden sollte, lagen im Dunkeln. Sie zog sich an die äußerste Wand zurück, und ihr Wächter lehnte sich neben die Tür.

Er schloß sie nicht ein. Er ging nicht fort.

Conclusio?

Carlotta schloß die Augen. Sie hätte den Verstand der Sinsheimerin haben sollen. Ihr war der Schweiß ausgebrochen, daß ihr von einem Moment zum nächsten das Wasser unter den Achseln perlte.

Still lauschte sie auf das Pochen des Blutes in ihren Ohren. Sie würde es nicht aushalten. Manche beharrten auf ihrer Unschuld. Nicht Carlotta Buttweiler. Sie würde bei dem kleinsten Schmerz gestehen, und wahrscheinlich sogar schon früher.

Durch die geschlossenen Lider spürte sie, wie es heller wurde. Nicht so schnell, dachte sie. Entsetzt schloß sie die Lider fester.

»Carlotta?«

Das war − Palač' Stimme. Carlotta wurde es weich in den Knien.

»He, he!« Der Wächter protestierte. Mit halb geblendeten Augen sah Carlotta, wie er dem Magister den Weg versperrte. Dann stutzte er plötzlich. Er gab die Tür frei.

»Tut mir leid, Herr. Ihr habt mich geblendet. Ich hatte Eure Kleider nicht erkannt. Ich dachte, es soll erst nachher sein? Es hat geheißen, wenn oben die Versammlung vorbei ist. Jetzt ist auch noch gar nichts vorbereitet.«

Palač drängte sich an ihm vorbei. Er blieb vor Carlotta stehen, die Fackel in der Hand, und beschien verstört ihr Gesicht.

»Der Knecht ist auch noch nicht da«, murrte der Wächter. »Und das peinliche Befragen gehört nicht zu meinem Geschäft.«

»Niemand befragt hier jemanden.« Palač drehte sich um, die Fackel in seiner Hand bebte. Er suchte mit der verkrüppelten Hand in seinem Talar und fischte etwas heraus. Geld? Es wechselte den Besitzer. »Warte draußen.«

»Ich glaube ... seid Ihr auch wirklich einer von den Magistern?«

»Ja, und laufe nicht mit ihr davon.« Ein weiterer Pfennig erschien in seiner Hand.

417

Knurrend nahm der Kerkermann ihn an sich und verschwand auf der Treppe, wo sie ihn rumoren hörten.

»Der Bastard!« Palač suchte nach einem Rohr, um die Fackel festzustecken, fand keines und lehnte sie kurzerhand in eine Ecke. »Ich wußte das nicht, Carlotta. Es tut mir so leid...« Er nahm sie in die Arme und drückte sie so fest, daß ihr kaum noch Luft zum Atmen blieb. Abrupt ließ er sie wieder los. Er nahm ihre Hände. »Keine Angst...«

Ein guter Vorschlag. In dieser Umgebung.

Der Wächter schaute durch die offene Tür, und Palač knurrte ihn grimmig an zu warten. »Ich dachte, Konrad wäre zu abgelenkt... Der Dreckskerl, er wollte sichergehen, daß ich dabei bin. Deshalb hat er die Disputation abgewartet. Deshalb hat er sie überhaupt erlaubt.«

Carlotta verstand kein Wort.

»Es wird nicht dazu kommen«, sagte Palač.

»Warum?«

»Ich habe die Bibel und die Immatrikulationsdaten verglichen.«

Das war schon gut. Aber... es gab so viel zu fragen. Der Wächter nahm den Kopf gar nicht mehr aus der Tür. Mit Hexen spaßte man nicht.

»Komm!« Palač winkte dem Mann, näher zu treten. Er wirkte gehetzt. »Wie ist dein Auftrag?«

»Die Hexe herbringen und warten, bis die Befragung...«

»Hier in diesen Raum?«

»Natürlich. Das peinliche Befragen...«

»Ich meine, mußt du gerade hier mit ihr warten?« Wie durch Zauberei lagen wieder Münzen in Palač' Hand. Diesmal keine Pfennige. Das Licht der Fackel brach sich in milchig gelbem Gold.

Der Wächter stieß verblüfft die Luft aus.

»Neben dem Festsaal des Kurfürsten gibt es doch sicher Gesinderäume«, drängte Palač. »Zum Essenauftragen.«

»Na ja, es gibt da tatsächlich so was wie eine Kammer. Hinter der Galerie. Da legen die Musikanten ihre Mäntel und Instrumente ab.«

»Bring die Frau dorthin. Nur bis zum Ende der Versammlung. Niemand wird etwas merken.«

Das Gold strahlte und lockte. Soviel verdiente der Wächter wahrscheinlich in zwei Jahren nicht. Er rang mit sich.

»Sie ist dort so sicher wie hier. Du bleibst ja bei ihr.«

»Tja«, murmelte der Wächter. »Sind denn noch Leute draußen im Hof?«

Der Festsaal war bis zum hinteren Ende mit Bänken besetzt, auf denen die Scholaren saßen. Gähnend, schwatzend, kichernd, mit glänzenden Tonsuren, der Rabennachwuchs. Carlotta spähte durch den Schlitz im Vorhang. Sie mühte sich, mit ihren Fesseln kein Geräusch zu machen, damit ihr Wächter ja nicht in Panik geriet und sie wieder in das Loch schleppte.

Niemand achtete auf die Galerie. Die Scholaren saßen mit dem Rücken zu Carlotta, und ihre Aufmerksamkeit richtete sich nach vorn, wo ein langer Tisch aufgestellt worden war.

Das Fenster zum Hof stand offen. Es roch nach frischem Zimtgebäck. Das konnte einen umbringen, dieser Geruch nach Zimt und frischem Kuchen.

Unten geschah etwas. Ruprecht betrat den Saal. Es war, als ginge ein Zauberstab über die Scholaren – sie verstummten. Ehrfürchtig sahen sie ihrem Fürsten zu, der leutselig genug war, eine Versammlung ihrer Universität zu besuchen. Sein Blondhaar ringelte sich in feinen Löckchen auf eine prächtige, violette Heuke. Der Bart mit den beiden Spitzen war durch Eiweiß und Brenneisen in anmutigen Schwung gebracht.

Konrad von Soltau, der mit dem Kurfürsten den Saal betreten hatte, belächelte das Bild der staunenden Scholaren. Die anderen Magister drängten hinter ihm durch die Tür und nahmen am Tisch Platz. Als letzter kam Jovan Palač.

Er lächelte nicht. Sorgsam schloß er die Tür. Sie sah, wie er heimlich zur Galerie schielte, und bewegte gerade so viel, wie sie sich traute, die Vorhangfalten. Er nickte leicht. Ein Lächeln war ihm auch jetzt nicht zu entlocken. Nicht die rechte Zeit für Fröhlichkeit.

»Wenn sie dich bemerken, bist du wieder unten«, brummelte der Wächter.

Carlotta sah erst jetzt, was ihr im Kerker nicht aufgefallen war: Palač trug statt des üblichen Talars ein kostbares, seidengefüttertes Prachtgewand, das in weichen Falten über seine mageren Schultern floß. Er setzte sich auch nicht, wie die anderen Magister, sondern blieb seitlich des Tisches stehen. Es ging also offenbar wirklich um seine Einführungsdisputation. Das würde auch die große Zahl der anwesenden Scholaren erklären.

Die Männer murmelten miteinander. Der Kurfürst setzte sich in seinen blauen Stuhl und stützte das Kinn auf die Faust. Konrad erhob sich.

Er hatte den Platz des präsidierenden Magisters in der Mitte des Tisches inne, was ihm als rangältestem Theologen in Marsilius' Abwesenheit wahrscheinlich zustand. Er hob die Hand, um Ruhe zu erbitten. Die Scholaren hörten auf zu wispern. Feierlichste Zeremonie. Da benahm man sich.

Carlotta sah Palač' Rücken, erkennen konnte sie nicht viel. Er mußte seine Hand – die verkrüppelte, davon war sie überzeugt – in Konrads Rechte gelegt haben, um den Eid zu leisten. Sie hörte ihn sprechen:

»*Item faciet fidem, quod promotus sit in studio privilegiato ad doctoratum in altero iurium et quod in tali insignia recepit doctoralia. Item quod servabit* ...« Er kannte den langen Text auswendig. Und er sollte niemals etwas anderes tun, als gelehrte lateinische Gedanken zu äußern, dachte Carlotta zusammenhanglos. Wer hätte das Herz, einen Fisch aus dem Wasser zu locken?

»... *Item quod faciat actum aliquem solemnem ante ipsius receptionem iuxta consuetudinem facultatis, nisi aliter facultati fuerit visum.*«

Treue also der *universitas*. Der Kurfürst grunzte, als Konrad salbungsvoll als Antwort auf den Eid die Aufnahme in die Rechtsfakultät aussprach. Er sah zufrieden aus. Der Aufrührer war zu Kreuze gekrochen, der Heumarkt war gesühnt. Palač nahm den Platz bei den Magistern ein und wartete.

Eine längere, auf deutsch gehaltene Lobrede auf den jungen Kurfürsten folgte. Ein Dank mit zahllosen Wiederholungen, daß er der Universität durch die Überlassung der Judenhäuser so gnädig beigestanden hatte. Konrads Lächeln kam von Herzen. Und nun würde der frisch eingeführte *doctor decretorum* aus Prag seine Disputation halten. Er winkte ihm huldvoll zu.

Die Ketten an Carlottas Handgelenken wogen plötzlich doppelt schwer. Konrads Lächeln war das eines Siegers. Was konnte Palač tun, außer seine Disputation in die Ewigkeit zu verlängern?

Er stand auf und trat vor den Tisch.

Er hatte Angst.

Carlotta wußte das.

Sie sah sein Rückgrat, das sich kantig unter dem Stoff abzeichnete. Wenn es in seinem Kopf zuging wie in ihrem, würde er sich nicht einmal mehr an seinen Namen erinnern. Was hatte er vor?

»Ich nehme mir die Freiheit, deutsch zu sprechen.« Palač verneigte sich andeutungsweise vor dem Kurfürsten. Eine kluge Einleitung, denn der Kurfürst war der lateinischen Sprache nicht mächtig, und für Langweiler gab es keine Sympathie.

Konrad nickte bereitwillig. »Euer Thema?«

»Quaesitum ...« Palač zögerte, als hätte er beim Formulieren Schwierigkeiten. »Ist es dem menschlichen Intellekt möglich, über die Intelligenz der dämonischen Geister zu triumphieren?«

Die Scholaren merkten auf. Dämonen waren besser als das Schisma oder die Frage nach der Autorität eines Konzils. Manchmal kamen gruselige Details.

Konrad von Soltau beugte sich auf dem Stuhl vor. Keine Herablassung mehr. Die hellen Augen lauerten wie die des Fuchses im Fangeisen. »Ihr wollt...«

»... die Frage aufwerfen, ob es dem menschlichen Intellekt möglich ist, über die Intelligenz der dämonischen Geister zu triumphieren. Ja.«

»Eine sonderbare Quaestio.«

»Nicht sonderbarer als das meiste, was zu diesem Zweck vorgetragen wird.«

»Ihr hattet keinen Respondenten genannt.«

»Ich wußte nicht, daß Ihr einen wünscht.«

»Nach dem achten Buch des Aristoteles – selbstverständlich. Diese Disputation findet ohne Respondenten nicht statt.«

»Dann bitte ich *Euch*, dieses Amt zu übernehmen.«

Konrads Augen gerieten zu Schlitzen. Der Sieg war zu schnell und zu billig. »Die Frage, die Ihr aufwerft, ist durch Erfahrung geklärt, man braucht sie nicht zu disputieren.«

»Da sie Euch zu so heftigem Widerspruch reizt, scheint sie mir im Gegenteil wunderbar geeignet.«

»Anzunehmen, daß höllische Geister vom menschlichen Verstand nicht überführt werden können, hieße die Einrichtung der Heiligen Inquisition in Frage zu stellen.«

»Ihr setzt die *conclusiones* vor die *quaestio*. Und...« Palač senkte die Stimme. »... laß das sein, Konrad, dieses Wedeln mit den Daumenschrauben. Ich vertrage das nicht.«

Konrad lehnte sich auf seinem Stuhl zurück. Über seinem Mund stand eine feine weiße Linie.

Palač ließ von ihm ab. Sein Blick ging über die Schar der

Scholaren, die verwundert auf ihre Magister schauten. »*Supposita*, meine Herren, oder vielmehr: *exempla docent.* Ich möchte die Quaestio durch ein Beispiel veranschaulichen. Eine Frau wird als Hexe angeklagt.« Er stockte. Er vermied es, zu Carlotta hochzuschauen, aber sie wußte, daß ihre Anwesenheit auf ihm lastete. Vielleicht wäre sie doch besser im Keller geblieben. »In einem Städtchen wie diesem Heidelberg, friedlich und langweilig«, fuhr er fort. »Aber plötzlich geschehen sonderbare Dinge. Säuglinge sterben bei der Geburt, Mütter sterben im Kindbett. Ein Unwetter bricht herein. Und – schrecklicher Höhepunkt: Aus den Gräbern des Friedhofs werden die Leichen verstorbener Kinder gestohlen.«

»Nicht zu vergessen: Einem Scholaren wird der Schädel eingeschlagen«, preßte Konrad durch die Zähne.

»Und Ihr vergeßt, daß Ihr der Respondent sein wollt. Schwierig, ich verstehe. Man kann nicht präsidieren und gleichzeitig im Getümmel wühlen.« Palač' Augen durchwanderten die Reihe der Magister. »Albrecht, ja. Erlaubt Ihr, Konrad, daß ich unseren frischgebackenen Magister um den Part des Respondenten bitte? Er hat die Regeln von *proponere* und *respondens* noch frisch ins Gehirn gemalt. – Was denkt Ihr, Albrecht, ist an unserem friedlichen Ort eine Hexe am Werk?«

»Er mag antworten«, sagte Konrad giftig.

Albrechts Wangen verfärbten sich. Ungeschickt erhob er sich vom Stuhl. »Ich glaube ... man ... müßte unterscheiden.«

»Ein vortrefflicher Beginn. Schuh und Strümpfe nicht in einen Sack. Unterscheidet also.« Palač nickte ermunternd.

»Wenn Säuglinge oder Mütter im Wochenbett sterben, so müßte man wissen, ob es sich dabei um eine außergewöhnliche Zahl handelt, ob also eine natürliche, sozusagen gottgewollte Sterblichkeit ...«

»Exzellent. Wir wissen es nicht.«

»Dann ...« Albrecht studierte die Maserung des Tisches.

»… müßte man zu erfahren suchen, wie das Gerücht um ein Hexengeschehen entstanden ist, was diese Sterbefälle angeht.«

»Das Gerücht wurde von einem Weib aufgebracht, das später selbst als Hexe verklagt wurde.«

»In diesem Fall …« Ach Albrecht, er war so gewissenhaft. »… könnte man annehmen, daß es sich um böswilliges Gerede handelt, zu dem Zweck, unbescholtene Frauen in Schwierigkeiten zu bringen. Oder daß die Hexe, also die eine, die verklagt wurde, selbst die Todesfälle herbeigeführt hat und nun von ihrer eigenen Schuld abzulenken suchte. Es wäre ein Fehler, auf ihre Worte zu achten. Meine ich.« Er war nicht nur gewissenhaft, sondern auch mutig.

Palač blickte ihn an, und einen Moment lang schwieg er. Hatte er erwartet, daß Albrecht Carlotta verleugnen würde? Man sang ein Lied mit Zwischentönen.

Er nickte gedehnt. »Gut. Dem Säuglingssterben also Absolution? Was haltet Ihr von dem Unwetter?«

»Das wurde doch von der Hexe gezaubert.«

»Von … O, Ihr meint das Weib, das sich so passend selbst erstickte. Jetzt setzt Ihr den Schluß vor die Unterscheidung. Ein dickes Trauerkreuz in Eurem Aristoteles. Ich weiß, Konrad, ich hab's ihm ja gerade erklärt.« Palač lächelte fein. »Was Ihr also sagen wolltet: Das Unwetter, falls es überhaupt von höheren Mächten inszeniert wurde, könnte ebensogut von der Hexe im Turm gezaubert worden sein. Und das wäre sogar viel naheliegender. Wie ist Eure Meinung zu den gestohlenen Kinderleichen?«

»Die wurden – wenigstens eine – *nach* dem Tod der Unwetterhexe ausgegraben«, hallte Konrads schneidende Stimme. »Und Leichenraub ist doch wohl mit Gewißheit ein Zeichen von Hexerei!«

Palač drehte sich zu ihm um. »Warum?«

»Weil niemand anders als eine Hexe und womöglich die gottlosen Juden Verwendung für Kinderleichen hätten. Die einen kochen Salbe daraus, mit deren Hilfe sie fliegen, die anderen nutzen sie für blasphemische Zwecke. Beides solltet Ihr wissen. Aber die Juden sind fort!«

»Zu ihrem Glück.« Palač kehrte dem erregten Präses den Rücken. »Herr Respondent: In dem friedlichen Städtchen, das uns als Beispiel dient, wird ein privater Abort entleert. Dabei werden Überreste der Kinderleichen entdeckt. Was schließt Ihr daraus?«

Albrecht starrte Palač an. Er mühte sich, seine Gedanken zu verstehen. Er wollte helfen. »Wenn *ich* eine Hexe wäre, würde ich die Zeugnisse meiner Untat jedenfalls nicht in meinen eigenen Abort werfen. Vor allem, wenn der Abort am Überquellen ist und gereinigt werden soll. Denn damit würde mein Frevel ja ans Licht kommen.«

»Faselei, alles! Satan betrügt seine Huren wie der Henker die Dirnen!« Konrad fuhr auf. Er beugte sich über den Tisch, um den jungen Mann anzusehen. »Magister Albrecht! Ihr dürft nicht davon ausgehen, daß etwas, was eine Hexe tut, vernünftig ist. Wenn sie ihm nicht mehr von Nutzen ist, verblendet der Böse ihr Hirn. Er lacht sich den Buckel krumm, während er zusieht, wie sie in ihr Unglück läuft. Begreift Ihr das nicht? Begreift Ihr nicht die Gnade der Inquisition, die aus den Irrungen und Täuschungen die Wahrheit schält?«

»Und ist Euch die Aufgabe des Respondenten entfallen?« Palač ging einige Schritte, bis er genau vor dem jungen Magister zu stehen kam. Er stützte sich vor ihm auf den Tisch. »Denkt nach, Albrecht. Eine Frau ruft die Heimlichkeitskehrer, um ihren Abort leeren zu lassen. Während sie Besorgungen macht, werden Leichenreste gefunden. Als sie heimkehrt, wird sie verhaftet. Würdet Ihr sie schuldig sprechen?«

»Ich weiß nicht«, sagte der junge Mann verwirrt.

»Ohne weitere Nachforschung?«

»Man müßte nachforschen. Natürlich.«

»Man müßte und man sollte, denn die Fakten sind unbefriedigend. Was, wenn Ihr entdeckt, daß ein Ehepaar, das denselben Hof bewohnt und denselben Abort benutzt, kurz nach der Ankunft der Heimlichkeitskehrer verschwunden ist?«

Verschwun ... Carlotta hörte auf zu atmen. Sie starrte auf Palač, wie alle starrten.

»Dann würde das die Hexe – das Weib, das man dafür hält – entlasten. Es wäre ja fast ein Beweis. Dieses Ehepaar ...«

Nein! Man mußte aufstehen und laut *nein!* rufen. Josepha war keine Hexe! Und Palač hatte kein Recht, nicht das geringste Recht ... Und wenn er sich mit ihr abgesprochen hatte? Ein Komplott mit Josepha?

»Es würde das Weib entlasten, wenn man ausschließen könnte, daß die beiden Hexen unter einer Decke stecken«, hörte sie Konrad sagen. Richtig.

»Und wenn man das Weib und ihren Mann fände? Und wenn man feststellte, daß das Weib Hebamme ist, bewandert in der Kunst des Heilens? Und wenn man feststellte, daß der Mann an Lepra erkrankt ist?«

Cord? Carlotta schüttelte den Kopf.

»Nun, helft unserem Respondenten mit Eurem Wissen aus, Konrad. Erzählt ihm von dem unseligen Irrglauben, der in den Köpfen der Quacksalber geistert, daß Lepra durch eine Salbe aus dem Fett verstorbener Kinder geheilt werden kann.«

Und das sollte Josepha ... die jedes Kind liebte, als wär's ihr eigenes ... Carlotta preßte die Hand vor den Mund.

Die Sinsheimerin. Sie hatte Josepha auf dem Friedhof gesehen. Mit einem grünen Spankorb. Aber niemand hörte auf eine Hexe. Auch Carlotta nicht. Sie hatte Cord in seiner Wohnung singen hören, aber er war seit Wochen nicht in den Hof gekommen ...

Es war so schrecklich glaubhaft.

»Hat man das Weib und ihren Mann verfolgt?« hörte sie Ruprecht fragen. Der Mund über dem akkuraten, zweigeteilten Bart war streng geworden.

»Das brauchte man nicht. Sie sind nur wenig vor die Stadt gegangen, in Richtung Kirchheim. Sie haben sich, vermutlich mit Hilfe eines Giftes, umgebracht. Ein reisender Höker hat ihre Leichen hinter einer Mühlenhecke gefunden«, sagte Palač.

»Dann wäre der Fall der Hexe also aufgeklärt! Ich will, daß man das überprüft.« Als Kurfürst scherte man sich nicht um *quaestio* und *respondens*. Die Ordnung war wiederhergestellt, darauf kam es an. Und Josepha würde verscharrt werden wie ein Hund. Vielleicht sogar verbrannt, wenn man sie doch für eine Hexe hielt.

»Aber der tote Scholar!«

Ja, mit diesem Einwurf hatte Konrad recht. Und als Carlotta Palač ansah, der konzentriert wie ein Spieler vor dem nächsten Zug an der Tischkante lehnte und auf seine Schuhe starrte, begann ihr zu dämmern, daß noch gar nichts entschieden war. Ja, daß all das Reden um die Kinderleichen nicht mehr als ein Geplänkel gewesen war.

Ein Mitglied der Universität, ein Mitglied *ihrer* Burse, war ermordet worden. Aber weder von Josepha noch von ihrem Mann.

Sie sah aus den Augenwinkeln, wie Albrecht auf den Stuhl sank. Sein ohnehin blasses Gesicht war bleich wie das eines Toten. Wie das von Zölestine im Stall, als die Ratte ihre Hand fraß.

Man durfte kein Mitleid haben.

»Richtig, der Scholar. Brauchen wir ein weiteres *exemplum*?« fragte Palač. Er blickte auf Albrecht, der ja noch immer als Respondent galt, und wartete. Darauf, daß die Wahrheit von allein kam?

»Es hat damit begonnen, daß ein Mädchen ermordet wurde«, sagte Palač. Carlotta sah Albrecht den Kopf schütteln.

Es hatte auch gar nicht mit Zölestine angefangen, sondern viel früher, mit ihrer Mutter, die ebenfalls die Bibel mit den vertrackten Daten in die Hand bekommen haben mußte. Sie hatte Albrechts Geburtsdatum gelesen und das Sterbedatum seines Vaters. Sie hatte nachgerechnet. Und dann war sie an Typhus erkrankt – worüber man sich wunderte, weil doch niemand sonst aus ihrer Umgebung krank geworden war. Und an diesem sonderbaren Typhus, der alle Symptome einer Arsenikvergiftung aufwies, war sie gestorben. *Circulus perfectus*. Der Totengräber würde es bestätigen.

»Das Mädchen war aus dieser Stadt«, sagte Palač. »Zölestine Rode, achtzehn Jahre alt, mit dem jungen Christof Landschad verheiratet. Am Tag ihres Todes bekam sie Besuch. Offenbar vertrauten Besuch, denn sie ließ ihn, obwohl sie eine sittsame Frau war, in ihre Kammer ein. Kurze Zeit später war sie tot. Erst erwürgt und dann, um den Mord zu vertuschen, mit einem Strick am Gestänge ihres Bettes aufgehängt.«

Albrecht schüttelte den Kopf.

»Der Mörder muß es mit der Angst bekommen haben. Er muß regelrecht in Panik geraten sein, denn er ließ das zurück, wofür er gekommen war. Ein Buch. Eine Bibel. Mit für ihn verhängnisvollen Angaben. «

Einer der Scholaren stand ungehörigerweise auf. Es war Moses. Er hielt Zölestines Bibel in der Hand und legte sie vor Konrad auf den Tisch. Palač schob sie weiter, so daß sie vor Albrecht zu liegen kam. Der junge Mann schaute daran vorbei. Seine Augen waren so weit geöffnet, daß man das Weiße um die Pupillen sah. Was tat man hier mit Mördern? Aufs Rad flechten? Vorher malträtieren? Nur durfte man trotzdem kein Mitleid haben, denn Zölestine war erwürgt worden, und das war auch ein schlimmer Tod gewesen.

»Der Mörder hätte sich nicht zu sorgen brauchen, denn niemand wußte von den Daten, die in der Bibel eingetragen waren, und die Möglichkeit, daß jemand darauf stieß, war gering. Aber der Mörder war ein Mann mit einem Übermaß an ängstlicher Phantasie, oder sagen wir, mit einem enormen Bedürfnis nach Sicherheit. Das Unglück hätte mit dem Tod Zölestines ein Ende haben können. Vielleicht hatte er das sogar geplant. Aber es gab jemanden, dem der Mord an der Frau keine Ruhe ließ. Eine Freundin der Toten. Eine Frau, die forschte und nach Gründen suchte. Eine Frau, die klug genug war, auch etwas zu finden. Der Mörder bekam es mit der Angst. Er versuchte, sie zu vergiften.«

Ja, das hatte er getan. In der kurzen Zeitspanne, in der sie oben in Bertrams Kammer gewesen war und die Nigromantenpapiere gesucht hatte. Er hatte Arsenik in ihren Becher geschüttet. Aber sie war überhastet aufgebrochen, und dann hatte Anselm aus ihrem Becher getrunken. Das mit dem Gift war eine Verzweiflungstat gewesen. Unüberlegt. Einfach nur dumm. Aber sie hatte das Leben ihres Vaters zerstört. Man durfte kein Mitleid haben.

»Hätte der Mörder kühles Blut bewahrt, dann hätte er auch diesmal noch davonkommen können«, sagte Palač. Er schlug die Bibel auf. Sein Finger, der von der linken, gesunden Hand, strich den Rand der Seite glatt. »Dummerweise, aus seiner Sicht, gab es in dem Haus von Zölestines Freundin zwei Scholaren, denen er Unterricht erteilte. Die beiden hatten erfahren, daß Anselm Buttweiler mit Arsenik vergiftet worden war.«

Das konnte Palač nicht wissen. Ein Schuß ins Dunkle? Oder war Benedikt wieder zu Sinnen gekommen und hatte es ihm erzählt?

»Sie fanden Arsenikpulver im Haus des Mörders, als sie ihn besuchten.« Palač hielt inne. Er war nicht sicher. Er spekulierte. »Vielleicht haben sie ihn nach der Natur des Pulvers gefragt und eine Lüge als Antwort bekommen, die sie erst recht mißtrauisch machte ...«

Albrecht verbarg den Kopf in den Händen.

»Sie probierten es aus, indem sie es einer Katze zu fressen

gaben. Die Katze starb. Und die beiden Scholaren ...« Palač
zuckte die Achseln.

»Dafür gibt es keine Beweise«, fletschte Konrad leise wie
eine gereizte Bestie.

»Sie haben ihn erpreßt, nehme ich an. Bertram wahrscheinlich. Der Mörder wußte, daß die beiden Jungen nigromantische Flausen im Kopf hatten. Er lockte sie in die Mi-
thrasgrotte, drüben auf der anderen Uferseite, und es gelang
ihm, Bertram umzubringen. Sein Bruder konnte entkommen. Benedikt Rode lebt.«

Palač wartete. Darauf, daß ein Feigling sich den Kopf in
den Strick beichtete?

»Was soll in dieser mysteriösen Bibel gestanden haben?«
fragte Konrad. Es war nur noch ein schwacher Protest. Er
wußte, daß die Hexe ihm durch die Finger geschlüpft war.

Palač nickte Moses zu. Der brachte das Immatrikulationsbuch. Er traute sich, seinem Magister einen Blick des Tri-
umphes zuzuwerfen. Das Gute siegte. Endlich einmal. Hal-
leluja.

»Achtet auf die Daten hier unten«, sagte Palač und deutete auf den Schriftzug in Zölestines Bibel. Carlotta wußte, was
dort stand. Daß Albrechts Vater im Mai 1365 in irgendeinem
unaussprechlichen Ort im Osten gestorben war und daß seine Frau im Sommer 1366 einen Knaben zur Welt gebracht
hatte. Albrecht. Kein Problem. Die Bastarde führten ihre eigenen Wappen in diesem Land. Aber ein Problem für einen
angehenden Magister. Und Bertram, der für seine Prüfung
so mühsam den Eid auswendig gelernt hatte, in dem er seine eheliche Geburt beschwor, hatte sich die Statuten der Universität geliehen, sich überzeugt und anschließend – ja, vielleicht wirklich versucht, den armen Albrecht unter Druck zu
setzen.

Palač öffnete das Immatrikulationsbuch.

Hier im hellen Saal mußte man die mit dem Messer ausgekratzte Stelle und das neu eingesetzte Datum exakt erkennen können. Überflüssiges Manöver. Angst, die nicht mehr denken kann. Carlotta hatte es herausgefunden und das Buch in der Heiliggeistkirche aus der Truhe geholt, und Albrecht war mit ihr in der Kirche gewesen. Daran glaubte sie fest. Aber er hatte sie nicht getötet. Aus Liebe?

»Die Universität wurde betrogen«, flüsterte Konrad.

»Die Universität hat darum gebeten, betrogen zu werden, als sie nur ehelich Geborene als Scholaren zulassen wollte«, sagte Palač leise, aber scharf. »Als würde Aristoteles sich vor dem Verstand eines Bastards zieren!«

Konrad starrte ihn an. »Ihr rechtfertigt ...«

»Keinen Mord, Konrad.«

»Der Mann hat einen falschen Eid geschworen. De facto hat er seinem Rektor in die Hand mit dem Schwur der ehelichen Geburt ins Gesicht gelogen. Also hat er seine Privilegien verwirkt. Er hat sie nie besessen, denn Bastarde haben kein Recht auf Immatrikulation. Seine gesamten Rechte und Titel sind hinfällig ...«

Und damit war die Universität aus allen Peinlichkeiten heraus?

Palač stand mit seinen knochigen Schultern vor dem Tisch der Magister. Sie sah die angespannten Linien in seinem Gesicht und wußte, daß er am liebsten fort wäre. Von Albrecht. Von dem Unglück, das er über ihn brachte. Aber er war ein gewissenhafter Mann. Sagte er gerade, daß er Benedikt heimgeholt hatte? Ja. Und daß es eine Grausamkeit gegenüber dem Jungen wäre, ihn hierherzuzerren. Es gab nichts mehr zu leugnen. Himmel noch mal!

Albrechts Gesicht war nicht mehr weiß, sondern grau. Er begann zu flüstern.

Sie würden ihn mit sich nehmen und entweder in den Hexenturm oder unten in den Keller der Burg sperren. Man würde ihn der Stadt übergeben, da er nicht mehr zur Universität gehörte. Die Stadt würde ihn richten und mit ihm den Dünkel der *universitas*.

Und wegen Zölestine und Bertram war das gerecht.

28. Kapitel

Man starrte sie an. Den ganzen Weg, durch alle Gassen.

Der Turmwächter begleitete Carlotta heim, und das war gut so, denn sonst hätten die Leute sich womöglich über sie hergemacht. Frauen bekreuzigten sich und schoben ihre Kinder hinter die Röcke, Männer wechselten die Straßenseite.

»Das geht vorbei, wenn sie erst einmal die Wahrheit wissen«, meinte der Wächter, den das Gold freundlich gestimmt hatte.

Carlotta nahm an, daß er sich irrte. Sie war froh, als sie ihren Hof erreichte. Josephas Fenster waren zugesperrt, an das Türholz hatte man Brennesselbüschel genagelt, und zerrissenes Brennesselkraut lag über den Boden verstreut. Hexenbannung.

Oben in der Wohnung der Fischerin weinte ein Kind. Die Welt war schlecht zu kleinen Bälgern. Lebten sie, dann wurden sie geschlagen, starben sie, so kochte man sie zu Salbe. Josepha hätte das nicht tun dürfen. Nicht bei aller Verzweiflung oder Liebe. Hätte sie nicht, dachte Carlotta und wünschte sich, sie könnte heulen, wie das Bälglein der Fischerin.

Die Tür zur Küche ließ sich öffnen. Es roch stickig und leicht verbrannt. Die Scholaren schienen sich im Kochen versucht zu haben. Moses vielleicht. Sie wußte nicht, ob über-

433

haupt noch ein anderer Junge hier wohnte. Im Haus der Heidelberger Hexe.

Carlotta verzichtete darauf, die Fensterläden zu öffnen. Aus der Stube kam ein wenig Licht. Als sie ins Zimmer trat, sah sie ihren Vater im Halbdunkel aufrecht im Bett sitzen. Er war wach, und er erkannte sie und schien einen lichten Augenblick zu haben, denn auf seinem Gesicht malte sich grenzenlose Erleichterung.

»Carlotta!« Er breitete seine Arme aus, und da es ihm nichts ausmachte zu weinen, ließ auch sie es zu, daß all die verschlossenen Tränen ihren Weg hinaus fanden. Oder vielmehr, sie konnte es gar nicht verhindern. Ihr Vater hielt sie fest und streichelte ihr Haar.

»Du mußt fort«, sagte er endlich.

Carlotta machte sich los und schaute ihm prüfend ins Gesicht. Er begegnete ihrem Blick mit Klarheit.

»Wir«, antwortete sie.

»Soweit ich es schaffen kann.« Eine verlegene Pause entstand. Er war ernstlich krank, und in diesem Moment war ihm das gegenwärtig.

»Ich muß mit dir über den Magister sprechen, Carlotta. Über Jovan Palač.«

»Er hat mir geholfen. Er hat dafür gesorgt, daß ich aus der Haft entlassen wurde.«

»Ja – und ich sehe und beobachte seit Wochen, wie er dich anschaut.«

»Wie Christof seine Zölestine?« scherzte sie.

»Nicht alles endet bös.«

»Im Moment scheint aber eine Zeit dafür zu sein.«

Carlotta küßte ihn und erhob sich. Mit einem Schlag überfiel sie die Müdigkeit, die sich in den vergangenen Nächten angesammelt hatte.

»Er will nach Italien ziehen. Nach Bologna,« sagte ihr Vater.

»Wo die Wände grüne Farben haben. Ich weiß.«

»Es wäre mir ...«

»Ich weiß.«

Ihr Vater nickte. Er ließ sich in die Kissen zurücksinken. Carlotta fand, daß er selbst in dem dunklen Zimmer blaß wie der Tod aussah. Seine Züge entspannten sich.

»Ich wäre gern mit Isabeau nach Bologna gezogen«, murmelte er. »Man hatte mir den Grammatikkurs angeboten. Nichts Aufregendes. Aber doch Nahrung für den Geist. Du verstehst das, Lotta? Ja, du schon. Sie hatten dort Feste mit Lichterbooten auf künstlichen Teichen. Und Schwanenjagden. Ich glaube noch immer, daß es auch Isabeau gefallen hätte ...«

»Sie dulden keine verheirateten Magister an der Universität. Das weißt du doch«, sagte Carlotta.

»Doctores. In Bologna nennen sie sich *doctores*. Sie sind großzügig in Bologna. Vieles wäre möglich gewesen ...« Er geriet ins Stammeln, so verzweifelt und sehnsüchtig, daß es einem das Herz zusammenpreßte.

»Du meinst, sie hätten dich dort lehren lassen? Obwohl du verheiratet warst?« fragte Carlotta mit trockener Stimme.

Ihr Vater kämpfte mit den Tränen. »Zu alt ... vorbei ...«

Verfluchte Isabeau, dachte Carlotta mit Leidenschaft. Sie war zu müde, um wirkungsvoll zu trösten. Schwach streichelte sie die Hände ihres Vaters. Er schüttelte sie von sich. Isabeau hatte ihren Platz in seinem Geist wieder eingenommen.

Die Hände am Geländer kletterte Carlotta die Stufen hinauf. In einem der Scholarenzimmer brannte Licht. Sie stieß die Tür auf.

»Nein – Benedikt!« Der Junge saß angekleidet auf seinem Bett, die Hände im Schoß, das Gesicht auf das Fenster gerichtet, durch das die Sonne schien.

Carlotta eilte zu ihm. »Benedikt! Ich dachte nicht ... Er hat dich also wirklich hierhergeholt! Komm ...« Sie strich ihm das Haar aus der Stirn. »Laß dich ansehen. Was machst du für ein Gesicht? Du bist wieder daheim.«

Das war eine Übertreibung. Es gab kein Daheim mehr. Nur noch ein Dach über dem Kopf für die wenigen Tage, bis sie aus Heidelberg fortkonnten.

»Christof hat dich hübsch angezogen.« Carlotta legte den Kopf zurück, um ihn zu bewundern. »In Sammet wie ein Prinz. Er hat dich ins Herz geschlossen, ja? Geht es dir besser, Benedikt?«

Nein. Blick- und glanzlose Augen, die es nicht einmal fertigbrachten, sie anzuschauen. *Das* würde sie Albrecht nicht verzeihen können.

Carlotta ließ sich auf das Bett gegenüber fallen. Ihr war taumelig vor Müdigkeit. Schwindelig, schlecht. Keine zwei Gedanken mehr, und sie war eingeschlafen.

Es war dunkel.

Carlotta starrte um sich. Irgendwo gab es Geräusche.

Sie steckte fest in dem Traum, den sie geträumt hatte. Er hatte mit Albrecht zu tun, der vor einem Götzen Kinder opferte, indem er ihnen den Schädel spaltete, und er war so fürchterlich, daß sie am ganzen Körper zitterte.

»Benedikt?« Mit schwachen Knien kam sie auf die Füße. Durch das Fenster konnte man in die samtene, blaue Nacht sehen. Es war kühl geworden. Carlotta stolperte zum Bett des Scholaren. Der Junge saß noch immer aufrecht und unbeweglich wie die steinernen Dämonen auf dem Marktbrunnen. »Komm, du mußt etwas essen. Das müssen wir beide. Wir gehen in die Küche. Ich mache dir Milch warm.«

Carlotta zwang ihn aufzustehen.

Es mußte schon spätabends sein. Was mochten sie mit Albrecht angestellt haben? Und wo steckte Palač?

Etwas scharrte unter ihren Füßen. Carlotta erinnerte sich, von einem Geräusch erwacht zu sein. »Komm«, sagte sie. »Ich glaube, Palač und Moses sind heimgekommen.« Zu ihrer Erleichterung folgte Benedikt ihr die Treppe hinab.

Das Geräusch kam aus der Küche.

Etwas fiel polternd um. Wahrscheinlich der Holzeimer für die Küchenabfälle.

Als Carlotta am Bett ihres Vaters vorbeikam, sah sie, daß er eingeschlafen war. Sie öffnete die Küchentür.

»Christof!« Sie war ehrlich überrascht und gleichzeitig ein wenig verlegen. Nachdem die Scholaren gekocht hatten, stand überall schmutziges Geschirr, und in einem Topf roch es sauer nach Verdorbenem. Ein Mann in einem kostbaren, perlenbestickten Jagdanzug, wie Christof ihn trug, gehörte eindeutig nicht hierher.

Carlotta nahm Benedikt und drückte ihn auf die Bank. Sollte sie Christof in die Stube bitten? Er entschied es selbst, indem er auf der zweiten Bank Platz nahm. Seine Miene, von dem schwachen Licht der Herdglut beleuchtet, war düster. Seine Bewegungen unsicher. Sie nahm an, daß er angetrunken war. So gesehen war es gar nicht verkehrt, daß es keinen Würzwein mehr im Kessel gab.

»Ihr habt gut für Benedikt gesorgt. Ich danke Euch«, sagte Carlotta.

»Er sieht Zölestine ähnlich«, erwiderte Christof, als wäre das eine Begründung, und wahrscheinlich war es das auch. Carlotta blickte auf die weichen Locken, die wie frisch gewaschen aussahen. Wenn die Tonsur nicht gewesen wäre, in der erst ein dünner Haarflaum sproß, hätte man den Jungen, hier im spärlichen Licht, mit Zölestine verwechseln können.

Carlotta wollte die Hoftür öffnen.

»Nein, laß sie zu«, sagte Christof scharf und sprang auf.

Verwundert blickte sie ihn an. Er deutete mit einer herrischen Geste auf die Bank, und erst als sie sich gesetzt hatte, nahm auch er wieder Platz. Seine Züge wurden wieder weicher. »Ich habe ihn gern bei mit gehabt«, sagte er.

437

»Ja, Benedikt ist ein freundlicher Junge. Man kann ihn gut um sich haben.«

»Er ist wie Zölestine.«

»Sicher.« Carlotta war ratlos. Sie hätte liebend gern die Tür geöffnet, um den sauren Gestank loszuwerden, aber Christof...

»Hat er gesprochen?«

»Was?«

»Benedikt. Ist er schon beim Gericht gewesen?«

Carlotta schüttelte den Kopf. Es gefiel ihr nicht, wie dumpf und selbstzufrieden der Graf nickte. Er stand auf und ging leicht schwankend zur Tür. Ungeschickt fummelte er am Riegel und schob ihn ins Eisen.

»Warum tut Ihr das?«

Christof kam zum Tisch zurück und ließ sich schwer auf seinen Platz zurückfallen. »Es ist ungerecht.«

»Was ist ungerecht?«

»Man nimmt mir alles weg.«

Stumm starrte Carlotta Zölestines Witwer an.

»Ich habe nie etwas gehabt«, murmelte er. »Nie etwas Eigenes, Gutes. Immer war Bligger da. Zölestine war das erste, was mir ganz allein gehört hat.« Auf seinen Zügen malte sich Selbstmitleid, entstellt durch die Trunkenheit. »Ich hab' nicht anders können«, klagte er mit weinerlicher Stimme.

Im Nebenraum begann Carlottas Vater zu husten. Carlotta tat, als höre sie nichts.

»Zölestine hatte Bliggers Bastard im Bauch. Er hat ihr seinen fetten...«

»Ich weiß«, murmelte Carlotta besänftigend.

»Ich mußte sie töten.«

»Was?« Carlotta glaubte sich verhört zu haben. Sie schüttelte bestürzt den Kopf.

»Ich mußte!« sagte er und schaute sie plötzlich lauernd an, als warte er auf Widerspruch.

Carlotta bekam es mit der Angst. Wie eine Verschwörerin beugte sie sich zu dem jungen Mann vor. »Nein − das war *Albrecht*. Albrecht Hasse hat Zölestine erwürgt. Er hat es der Universität gestanden. Ich war dabei.«

»Zölestine hat es *mir* gestanden. Daß sie nämlich Bliggers Bastard trug. Und daß sie es in alle Welt posaunt hatte. Was einer weiß, weiß jeder. Warum mußte sie es ihm nur sagen?«

»*Albrecht* hat Zölestine getötet. Er wollte seine eigene uneheliche Geburt verheimlichen.« Carlotta machte eine Bewegung, sich zu erheben, aber Christof drohte mit der Faust, und sie sank erschrocken auf die Bank zurück.

»Albrecht hat *versucht*, sie zu töten«, wisperte er ihr über die Tischplatte zu. »Aber er war − eben nur ein Plattenträger. Nichts erreicht … und dann davongelaufen. Wenn er es doch zu Ende gebracht hätte! Wenn er es doch, verflucht, nur zu Ende gebracht hätte! Siehst du diese Hände?« Christof schob seine Handflächen über den Tisch. Er wollte, daß sie daraufblickte. Grimmig nickte er. »Der Kerl hat *gedacht*, er hätte sie umgebracht. Aber er hatte nicht die Kraft dazu. Er war … ein Stümper.«

Also nicht Albrecht, sondern Christof. Aber warum, dachte Carlotta beklommen, erzählt er mir das alles? Eine gefährliche Beichte. Selbst Christof mit seinem dicken Suffkopf mußte das klar sein. Sie schielte zur Tür.

»Ich hätte Benedikt nichts davon sagen dürfen.« Christof stierte auf die Tischplatte. Plötzlich schluchzte er, legte das Gesicht in die Hände, setzte sich aber sofort wieder aufrecht. »Er ist irr. Benedikt hat kein Wort gesprochen, seit er bei mir ist. Warum hätte ich es ihm *nicht* sagen sollen?« Er stierte Carlotta an. »Ich *mußte* es jemandem sagen. Und auf der Burg war es kein Risiko. Wenn er mich dort einen Mörder genannt hätte … verstehst du? Sie hätten es auf seinen Irrsinn zurückgeführt. Aber jetzt will der verfluchte Magister ihn vor ein Gericht zerren.«

»Das wird nicht mehr nötig sein, denn Albrecht ...«

»Er hat ihn doch darum hierhergeholt!«

Es war sinnlos zu widersprechen. Das hätte den betrunkenen Mann nur weiter in Wut gebracht. Carlotta sah, wie er aufstand. Er kam auf sie zu und sagte leise und bedauernd: »Alles nimmt man mir. Begreifst du jetzt, was ich meine?«

Carlotta schielte auf seine Hand. Da hing etwas. Christof hatte eine Schnur um seine Faust gewickelt. Sie sah, wie er die Hand hob.

Aber er schneuzte sich nur heftig in den Ärmel. Die Faust mit der Schnur landete wieder auf dem Tisch. Er beugte sein Gesicht zu Carlotta herab. »Der Magister, dieser Tscheche – er hat gesagt, Benedikt würde reden. Er hat gesagt, er würde ihn gewiß zum Reden bekommen. *Gewiß!*«

Sie starrte auf das Band. Es lockerte sich in Christofs nervösen Fingern. Carlotta sah das Ende zwischen seinen schwarzen Schenkeln baumeln.

»Ihr hättet ihn bei mir lassen und fortbleiben sollen«, murrte Christof.

»Albrecht hat seine Untaten eingestanden. Alles ist vorbei. Niemand will Benedikt mehr hören.«

Christof überlegte. »Du denkst, ich bin zu besoffen, um zu begreifen«, meinte er dürr. »Vielleicht will es wirklich niemand sonst mehr hören. Aber *du* wirst ihn ausfragen. Du hast schon um Zölestine keine Ruhe gegeben. *Deine* Schuld ist es am meisten.« Er fuhr mit den Zähnen über die Unterlippe.

Dann fiel er plötzlich über sie her.

Carlotta versuchte, von der Bank hochzukommen. Das war ihm nur recht. Er unterstützte die Bewegung, und es gelang ihm, sie auf den Boden zu stoßen. Mit einem heftigen Stoß drehte er sie auf den Bauch und rammte ihr das Knie ins Kreuz. Woher nahm ein Betrunkener solche Kraft?

Das Band, das zu einer Schlinge geworden war, wurde über

Carlottas Gesicht gezerrt. Sie begann zu schreien, aber das Geräusch wurde erstickt, als sich die Schlinge um ihren Hals schloß. In gräßlicher Todesangst versuchte Carlotta sich aufzubäumen. Sie erreichte nur, daß die Schnur sich noch schneller zuzog.

Luft...

Die Augenblicke verrannen im Schmerz, und ihre Sinne verwirrten sich.

Dumpf dachte sie an ihren Vater. Und an Bologna, wo die Wände grün waren und die Magister heiraten durften.

Sie tastete wirkungslos nach ihrem Hals. Sie würde sterben...

Mit einemmal gab es einen Ruck.

Es dauerte Ewigkeiten, bevor Carlotta begriff, daß der Druck um ihre Kehle nicht mehr existierte. Sie wälzte sich unter Christofs schlaffem Körper hervor und kam mit zitternden Gliedern auf die Knie. Benedikt stand neben dem Tisch. Sein Gesicht war so ausdruckslos wie zuvor. Nur daß er in der Hand Josephas Hackbeil hielt, von dem das Blut tropfte.

»Gib es mir«, sagte Carlotta.

Natürlich war es dumm, sich in die Stube zu setzen und nichts zu tun. Die Tür zum Hof war zwar verschlossen, trotzdem. Wie würde Konrad von Soltau lachen, wenn er wüßte, was sich in der Küche der Hexe zwischen dem Herd und den Beinen des alten Küchentisches befand.

Palač kam erst viele Stunden später, und er war so müde, daß seine Züge aus dem Gleichgewicht gerieten, als er Carlotta anstrahlte, weil er dabei gleichzeitig gähnen wollte.

»Wo ist Moses?« fragte Carlotta.

»In der Burse von Magister Jacobus. Schon seit gestern. Ich hielt es für das beste«, sagte Palač und sah sie mit einem Mal sonderbar an. »Ist alles in Ordnung?« Er wartete auf keine Antwort. »*Merda!* Tut mir leid. Nach so einem Tag. Tut mir schrecklich leid, daß alles so gekommen ist. Und ich platze hier herein. Manchmal ... geht es mit dem Teufel zu. Ihr müßt fort, Carlotta, natürlich, aber nicht heute nacht. Albrecht hat seine Schandtaten gestanden. Niemand klagt Euch mehr für irgend etwas an. Bitte – schaut nicht so bang. Ich vertrage das nicht.«

»Christof ist tot«, sagte Carlotta. Sie wies auf die Küchentür.

Er ging und öffnete sie.

Er schloß sie wieder.

»In Wahrheit war es Christof, der Zölestine erhängt hat«, sagte Carlotta.

Irgendwie war die Erklärung zu dürftig. Palač starrte sie an. Sie wäre gern ausführlicher geworden, aber sie war wie gelähmt vor Müdigkeit. Die Aufregungen nahmen kein Ende, sie war ihnen nicht mehr gewachsen. Und sie wußte nicht, ob Palač jetzt Maßnahmen ergreifen würde, und wenn, ob Konrad sie erneut verhören würde. Benedikt war ein so entsetzlich stummer Zeuge.

Palač stand noch immer in der Küchentür. Was ging ihm durch den Kopf? Die Frage, ob er am Ende doch im Haus einer Hexe gelandet war? Oder im Haus einer Verrückten?

Er nahm den Leuchter vom Schreibpult und leuchtete erst Carlottas und dann Benedikts Kleider an. Natürlich waren sie voller Blutspritzer. Carlotta wunderte sich, daß es ihr bis jetzt nicht aufgefallen war, und sie ekelte sich entsetzlich und wäre am liebsten in den Hof zum Brunnen gelaufen, um sich zu waschen.

Palač hielt sie zurück. Er faßte sie am Arm. »Christof hat Zölestine umgebracht? Er hat Euch das selbst gesagt?«

Carlotta sank auf den Stuhl zurück und nickte.

»Und dann?«

»Wollte er mich und Benedikt töten. Weil Benedikt über alles Bescheid wußte.« Konfus. Besonders für Ohren wie die

Konrads. Noch einmal Konrads Fragen würde sie nicht ertragen. Carlotta tastete nach ihrem schmerzenden Hals.

Sanft zog Palač ihre Hand fort. Er strich ihr Haar zur Seite. Die Lampe kam wieder näher. Ein Wort fiel in seiner harten tschechischen Sprache.

»Benedikt hat ihn erschlagen. Aber ich hätte es auch getan, wenn ich die Kraft dazu gehabt hätte. Wir hatten keine Wahl«, sagte Carlotta.

»Dann segne Gott den Jungen.« Palač ließ von ihr ab. Sie sah ihn in die Küche gehen. Er schloß hinter sich zu, und sie hörte ihn rumoren. Es war feige, nicht nachzuschauen, was er trieb, aber sie brachte es nicht über sich. Carlotta hörte den Riegel der Küchentür. Nach etlicher Zeit kam Palač zurück.

»Er ist fort?« fragte sie.

»Und wird niemanden mehr in der Ruh' stören, bis es wieder Zeit für den Heimlichkeitskehrer ist.«

Zwielicht. Die frühen Stunden lagen wie ein Zauber über dem kleinen Hof. Carlotta stand am Fenster der Scholarenkammer und ließ die Unwirklichkeit des Augenblicks in sich einfließen. Die Brennesselbüschel an Josephas Tür und Fenster glitzerten vom Tau. Das Holz über dem Abort glänzte feucht. In der Wohnung der Fischerin herrschte tiefes Schweigen. Die Welt war für kurze Momente ausgesperrt.

Carlotta strich über den Ärmel ihres taubenblauen Kleides, das sie angezogen hatte, nachdem sie sich von der blutigen Kutte befreit hatte. Noch war es friedlich um sie, aber man durfte sich keinen Illusionen hingeben. Nach diesen Tagen und dieser Nacht würde nichts mehr sein wie früher.

Benedikt röchelte leise im Schlaf. Sie hatte den Rest der Nacht an seinem Bett verbracht. Der Junge hatte urplötzlich, als sie ihn zum Schlafen gelegt hatte, einen Weinkrampf bekommen, und der hatte mit Unterbrechungen über Stun-

den angedauert. Magister Jacobus hätte vielleicht beurteilen
können, ob das Weinen ein gutes oder schlechtes Zeichen
war. Carlotta wußte es nicht, und sie hatte sich darauf
beschränkt, ihn in den Armen zu wiegen und zu trösten. Trösten wirkte heilend. Es ging ihr selber besser, obwohl ihr vor
Erschöpfung die Augen schwammen.

Sie hörte über sich die Dielenbretter knarren.

Palač stieg die Treppe hinab. Er ging in die Küche und
kam dann zu den Schlafkammern zurück. Leise öffnete er
die Tür.

Es tat gut, ihn bei sich zu wissen. Er fragte nichts und sagte nichts und genoß an ihrer Seite den Morgenzauber, auch
wenn sein Glanz sich auf einen Abort und einen leeren Hühnerstall beschränkte.

»Und wie ist sie nun?« fragte Carlotta nach einer Weile.

»Wer?«

»Die *conclusio*. Siegen am Ende die Dämonen, oder hat der
menschliche Intellekt eine Möglichkeit?«

»Wir leben, Carlotta. *Ihr* lebt«, sagte er schlicht.

Aber Josepha war tot. Der Sieg über die Dämonen, wenn
es wirklich einen gegeben hatte, war unvollkommen.

Ein Kind fing an zu schreien. Eines der Bälglein der Fischerin.

»Und nun?« fragte Palač.

»Was, und nun?«

»Ich bin ein Bauer, Carlotta. Ich habe mich nur durch
Zufall in den Talar verirrt. Erwartet keine gescheite Rede
von mir. In allernächster Zeit wird dort unten ein Reisewagen für Euch stehen. Ich wünschte, daß er nach Bologna führe.«

Carlotta schwieg verlegen.

»Keine Antwort?« Palač senkte die Wimpern und betrachtete seine verkrüppelte Hand. Es tat ihr leid, zu sehen, wie
abgekämpft und wie herzerweichend blaß er war. Heidelberg

bekam ihm nicht. Das bleiche Kinn war von schwarzen Bart-
stoppeln übersät. Erstaunlich, dachte sie, wie schnell diese
Haare wachsen. Sie wußte genau, daß er bei der Disputation seidenglatt rasiert gewesen war ...

»Er kratzte sich hinter dem Ohr und kaute die Nägel. Vergebt
mir, Carlotta.« Die Wimpern hoben sich. »Ich entschuldige
mich nicht für die Sehnsucht, aber für das verdammte, ewig
sture Gequäke.«

»Nein ... nein«, unterbrach Carlotta ihn eilig. »Ich ... es ist
ja nicht so, daß ich etwas gegen grüne Wände hätte ...«

»Nur?«

Die Fischerin erschien auf der hölzernen Galerie. Mißmu-
tig schaute sie zu ihnen herüber. Das jüngste Bälglein hing
an ihrem schlaffen Busen und klammerte sich mit dem Mund
daran, als hinge sein Leben davon ab.

»Nur ... mein Vater. Benedikt ...«

Palač widmete sich der Erforschung ihrer Gesichtszüge.
Ängstlich suchte er nach Erklärungen, nach Anzeichen von
Widerwillen.

»Und ich müßte meine Töpfe in den Wagen packen«, stotterte Carlotta. »Die griechischen Hühner. Euklid. Euklid
besonders. Es würde eng werden. Manche Leute kriegen keine Luft mehr, wenn es eng wird ...«

»Eng.« Die dunklen Augen hingen an ihrem Gesicht. »Das
ist es? Im Ernst? Nur das?«

Carlotta errötete über seine plötzliche, hemmungslose
Erleichterung. Er umfaßte ihre Hände.

»Dann laßt mich Euch erklären, meine Dame, daß ich Eure
gesamte Küche um mich zu haben wünsche. Und natürlich
den Jungen und Euren Vater. Und jeden verdammten Mathematiker, den Ihr ins Herz geschlossen habt! Ist Euch nicht
klar, daß ich zwischen zwei Seiten Eurer *Elemente* gepreßt
mehr Luft bekomme als ohne Euch am lichtesten Punkt der
Welt?«

Es störte Magister Palač nicht, daß die Fischerin über dem Geländer der Galerie hing und ihnen zusah, als er sie in die Arme nahm. Er wußte ja auch nichts über Bälglein und betrogene Hoffnungen. Und am Ende ...

Was spielte es für eine Rolle.

Helga Glaesener
Wer Asche hütet

Roman. www.list-taschenbuch.de
ISBN 978-3-548-60339-1

Rom 1559: In einem alten Hafenturm wird die verstümmelte Leiche eines Jungen entdeckt. Der Tote trägt eine Rose im Haar und niemand scheint ihn zu vermissen. Mehr noch: Es gibt jemanden in der heiligen Stadt, der alles daran setzt, die Aufklärung des Mordes zu verhindern. Skandalös, findet Richter Benzoni und macht sich auf eigene Faust auf die Suche nach dem Mörder, auch dann noch, als die Spur in eine bestürzende Richtung läuft ...

»Die Autorin hat mit dem sympathischen Richter Benzoni den Historienkrimi um eine hinreißende Spürnase bereichert.« *Passauer Neue Presse*

»Eine von Deutschlands heimlichen Bestseller-Autorinnen.« *Bild der Frau*

List Taschenbuch